Katja Brandis
Floaters
Im Sog des Meeres

Katja Brandis

Floaters
Im Sog des Meeres

Roman

von BELTZ & Gelberg

Dieses Buch ist auch als E-Book erhältlich
(ISBN 978-3-407-74518-7)

www.beltz.de
© 2015, 2016 Beltz & Gelberg
in der Verlagsgruppe Beltz · Weinheim Basel
Werderstraße 10, 69469 Weinheim
Alle Rechte vorbehalten
Die Autorin wird vertreten durch die Autoren- und
Projektagentur Gerd F. Rumler, München
Lektorat: Frank Griesheimer
Neue Rechtschreibung
Einbandgestaltung: Johannes Wiebel | punchdesign, München,
unter Verwendung von Motiven von shutterstock.com
Gesamtherstellung: Beltz Bad Langensalza GmbH,
Bad Langensalza
Printed in Germany
ISBN 978-3-407-74738-9
1 2 3 4 5   20 19 18 17 16

Prolog

Pazifik, Mai 2024
»*Skylark*, hier ist *Hyperion*. *Skylark*, hört ihr uns? Over.«

Als Malika den Namen ihres Katamarans hörte, sprang sie aus ihrer Koje, eilte hinüber zur Funkecke und schnappte sich das Mikrofon der Funkanlage. »Hier ist die *Skylark*, was gibt's, *Hyperion*? Over.«

Sie kannte die andere Yacht, sie und ihr Bruder hatten sich in der Karibik mit den beiden Kindern an Bord angefreundet. Es war immer ein Riesenglück, Boatkids zu treffen, die ungefähr im gleichen Alter waren.

»*Skylark*, wir werden gerade von einer riesigen Delfinschule begleitet. Das ist so cool, ich glaube, es sind ein paar hundert Tiere! Sie springen in die Luft und drehen sich, es sieht unglaublich aus. Over.«

Malika seufzte vor Neid. »*Hyperion*, das müssen Ostpazifische Delfine sein, nur die machen solche Drehsprünge. Habt ihr's gut! Schickt uns ein paar Fotos, okay? Over.«

Barfuß wie immer rannte sie die Stufen zum Cockpit hoch, in dem gerade ihre Mutter – im bunt bedruckten Sarong und mit einem Buch in der Hand – Wache hielt. Rasch erzählte Malika, was die andere Yacht gerade erlebte. »Die sind nur fünfzig Seemeilen nördlich von hier! Könnten wir den Kurs ändern und hinfahren, Mama? Bitte!«

»Kätzchen, du weißt doch, dass so was nicht geht.« Ihre

Mutter lächelte sie an und strich Malika eine Strähne ihrer windzerzausten braunen Haare hinters Ohr. »Wenn wir ankommen, sind die Delfine längst weitergezogen.«

Anscheinend war ihre Mutter guter Laune, deshalb bettelte Malika weiter. »Aber Delfine haben meist ein Revier, in dem sie bleiben. Bitte!« Sie sehnte sich nach Abwechslung, denn bisher war die Pazifiküberquerung ganz schön langweilig. Unter vollen Segeln zog die *Skylark* ihre Bahn, angetrieben vom Passatwind. Der Doppelrumpf zerschnitt die See und ab und zu bekamen Malika und Danílo einen Schwung Gischt ab. Ein Tag glich dem anderen. Danílo war meistens mit den Wetterkarten beschäftigt oder seinem selbst programmierten Philosophie-Spiel, das er *PhiloQuest* getauft hatte. Papa kochte, aber richtig lecker war das Ergebnis selten – alle frischen Lebensmittel waren verbraucht. Das kannte Malika schon von den anderen längeren Etappen ihrer Weltumrundung. Alle drei Tage durften sie einen neuen Film herunterladen. Am spannendsten war, dass sie jetzt, mit zwölf Jahren, endlich jeder eine Wache pro Tag übernehmen durften, auch wenn es für den Anfang nur zwei Stunden waren.

Ihre Mutter überlegte. Malika sah, dass sie sie schon fast weich hatte. »Na gut«, sagte sie schließlich. »Ich bespreche es mit Papa. Joooonas?«

Danílo, ihr Zwillingsbruder, hatte gemütlich auf dem Netz gelegen, das am Bug die beiden Doppelrümpfe verband. Jetzt kam er zusammen mit ihrem Vater neugierig heran. »Na gut, okay«, sagte ihr Vater, nachdem Malika ihm die Sache erklärt hatte. »So eine große Delfinschule würde ich selbst gerne mal sehen.«

»Cool«, sagte Danílo. Geschickt half er, die Selbststeueranlage auf den neuen Kurs einzustellen und die Segel zu trimmen. »Meinst du, wir holen die Delfine noch ein?«

»Heute ist unser Glückstag – wetten?«, behauptete Malika fröhlich.

Sie blieb an Deck und spähte mit dem Fernglas umher. Weit und breit keine Rückenflossen. Erst am späten Nachmittag, als sie schon fast auf der ehemaligen Position der *Hyperion* waren, sah sie etwas. Dort vorne, was konnte das denn sein? Sah aus wie ein dunkler Klumpen im Meer …

»Da treibt was«, sagte sie zu Danílo. »Ich hab keine Ahnung, was das sein könnte.«

Sie wechselten sich am Fernglas ab. Neugierig geworden, ließen ihre Eltern den Katamaran bei dem dunklen Objekt längsseits gehen. Es war ein Klumpen alter, völlig verfilzter Fischernetze aus Kunststoff. Das Ding war groß wie ein Lieferwagen. »Treibt bestimmt schon lange auf dem Meer«, sagte Malika angewidert, und ihr Vater stupste den Klumpen mit dem Bootshaken an. »Gefährlich, das Zeug. In solchen Geisternetzen können sich Meerestiere verfangen.«

Malika fiel auf, dass ihr Zwillingsbruder eigenartig still war. Sie blickte hoch und sah, dass Danílo sich neugierig umschaute. »Hier schwimmt überall irgendwelches Zeug.« Und jetzt sah sie es auch. Um das Boot herum erkannte sie eine Shampooflasche und eine durchsichtige Plastikschale, in der vielleicht einmal Obst gewesen war. Ein paar Meter weiter sah sie eine Zahnbürste. Eine Minute später kamen sie an einem Sportschuh vorbei, der mit der Sohle nach oben schwamm. Sie und Danílo rannten unter Deck und spähten durchs Unterwasserfenster des linken Rumpfs. Unter der Oberfläche schwebte noch viel mehr Müll – durchsichtige und weißliche Tüten, Flaschen und irgendwelche Plastikteile, die von der Sonne ausgebleicht waren. Rasch kletterten sie wieder an Deck, um ihren Eltern davon zu erzählen.

»Na toll«, sagte ihre Mutter und schob ihre Sonnenbrille hoch. »Wir sind im Müllstrudel, oder?«

»Ja, anscheinend sind wir zu weit nördlich geraten«, meinte ihr Vater. Als er Malikas fragenden Blick bemerkte, erklärte er: »Der Große Pazifische Müllstrudel ist eine riesige Meeresströmung, die sich im Kreis dreht – sie hält Treibgut fest, deshalb sammelt es sich in dieser Gegend. Und Plastik baut sich nicht einfach ab, es wird noch eine Ewigkeit hier sein.«

»Das ist ja widerlich.« Malika versuchte, den Sportschuh mit dem Bootshaken herauszufischen. Er war durchtränkt und schwer, unten völlig mit Algen bewachsen. »Wie groß ist denn dieser Müllstrudel?«

»Ungefähr so groß wie Mitteleuropa.«

»Waaaas!« Malikas Augen füllten sich mit Tränen. Etwas so Hässliches durfte es nicht geben in ihrem Meer! Warum taten die Menschen so etwas, wieso warfen sie so viel Müll ins Wasser?

»Schaut mal, dort vorne schwimmt ein Badeentchen. Das könnten wir als Andenken mitnehmen«, schlug Danílo vor, aber Nicky, ihre Mutter, schüttelte den Kopf. »Nichts wie weg hier. Es zieht mich runter, diesen Mist anzuschauen.«

»Stimmt«, sagte Danílo und starrte fast wütend auf den Dreck um sie herum. »Eigentlich will ich auch kein Andenken an das hier.«

An diesem Abend, als Danílo und ihre Mutter schon schliefen und nur noch das Zischen des Wassers am Rumpf zu hören war, tappte Malika in die Funkecke der *Skylark* und ging über die Satellitenverbindung ins Internet. Sie wollte irgendjemandem davon erzählen, was sie gesehen hatte, und außerdem hatte sie eine Idee. Ihre Finger flogen über die eingeblendete Tastatur. *Es gibt sowieso immer weniger Fische im Meer. Wie wäre es denn, wenn man all die Fischerboote, die jetzt nicht mehr gebraucht werden, umbaut und sie losschickt, damit sie Müll aus dem Wasser holen?*

Sie wartete, ob jemand einen Kommentar dazu postete. Niemand tat es.

Nördlicher Pazifik, Mai 2030

Die Sonne ging unter, es war Zeit fürs Nachtgebet. Arif dröhnte der Ruf des Muezzins, der per Funk übertragen wurde, in den Ohren – Kapitän Djamal drehte das Gerät jedes Mal auf volle Lautstärke und richtete gleichzeitig den Bug der *Kerapu* nach Mekka aus. Das machten daheim vor der Küste von Java alle Fischerboote gleichzeitig, es sah aus wie ein Tanz.

Hier dagegen war weit und breit niemand außer ihnen, um sie herum erstreckte sich eine dunstige blaue Einöde. Kapitän Djamal war so weit in den Pazifik hinausgefahren wie nie zuvor, damit sie endlich mal wieder etwas fingen. Doch bisher waren ihnen hauptsächlich Quallen und Müll ins Netz gegangen.

Pflichtbewusst verrichtete Arif die vorgeschriebenen Gebete, dann erscholl es wieder einmal: »Arif! Komm sofort her, du musst helfen, die dreimal verfluchte Kühlanlage zu reparieren!«

Arif seufzte. Auf dem alten Kahn gab es für einen Schiffsjungen immer etwas zu tun, selbst wenn die anderen sich ausruhten. Es gab kaum einen Moment, in dem er sein Lieblingsgame *Bubblecatcher* aus der Tasche ziehen und eine Runde spielen konnte. Er hatte es satt, Roststellen auszuschleifen, im nach Öl stinkenden Maschinenraum herumzuschrauben oder die Segel zu flicken. War das hier wirklich besser als die Plackerei in der Garnelenzucht seiner Eltern? Er hatte sich seine Zeit auf dem Meer anders vorgestellt. Irgendwie ... erhabener. Schließlich war dies hier das Reich von Nyai Loro Kidul, der Herrin des Südlichen Meeres, von der seine Großmutter ihm so viele Geschichten erzählt hatte.

Arif zwängte sich an Kapitän Djamal vorbei, der einen Gebetsspruch murmelte, bevor er auf dem stillen Örtchen verschwand. Der Kapitän hatte für jede Lebenslage eine passende Beschwörung, und vor dem Gang aufs Bordklo waren Schutz und Beistand besonders wichtig, denn dort lauerten gefährliche Dschinn. Angeblich.

Auf halbem Weg zum Maschinenraum zögerte Arif. Es knisterte im Funk, er hörte eine Stimme, die irgendetwas durchgab. Sollte er hingehen? Eigentlich war das nicht seine Aufgabe, doch der Kapitän hatte offensichtlich keine Zeit, und die beiden anderen Männer an Bord waren mit der Kühlanlage beschäftigt. Die war wichtig, damit ihr ohnehin schon magerer Fang nicht auf dem Heimweg verdarb. Arif lief zur Brücke und lauschte. »Ihr seid in unserem Revier – schert euch weg!«, blaffte jemand erst auf Indonesisch, dann auf Englisch.

In ihrem Revier? Verblüfft blickte sich Arif um. Es war inzwischen so dunkel, dass er draußen nicht mehr viel erkennen konnte. Doch er sah weder die Lichter eines anderen Schiffs noch war auf dem Radarschirm irgendein Kontakt zu erkennen.

»Unbekanntes Schiff, wie lauten Ihr Name und Ihre Kennung?«, funkte Arif zurück, erst auf Indonesisch, dann etwas stockend auch auf Englisch. Er versuchte, die Positionslichter der *Kerapu* einzuschalten, aber der Schalter klackerte lose hin und her, ohne etwas zu bewirken. Verdammt!

»Ihr habt hier nichts zu suchen«, kam es zurück, wieder ohne Rufzeichen.

»Wir befinden uns nicht im Hoheitsgebiet eines Landes«, widersprach Arif. »Das Meer hier gehört niemandem.« Er konnte sich nicht vorstellen, dass Kapitän Djamal sich von hier vertreiben lassen würde.

»Wir warnen euch nicht noch einmal!«

Eine Gänsehaut überzog Arifs Arme. Dieser Ruf aus dem Nichts war irgendwie unheimlich. »Wir wollen euch nichts streitig machen«, versuchte er zu beschwichtigen, doch es kam keine Antwort mehr.

Arif hastete von der Brücke und hämmerte an die Tür des Bordklos. »Kapitän! Gerade ist ein Funkspruch durchgekommen … ich werde nicht schlau draus …«

Die verbeulte Metalltür flog auf und ein sehr verärgerter Kapitän Djamal kam zum Vorschein. Er stapfte zur Brücke und versuchte dabei gleichzeitig, seinen Gürtel zu schließen. »Was denn für ein Funkspruch? Hier fischt doch niemand anders, oder?«

»Auf dem Radar war jedenfalls nichts zu sehen«, meinte Arif und wollte ihm folgen … doch dann hörte er einen Knall und sah einen glühenden Punkt in der Dunkelheit, der schnell näher kam. Und was war das für ein eigenartiges Fauchen? Das klang wie ein Drache, der sich anschickte, über sie herzufallen!

»*Shetan!* Teufel noch mal!« Kapitän Djamal rannte zur

Brücke und verschwand darin. Arif warf sich zu Boden, kroch hinter die metallene Tonne mit der Rettungsinsel und schützte den Kopf mit den Armen.

Dann ging die Welt unter. Jedenfalls fühlte es sich so an. Eine Druckwelle hieb auf Arif ein, Trümmerteile flogen durch die Luft und bohrten sich in seine Haut wie hundert Dolche. Dann war nur noch Wasser um ihn herum. Kaltes Salzwasser drang in seine Nase, seinen Mund. Wo war oben, wo gab es Luft? Verzweifelt strampelte Arif, schlug um sich … und kam irgendwie hoch. Keuchend füllte er seine Lunge. Zwanzig Meter neben ihm brannte etwas, ragte ein zerfetzter Rumpf auf. Was war überhaupt passiert? Wo waren die anderen, wo war Kapitän Djamal?

Der Feuerschein erhellte eine ölig schwarze Wasseroberfläche, auf der Trümmer schwammen, doch nirgendwo sah Arif einen Kopf oder einen winkenden Arm. Verzweifelt stieß er einen Ruf aus. Keine Antwort.

Dort vorne trieb die Rettungsinsel der *Kerapu*. Kapitän Djamal hatte sie gebraucht gekauft, aber sie hatte sich tatsächlich aufgeblasen, als ihr Behälter ins Wasser gefallen war. Ungeschickt paddelte Arif darauf zu. Seine linke Hand und sein linkes Bein schmerzten furchtbar. Aber wenn er es bis zur Rettungsinsel schaffte, dann hatte er eine Chance. Falls ihn vorher kein Hai erwischte …

In diesem Moment schoss ein Feuerpilz gen Himmel, das musste der Gastank der *Kerapu* gewesen sein! Flammen hüllten die Rettungsinsel ein, einen Moment lang zeichnete sie sich als dreieckige Silhouette gegen den Himmel ab. Arif tauchte unter, so tief er konnte, und schwamm weg von dieser Hölle, bis es sich anfühlte, als würde seine Lunge jeden Moment platzen.

Als er wieder hochkam, waren die Reste des Schiffs verschwunden und von der Rettungsinsel war nur noch ein qualmender Rest übrig. Er war allein mitten im Pazifik, um ihn herum mehr als tausend Meilen Wasser. Arif zitterte so heftig, dass er es kaum schaffte, sich an der Oberfläche zu halten. Vielleicht war es besser, wenn er jetzt einfach aufhörte zu kämpfen, wenn er sich sinken ließ und ausatmete. Dann war es vorbei. Aber dann würden seine Eltern und seine Geschwister nie erfahren, was mit ihm passiert war ... und vielleicht würde Nyai Loro Kidul ihn retten, irgendwie ...

Ein einzelnes Trümmerstück brannte noch und im Licht der Flammen sah Arif etwas. Einen Schatten, der näher kam. Der sich nach und nach in ein dunkel gestrichenes Schiff verwandelte, flach und hässlich wie eine Kakerlake. Das pulsierende Grollen eines Motors durchdrang das Wasser, Arif spürte es im ganzen Körper. Vor Schreck schluckte er Wasser und prustete. Das war der Angreifer, kein Zweifel. Hatten die Kerle, die an Bord waren, mitbekommen, dass jemand die Attacke auf die *Kerapu* überlebt hatte? Wollten sie ihm jetzt den Rest geben?

Das Schiff glitt neben ihn, und Arif sah, wie eigenartig es gebaut war. Seine ganze Oberfläche bestand aus schrägen Flächen, wie ein grobes Mosaik waren sie aneinandergefügt. Und auf einmal wusste Arif, wieso er das Schiff von der *Kerapu* aus nicht hatte sehen können. Es war eins dieser Dinger, die für Radarstrahlen unsichtbar waren! Ein Tarnkappen-Schiff!

»Na, schau an«, sagte eine Stimme. Arif verstand sie, sie sprach Englisch mit leichtem Akzent. »Können wir mit dem was anfangen?«

»Nein, wirklich nicht, Admiral!« Eine andere Männerstimme. »Erstens haben wir keinen Platz und zweitens können wir keine lose Zunge gebrauchen …«

Arif blickte hoch und sah, dass sich an der Seite des Schiffs eine Luke geöffnet hatte. Zwei Menschen beugten sich zu ihm herab und betrachteten ihn. Arif öffnete den Mund, wollte um Gnade bitten, wollte versichern, dass seine Zunge noch nie lose gewesen war, doch heraus kam nur ein Krächzen.

Jemand lachte. Ein Rettungsring landete neben ihm im Wasser und Arif schob einen Arm hinein, ließ sich ziehen. Als er nah genug an der Bordwand war, wurde er gepackt und ins Innere des Schiffs gehievt. Dunkel war es hier drinnen. Arifs schmerzendes Bein trug ihn nicht und er stürzte aufs nasse Deck.

»Heute ist dein Glückstag, Kleiner«, sagte die erste Stimme. Im Halbdunkel konnte Arif auch erkennen, zu wem sie gehörte: einem breitschultrigen, braunhäutigen Mann mit hohen Wangenknochen und gepflegtem, kurzem Bart. »Du darfst hier an Bord arbeiten, wenn du willst. Oder bist du lieber Haifutter?«

Arif dachte an Kapitän Djamal – einen Freund seines Vaters – und die anderen. Tot, alle tot, und das war seine Schuld! Wenn er auf diesen seltsamen Funkspruch anders reagiert hätte, wenn er nicht widersprochen hätte … Tränen begannen ihm über die Wangen zu rinnen und er presste die Stirn in die Hände. Das schienen die Männer auf dem fremden Schiff als Antwort auf ihre Frage aufzufassen. Sie schlugen ihm auf die Schulter und schubsten ihn tiefer ins Innere.

Das Projekt

Hamburg, Juni 2030

Es war nicht alles schlecht an einem Leben an Land. Die Badewannen zum Beispiel gefielen Malika extrem gut, vor allem im Vergleich zur jämmerlichen Dusche der *Skylark*. Auch diesmal war es ein Genuss, im heißen Wasser zu liegen. Nur leider hämmerte jemand von draußen an die Tür.

»Und, hat's funktioniert?«, rief dieser Jemand. Danílo.

»Was funktioniert?«

»Sind dir Flossen gewachsen?«

»Muss mal nachschauen.« Malika hob ihre Hand aus dem Schaum, drehte sie vor ihren Augen und ließ sie wieder zurücksinken. »Nee. Immer noch nicht. Falscher Badezusatz.«

»Übrigens, ich hab hier was für dich. Du wirst schreien, wenn du es siehst. Und zwar ziemlich laut.«

»Vor Freude oder vor Ärger?«

Seine Stimme klang dumpf durch die Badezimmertür. »Lass dich überraschen.«

Die Wahrscheinlichkeit, dass es nur ein Trick ihres Zwillingsbruders war, um sie endlich aus dem Bad zu locken, lag bei fünfzig Prozent. Doch schließlich siegte Malikas Neugier, sie wickelte sich in einen Bademantel und tappte barfuß ins Wohnzimmer ihrer Tante. Hier roch es immer nach getrockneten Rosenblüten und alten Teppichen, sie hasste diesen Geruch.

Danílo hockte auf der Kante des plüschigen grau-rosa Sofas; er sprang auf, als er sie sah, und drückte ihr einen Bildschirm fast ins Gesicht.

»Willst du meinen Nasenabdruck da drauf haben?«, murmelte Malika und fragte sich, warum Danílo so breit grinste. Dann sah sie die Überschrift des Artikels, der auf dem Bildschirm angezeigt wurde.

Und ja, sie schrie. Nicht besonders laut allerdings, da Tante Susanne Wert auf Harmonie mit den Nachbarn legte.

Rasch überflog Malika den Artikel, er war vom 2. Juni 2030, also schon ein paar Tage alt.

Fischzug der anderen Art
Unternehmer plant, Plastikmüll
aus dem Meer zu entfernen

Der Hamburger Unternehmer Benjamin Lesser, 32, hat bekannt gegeben, dass er ab August mit drei speziell konstruierten Segelschiffen Plastikmüll aus dem Pazifik herausfischen wird. »Meine Familie hat ihr Vermögen mit der Produktion von Kunststoffen verdient … jetzt ist es Zeit, sich diesem Erbe zu stellen, und zwar in jeder Hinsicht«, erklärte Lesser, der schon vor Jahren sämtliche Werke verkauft und sein Vermögen stattdessen in verschiedene Technologieunternehmen, darunter die bekannte Computerspielfirma BrainGainX, investiert hat.

»Endlich macht das jemand!«, jubelte Malika. »Der Kerl ist ein Held!«

»Na ja.« Danílo schien sich über ihre Begeisterung zu freuen, doch er selbst wirkte nicht ganz so überschwänglich. »Wahrscheinlich will er mit der ganzen Sache auch Geld verdienen. Altes Plastik ist ja eine ganze Ecke mehr wert als früher, weil Öl so teuer geworden ist.«

Malika zuckte die Schultern. »Müll ist das Zeug trotzdem noch und mit seinem High-Tech-Kram kann er bestimmt mehr verdienen. Er muss das nicht tun, aber er will es.«

»Ich habe gehört, dass sie inzwischen sogar alte Deponien an Land aufgraben, um an die Rohstoffe ranzukommen ...«

»Ist doch egal, ob er damit Kohle macht!« Malika wollte nicht mehr diskutieren, sie warf das Tablet auf die Couch und tanzte im Zimmer herum. Seit Jahren setzte sie sich schon für ein sauberes Meer ein – sie hatte Artikel darüber geschrieben, eine Website zum Thema entwickelt und bei Strandsäuberungen mitgemacht. Doch sie war meilenweit davon entfernt gewesen, das Problem zu *lösen*. Vielleicht schaffte das jemand wie Lesser?

»Da müssen wir mitmischen«, sagte Malika, als sie außer Atem war und sich wieder auf die Couch fallen ließ. »Außerdem könnten wir endlich wieder segeln.«

»Coole Idee«, meinte Danílo und legte die Füße auf den gläsernen Couchtisch. »Vielleicht können wir bei ihm ein freiwilliges ökologisches Jahr machen. Falls er uns nimmt. Im Artikel steht nichts davon, dass man helfen kann. Gibt wohl eher 'ne Kontonummer für Spenden, oder?«

Malika schaute nach. Nein, gab es nicht. Eine Spende wäre sowieso nicht infrage gekommen, sie waren so gut wie pleite, obwohl sie beide in einem Tauchshop mitarbeiteten und einen Erntehelfer-Job auf einem Bauernhof in Aussicht hatten.

17

Das elektronische Schloss der Tür piepte, gleich darauf hörten sie die Tür wieder ins Schloss fallen – Tante Susanne war daheim. Malika hörte, wie sie im Flur ihre Einkaufstaschen abstellte und ihren Mantel aufhängte. »Puh, das war mal wieder unglaublich umständlich«, schimpfte sie und schleifte ihre Stofftaschen in die Küche. »Ich hatte den falschen Behälter dabei für die Nudeln und musste extra eine neue Vorratsdose kaufen – das waren noch Zeiten, als man im Supermarkt einfach ein stinknormales Paket Spaghetti kaufen konnte und basta!«

Dass durch die neuen Gesetze viel weniger Verpackungsmüll anfiel, war ihrer Tante egal – aber Malika nicht.

»Hi«, rief sie fröhlich in Richtung Flur, doch es kam keine Antwort. Malika hörte nur, wie ihre Tante halblaut vor sich hin schimpfte, während sie ihre Einkäufe auspackte.

Malikas und Danílos Blicke trafen sich – und wie oft dachten sie dasselbe. *Je schneller wir hier raus sind, desto besser!* Es war zwar furchtbar nett von ihrer Tante, dass sie ihnen das Gästezimmer zur Verfügung gestellt hatte, in dem Malika auf der Couch pennen konnte und Danílo auf der Isomatte. Doch manchmal ertrug Malika dieses Mietshaus kaum, in dem jeder seine kleine Welt eifersüchtig gegen alle anderen verteidigte. *Weg, weg, weg,* etwas anderes passte an manchen Tagen kaum in ihren Kopf.

Nach ihrer Rückkehr in die »Heimat« vor acht Monaten war die Familie rasch zerfallen. Bis zum Abi hatten sie noch alle zusammen auf der *Skylark* gewohnt, die im Hamburger Hafen lag, Malika und Danílo waren auf ein örtliches Gymnasium gegangen. Ziemlich ungewohnt nach sechs Jahren auf See und – mit Sondergenehmigung – Unterricht durch die eigenen Eltern. Dann hatte ihre Mutter eine Stelle als

Nanotechnikerin an einem Krankenhaus in Hessen gefunden, jetzt lebte sie allein in der zum Job dazugehörigen Ein-Zimmer-Wohnung, weil das Gehalt nicht für eine größere Wohnung reichte. Ihr Vater, der keinen Wert darauf legte, wieder als Lehrer zu arbeiten, hatte die *Skylark* verchartert und war gerade mit ihr im Mittelmeer unterwegs – Danílos und Malikas Kojen wurden für zahlende Gäste gebraucht. Seit zwei Monaten wohnten sie jetzt schon bei ihrer Tante in Hamburg.

Mit dem frischen Abschluss in der Tasche war es jetzt mehr als dringend, dass sie sich überlegten, was sie eigentlich mit ihrem Leben anfangen wollten. Lange war ihnen nichts Brauchbares eingefallen. Malika hatte schon die fünfte Berufsberatung hinter sich, Danílo die dritte.

Vielleicht hatten sie einfach gespürt, dass sie mit der Entscheidung noch warten mussten ... bis zu genau diesem Tag.

Malika las den Artikel noch einmal durch, um diese wilde Freude von vorhin noch einmal zu spüren oder wenigstens ein Echo davon. Es klappte. Jemand verwirklichte ihre Idee! Das war wie ein Geschenk. »Vielleicht war es ein Wink des Schicksals, dass wir diesen Artikel gerade jetzt gesehen haben. Los, wir schreiben gleich unsere Bewerbung.«

»Aber was ist, wenn Lessers Personalabteilung das mit dem Schicksal nicht weiß und unsere Bewerbung einfach abschmettert?«

Malika grinste breit. »Ich habe da schon so eine Idee. Allerdings müssen wir inkognito vorgehen. Pass auf ...«

Nachdem sie ihm die Idee erklärt hatte, nickte Danílo gut gelaunt. »Na gut, riskieren wir es. Ich bestelle uns Zugtickets, Kohle habe ich gerade genug, die Abrechnung vom Tauchshop ist gestern gekommen.«

Und jetzt waren sie hier, mitten im Gebäude des Lesser-Konzerns. Sie saßen in einem Konferenzraum im fünften Stockwerk, ihnen gegenüber eine Pressereferentin, die ihnen mit perfekt geschminkten Lippen zulächelte und sie für Nachwuchsreporter eines Stadtmagazins hielt. Das Fake-Interview war gut gelaufen, gerade stellte Malika ihre vorletzte Frage: »Für welche Tiere ist der Müll im Meer eigentlich gefährlich?«

»Für alle, angefangen vom Eissturmvogel bis hin zum Wal«, antwortete die Frau und blendete mit einer kurzen Handbewegung ein Bild auf dem Wandmonitor ein. Ein riesiger Körper, hilflos auf dem Strand liegend. »Als sie diesen Pottwal in Spanien gefunden haben, hatte er siebzehn Kilo Plastikmüll im Körper. Er ist daran gestorben, dass das Zeug seinen Darm verstopft hat. Man hat in ihm Plastikfolie von Gewächshäusern gefunden, Blumentöpfe, Gartenschläuche, einen Kleiderbügel und natürlich Plastiktüten. Das meiste stammte aus dem Gemüseanbau in Andalusien.«

»Widerlich.« Danílos Gesicht hatte sich gerötet, seine Augen blitzten wütend. Es war nicht leicht, ihn auf die Palme zu bringen, aber das hier hatte es geschafft.

»Alles versehentlich verschluckt? Der arme Wal.« Malika schaffte es kaum, das Bild anzusehen. »Weil uns das alles nicht kaltlässt, habe ich noch eine persönliche Frage …«

»Ja? Worum geht es?« Wieder lächelte die Pressereferentin sie an, doch das machte Malika keinen Mut, es war ein furchtbar glattes, professionelles Lächeln. Es war schwer zu sagen, ob sie dieser Frau sympathisch waren oder nicht.

»Wir haben vor kurzem die Schule abgeschlossen und würden jetzt gerne ein freiwilliges ökologisches Jahr machen …«

Die Pressefrau nickte höflich. Falls sie ahnte, was gleich kommen würde, ließ sie es sich nicht anmerken.

Malika warf einen Blick auf den Hamburger Hafen, der sich jenseits des Fensters erstreckte, und gab sich einen Ruck. »Können wir mitmachen? Auf diesen drei Schiffen arbeiten, die zum Müllfischen in den Pazifik fahren?«

»Ich fürchte, wir können nur qualifiziertes Personal mitnehmen, keine Freiwilligen – tut mir wirklich leid«, sagte die Pressereferentin. Mit einem Klick ließ sie den Wandbildschirm erlöschen, sodass er wieder das Logo der *Lesser GmbH* zeigte – ein stilisiertes blaues L auf orangefarbenem Grund. Sie stand auf, das Gespräch war beendet. »Aber ihr findet bestimmt ein anderes schönes Projekt.«

Nein, ich will kein verdammtes anderes Projekt! Nur dieses hier, denn es ist auch meins! Malika sprach es nicht aus. Auch Danílo war geknickt, sie sah es daran, wie steif er sich bewegte und wie er vermied, sie und die Pressesprecherin anzusehen. Sie hatten damit gerechnet, wenigstens ihre Bewerbungen einreichen zu können, sie steckten fertig vorbereitet in Malikas Rucksack.

Die Pressereferentin geleitete sie aus dem Büro in den Gang und zum Aufzug. Höflich gaben ihr Malika und Danílo die Hand und bedankten sich für das Interview. »Ihr schickt mir dann ein Belegexemplar der Ausgabe, in der euer Artikel erscheint, ja?«

»Ja, natürlich«, behauptete Malika. Sie fühlte sich leer und ohne jede Energie, wie so oft, seit ihre Eltern entschieden hatten, wieder an Land zu leben. Hier war alles so eng, so kalt, so voller Vorschriften. Es gab nur eine Rettung – zurück aufs Meer. Aber dieser Versuch war anscheinend gescheitert.

Als die Aufzugtüren sich schlossen und sie allein waren, seufzte Danílo. »Wir hatten keine Chance – bei der waren wir einfach nicht an der richtigen Adresse.«

»Sollen wir noch mal bei der Personalabteilung fragen?« Malika lehnte sich gegen die stählerne Wand des Aufzugs und starrte in den Spiegel auf der anderen Seite. Die meisten Leute waren erstaunt, wenn sie erfuhren, dass sie und Danílo Zwillinge waren. Er hatte kurze, blonde Haare, einen hellen Teint und ruhige, nachdenkliche Augen. Im Spiegel sah der Bart, den er sich gerade stehen ließ, ganz gut aus, obwohl sie versucht hatte, ihm den auszureden. Wie immer trug er an einem Lederband den Muschelanhänger, den sie ihm auf Bali zum dreizehnten Geburtstag geschenkt hatte, um den Hals. Sie selbst war kleiner als er und hatte nussbraune, gewellte Haare. Heute erkannte sie sich kaum im Spiegel – dieser Fremden dort fehlten ihr verschmitzter Blick und ihr breites Lächeln, das immer Grübchen in ihren Wangen erscheinen ließ. Blass war dieses Mädchen, die Sommersprossen über der etwas zu langen Nase hoben sich deutlich ab.

»Nein, nicht die Personalabteilung«, sagte Danílo plötzlich, streckte die Hand aus und drückte auf den obersten Knopf des Aufzugs. Chefetage! »Wir müssen irgendwie schaffen, an Lesser selbst heranzukommen.«

Malika öffnete den Mund und schloss ihn wieder. Für die dämlichen Stunts war in der Familie doch eigentlich sie zuständig! »Gute Idee«, sagte sie und grinste. Was hatten sie schon zu verlieren? Ihr Magen sackte ab, als der Aufzug nach oben schoss. In der zwanzigsten Etage stiegen sie aus ....

... und standen in einem weitläufigen, mit grauem Teppich ausgelegten Vorraum, in dem eine Asiatin hinter einem halbkreisförmigen, schwarzen Schreibtisch thronte. In ihrem Stuhl zurückgelehnt, sprach sie in das Mikrofon neben ihren Lippen und steuerte mit raschen Gesten ihren Computer – bis sie den unerwarteten Besuch sah und verblüfft die Hände sinken ließ.

Malika lächelte kühn. »Wir möchten gerne Herrn Lesser sprechen.«

»Soso – und was genau wollen Sie von ihm?«, erwiderte die Asiatin und hob elegant eine Augenbraue.

»Wir würden ihn gerne etwas fragen, denn wir …«, begann Malika und stockte. Die Asiatin war aufgestanden, kam hinter ihrem Schreibtisch hervor und ging auf sie zu. »Ihr gehört nicht zum Unternehmen und habt keine Genehmigung, hier zu sein. So weit richtig? Wenn ja, dann muss ich jetzt leider der Konzernsicherheit Bescheid geben.«

Danílo hatte bisher nichts gesagt, aber Lessers Assistentin nicht aus den Augen gelassen. Jetzt wandte er sich ihr zu, faltete lächelnd die Hände vor der Brust und sagte: »*Ayubowan.**«

Die Frau stutzte, grüßte zurück und fragte dann: »Wo hast du das gelernt? Und wie hast du gewusst, woher ich komme?«

»Wir haben ein paar Monate in Sri Lanka geankert«, erklärte Danílo.

Bevor sie es sich versahen, waren sie mitten in einem Gespräch über ihre Kindheit auf der *Skylark*. Malika redete inzwischen nicht mehr gerne darüber, gerade von älteren Leuten kamen oft seltsame Reaktionen. Sie hatte schon alles erlebt zwischen »Wie, eure Eltern haben euch selbst unter-

* (Singhalesisch) »Ein langes Leben«

richtet – habt ihr da überhaupt was gelernt?« und »Oh, ich hatte auch immer schon vor, um die Welt zu segeln!«. In solchen Fällen verkniff sich Malika die Frage: »Und warum machen Sie es dann nicht?« Das brachte nichts, es gab immer tausend Gründe, etwas nicht zu tun.

Doch diese Frau schien interessant zu finden, was sie hörte, und sonderte keine dummen Sprüche ab. »Na gut«, sagte sie schließlich. »Herr Lesser ist da, er arbeitet gerade. Wenn ihr warten wollt – vielleicht hat er zwischendurch einen Moment Zeit. Aber seid nicht enttäuscht, wenn nichts draus wird.«

Malika und Danílo blickten sich erleichtert an. Sie ließen sich in einer Sitzgruppe aus rotem Leder nieder und warteten. Die Assistentin begann wieder zu arbeiten und beachtete sie nicht weiter, anscheinend hatte sie Lesser nicht Bescheid gesagt.

Malika musterte die Bilder an den Wänden, gerahmte Fotografien von Yachthäfen und Ankerbuchten aus aller Welt, sie erkannte immerhin die Hälfte davon. Am liebsten hätte Malika den Blick abgewandt, doch sie schaffte es nicht. Sie sehnte sich nach dem klaren, türkisfarbenen Wasser, dem weiten Horizont, den Bewegungen eines Schiffs unter ihren Füßen.

Eine Stunde verging, eineinhalb Stunden. Zu Anfang unterhielten sie sich noch im Flüsterton, doch Malika vergaß keine Sekunde lang, dass die Assistentin alles hören konnte, was sie redeten. Nach einer Weile schweigen sie und starrten nach draußen, auf den Hamburger Hafen im Nieselregen. Malika ließ unruhig die Füße kreisen und versuchte halbherzig ein paar Yoga-Übungen, in dem riesigen Raum war genug Platz dafür. Danílo hatte kein Problem damit, stundenlang die Wolken zu beobachten, aber sie selbst schaffte das nicht.

Inzwischen war es Mittag. Lessers Assistentin knabberte an Sellerie- und Karottenstangen. »Auch was?«

»Nein, danke«, sagte Malika höflich. Das da auf dem Teller reichte nicht mal für eine Person!

Eine Stunde später brachte ein Bote einen Metallkasten von der Größe eines Schuhkartons, an der Oberseite war ein Tragegriff. Die Assistentin nahm den Kasten, ging damit auf die Türen zu, hinter denen wohl Lessers Büro lag, und hob die Hand, um anzuklopfen. Doch im gleichen Moment begann ihr Telefon zu flöten. »Ja?«, meldete sie sich, dann sagte sie: »Oh, Moment, ich komme vorbei.« Sie stellte die Lieferung ab und verschwand im Aufzug. Verwaist stand der silberne Kasten auf dem Boden.

»Ich glaube, sie hat vergessen, dass wir da sind«, bemerkte Danílo.

»Und, was meinst du?«, fragte Malika und deutete auf den Kasten. »Geheime Akten? Sein Mittagessen? Bombe?«

»Wohl eher kein Mittagessen – wenn man das Futter vom Chef kalt werden lässt, bekommt man Ärger.«

»Egal, was es ist – Lesser wartet darauf«, sagte Malika. Entschlossen stand sie auf, sie hatte die Nase voll vom Warten. »Ich bringe ihm das rein.«

»Spinnst du?!«

Malika antwortete nicht. Zehn Schritte nur und sie hatte den Kasten erreicht. Hart und kühl lag der Griff in ihrer Hand. Das Ding war leicht, aber leer konnte es nicht sein, oder? Jetzt stand sie direkt vor Lessers Büro.

Malika klopfte an. Als sie ein leises »Herein« hörte, drückte sie die schweren Holztüren auf.

Von der Sitzgruppe aus sagte Danílo leise: »Viel Glück!«
Und dann war sie drinnen.

Arif war schwindelig und in seinem Bein pochten die Schmerzen. Während er klatschnass zwischen den beiden Männern durch das Innere des fremden Schiffs stolperte, schaffte er es, eine Aufschrift an einer Wand zu entziffern. Es waren zwei englische Wörter: *Emergency Equipment.* Darunter klebte ein Etikett, auf dem in einer fremden Sprache wahrscheinlich das Gleiche stand. Moment mal, war das ein amerikanisches Schiff? Führte die amerikanische Marine einen geheimen Krieg auf See? Arif kannte nicht gerade viele Amerikaner – nur die Geschäftsfrau, die seinen Eltern ihre Garnelen abkaufte und Arif und seinen Geschwistern immer zerlesene amerikanische Zeitschriften schenkte. Aus diesen Zeitschriften hatte Arif sich Englisch beigebracht. Aber darin hatte nichts gestanden, das ihm jetzt irgendwie weiterhalf.

Sie gelangten in einen größeren Raum, in dem es nach feuchtem Metall und ungewaschener Kleidung roch. Inzwischen hatten sich Arifs Augen an das Dämmerlicht gewöhnt, und er sah, dass einige Männer hier herumlungerten. Ein junger Typ mit schwarzen, am Nacken ausrasierten Haaren hockte im Schneidersitz auf dem Boden und fummelte an einem Maschinengewehr herum, als wäre es sein Lieblingsspielzeug. Seine Hände waren vernarbt, als hätte er versucht, an Stacheldraht hochzuklettern. Er musterte Arif neugierig. Ein anderer, etwas älterer Mann saß einfach nur an die Wand gelehnt da und schien zu schlafen. Doch als er ihre Schritte hörte, öffneten sich seine Augen. Sein Blick war so durchdringend und kalt, dass es Arif schauderte. Eine Schlange hatte solche Augen, das wusste er, weil er schon einige davon gefangen hatte.

Ein muskelbepackter Mann mit olivfarbener Haut kam durch eine Luke an der Oberseite des Schiffs heruntergeklettert, er wirkte gut gelaunt. Arif erstarrte, als er das Rohr eines Raketenwerfers sah, das der Mann lässig über der Schulter trug. Es war also eine Rakete, die die *Kerapu* getroffen hatte ... aber warum? Warum hatten sie fast alle Menschen an Bord getötet? Was war das hier für ein eigenartiges Schiff?

»Na, da ist ja das Treibgut«, bemerkte der Kerl mit dem Raketenwerfer, als er Arif sah – ebenfalls auf Englisch. Doch es war nicht seine Muttersprache, so viel hörte man.

»Willst du ihn haben, Jivan?«, sagte der Mann, den der andere »Admiral« genannt hatte.

»*No, gracias.*« Jivan schüttelte den Kopf, ging in Richtung Heck und verstaute den Raketenwerfer in einer Kammer. Er bewegte sich ruhig und bedächtig, wie ein großes Tier, das niemandem seine Kraft beweisen muss.

»Ich nehm ihn!« Der zweite Mann, der vorhin noch behauptet hatte, man könne einen Neuen nicht brauchen, schob Arif voran. Er hatte ein schiefes Gesicht, als habe er einmal zu viel Prügel abbekommen, und einen grauen Bart. Sein schmaler Mund verzog sich, als er Arif musterte. »Los, Junge, an die Arbeit, hier wird nicht herumgelungert.«

Er sollte also ein Sklave sein. Aber vielleicht war ihm vorher noch eine Frage erlaubt, eine einzige. Arif nahm all seinen Mut zusammen und wandte sich an den Bärtigen, den sie Admiral nannten. »Sir ...?«

»Ja?« Mit zusammengekniffenen Augen sah der Mann ihn an.

»Warum … warum haben Sie auf uns geschossen?«

»Kein Radarreflektor und keine Lichter«, antwortete aus der anderen Ecke des Raumes der junge Typ mit dem Maschinengewehr. Er feixte. »Dadurch habt ihr euch verraten. Ihr wolltet nicht entdeckt werden, was? Aber wir haben euren verdammten Holzkahn trotzdem gesehen.«

»Was?«, fragte Arif verstört. »Aber … unser Reflektor ist einfach nur abgefallen, der war kaputt … wir wollten ihn morgen wieder anbringen …«

Jivan verzog das Gesicht. *»Mierda!«*

»Was hattet ihr denn dann in dieser Gegend zu suchen?«, fragte der Admiral ungehalten.

»Wir haben gefischt«, erwiderte Arif, und allmählich dämmerte ihm die schreckliche Wahrheit. Dies hier war ein Piratenschiff, und die Kerle hatten gedacht, sie würden unliebsame Konkurrenz beiseiteschaffen! Etwas in ihm kippte und er vergaß seine Schmerzen, in ihm war nur noch brennende Wut. *»Wir haben einfach nur gefischt!«* Er schrie es heraus, und in diesem Moment war ihm egal, ob diese Kerle ihn wieder über Bord warfen.

Ein Handrücken traf ihn im Gesicht, der Schlag ließ ihn zur Seite taumeln. Grimmig blickte der Admiral auf ihn herab. »Niemand schreit auf der *Mata Tombak* herum. Niemand außer mir. Ist das klar?«

Stumm nickte Arif. *Mata Tombak.* Das hieß »Lanzenspitze«.

»Los jetzt!« Der Mann mit dem schiefen Gesicht packte ihn am Arm und zerrte ihn mit sich. Arif hinkte hinter ihm her – was sollte er auch sonst tun?

Risiko

Beeindruckt sah Malika sich um. Drei Seiten des Büros waren verglast und erlaubten einen umwerfenden Blick über Hafen und Speicherstadt, obwohl es heute so trübes Wetter war. Auf einem Tischchen mitten vor dem Fenster standen das Modell einer Teakholz-Yacht und das Bild einer jungen Frau, davor eine Kerze und eine einzelne Rose. Als Malika neugierig den Blick schweifen ließ, entdeckte sie in einer Ecke des Büros auch einen Schreibtisch und den rundlichen Mann in Turnschuhen, Jeans, Hemd und Jackett, der dahinter hockte. Das musste Benjamin Lesser sein. Sie hatte nicht gewusst, wie er aussah – im Internet gab es kaum Fotos von ihm, nur ein paar unscharfe Schnappschüsse. Es roch ein wenig seltsam in diesem Raum ... chemisch. Nach Desinfektionsmitteln.

Lesser musterte sie erstaunt durch seine randlose Brille. »Wo ist Aneeta?«, fragte er mit einer erstaunlich tiefen Stimme und streckte die Hand aus. Gerade noch rechtzeitig begriff Malika, dass er ihr nicht die Hand schütteln, sondern den silbernen Kasten haben wollte. Sie reichte ihm das Ding. »Aneeta musste kurz runter, deshalb habe ich das hier reingebracht.«

»Ach so, vielen Dank«, sagte Benjamin Lesser und hob den Deckel. Zwei Fischbrötchen kamen zum Vorschein, der Duft von Zwiebeln und Hering stieg Malika in die Nase.

Die waren bestimmt teuer gewesen, solche Delikatessen konnten Malika und Danílo sich nur selten leisten.

Als Malika einfach weiterhin dastand, blickte Lesser mit gerunzelter Stirn zu ihr hoch. Jetzt hatte sie nicht mehr viel Zeit, bevor auch er ihr mit der Konzernsicherheit drohen würde.

»Ich wollte Sie eigentlich was fragen«, brachte sie heraus.

»Muss das jetzt sein?«, fragte Lesser, er hielt schon eines der Fischbrötchen in der Hand.

»Fürchte schon«, sagte Malika ehrlich. »Denn wahrscheinlich werde ich in spätestens zwei Minuten rausgeworfen.«

Lesser stieß eine kurze Lachsalve aus und sah sie zum ersten Mal richtig an. »Moment mal. Sagen Sie jetzt bitte nicht, dass Sie sich hier eingeschlichen haben, um mir ein Interview aus den Rippen zu leiern.«

»Nein, ein Interview wollte ich eigentlich nicht«, meinte Malika.

»Dann ist es ja gut. Ich gebe nämlich keine, das macht alles meine Pressesprecherin.« Er biss in sein Fischbrötchen. Sahen lecker aus, die Dinger. Malikas Magen begann zu grummeln – peinlich, peinlich! Schnell sprach sie weiter. »Ich weiß. Bei der war ich heute schon. Nein, ich wollte einfach nur fragen, ob ich und mein Bruder Danílo bei Ihrem Pazifikmüll-Projekt anheuern dürfen.«

Mit hochgezogenen Augenbrauen sah Benjamin Lesser sie an. »Und ich dachte schon, du wolltest fragen, ob du ein Fischbrötchen abhaben kannst. Zumindest war das die nonverbale Botschaft deiner Verdauungsorgane.«

Malika musste grinsen. »Das wäre meine nächste Frage gewesen.«

Lesser wirkte amüsiert. Mit der freien Hand deutete er auf einen verchromten Stuhl auf der anderen Seite seines Schreibtischs, dann schob er ihr das zweite Brötchen zu. »Hier. Eins reicht mir, ich wollte sowieso abspecken vor der Fahrt.«

Malika griff zu. »Vor welcher Fahrt?«, fragte sie zwischen zwei Bissen. »Sie machen doch nicht etwa selbst mit beim Müllfischen?« Sie konnte noch nicht ganz glauben, was gerade passierte. Teilte tatsächlich der Geschäftsführer eines großen Unternehmens sein Mittagessen mit ihr?

»Doch, ich fahre mit.« In Lessers grüngrauen Augen tanzte ein vergnügter Funke. »Den Spaß lasse ich mir nicht entgehen. Sag mir mal, wie du heißt und weshalb wir ausgerechnet dich und deinen Bruder an Bord brauchen.«

Vielleicht war es ein gutes Zeichen, dass er sie jetzt duzte. Malika hatte den Mund noch voll Hering, rasch schluckte sie. »Malika Teichmann. Ich habe gehört, dass Ihre Müllfischer-Schiffe von Segeln angetrieben werden … Danilo und ich kennen uns beide mit Segelschiffen aus, weil wir auf einem aufgewachsen sind.«

Lesser schenkte ihr seine Aufmerksamkeit nur zur Hälfte, er tippte gerade etwas und spähte auf den Monitor. »Stimmt, wir werden segeln, zumindest bis wir vor Ort angekommen sind und den Müll als Treibstoff verbrennen können. Sonst hätten wir gute Absichten, aber die Energiebilanz einer Umweltsau.« Er ließ die Hand über sein Keyboard gleiten. »Hm, hier steht, dass ihr mit der *Skylark* unterwegs wart, einem Fünfzehn-Meter-Katamaran. Das hat mit unseren Schiffen, die über hundert Meter groß sind, wenig zu tun.«

Er hatte sie schnell mal gegoogelt – na klar, damit hätte sie rechnen müssen.

Lesser drehte den Monitor zu ihr, und Malikas Kehle wurde eng, als sie ihre eigenen Bilder darauf sah – türkisfarbenes Wasser und grüne Berge auf Moorea, ein Grillfest am Strand einer Malediveninsel, zwei Kinder, die auf den Azoren das Zeichen ihres Schiffs auf die Mole malen.

»Ich sehe schon, ihr hattet einen guten Trip«, sagte Lesser sanft. »Aber das auf unseren Schiffen ... das wird richtig harte Arbeit.«

»Ach, Sie meinen, wir kennen keine harte Arbeit?«, sagte Malika kampflustig. »Haben Sie schon mal bei Windstärke zehn ein zerfetztes Segel geborgen oder kopfüber im stinkenden Motorraum gehangen, um irgendwas am Diesel zu reparieren?«

»Nein«, sagte Lesser und starrte sie an.

»Ich auch nicht«, gab Malika zu. Um den Motor hatte sich ihr Vater gekümmert, und während das mit dem Segel passiert war, hatten Danílo und ihre Mutter Wache gehabt. Sie selbst hatte die ganze Sache verschlafen, trotz des Sturms. »Aber ganz ehrlich, wir würden uns reinhängen. So richtig. Oder haben Sie ein Problem mit unserem Alter?«

»Das Problem ist, dass ihr keine Ausbildung habt, die ich an Bord gebrauchen kann.« Benjamin Lesser wirkte noch immer freundlich, aber auch ein wenig distanziert. »Ich muss jetzt weiterarbeiten. Nimmst du das mit raus?« Er deutete auf den Brötchenbehälter.

Niedergeschlagen ergriff Malika den silbernen Kasten. »Ja, klar. Danke für das Brötchen. War wirklich gut.«

»Keine Ursache.« Lesser zog ein Desinfektionstuch aus einer Schreibtischschublade, reinigte sich die Hände und begann dann wieder zu tippen, voll konzentriert auf etwas, dass sie nichts anging.

Malika ging zur Tür, doch bevor sie das Büro verließ, drehte sie sich noch einmal um. »Wir haben den Müllstrudel schon selbst gesehen, Herr Lesser. Dass man den vielleicht abfischen könnte, ging mir damals auch durch den Kopf. Ich bin froh, dass Sie versuchen wollen, diese Scheußlichkeit zu beseitigen – ob wir jetzt an Bord sind oder nicht.«

Lesser sah auf und einen Moment lang trafen sich ihre Blicke.

Dann schob sich Malika durch die Tür, um Danílo die schlechten Nachrichten zu überbringen und sich ohne weiteren Widerstand aus dem Gebäude entfernen zu lassen.

Gemüse schneiden. Ja, das konnte Arif, obwohl er es nicht mochte. Doch jetzt schaffte er nur mit Mühe, sich aufrecht zu halten, und aus der Wunde an seiner linken Hand rann Blut. Es vermischte sich mit dem Wasser auf dem Schneidebrett zu einer wässrig-roten Lache, in der die Thai-Auberginen und Zucchinistücke badeten. Arif beobachtete es wie hypnotisiert und versuchte nicht, etwas dagegen zu unternehmen – wenn irgendjemand Blut trank, dann garantiert die Leute auf diesem Schiff!

Auch sein Bein fühlte sich furchtbar an, so, als hätte jemand ein Messer darin stecken lassen. Doch ob er damit das Deck vollblutete, interessierte keinen. Jedenfalls nicht in dieser Kombüse, die nur ein fensterloser Raum war, in der zwei Gaskocher auf dem Boden und ein paar Kartons mit Lebensmitteln in der Ecke standen.

»Die Stücke müssen viel kleiner sein!«, meckerte Ishak, der Bärtige mit dem schiefen Gesicht. Seinem Akzent nach stammte er von Sumatra, sie sprachen Indonesisch miteinander.

Arif nickte schweigend. Er machte sich daran, ein paar Dosen Kokosmilch zu öffnen, doch seine Gedanken waren weit fort. Ob seine Eltern schon erfahren hatten, dass der Funkkontakt zur *Kerapu* abgerissen war? Nein, das war zu früh, noch dachten sie, dass alles in Ordnung wäre. Aber spätestens morgen würde ihnen jemand sagen, dass etwas passiert war und die *Kerapu* vermisst wurde. Hoffentlich war der Schock nicht zu heftig für seine Mutter, sie war gerade schwanger und durfte sich nicht aufregen. Würde das Dorf eine Suche organisieren? Arif rechnete nicht wirklich damit – kaum jemand in der Gegend besaß ein hochseetüchtiges Schiff. Nach ein oder zwei Wochen würden alle, auch sein älterer Bruder Fajar und seine Schwester Majang, denken, dass ihn das Meer verschlungen hatte.

Der Gedanke schnitt durch sein Herz. Er wollte seinen Eltern keinen Kummer bereiten, sie hatten schon so viel durchgemacht. Nachdem seine kleine Schwester Dara vor vier Jahren von dem Tsunami getötet worden war, hatte seine Mutter ein Jahr lang nicht gelächelt. Beinahe hätte die große Welle auf seinem Weg zurück ins Meer auch ihn und Fajar mitgerissen, doch Fajar hatte Arif eisern festgehalten, sich einfach geweigert, ihn aufzugeben …

Wie konnte er ihnen sagen, dass die Herrin des Südlichen Meeres ihn diesmal nicht zu sich genommen hatte? Dass die anderen tot waren und wer das getan hatte? Zum ersten Mal fiel ihm das kleine Computerspiel ein, das er heute früh gedankenlos in die Tasche gesteckt hatte. *Bubblecatcher*, ein Geschenk seiner Tante, er hatte sich damit an Bord die Zeit vertrieben. Mit diesem kleinen, glücklicherweise wasserdichten Ding konnte man per Internet anderen seinen Spielstand mitteilen und Kommentare dazu abgeben!

Arif atmete flach vor Aufregung. Unauffällig drehte er sich halb von Ishak weg und ließ die gesunde Hand in seine Hosentasche gleiten. Ja, das Ding war noch da. Wenn er jetzt …

Arif wurde an die Seitenwand der Kammer geschleudert und eine Hand packte ihn an der Kehle. Ishaks Gesicht war ganz nah vor seinem, Arif sah jedes seiner struppigen Barthaare und das von Äderchen durchzogene Weiß seiner Augen. Ishaks Atem roch nach *Lapen,* dem Palmzuckerschnaps. »Wusst ich's doch, dass du was zu verbergen hast«, knurrte er. Rasch griff er mit der einen Hand in Arifs Tasche, während die andere ihn weiterhin mit eisernem Griff an der Kehle festhielt.

Arif rang nach Luft und versuchte verzweifelt, nach Ishaks Beinen zu treten. Doch er war noch immer viel zu schwach, um den Kerl ernsthaft zu verletzen. Ishak beachtete seine Tritte kaum, stattdessen zog er das Computerspiel hervor und betrachtete es mit einem verächtlichen Lächeln. Dann ließ er Arif ganz plötzlich los, von einem Moment zum anderen war der Druck auf seinen Hals weg. Arif sackte zusammen. Jeder Atemzug schmerzte, aber er lebte noch, und das war alles, was zählte.

»Hier, nimm«, sagte Ishak und warf ihm das kleine, blauorangefarbene Ding zu. Ungläubig schloss Arif die Finger darum.

»Mach schon.« Ishak grinste breit. »Spiel damit! Oder mach, was auch immer du willst, mit diesem Scheiß aus dem Westen!«

Arif hielt sich nicht damit auf, ihm das *Made in Malaysia* vor die Nase zu halten. Wusste Ishak nicht, dass man mit einem solchen Gerät Botschaften senden konnte? Doch, bestimmt. Irgendein Trick war dabei. Misstrauisch begann Arif, auf den kleinen Tasten herumzutippen, und warf alle paar Sekunden einen Blick auf Ishak, der ihn nicht aus den Augen ließ.

Unglaublich, das Ding funktionierte noch. Seine Figur fing eine Luftblase und brachte sich im letzten Moment vor dem fiesen Hai in einer Riffhöhle in Sicherheit. Doch als Arif eine Nachricht an seinen Bruder tippen wollte, drehte das Gerät durch und füllte die Zeile mit lauter Sternchen. Dabei war der Satellitenempfang gut hier in der Gegend. Auch der zweite Versuch ging schief. Verzweifelt versuchte Arif es ein drittes Mal. Nichts!

Ishak schien seinen ratlosen Blick zu genießen. »Unser Störsender«, sagte er. »Sehr praktisch gegen lose Zungen!«

Erstens haben wir keinen Platz und zweitens können wir keine lose Zunge gebrauchen. Der Satz echote in Arifs Hirn, und er begriff, dass er zu weit gegangen war.

Noch bevor er reagieren konnte, hatte Ishak ihn gepackt und schleifte ihn hinüber in den Hauptraum der *Mata Tombak*.

Zu zweit

Danílo trank einen letzten Schluck Kaffee aus einem der geblümten Becher seiner Tante, dann öffnete er vorsichtig die Tür des Gästezimmers und lugte hindurch. Malika schlief immer noch. Sie wurde gar nicht mehr richtig wach in letzter Zeit und das beunruhigte Danílo. Eigentlich konnten sie jetzt nach ihrem Abi an die Zukunft denken – für irgendeine Reise sparen, sich auf einen Studienplatz bewerben, irgend so was in der Art. Doch seit der Pleite in Hamburg war Malika selten in der Stimmung für Pläne.

Er setzte sich an den Rand der Bettcouch, strich seiner Zwillingsschwester über die Stirn und schwenkte den Kaffeebecher unter ihrer Nase. Keine Reaktion. Zärtlich betrachtete Danílo ihr Gesicht, das im Schlaf entspannt, fast glücklich wirkte, und beschloss, sie schlafen zu lassen.

Erst eine Stunde später kroch Malika aus dem Bett und setzte sich gähnend an den Frühstückstisch. Danílo hatte lesend auf dem Wohnzimmersofa gelegen, jetzt schaltete er seinen Reader ab und setzte sich zu ihr. »Ich habe nachgedacht«, sagte er und versuchte, fröhlich zu klingen. »Bis uns einfällt, was wir mit unserem Leben machen wollen, könnten wir Yachten überführen. Was hältst du davon?«

»Überführen?« Malika nippte an ihrem Kaffeebecher und schaute drein, als hätte sie das Wort noch nie gehört.

»Ja, es gibt genug Leute, die in die Karibik wollen, sich

aber die Atlantiküberquerung nicht zutrauen. Oder die nicht die Zeit haben, ihr Boot selbst nach Tahiti zu bringen, wenn sie dort segeln wollen. Wir könnten auf solchen Booten anheuern, die brauchen immer mal wieder Crewmitglieder. Geld gibt es zwar nicht viel, aber wir wären wenigstens auf dem Meer.« Gespannt wartete Danílo auf ihre Reaktion.

»Ja, wieso nicht?«, sagte Malika, ohne von ihrem Marmeladenbrot aufzuschauen. Dann begann sie, auf ihrem Communicator Nachrichten abzurufen.

Danílo verdrehte die Augen. Stur! Dieses Mädchen war unglaublich stur. »Jetzt hab ich genug Vorschläge gemacht – wie wär's, wenn du auch mal wieder eine Idee anschleppst? Die liegen doch fast schon auf der Straße!«

»Auf der Straße findet man höchstens gebrauchte, halb tote«, murmelte Malika.

Danílo gab auf. Er klickte das *Hamburger Abendblatt* an und vertiefte sich darin. Auf der Titelseite prangte ein Artikel über Lessers Müllstrudel-Expedition, aha, in drei Wochen war es so weit, dann würden die Schiffe losfahren. Schnell blendete er den Text aus, bevor Malika ihn sah.

Dann fiel ihm auf, dass Malika aufgehört hatte zu atmen. So sah es jedenfalls aus. Ihr Blick klebte auf dem Bildschirm und ihre Augen wirkten starr.

»Was?«, fragte Danílo alarmiert.

»Ich hab eine Nachricht von der *Lesser GmbH*, Personalabteilung«, flüsterte sie.

»Hast du sie schon aufgemacht?«

»Nein. Ich trau mich nicht.«

»Los, mach das Ding auf!«

Malika gehorchte und auf ihrem Gesicht breitete sich ein Strahlen aus. Einen Moment lang sah sie fast aus wie früher … doch dann sackte ihr Kinn nach unten und die Energie schien wieder aus ihr hinauszusickern. Danílo riss ihr den Communicator aus der Hand und überflog die Nachricht.

… freuen uns, Ihnen mitteilen zu können, dass durch die Erkrankung eines Crewmitglieds ein Platz auf einem unserer Schiffe frei geworden ist. Wenn Sie noch immer Interesse an einer Teilnahme haben, dann melden Sie sich bitte schnellstmöglich bei …

»Hey, das ist grandios!« Wilde Freude durchströmte Danílo. Jetzt würde alles gut werden, ganz sicher. »Anscheinend hat er dich nach deinem Besuch auf die Warteliste gesetzt, ohne dir was zu sagen, wahrscheinlich wollte er dir keine Hoffnungen machen.« Aber was war mit Malika los, warum freute sie sich nicht? Doch als er die Mail zum zweiten Mal durchlas, begriff auch er.

»Es ist nur ein Platz«, sagte Malika dumpf.

Danílo nickte und versuchte, sich die Enttäuschung nicht anmerken zu lassen. »Klar. Schließlich konnten nicht praktischerweise zwei Leute krank werden. Trotzdem. Ein Platz ist besser als nichts.« Er fragte sich, ob er es überstehen würde, wenn sie ohne ihn fuhr. Sie waren kaum jemals getrennt gewesen, nicht einmal als er im letzten Jahr ins Krankenhaus musste, um sich für immer von seinem Blinddarm zu verabschieden. Malika hatte sich einfach geweigert, in die Schule zu gehen, und den ganzen Tag an seinem Bett gesessen.

»Nein, das geht nicht. Ich will das nicht ohne dich machen.« Malika straffte die Schultern, holte sich den Communicator zurück und begann, zu tippen.

»Was tust du?«, fragte Danílo beunruhigt.

»Ich sage ab.«

Sie sagte ab! Wegen ihm. Damit sie zusammenbleiben konnten. Ein warmes Gefühl durchströmte Danílo, aber nur kurz. Gleich darauf wurde ihm klar, dass er das nicht zulassen durfte. »Du hast sie ja nicht mehr alle! Das kommt gar nicht infrage!«

Malika tippte weiter, als hätte sie ihn nicht gehört. Schon zum zweiten Mal musste Danílo ihr das Gerät aus der Hand reißen. »Mir macht es nichts aus, wirklich«, redete er auf sie ein und sah, dass sie ihm nicht glaubte. Sie kannte ihn viel zu gut.

»Gib mir sofort das Ding wieder, du Arsch!«, zischte Malika ihn an, und in ihren Augen blitzte etwas von ihrer alten Energie auf. Der Anblick tat Danílo so gut, dass er zu spät reagierte, als sie ihm blitzschnell den Communicator abnahm. Er versuchte, ihn sich zurückzuholen, doch Malika kämpfte wie eine Katze, die in die Enge getrieben worden war. Erschöpft landeten sie schließlich nebeneinander auf dem Plüschsofa ihrer Tante.

»Ich weiß, was wir tun – wir setzen alles auf eine Karte«, keuchte Malika und hielt ihn mit einem Arm auf Distanz. Die braunen Locken hingen ihr wirr in die Stirn und ihre Wangen waren gerötet. »Ich schreibe zurück, dass wir zu zweit fahren oder gar nicht. Weil wir ein Team sind und uns ergänzen.«

»Das wird sie ganz sicher sofort überzeugen«, höhnte Danílo halb enttäuscht, halb erleichtert.

Er wollte nicht mit ansehen, wie sie die Chance wegwarf, auf die sie so lange gehofft hatte. Rasch zog er seine Sneakers an und warf sich seine Solarjacke über, dann donnerte er die Tür hinter sich zu und lief die Treppe hinunter nach draußen.

Vielleicht war es besser so, dass es nicht klappte – manchmal hielt er es für völlig irr, was Lesser vorhatte. Drei Schiffe, um den Müllstrudel abzufischen? Lächerlich. Wahrscheinlich brauchte man dreihundert dafür.

Oder dreitausend.

Ishak lud Arif vor den Füßen der Mannschaft ab wie ein Stück Aas. Arifs ganzer Körper schmerzte, aber mit zusammengebissenen Zähnen versuchte er trotzdem, sich aufzurichten. Ein Fußtritt von Ishak schickte ihn wieder zu Boden. »Diesen *nakal kontol* müssen wir wieder loswerden! Der macht nur Ärger!«, verkündete der Bordkoch, und niemand widersprach.

Verzweifelt blickte Arif sich um. Wo war der Admiral? Wenn der eingriff, hatte er vielleicht noch eine Chance! Auch wenn der Kapitän der *Mata Tombak* anscheinend ebenso brutal war wie die anderen, hatte er sich dafür ausgesprochen, Arif an Bord zu nehmen. Doch der Admiral war nirgends in Sicht. Garantiert hatte er eine eigene Kammer und hing nicht hier mit den anderen herum.

In diesem Moment bemerkte Arif einen hellen Spalt in der Bordwand. Durch den Nebel der Schmerzen wurde ihm klar, dass eine Tür geöffnet worden war. Durch die Öffnung erhaschte er einen Blick auf die Brücke des Schiffs, die mit den vielen Computerbildschirmen darin eher aussah wie das Cockpit eines Flugzeuges. So etwas hatte Arif bisher nur in Filmen gesehen, Filmen aus der Zukunft, in denen unbesiegbare Helden die Welt retteten. Doch dieses Schiff kam nicht aus der Zukunft, dazu war alles an Bord zu schmud-

41

delig und abgewetzt. Und garantiert hatte hier niemand die Absicht, die Welt zu retten.

An einem der Computer saß ein schlanker, schwarz gekleideter Mann und tippte unglaublich schnell darauf ein. Ein anderer, den Arif nur als schmale Silhouette sah, blickte neugierig in den Hauptraum. »Gibt's Ärger?«, fragte eine Jungenstimme gespannt.

»Nur 'ne Katze, die ersäuft werden muss«, sagte der Pirat mit den Schlangenaugen. Arif wusste nicht, zu wem er beten sollte, zu Allah oder zu Nyai Loro Kidul. Am besten zu beiden.

Der schwarz gekleidete Mann am Computer – vielleicht der Erste Offizier – stand auf. »Wo liegt das Problem?«

Ishak begann zu erklären, doch der fremde Mann hob die Hand und der Bordkoch verstummte mitten im Wort. Der Erste Offizier betrachtete Arif und schüttelte den Kopf. »Sagt mal, ihr Deppen, hat keiner von euch daran gedacht, ihn zu verarzten?« Sein Englisch war fast perfekt. »Salty, geh den Verbandskasten holen.«

Arif blickte hoch und sah glatte, schwarze Haare, ein fein geschnittenes Gesicht und kluge, braune Augen hinter einer Brille mit runden Gläsern. Hoffnung stieg in ihm auf, obwohl dieser Mann ihn eher ansah wie eine Maschine, die repariert werden musste.

Der dünne Junge in Jeans und Sneakers – Salty – kam mit einem Plastikkasten angerannt. Vor lauter Aufregung riss er den Deckel zu heftig auf, und Verbandsrollen, Sprühflaschen und Einmalhandschuhe purzelten auf den Boden. Seufzend klaubte der Mann mit der Brille sich ein paar Sachen aus dem Stapel, betrachtete Arifs Verletzungen und begann, den zerfetzten, blutigen Stoff über seiner Wade wegzuschneiden. Als er begann, mit einer Pinzette in der Wunde herumzustochern, wurde Arif beinahe ohnmächtig. Wieder und wieder fraß sich der Schmerz durch seinen Körper. »Ruhig halten!«, mahnte der Erste Offizier. Nach weiterem Gestocher hielt er einen Splitter hoch, der fast so lang war wie Arifs kleiner Finger. »Der wäre schon mal draußen. Jetzt der Rest.«

Es wurde dunkel um Arif.

Als er erwachte, pochte der Schmerz noch immer in seinem Körper, aber das Schlimmste schien vorbei zu sein. Sein Bein und seine Hand trugen ordentliche, weiße Verbände. Arif stellte fest, dass er in einer Ecke des Hauptraums auf einer Matte lag, neben ihm stand ein Schälchen mit Reis und gebratenem Gemüse. Doch Arif war nicht sicher, ob er jemals wieder etwas essen wollte. Er drehte sich zur Wand und Tränen sickerten aus seinen Augen. Die anderen aßen und unterhielten sich, doch Arif hörte nicht zu. Ihm war furchtbar kalt, seine noch immer nassen Sachen klebten auf der Haut.

»*Salam!* Magst du das Teil, das Daud aus dir rausgepult hat, behalten? Als Andenken?«, fragte eine helle Stimme auf Indonesisch. Das musste Salty sein, der junge Helfer. Mühsam hob Arif die Hand, um sich die Tränen aus den Augen zu wischen – er wollte nicht, dass jemand ihn so sah. Dann drehte er sich ein Stück zur Seite, um Salty anblicken zu können.

»Ja, ich glaub schon«, brachte Arif heraus und nahm den Holzsplitter an sich, an dem noch blaue Farbreste und Blut klebten. Dieses Ding war das Einzige, was von der *Kerapu* geblieben war.

»Wie heißt du und wie alt bist du?«, fragte Salty neugierig, setzte sich im Schneidersitz neben ihn und schaufelte seine Portion Reis in sich hinein. Doch er hielt schnell inne und brummte: »Dieser Ishak hat schon wieder völlig vergessen zu würzen!« Er griff sich eine Flasche mit salziger Sojasoße.

Aha, daher kam also sein Spitzname. Arif setzte sich mühsam auf, ganz plötzlich hatte er rasenden Hunger. Zögernd nahm er das Schälchen mit dem Essen und stellte fest, dass es ihm zwar salzig genug war, aber zu mild – da fehlte noch einiges an Chili oder Pfeffer. Doch Arif war nicht so unhöflich, sich zu beschweren.

Langsam kehrten seine Lebensgeister zurück. »Arif. Sechzehn. Und du?«

»Ich bin schon neunzehn«, erwiderte Salty etwas gönnerhaft, und Arif wunderte sich. Damit war der Kerl genauso alt wie sein Bruder Fajar, aber der war praktisch erwachsen. Salty dagegen hätte er auf höchstens vierzehn geschätzt – vor allem wegen seines Milchgesichts und des mickrigen Schnurrbarts. Seine riesigen Füße ließen ihn wie einen Welpen wirken. Arif rätselte, was es mit der Metallhaube auf sich hatte, die Salty auf dem Kopf trug, wagte aber nicht zu fragen.

»Bist du schon lange hier an Bord?«, erkundigte er sich stattdessen, und Salty nickte stolz. »Seit zwei Jahren schon. Seit die *Mata Tombak* unterwegs ist. Daud ist mein Cousin, weißt du?« Salty unterbrach sich, vielleicht hatte er bemerkt, dass Arif die Arme um sich geschlungen hielt, um sich warm zu halten. Er ging ein paar seiner Klamotten holen und erleichtert zog sich Arif die fleckige, aber trockene Hose und das T-Shirt an. Nur die Flip-Flops waren ihm viel zu groß – Salty hatte erstaunlich große Füße –, aber Arif hatte nichts dagegen, barfuß zu gehen. Er bedankte sich und nutzte die Gelegenheit, noch eine Frage loszuwerden: »Was für ein komisches Schiff ist das hier eigentlich? So eins habe ich noch nie gesehen.«

Salty strahlte. »Es ist ein *M-80 Stiletto*. Erst wollten Zahir – der Admiral – und Daud sich irgendein Schiff zur Tarnkappe umbauen, aber das hat nicht geklappt, es war zu kompliziert. Dann haben sie von diesem hier gehört und sind auf die Idee gekommen, es zu klauen.«

»*Masak!* Wirklich!«, meinte Arif fasziniert und beobachtete, wie einige der Männer ihre leeren Schalen beiseitestellten und durch die Luke aufs Oberdeck verschwanden. »Und wo kann man so was klauen?«

»In Ecuador. Die Amerikaner haben das Ding gebaut, aber irgendwann wollten sie es nicht mehr und haben es an die Marine von denen verkauft. Tja, und in Guayaquil lag es nur im Hafen und gammelte vor sich hin. Es war schlecht bewacht, und mit ein bisschen Geld in den richtigen Händen war es nicht schwer, es einfach nachts aus dem Hafen zu …«

Von draußen ertönte Maschinengewehrfeuer und Arif zuckte zusammen. Was war dort draußen los, griffen die Piraten ein weiteres Schiff an?

Salty sprang auf. »Ich schaue mal, was abgeht«, rief er und kletterte nach oben.

Arif überlegte nicht lange und hinkte ihm hinterher.

Neue Feinde, neue Freunde

Malika schleifte ihren Seesack vom Gepäckband. »O Mann, ist der schwer! Ich dachte, ich wüsste, wie man ohne viel Krempel reist ...«

»Das haben wir anscheinend verlernt«, sagte Danílo und erspähte seine eigene Reisetasche. Er warf ihre Sachen auf einen Gepäckwagen, dann machten sie sich auf den Weg durch den Zoll. Todmüde und hellwach zugleich sah sich Malika um, seit Tagen war sie in Hochstimmung. Sie erinnerte sich noch gut daran, dass sie mit der *Skylark* ein halbes Jahr lang die Küste Kaliforniens erforscht hatten, es war schön, wieder hier zu sein. Und morgen legten die Schiffe ab, mit denen Lesser das Unmögliche wagen wollte ...

»Wann verrätst du mir endlich, was du Lesser geschrieben hast?«, fragte Danílo, während sie auf dem Weg zum Taxistand durch die blank polierten Flughafenhallen wanderten.

»Nichts Besonderes eigentlich, das habe ich dir doch gesagt. Es war kein Trick dabei.« Malika zuckte die Schultern. »Ich habe ihn nur gefragt, ob er das kennt, wenn man sich seinen Geschwistern ganz eng verbunden fühlt ... und das, was einem wichtig ist, mit ihnen teilen möchte.«

»Und da hat er einfach zugesagt, dass ich mitkommen darf?«

Auch das hatte sie ihm längst erzählt. Sie kannte Lessers Antwort-Nachricht sogar auswendig, schließlich war sie kurz gewesen: *Ja, das kenne ich. Geht in Ordnung, ihr fahrt beide. BL*

»Ich glaube, der mag dich«, brummte Danílo. »Vielleicht ist das so eine Art Blutsbrüderschaft, wenn man zusammen ein Fischbrötchen geteilt hat.«

»Fischbrüderschaft«, frotzelte Malika.

Ein Taxi brachte sie in die Innenstadt von Los Angeles, dort sollte im *Sheraton Downtown* ein Treffen aller Projektteilnehmer und gleichzeitig die Abschiedsparty der drei Schiffe stattfinden. Das *Sheraton* war ein gewaltiger Glastempel und Malika fühlte sich mit ihren ranzigen Klamotten und dem Seesack wie ein ungeladener Gast. Doch die Frau an der Rezeption ließ sich nicht anmerken, was sie darüber dachte, und als sie hörte, dass sie zum Projekt gehörten, schenkte sie ihnen ein strahlendes Lächeln. »Ich habe die Pressekonferenz im 3-D gesehen … Wir sind sehr stolz darauf, dass Ihre Schiffe von hier aus fahren! Wir wünschen Ihnen von ganzem Herzen viel Erfolg! Darf ich Ihnen das hier überreichen?«

Sie holte eine große Tüte hervor, riss sie auf und reichte Malika einen in Plastikfolie verpackten Schlüsselanhänger mit dem Logo der Hotelkette. Auch der Anhänger war aus Kunststoff.

Malika schaffte ein gequältes Lächeln. »Äh, danke. Und einen schönen Tag noch.«

Plastik überall! Man konnte dem verdammten Zeug einfach nicht entgehen. Und was genau nützten die neuen europäischen Verpackungsgesetze, wenn der Rest der Welt noch immer vor sich hin schweinte?

»Cool, wieder Englisch zu sprechen«, meinte Danílo, als sie ihre Sachen zum Aufzug schleiften. Malika schob die düsteren Gedanken weg und nickte. Mit dieser Sprache waren sie aufgewachsen – keiner ihrer Spielkameraden hatte auch nur ein Wort Deutsch verstanden.

»Meinst du, wir werden berühmt?«, flüsterte ihr Danílo zu.

»Logisch, die berühmtesten Müllsammler der Welt. Wir werden Tag und Nacht die Paparazzi abwehren müssen.« Malika zog ihn inklusive Reisetasche in den Aufzug. »Ich weiß nur eins, in einer Stunde fängt das Treffen an und wir müssen uns dringend frisch machen. Sonst überlegen die sich noch mal, ob sie uns mitnehmen wollen.«

»Wirfst du dich in Schale?« Danílo zögerte vor seiner Zimmertür.

»Was für eine Schale?« Malika zog eine Grimasse. »Es hat mir ja keiner rechtzeitig gesagt, dass hier gefeiert wird! Ich hab nur Bordklamotten mit.«

»Ich auch.« Danílo seufzte. »Egal. Wir sind nicht hier, weil wir so toll im Fernsehen rüberkommen.«

»Fernsehen?«, quiekte Malika, und Danílo grinste.

»Klar. Hast du das 3-D-Team in der Lobby nicht gesehen? Die haben irgendjemanden interviewt, der ein Lesser-Logo auf dem Hemd hatte.«

Mit einem Aufstöhnen verzog sich Malika in ihr Hotelzimmer und überließ ihren Bruder sich selbst. Immerhin, diese »Bordklamotten« waren neu und nicht so schlimm wie die, in denen sie um die Welt gesegelt waren. Damals waren all ihre T-Shirts und Shorts von der Sonne ausgebleicht gewesen und fadenscheinig vom Salzwasser. Doch da die Menschen in vielen Ländern erschreckend arm waren, wäre es sowieso daneben gewesen, mit Markenklamotten zu protzen. Danílo hatte in diesen Ländern einen Großteil seines

Spielzeugs verschenkt. Manchmal hatte er es geschafft, auch Malika zu überreden, dass sie sich von einigen Sachen trennte. Aber längst nicht immer. Ab und zu gönnte sie sich einen gesunden Egoismus.

Nachdem Malika lange in ihrer Tasche gewühlt hatte, entschied sie sich für eine weiße Shorts und ein marineblaues Top. Als sie frisch geduscht zum Vorschein kam, wartete Danílo schon auf sie, er trug eine frische Jeans und ein Leinenhemd. Wie üblich sagte er nichts zu ihrem Outfit – Danílo war es egal, wie Leute angezogen waren.

Gemeinsam gingen sie in den Konferenzraum. »Sag bloß nicht vor den Kameras, dass das ganze Projekt deine Idee war«, zischte Danílo ihr zu. »Das käme vielleicht ein bisschen seltsam rüber …«

»Keine Sorge«, flüsterte Malika. »Schau mal, den kenne ich von Fotos, das ist Wilbert Hensmann. Er leitet zusammen mit Lesser das Projekt.« Sie deutete mit dem Kinn auf einen drahtigen, ernsthaft wirkenden Mann mit abstehenden Ohren, der eine schwarze Kapitänsuniform mit vier goldenen Streifen trug. Er wurde gerade von mehreren Kamerateams belagert, geduldig gab er ihnen Auskunft.

Malika war halb enttäuscht und halb froh, dass sich die Fernsehleute nicht für sie interessierten. Neugierig sah sie sich um. Etwa dreißig Menschen standen in Grüppchen zusammen und unterhielten sich, nur wenige trugen Uniform, die meisten waren locker gekleidet.

Kurz darauf begann das Crew-Treffen offiziell und sämtliche Journalisten wurden höflich nach draußen gebeten. Erwartungsvolles Schweigen senkte sich über den Raum … und dann sah Malika Benjamin Lesser. Jetzt, da die Presseleute verschwunden waren, hatte er sich unter die Projektteilnehmer gemischt. Unwillkürlich lächelte Malika, sie freute sich, ihn zu sehen. Lesser stand nur drei Meter entfernt, doch er hatte sie noch nicht bemerkt. Ob sie ihn begrüßen sollte? Nein, nicht jetzt.

Kapitän Hensmann reichte seinem Chef das Mikrofon. »Herzlich willkommen«, sagte Benjamin Lesser in einem weichen, gepflegten Englisch. »Auf diesen Moment habe ich gewartet, seit ich mit sechzehn Jahren mit meinen Eltern an den Strand gefahren bin, in Sizilien war das. Wir sind nicht ins Wasser gegangen an diesem Tag, denn der Strand war völlig mit Plastik vermüllt, auch im Meer schwamm der Dreck. Damals ging mir auf, was meine Familie angerichtet hat mit ihren Kunststofffabriken.« Er atmete tief durch. »Und jetzt haben wir die Chance, diesen Müll herauszufischen. Es hat lange gedauert, diese Reise vorzubereiten, länger, als ich geplant hatte. Mehr gekostet hat es auch. Egal. Unsere Schiffe, die *Ariadne,* die *Cassandra* und die *Leandris,* liegen im Hafen, morgen um 10 Uhr Ortszeit werden sie gemeinsam auslaufen.« Benjamin Lesser warf einen Blick in die Runde, sein Blick glitt über Malika und Danílo hinweg. »Und keinen Moment zu früh. Sie wissen wahrscheinlich, was mit Plastik geschieht, das im Meer treibt … im Laufe der Jahre und Jahrzehnte wird es vom ultravioletten Licht in immer kleinere Stücke zersetzt. Wenn das geschehen ist, ist es zu spät – diese Plastikpartikel können auch wir nicht bergen, sie werden von Meerestieren mit Plankton verwechselt und gefressen. Wir müssen den Dreck vorher herausfischen, und das, *genau das,* werden wir schaffen!«

Applaus brandete auf und auch Malika klatschte begeistert. Nein, er hatte es nicht auf die Gewinne abgesehen, das Meer bedeutete ihm so viel wie ihr.

Genau das werden wir schaffen. Und sie war dabei! Danílo wirkte weniger beeindruckt, aber auch er klatschte.

Lesser gab das Mikro an Kapitän Hensmann weiter, der es mit ernster, konzentrierter Miene entgegennahm. »Es ist jetzt genau fünf Jahre her, dass mich mein letzter Arbeitgeber vor die Tür gesetzt hat«, begann er. »Gekündigt wurde mir, weil ich mich geweigert hatte, das Altöl unseres Schiffs auf offener See ins Wasser zu pumpen. Herr Lesser, ich hoffe, Sie verlangen von mir nichts dergleichen?«

Benjamin Lesser schüttelte den Kopf und lachte verlegen, sagte aber nichts, daher fuhr Hensmann ans Publikum gewandt fort: »Heute im Laufe des Abends wird übrigens auf diesem Monitor an der Seitenwand die Zusammenstellung der Crews bekannt gegeben. Und hiermit … ist das Buffet eröffnet!«

Auch er bekam Applaus, dann strebten alle zum Essen. Malika sah, dass Benjamin Lesser sich in Bewegung setzte – aber nicht in Richtung des Buffets. Sondern auf sie zu. Er hatte sie also doch entdeckt. »Moin«, sagte er und schüttelte ihr und Danílo die Hand. Ein leichter Geruch nach Desinfektionsmitteln umwehte ihn. »Schön, dass ihr beide hier seid.«

»Ja, vielen Dank noch mal«, gab Malika zurück und lächelte ihn an.

Benjamin Lesser lächelte verschmitzt zurück. »Leider, leider werden Sie auf diesem Buffet keine Fischbrötchen finden. Die Amerikaner verstehen einfach nichts davon. Aber ich bin sicher, Sie entdecken trotzdem etwas Essbares.«

Und schon war er wieder weg, um mit anderen Besatzungsmitgliedern zu reden. »Netter Kerl«, sagte Danílo und blickte Lesser neugierig hinterher – schließlich sah er ihn zum ersten Mal. »Aber ein ziemlicher Nerd, oder? Er sieht aus, als würde er die Computerspiele, die seine Firmen herstellen, alle selbst testen.«

Malika zog die Augenbrauen hoch. »Kann sein – aber ich glaube, du unterschätzt ihn.«

»Du bist sein Fan, was?«, zog Danílo sie auf, und Malika knuffte ihn in die Seite. »Du kannst froh sein, dass wir uns gut verstehen, sonst wärst du nämlich nicht hier!«

»Ja, genau, ich wäre auf einer Yacht in der Karibik und würde jetzt gerade den Anker werfen …«

»Wer's glaubt. Du hättest erst mal jemanden finden müssen, der dich anheuert. Darf ich dich daran erinnern, dass du erst achtzehn bist?«

»Ach, echt? Ich bin achtzehn? Seit wann?«

»Seit drei Monaten schon, du Depp. Und jetzt halt den Mund, ich hab Hunger.«

Sie stellten sich mit Tellern in der Hand hinter einem bulligen Typen mit raspelkurzen, orange gefärbten Haaren an.

Doch das war, wie sich herausstellte, ein Fehler.

Unter Arifs bloßen Füßen fühlte sich der Rumpf seltsam an, viel wärmer als das kalte Metall, mit dem er gerechnet hatte. Aber Holz war es auch nicht, worauf er stand. Vielleicht Kunststoff.

Die Oberseite der *Mata Tombak* war flach, man konnte darauf herumlaufen, als wäre es die Tragfläche eines Flugzeugs. Aber eine Reling gab es nicht – verlor man das Gleichgewicht, fiel man in die nachtschwarze See. Im Schein der Cockpitlichter erkannte Arif die Silhouette mehrerer Männer auf dem Rumpf.

Wieder eine Salve aus dem Maschinengewehr. Arifs Ohren klingelten und das Mündungsfeuer blendete ihn einen Moment lang. Als er zurückweichen wollte, trat er auf einen kleinen, harten Gegenstand, der sich in seine Fußsohle brannte. Arif riss den Fuß weg, dann bückte er sich und tastete herum. Überall lagen Patronenhülsen, die aufs Deck geklackert waren – die Dinger waren noch heiß. »Als ich jünger war, hab ich die gesammelt«, erzählte Salty, der dicht neben ihm geblieben war.

Zwei der Piraten unterhielten sich gut gelaunt, jemand lachte. Unruhig blickte sich Arif nach den Lichtern eines anderen Schiffs um und hoffte, dass niemand anders diesen Arschlöchern in die Falle gegangen war. Doch er sah nichts, nur ein leichtes Meeresleuchten, als der Bug der *Mata Tombak* die Wellen teilte. Das blaue Schimmern tröstete Arif ein wenig, weil es ihm so vertraut war. Sie fuhren mit etwa halber Kraft, den Sternen nach waren sie nach Nordosten unterwegs.

Noch eine Salve, wieder zuckte Arif zusammen, ohne es zu wollen.

»Stopp!«, kommandierte jemand im festen Ton. Admiral Zahir. »Du verschwendest Munition, Tomás.«

»Ich habe etwas im Wasser gesehen«, widersprach der junge Kämpfer, doch Arif hörte den falschen Ton in seiner Stimme. Vielleicht hatte er tatsächlich etwas gesehen, aber vielleicht hatte er es auch nur erfunden, um ein bisschen herumballern zu können.

»Schluss jetzt«, sagte auch einer der anderen Männer, Arif erkannte die Stimme des Schlangen-Mannes. »Du hast doch heute schon deinen Spaß gehabt. Brauchst keinen Hai umzulegen.«

»Das ist Viper«, flüsterte Salty ihm zu. In seiner Stimme schwang Ehrfurcht mit. »Mit dem solltest du dich nicht streiten. Der hat im Bürgerkrieg auf Borneo mehr als zwanzig Leute kaltgemacht.«

»Ein Hai? Wer sagt denn, dass es ein Hai war?« Noch wollte Tomás nicht nachgeben. »Außerdem ist es meine verdammte Munition, selbst bezahlt von meinem letzten Anteil!«

»Ende der Diskussion«, sagte der Admiral, und der Ton seiner Stimme jagte Arif einen Schauer über den Rücken. Nur ein sehr mutiger Mann hätte jetzt noch widersprochen. Wortlos stapfte Tomás zur Luke und polterte hinab, wahrscheinlich um sich schmollend wieder in den Hauptraum zu verziehen.

Den unter Kontrolle zu halten ist bestimmt nicht einfach, ging es Arif durch den Kopf, und zum ersten Mal kam ihm der Gedanke, dass der Beschuss der *Kerapu* vielleicht doch kein Missverständnis gewesen war. Sondern eine willkommene Abwechslung für gelangweilte Kämpfer. Vielleicht hatte Admiral Zahir gar kein Interesse daran gehabt, genau nachzufragen, um was für ein Schiff es sich handelte …

Hass quoll in Arif hoch. Kapitän Djamal, der Freund seines Vaters, war ein grundguter Mann gewesen, wieso hatte er auf diese Art sterben müssen?

Die anderen Männer gingen wieder nach unten, nur einer nicht, der große, muskulöse, der Jivan hieß. Als Salty eine Taschenlampe aufblitzen ließ, sah Arif, dass der Kämpfer ein paar Decken hochgebracht hatte – wollte er hier oben übernachten? »Das macht er immer, außer es ist wirklich übles Wetter«, flüsterte Salty und drängte Arif zur Luke.

Arif wäre gerne noch draußen geblieben, nichts zog ihn nach unten ins muffige Innere des Schiffs. Der Sternenhimmel über ihm sah fast genauso aus wie der über Java. Nur noch klarer, noch gleißender. Arif sehnte sich so sehr nach daheim, dass er sich fühlte wie eine mit Stroh ausgestopfte Puppe. Ohne seine Familie war er nichts, hatte er keine Vergangenheit und keine Zukunft.

Würden diese Leute ihn jemals wieder gehen lassen? Oder hatte er jetzt schon so viel erfahren, dass sie ihn dabehalten mussten? Warum hatte dieser Salty so hemmungslos drauflosplappern müssen? Am liebsten hätte Arif Salty die Taschenlampe aus der Hand gerissen, um damit SOS zu morsen. Sinnlos! Niemand würde seine Zeichen sehen.

Auf dem Weg unter Deck schaffte es Arif, noch einmal einen Blick ins Cockpit zu werfen. Dort war garantiert auch die Funkanlage der *Mata Tombak*. Ja, die Skalen, Knöpfe und Mikros sahen so ähnlich aus wie die auf der *Kerapu*. Arif wurde es heiß und kalt zugleich. Da war sie, seine Rettung. Keine zwei Meter von ihm entfernt. Und doch unerreichbar, denn der Erste Offizier Daud saß zwischen ihm und der Anlage. Er kontrollierte hin und wieder den Radarschirm oder warf einen Blick durch die Cockpitfenster, dann hackte er wieder auf seinen Computer ein, auf dem irgendwelche Listen eingeblendet waren. Was machte er da eigentlich?

Auch Daud konnte nicht bei Tag und bei Nacht hier hocken. Möglicherweise war die Funkanlage irgendwann unbewacht, eine Minute reichte ja schon. Vielleicht konnte er die Piraten irgendwie ablenken ...

Als hätte er Arifs Gedanken gespürt, schaute Daud von seinem Computer auf. Sein Blick war kühl und abschätzend. Schnell wandte sich Arif ab.

Er war noch nicht sicher, wer der gefährlichste Mann an

Bord war. Tomás, der am liebsten auf alles geschossen hätte, was sich bewegte? Viper, der Mann mit den Schlangen-Augen? Oder Ishak, der ihn heute fast erwürgt hätte?

Aber vielleicht war es auch Daud, der von hier aus seine Finger ausstrecken konnte in die Datennetze der ganzen Welt.

Der Typ mit den orangefarbenen Haaren, der vor Danílo in der Schlange stand, begann lauthals zu schimpfen. »Was is'n das für ein Mist, gibt's kein Brathuhn? Was zum Teufel soll das hier sein? Überbackene Aubergine – geht's noch?«

Niemand reagierte. Kapitän Hensmann war gerade in ein Gespräch mit Benjamin Lesser vertieft, er hatte die Bemerkung anscheinend nicht gehört. Danílo entschied sich, den Kerl zu ignorieren.

»Hallo? Hallo! Kann mir jemand eine Pizza bestellen?« Der Mann pikte seine Gabel in etwas, das in hellbrauner Soße schwamm und auf den ersten Blick wirkte wie ein Schnitzel – aber dann sah Danílo, dass dafür kein Tier gestorben war, das Ding bestand aus *Deeleit,* einer Art künstlichem Fleisch. Etwa gleichzeitig merkte es auch der Mann. »*Fucking hell!* Das ist kein Essen für Männer – wo bleibt das Steak?«

Danílo stand direkt hinter ihm, und das war ihm viel zu nah, weil der Kerl jetzt begann, mit seiner Gabel herumzufuchteln. Instinktiv wich Danílo zurück, doch das war keine gute Idee. Malikas Warnruf hörte er zu spät, schon stieß er gegen irgendetwas und hörte einen saftigen Fluch. Er hatte eine junge Frau – Typ Bohnenstange, blonder Pferdeschwanz – angerempelt und dafür gesorgt, dass eine volle Ladung Tofu mit Soße auf ihrem bauchfreien Top gelandet war. Sie hob die tropfenden Hände und sah an sich hinunter. »Na toll. Du bist herumgetaumelt wie ein klumpfüßiger Bauarbeiter, und das hab ich jetzt davon!«

Ganz sicher hatte sie mitbekommen, dass dieser karottenhaarige Depp an allem schuld war, doch nein, sie blickte ihn an, Danílo. »Sorry – war keine Absicht«, sagte Danílo rasch.

Die junge Frau verdrehte die Augen. »Tatsächlich? Ach, schade, ich dachte, du hast das gemacht, weil du mir die Soße aus dem Bauchnabel schlecken wolltest.«

Eine witzige Antwort musste her, das war klar. Doch Danílo war nach dem langen Flug so müde, dass seine Gedanken mit der Geschwindigkeit von Weinbergschnecken durch sein Hirn krochen. Als ihm endlich der Spruch »So was machen klumpfüßige Bauarbeiter nicht« einfiel, war es zu spät. Noch während er den Mund öffnete, schob ihn der Mann mit den orangefarbenen Haaren beiseite, und Danílo bekam eine Nahaufnahme seines Gesichts zu sehen inklusive der Mick-Jagger-Lücke zwischen seinen Vorderzähnen. »Lass doch den Kleinen in Ruhe, Shana! Kommst du mit? Ich geh jetzt in die Stadt und besorge mir was Gescheites zu essen.«

»Und wenn die da nichts haben, bringst du einfach selber ein Tier um«, empfahl ihm die blonde Frau sarkastisch.

»Ja, ja, schon klar. Du kannst mich mal.«

»Armstrong! Das reicht jetzt.« Kapitän Hensmann näherte sich ihnen, doch der Mann verschwand schon in Richtung Ausgang und tat so, als hätte er nichts gehört. Mittlerweile war auch die blonde junge Frau verschwunden, vermutlich ins Bad, um sich die Soße abzuwaschen. O Mann! Danílo ächzte. Das fing ja gut an.

»Wer waren die denn?«, fragte Malika den Mann neben ihr, einen drahtigen, in einen sehr korrekten grauen Anzug gekleideten Asiaten. Seine Brusttasche zierte ein Anstecker mit koreanischer Flagge.

»Die Frau? Shana Sayer, Zweite Offizierin«, bekam sie in gutem Englisch zur Antwort. »Und der Mann heißt Mike Armstrong, er ist Bootsmann.«

Malika bedankte sich für die Auskunft und flüsterte Danílo ins Ohr: »Hoffentlich sind die nicht auf unserem Schiff.«

Danílos Hunger war weg, er fühlte sich nur noch entmutigt und erschöpft. »Eigentlich hatte ich vor, bei diesem Kennenlern-Treffen einen guten Eindruck zu machen«, sagte er.

Malika strich ihm tröstend über den Arm, so gut das mit einem vollen Teller in der einen und Besteck in der anderen Hand ging. Um ein Haar hätte sie ihn mit ihrer Gabel aufgespießt.

»Du kannst ja auch nichts dafür, dass unser Flug Verspätung hatte und wir uns nicht ausruhen konnten – dadurch wirken wir bestimmt ein bisschen verpeilt. Ich meine, allein durch diese verdammte Passkontrolle und den DNA-Scan zu kommen, hat zwei Stunden gedauert!«

Danílo nahm sich eine Portion Kartoffelgratin mit Brokkoli. »Komm, wir setzen uns zu der da vorne, die sieht ungefährlich aus und an dem Tisch sind noch zwei Plätze frei.«

Ihre neue Tischnachbarin hieß Kira Heinze, war dreiundzwanzig und eine deutsche Meeresbiologie-Studentin. Sie wirkte so normal und nett, dass Danílo es endlich schaffte, sich zu entspannen. »Ihr seid die ganz jungen Freiwilligen, was?«, fragte Kira neugierig, während sie sich über ihren

Teller mit Antipasti hermachte. »Von euch hab ich gehört. Ich habe mich auch freiwillig gemeldet, aber natürlich mit Hintergedanken – der Trip wirft bestimmt genug Daten ab für meine Master-Arbeit.«

»Was für Forschungen machst du denn an Bord?«, erkundigte sich Malika.

»Einerseits werde ich die Wasserläufer untersuchen, die uns ins Netz gehen …«

»Äh, Moment mal, Wasserläufer? Die kenne ich nur von unserem Gartenteich.«

»Die gibt's auch auf dem offenen Meer, selbst große Wellen machen ihnen nichts aus. *Halobates* heißen die. Moment.« Kira rief das Bild eines sechsbeinigen, zerbrechlichen Geschöpfs auf ihrem Communicator auf und zeigte es ihnen. »Sie finden all das Plastik gut, weil sie an den kleinen Partikeln ihre Eier ablegen können. Es gibt jetzt viel mehr Halobates als vorher.«

»Schön, dass irgendjemand was von dem Dreck hat«, brummte Danílo.

»Außerdem untersuche ich Wasserproben, zähle die Plastikteilchen darin und schaue mir an, was für Bakterien sich auf ihnen angesiedelt haben«, erzählte Kira weiter. »Die fühlen sich da drauf wohl … Man hat schon ziemlich viele Arten gefunden, darunter Coli-Bakterien, von denen man Durchfall bekommen kann, und Cholera-Erreger.«

Malika verschluckte sich. »Im Müllstrudel kann man sich *anstecken?*«

»Na ja, höchstens wenn du täglich da drin schwimmst und dabei sehr viel Wasser schluckst.

Aus dem Augenwinkel sah Danílo, dass die blonde Bohnenstange wieder aufgetaucht war, diesmal mit einem korallenroten Top – wieder bauchfrei – und engen, schwarzen Hosen, auf denen echte, haltbar gemachte Hibiscusblüten aufgenäht waren. Schnell wandte Danílo den Blick ab, es war ihm noch immer peinlich, wie er vorhin abgekanzelt worden war. Klumpfüßiger Bauarbeiter! Ein anderes Mal hätte er darüber gelacht, aber in diesem Moment hatte das irgendwie nicht geklappt. Wahrscheinlich nahm sie ihn nicht ernst, weil er und Malika die Jüngsten hier waren. *Lass doch den Kleinen in Ruhe, Shana!* Das brannte noch immer.

Verdammt, jetzt steuerte sie auch noch auf ihren Tisch zu. Danílo beschäftigte sich intensiv mit dem Kartoffelgratin auf seinem Teller.

»Wir gehen noch in einen PrismaDance-Club in der Stadt, seid ihr dabei?«, fragte diese Shana und grinste ihn an. Sie hatte einen unglaublich breiten Mund.

»Ja, klar«, sagte Kira gut gelaunt. »Ich bin dabei. Aber braucht man dafür nicht diese Klamotten mit ComTags?«

»Doch, die kann man aber dort leihen.« Jetzt blickte die Zweite Offizierin ihn ganz direkt an, ihre strahlend blauen Augen forderten Danílo heraus. »Was ist mit euch?«

»Eher nicht«, erwiderte Danílo. Mal schauen, was sie diesmal für Ausdrücke für ihn parat hatte. Irgendwas mit Langweiler vermutlich.

»Wir sind eben erst angekommen«, ergänzte Malika rasch, vielleicht damit sie nicht unfreundlich wirkten. »Der Jetlag ist ziemlich fies. Vermutlich würden wir nicht lange durchhalten …«

Shana wirkte nicht gekränkt. »Okay, schade, aber ihr könnt ja später dazustoßen.« Kaum zu glauben, sie gab ihnen ihre Communicator-Nummer. Legte sie tatsächlich Wert darauf, dass sie mitkamen?

Morgen. Morgen ging die Fahrt los. Wenn Danílo die Augen schloss, konnte er den Pazifik vor sich sehen mit seiner langen Dünung und seiner indigoblauen Farbe. Würde es Malika endlich wieder gut gehen, wenn sie fünftausend Meter Wasser unter dem Kiel hatten?

Eine halbe Stunde später wurde endlich die Zusammenstellung der Crews auf den Monitoren eingeblendet. »Oh, wie schade, wir sind auf unterschiedlichen Schiffen!«, stellte Kira fest. »Mich schicken sie auf die *Leandris*.«

Malika und Danílo checkten schnell den Monitor und tauschten einen Blick. Sie waren beide auf der *Ariadne*.

Shana Sayer und Mike Armstrong leider auch.

Respekt

»Hm«, sagte Malika, als sie auf Erkundung gingen. »Ich fürchte, das Schönste an der *Ariadne* ist ihr Name.«

»Vergiss nicht ihren Anstrich – orange und blau, das knallt«, meinte Danílo.

Malika sog die salzige Seeluft ein, in die sich der Geruch nach frischer Farbe mischte. Das stählerne Deck unter ihren Füßen fühlte sich noch nicht vertraut an, aber jedes Mal, wenn sie über das Meer blickte, schlug ihr Herz schneller. Noch lagen sie im Hafen. Auf der anderen Seite wurde gerade ein Containerschiff entladen, die metallischen Geräusche der Ladebrücken mischten sich mit dem Kreischen einiger Möwen, die sich um einen toten Fisch balgten.

Ein Stück weiter lag eine Hyper-Yacht an der Pier, stromlinienförmig wie ein Jet und hundertmal eleganter als ihre *Ariadne* – doch um keinen Preis hätte Malika mit den Passagieren getauscht. Wie sie erfahren hatten, war die neunzig Meter lange *Ariadne* ein umgebauter Oil Skimmer, ein Schiff, das eigentlich dafür gebaut war, ausgelaufenes Öl von der Wasseroberfläche zu entfernen. Am Bug besaß es eine Art Tor, und wenn dessen Flügel aufgeklappt waren, konnte es alles, was vor ihm im Wasser schwamm, in sich hineinschaufeln. Über eine viereckige Öffnung im Schiff, die wie ein ziemlich hässliches, im Deck eingelassenes Schwimmbad wirkte und Moon Pool genannt wurde, konnte man sehen, was alles hereingeschwemmt wurde. In einer koreanischen Werft war die *Ariadne* für den neuen Einsatz umgebaut worden – im vorderen Schiffsbauch befand sich jetzt eine Anlage, mit der Plastikmüll automatisch sortiert, eingeschmolzen und in Behälter verpackt werden konnte. Eine zweite Anlage diente dazu, aus Plastikmüll Heizöl herzustellen, das auf See als Treibstoff an andere Schiffe verkauft werden konnte.

»Aber Lesser ist anscheinend unsicher, ob das Skimming wirklich funktioniert, sonst hätte er die Netze nicht anbringen lassen«, meinte Danílo, denn im vorderen Drittel des Schiffs ragten auch zwei Galgen auf, mit denen Fischernetze über die seitliche Bordwand geschwenkt werden konnten. Malika kniete sich aufs Deck und griff in die Netze, die in großen Haufen an Deck lagen – es waren ganz verschiedene, manche mit sehr feinen Maschen, andere mit größeren. »Wahrscheinlich will er mit verschiedenen Netzen experimentieren und schauen, welche sich am besten für den Dreck eignen.«

Auch die anderen beiden Schiffe waren in den Lesser-Farben gestrichen – die *Leandris* war ebenfalls ein früherer Oil Skimmer, aber nur halb so groß wie das Schiff, auf dem sie standen. An der *Cassandra* war die Skimming-Ausrüstung nachträglich eingebaut worden, sie war ein Massengutfrachter mit riesigem Laderaum für den Müll, den sie aus dem Meer holen würden. Alle drei Schiffe waren außerdem, wie sie sahen, mit Masten und Segeln nachgerüstet worden. Doch Malika sah auf den ersten Blick, dass sie und Danilo ihre Segelerfahrung hier nicht brauchen würden. »Mist, die sind vollautomatisch und computergesteuert!«

Danilo seufzte. »Hab ich fast befürchtet.«

Dann war es so weit. Malika und Danílo lehnten sich an die Reling und beobachteten, wie sie sich langsam vom Hafen entfernten. Jetzt fuhren die Lesser-Schiffe auch ihre Solarflügel aus – langsam wie eine sich öffnende Blume falteten sie sich auseinander.

Zwanzig Minuten später waren sie auf der offenen See – und fünf Minuten später entdeckte Mike Armstrong sie. Malika straffte sich unwillkürlich und merkte, dass auch Danílo auf der Hut war.

Der Bootsmann baute sich vor ihnen auf und stemmte die Fäuste gegen die Hüften. Genau wie sie trug er einen dunkelblauen Overall mit dem eingestickten Namen des Schiffs und dem Logo der *Lesser GmbH,* außerdem einen orangefarbenen Sicherheitshelm, der fast die gleiche Farbe hatte wie seine Haare. Er musterte sie beide mit zusammengekniffenen Augen und spuckte aus. »Weiß wirklich nicht, was sich der Chef dabei gedacht hat, euch mitzunehmen«, sagte er. »Landratten, was?«

»Nicht wirklich«, sagte Malika höflich, ohne die kleine Spucke-Insel vor ihrem linken Fuß zu beachten. Solche Typen versuchten, einen aus der Ruhe zu bringen, und wenn man ihnen den Gefallen tat, war man selbst schuld.

»Nein«, sagte Mike.

»Nein, was?« Verwirrt blickte Malika ihn an.

»Nein, so antwortet man hier an Bord nicht, ihr Blattläuse.«

Malika hatte eine Erleuchtung. »Entschuldigung, *Sir*«, sagte sie. »Ich wollte nicht unhöflich sein.«

»Sehr gut!« Mike Armstrong strahlte sie an. »Gar nicht schlecht. Ich gebe euch jetzt eine einzigartige Chance – ihr könnt zeigen, dass ihr was von Schiffen versteht.«

»Danke, Sir«, sagte Danílo, und Malika merkte, dass er sich nur mit Mühe ein Grinsen verkniff. »Das wissen wir zu schätzen.«

Armstrong nickte. »Freut mich zu hören. Also, im Hafen haben die verdammten Möwen aufs Deck gekackt, außerdem gibt's ja Leute, die spucken an Bord herum – kaum zu glauben. Da vorne ist die Deckpumpe mit Schlauch, hier ist ein Schrubber, los geht's!«

»Ja, Sir«, erwiderten sie fast einstimmig.

Für diesen Job musste man zwar nichts von Schiffen verstehen, aber immerhin konnten sie ihm beweisen, dass sie keine verwöhnten Yachties waren. Die nächsten Stunden schrubbten sie in der prallen Sonne, bis Malika das Gefühl hatte, ihre Arme würden jeden Moment abfallen. Hatten die für solche Jobs keinen Reinigungsroboter an Bord?!

Nur hin und wieder sah sie auf. Keine Küste mehr in Sicht, aber es war trotzdem einiges los in der Gegend – mehrmals passierten sie andere Schiffe und einmal entdeckten sie eine Bohrinsel. Es war seltsam und irgendwie schade, dass sie die Bewegungen des Schiffs nicht spüren konnte, die *Ariadne* fuhr stur geradeaus und dachte gar nicht daran, in der Dünung zu schwanken. Hin und wieder hörte Malika ein Surren, wenn die Segel automatisch neu getrimmt wurden. Zusätzlich hatten die Matrosen ein Zugsegel gesetzt – es tanzte vor dem Bug wie ein Kinderdrachen und fing den kräftigen Seewind ein.

Sie waren fast allein an Deck, nur der koreanische Bordingenieur Yun Shin, anscheinend ein leidenschaftlicher Marathonläufer, kam hin und wieder vorbei – in seinen coolen, rot-schwarzen Laufklamotten zog er auf dem Deck eine Runde nach der anderen und schwitzte noch mehr als sie.

»Eigentlich müssten wir das extra berechnen, dass wir seinen Schweiß aufwischen«, brummte Danílo.

»Irgendwie erinnert er mich an einen Hamster im Laufrad«, wisperte Malika zurück und hatte ein schlechtes Gewissen, weil sie so abläserten. Denn eigentlich war Yun Shin ganz in Ordnung. Er grüßte jedes Mal, wenn er an ihnen vorbeikam, und das war ziemlich oft.

Malika hielt Ausschau nach Benjamin Lesser, der ebenfalls an Bord der *Ariadne* war, doch er tauchte nicht auf. Schade. Ihr ging immer noch hin und wieder durch den Kopf, was sie in seinem Büro in Hamburg gesehen hatte, dieses Bild einer jungen Frau, vor das er Kerze und Rose gestellt hatte – es hatte ausgesehen wie ein Altar. Wer war sie? Seine Frau vielleicht. War sie gestorben?

Sosehr sie auch schrubbten, die *Ariadne* war kein neues Schiff und das eigentlich weiße Deck sah selbst an den gesäuberten Stellen aus wie drei Tage alter Schnee in der Stadt. Als Mike wieder vorbeikam, wirkte er nicht zufrieden. Stirnrunzelnd deutete er nach unten. »Seid ihr keine Blattläuse, sondern Blindschleichen? Da ist noch Dreck!«

Danílo nahm den anstoßerregenden Fleck in Augenschein. »Das ist nur ein Stückchen Rost ... muss eben gerade von der Reling abgefallen sein.«

Eine Minute später zischte Malika ihrem Bruder zu: »Du Depp! Wieso musstest du so einen Mist sagen?« Jetzt hatten sie den Auftrag, die Reling zu entrosten und frisch »anzumalen«, wie Armstrong das ausgedrückt hatte. Und die Reling erstreckte sich auf diesem Riesenschiff schier endlos in die Ferne.

Erschöpft fanden sie sich mittags in der Messe, einer Art Esszimmer mit großem Tisch und natürlich Meerblick, zum

Lunch ein. Und stellten fest, dass sie das Essen verpasst hatten – es war schon um halb zwölf serviert worden. »Wieso hat uns niemand Bescheid gesagt?«, fragte Danílo.

»Ich glaube, ein paar Leute hier an Bord wollen uns abhärten.« Malika ließ sich auf irgendeinen Stuhl fallen. »Ich habe noch einen Müsliriegel und einen Apfel vom Buffet gestern Abend, die müssen reichen bis zum Dinner. Halbehalbe?«

»Glaubst du, wir sind hier eigentlich unerwünscht?«, fragte Danílo, als Malika ihm seine Hälfte des Müsliriegels reichte. »Vielleicht hat Lesser angeordnet, dass wir mit dabei sind, ohne dass der Rest der Crew einverstanden war.«

Malikas Herz zog sich zusammen. »Das kann schon sein«, sagte sie und blickte aus dem Bullauge über das Meer, das sich endlos bis zum Horizont erstreckte.

Natürlich verbrachten sie ihre nächste Freiwache zusammen. Es war Zeit, sich wie vereinbart bei ihren Eltern zu melden, deshalb setzten sie sich mit dem Computer aufs Achterdeck. Malika fand, dass ihr Vater trotz der nervigen Chartergäste gut gelaunt wirkte und ihre Mutter auf dem kleinen Bild der 3-D-Verbindung erschöpft aussah – die Arbeit im Krankenhaus schien hart zu sein. »Ihr seid jetzt so weit weg«, sagte sie und klang traurig dabei. Am liebsten hätte Malika sie umarmt. Viele Jahre lang hatten sie als Familie auf der *Skylark* viel Zeit miteinander verbracht, es war nicht ganz leicht gewesen, Abschied zu nehmen.

»Seid ihr gesund?«, fragte ihre Mutter. »Hoffentlich macht nicht auch noch dein Blinddarm Probleme, Kätzchen.« Bei ihren Reisen mit der *Skylark* war es schwierig gewesen, im Notfall einen Arzt zu finden – diese Sorge bekam ihre Mutter anscheinend nicht aus sich raus!

»Blinddarm? Kein Problem«, beruhigte sie Malika und erzählte von der topmodernen Krankenstation, die Lesser auf der *Ariadne* hatte einrichten lassen – dort konnten Verletzte sogar operiert werden. Das Skalpell oder Endoskop führten Ärzte an Land, ihre Bewegungen wurden von den Maschinen an Bord millimetergenau nachvollzogen.

Nach dem Geplauder mit ihren Eltern war Malika wehmütig zumute, doch sie riss sich zusammen. »Komm, wir quatschen jetzt noch eine Runde mit Kira«, schlug sie Danílo vor, und ihr Bruder nickte.

Nach ein paar Sekunden hatten sie eine gute Bildverbindung zur *Leandris*. Kira hatte einiges zu erzählen. »Also, hier sind die Leute an Bord total nett – klar, ein paar blöde Biologenwitze kamen schon, aber nachdem ich den Ersten Offizier eingeladen hatte, mit mir Quallen zu sezieren, war Ruhe.«

»Tja, wie Mister Armstrong zu bändigen ist, müssen wir erst noch rausfinden«, meinte Malika und wunderte sich, warum Danílo sie so heftig in die Rippen stieß. Sie merkte es, als sie sich umwandte und sah, dass der Bootsmann gerade auf sie zuging. Mist, er musste ihre letzte Bemerkung gehört haben! Malika spürte, wie ihr Gesicht heiß wurde.

»So, bändigen, hm?«, brummte Mike Armstrong und zog die Augenbrauen hoch.

Noch bevor sie irgendetwas erwidern konnten, polterte er die Treppe zu einem anderen Deck hoch und war verschwunden.

Wie viele Sonnenaufgänge hatte er nun schon an Bord miterlebt? Arif hatte vergessen mitzuzählen. Die Wunden an seinem Körper heilten. Noch immer war Salty der Einzige, der mit ihm sprach, alle anderen Piraten beachteten ihn ebenso wenig wie die lautlos durchs Schiff huschenden Kakerlaken.

Niedergedrückt half Arif in der Kombüse der *Mata Tombak*, schrubbte die Bordtoilette – die nur von Daud und dem Admiral benutzt werden durfte – und polierte die Solarfolie, mit der ein Teil des Decks beklebt war. Ob seine Eltern die Hoffnung schon aufgegeben hatten? Er lauerte auf eine Gelegenheit, an den Funk heranzukommen, doch es war immer jemand im Cockpit. Admiral Zahir, Daud und Jivan – früher Mechaniker auf dem Schiff, als es noch Ecuador gehört hatte – hielten dort Tag und Nacht Wache. Und tagsüber, wenn die meisten Mitglieder der Mannschaft ruhten, schlief Salty in eine Decke gerollt auf dem Cockpitboden. Es schien ihn nicht zu stören, dass die jeweilige Wache dabei fast auf ihn trat.

Arif war ebenfalls müde und suchte sich eine Ecke im Hauptraum, um sich hinzulegen. Er hatte natürlich die schlechteste Decke bekommen, sie war steif und klamm vom Salzwasser. Aber sie war besser als nichts.

»He, du da«, rief ihm Tomás zu, der junge Kämpfer mit dem Maschinengewehr. »Hier ist ein Fleck. Mach den weg!«

Arif näherte sich ihm misstrauisch. Er hatte den Hauptraum heute schon gefegt und gewischt, während die Piraten zur Lagebesprechung auf Deck waren. Der mattgraue Boden sah zerschrammt aus wie immer, aber er war sauber.

»Da ist kein Fleck«, sagte Arif.

Tomás spuckte auf den Boden vor seinen Füßen. »Klar ist da einer. Los, wisch ihn auf.«

Arif rührte sich nicht. In der Kombüse fand Ishak täglich einen Grund, ihn zu schlagen, gestern hatte er ihn absichtlich mit der heißen Suppe verbrüht. Brauchte Tomás jetzt auch einen Prügelknaben? Dann sollte er sich jemand anderen suchen, Arif jedenfalls hatte genug!

Aus den Augenwinkeln überprüfte Arif, wer gerade in der Nähe war. Viper und Jivan spielten im Hauptraum Karten, Admiral Zahir war in seiner Kammer, Daud und Salty arbeiteten im Cockpit und Ishak überprüfte die Vorräte. Jivan schien wegen der Versenkung der *Kerapu* ein schlechtes Gewissen zu haben und hatte sich sogar schon Arifs Namen gemerkt, aber würde er ihm gegen Tomás helfen? Die beiden hielten zusammen, weil sie die beiden einzigen Südamerikaner an Bord waren, zwei Christen zwischen lauter Muslimen. Salty hatte erzählt, dass Admiral Zahir sie für den Diebstahl des Tarnkappen-Schiffs vor Ort angeheuert hatte und sie sich entschieden hatten zu bleiben.

»*Apúrate!* Na los!« Tomás ließ ihn nicht aus den Augen. Seine Hand lag auf dem Abzug seines Maschinengewehrs. Arif brach der kalte Schweiß aus. Doch wenn er jetzt nachgab, dann würde es immer schlimmer werden.

»Keine Zeit«, gab Arif zurück. »Ich muss was fürs Mittagessen vorbereiten. Beschwer dich bei Ishak.«

Bevor Tomás recht kapiert hatte, was los war, drehte sich Arif um und marschierte in die Kombüse. Sein Puls raste. Er hoffte, dass Tomás ihm nicht aus purer Wut in den Rücken schießen würde. Dass der Gedanke an eine Standpauke von Admiral Zahir ihn zurückhalten würde.

Nein, er schoss nicht, doch Arif hörte, wie Tomás aufstand und ihm nachging. Die kleinen Härchen in seinem Nacken sträubten sich. Aber er drehte sich nicht um. Stattdessen betete er, dass Ishak tatsächlich irgendeine Aufgabe für ihn hatte. Sonst würde es brenzlig werden.

»Hier bin ich, ich kann helfen«, sagte er zu Ishak, der gerade in Kisten mit Proviant wühlte und Dosen mit Sardinen aufeinanderschichtete. Der Bordkoch richtete sich auf. Er war anscheinend so verblüfft darüber, dass Arif von sich aus um Arbeit bat, dass er auf seine üblichen Beleidigungen verzichtete. »Hier, die müssen in den vorderen Stauraum«, sagte er, und Arif lud sich die Kisten auf.

Mit zusammengekniffenen Augen trat Tomás im Gang zur Seite und ließ ihn vorbei. Die erste Runde hatte Arif gewonnen.

In dieser Nacht kletterte Arif auf die Oberseite des Rumpfs, um der Enge auf der *Mata Tombak* zu entgehen und sich die Lungen mit frischer Seeluft zu füllen. Er hätte es nicht getan, wenn Tomás ebenfalls rausgegangen wäre, doch der lag gerade im Hauptraum, kiffte und hörte selig lächelnd auf seinem Player Speed Metal.

Es war fast Vollmond, das Licht reichte, um die einzelnen Gestalten auseinanderzuhalten. Normalerweise ignorierten ihn die anderen, doch diesmal rief Jivan aus dem silbernen Halbdunkel: »*Ven pa'ca!* Komm her, Kleiner ... magst du 'nen Schluck haben?« Der Riese hielt ihm eine Flasche entgegen. »Hast du dir verdient.«

Arif wurde klar, dass Jivan mitbekommen hatte, was zwischen ihm und Tomás passiert war. »Danke«, sagte er und nahm die Flasche, setzte sie aber nicht an die Lippen. Nicht weil er ein so frommer Muslim war wie sein Bruder oder der Kapitän der *Kerapu*. Sondern weil der erste Schluck Nyai Loro Kidul gehörte.

»*Estás loco?*«, fuhr Jivan auf. »Das Zeug ist zu schade, um's ins Meer zu kippen!«

»Das war eine Opfergabe«, erklärte Arif verlegen und

trank jetzt selbst. Scharf rann der Palmzuckerschnaps durch seine Kehle.

»Glaubst du etwa auch an sie?« Im schwachen Mondlicht sah Arif, dass Jivan ihn anstarrte. »An die Herrin des Südlichen Meeres?«

Arif starrte zurück. »Äh, ja … aber warum du? Du kommst nicht von unseren Inseln.«

»Ich war 2024 in Java.« Jivan blickte über das Meer hinaus. »Du weißt schon, der Tsunami. Um ein Haar wäre es aus gewesen mit mir, aber dann hat das Meer mich verschont. Die Leute an der Küste haben mir gesagt, warum: Nyai Loro Kidul wollte nicht, dass ich sterbe, sie hat mir die Hand gereicht.«

Arifs Herz krampfte sich zusammen, als er an seine kleine Schwester Dara dachte. »Manchmal macht sie so was«, sagte er und gab die Flasche zurück. »Aber warum denkst du, dass es nicht dein Jesus Christus war, der dich gerettet hat?«

»Keine Ahnung. Nur so ein Gefühl.«

Minuten später hatte Jivan die Flasche geleert und ins Meer geschleudert. Arif blickte ihr hinterher und wünschte, er hätte darin eine Botschaft unterbringen können.

»Eine Nacht wie diese, und kein Schiff, das wir ausräumen können!« Jivan breitete die Arme aus, als wolle er das Meer umarmen. »Aber bald, und vielleicht bist du dabei.«

»Ich bin kein Kämpfer«, sagte Arif.

»Doch, bist du. Aber nimm dich vor Tomás in Acht in nächster Zeit.«

»Mach ich.« Es fühlte sich gut an, dass Jivan so mit ihm sprach. Es erinnerte Arif an Fajar, seinen älteren Bruder.

Doch Fajar wäre nicht so dumm gewesen, das zu tun, was Jivan zehn Minuten und eine halbe Flasche später tat.

Feinde

Arif bekam erst gar nicht mit, dass Ärger drohte. Unvermittelt gab es einen Aufruhr auf der dunklen Decksfläche, dann brüllte Jivan los und schlug um sich. Daud hatte anscheinend durchs Cockpitfenster gesehen, was los war, denn er kam hoch und hatte ein paar Handschellen mitgebracht. »Verdammt, wieso ist er wieder an so viel *Lapen* rangekommen?«, schimpfte der Erste Offizier.

Jivan beachtete Daud nicht, stattdessen versuchte er, Viper und Ishak zu packen und mit den Köpfen gegeneinanderzurammen wie der Held in einem uralten Prügelfilm. Doch bei Viper war er da an der falschen Adresse und auch der alte Bordkoch bewegte sich flink wie ein Affe. Eine Minute später lag Jivan stöhnend am Boden und kam nicht mehr hoch.

»Los, pack an!«, sagte Daud, und Arif half, Jivan nach unten zu tragen. Er war ungeheuer schwer, eine gewaltige, schlaffe Muskelmasse, die hin und wieder mit den Armen ruderte und an irgendwas hängen blieb.

Unten im Schiff wartete schon Admiral Zahir, die Lippen zusammengekniffen, die Hände in die Hüften gestemmt. Als sie Jivan vor ihm auf den Boden legten, verpasste ihm der Admiral einen Fußtritt in die Rippen. »Dieser Idiot. Übliche Behandlung.« Dann verschwand er wieder in seiner Kammer.

Mitleidig schaute Arif zu, wie Jivan mit Handschellen gefesselt und in das bordeigene Schlauchboot verfrachtet wurde, das im Inneren des Schiffs vor der Heckklappe lag. Dort bekam er einen Eimer Meerwasser übergekippt und wurde liegen gelassen. Anschließend setzten sich die anderen Männer wieder zusammen, um Karten zu spielen.

Besorgt blickte Arif auf Jivans verquollenes Gesicht hinab und fragte sich, ob er ihm irgendwie helfen konnte. Er hatte schon von Männern gehört, die im Suff an ihrem eigenen Erbrochenen erstickt waren. Auf bloßen Füßen kletterte er über die Gummiwülste des Schlauchboots und versuchte, den Riesen, der mittlerweile in einer Meerwasserpfütze eingeschlafen war, auf die Seite zu wälzen. Beim dritten Versuch klappte es.

Als er wieder aus dem Boot hinausstieg, sah er, dass Daud nicht mit den anderen fortgegangen war. Er betrachtete Arif mit kühlem Blick und winkte ihm, mitzukommen. Mit einem dumpfen Druck im Magen folgte ihm Arif. Was kam jetzt?

Daud betrat das Cockpit und ließ die Tür hinter sich offen. Sollte er etwa mit reinkommen? Bisher war es ihm verboten gewesen, diesen Raum zu betreten!

Er schob sich durch die Tür und blieb staunend stehen. Auf mehreren Bildschirmen sah er Messwerte, auf anderen pulsierten bunte Diagramme oder waren elektronische See- und Wetterkarten abgebildet. Vertraut kam Arif nur das Radar vor. Salty kauerte auf einem der Sitze und beobachtete den Radarschirm, hin und wieder berührte er seine silberne Kopfhaube.

Daud setzte sich in einen der Stühle und drehte ihn so, dass er Arif ansehen konnte. »Du hast mitgetrunken.«

»Ja.« Es war nur ein Schluck gewesen, aber wen interessierte das schon?

»Weißt du, wo Jivan seine Vorräte versteckt hat?«

Arif zuckte die Schultern. Selbst wenn er es gewusst hätte, er hätte seinen neuen Freund nicht verraten.

»Wenn du es herausfindest, wirst du es mir oder Admiral Zahir sagen.«

Mit scharfem Blick musterte ihn Daud durch seine Brillengläser, dann nickte er und gab ihm mit einer Handbewegung zu verstehen, dass er gehen konnte. Doch Arif zögerte einen Moment. Eines der Diagramme auf dem Bildschirm kam ihm bekannt vor, er hatte es in einer der amerikanischen Zeitschriften gesehen. »Das da ... ist das ein V-Konverter?«

Überrascht wandte Daud den Kopf. »Du weißt, was ein V-Konverter ist?«

»Nicht wirklich«, gestand Arif. »Ich habe nur mal davon gelesen.« Jetzt erinnerte er sich deutlicher an den Artikel. Er hatte über eine Stunde gebraucht, um alle englischen Begriffe nachzuschlagen.

Zum ersten Mal sah Arif Daud lächeln. »Trotzdem, nicht schlecht. Wie lange warst du in der Schule?«

»Nach der neunten Klasse meinten meine Eltern, das sei jetzt genug.« Arif versuchte, sich seine Enttäuschung darüber nicht anmerken zu lassen. »Ich musste mit den Garnelen helfen.«

Daud begann, ihm zu erklären, wie der Konverter sie dabei unterstützte, den Dieselverbrauch des Schiffs zu senken und elektrische Energie zu ernten, um damit seine Reichweite zu erhöhen. Arif konzentrierte sich, um möglichst viel davon zu verstehen, und nickte hin und wieder, um zu zeigen, dass er noch zuhörte. Aber es lenkte ihn ab, dass er über Dauds Schulter hinweg die Funkanlage sehen konnte. Seinen Weg in die Freiheit.

Dann streifte sein Blick Salty. Sollte der nicht das Radar beobachten? Im Moment jedenfalls schaute er Arif an, und er sah unzufrieden dabei aus. Arif lächelte ihn an, doch Salty reagierte nicht. Was war denn mit dem los?

Ein gelbes Licht begann auf einem der Monitore zu blinken und Salty stieß einen Ruf aus. Daud wandte sich um, tippte mit der Fingerspitze auf einem der Bildschirme herum und beachtete Arif nicht weiter.

Arif blieb noch einen Moment lang stehen und schaute zu, dann scheuchte ihn der Erste Offizier mit einer Handbewegung nach draußen. In Gedanken versunken, verließ Arif das Cockpit.

Doch auf der Treppe zwischen Cockpit und Hauptraum wartete schon jemand auf ihn.

Tomás.

Danílo hatte Wolken immer gemocht, alle Arten von Wolken ... doch diese wirkten entsetzlich, sie hatten eine unnatürliche rotgraue Farbe. So, als hätten sie sich zuvor auf eine Stadt niedergesenkt und ihren Bewohnern das Blut ausgesaugt. Und jetzt trieb der Wind diese Wolken heran, genau auf das Schiff zu ... dieses seltsame Schiff, das er nicht kannte, auf dem nur er und Malika zu leben schienen. Danílo konnte den Blick nicht von diesen Wolken abwenden. Ja, sie sanken tiefer, kamen auf sie zu, so, wie er befürchtet hatte. *»Renn weg, schnell!«,* wollte er Malika zurufen, doch der Wind übertönte seine Worte. Malika drehte sich ihm zu, lächelte ihn an – und dann senkte sich die Wolke über sie und verschlang sie ...

Danílo erwachte mit hämmerndem Herzen in der unteren Koje seiner Kammer, das T-Shirt klebte an seiner Brust. Schon wieder ein Albtraum! Es war der dritte oder der vierte hier an Bord, er hatte nicht mitgezählt. Dieser alte Oil Skimmer schien ihm nicht gutzutun, aus welchem Grund auch immer.

Der koreanische Matrose in der oberen Koje schlief noch, wenigstens hatte Danílo ihn nicht aufgeweckt. Er zog das verschwitzte T-Shirt aus – es war kompostierbar, hoffentlich fing es nicht jetzt schon an, sich zu zersetzen! –, zog sich an und stieg die Metalltreppe hoch, die zum Brückendeck führte.

»*Bonjour!* Darf ich auf die Brücke?«, sagte er, und Louanne Grégoire, die aus Frankreich stammende Erste Offizierin, nickte ihm lächelnd zu. Sie war klein und dunkelhaarig und wirkte auf den ersten Blick so gemütlich wie die Besitzerin eines Pariser Cafés. Doch dahinter verbarg sich ein scharfer Verstand, und als studierte Ozeanografin verstand sie mehr als alle anderen an Bord davon, welchen Gesetzen die Wassermassen der Weltmeere folgten. Danílo mochte sie, Kapitän Hensmann dagegen gefiel es nicht, dass sie mit ihren zahlreichen Zwischenmahlzeiten die Brücke vollkrümelte. Außerdem neigte sie dazu, ihren Kaffee umzuwerfen und damit empfindliche Elektronik in Gefahr zu bringen.

»Kann ich mir mal die Wetterkarten ansehen?«, fragte Danílo, und Louanne deutete auf einen großen Computermonitor. »*Les voilà,* dort findest du alles, was dein Herz begehrt.«

Noch immer war der Traum beklemmend nah, und halb erwartete Danílo, auf den Wetterkarten und den Satellitenbildern irgendetwas zu entdecken, das mit diesen rotgrauen

Wolken zusammenpasste ... doch Windrichtung und Stärke waren nach wie vor optimal. Über dem Müllstrudel, den sie bald erreichen würden, stand wie so oft ein stabiles Hoch. Ganz hoch oben bei Alaska hingen ein paar Tiefs herum und es sah stürmisch aus, aber das brauchte sie hier nicht zu interessieren. Danílo schüttelte den Kopf über sich selbst. Alles in Ordnung. Alles in Ordnung! Wenn er sich das oft genug sagte, glaubte vielleicht auch sein Unterbewusstsein daran. Und verzichtete darauf, ihm noch mehr dieser fiesen Träume zu schicken.

Beim Frühstück am großen Tisch, zu dem sich mit Ausnahme der Brückenwache die ganze Besatzung versammelte, blickte Malika ihn forschend an. »Du bist ganz schön blass«, flüsterte sie ihm zu.

»Hab nicht so gut geschlafen«, gab Danílo zurück und schaute einen Moment lang der Nachrichtensendung zu, die auf einem der Monitore lief. Nach dem Zusammenstoß zweier Tanker vor der Küste von Texas drohte eine Ölpest; Biofarmen in Hochhäusern erzeugten in manchen Großstädten schon zehn Prozent aller Lebensmittel; Glitzertattoos sollten verboten werden, weil von ihnen Gesundheitsgefahren ausgingen.

»Na toll«, regte sich Kapitän Hensmann auf – er unterhielt sich gerade mit Yun Shin, dem Leitenden Ingenieur. »Das fällt denen erst jetzt ein? Meine Tochter hat auch zwei von diesen Dingern, wieso ist dieser Mist überhaupt zugelassen worden?«

Malika und Danílo tauschten einen amüsierten Blick. *Seine Tochter hat sogar zwei davon? Und das hat er ihr erlaubt? Daheim scheint er nicht ganz so streng zu sein wie an Bord ... aber vielleicht ist er auch nicht gefragt worden.*

Auf dem großen Monitor war die Wacheinteilung für diesen Tag eingeblendet. »Sieh dir das an«, ächzte Malika und deutete auf den Bildschirm. Danílo verzog mitfühlend das Gesicht. Malika hatte die »Hundewache« bekommen, die von Mitternacht bis vier Uhr morgens – und das zusammen mit Shana Sayer!

»Wollen wir tauschen?«, schlug seine Schwester hoffnungsvoll vor. »Wenn du im Moment sowieso nicht gut schläfst, dann ist es dir ja vielleicht egal, wann du Wache hast ...«

»Vergiss es«, sagte Danílo.

»Herzloser Schuft«, knurrte Malika, und das entlockte Danílo ein Grinsen. Doch erweichen ließ er sich nicht. Bisher war er Shana Sayer erfolgreich aus dem Weg gegangen – und das sollte auch so bleiben. Er tippte schnell eine Botschaft für Kira: *Hi, wie geht's denn so, was machen deine Forschungen?*

Kira war an Bord der *Leandris* gerade online. In Sekundenschnelle kam eine fröhliche Antwort zurück, und Danílo fühlte, wie sich ein Lächeln auf sein Gesicht schlich.

»Und, wie geht's Kira?«, fragte Malika neugierig, und bevor es sich Danílo versah, saßen sie zusammen vor dem Gerät. So ganz recht war es Danílo nicht, doch was sollte er tun – Malika sagen, dass sie gerade störte?

Er schaffte es nicht.

»Na, du kleine Ratte?« Tomás lehnte sich gegen die Bordwand, er wirkte völlig entspannt. Sein Gewehr hielt er im Anschlag, die Mündung zielte auf Arifs Beine. »Hast du wieder so furchtbar viel zu tun? Oder hast du 'nen Moment Zeit für mich?«

»Ich soll zum Admiral, hat Daud gesagt«, log Arif. Doch diesmal funktionierte es nicht, Tomás versperrte ihm noch immer den Weg.

»Ach wirklich?« Tomás grinste. »*Qué va!* Dabei hat er sich gerade in seiner Kammer aufs Ohr gelegt. Und du sollst ihn wecken?«

Mist, das war schnell aufgeflogen. Er hätte nicht versuchen sollen, den gleichen Trick zweimal zu bringen. Arif versuchte, tief durchzuatmen. »Ich kann auch nicht ändern, dass ich an Bord bin«, sagte er. »Lass mich einfach in Ruhe.«

Tomás zog theatralisch die Augenbrauen hoch. »Ruhe? Ganz viel Ruhe hättest du gehabt, wenn wir dich nicht aus dem Wasser gezogen hätten!«

»Ja, ja, war nett von euch.« Arif machte sich nicht die Mühe, Dankbarkeit zu heucheln.

Tomás' Grinsen wurde noch breiter. »Ach übrigens … du hast noch was zu erledigen.« Er spuckte wieder auf den Boden. Arifs Magen krampfte sich zusammen, als er den Klecks auf dem geriffelten Kunststoffboden betrachtete. Er hatte noch immer nicht vor, vor Tomás zu knien. Doch was würde passieren, wenn er nicht nachgab? Würde Tomás ihn mit nach oben nehmen, um ihn mit Kugeln vollzupumpen? Und wenn ja, würde es irgendjemanden an Bord interessieren, außer vielleicht Jivan? Dessen Schnarchen war bis hierher zu hören …

»Hast du das wirklich nötig?«, fragte Arif und bemühte sich um einen gelassenen Ton. »Alle an Bord wissen, dass du ein echter Kämpfer bist …«

Tomás' Laune wurde immer besser. »Nein, ich bin der Präsident von Amerika. Los, mach schon! Ach ja, du sollst es jetzt nicht mehr aufwischen. Sondern *auflecken*.«

In diesem Moment ging an Bord eine Sirene los. Sieben kurze Töne und ein langer Ton. Diesen Code kannte Arif, den gab es auch auf anderen Schiffen – das war ein Generalalarm! Was war passiert?

Tomás' ganzer Körper spannte sich an. Er blickte in Richtung Cockpit, dann zu Arif, und der Ausdruck auf seinem Gesicht war bares Geld wert. Dann drehte er sich um und hastete davon.

»Siehst du, ich sollte wirklich zum Admiral, und wer hat mich aufgehalten? Du!«, brüllte Arif ihm nach. Seine Knie fühlten sich wackelig an vor Erleichterung. Das war gerade noch mal gut gegangen. Aber was hatte der Alarm zu bedeuten?

Die ganze Besatzung rannte durcheinander. Kurz darauf schien außer ihm jeder bewaffnet zu sein – Viper hatte sich eine Machete geholt, Ishak eine Maschinenpistole. Ein Ruck ging durchs Schiff, starke Motoren brüllten auf, und Arif spürte, wie sich der Bug aus dem Wasser hob. Instinktiv versuchte er, sich irgendwo festzuklammern. Bisher war die *Mata Tombak* langsam und fast lautlos gefahren, doch jetzt schien sie zu fliegen. Es war unglaublich, wie schnell dieses Ding fahren konnte. Arif machte es den anderen nach, stolperte ebenfalls zu einem der Sitze, die sich aus der Wand klappen ließen, und schnallte sich mit einem Gurt um die Hüfte an.

War das ein Angriff? Oder flohen sie vor einem Kriegsschiff?

Das ist eine Jagd. Arif sah es an den leuchtenden Augen von Tomás, am gierigen Ausdruck auf Ishaks Gesicht, an der erwartungsvollen Miene des Admirals, als er an seinen Männern und Arif vorbei ins Cockpit marschierte. Garantiert hatten die Leute im Cockpit ein neues Ziel ausgemacht, und jetzt versuchten sie, das fremde Schiff abzufangen.

Sollte er womöglich sogar dabei helfen? Nein, niemand hatte ihm eine Waffe gegeben.

Keine Ahnung, wie lange sie so fuhren – etwa eine halbe Stunde, schätzte Arif. Dann wurde das Röhren der Motoren leiser, und Arif spürte, dass das Schiff auf die Wasseroberfläche zurücksank ... sanft wie ein Kormoran, der in einer Bucht landet. Jetzt schwankte die *Mata Tombak* auch wieder in der langen Dünung des Pazifiks. Niemand sprach. Nebeneinander hockten sie im warmen, muffigen Halbdunkel des Decks, es roch nach Schweiß und Waffenöl.

Arif hoffte, dass das fremde Schiff es irgendwie schaffte, zu entkommen. *Los, macht schon, haut ab, sonst kriegen die euch!* Aber wahrscheinlich ahnten die Menschen an Bord noch nicht mal, dass ihnen jemand auf den Fersen war – in der Dunkelheit mussten sie sich aufs Radar verlassen, und fürs Radar war die *Mata Tombak* unsichtbar.

Dann war es so weit. Ein kurzes Kommando des Admirals, Daud öffnete die Luken, dann rannten Viper, Tomás und Ishak zum Heck und kletterten über die beiden Leitern dort nach oben. Momente später konnte Arif das Geräusch ihrer Stiefel auf dem Rumpf des Schiffs hören. Daud lief zum Schlauchboot, schüttelte Jivan, stieß einen Fluch aus und folgte den anderen Kämpfern.

Nur Salty blieb, wo er war. »Hier, sorg dafür, dass der keinen Ärger macht«, befahl Admiral Zahir mit einem kurzen Blick zu Arif und warf Salty eine Pistole zu. »Und behalt das Radar im Auge, klar?«

Mit großen Augen blickte Salty auf die Waffe, dann nickte er. Probeweise richtete er die Pistole auf Arif, dann winkte er damit in Richtung Cockpit. »Wir sollen dort warten. Hast du ja gehört. Geh vor!«

Arif wurde es mulmig zumute, als er sah, wie Dauds junger Helfer die Pistole in der Gegend herumschwenkte. »Erschieß mich nicht versehentlich, ja?«

»*Tidak!* Ich versuch's.« Salty grinste verlegen.

Sie gingen ins Cockpit und Salty ließ sich großspurig auf dem Sitz des Kommandanten nieder. Dann versuchte er, den Radarschirm und Arif im Auge zu behalten, aber möglichst nicht zu verpassen, was genau da draußen vorging. Die Mündung der Pistole sackte herunter, zuckte wieder hoch, schwankte von einer Seite zur anderen. Es machte Arif mürbe, die ganze Zeit in diese dunkle Öffnung zu starren.

»Ganz schön schwer, das Ding«, beklagte sich Salty und lehnte sich mal wieder vor, um aus den Cockpitscheiben zu spähen. Draußen waren die Positionslichter des fremden Schiffs zu sehen und ein Teil des Decks, der in Flutlicht getaucht war. Noch wurde nicht geschossen – oder hatten die anderen das Schiff schon geentert? Aus dem Funk drangen seltsame Pfeiftöne, jemand pfiff, dann kam nach einer kurzen Pause eine Antwort. War das ein Code? Salty jedenfalls lauschte aufmerksam.

Arif kam ein Gedanke. Die ganze Zeit über hatte er gegrübelt, wie er die Piraten ablenken sollte … und jetzt waren sie abgelenkt! Nur er und dieses Milchgesicht waren im Cockpit. Vielleicht hatte er jetzt eine Chance, ans Funkgerät heranzukommen. Unwillkürlich straffte sich sein Körper und er bewegte sich einen Millimeter vorwärts.

Salty merkte es. Er wandte sich Arif zu und in seinen Augen stand Misstrauen. Vielleicht war auch ihm eingefallen, dass Arif nicht mehr viel zu verlieren hatte. Ohne Arif aus den Augen zu lassen, fummelte Salty an der Pistole herum und schaffte es, sie zu entsichern.

Arif wusste, dass er in den nächsten Minuten eine Menge Glück brauchen würde.

Große Klappe

Die Uhr zeigte zehn Minuten nach Mitternacht. Es war fast völlig dunkel auf der Brücke, nur ein paar Lampen und Diagramme glühten auf den Kontrollpulten. Durch die Rundum-Verglasung konnte Malika die gesamte Länge des Schiffs überblicken, geisterhaft wirkte das helle Deck im Licht der Sterne. Einen Horizont konnte sie nicht erkennen, Himmel und Meer waren eine einzige schwarze Masse. Die Positionslichter der beiden anderen Lesser-Schiffe schienen im Weltall zu schweben. Plötzlich eine Bewegung in der Dunkelheit – ein handtellergroßer Reinigungsroboter kletterte an den Glasscheiben herum, um sie zu putzen.

Shana Sayer nippte an ihrem Kaffee, überprüfte Kurs und Geschwindigkeit der *Ariadne* und warf einen Blick auf den Radarschirm. Während Kapitän Hensmann üblicherweise im weißen Hemd auf der Brücke arbeitete, bevorzugte Shana figurbetonte weiße Tops – allerdings nicht bauchfrei. Wahrscheinlich hätte Kapitän Hensmann etwas dagegen gehabt.

Noch hatten sie außer einer kurzen Begrüßung kein Wort gewechselt, doch nun fragte Shana unvermittelt: »Ihr seid richtig verliebt, was? Wenn man euch irgendwo sieht, dann immer zusammen.«

Es war nicht das erste Mal, dass eine solche Bemerkung von jemandem kam, und Malika war das Missverständnis jedes Mal peinlich. »Verliebt? Nee, wir sind Geschwister«, erwiderte sie schnell. »Danílo ist mein Zwilling.«

»Ach sooo! Entschuldige meine große Klappe! Im Dienstplan taucht ihr nur mit Vornamen auf, sonst hätte ich das gleich kapiert.« Shana ließ sich in einen der festgeschraubten Kunstledersitze fallen und atmete laut aus. »Klar, ihr haltet zusammen, versteh ich. Ihr zwei gegen alle anderen, was?«

»Was meinst du damit?«, fragte Malika verlegen.

»Na ja, ihr habt euch bisher nicht gerade viel mit anderen an Bord unterhalten ...«

»Wir hatten kaum Gelegenheit dazu.« Aber das war natürlich nur die halbe Wahrheit und Shana schien es zu spüren.

»Liegt's an Mike?«, fragte Shana. »Den Umgangston hat er sich in Texas angewöhnt – er hat mir erzählt, dass er sein Ingenieursstudium abbrechen musste, weil ihm das Geld ausgegangen ist, und er dann auf Bohrinseln geschuftet hat.«

»Mike kümmert sich rührend um das Deck, die Reling und um uns«, sagte Malika und fragte sich, ob sie irgendwann noch mal die Quittung für die Bemerkung mit dem »bändigen« bekommen würden.

Shana musste lachen. »Hm, ja. Ich weiß, was du meinst. So habe ich auch angefangen, ich habe erst mal eine Lehre als Schiffsmechanikerin gemacht und war dann eine Zeit lang auf einem *Greenpeace*-Schiff, das war anschließend auch top gepflegt.«

Eigentlich war Shana gar nicht so übel. Malika beschloss, Danílo zu einem Abend in der Messe zu überreden, damit sie die anderen Besatzungsmitglieder besser kennenlernen konnten.

Weil sie sich ein paar Minuten lang nicht bewegt hatten,

piepste der Totmann-Alarm. Rasch drückte Shana einen Knopf, um zu bestätigen, dass sie nicht etwa auf der Brücke eingeschlafen oder ohnmächtig geworden war.

»Mike hat mir erzählt, dass sein Urgroßonkel der erste Mensch auf dem Mond war«, meinte sie.

»Wow, echt, er ist verwandt mit Neil Armstrong?« Malika war beeindruckt.

Shana grinste. »Ich habe nur gesagt, dass er mir das erzählt hat. Man kann Mike vieles glauben, aber nicht alles. Jedenfalls ist er fest entschlossen, sich ein Ticket zu kaufen, sobald Touristen zum Mond fliegen können.« Sie nahm ein Fernglas vom Kontrollpult, schwenkte es über den Horizont und kontrollierte die Position der anderen Lesser-Schiffe. »Sag mal, dein Bruder ... für was interessiert der sich so?«

»Hm, ja, zum Beispiel das Wetter, er war bei uns an Bord immer der Spezialist für alles, was mit Vorhersagen zu tun hatte«, erzählte Malika. »Außerdem will er demnächst seine Tauchlehrer-Ausbildung machen. Und andere Kulturen findet er sehr spannend ...«

»Er ist ein ruhiger Typ, aber sehr klug, oder?«, fragte Shana. »Was meinst du mit *bei uns an Bord?*«

Wieder einmal musste Malika erklären, wie sie aufgewachsen waren. Shana hatte recht, Danílo war ein ruhiger Typ, und in den vielen Ländern auf ihrer Reise waren sie sehr unterschiedlich klargekommen. Sie selbst radebrechte unbekümmert daher, auch wenn sie eine Sprache nicht richtig konnte – mit Kindern auf irgendwelchen abgelegenen Inseln hatte sie sich meist in Minutenschnelle angefreundet, indem sie mit ihnen Fangen gespielt oder sie durchgekitzelt hatte. Oft hatte Danílo es ihr überlassen, das Eis zu brechen, dafür schloss er tiefe, intensive Freundschaften, von denen viele heute noch bestanden. Die Kehrseite davon war, dass er sich von seinen Freunden in aller Welt hin und wieder hatte überreden lassen, psychoaktive Pilze oder irgendeinen anderen Mist auszuprobieren. Ihre Eltern hatten davon natürlich nichts mitbekommen.

»Hey, das ist cool«, sagte Shana und seufzte. »Ich hatte auf der Schaffarm meiner Eltern eher das Problem, dass es weit und breit keine anderen Kinder gab und auch wenig Möglichkeiten, irgendwas anzustellen. Es war verdammt einsam manchmal.«

»Kann ich mir vorstellen«, meinte Malika, sie war ein wenig erstaunt darüber, wie rasch sich Shana ihr gegenüber öffnete. Sie wollte noch irgendetwas fragen, doch Shana wechselte abrupt das Thema. »Danílo ... den Namen habe ich noch nie gehört, wie sind deine Eltern auf den gekommen?«

»Es ist die philippinische Form von Daniel«, erklärte Malika und fragte sich, warum Shana sie so über ihren Bruder ausfragte. Interessierte sie sich etwa für ihn? In der Schule in Australien, auf die sie während der Hurrikan-Saison ein paar Monate lang gegangen waren, und in Deutschland hatten sich ein paar Mädchen in Danílo verguckt. Das war nicht weiter erstaunlich, immerhin sah er gut aus und hatte schon eine Menge erlebt. Doch mehr als ein paar Dates waren dabei nicht herausgekommen.

Wenn sie mich jetzt fragt, ob er eine Freundin hat, dann ist der Fall klar, dachte Malika. Aber sie konnte es sich nicht wirklich vorstellen, schließlich war Shana mindestens vier Jahre älter als Danílo und schon Offizierin, während er gerade mit der Schule fertig war.

»Sag mal ...«, begann Shana. »Äh, hat dein Bruder eigentlich, hm ... eine Freundin?«

»Äh, ich fange jetzt mal den Kontrollgang durchs Schiff an«, sagte Malika verlegen, schnappte sich eine der Taschenlampen und machte sich auf den Weg die Außentreppe hinunter.

Arif hatte Angst, dass Salty aus reiner Nervosität abdrücken würde. Es half nicht, dass jetzt von draußen Rufe zu hören waren und ein einzelner Schuss aufpeitschte. Was geschah dort oben? Er hatte keine Zeit, hinzuschauen. *Ich muss irgendwie erreichen, dass er sich wieder entspannt!*

»Sag mal, wieso trägst du eigentlich diese Haube?«, fragte Arif.

Saltys freie Hand fuhr hoch, berührte das silberne Metall. »Hast du es denn nicht gehört? Dass die Amerikaner *Google Minds* entwickelt haben? Damit kommen die garantiert auch an Gedanken ran!«

»*Masak!* Meinst du wirklich?« Kein Zweifel, dieser Typ hatte eine Schraube locker! *Google Minds* gab es nicht, soweit Arif wusste, und wenn doch, dann half so eine alberne Haube garantiert nichts dagegen. Der Typ litt an Verfolgungswahn.

Saltys Blick war jetzt nicht mehr misstrauisch, sondern eindringlich. »Wenn du wüsstest, was für Daten die sammeln, und das in aller Welt! Ich traue denen nicht über den Weg!«

»Ich auch nicht«, sagte Arif, das konnte nicht schaden. »Was sagt Daud dazu, meint der, dass deine Haube hilft? Daud hat bestimmt studiert, oder?«

»Ja, er ist Ingenieur, hatte erstklassige Noten, aber als er nach Amerika gehen wollte, um dort zu arbeiten, haben sie ihm kein Visum gegeben. Ohne Begründung. Das war ein harter Schlag für ihn.« Salty berührte wieder seine Haube, als könnte sie ihm Glück bringen. »Daud findet meinen Isolator blöd, aber er weiß ja auch nicht alles, oder? Ich meine, er ist ein verdammt guter Hacker, aber auch er kriegt es nicht immer hin, uns Beute zu verschaffen.«

»Genau«, pflichtete Arif vorsichtshalber bei, obwohl er keine Ahnung hatte, wovon Salty sprach. Dann warf er einen Blick auf den Radarschirm. Das fremde Schiff war ein deutliches Echo, es bewegte sich nicht mehr von der Stelle.

Von draußen ertönten laute Kommandos, Metall schlug auf Metall. Dann setzte irgendetwas mit einem dumpfen Schlag auf dem Rumpf der *Mata Tombak* auf. Jetzt schauten sowohl er als auch Salty durch die Cockpitscheiben. Aha, sie hatten den Kran des anderen Schiffs in Betrieb genommen, um die Beute abzutransportieren.

»Vielleicht haben wir ein paar Akkus bekommen«, meinte Salty erfreut. »Wir brauchen richtig gute Akkus für unseren zweiten Antrieb, den elektrischen. Nur sind die leider teuer wie Goldbarren.«

»Klar«, sagte Arif. Ihm ging die Zeit aus! Wenn er an den Funk heranwollte, musste er es bald schaffen. Wenn er Salty niederschlug, dann konnte er zwar seinen Hilferuf absetzen, doch anschließend würde die Besatzung der *Mata Tombak* ihn erschießen. Vielleicht sollte er Salty erledigen, den Notruf senden, dann das Schlauchboot mit dem Außenbordmotor ins Wasser schieben und fliehen? Schlechte Idee, ganz schlecht. Und nicht nur, weil Jivan noch immer in diesem Ding drin lag. Sie waren hier viel zu weit draußen auf dem Ozean, er würde als salzverkrustete Mumie an der nächsten Küste ankommen – oder schon viel früher von den Piraten eingeholt werden.

Konnte er den Jungen als Geisel nehmen und sich im Cockpit verschanzen, bis Rettung kam? Zweifelnd musterte er die Cockpit-Tür. Inzwischen wusste er, dass das Schiff zum größten Teil aus Kohlefaser-Kunststoff bestand. Ein paar gezielte Schüsse und diese Tür war hin. Außerdem hatte er den Verdacht, dass Salty zwar Dauds Cousin, aber trotzdem keine sehr wertvolle Geisel war. Daud konnte sich bei seiner Familie bestimmt damit herausreden, dass Salty über seine eigenen Füße gestolpert und so in einen Schusswechsel hineingeraten war.

Diesmal ahnte Salty nicht, was Arif durch den Kopf ging. »Tut mir wirklich leid, dass ich dich bewachen muss, aber du bist erst seit 'ner Woche hier, das ist zu riskant.«

Arif seufzte tief, und auf einmal war ihm danach, ehrlich zu sein. »Weißt du, was wirklich schlimm ist? Dass ich meiner Familie nicht sagen kann, dass ich noch lebe.«

Verständnisvoll nickte Salty. »Versteh ich. Die denken, du bist tot, was?« Er zögerte, dachte nach. »Weißt du was, vielleicht könnten wir irgendwie durchgeben, dass es dir gut geht. Ohne Details natürlich.«

Ungläubig blickte Arif ihn an, er schämte sich seiner Gedanken von vorhin. Eigentlich war Salty ein feiner Kerl. Schlagartig schöpfte er Hoffnung. »Meinst du das ernst?«

Das hätte er nicht fragen sollen. Sofort sah er, dass Salty Bedenken kamen. »Nein. *Ma'af,* es tut mir leid. Vergiss es. War nur so' n Gedanke. Wenn Daud oder der Admiral das rauskriegen, hängen sie mich an den Zehen auf.«

Niedergeschlagen nickte Arif – und dann war es auch schon zu spät. Verschwitzt und mit einem breiten Grinsen kehrte Admiral Zahir ins Cockpit zurück. Hastig sprang Salty vom Kommandantensitz auf, seine Finger verhedderten sich in der Pistole und um ein Haar hätte er sich in den Fuß geschossen. Doch mit einer gedankenschnellen Bewegung nahm der Admiral ihm die Waffe ab, steckte sie sich in den Gürtel und schüttelte seufzend den Kopf. Dann ruckte er mit dem Kinn zur Tür. Salty und Arif beeilten sich, nach draußen zu kommen.

Es war ein besonderer Abend und alle an Bord spürten es. Am nächsten Morgen würden sie den Großen Pazifischen Müllstrudel erreichen und erfahren, ob die umgebauten Oil Skimmer ihrer Aufgabe gewachsen waren. Danach würde ihre Freizeit knapp werden, denn es war geplant, dass die Schiffe Tag und Nacht Müll aus dem Meer fischten.

An diesem Abend stand eine Besprechung in der Messe auf dem Programm. Am aufgeregtesten wirkte ihr Bordingenieur Yun Shin. »Es muss klappen«, wiederholte er immer wieder. »Da kann nichts schiefgehen. Wir haben es im Modell getestet, wir haben es vor der Küste von Korea ausprobiert ...«

Shana tätschelte ihm die durchtrainierte Schulter. »*Don't worry*. Zu viele Sorgen sind schlecht für deine Laufleistung, Shin.«

Auch Benjamin Lesser war bei der Besprechung dabei, obwohl er sich sonst abends zurückzog. Er und Malika lächelten sich zu. Sein Outfit sah ein bisschen seltsam aus, fiel Malika auf – Jeans mit Bügelfalte? Wer zog denn so was an? Dazu trug er ein T-Shirt und eine blaue Basecap – er hatte sich angewöhnt, sie an Bord zu tragen, damit sein Kopf mit den schon etwas schütteren Haaren keinen Sonnenbrand bekam.

»Was ist, wenn das mit dem Müllfischen nicht funktioniert, wie Sie geplant haben?«, fragte Malika ihn. »Fahren wir dann einfach zurück?«

Lesser blickte sie verblüfft und fast ein wenig gereizt an. »Nein, wir fahren natürlich nicht zurück, wie kommst du darauf? Wir würden die Schiffe in einer Werft auf den Hawaii-Inseln auf Netze umrüsten lassen. Aber daran will ich jetzt gar nicht denken, das würde uns Wochen kosten!«

Malika nickte, ein wenig eingeschüchtert von seiner heftigen Reaktion.

»Hawaii ist ein guter Trostpreis, da wollte ich schon immer mal hin«, sagte Shana.

»Wir könnten dich im Beiboot aussetzen, nach ein paar Jahren wird dich die Meeresströmung da vorbeibringen«, schlug Mike Armstrong vor.

Shana zog eine Grimasse. »Vielleicht ein andermal.«

Sie lächelte Danílo an, der durch einen Zufall – oder war es doch kein Zufall? – ihr gegenüber saß. Danílo lächelte höflich zurück. Malika beobachtete es mit gemischten Gefühlen, noch hatte sie ihm nicht erzählt, was sie während ihrer Wache herausgefunden hatte. Sollte sie es ihm überhaupt sagen?

»Die Karte bitte, Mrs. Grégoire«, sagte Kapitän Hensmann mit seinem deutschen Akzent, und die Erste Offizierin ließ an einer der Wände eine Weltkarte aufleuchten, in der die großen Meeresströmungen eingezeichnet waren. Elf riesige Wirbel zählte Malika. »Wir sind jetzt hier«, erklärte Louanne und ließ einen Punkt auf der Karte aufleuchten. Einen winzigen Punkt am Rand eines gigantischen treibenden Müllflecken. Ebenso kann sich eine Zecke vornehmen, einen Elefanten auszusaugen, dachte Malika niedergeschlagen. Warum nur haben wir alle so viel Plastik benutzt …

Louanne ließ den grünen Punkt des Laserpointers über die Karte tanzen. »Hier verläuft die riesige kreisförmige Meeresströmung, die all diesen Müll festhält – der Nordpazifische Wirbel, auch *Turtle Gyre* genannt«, erklärte sie. »Wir durchqueren gerade die äußere Zone, in der das Wasser sehr schnell fließt, und kommen nun in die innere Zone ruhigen Wassers. Die schnellen Strömungen schieben ständig Wasser ins Innere des Wirbels, wo es sich sozusagen anhäuft und durch die Schwerkraft nach unten gezogen wird. Dort sinken also gigantische Mengen von Wasser ab und das schwimmende Treibgut bleibt an der Oberfläche hängen.«

»Für immer?«, fragte Danílo interessiert.

»Nein. Es dauert sechseinhalb Jahre, bis sich der *Turtle Gyre* einmal um sich selbst gedreht hat, und bei jeder Umdrehung verliert er etwa die Hälfte seines Treibguts«, erklärte Louanne. »Es wird sozusagen von den schnellen Strömungen hinausgeschleudert. Stell dir einen oben offenen Güterzug vor, hoch beladen mit Müll – wenn der Zug richtig flott unterwegs ist, wird durch den Fahrtwind einiges runtergeweht. Na ja, das Beispiel hinkt ein bisschen. Der Zug verliert Ladung, aber im *Turtle Gyre* wird der Dreck nicht weniger, es kommt ja immer neues Zeug hinzu – deswegen wird der Müllstrudel nicht kleiner.«

Benjamin Lesser nickte. Seine Hände spielten mit einem orangefarbenen Gummiband, die ganze Zeit schon.

Als Louanne das Bild ausgeblendet hatte, übernahm es Kapitän Hensmann, sie in ihre Aufgaben und Dienstpläne einzuweisen. Sie würden in drei Schichten arbeiten, jede vier Stunden lang. Malika und Danílo waren in der ersten Woche gemeinsam mit den beiden koreanischen Matrosen dafür eingeteilt, an den Netzen zu arbeiten und dafür zu sorgen, dass der Müll reibungslos vom Skimmer aufgenommen wurde. »Alles klar«, sagte Malika.

Danach war der offizielle Teil des Abends vorbei. Schon vertieften sich Mike Armstrong und Louanne Grégoire in eine hitzige Diskussion über amerikanisches Essen. Kapitän Hensmann brachte von irgendwoher eine Flasche *Moon-Water* zum Vorschein und überredete Yun Shin, davon zu probieren.

Benjamin Lesser beteiligte sich nicht an den Gesprächen, er stand gleich auf. »Bleiben Sie doch noch einen Moment – trinken Sie einen Schluck mit?«, fragte Yun Shin, doch Lesser blickte ihn an, als sei das ein unmoralisches Angebot. »Heute nicht, bitte entschuldigen Sie mich«, sagte er und ging zur Tür. Er hatte wohl noch viel zu tun, wahrscheinlich leitete er vom Schiff aus sein Unternehmen.

Etwas enttäuscht darüber, dass er schon ging, blickte Malika ihm nach und sah, wie er kurz mit dem Steward sprach und auf die Türklinke der Messe deutete. Sofort wischte der Steward die Klinke mit einem weißen Tuch ab, erst dann berührte Lesser sie. Mit hochgezogenen Augenbrauen flüsterte Malika Danílo zu: »Ich glaube, Lesser hat ein kleines Problem mit Bakterien.«

Danílo, der die Szene ebenfalls beobachtet hatte, nickte. »Auf so einer Türklinke sitzen ja auch Millionen, die nur darauf warten, dich anzuspringen.«

Dann wandten sie sich den anderen zu.

Malika hatte erwartet, dass Shana sofort versuchen würde, ein Gespräch mit Danílo zu beginnen, doch sie täuschte sich. Lange Sekunden saß sie einfach nur zurückgelehnt da und sah Danílo an, der mit verschränkten Armen ihrem Blick begegnete. Er wirkte älter als achtzehn, vielleicht war es der Bart oder sein ruhiger, stetiger Blick. Irgendwann, ohne dass sie es gemerkt hatte, war er erwachsen geworden.

Irgendetwas passierte zwischen den beiden, etwas ohne Worte, aber Malika begriff nicht, was. Und jetzt, ausgerechnet jetzt, musste sie aufs Klo. Verdammt!

Danílo wurde nicht schlau aus dieser Frau. Sie hatte eine große Klappe, aber sie konnte auch schweigen. Ihre Augen, die so gerne lächelten, blickten ihn jetzt ernst und neugierig an. War das eine Herausforderung, wollte sie, dass er zuerst wegschaute? Na, da konnte sie lange warten, in diesem Spiel war er gut.

Ganz nebenbei fiel ihm dabei auf, wie hübsch sie war. Ihre glatten Haare waren hell wie die Sonne, ihre Augen sprühten vor Intelligenz und Eigensinn, und ihr dreieckiges Gesicht mit dem spitzen Kinn hätte auch gut zu irgendeiner irischen, immer zu Unfug aufgelegten Fee gepasst. Mit ihren langen, geraden Beinen hätte sie sogar auf einem Laufsteg eine gute Figur gemacht.

Egal. Ihm musste das egal sein. Sie war nicht nur älter als er, sie war Zweite Offizierin und damit an Bord seine Vorgesetzte! Außerdem war ihm nicht entgangen, dass Malika aufgestanden und abgehauen war, als er und Shana begonnen hatten, einander anzusehen.

»Noch böse wegen meiner blöden Bemerkung in Los Angeles?«, fragte Shana plötzlich. Also hatte sie doch gemerkt, dass ihm das quer runtergegangen war.

»Schon vergessen, Miss Sayer«, log Danílo.

»*Miss Sayer?*« Shana griff sich an den Kopf. »Hey, wir sind nur neun Leute auf diesem Kahn, hier duzen sich doch alle.«

»Alle bis auf Kapitän Hensmann und Herrn Lesser?«

»Na ja, also fast alle.«

Danílo musste lächeln. »Schön. Und von Monsieur ist sowieso nicht bekannt, wie er mit Vornamen heißt.« Monsieur war die rot-weiß gemusterte Bordkatze, die Louanne Grégoire gehörte und meist auf dem Stuhl in der Funkecke ein Nickerchen hielt.

»Ich glaube, er hat keinen Vornamen«, meinte Shana, und dann warf sie ihm einen Blick zu, der ihn ein bisschen an Malika erinnerte. Irgendwie fürsorglich. »Sag mal, bist du von Natur aus so blass oder geht es dir gerade nicht gut?«

Danílo war es peinlich, dass sie ihn auf diese Art ansah, und er wollte auf keinen Fall erzählen, dass er letzte Nacht wieder mit einem Albtraum hochgeschreckt und nicht mehr eingeschlafen war. So, wie diese Shana drauf war, würde sie ihm wahrscheinlich empfehlen, nicht so ein Sensibelchen zu sein oder eine bunte Auswahl von Pillen einzuwerfen.

»Alles okay«, behauptete er.

»Das glaube ich dir nicht«, erwiderte Shana sofort.

»Ist das mein Problem?«, sagte Danílo. Fast sofort tat es ihm leid – seit er so schlecht schlief, reagierte er manchmal gereizt. »Tut mir leid, war nicht so gemeint«, schob er nach. »Ich mag nur gerade nicht darüber reden.«

Shana hob die Augenbrauen. »Bist du immer so empfindlich oder nur an Samstagen?«

»Nur an Samstagen«, gab Danílo zurück, dabei hatte er wie so oft an Bord den Überblick verloren, welcher Wochentag es war.

Er war froh, dass Malika zurückkehrte und sich das Gespräch Neuseeland, Segelschiffen und der Rationierung des Biers an Bord zuwandte.

Vielleicht half ihm ab morgen die harte Arbeit des Müllfischens, die Träume abzuschütteln. Sobald er konnte, zog er sich in seine Kammer zurück und chattete eine Runde mit Kira. Leider schrieb sie schon nach ein paar Minuten: *So, jetzt muss ich leider weiterarbeiten, bis bald, CU!*

Stimmte das? Oder war er ihr lästig? Verdammt, wieso war das alles nur so kompliziert?

Jagen und Fischen

Die erfolgreiche Jagd hob die Stimmung auf der *Mata Tombak*. Arif sah viele entspannte Mienen, Jivan riss einen Witz nach dem anderen und Tomás lachte. Neugierig beobachtete Arif, wie die Männer Bündel und Kisten in die Laderäume brachten. Wie er herausbekam, war das Opfer ein japanischer Frachter gewesen, erbeutet hatten die Piraten ein Dutzend Akkus – insgesamt zwei Tonnen schwer –, den Inhalt des Bord-Tresors, Wertgegenstände der Besatzung sowie Essensvorräte, darunter zwei lebende Hühner. Außerdem hatten sie dem anderen Schiff jede Menge Diesel abgezapft.

»Unsere Tanks sind randvoll«, meldete Daud dem Admiral zufrieden. »Und die Akkus sind zu neunzig Prozent geladen. Maximale Reichweite.«

»Was waren das denn für Schüsse, die wir gehört haben?«, fragte Arif beunruhigt.

Tomás warf sich in Pose. »Wir haben sie zwar überrascht, aber sie haben trotzdem noch versucht, eine Schallkanone in Betrieb zu nehmen – keine Chance gegen uns«, prahlte er. »Ich habe dem einen Kerl glatt durch den Arm geschossen, danach hatte die Besatzung die Hosen voll.« Er schien völlig vergessen zu haben, dass er Arif nicht ausstehen konnte.

Arif wurde neugierig. »Schallkanone? Schießt die mit Schall oder was?«

»Ja, und man spürt den Sound im ganzen Körper. Besser

als in der Disco«, sagte Daud und lachte. So gelöst hatte Arif ihn noch nie gesehen. »Aber jetzt mal im Ernst, es ist nicht angenehm und man kann sich bei dem Krach nicht verständigen. Zum Glück haben wir sehr gute Ohrenschützer, damit geht es.«

»Wisst ihr noch, letztes Jahr, diese amerikanische Yacht?«, meinte Ishak. »Die hatten so Schläuche an Bord, aus denen eine glitschige Flüssigkeit rauskam. Damit Piraten ausrutschen. *Bagus!* Hab selten so gelacht.«

»Wieso?«

»Mit unseren Enterhaken sind wir trotzdem ganz gut an Bord gekommen«, berichtete Viper, sein hartes Gesicht war ausdruckslos. »Und die Bootsbesitzer sind dann selber auf ihrer Seife herumgeglitscht, während wir ihren Kahn ausgeräumt haben.«

Arif schüttelte den Kopf, er wusste selbst nicht genau, worüber. Gab es denn überhaupt keine Möglichkeit, sich gegen Piraten zu wehren? Er fragte nicht danach, das wäre wahrscheinlich schlecht rübergekommen.

Doch der Admiral, der ihn nachdenklich betrachtete, schien seine Gedanken zu ahnen. »Aber es klappt nicht immer. Manchmal haben sie Stacheldraht mit Klingen an der Reling, das macht es schwer. Zum Glück nicht hier in der Gegend, hier rechnen sie nicht mit uns und sind unvorsichtig.«

»Jagt ihr deshalb hier, so weit draußen?«, erkundigte sich Arif vorsichtig, doch er bekam keine Antwort. Der Admiral und Daud verschwanden im Cockpit, wendeten die *Mata Tombak* und ließen sie davonbrausen. Währenddessen musste Arif helfen, die neuen Vorratskisten mit Lebensmitteln zu verstauen. Ishak war in so guter Stimmung, dass er ihm ein Paket Schokokekse zuwarf. »Hier. Dein Anteil an der Beute.«

»*Terima kasih* – danke«, sagte Arif überrascht und probierte gleich mal einen. Samtig-süß löste sich die Schokolade in seinem Mund auf. Wenn er die Augen schloss, konnte er sich vorstellen, wieder ein Kind zu sein und von seinen Eltern und seiner Großmutter verwöhnt zu werden … mit seinem Bruder am Strand einen Ball durch die Gegend zu kicken, Speere zu basteln, zusammengekuschelt mit seinen Geschwistern alte *Star Trek*-Episoden zu schauen, wenn es gerade mal Strom gab. Nachts im Meer die Netze auszuwerfen und Garnelenlarven für die Zuchtteiche zu fangen …

Ein Tritt erwischte ihn am Schienbein. »He, das war nicht die Erlaubnis, den halben Tag zu verträumen!«

Niedergeschlagen schluckte Arif den Keks hinunter, rieb sich die schmerzende Stelle und machte sich daran, einige frisch erbeutete Mangos zu schälen.

Früh am Morgen, vor Sonnenaufgang, gab es ein Festmahl, wie Arif schon lange keines mehr erlebt hatte. Im Schneidersitz saß er mit den anderen auf dem Oberdeck, über sich den Nachthimmel, der sich ganz langsam heller färbte, und schaufelte Fischbällchen in Bananen-Kokos-Soße, frittiertes Sojabrot und mit Gemüse gefüllte Tofu-Stücke, gewürzt mit scharf-würziger Tamarindensoße, in sich hinein. Nein, ein Sklave war er nicht mehr auf diesem Schiff, als Sklave hätte er nicht hier sitzen und mitessen dürfen. Aber was war er dann?

»Schmeckt's?«, brummte Ishak, und aus der Runde kam gemurmelte Zustimmung.

»Es ist eine köstliche Kombination von Geschmacksrichtungen«, schwärmte Arif.

Als er aufblickte, sah er, dass alle ihn anstarrten. Arif lief rot an. Das war mal wieder eine Formulierung, die er in einer Zeitschrift gelesen hatte.

Tomás, der ein frisch erbeutetes *Nike*-T-Shirt trug, rülpste zustimmend und ließ sich dann nach hinten auf den Rumpf kippen, das Gewehr lag unbeachtet neben ihm. Admiral Zahir schlug Ishak auf die Schulter. »Du bist ein Zauberer«, sagte er, und Ishak versuchte sich an einem bescheidenen Blick. »Ach, nein, nein, bin ich nicht. Wirklich.«

Jivan blieb stumm. Er war vermutlich wütend, dass er von der Beute nichts abbekommen hatte, nicht mal ein paar neue Schuhe. Außerdem hatte er Striemen von den Handschellen und sicher einen furchtbaren Kater. Wortlos schnippte er die Reste seiner Mahlzeit über Bord und machte damit einen Schwarm Fische glücklich. »Wir brauchen mal wieder einen richtigen Sturm«, murmelte er, und Arif blickte ihn verblüfft an.

»Wieso denn das?«, fragte er, doch eine Antwort bekam er nicht.

Es war ein schöner Morgen und alle schienen die frische Luft oben auf dem Rumpf zu genießen. Ishak versuchte, etwas fürs Mittagessen zu angeln, und Viper spielte auf einer Art Mundorgel, die er beim Raubzug erbeutet hatte. Tomás legte sich zum Spaß mit Salty an, die beiden rauften eine Runde, dann landete Salty im Meer. Er nahm es locker, kletterte wieder an Bord und schubste stattdessen Arif ins Wasser. Prustend tauchte Arif zwischen den Wellen auf. Es war ein unheimliches Gefühl, dass einige tausend Meter Wasser unter ihm waren. Und wenn das Schiff jetzt wegfuhr … eine unerklärliche, erstickende Angst packte Arif.

Aber das Schiff ließ ihn nicht im Stich, es wiegte sich mit

abgeschaltetem Antrieb in den Wellen. Arif riss sich zusammen und kraulte um den in blaugrauer Tarnfarbe gestrichenen Rumpf herum. Zum ersten Mal sah er ihn von außen und begriff wirklich, warum die *Mata Tombak* keine Bugwelle vor sich herschob. Das Schiff war ein Pentamaran und lag auf fünf ineinander übergehenden Rümpfen im Wasser – wahrscheinlich staute sich darunter die Luft, sodass es bei schneller Fahrt vorne abhob.

Konnte es jedes Schiff einholen, das es gab? Hatte irgendjemand eine Chance gegen diese Männer?

»Jetzt runter ... weiter runter ...!«, kommandierte Louanne Grégoire in ihr Handfunkgerät. »Scherdrachen ist im Wasser. Bitte noch weiter fieren, wir probieren es mal mit sechs Meter Tiefe.«

Es knisterte im Funk. »Roger«, erwiderte Shana von der Brücke aus.

Neugierig schaute Malika zu, wie der Scherdrachen – eine Art metallener Flügel – über den Bug-Galgen vor der *Ariadne* ins Wasser gesenkt wurde. Shana hatte ihr erklärt, wozu sie das Ding brauchten: Es wirbelte in größerer Tiefe schwebende Müllteile hoch und spülte sie in die Öffnung des Skimmers. Denn der Großteil des Mülls schwamm nicht an der Oberfläche, sondern weiter unten. Doch mit dem Scherdrachen kamen sie auch dort an ihn heran.

»Kann dieses Ding Fische verletzen?«, fragte Malika Benjamin Lesser, der neben ihr stand.

Lesser schüttelte den Kopf. »Die flitzen einfach darüber hinweg.«

»Scherdrachen auf Position«, meldete die Erste Offizierin. »Skimmer in Betrieb nehmen.«

Mit einem lauten Knacken und elektrischen Summen öffneten sich die Tore am Bug des Schiffs. Fasziniert beugte sich Malika weit über die Reling, um es zu beobachten. Kapitän Hensmann hatte die *Ariadne* so weit gebremst, dass sie nur noch mit vier Knoten vorankroch. Die sonst so gewaltige Bugwelle war verschwunden, dafür waren die offenen Tore von oben deutlich zu sehen.

»Jetzt geht's los!«, quiekte Malika.

»Fall nicht über Bord, sonst wirst du in deine Bestandteile zerlegt und wiederverwertet«, empfahl ihr Danílo.

»Wie wär es, wenn du mich festhältst?«, ätzte Malika zurück. »Oder ist dir das gerade zu anstrengend?«

Danílo grinste. »Ich denke mal drüber nach.« Er hob sein Fernglas und musterte die anderen Lesser-Schiffe. »Die haben auch schon die Skimmer-Tore offen.«

Malika drehte sich um, damit sie den Moon Pool im Auge behalten konnte. Wenn der Skimmer seine Aufgabe erfüllte, dann musste jetzt bald der erste Müll in diesem viereckigen, offenen Becken mitten im Schiff auftauchen. Und tatsächlich – darin begann sich eine konzentrierte Drecksuppe zu sammeln, die Zutaten waren unter anderem ein Styroporbecher, eine löchrige Plastikplane und der Griff eines Regenschirms. Auf der anderen Seite des Schiffs gelangte das gereinigte Wasser wieder ins Meer.

Sie hatten begonnen, das Meer zu säubern! Malika und Danílo jubelten mit den anderen, und selbst die südkoreanischen Matrosen, für die das hier nur ein Job wie jeder andere war, schienen sich zu freuen.

»Wie zum Teufel kommt ein Regenschirmgriff in den Pazifik?«, rätselte Malika.

Danílo zuckte die Schultern. »Es gibt viele billige Regenschirme und die Dinger halten nicht lange. Vielleicht hat den da jemand am Strand liegen lassen, weil er kaputt war.«

Der Regenschirmgriff driftete durch den Moon Pool und wurde tiefer hineingesaugt ins Schiff, um dort verarbeitet zu werden. Malika spürte am leichten Vibrieren des Decks, dass die Maschinen in Betrieb waren. Schwups, schon war er weg.

»Nehmen wir mal eine Probe«, sagte Benjamin Lesser, aufgeregt wie ein Kind. Mit einem Kescher an einer langen Metallstange fischte einer der Seeleute eine Plastikflasche heraus, in der Mineralwasser gewesen war. »Bitte sehr, Sir.«

Lesser hatte sich Handschuhe angezogen, die bis über die Ellenbogen reichten – so geschützt, nahm er die Plastikflasche und drehte sie in den Händen. Nur noch die Hälfte der ursprünglichen Flasche war übrig, Lesser strich über die gezackte Bruchfläche. »An der haben Fische herumgenagt, seht ihr die Bissspuren? Das ist verdammt schlechtes Futter, aber woher sollen die Fische das wissen?«

»Netz eins ins Wasser«, kommandierte Louanne Grégoire.

Netz eins hatte sehr feine Maschen und sah aus wie ein zwei Meter langer Windsack. Es wurde über Bord gehievt und schon nach zehn Minuten wieder eingeholt. »So, diesen Fang nehme ich genauer unter die Lupe«, kündigte Louanne Grégoire an, packte das tropfende Netz und nahm es mit. Malika blieb ihr neugierig auf den Fersen und schaute im Labor auf dem B-Deck zu, wie sie den Stoff auswusch. Es waren nicht die größeren Müllstücke, die Louanne interessierten, sondern die Reste von zerfallenem Plastik. Schon mit bloßem Auge sah Malika die bunten Körnchen, doch in starker Vergrößerung waren noch sehr viel mehr zu erkennen. »Zweihundertmal mehr Plastik als echtes Plankton«, stellte Louanne grimmig fest und schob Monsieur weg, der seinen rotpelzigen Kopf schnurrend am Mikroskop rieb. »2013 war das Verhältnis auch schon sechzig zu eins.«

»Aber doch nur hier im Müllstrudel, oder?«

Louanne seufzte. »Leider nein. Meeresströmungen bringen das Zeug überallhin. Bei einer Studie an Meeresvögeln in der Antarktis hat sich gezeigt, dass die auch schon fast alle Plastik im Magen hatten.«

Sie kehrten an Deck zurück und bekamen gerade noch mit, wie das größere, grobmaschigere Netz wieder an Bord zurückgehievt wurde. Danílo und Malika zogen ihre Arbeitshandschuhe an, und die koreanischen Seeleute zeigten ihnen, wie man den Knoten an der Unterseite des Netzes öffnete. Ein hüfthoher, bunter Haufen Müll ergoss sich auf das nasse Deck. Zum Glück stank das Zeug nicht, es roch nur nach Algen und Salzwasser. Danílo und einer der Seeleute stocherten mit einer Stange darin herum.

»Schau mal«, sagte Danílo und hielt einen Golfball hoch, der schon bessere Tage gesehen hatte. »Ist wahrscheinlich in einen Fluss gefallen und dann ins Meer gespült worden.« Dann hob er eine schwarze Röhre auf, etwa handlang. »Von denen haben wir einige gefangen. Keine Ahnung, was das ist.«

Der Seemann neben ihm nahm ihm die Röhre aus der Hand, schaute sie sich kurz an und erzählte dann etwas. Bordingenieur Yun Shin übersetzte: »Diese Dinger werden in der Austernzucht verwendet, wahrscheinlich stammen sie von der japanischen Küste.« Er sah sich die Röhre ebenfalls an und fügte hinzu: »Leider aus PVC, das lässt sich nicht gut recyceln, weil der Stoff Chlor enthält.«

Auch Malika begann neugierig zu wühlen, es war fast wie eine Schatzsuche. Sie zog einen Spielzeugbagger, dem die Schaufel fehlte, aus dem Haufen und zeigte ihn Danílo, außerdem fand sie noch eine orangefarbene Boje. »Was wird mit Zeug gemacht, das sich noch benutzen lässt?«, fragte sie Kapitän Hensmann.

»Dafür haben wir einen Lagerraum, leg es einfach beiseite«, meinte er.

Doch was Malika als Nächstes fand, gefiel ihr überhaupt nicht – zwischen dem Müll zappelten auch zwei oder drei Fische, außerdem kroch ein Krebs umher und schwenkte wütend die Scheren. Beifang nannte man das wohl. Rasch packte sie die Tiere, warf sie über Bord und konnte nur hoffen, dass sie überlebten. »Au, verdammt!« Der Krebs hatte sie in den Finger gezwickt. Undankbares Vieh.

Kapitän Hensmann hatte stirnrunzelnd beobachtet, was sie tat. »Die nächsten Fische bitte an Bord behalten«, ordnete er an. »Unsere Meeresbiologin Frau Heinze hat uns gebeten, Proben des Mageninhalts zu nehmen.«

»Das wusste ich nicht«, meinte Malika. »Wie lange fischen wir mit den Netzen? Hoffentlich fangen wir dabei nicht zu viele Tiere ...«

»Vermutlich nicht, im ganzen Gebiet gibt es wenig Nährstoffe und deswegen kaum Fische«, erwiderte Hensmann.

Benjamin Lesser hatte gerade etwas entdeckt und stapfte mit hüfthohen Gummistiefeln durch den Müllhaufen, um es zu bergen. »Tja, nicht alles, was golden aussieht, ist auch Gold«, stellte er fest und hielt einen Plastikbehälter hoch, in dem einmal Motorenöl gewesen war.

»Macht nichts, Sie sind doch sowieso schon reich«, flachste Malika.

»Muss ich deswegen ein Goldstück liegen lassen, wenn ich es im Müll finde?« Lesser zog amüsiert die Augenbrauen hoch.

Louanne Grégoire drehte einen Plastikkanister in den Händen, der von Muscheln bewachsen war. »Na, was haben wir denn hier?«, meinte sie, startete ihren DNA-Barcoder und ließ das Gerät durch die Analyse des Erbguts und den Abgleich mit einer Datenbank feststellen, um was für Tiere es sich handelte. »Sieh an, das ist eine Art aus Asien! Blinde Passagiere.« Sie schickte die Daten sofort an Kira weiter.

»Fremde Organismen benutzen das Treibgut leider als Transportmittel«, erklärte Kapitän Hensmann Malika. »Sie überqueren darauf den Ozean und siedeln sich irgendwo an, wo sie nicht hingehören.«

»Nicht gut, oder?«, fragte Malika neugierig. Sie hatte schon gehört, dass solche fremden Arten in ihrer neuen Heimat oft zu Plagen wurden. »Was machen wir mit den Muscheln? Nicht wieder reinwerfen, oder?«

»Auf keinen Fall.« Mit spitzen Fingern verstaute Louanne Grégoire den Kanister in einem Probenbehälter.

Die koreanischen Seeleute öffneten eine Luke im Deck, und Danílo und Malika halfen dabei, den ganzen Müll durch einen Schacht ins Innere des Schiffs zu kehren, wo das Plastik wiederverwertet werden konnte. Alles andere würde bei hoher Temperatur getrocknet und anschließend mit einem Teil des Plastiks als Treibstoff für die *Ariadne* verbrannt werden.

Bei der nächsten Netzleerung sicherte sich Louanne Grégoire einen armlangen Fisch, um seinen Mageninhalt zu untersuchen. Doch da Malikas Arbeitsschicht offiziell begonnen hatte, konnte sie diesmal nicht im Labor zusehen.

Nach Ende ihrer Nachmittagsschicht fiel Malika erschöpft in ihre Koje und schlief sofort ein, ihre innere Uhr war völlig aus dem Takt. Sie wachte erst auf, als Danílo an ihre Tür klopfte, um sie ans Abendessen zu erinnern.

Durch ihre Brückenwache hatte Shana noch keine Gelegenheit gehabt, im Müll herumzustapfen. »O Mann! Ich will auch! Was, ihr habt *fünf* Sandkuchenförmchen gefunden? Na, hoffentlich nicht auch die Kinder dazu.«

»Keine Sorge«, informierte sie Mike Armstrong. »Leichen sinken meist auf den Meeresgrund, wo sie von Krebsen zerlegt werden.«

»Echt jetzt«, sagte Danílo. »Aber man hört doch von Leichen, die auf dem Wasser treiben?«

»Das hängt erst mal vom Fettgehalt des Körpers ab, im Meer schwimmt etwa die Hälfte aller Leichen, die anderen sinken«, informierte ihn Mike und lehnte sich gemütlich in seinem Stuhl zurück. »Ziemlich oft lösen sich nach einer Weile die Füße und kommen hoch. Weil sie in Sneakers mit Gummisohlen stecken – die schwimmen bestens.«

»Oh, toll«, sagte Malika schwach, mit ekligen Dingen konnte man sie gut vom Essen abhalten. Aber Shana verzog keine Miene. »Hast du schon mal einen Fuß gefunden? Du stöberst doch gerne an Stränden herum, oder?«

»Ja, stimmt, und nee, ich hab noch keinen gefunden«, erzählte Mike. »Aber an der Pazifikküste der USA und Kanada sind im Laufe von ein paar Jahren mal zwölf einzelne Füße angeschwemmt worden, einmal sogar sechs innerhalb eines Jahres. Erst hat die Polizei gedacht, es ist ein Psychopath mit Fuß-Fetisch unterwegs. Aber die Füße stammten alle von Selbstmördern, die sich von Brücken gestürzt hatten.«

Danílo wollte noch eine Frage stellen, doch Malika wandte sich schnell an Louanne Grégoire. »Was haben Sie eigentlich in diesem Fisch entdeckt?«

»In seinem Magen waren achtundzwanzig Stück Plastik, die dort fleißig ihre Giftstoffe abgegeben haben«, berichtete die Französin, während sie elegant ihre Portion Lasagne zerlegte. »Außerdem habe ich wie üblich noch einige Parasiten gefunden.«

Malika wurde doch noch schlecht. Und als es am nächsten Tag beim Mittagessen ein Fischcurry gab, aß sie nur Reis mit Soße.

Gebändigt

Haben sie die Suche nach mir aufgegeben? Denken sie manchmal noch an mich? Die Gedanken an seine Familie lagen steinschwer in Arifs Innerem. Sorgsam schob er sie beiseite, bevor er seine Arbeit begann, er wollte die Erinnerungen nicht beschmutzen. Mit einem Tuch um Mund und Nase machte er sich daran, die metallene Bordtoilette zu schrubben. Wer hatte das hier erledigt, bevor sie ihn aus dem Wasser gefischt hatten? Ishak wahrscheinlich. Warum schikanierte er ihn dann ständig? Seit einem Monat war Arif jetzt schon auf der *Mata Tombak* und die Zahl seiner blauen Flecken nahm nicht ab.

Jemand hämmerte an die Tür der Toilette. »He! Du da!« Das musste Tomás sein, nur er weigerte sich nach wie vor, Arifs Namen zu benutzen.

»Was?«, fragte Arif vorsichtig.

»Du sollst zum Kapitän kommen. In seine Kammer!«

Nervös richtete Arif sich auf, spülte den Lappen aus und wusch sich die Hände. Was hatte das zu bedeuten? Hatte er etwas falsch gemacht? Er packte Lappen und Eimer zusammen und quetschte sich aus der engen Kammer.

»Na, schon Angst?« Tomás feixte. »Er wird dich in eine dreiköpfige Seeschlange verwandeln, wenn du etwas Falsches sagst ...«

Arif blickte ihm so gelassen, wie er es schaffte, in die Augen und verzichtete auf eine Antwort. Das war das Einzige, was half. Auch diesmal verlor Tomás bald das Interesse und Arif hastete die paar Meter weiter zur Kammer des Admirals. Er klopfte an und bemühte sich, ruhig und gleichmäßig zu atmen. Noch nie hatte er die Kammer von innen gesehen – Ishak übernahm es, sie regelmäßig zu reinigen.

Admiral Zahir öffnete und blickte ihm entgegen. In seinem kantigen Gesicht, das von einem gepflegten Bart umrahmt wurde, wirkte die zweimal gebrochene und schief zusammengewachsene Nase fehl am Platz. Seine Haut war so braun wie die aller anderen Männer an Bord, doch er war weder Indonesier noch Lateinamerikaner.

»Sie wünschen, Sir?«, fragte Arif höflich. Der Admiral betrachtete ihn fast abwesend und winkte ihn hinein. »Eine Kanne ist umgefallen. Wisch das auf.«

Darum ging es also. Der Admiral trank große Mengen gekühlten Pfefferminztee mit Zitrone, hin und wieder schickte Ishak seinen Helfer mit einer Kanne davon zur Kammer oder zum Cockpit.

Unauffällig blickte sich Arif in der Kammer um. Sie war nicht groß, darin befanden sich nur ein aus der Wand herunterklappbares Bett und eine edle geschnitzte Holztruhe, ein kleiner Tisch mit Leselampe – ein aufgeklappter Laptop stand darauf – und ein Stuhl. An der Wand hing ein Foto im Goldrahmen, es zeigte eine Stadt, deren schlanke weiße Türme in den Himmel ragten. Daneben war ein Regal angebracht, in dem Bücher standen – echte, gedruckte Bücher. Eine Holzleiste über jeder Reihe verhinderte, dass sie bei starkem Seegang auf dem Boden landeten. Auch eine kleine Statue aus schwarzem Stein stand dort, irgendein Vogel, ein Falke, der etwas auf dem Kopf trug …

Der Admiral verließ die Kammer und schloss die Tür hinter sich, Arif war allein. Er kniete nieder und machte sich daran, die Tee-Lache in der Mitte der Kammer aufzuwischen. Doch rasch hatte er das Gefühl, dass hier etwas nicht stimmte. Wie kam der Tee auf diese Stelle des Bodens, genau in die Mitte? Wäre die Kanne oder Tasse vom Tisch gefallen, hätte der Fleck dort sein müssen, nicht hier. Hatte der Admiral das Zeug absichtlich verschüttet? Und wenn ja, warum?

Innerhalb von Sekunden hatte Arif die Lache weggewischt. Der Admiral war noch nicht zurück. Arifs Puls beschleunigte sich. Der Laptop war eingeschaltet … vielleicht konnte er damit eine Nachricht senden? Das würde nur ein paar Sekunden dauern!

Arif stand auf … und blieb stehen. Sein Instinkt warnte ihn. Es war alles zu künstlich: Dieser Fleck in der Mitte der Kammer, der aufgeklappte, angeschaltete Laptop. Ein Test. Sie wollten ihn testen. Wahrscheinlich wurde er über die Webcam des Geräts beobachtet, vielleicht übertrug sie die Bilder direkt ins Cockpit, und dort schauten der Admiral, Daud, Salty und womöglich weitere Besatzungsmitglieder gespannt zu, was er tun würde.

Wenn er jetzt einfach seinen Eimer und Lappen nahm und aus der Kammer ging, dann würde sie das erst recht misstrauisch machen. Dann ahnten sie, dass er die Falle erkannt hatte. Ganz langsam stellte er den Eimer beiseite, trocknete sich die Hände an seiner zerknitterten Leinenhose ab und trat zum Bücherregal. Es war Jahre her, dass er zuletzt ein echtes Buch in der Hand gehabt hatte. Wie dünn und trotzdem fest sich die Seiten anfühlten, wie viel besser sie rochen als die Zeitschriften. Seine Augen schweiften über die Buchtitel. Ein Koran – war Admiral Zahir Muslim? Er richtete zwar den Bug fünfmal täglich Richtung Mekka, so wie es Kapitän Djamal getan hatte, doch er betete nicht mit.

Zwei Werke über Navigation, ein Bedienhandbuch für das Schiff. Ein dickes Buch namens *Wool*, war das eine Strickanleitung? Das Werk daneben sah nach einem Roman aus. *The Passage*. Neugierig schlug er es auf, doch die vielen Seiten und die kleine Schrift schreckten ihn ab. Vorsichtig stellte er es zurück. Ein zerlesener James-Bond-Roman: *Tomorrow never dies*. Den kannte Arif als Film. Daneben ein Buch mit dem Titel *P.S. I love you*, Arif musste sich das Lachen verbeißen. Der Admiral las Liebesromane? Es waren aber auch zwei spanische Bücher dabei, vielleicht gehörte ein Teil dieser Sammlung dem ehemaligen Kapitän aus Ecuador.

Noch immer war er allein. In einer der Zeitschriften, die die Amerikanerin mitgebracht hatte, war einmal ein sehr interessanter Artikel gewesen: *Wie Sie erkennen, ob Leute hinter Ihrem Rücken über Sie tratschen*. Die Autorin hatte empfohlen, als Köder kleine Informationsbrocken zu streuen und zu schauen, wo sie wieder auftauchten. Arif beschloss, einen solchen Köder auszulegen. Auf dem Schreibtisch lag ein geflochtener Korb mit Schreibmaterial. Er nahm sich einen Zettel und einen Kugelschreiber heraus. *James Bond* schrieb er auf das Papierstück und befestigte es mit Klebeband unter dem Bücherregal. Es war praktisch unmöglich, es dort zufällig zu entdecken. Wenn sie ihn aber dabei beobachtet hatten, würden sie neugierig sein und sich das Ding sofort holen.

Arif war gespannt, ob und wann ihn jemand darauf ansprechen würde.

Zufrieden nahm er Lappen und Eimer und ging zurück

in die Kombüse. Erst später fiel ihm ein, dass er sich mit dem Köder verraten hatte. Dem Admiral würde klarwerden, dass er den Test als solchen erkannt hatte … und ihm nicht mehr vertrauen als zuvor. Vielleicht eher im Gegenteil.

Diese Albträume machten ihn fertig. Verdammt, woran lag es nur, dass er hier so schlecht schlief? So ein Problem hatte er noch nie gehabt! Zermürbt beschloss Danílo, zu Kapitän Hensmann zu gehen und sich aus der Bordapotheke ein Schlafmittel geben zu lassen.

Benebelt vor Müdigkeit stapfte er hoch zum Brückendeck und registrierte abwesend, dass der Himmel von Cirruswolken überzogen war – vielleicht brachte eine Warmfront bald Regen mit. Danílo bat wie üblich um Erlaubnis, die Brücke betreten zu dürfen. Keine Antwort. Doch das konnte nicht sein, es musste immer jemand auf der Brücke sein. Das ging auch gar nicht anders, denn die großen Netzwinden wurden von hier aus bedient. Danílo wiederholte lauter: »Darf ich …«

»Ja, ja, komm ruhig rein!«, rief jemand. Danílo erkannte Shanas Stimme, und einen Moment lang wollten sich seine Füße nicht voranbewegen. Doch dann zwang er sie dazu. Er würde es sowieso nicht schaffen, ihr auf diesem Schiff ewig auszuweichen. Besser, er ging ganz normal mit ihr um, dann würde niemand merken, wie sehr sie ihn durcheinanderbrachte.

Danílo betrat die Brücke und war wieder einmal beeindruckt davon, welch fantastischen Blick man von hier oben hatte. Winzige Gestalten waren mittschiffs dabei, das große Netz auszuleeren, es schien wieder ein guter »Hol« zu sein, wie man die Ladung nannte. Danílo hielt nach Malika

Ausschau und entdeckte ihren Lockenkopf in der Nähe des Netzes, während einer der koreanischen Seeleute etwas aus dem Moon Pool fischte, was zu groß war, um durch die automatische Sortieranlage zu passen.

Der Kapitän und Shana starrten beide mit Ferngläsern durch die großen Brückenfenster, und zuerst hatte Danílo angenommen, dass auch sie checken wollten, ob mit dem neusten Müllfang alles glattging. Doch dann sah er, dass sie die Ferngläser aufs offene Meer gerichtet hielten.

»Da ist auch einer«, sagte Kapitän Hensmann. »Verdammt, kann der nicht seine Kennung einschalten?«

»Wird wohl seinen Grund haben, dass er es nicht tut«, meinte Shana Sayer. »Schon seltsam, das alles. Ich versuche mal, ihn anzufunken.«

Danílo spähte nach draußen, sah aber nur einen winzigen Punkt in der Weite. »Was ist denn los?«, fragte er, bekam aber keine Antwort.

Stattdessen wandte sich Kapitän Hensmann ihm zu und fragte knapp: »Was gibt's?«

»Sorry«, sagte Danílo verlegen. »Haben Sie etwas in der Bordapotheke, das einen für ein paar Stunden ausknockt? Ich schaffe es einfach nicht, hier an Bord zu schlafen – miese Träume am laufenden Band.«

Das stieß nicht auf Begeisterung. »Ich habe natürlich starke Beruhigungsmittel, aber die sind für den Notfall, also wenn ein Crewmitglied verletzt ist«, sagte Hensmann, und der Blick seiner eisblauen Augen ging Danílo bis auf die Knochen. »Sie teilen sich eine Kammer mit Cheong Dong-Sun, oder? Haben Sie mal versucht, die Koje zu tauschen?«

»Ja, klar.« Danílo hatte seinen koreanischen Kollegen überredet, ihn die obere Koje benutzen zu lassen, doch es machte keinen Unterschied, wo er schlief. »Ist ... äh, ist vielleicht mal jemand in dieser Kammer gestorben oder so was?«

»Das weiß ich natürlich nicht, die *Ariadne* ist Baujahr 2015 und Herr Lesser hat sie erst vor zwei Jahren gekauft«, sagte Hensmann ungeduldig. »War's das? Wir haben heute eine Menge zu tun.«

»Ja, tut mir leid.« Danílo zog sich zurück und hoffte, dass Shana dieses dämliche Gespräch nicht mit angehört hatte.

Hatte sie natürlich, und sie fing ihn kurz vor der Treppe ab. »Was träumst du denn so?«, fragte sie ihn, und Danílo hatte nicht mehr die Kraft zu lügen. »Gestern war es ein riesiger Raubvogel, er hat seine Krallen in mich und Malika geschlagen und schleppte uns weg ...« Danílo schaffte es nicht, weiterzusprechen. Selbst jetzt noch sah er das Blut auf dem scharfen Schnabel vor sich.

»*Holy shit,* das klingt übel«, sagte Shana, und nach der Abfuhr von Hensmann tat Danílo ihr Mitgefühl gut. »Immerhin, meist vergisst man Träume schnell.«

Er seufzte. »Diese leider nicht. Ich weiß sie alle noch.«

Nachdenklich lehnte sich Shana gegen ein Regal mit Seekarten. »Das mit dem Raubvogel ... hm, weißt du, dass Seeleute glauben, dass in Möwen die Seelen verstorbener Seeleute weiterleben? Deshalb würde es ihnen nie einfallen, eine zu töten. Hast du vielleicht mal ...?«

Danílo grinste schwach. »Ich bin nicht so der Typ, der Möwen abknallt. Aber auf der *Skylark* ist mir schon mal was Fieses mit einem Tier passiert ... ich habe auf den Philippinen einen Straßenköter adoptiert, und irgendwie konnte ich meine Eltern überreden, dass wir ihn mitnehmen. Lucky habe ich ihn genannt.«

»Aber?«

»Er hatte kein Glück. Irgendwann war er einfach von Bord verschwunden, mitten auf hoher See. Wahrscheinlich ins Meer gefallen. Und es war meine Schuld, ich hätte mir denken können, dass so was irgendwann passieren würde.«

Danílo lehnte keinen halben Meter neben Shana, so nah, dass er ihren frischen Duft riechen konnte – Zedernholz und Grapefruit, etwas in der Art. Plötzlich war ihm schwindelig.

»Das tut mir leid«, sagte Shana. »Muss beschissen gewesen sein für dich.«

Verlegen winkte er ab. »Ist schon ewig her, damals war ich erst neun.«

Es knisterte im Funk und unruhig wandte Shana sich um. Danílo wusste, dass er nicht länger hierbleiben konnte – es war ziemlich deutlich, dass er störte. »Was ist denn eigentlich los? Irgendwas ist doch, oder?«

Kapitän Hensmann rief etwas und Shana stieß sich von dem Regal ab. »Wir sind hier abseits aller Schifffahrtsrouten, und eigentlich haben wir damit gerechnet, dass wir hier in der Gegend alleine sein würden«, sagte sie schnell. »Aber das sind wir nicht. Irgendetwas geht hier ab, und wir wissen noch nicht, was.«

Sie nickte ihm zum Abschied zu und eilte mit langen Schritten zurück auf ihre Position. Nachdenklich blickte Danílo ihr hinterher.

Es war Salty, der sich zwei Tage später verplapperte, als sie nachts auf dem Rumpf saßen. Die Wellen waren fast zwei Meter hoch und Sprühregen prickelte auf Arifs Gesicht, doch er hielt es unter Deck ebenso wenig aus wie Jivan, dort hatte er oft das Gefühl, zu ersticken.

Salty achtete darauf, dass sein Kopf trocken blieb, streckte aber seine dünnen, braunen Beine in den Regen und freute sich über die Gischt, die hin und wieder seine Zehen erreichte.

Sie redeten meist über das Meer, manchmal auch über ihre Familien – Salty war der Sohn einer Nachtclub-Tänzerin und eines amerikanischen Touristen – , am liebsten aber über Musik und Filme.

Arif fragte: »Was ist mit *Stirb Langsam* Teil 7, hast du den gesehen?« Er selbst hatte die Filmbesprechung in einer alten Ausgabe von *Cinema Magazine* entdeckt. Über die Kinozeitschriften hatte er sich immer am meisten gefreut, *Wired* und *People* waren auch gut, *Life & Style Weekly* las er immer zuletzt – über die Mode- und Kosmetiktipps konnte er nur staunen. Hatten diese Leute keine anderen Probleme als ihr Aussehen?

»Teil 7? Nein, leider nicht«, erwiderte Salty. Er hielt die Kapuze seiner Windjacke fest, damit sie ihm nicht vom Kopf gepustet wurde. »Magst du die Bruce-Willis-Sachen auch? Oder bist du nur James-Bond-Fan?«

Arif stutzte. Er hatte James Bond nie an Bord erwähnt! Er grinste in sich hinein. Die Besatzung hatte seinen Köder geschluckt. Wusste eigentlich jeder an Bord, was er in der Kapitänskammer gemacht hatte, oder hatten nur der Admiral, Daud und Salty davon erfahren?

»Willis ist schon okay«, sagte er, und Salty merkte nicht mal, dass er einen Fehler gemacht hatte.

»Komm endlich runter, ich brauch dich in der Kombüse, *nakal kontol!*«, brüllte Ishak aus der Luke, und Arif seufzte.

»Komme schon«, sagte er resigniert und kletterte nach unten.

In der Kombüse begann Ishak gerade mit den Vorbereitungen fürs Abendessen, doch der starke Seegang machte ihm das Leben schwer. Arif hatte in einer Reportage gelesen, dass moderne Yachten Esstische hatten, die beweglich aufgehängt waren, sodass ihre Oberfläche nie schräg wurde und selbst bei Seegang nicht mal ein Wasserglas darauf umfiel. Und die Herde waren mit Gittern gesichert, damit keine heißen Pfannen herunterrutschen konnten. Doch in der *Mata Tombak* gab es keine für die Hochsee ausgestattete Kochgelegenheit und bei Wellen wie diesen flogen Töpfe, Teller und Becher durch die Gegend. Kopfschüttelnd musterte Arif das Chaos – ein aufgeplatztes Paket mit Nudeln hatte seinen Inhalt in der ganzen Kombüse verteilt, Gemüsestücke machten den Boden rutschig. Die beiden lebenden Hühner flatterten kreischend in ihrem umgestürzten Käfig umher. Verbeulte *Moon-Water*-Dosen, die sich aus ihrem Pappkarton befreit hatten, rollten über den Boden und stießen ständig mit einem leisen *Tonk* gegen die Wände. Ishak war natürlich übelster Laune. Obwohl sich Arif fast sofort bückte, um ein paar Dosen aufzuheben und wieder zu verstauen, brüllte Ishak: »Schau nicht bloß, hilf mit!«

»Ja, Sir«, erwiderte Arif, doch der Seegang war zu stark, er musste sich festhalten. Mit einer Hand schaffte er es weder, den Hühnerkäfig wieder richtig herum hinzustellen, noch, die Nudeln aufzufegen. Ausgerechnet dann, als er einen kurzen Moment lang losließ, um den Käfig mit beiden Händen zu packen, kippte das Schiff in einer Welle zur Seite. Arif stieß gegen Ishak und brachte ihn ins Stolpern, sodass der Koch beinahe in die Flamme des Gasbrenners geraten wäre. Erschrocken wollte Arif eine Entschuldigung stammeln, doch er kam nicht zu Wort.

»Du verdammte *Kakerlake!*« Außer sich vor Wut, holte Ishak mit der Bratpfanne aus, die er gerade in der Hand hielt, das schwere Teil sauste auf seinen Kopf zu. Arif wollte ausweichen, er hatte erstklassige Reflexe bekommen in den letzten Wochen ... doch diesmal glitt sein Fuß auf einem Gemüsestück aus, er kam aus dem Gleichgewicht. Die Pfanne! Es war, als krache der Himmel auf ihn herab.

Als er wieder zu sich kam, lag er zwischen Dosen, Nudeln, Orangenschalen und dem Rest eines rohen Eis auf dem Boden der Kombüse. Sein Kopf schmerzte entsetzlich, und er spürte, wie eine Flüssigkeit über seine Schläfe lief ... war das Blut? Tee? Oder was? Neben ihm ragten zwei Beine in die Höhe, die des Admirals. Verwirrt fragte sich Arif, was los war und warum die Stimme des Admirals so kalt klang.

»... wirst den Jungen nicht mehr anrühren, hast du verstanden?«

»Der kleine Mistkerl macht nie, was ich sage.«

»Hast du verstanden, Ishak?«

»*Tidak ada masalah* – kein Problem. Hab verstanden, Admiral.«

Arif schloss die Augen, ihm war schwindelig und schlecht. Er fühlte, wie Hände ihn unter den Achseln packten und aus der Kombüse schleiften. Dem muffigen Geruch nach war er wieder im Hauptraum, dort spürte er, wie jemand ihn in eine Decke wickelte. Eine warme, saubere, gut riechende Decke. Eine Hand tastete seinen Schädel ab, ein grelles Licht schien in seine Augen.

»Was meinst du, wird er überleben?«, sagte eine bedrückte Stimme aus weiter Ferne.

»Wenn es Allahs Wille ist«, entgegnete eine andere Stimme, und eine Hand strich über seine Stirn.

Arif driftete weg.

Es dauerte zwei Tage, bis er sich imstande fühlte, aufzustehen. Der Admiral selbst brachte ihm einen Teller mit Essen. »Wieder einmal haben wir dich unterschätzt«, sagte er und lächelte dabei auf eine seltsame Art. »Die Wetten standen drei zu eins gegen dich.«

Mehr Kommentare gab es nicht zu dem Vorfall und seinem James-Bond-Zettel.

Salty holte ihn ins Cockpit und Arif folgte ihm auf wackeligen Beinen. Daud, wie immer ganz in Schwarz, tippte auf seinen Computer ein, doch als er Arif kommen hörte, nahm er eine Taschenlampe und leuchtete ihm in die Augen. »Die Pupillen sind fast wieder normal groß – du hast Glück gehabt«, meinte er und legte die Taschenlampe beiseite. »Bei einem Schädelbruch hätten wir dich nicht retten können.«

Arif zuckte die Schultern. Dann wäre er auch nicht schlimmer dran gewesen als nach der Zerstörung der *Kerapu*.

»Hier«, sagte Daud und schob ihm ein paar Listen mit Daten hin. »Könntest du die hier bitte eingeben? Traust du dir das zu?«

Es war das erste Mal, dass jemand an Bord *bitte* zu ihm sagte. Arif atmete tief durch. Er begriff, dass Daud ihm etwas anbot. Eine Chance.

»Aber ... dieses Zeug sollte ich doch eintragen!« Salty blickte drein, als hätte er beim Essen einen ganzen Mund voll Gräten erwischt.

»Für dich haben wir andere Aufgaben«, beruhigte ihn Daud. »Du bekommst eine eigene Machete, und Viper bringt dir bei, wie man sie benutzt, in Ordnung?«

»*Saya tidak mau* – ich will das nicht.«

Daud klang, als sei er am Ende seiner Geduld. »Probier es wenigstens aus. Wir brauchen dich bei der Jagd.«

Noch immer wirkte Salty nicht überzeugt, aber dass er als Kämpfer gefragt war, schien seiner Eitelkeit zu schmeicheln. »Was ist mit einem Gewehr?«

»Später vielleicht«, sagte Daud ausweichend, und Arif hätte beinahe gegrinst – die Besatzung wollte sicher nicht riskieren, dass Salty mit so einem Ding herumknallte. »Und du kannst natürlich weiterhin hier drin schlafen, das ist kein Problem.«

»Darum geht es nicht – ich finde es nicht in Ordnung, dass du mich ersetzen willst!« Salty stapfte aus dem Cockpit und betroffen sah Arif ihm nach.

Daud zog die Augenbrauen hoch, dann wandte er sich wieder Arif zu. »Und? Was ist, willst du?«

Arif zögerte. Salty tat ihm leid, sollte er ihm zuliebe Nein sagen? Aber das würde bedeuten, dass er zurückmusste in die Kombüse, zu Ishak …

»Ja«, presste Arif hervor. »Ich traue es mir zu. Danke.«

Er durfte sich sofort an die Arbeit machen, geduldig erklärte ihm Daud die Systeme des Schiffs und die verschiedenen Programme auf den Arbeitsrechnern – einen Internetzugang hatte nur Dauds Laptop. Außerdem begann er, ihm die Pfeifsprache beizubringen, durch die sich die Piraten per Funk verständigten; das war eine alte indonesische Tradition. So konnten sie Botschaften austauschen, ohne dass die Beute etwas davon verstand.

Mit schlechtem Gewissen lauschte Arif den Erklärungen und mühte sich, die Pfiffe möglichst exakt zu wiederholen. Er konnte kaum glauben, was geschah. Warum gingen sie dieses Risiko ein, mit ihm, dem Neuen? Aus irgendeinem

Grund hatten sie sich dafür entschieden. Wohl nicht wegen des Tests. Vielleicht weil Daud die Nase voll hatte von dem Gerede über *Google Minds*.

Wieder einmal Freiwache. Jetzt einen Kaffee, den brauchte er. Doch als Danílo die Messe betrat, zögerte er auf der Schwelle. Armstrong saß allein dort, die Füße auf den Tisch gelegt, das flammende Haar frisch gegelt. Er grinste sich eins, als er ihn hereinkommen sah, und sofort verkrampfte sich Danílo. Er war sicher, dass Armstrong Malikas freche Bemerkung noch längst nicht vergessen hatte.

»Oh, hey, der siamesische Zwilling mal allein«, sagte Mike.

»Scheint fast so«, sagte Danílo. Am liebsten wäre er wieder gegangen, doch er wollte den Bootsmann nicht vor den Kopf stoßen. Das konnte nur noch mehr Schikane und Plackerei zur Folge haben. Er schenkte sich einen Kaffee ein und schaute einen Moment lang die Nachrichtensendung mit, die auf einem der Bildschirme lief. Verdammt, einer der Tanker vor Houston war auseinandergebrochen und jetzt strömte seine zähflüssige, schwarze Ladung ins Meer. »Widerlich«, entfuhr es Danílo.

Mike Armstrong blickte ihn von der Seite an. »Findest du?«

»Ähm, ja, natürlich.« Mike etwa nicht? Danílo fiel ein, dass er mal auf einer Bohrinsel gearbeitet hatte. Vielleicht badete er seither einmal pro Woche in Rohöl.

»Klar, sieht schlimm aus. Ist aber halb so wild.« Mike verschränkte die Arme hinter dem Kopf. »Mit Öl kann die Natur umgehen. Im Golf von Mexiko suppt zum Beispiel seit ewiger Zeit Asphalt aus dem Meeresboden. Und wer freut sich drüber? Bakterien, die schon vor vielen tausend Jahren gelernt haben, das Zeug zu verdauen.«

»Sie meinen ... auch das Öl aus diesen Tankern wird über kurz oder lang gefressen?« Wider Willen war Danílo fasziniert.

»Genau. In ein paar Jahrzehnten sieht man nichts mehr davon, es ist weg. Aber Plastik? Das ist fremd, das schafft die Natur nicht. Deshalb müssen wir es bändigen.«

Bändigen. Äh, ja. Mike grinste bei diesen Worten so breit, dass kein Zweifel mehr blieb, worauf er sich bezog. Und Danílo musste unwillkürlich zurückgrinsen.

Mike Armstrong blickte kurz auf die ultragenaue Atomuhr an seinem Handgelenk und stand auf, wahrscheinlich begann bald seine Schicht. »Ihr macht ordentliche Arbeit. Weiter so, okay?«, murmelte er, ohne Danílo anzusehen. Und Danílo wusste, dass sie sich wegen ihm keine Sorgen mehr zu machen brauchten.

Beute

Während Malika an Deck mit den Netzen arbeitete, entdeckte sie ein anderes Schiff in der Nähe. Neugierig richtete sie sich auf und beobachtete es einen Moment lang. Auch ihr koreanischer Kollege hielt kurz inne und musterte es. Es war deutlich kleiner als die *Ariadne* und war wohl einmal weiß gewesen, doch die Farbe war kaum noch zu erkennen, Rostspuren zogen sich über die Seiten.

»*Fishing boat*«, sagte ihr Kollege und wirkte erstaunt dabei.

»Ein Fischerboot? Aber Kapitän Hensmann hat gesagt, dass es hier in der Gegend kaum Fische gibt.« Malika runzelte die Stirn. Der Seemann zuckte die Schultern, er verstand nur wenig Englisch. Leider hatte Malika kein Fernglas hier, doch während sie das fremde Schiff beobachtete, sah sie auch so, dass es Netze über Bord hievte. Ihr wurde klar, was dort geschah – dort fischte noch jemand Müll!

Malika freute sich. Sie standen nicht mehr auf verlorenem Posten, noch jemand beteiligte sich am großen Aufräumen! Aber irgendwie seltsam, dass nie von einem anderen Projekt dieser Art die Rede gewesen war, das hätte Lesser doch sicher erwähnt, oder? Noch nie hatte sie ihre Schicht unterbrochen, doch jetzt hielt sie es nicht mehr aus, rief ihrem Kollegen kurz zu: »Bin gleich zurück!«, und machte sich auf in Richtung Heck. Mike Armstrong, der auf der anderen Seite des Schiffs einen Arbeitstrupp leitete, sah sie dabei und blickte ihr finster nach. *Mist,* hoffentlich gab das keinen Ärger.

Malika hetzte die Treppen hoch zur Brücke und fragte schnell, ob sie reinkommen durfte. »Ja, in Ordnung«, sagte Hensmann abwesend; er und Louanne Grégoire behielten das andere Schiff im Blick.

»Der Flagge nach kommt der Kahn von den Philippinen«, meinte Louanne gerade und streichelte ihren Kater, der ebenfalls neugierig nach draußen spähte. »*Très interessant.* Gestern hatten wir ja schon Indonesien und Bangladesch.«

»Und warum? Was machen die?«

»Im Grunde das Gleiche wie wir«, sagte Hensmann. »Es scheint, dass im Müllstrudel noch einige Leute unterwegs sind, die es auf die Rohstoffe abgesehen haben. Auch möglich, dass sie das Zeug als Treibstoff verkaufen. Ist sicher nicht leicht, davon zu leben, vermutlich sind das alles arme Schweine.«

Wieso nicht, dachte Malika mit gemischten Gefühlen. Im 3-D hatte sie schon mal eine Reportage über Kinder gesehen, die in Drittweltländern auf Müllkippen davon lebten, ihre Funde zu verkaufen. Das hier war so ähnlich, nur dass an Bord vermutlich keine Kinder waren. Aber konnte ihr nicht egal sein, wer an Bord dieser Schiffe war und warum? Hauptsache, das Meer wurde mit jeder Netzladung ein klein wenig sauberer. Malika brannte darauf, Danílo davon zu erzählen, doch er lag momentan in der Koje und versuchte, während seiner Freiwache ein bisschen Schlaf zu bekommen.

Sie wollte sich gerade zurückziehen, um weiterzuarbeiten, als sie aus dem Augenwinkel etwas bemerkte. Neugierig blickte sie aus einem der hinteren Brückenfenster. »Und dieser schwarze Rauch dort vorne, wo kommt der her?«

»Rauch?« Erstaunt setzte Hensmann wieder das Fernglas an und im gleichen Moment rief Louanne Grégoire: »Wir haben einen Radarkontakt in Richtung Nordosten, anscheinend ein größeres Schiff. Keine Identifizierung.«

Das fremde Schiff – ein Frachter, wie es aussah – näherte sich langsam, und sie sahen, dass er dichte, schwarze Rauchwolken ausstieß. Jetzt erkannten sie auch, dass er fürs Fischen ausgerüstet worden war. »Vier ... fünf ... sechs ... der hat eine Menge Fanggeschirre nachrüsten lassen«, zählte Louanne Grégoire. »Anscheinend will er Müll fischen, und zwar viel und schnell.«

»Eigenartig«, sagte Kapitän Hensmann, nahm das Handteil des Funkgeräts und versuchte, mit dem Schiff Kontakt aufzunehmen.

Nach einer Weile antwortete sogar jemand. »Hier ist die *Pacific Star*«, drang es aus den Lautsprechern. »Was wollen Sie?«

Das klang nicht sehr höflich, doch Kapitän Hensmann ließ sich davon nicht beeindrucken. »Wir wollten Ihnen nur viel Erfolg wünschen bei Ihrer Arbeit. Recyclen Sie das Plastik direkt an Bord?«

»Ja, natürlich«, kam schroff zur Antwort. »Over and out.«

Over and out? So beendete man ein Funkgespräch, dabei hatten sie kaum zwei Sätze gewechselt! Das war eine verbale Ohrfeige.

Malika hörte Schritte auf der Treppe, und als sie sich umwandte, bemerkte sie, dass sich Benjamin Lesser, Yun Shin und Mike Armstrong auf der Brücke eingefunden hatten.

Sie wirkten ebenso neugierig wie sie selbst. Benjamin Lesser ließ sich Bericht erstatten, dann wandte er sich an Yun Shin. »Können Sie sich das Schiff mal genauer anschauen? Mir kommt das alles seltsam vor.«

Der Bordingenieur der *Ariadne* nahm das Fernglas und musterte die *Pacific Star* lange und gründlich. »Es scheint mir, dass sie das Plastik als Treibstoff verbrennen, um Schweröl zu sparen. Allerdings scheint die Verbrennungstemperatur zu niedrig zu sein und außerdem haben sie kein Filtersystem so wie wir, sonst würde es nicht so heftig qualmen. Vermutlich waren ihnen die Filter zu teuer.«

Die *Pacific Star* dachte gar nicht daran, ihren Kurs wegen der Lesser-Schiffe auch nur einen Millimeter zu ändern. »Ausweichen nach Steuerbord!«, kommandierte Hensmann. »*Cassandra* und *Leandris* sollen mit uns abschwenken.«

»Aye, aye, Sir«, bestätigte Louanne Grégoire und begann sofort mit dem Manöver.

Der Rauch des fremden Frachters wehte in ihre Richtung und der Gestank nach verbranntem Plastik ließ Malika die Nase rümpfen. »Ist das giftig?«, fragte sie Yun Shin.

Er nickte. »Könnte einiges an Dioxinen drin sein, wenn sie das PVC nicht aussortiert haben«, meinte er und setzte wieder das Fernglas an. »Ich kann von hier aus natürlich nicht sagen, was für eine Verarbeitungsanlage sie an Bord haben. Aber da schauen ein paar seltsame Rohre an der Seite raus. Mir scheint, die behalten nur die wertvollsten Rohstoffe an Bord und kippen den Rest ins Meer zurück.«

Malika war sprachlos. Skrupel waren für manche Leute wohl ein überflüssiger Luxus!

»Hensmann, können Sie rauskriegen, unter welcher Flagge das Schiff fährt und wem es gehört?« Benjamin Lessers Gesicht hatte sich vor Wut gerötet.

Louanne Grégoire schien die Frage geahnt zu haben, denn sie saß schon am Computer, ihre Finger flogen über die Tasten. »Es fährt unter der Flagge Panamas«, erklärte sie und forschte weiter nach. Doch nach ein paar Minuten zuckte sie die Schultern. »Es ist zwar im Schiffsregister eingetragen, aber die angebliche Reederei ist nur eine Briefkastenfirma, scheint mir.«

»Meine Leute werden rausbekommen, wer wirklich dahintersteckt.« Benjamin Lesser griff nach seinem frisch desinfizierten Satellitentelefon. »Selbst wenn sie eine Detektei beauftragen müssen.«

Aufgewühlt verließ Malika die Brücke, sie musste Danílo wecken, jetzt sofort. Zum Glück war er schon wach und saß gähnend am Rand seiner Koje. »Krass«, sagte er, als Malika ihm alles erzählt hatte. »Wir sind also nicht allein … aber auf solche Gesellschaft hätten wir verzichten können!«

Drei Stunden später, am frühen Abend, stopften Danílo und Malika gerade ihre verschwitzten, von Meerwasser steifen Klamotten in eine der Waschmaschinen im A-Deck, als ein schriller Warnton durchs ganze Schiff schallte. Sieben kurze Töne und ein langer. »Generalalarm«, sagte Danílo verblüfft.

Sie ließen ihre Wäsche fallen und hasteten nach draußen, um festzustellen, was los war. Im gleichen Moment hörten sie die Durchsage – Malika erkannte Shanas Stimme, verzerrt durch die Lautsprecher. »Fremdes Schiff auf Kollisionskurs, legen Sie schnellstmöglich Ihre Schwimmwesten an … ich wiederhole, legen Sie Ihre Schwimmwesten an …«

Arif hatte sich nicht an das Leben auf der *Mata Tombak* gewöhnen wollen, doch irgendwie, irgendwann war es passiert. Es war sein Alltag geworden, dabei zu sein bei der Jagd auf fremde Schiffe. Was er darüber dachte, interessierte sowieso niemanden.

Eines Tages sah Arif auf der elektronischen Seekarte, dass die *Mata Tombak* Kurs auf die Hawaii-Inseln genommen hatte. »Dürfen wir dort an Land gehen?«, fragte er Jivan aufgeregt. Er wusste kaum noch, wie sich fester Boden unter den Füßen anfühlte.

»Wahrscheinlich, *Anak Rezeki,* und das ist auch verdammt gut so – meine Vorräte sind nämlich ausgetrunken, kein Tropfen übrig!« Jivan blinzelte wehleidig in die untergehende Sonne. *Anak Rezeki,* Glückskind, so hatten die Indonesier an Bord ihn getauft, seit er nicht nur den Untergang seines Schiffs, sondern auch Ishaks Wutanfälle überlebt hatte.

An LAND! Der Gedanke durchfuhr Arif wie ein Stromstoß. Zwar war es erträglich gewesen in letzter Zeit, niemand wagte mehr, ihn zu misshandeln. Doch seit er nicht mehr ständig kämpfen musste und herausgefunden hatte, wie der Bordalltag funktionierte, lenkte ihn auch kaum etwas von seinem Heimweh ab. Alle Menschen, die er liebte, waren weit weg. Manchmal träumte Arif davon, dass seine Mutter ihn umarmte, und drückte beim Erwachen das Gesicht in seine Decke, damit niemand seine Tränen sah.

Wenn er nicht mehr von unendlich vielen Meilen Wasser umgeben war, konnte er vielleicht endlich fliehen. Oder wenigstens irgendwo eine Nachricht hinterlassen, damit jemand sie fand. Ja, die Idee gefiel ihm. Er hatte zwar weder Papier noch Stift, doch Admiral Zahir erlaubte ihm, die

Bücher aus seiner Kammer zu lesen. In einer stillen Stunde des Tages, als die Mittagssonne herabbrannte und die anderen schliefen, kletterte Arif mit klopfendem Herzen hoch auf den Rumpf und trennte die letzte Seite aus dem dicken, sehr gruseligen Wälzer *The Passage,* den er gerade las. Dieses Blatt war ohnehin leer, darauf konnte sein Hilferuf Platz finden. Unruhig blickte er sich um, doch niemand schien das reißende Geräusch gehört zu haben. Nun brauchte er einen Stift.

Das nächste Mal, als er in der Kammer des Kapitäns sauber machen sollte, blieb sein Blick am Korb mit dem Schreibzeug hängen. Ein ganzer Haufen Filzstifte lag darin. Waren sie durchgezählt? Konnte er riskieren, einen zu stehlen? Er musste es tun. Im Cockpit einen zu klauen wäre noch viel schwieriger. Seine Hand schlich zum Korb … nein, diesmal war wirklich keine Webcam angeschaltet … oder doch? Er würde es bald zu spüren bekommen.

Wenige Stunden später war seine Nachricht fertig. Er hatte sie auf Englisch geschrieben.

Mein Name ist Arif Nalapraya. Wenn Sie diese Nachricht finden, dann benachrichtigen Sie bitte die Polizei und meine Eltern. Nach der Versenkung der »Kerapu« werde ich auf einem Piratenschiff (M-80 Stiletto) festgehalten, das im Pazifik unterwegs ist, letzte bekannte Position 500 Seemeilen nordöstlich von Hawaii. Bitte helfen Sie mir!

In sorgfältiger Druckschrift setzte er die Adresse seiner Familie an den Schluss und schrieb oben auf den Rand das Datum. Eins war klar – wenn jemand von der Besatzung diese Nachricht fand und las, war sein Leben nichts mehr wert. Erst versuchte Arif, sie sich an die Innenseite des Oberschenkels zu kleben, doch das hielt nicht; schließlich steckte er den Zettel zusammengefaltet in die Tasche seiner Shorts.

Kaum hatte er die Hand wieder aus der Tasche gezogen, gingen die Bordsirenen los. Eisig schoss ihm der Schreck durch den Körper. Hatte ihn irgendjemand beobachtet? Doch schnell wurde Arif klar, dass es nur das Übliche war, die Leute im Cockpit hatten auf dem Radar ein mögliches Ziel gesichtet. Während alle anderen losrannten, um ihre Waffen zu holen, hielt sich seine Aufregung in Grenzen. Die letzten Angriffe hatte er zusammen mit Daud im Cockpit damit verbracht, den Funkverkehr des angegriffenen Schiffs zu blockieren und die *Mata Tombak* auf Position zu halten.

Doch nun kam plötzlich Admiral Zahir auf ihn zu. »Hier, für dich«, sagte er und reichte ihm eine der alten russischen *Kalaschnikows*, die die Besatzung bei Überfällen benutzte. »*AK-47*, es gibt nichts Besseres.«

Völlig verblüfft ergriff Arif das Gewehr, schwer und nach Waffenöl stinkend lag es in seinen Händen. Der Admiral deutete seinen Blick richtig und nickte. »Diesmal bist du dabei. Hast dich gut gemacht in letzter Zeit, aus dir kann noch was werden auf der *Mata Tombak*. Heute hilfst du, die Kerle in Schach zu halten. Geschossen wird nur, wenn's unbedingt sein muss, klar?« Er zeigte Arif, wie man das Gewehr richtig hielt – eine Hand am Abzug, die andere am Lauf.

Ohne dass Arif es bemerkt hatte, war Tomás herangekommen. Er schlug Arif grinsend auf die Schulter. »Kommst du mit nach oben, das Ding ausprobieren?«

Anscheinend war die Beute noch weit genug entfernt. Arif kletterte mit den anderen auf den Rumpf – doch dann zögerte er. Wollte er das wirklich, hier in der Gegend herumballern? Irgendwie reizte es ihn schon, dieses Ding mal auszuprobieren. Außerdem hatte er es satt, dass andere mit ihm machten, was sie wollten ... Solange er das Gewehr in der Hand hielt, gehörte sein Leben ihm.

Arif zögerte nicht mehr, er betätigte den Abzug und schoss eine Salve in die Luft. Der Rückstoß knallte ihm die Waffe gegen die Schulter und ein Strom von Patronenhülsen verteilte sich auf der Oberseite des Schiffs.

»Na, macht's Spaß?«, fragte Tomás, und fast widerwillig nickte Arif. Er sandte einen Feuerstoß ins Meer, das hier ziemlich dreckig war, und versenkte mit ohrenbetäubendem Krach einen herumdriftenden Plastikkübel. Wow! Jetzt verstand er, warum sich Tomás nie von seiner Waffe trennte, man fühlte sich unglaublich stark damit.

Erstaunlich, dass ihm der Admiral so sehr vertraute. Seine Waffe war noch immer auf Dauerfeuer geschaltet. Wenn Arif sich jetzt herumdrehte und schoss, konnte er innerhalb von Sekunden die Hälfte der Besatzung töten. Mit etwas Glück konnte er sogar die *Mata Tombak* in seine Gewalt bringen und vom Autopiloten in den nächsten Hafen steuern lassen.

Ja, warum eigentlich nicht? Vielleicht deswegen, weil ihn Daud gerade lächelnd beobachtete, weil Jivan ihm den erhobenen Daumen zeigte und selbst Salty, der in den letzten Wochen ziemlich schroff zu ihm gewesen war, neugierig beobachtete, wie Arif mit der Waffe zurechtkam.

Aus dir kann noch was werden auf der Mata Tombak.

Was eigentlich zog ihn zurück an Land, zu der stinkenden Garnelenfarm? Auch die Schufterei auf der *Kerapu* war nicht wirklich eine Arbeit gewesen, die er sich erträumt hatte. Die *Mata Tombak* dagegen war das beste Schiff weit und breit, hässlich und eng, aber unglaublich schnell. Selten zuvor hatte Arif einen Dollar in der Tasche gehabt, der ganz allein ihm gehörte, und ab jetzt stand ihm als vollwertigem Mitglied dieser Besatzung ein Teil jeder Beute zu.

Arif dachte an den Zettel mit dem Hilferuf in seiner Hosentasche. Noch immer sehnte er sich nach seinen Eltern und Geschwistern, sie mussten wissen, was mit ihm passiert war. Aber sollte er wirklich all das, was er hier an Bord erreicht hatte, riskieren, um sie jetzt zu kontaktieren? Vielleicht durfte er das später ganz offiziell tun.

»Unter Deck!«, kommandierte Admiral Zahir. »Wir kommen gleich in Sichtweite der Beute. Waffen bereithalten.«

Sein eigener Herzschlag dröhnte Arif in den Ohren.

Es ging los!

Ein fremdes Schiff auf Kollisionskurs ... Was hatte das zu bedeuten?

Selbst unter Deck spürte Malika an dem leichten Ruck und den Fliehkräften, wie die *Ariadne* abdrehte. Sie hörte das dumpfe Dröhnen der Hauptmaschine, unter ihren Füßen vibrierten die Stahlplatten, wahrscheinlich machte das Schiff volle Fahrt. Doch das hier war keine Yacht, bei einem so großen Kahn dauerte es eine Weile, bis er überhaupt auf das Ruder ansprach – würde die Zeit reichen?

Sie und Danílo hasteten die Außentreppe der Aufbauten hinunter und rannten zur Reling der Steuerbordseite. Es war perfektes Segelwetter, ein blauer Himmel spannte sich über sie, Sonnenschein wärmte ihre Schultern ... doch Malika registrierte es kaum. »Ach du Scheiße«, entfuhr es ihr.

Der riesige Stahlrumpf war so nah neben ihnen, als führen sie im Hafen aneinander vorbei. Doch dieses Ding fuhr nicht vorbei … in schrägem Winkel kam das fremde Schiff auf die *Ariadne* zu – wollte es sie etwa rammen? Sie sah Gestalten an Deck, Männer, die sie beobachteten, die offenbar ganz ruhig abwarteten, was geschehen würde.

»Die haben sie ja nicht mehr alle«, sagte Danílo fassungslos. »Damit demolieren sie doch auch ihren eigenen Kahn!«

Wie in Zeitlupe wich die *Ariadne* aus, unglaublich, wie lange es dauerte, so ein Schiff zu drehen. Aber vielleicht schafften sie es noch.

Mike Armstrong hatte sich ein Megafon geschnappt und brüllte mit der ganzen Kraft seiner Lungen zum anderen Schiff hinüber: »*Es gibt hier verdammt noch mal genügend Zeug im Meer für alle! Los, dreht ab, ihr Dreckskerle!*«

Malika umklammerte mit beiden Händen die Reling. Wie nah das andere Schiff schon war. Es war ein Massengutfrachter, etwa zur Hälfte beladen. Rostig und verwahrlost sah er aus. Die Bordwand voller Dellen. In weißen Buchstaben ein Name am Bug: *Shayú*. Darunter chinesische Schriftzeichen. Jetzt war das Schiff kaum ein paar Dutzend Meter entfernt, sie hätte einen der Tennisbälle, die sie aus dem Meer gefischt hatten, hinüberschleudern können.

»Schläuche bereitmachen!«, brüllte Mike Armstrong, und Malika erwachte aus ihrer Erstarrung. Sie, Danílo und die koreanischen Seeleute rannten zu den Schläuchen – nicht zu den dünnen, mit denen sie schon so oft das Deck abgespült hatten, sondern zu den dicken Feuerwehrschläuchen, die überall an Bord zusammengerollt auf ihren Einsatz warteten. Hastig schlossen sie sie an das nächstbeste Hydrantenventil an. Malika packte einen der armdicken Schläuche, jemand drehte das Wasser bis zum Anschlag auf und ein dicker Strahl schoss heraus. Malika musste den Schlauch mit aller Kraft festhalten, damit er sich ihr nicht entwand, und war froh, dass ihr Danílo half. Die Fontäne prasselte gegen die Bordwand der *Shayú*.

»Noch ein bisschen nach rechts, den erwischen wir«, rief Danílo, und der kraftvolle Wasserstrahl traf einen der Männer auf dem anderen Schiff. Der Mann taumelte rückwärts und stürzte nach hinten. Aber das änderte nichts, der fremde Bug kam immer näher.

Jetzt. Jetzt würde es gleich passieren. Malika ließ den Schlauch los und warf sich auf den Boden. Sekunden später gab es einen dumpfen Schlag, die *Ariadne* erzitterte und kippte einen Moment lang nach Backbord. Mit einem Kreischen, das in die Ohren schnitt, rieb sich Metall an Metall. Nicht rechtzeitig eingeklappte Solarflügel zersplitterten. Auf dem Bauch rutschte Malika über das nasse Deck und versuchte verzweifelt, sich irgendwo festzuhalten. Schließlich erwischte sie einen Vorsprung, an den sie sich klammern konnte. »Danílo?«, schrie sie – ging es ihrem Bruder gut?

»Ich lebe noch«, hörte sie seine vertraute Stimme. Mit besorgtem Blick zog er sie hoch. Malikas Knie schmerzte, sie musste gegen irgendetwas geprallt sein.

Sie hielt Ausschau nach dem anderen Schiff – nachdem es an ihnen vorbeigeschrammt war, entfernte es sich jetzt wieder.

Malika hinkte zu den anderen. Mike Armstrong und Shana, die beide orangefarbene Schwimmwesten trugen, begutachteten bereits den Schaden. Mike strich mit der Hand über das eingedrückte Metall und fluchte in drei Sprachen gleichzeitig, Shana dagegen wirkte nüchtern und beherrscht. Sie beugte sich über die Reling und sprach dabei in ein Handfunkgerät. »Sieht nicht gut aus«, hörte Malika sie sagen, und ihr wurde ganz kalt. Was war, wenn der Zusammenstoß die Bordwand aufgerissen hatte?

Dann konnte es sein, dass ihnen das Schiff unter den Füßen wegsank.

Yun Shin rannte auf sie zu, an ihr vorbei, einen Niedergang hinunter, der ins Innere des Schiffs führte. »Ich hoffe, wir haben keinen Wassereinbruch!«, ächzte er. »Laufen die Lenzpumpen?«

»Ja, Sir«, meldete Shana und folgte ihm unter Deck. Malika rannte hinterher und stand plötzlich bis zu den Knöcheln im Wasser. Zwar wirkte die Sortier- und Verarbeitungsanlage unbeschädigt, doch die Bordwand direkt daneben sah aus wie zerknülltes, silbrig graues Papier. Ein paar Rinnsale Wasser flossen daran entlang.

»Nur ein paar kleine Lecks«, stellte Yun Shin fest und schoss eine Salve koreanischer Sätze auf seine Leute ab. Sie rannten sofort los, wahrscheinlich um Materialien zum Abdichten zu holen. Währenddessen erstattete Shana Kapitän Hensmann per Funk Bericht. Als sie fertig war, fragte Malika sie besorgt: »Müssen wir in die Werft?« Das würde bedeuten, dass sie umkehren mussten.

Shana bekam ein schiefes Grinsen hin. »Nee, ich glaube nicht. Das kriegen wir mit Bordmitteln geflickt. Und wer weiß, vielleicht schwimmen hier im Müllstrudel jede Menge Ersatzteile herum.«

»Aber sicher nicht dort, wo wir gerade sind«, wandte Danílo ein.

»Das könnte ein Problem sein«, meinte Shana. »Ansonsten alles klar bei euch?«

Danílo legte den Arm um Malika. »Ja, uns geht es gut.«

Doch die Angst steckte Malika tief in den Knochen – würde die *Shayú* noch einmal versuchen, sie zu rammen? Und wenn ja, würde die *Ariadne* das überstehen?

Mit hämmerndem Herzen, die AK-47 in beiden Händen, wartete Arif auf dem Rumpf der *Mata Tombak* und duckte sich, damit der Fahrtwind ihm nicht so heftig ins Gesicht peitschte. Geschmeidig glitt das Schiff über die Wellen, es war nicht schwer, auf seinem Dach das Gleichgewicht zu halten. Neben ihm kauerten der Admiral, Viper und Tomás mit ihren Gewehren und Pistolen, hinter ihm Jivan und Salty, beide mit Macheten. Das Ziel, ein zwanzig Meter langes Fischerboot, lohnte nicht, den Raketenwerfer einzusetzen.

Normalerweise griff der Admiral gerne über das Heck der fremden Schiffe an, damit die *Mata Tombak* – ohnehin fast unsichtbar für die Elektronik – möglichst lange im toten Winkel des Radars blieb. Diesmal, am frühen Morgen, steuerte Daud das Schiff so, dass sie direkt aus Richtung der Sonne kamen. Von der Helligkeit geblendet, würde die fremde Besatzung erst im letzten Moment merken, was ihnen drohte. Nur für den Fall, dass sie Waffen dabeihatten und auf die dämliche Idee kamen, sich zu wehren.

»Glaubt ihr, da ist überhaupt was zu holen?«, fragte Arif zweifelnd, als er sich das Fischerboot anschaute.

»*Sí, claro.*« Tomás deutete auf die Solarflügel, die sich über Bug und Heck ausbreiteten. »Gleich gehören die uns.«

Im letzten Moment hörte die Besatzung des fremden Schiffs den Dieselmotor der *Mata Tombak,* zwei Männer stürzten mit weit aufgerissenen Augen an die Reling. Sie waren schon so nah, dass Arif ihre Flüche übers Meer schallen hörte. Es war ein Schiff namens *Ikaika.*

Sie gingen längsseits. Mit blitzenden Augen schleuderten Jivan und Viper ihre Enterhaken mit den Seilen daran über die Reling und zogen sich hoch. Die anderen folgten. Mit Fußtritten und einer Holzlatte versuchten die beiden Männer an Bord, sie abzuwehren, aber vergeblich. Arif hängte sich das Gewehr um, packte eins der Seile, hangelte sich hoch und stand an Deck des fremden Schiffs. Viper hielt einem der Männer, einem grauhaarigen Weißen mit Basecap, die Pistole an den Kopf, beide hörten sofort auf zu kämpfen.

»Keine Bewegung!«, brüllte Arif trotzdem zur Sicherheit, machte man das so? Er blieb breitbeinig stehen, das Gewehr im Anschlag, während der Admiral und Salty unter Deck verschwanden, um nach Wertgegenständen zu suchen. Jivan und Daud, die beiden Ingenieure, machten sich daran, ihre Sonnenstrom-Module abzumontieren und vorsichtig rüber zur *Mata Tombak* zu schaffen. Wohl fühlte sich Arif nicht mehr, es fühlte sich furchtbar falsch an, hier zu stehen und auf Menschen zu zielen. Bei Allah, warum hatte er nur zugestimmt, bei diesem Angriff mitzumachen? Am liebsten hätte er die Waffe fallen lassen und wäre wieder über die Reling geklettert, aber das ging nicht. Wenn er jetzt kniff, dann wurde er vermutlich selbst erschossen.

»He, das könnt ihr nicht machen!«, rief der jüngere der beiden Männer, der unter dem ausgebleichten T-Shirt eine kleine Wampe vor sich her trug. »Wenn ihr die mitnehmt, haben wir keinen Strom mehr, und der Watermaker funktioniert ohne Strom nicht – was sollen wir ohne Trinkwasser machen?«

Das stimmte. Unsicher blickte Arif Viper an, doch dessen Gesicht war ausdruckslos wie so oft, er antwortete nicht. Wahrscheinlich durfte man sich mit Gefangenen nicht auf

Diskussionen einlassen. Arif vermied es, den beiden Männern ins Gesicht zu sehen, das Entsetzen in ihren Augen ertrug er kaum. Mit jeder Minute, die verging, fühlte er sich elender. Vielleicht konnte er Daud irgendwie überzeugen, ihnen ein paar Sonnenstrom-Module zu lassen ...

Salty und der Admiral kamen mit prallvollen Plastiktüten wieder zum Vorschein, doch richtig zufrieden wirkten sie nicht. »Es ist nur einer dieser Kähne, die hier in der Gegend Müll fischen«, berichtete Salty. »Sein Laderaum ist bis oben hin voll mit dem Zeug.«

»Müll?«, fragte Arif entgeistert.

»Weißt du was, ich löse dich ab, dann kannst du dich selber unter Deck umschauen«, bot Salty an. Er nahm dem älteren Gefangenen die Basecap ab, setzte sie sich selbst auf und tippte sich ironisch an den Schirm der Mütze. »*Thank you, Mister.*«

Die großspurige Unverschämtheit passte nicht zu dem Salty, den Arif zu Anfang kennengelernt hatte. Seit er selbst mitmischen darf, ist er anders drauf, ging es ihm durch den Kopf.

Trotz allem war er neugierig und ließ sich nicht zweimal bitten, selbst auf Erkundungstour zu gehen. Zuerst warf er einen Blick in den Laderaum. Tatsächlich, jede Menge Plastikmüll. Hatten diese Leute den Verstand verloren?

Als Nächstes schaute er sich im Ruderhaus um, in dem Jivan gerade damit beschäftigt war, wertvolle Elektronik auszubauen. »Sag mal, Jivan, ihr wollt denen doch nicht wirklich die ganzen Solardinger abbauen, oder? Könnt ihr ihnen nicht ein bisschen was lassen?«

»Mal sehen«, grunzte Jivan – Arif war nicht sicher, ob er richtig zugehört hatte.

In einer Schublade fand Arif einen alten Messingkompass, den er nach kurzem Zögern einsteckte. Durfte er wirklich mitnehmen, was er wollte, einfach so?

Er tappte die Treppe hinunter zu den Kammern und der winzigen Kombüse. Hier war schon alles durchwühlt, auf dem Boden lagen Kleidung, Blu-Ray-Discs, HyperCheck-Kaugummis, mit denen sich in Arifs Schule manche Schüler vor Prüfungen gedopt hatten, und alte Seekarten wild durcheinander. Tomás war gerade dabei, Essensvorräte hochzutragen an Deck. Auf dem Stapel mit Konservendosen thronten ein paar Pornomagazine. Arif reckte neugierig den Hals. Solche Zeitschriften kannte er nur vom Hörensagen, sie waren in seiner Heimat verboten.

Zögernd öffnete Arif die verschiedenen Schapps, in die Wand eingebaute Schränke aus Sperrholz. Er fand ein Rasierzeug mit Monogramm, ein Tagebuch und ein abgenutztes Schachspiel aus Holz. Es war ein eigenartiges Gefühl, in diesen persönlichen Sachen herumzukramen. Hatte man nur beim ersten Überfall ein schlechtes Gefühl? Würde er sich schnell daran gewöhnen, ein Dieb zu sein?

Außer dem Kompass nahm er ein neues T-Shirt, einen Fleecepullover für die kalten Nächte und ein paar Bücher aus der Bordbibliothek mit: *Fatherland* und *Pompeji* von Robert Harris, dazu zwei Bände Harry Potter und etwas von Stephen King. Die anderen warfen ihm seltsame Blicke zu, als er mit diesen Sachen an Deck kam. Nach einem kurzen Blick urteilte der Admiral: »Ist alles in Ordnung, kannst du behalten.« Wertvollere Gegenstände musste man sicher abgeben.

Bevor sie auf die *Mata Tombak* zurückkehrten, zapften Jivan und die anderen noch einen Großteil des Diesels aus den Tanks des Fischerboots ab. Arif half überall aus, wo kräftige Hände gebraucht wurden, doch die *AK-47* störte ihn, sie schlug ihm schwer gegen die Schulter, wenn er sich zu schnell bewegte. Morgen würde er neue blaue Flecken haben.

Er war froh, als sie endlich ablegten und Gas gaben. Kurze Zeit später war die treibende *Ikaika* außer Sicht. Sie haben ja noch einen Rest Diesel übrig, beruhigte sich Arif. Während ihre Maschine läuft, können sie Trinkwasser erzeugen und ihren Tank füllen …

»Gut gemacht«, sagte Admiral Zahir zu Arif, und seine harten dunklen Augen wirkten fast freundlich. »Spaß gehabt?«

Arif entschied sich, ehrlich zu sein. Auch zu sich selbst. »Eigentlich schon. Es war ein bisschen wie eine Schatzsuche. Nur aufregender.«

»Stimmt«, sagte Salty. Er biss in einen Apfel – das erste frische Obst seit einiger Zeit – und warf Arif ebenfalls einen zu.

Später, als er in der Bordküche einen Moment lang allein war, griff Arif in seine Hosentasche, um den Zettel mit dem Hilferuf herauszuholen und zu zerreißen. Doch seine Finger suchten vergeblich. Arif drehte die Tasche nach außen – das verdammte Ding hatte ein Loch! Der Zettel war herausgefallen!

Sein Magen stürzte in die Tiefe.

Insel der Gerüchte

Arif suchte den Zettel überall. Verzweifelt überprüfte er den Hauptraum und die Kombüse, wühlte zwischen seinen neuen Sachen herum und schaute, so unauffällig es ging, in jeden Winkel der *Mata Tombak*. Nichts! Wenn er Glück hatte, war ihm der Zettel oben verloren gegangen, wo er vermutlich vom Fahrtwind ins Meer geweht worden war. Doch sicher sein konnte er nicht. Und wenn irgendjemand das Ding hier im Schiff fand, dann war er erledigt.

Um nicht aufzufallen, zwang sich Arif, zusammen mit den anderen den gelungenen Raubzug zu feiern. Doch das Essen – Cheeseburger aus dem Tiefkühler der *Ikaika* – schmeckte ihm nicht besonders. Schließlich behauptete er, müde zu sein, und legte sich ins heckwärts verstaute Schlauchboot, um nachdenken zu können. Doch die Erschöpfung holte ihn ein, bevor er es geschafft hatte, irgendeinen vernünftigen Plan zu schmieden.

Zwei Tage später näherten sie sich im Schutz der Nacht einer abgelegenen Bucht auf Maui. Die Mannschaft stand in Alarmbereitschaft auf der Oberseite des Rumpfs. Als das Land noch einen halben Kilometer entfernt war, konnte Arif es schon riechen, es duftete nach Blüten und warmem Sand. Aufgeregt half er, das Schlauchboot mit erbeuteter Ware zu beladen und aus dem offenen Welldeck wie über eine Rampe ins Wasser zu schieben. Zwei Männer ruderten es an Land. Dann gab es einen Ruck, auch die *Mata Tombak* lag auf Grund. Das war anscheinend Absicht, denn niemand schien alarmiert – wahrscheinlich war der flache Rumpf so gebaut, dass er sich auf den Strand schieben konnte.

Arif sprang aus der seitlichen Luke und landete bis zu den Knien im Wasser. Er watete an Land und grub die Zehen in den losen Sand, der noch warm war von der Sonne. Am liebsten hätte er sich auf Hände und Knie niedergelassen und wäre in diesem Sand herumgetollt wie ein Kind, doch das ging natürlich nicht, garantiert beobachteten ihn die anderen.

An der Baumgrenze warteten schon drei Menschen auf sie, die jetzt rasch zu ihnen kamen. Im Schein der Taschenlampen sah Arif, dass es eine Frau im geblümten Kleid und zwei Männer waren. Der Admiral begrüßte die Frau mit einem Händedruck, aus der Entfernung klang es, als seien sie mitten beim *basa-basi* – wie war das amerikanische Wort dafür noch mal? Ach ja, kleines Gerede. Dann begannen die Frau und die Männer, Vorräte aus zwei in der Nähe geparkten Geländewagen mit offener Ladefläche auszuladen – wahrscheinlich hatte der Admiral ihr vorher eine Art Einkaufsliste mit Dingen geschickt, die sie benötigten. Tomás, Jivan, Ishak und Arif machten sich ihrerseits daran, Waren aus dem Schiff an Land zu transportieren und auf den Pick-up-Truck zu heben. Seltsam fand Arif, dass sie nur einen Teil ihrer gesamten Beute ausluden. Kaum mehr als ein Drittel dessen, was sie an Bord hatten.

Viper hielt mit einer der *Kalaschnikows* Wache, regungslos stand er im Sand, den Kopf leicht erhoben, wie um Witterung aufzunehmen. Keiner von ihnen sprach, nur Tomás keuchte etwas.

Die Frau kontrollierte sehr genau, was sie ihr brachten, sie öffnete jede Kiste und leuchtete mit der Taschenlampe hinein, nickte dann. Ein paarmal verhandelte der Admiral mit ihr und zeigte ihr Gegenstände, die sie erbeutet hatten – die Frau nickte oder schüttelte den Kopf. »Das könnt ihr in Floater Town loswerden, die brauchen so was«, hörte Arif sie einmal sagen.

Floater Town? Wo sollte das denn sein?

Schließlich war der Austausch von Waren und Vorräten abgeschlossen. Die Frau drückte dem Admiral ein Bündel Geldscheine in die Hand, der Admiral zählte ganz genau nach und bedankte sich mit einem Kopfnicken. Dann reichte er der Frau irgendetwas, vielleicht ein Geschenk, denn sie lächelte, nickte und sagte: »*Mahalo*«, vielleicht ein hawaiianischer Dank.

Tief sog Arif die Luft ein und versuchte zu raten, welche Blumen so wunderbar dufteten. Oleander? Hibiscus? Er blickte sich an der dunklen Küste um, während kleine Wellen den Sand unter seinen Füßen wegspülten. Er konnte Buschwerk und Palmen erkennen, die vom Passatwind zerzaust wurden. Schön war es hier. Einfach losrennen … das wäre wohl die beste Art gewesen, hier zu fliehen. Aber dann hätte ihm Viper den Rücken mit Kugeln zerfetzt. Arif hatte keine Zweifel daran, dass Viper ihn ohne zu zögern töten würde. Weniger gefährlich wäre es gewesen, an diesem Strand seine Nachricht mit der Bitte um Hilfe zu hinterlassen, vielleicht hätte sie am nächsten Tag ein Tourist gefunden. Tja, Pech. Aber im Grunde wollte er ja gar nicht mehr weg.

Das Gespräch zwischen dem Admiral und der Frau zog sich hin, anscheinend tauschten sie Neuigkeiten aus. Arif hörte den Admiral »Aha! Ist ja interessant«, sagen und aufmerksam lauschen. »Und er fährt wirklich selbst mit? Ist das nicht nur ein Gerücht?«

»Kein Gerücht, es war sogar in den News«, bekräftigte die Frau.

Arif ging zu den anderen, die sich im Schneidersitz auf den Strand gesetzt hatten. Ganz versunken ließ Salty Sand durch seine Finger rinnen. »Hoffentlich dürfen wir noch ein paar Stunden hierbleiben, das hängt davon ab, was Connie sagt – sie will natürlich kein Risiko eingehen, weil sie ihren Laden hier auf der Insel hat«, flüsterte er. »Ach, ich würde so gerne einen Tag einfach nur am Strand herumliegen!«

Arif seufzte sehnsüchtig. »Ja, das wäre toll. Und ich würde gerne mal andere Farben sehen als immer nur Blau oder Grau. Im Sonnenschein ist hier bestimmt alles bunt.« Doch bei Tag würde sofort jemand auf das seltsam geformte, mit Tarnfarben gestrichene Schiff aufmerksam werden. Sie mussten verschwinden, noch ehe der Morgen dämmerte.

Nachdem der Admiral eine Weile mit Connie verhandelt hatte, winkte die Frau ihnen zu, ihr zu folgen. Daud, Viper und Ishak mussten beim Schiff bleiben, doch die anderen durften mit Connie fahren.

Als Arif schon auf ihr Auto zuging, holte Viper ihn ein und berührte ihn am Arm. Erschrocken wandte sich Arif um, doch Viper wirkte diesmal nicht bedrohlich, eher … verlegen. »Sag mal, könntest du mir vielleicht eine Flasche Cola mitbringen? Wir haben ewig keine mehr erbeutet und ich trinke das Zeug so gerne.«

»Klar, ich versuch's«, sagte Arif überrascht, und Viper gab ihm einen sorgfältig zu einem kleinen Quadrat zusammengefalteten Zwanzig-Dollar-Schein.

Der Admiral quetschte sich ins Führerhaus des Wagens, doch die anderen durften auf die Ladefläche des Pick-up-Trucks klettern. Aufgedreht wie Schuljungen bei einem Ausflug, hockten Tomás, Jivan, Salty und Arif auf dem Stapel Waren und klammerten sich fest, während der Truck über die ungeteerte Piste holperte. Der aufgewirbelte Staub legte sich in einer feinen Schicht auf Arifs Gesicht.

Sie fuhren in einen Ort, durch den eine breite Hauptstraße mit Läden und Fast-Food-Shops führte. In einem Asia-Restaurant, das die ganze Nacht geöffnet hatte, lud der Admiral sie ein, sich den Bauch vollzuschlagen. Es waren nur drei andere Gäste da, ein älteres weißes Paar und ein Asiate, der vor einem Glas Reiswein zu meditieren schien. Niemand beachtete sie, sie wirkten wohl wie eine ganz gewöhnliche Gruppe junger Leute. *Niemand weiß, dass wir Piraten sind*, dachte Arif halb beschämt, halb stolz.

Connie war um die fünfzig, hatte Lachfalten in den Augenwinkeln und kringeliges, graues Haar. Sie spendierte ihnen eine Runde *Singha*-Bier und bedankte sich für ihre Arbeit. »Wenn ich gewusst hätte, dass ihr Jungs so lange unterwegs wart, hätte ich noch ein paar Blumenketten organisiert«, sagte sie und hakte sich bei Arif ein. Arif lächelte verlegen.

Es entging ihm nicht, dass Jivan am liebsten noch ein paar Bier mehr getrunken hätte, doch der Admiral behielt ihn genau im Auge.

Arif hatte nicht vergessen, was er Viper versprochen hatte. Er fragte die Bedienung: »Entschuldigen Sie, aber könnte ich bei Ihnen eine Flasche *Coke* kaufen?«

»Ganze Flaschen verkaufen wir nicht«, bekam er zur Antwort.

Doch Arif dachte an Vipers Gesichtsausdruck und ließ nicht locker. »Ach, bitte ...« Nach fünf Minuten hatte er endlich Erfolg.

Satt und zufrieden kehrten Arif und die anderen auf die *Mata Tombak* zurück. Nur Tomás maulte: »Und was ist mit Frauen? Wozu ist denn all das Geld gut, wenn man nicht seinen Spaß haben darf?«

»Kannst dich bei den Floaters austoben«, riet der Admiral, und Tomás verzog das Gesicht. »Da ist nur leider das Angebot mies!«

Connie rief ihnen hinterher: »Grüßt Luke von mir, okay? *Aloha 'oe!*«

Arif hatte keine Ahnung, wer Luke und die Floaters waren, er gab Viper gerade die beiden Flaschen *Coke,* die er der Bedienung abgebettelt hatte. »Oh, sogar zwei«, sagte Viper und wirkte einen Moment lang fast so etwas wie glücklich. »Danke, Anak Rezeki.«

»Gern geschehen«, sagte Arif und fragte sich, ob es der Bürgerkrieg gewesen war, der aus einem normalen jungen Mann ein Geschöpf namens Viper gemacht hatte. Wahrscheinlich.

Ich habe Glück gehabt, ging es ihm durch den Kopf, als er sich in einem Winkel des Hauptraums in seine Decke rollte. *Eigentlich ging es mir gut auf der Garnelenfarm. Ich brauchte nicht zu lernen, wie man tötet.*

Er wollte es auch jetzt nicht lernen. Aber würde sich das in seinem neuen Leben vermeiden lassen? Bei dem Gedanken an die *Ikaika* war ihm jedes Mal unwohl. Hatten es die beiden Männer geschafft, einen Hilferuf abzusetzen? Hoffentlich wurden sie gerettet, bevor ihnen das Trinkwasser ausging.

Seine Nachricht fiel ihm ein, doch die brennenden Sorgen deswegen waren verschwunden. Wenn der Zettel mit seiner Nachricht bis jetzt nicht gefunden worden war, war er bestimmt nicht mehr hier an Bord. Vielleicht hatte er ihn auf der *Ikaika* verloren.

Und das war vielleicht keine schlechte Sache.

Gegenwind

Die *Shayú* versuchte an diesem Tag nicht noch einmal, sie zu rammen, und verschwand irgendwann hinter dem Horizont. In den frühen Morgenstunden, als der Wassereinbruch mittschiffs unter Kontrolle war, traf sich die gesamte Besatzung in der Messe. Malika blickte sich um und sah viele besorgte Gesichter um sich herum – keiner von ihnen hatte mit einem solchen Zwischenfall gerechnet.

»Was geht hier im Müllstrudel eigentlich vor?«, fragte Mike Armstrong wutentbrannt. Er schien kaum still sitzen zu können, sein muskulöser Körper war so angespannt wie der eines Boxers im Ring. »Haben Sie den Vorfall gemeldet, Kapitän? Diese Kerle müssen vor Gericht!«

»Ja, absolut – die Bordwand zu richten kostet in der Werft mindestens 100 000 Dollar«, warf Yun Shin ein.

»So was habe ich noch nie erlebt, wirklich noch nie«, wiederholte Louanne Grégoire kopfschüttelnd und hätte um ein Haar ihren Kaffee umgeworfen. Doch Shana, die neben ihr saß, hielt ihn blitzschnell fest.

»Ich schon«, sagte sie fast fröhlich. »In der Antarktis hat ein japanischer Walfänger vor ein paar Jahren einmal versucht, unsere gute alte *Arctic Sunrise* zu rammen. Hat ihm aber nicht viel genützt.«

Shana und Mike waren keine Leute, die sich leicht einschüchtern ließen, und Malika war froh darüber. Nein, diese

Typen auf den fremden Schiffen würden es nicht schaffen, sie an ihrer Aufgabe zu hindern!

»Natürlich habe ich den Vorfall gemeldet.« Kapitän Hensmann wirkte beunruhigt. »Nur leider helfen uns Gerichtsverhandlungen in ferner Zukunft nicht weiter. Das Problem ist, dass wir hier und jetzt Gegenwind bekommen.«

»Ziemlich brutalen Gegenwind«, bestätigte Benjamin Lesser mit einem verzerrten Lächeln. Er trug ein zerknittertes T-Shirt und sah blass aus, seine Hände spielten unablässig mit einem Gummiband – mit einem blauen diesmal. »Damit habe ich nicht gerechnet – wir wussten ja nicht mal, wie viele Schiffe sich in dieser Gegend tummeln.« Er blickte auf seinen Communicator. »Ah, Rückmeldung von der Detektei, die ich wegen der *Pacific Star* eingeschaltet habe. Ihr wisst schon, diese schwimmende Dreckschleuder.«

Malika und Danílo horchten auf.

Lesser hob die Augenbrauen. »Wie es aussieht, steht hinter der Briefkastenfirma der Subunternehmer eines großen, weltweit agierenden Konzerns.«

Briefkastenfirma ... Subunternehmer ... wie bitte? Malika blickte Lesser ratlos an. Danílo schaltete schneller. »Die Rohstoffe sind also für einen großen Konzern bestimmt? Wissen die, was hier abgeht und wie diese Rohstoffe gewonnen werden?«

»Ich nehme an, sie wollen es nicht wirklich wissen«, gab Lesser zurück und tippte dabei auf dem Communicator. »Deswegen schreibe ich gerade eine Nachricht an meine Rechtsabteilung. Sie wird die Damen und Herren um Aufklärung bitten. Wenn keine überzeugende Antwort kommt, wird meine Pressesprecherin dafür sorgen, dass die Medien davon erfahren.«

Malika nickte und war wider Willen beeindruckt. Es war ungewohnt, aber praktisch, ein großes, einflussreiches Unternehmen im Rücken zu haben. Doch ob ihnen das hier etwas nützen würde?

»Mister Lesser!« Mike Armstrong stand auf, stützte sich mit ausgestreckten Armen auf dem Tisch ab und blickte Benjamin Lesser in die Augen. »Das ist nicht das, was *ich* wissen will. Ich will wissen, was wir hier vor Ort gegen diese Kerle unternehmen können!«

»Armstrong!« Kapitän Hensmanns Stimme schnitt durch den Raum. »Setzen Sie sich! Es besteht keine Notwendigkeit, sich so aufzuführen.«

Gespannt beobachtete Malika ihren Auftraggeber, um zu sehen, wie er reagierte. Nachdenklich blickte Benjamin Lesser den Bootsmann an. »Ich verstehe. Sie wollen wissen, ob wir uns auf eine Art wehren können, die irgendetwas bringt. Ich fürchte, nein. Es kommt nicht infrage, dass wir selbst ein anderes Schiff rammen. Notwehr hin oder her, die *Ariadne* ist für so etwas nicht gebaut, es könnte übel ausgehen für ...«

»Sehr richtig!«, verkündete Yun Shin mit verschränkten Armen. »Der Skimmer würde abbrechen, unsere Bordwand wäre ...«

Lesser runzelte die Stirn über die Unterbrechung, aber es dauerte noch ein paar Minuten, bis er wieder zu Wort kam und fragen konnte: »Wir haben keine Waffen an Bord, oder, Kapitän Hensmann?«

»Im Safe der *Ariadne* liegt eine Pistole«, erklärte der Kapitän nach kurzem Zögern. »Ich bin aber erst befugt, sie herauszuholen, wenn auf dem Schiff offiziell Alarmzustand herrscht.«

»Eine simple Pistole wird die wohl kaum einschüchtern«, gab Shana zu bedenken. »Können wir nicht im Internet einen Raketenwerfer oder ein paar Maschinengewehre ordern?«

Mike, Louanne und Yun Shin grinsten und um ein Haar hätte Malika losgeprustet. Auch sie hatten während ihrer Zeit auf der *Skylark* einiges im Internet bestellt und es dann postlagernd im nächsten Hafen abgeholt.

»Für solches Männerspielzeug gibt es garantiert Shops, aber die Lieferung könnte schwierig werden«, gab Lesser mit einem dünnen Lächeln zurück und rückte umständlich seine Brille zurecht. Wir sind hier draußen nicht mal mit Hubschraubern erreichbar.«

»Schnelles Motorschiff von Kalifornien aus?«, schlug Mike Armstrong vor.

Benjamin Lesser schüttelte den Kopf. »Ich habe kein Interesse an einem Wettrüsten. Wir müssen einfach vermeiden, hier in Gefechte verwickelt zu werden. Ende der Diskussion.«

Malika hatte kein gutes Gefühl bei der ganzen Sache. Waffen waren ihr unheimlich, doch sich überhaupt nicht wehren zu können war übel. Bis auf Weiteres waren sie den Launen und dem Neid anderer ausgeliefert. Dabei gab es mehr als genug Müll hier, er reichte wirklich für alle!

Yun Shin und Mike Armstrong verschwanden wieder im Inneren des Schiffs, Shana hatte Dienst auf der Brücke, und Danílo meinte: »Mir fehlt hier echt Bewegung, wollen wir in den Fitnessraum gehen?«

Doch Malika schüttelte instinktiv den Kopf. Shana hatte recht, es war besser, wenn sie nicht mehr sämtliche Freiwachen mit ihrem Bruder verbrachte. Außerdem hatte sie auf nichts wirklich Lust, nicht auf ihre Yoga-Übungen, nicht auf einen Plausch mit Freunden oder Kira, nicht darauf, eine Folge ihrer Lieblings-Comedy-Serie *Shine, shine* herunterzuladen oder zu schauen, was heute beim Müllfischen alles ins Netz gegangen war. Meist waren es doch nur ganz alltägliche Dinge – Flip-Flops, Wasserflaschen, Plastiktüten und erstaunlich viel kaputtes Kinderspielzeug.

Rastlos wanderte sie durch die *Ariadne*, durch endlose Flure mit Türen an beiden Seiten, über die stählernen Decks, auf denen ihr der Wind die Haare in die Augen wehte, vorbei an Transportbehältern, die sich nach und nach mit wiederaufbereitetem Kunststoff füllen sollten. Sie zuckte zusammen, als sie merkte, dass sie dort nicht allein war. Dann erkannte sie die etwas unförmige Gestalt Benjamin Lessers und entspannte sich wieder. Lesser nickte ihr zu und musterte wieder nachdenklich die Behälter.

»Hoffentlich bald voll, was?«, meinte Malika. »Haben Sie sich das schon damals so vorgestellt, am Strand in Sizilien?«

»Nein«, sagte er und seufzte. »Damals wusste ich nur, dass es unsere Familie zerreißt, wenn ich nichts tue ... und so ist es dann auch gekommen. Ich habe nicht genug getan.«

»Aber was war denn mit Ihrer Familie?«, fragte Malika erschrocken, doch Lesser schwieg, und sie spürte, dass er sich zurückzog. Vielleicht tat es ihm leid, dass er überhaupt so viel über sich gesprochen hatte.

»Ich ... ich muss noch einiges erledigen, wir sehen uns später«, entschuldigte er sich und ließ sie allein.

Damals wusste ich nur, dass es unsere Familie zerreißt ... Ein Echo seiner Worte erreichte Malikas Herz. Ihre eigene Familie war bei der Rückkehr an Land zerfallen ... Was konnte mit seiner geschehen sein?

An Backbord erkannte Malika die Positionslichter ihrer Schwesterschiffe, bunte Sterne in der Dunkelheit. Irgendwann lehnte sie sich einfach gegen die Reling und blickte über das Meer hinaus. Nach und nach wurde es hell, ein neuer Tag begann.

Malika spürte, wie sie ruhiger wurde. Die kleinen Wellen, die den Rumpf trafen, klangen wie ihr eigener Herzschlag. Auf der *Skylark* hatten sie und Danílo gerne im vorderen Netz gelegen, das sich straff wie die Oberfläche eines Trampolins zwischen dem Doppelrumpf des Katamarans spannte. Dort war fast nichts zwischen ihnen und den Wellen, und über ihnen nur der Sternenhimmel. Hier war das Wasser furchtbar weit weg, meterweit, berühren konnte sie es nicht.

Wahrscheinlich würde sie diesen alten Oil Skimmer nie lieben lernen. Aber sie war trotzdem froh, hier zu sein.

Es tat so gut, ein Ziel zu haben.

»Ganz schön dreckig hier, das Meer«, bemerkte Arif zu Jivan, und sein Freund grinste. Er knabberte gerade Bonitoflocken aus der Tüte, die er Ishak abgeschwatzt hatte. »*Naturalmente.* Wir sind ja auch mitten im Großen Pazifischen Müllstrudel.«

»In einem Strudel? Ist der gefährlich?« Arif blickte sich misstrauisch um – er hatte in 3-D-Aufzeichnungen gesehen, wie sich nach dem Tsunami von 2024 vor der Küste Strudel gebildet hatten. Löcher im Meer, so groß wie ein Schiff. War der hier so ähnlich? Würde er sie nach unten ziehen, wenn sie den falschen Kurs steuerten?

Jivan lachte. »Der ist nicht gefährlich, der ist genial«, sagte er und warf die leere Tüte über Bord, wo sie in den Wellen davontrieb. »Dieser Strudel zieht die Leute an. Wir waren schon oft hier und jedes Mal waren mehr Boote da. Ein paar lohnen sogar, dass man sie ausraubt. Und kein Militär weit und breit, die interessieren sich nicht für das, was hier passiert.«

Arif konnte sich denken, warum. Sie waren hier außerhalb aller Hoheitszonen, für diesen Teil des Ozeans fühlte sich niemand verantwortlich. Wenn in einem Niemandsland jemand von Piraten überfallen wurde, tja, das war halt Pech. Keiner fühlte sich dafür zuständig, für die Jagd auf Piraten Geld auszugeben.

Jivan hielt wie so oft eine Angel ins Meer, er hatte im Laufe der letzten Monate schon einige Fische gefangen. Doch als diesmal etwas Schweres am Haken hing, zog er nur ein Stück dunkelgraues Plastik mit Stoff daran aus dem Wasser. »Was ist das denn für ein Mist?«

Erst nach einer Weile kamen sie darauf, dass es das Bruchstück eines alten Auto-Kindersitzes war. Jivan seufzte, seine Finger tasteten zu der weißrosa schimmernden Perle, die er um den Hals trug. »Nyai Loro Kidul, bitte schick uns ein paar richtige Fische!«

»Ich bin nicht sicher, ob sie auf Bestellungen reagiert«, wandte Arif ein. Er hörte, dass jemand auf den Rumpf kletterte, und wandte sich um. Es war der Admiral. Unwillkürlich straffte sich Arif.

»Hier in der Gegend ist so viel los, dass wir einen Ausguck brauchen.« Der Admiral reichte Arif ein Fernglas. »Ihr behaltet den Horizont im Auge und meldet uns, wenn ihr etwas seht. Wir haben es diesmal auf ein bestimmtes Ziel abgesehen.«

Neugierig wartete Arif auf eine Andeutung, was für ein Ziel es war, doch der Admiral sagte nichts mehr.

Es dauerte noch ein paar Tage, bis sie die Beute ins Visier bekamen. Es waren drei große Schiffe, anscheinend umgebaute Frachter, die Müll fischten. Arif war erstaunt, wie leicht es war, mehr über sie herauszufinden – sie hatten das Informationssystem AIS nicht abgeschaltet, es sendete anderen Schiffen wichtige Daten wie Kurs und Geschwindigkeit.

»Der Admiral hat gehört, dass sie einem Millionär gehören, und er soll sogar selbst an Bord sein«, flüsterte Salty Arif zu, als sie sich im Hauptraum die Zeit mit Computerspielen vertrieben.

»*Masak!*« Arif erinnerte sich an die Unterhaltung des Admirals mit Connie beim Warenaustausch auf der Insel. Darum war es also gegangen! »Dann will er diesmal auch Lösegeld erpressen?«

Salty blickte sich um und hielt den Finger an die Lippen.

Ungewohnt vorsichtig verzichtete der Admiral darauf, eins der Schiffe sofort zu entern. Erst näherte sich die *Mata Tombak* im Schutz der Nacht, um sie auszuspähen. Arif kletterte mit Daud und dem Admiral auf den Rumpf, hielt sich im Hintergrund und versuchte, in der Dunkelheit etwas zu erkennen. Daud und der Admiral wechselten sich mit dem Nachtsichtgerät ab und unterhielten sich leise, es dauerte eine halbe Ewigkeit, bis auch Arif einen Blick auf die fremden Schiffe werfen durfte. Im grün schimmernden Display musterte er die seltsamen Umbauten, die an den Schiffen vorgenommen worden waren. Ein paar Menschen gingen an Deck umher und neugierig stellte Arif das Nachtsichtgerät auf maximale Vergrößerung. Er zählte fünf Menschen – mehrere davon Frauen! – und wahrscheinlich waren noch zwei oder drei Leute auf der Brücke. Eine große Besatzung, aber eine, die sie besiegen konnten, wenn nichts schiefging. Klingendraht wie den, der Tomás die Hände zerschnitten hatte, konnte Arif nicht entdecken.

»*Ay qué bueno*, da sind Frauen dabei«, meinte Tomás und feixte. »Wenn die hübsch sind, können wir sie verkaufen und bekommen ordentlich Kohle.«

»Dir hat wohl eine Möwe ins Hirn geschissen!« Salty tippte sich an die Stirn. »Für Geiseln gibt's richtiges Lösegeld, das ist viel mehr, als wir von irgendeinem Zuhälter bekämen.«

In der Morgendämmerung zog sich die *Mata Tombak* wieder zurück, um nicht entdeckt zu werden. Doch zuvor wagte Arif noch einen Blick durch ein normales Fernglas, das stärkste, das sie hatten. Eine der Frauen auf dem fremden Schiff stand gerade alleine an der Reling, sie war noch jung, fast ein Mädchen. Sie blickte über das Meer hinaus und hielt das Gesicht in den Wind, ihre braunen Haare flatterten wie ein Banner. Wieso stand sie allein an Deck? Fühlte sie sich einsam inmitten der Besatzung, so wie er manchmal?

»Was ist, *amigazo*? Irgendetwas Besonderes?«, fragte Jivan, der gerade auf den Rumpf kletterte.

Arif kehrte in die Wirklichkeit zurück – wie lange hatte er die junge Frau angesehen, eine Minute, fünf, zehn? »Nein, nichts«, sagte er und zögerte, Jivan das Fernglas auszuhändigen. Er wollte nicht, dass Jivan sie sah und womöglich blöde Bemerkungen über sie machte, er redete manchmal seltsam über Frauen. Zum Glück sah Arif bei einem letzten Blick, dass das Mädchen sich von der Reling abwandte und zurückging ins Innere des Schiffs.

Unter seinen bloßen Füßen spürte er die Bewegungen des Rumpfs, als die *Mata Tombak* wendete. Bevor es richtig hell wurde, brachten die Elektromotoren sie außer Sichtweite.

An diesem Tag war Arif froh, dass niemand in seine Gedanken blicken konnte – darin stand das Mädchen noch immer an der Reling und blickte einsam, fast sehnsüchtig, zum Horizont. Er sah den goldenen Schimmer, den die ersten Sonnenstrahlen auf ihr Gesicht und ihre Haare gelegt hatten. Einzelheiten ihres Gesichts hatte er nicht erkennen können, aber er wusste auch so, dass sie schön war. Welche Farbe wohl ihre Augen hatten? Ob sie gerne lächelte?

»Anak Rezeki! Du wirst im Cockpit gebraucht!«, rief Salty, und Arif zuckte zusammen.

»Komme schon«, sagte er schnell und ging nach vorne.

Danílo gähnte und schaute verstohlen auf seinen Communicator. Vier Uhr früh. Eine höllische Zeit für eine Wache. Er richtete sich auf, streckte sich und wippte auf den Zehen, damit er nicht in seinem Stuhl einschlief. Zum Glück war es gleich Zeit für seinen Rundgang durchs Schiff, um in allen Abteilungen nach dem Rechten zu sehen – den gewaltigen Kavernen des Maschinenraums, den Lade- und Verarbeitungsbereichen, dem ganzen Aufbau inklusive der Bordküche, in der schon bald ihr Frühstück zubereitet werden würde.

»Bring mir 'nen Kaffee mit«, bat ihn Louanne und streichelte Monsieur, der sich schnurrend auf ihrem Schoß zusammengerollt hatte.

Doch Danílo runzelte die Stirn. Zufällig war sein Blick auf den Radarschirm gefallen und er hatte an dessen Rand einen hellen Fleck bemerkt. »Holla, wer ist das denn?«

Louanne folgte seinem Blick und zog die Augenbrauen hoch. »Hoffentlich nicht wieder die *Shayú*.«

Ein paar Minuten später hatten sie Gewissheit – zwei

Tage nach seinem ersten Angriff war der chinesische Frachter zurückgekehrt.

Nicht schon wieder, dachte Danílo, und sein ganzer Körper erinnerte sich an die Angst, die er bei der Kollision gespürt hatte. Nicht nur Angst um sich selbst, auch um Malika … und, was ihn selbst erstaunte, um Shana. Am liebsten hätte er ihnen zugebrüllt, sich in Sicherheit zu bringen. Aber gab es überhaupt einen sicheren Ort auf der *Ariadne*, wenn sie noch einmal angegriffen wurden?

Diesmal kreuzte der Frachter vor ihrem Bug, sodass er sie blockierte, dann begann er im Schein von Flutlichtern in aller Ruhe, Müll zu fischen – was sollte das bedeuten? »Geh bitte sofort Kapitän Hensmann wecken«, sagte Louanne Grégoire, ohne die *Shayú* aus den Augen zu lassen, und setzte Monsieur auf dem Boden ab. Danílo rannte die Treppe hinunter und hämmerte an die Tür von Kapitän Hensmann.

»Was ist?«, kam es verschlafen von der anderen Seite.

»Wieder das chinesische Schiff«, rief Danílo, und drei Minuten später flog die Tür auf. Irgendwie hatte Kapitän Hensmann es geschafft, sich in dieser Zeit in Uniform zu werfen, gerade band er seine Krawatte. Aber er hatte sich nicht die Zeit genommen, seine Haare zu kämmen – sie standen wie graue Stacheln zu Berge. Außerdem war ihm die Kapitänsmütze zu weit in die Stirn gerutscht und sah aus, als würde sie hauptsächlich von seinen Segelohren in Position gehalten.

»Als wäre der gottverdammte Müllstrudel nicht groß genug für alle«, knurrte Wilbert Hensmann, zog seinen Krawattenknoten fest und schob sich die Mütze aus der Stirn.

Während sie die Brücke betraten, hörten sie schon den Funkspruch. Louanne Grégoire drehte den Ton hoch. »Raus

aus unserem Revier!«, funkte der fremde Kapitän auf Kanal 16, durch seinen starken Akzent verstand Danílo ihn kaum.

Hensmann räusperte sich, dann nahm er das Handgerät. »Das hier ist nicht Ihr Revier«, sagte er. »Lassen Sie uns in Ruhe, sonst werde ich Unterstützung anfordern.«

Stumm blickte Danílo ihn an. Das klang stark nach einer leeren Drohung. Ihre Schwesterschiffe *Leandris* und *Cassandra* konnten ihnen wohl kaum zu Hilfe kommen. Und wer sonst sollte sie hier draußen unterstützen? Eine Polizei gab es auf hoher See nicht.

»Er nimmt Fahrt auf«, meldete Louanne. »Sieht so aus, als würde er uns den Weg freigeben.«

Aber das sah nur so aus.

Bond-Girl

Malika schlug die Augen auf und wusste nicht, was sie geweckt hatte. Keine Sirene diesmal, es war still im Schiff. Trotzdem spürte sie eine innere Unruhe, die sie nicht wieder schlafen ließ. Irgendetwas stimmte nicht. Ein kurzer Blick auf die Uhr: Halb fünf. Rasch zog sie ihren Bordoverall und ihre Sandalen an, schlüpfte gähnend aus der Tür und machte sich auf den Weg zur Brücke.

Dort war es ziemlich voll: Danílo, Kapitän Hensmann, Louanne Grégoire und Shana starrten zu ihrem Schwesterschiff hinüber, das in der Morgendämmerung nur als Silhouette zu erkennen war. »Das ist einfach unglaublich«, knurrte Hensmann gerade, und Malika hörte Stimmen im Funk zetern. Ihr Puls beschleunigte sich. Ja, etwas war passiert, aber was?

Sie glitt neben Danílo, der gerade fassungslos den Kopf schüttelte. »Was ist denn los?«, flüsterte sie ihm ins Ohr, und er deutete nach draußen.

»Die *Shayú* räumt unser Schwesterschiff aus!«

Malika sah genauer hin – und ihr blieb der Mund offen stehen. Tatsächlich, ein fremdes Schiff hatte an der Bordwand der *Leandris* festgemacht und setzte nun seinen Kran ein. Gerade tauchte ein Greifer in den offenen Laderaum, fischte eine große Portion Plastikmüll heraus und schaufelte ihn hinüber auf den fremden Frachter.

»Nee, oder?« Malika staunte. »So unverschämt muss man erst mal sein! Wie haben die das geschafft?«

Louanne Grégoire seufzte. »Deren Schiff ist viel schneller und manövrierfähiger als unsere plumpen Oil Skimmer ...«

Wilbert Hensmann redete eindringlich in sein Funkgerät, er besprach sich mit dem Kapitän der *Leandris*. »Was ist, wenn Sie hart abdrehen?«

»Haben wir versucht, aber wir kommen nicht frei!« Die Stimme des *Leandris*-Kapitäns klang empört. »Die haben sich mit mehreren Trossen an uns drangewanzt und die Ladetore mit Stahlstangen verklemmt.«

»Sie können den Müll doch haben, wenn sie wollen, oder?«, wagte Malika einzuwenden. »Hauptsache, er ist nicht mehr im Meer.«

Shana schnaubte. »Was die damit anstellen, macht die Welt nicht sauberer. Außerdem können wir die Kerle nicht einfach machen lassen, ohne uns zu wehren!«

Als fünf Minuten später Benjamin Lesser auf die Brücke kam, musterte auch er fassungslos das Bild, das sich ihm bot. »Hier herrscht ganz offensichtlich Kriegsrecht. Ich fürchte, darauf müssen wir reagieren.« Rasch wischte er das Funkgerät ab, dann rief er damit den Kapitän der *Leandris*. »Hier ist Benjamin Lesser. Schicken Sie ein paar Leute los, um die Trossen zu kappen, die die beiden Schiffe verbinden.«

Kapitän Hensmann wandte sich ihm stirnrunzelnd um. »Die Trossen kappen? Herr Lesser, das halte ich für keine gute Idee. Es könnte ...«

»Wir werden das jetzt nicht diskutieren«, sagte Benjamin Lesser, er blickte noch immer nach draußen. »Die ganze Mission steht auf dem Spiel, wenn wir dulden, dass fremde Schiffe uns ausplündern.«

»Es ist nicht ratsam ...«, begann Kapitän Hensmann erneut, doch Malika merkte, dass es jetzt ohnehin zu spät war. Durchs Fernglas sah sie, dass auf der *Leandris* zwei winzige Gestalten loskraxelten, beide trugen orangefarbene Rettungswesten.

»He, das ist ja Kira!«, meinte sie zu Danílo, als sie eine davon erkannte. Sie und ein Matrose arbeiteten sich gerade auf dem Hauptdeck nach vorne, Werkzeuge in der Hand. Klar, die *Leandris* hatte nur eine vierköpfige Besatzung, da zählte im Notfall jede Hand, und auch eine Wissenschaftlerin, die sich sonst mit Wasserläufern befasste, packte mit an. Ganz schön mutig, dachte Malika und hoffte, dass alles glattging. An Deck des fremden Frachters sah sie keinen Menschen, das war gut so, da würde die fremde Crew wenigstens nicht versuchen, handgreiflich zu werden.

Louanne Grégoire protestierte noch einmal über Funk gegen die Plünderung – eine Antwort bekam sie nicht. Es kam Malika so vor, als sei die *Shayú* eine entfesselte Maschine, ein Metallwesen, das gierig aus einem riesigen Futtertrog fraß. Doch das war sie natürlich nicht, irgendwo in den Aufbauten am Heck standen Menschen auf einer Brücke und steuerten den Kran, dessen Greifer sich jetzt wieder schloss wie eine Hand, die sich zur Faust ballt.

»Diese Drecksäcke!«, zischte Shana.

»Es ist nur Müll«, sagte Danílo, um sie zu beruhigen. Doch Shana warf ihm einen gereizten Blick zu. Sie nahm sich ebenfalls ein Fernglas. »Ich glaube, eine Trosse ist durch. Vielleicht kann sich die *Leandris* jetzt losreißen ... oh, *fuck!*«

Selbst ohne Fernglas erkannte Malika, was geschah: Eine der winzigen Gestalten – Kira! – stürzte die hohe Bordwand hinab und verschwand aus ihrem Blickfeld. Malika wurde es eiskalt. Sie wusste, dass es lebensgefährlich war, auf hoher See über Bord zu fallen … und Kira Heinze war anscheinend zwischen die beiden Schiffe gestürzt, wo sie womöglich zwischen den Stahlrümpfen zerquetscht werden würde. War es das, was Kapitän Hensmann befürchtet hatte? Wieso nur hatte Lesser sich geweigert, auf ihn zu hören? Er verstand weniger von Schiffen dieser Größe als Hensmann!

»Generalalarm!«, kommandierte Kapitän Hensmann. »Maschinen stopp! Beiboot aussetzen. Miss Sayer, Danílo – Sie beide helfen mit, Frau Heinze zu bergen.«

»Aye, aye, Sir«, erwiderte Shana, dann hasteten sie und Danílo nach draußen.

Kira! Kira war in Gefahr. Der Gedanke war scheußlich. So hatte Danílo sich ein Wiedersehen nicht gewünscht.

Shana warf Danílo eine Rettungsweste zu, im Laufen streifte er sie über und ließ die Verschlüsse einrasten. Danílo wusste, dass die *Ariadne* neben ihrem Rettungsboot auch zwei Beiboote hatte: das Zodiac – eine Art Schlauchboot mit festem Rumpf und Außenbordmotor – und eine zwölf Meter lange Segelyacht, die Benjamin Lesser gehörte und von einem Kran auf die *Ariadne* gehoben worden war. Doch jetzt war es keine Frage, welches dieser Transportmittel besser geeignet war. Wenige Minuten später hatten sie das Zodiac zu Wasser gelassen und konnten los.

Danílo balancierte im schwankenden Boot nach hinten, um den Außenborder zu übernehmen, doch Shana hatte anscheinend das Gleiche vor. Um ein Haar wären sie zusammengestoßen. Danílo musste würdelos mit den Armen rudern, um sein Gleichgewicht wiederzufinden, und Shana griff nach dem nächstbesten Halt. »Vielleicht ist es besser, wenn ich steuere«, sagte sie und arbeitete sich unbeirrt in Richtung Heck vor.

»Wieso?« Danílo war nicht sicher, ob er gekränkt sein sollte. »Ich weiß, wie man mit einem Zodiac umgeht.«

»Männer fahren viel zu draufgängerisch. Und wenn wir das Beiboot demolieren, kriege ich die Predigt.« Shana hatte das Heck erreicht, startete den Außenborder und drehte ihn voll auf. »Festhalten!«

»Schade, eigentlich wollte ich freihändig fahren«, gab Danílo sarkastisch zurück. Er kniete sich in den vorderen Teil des Zodiacs, die Arme auf die Gummiwülste gestützt, und hielt Ausschau nach Kira, obwohl sie jetzt noch nicht zu sehen sein konnte. Hoffentlich war sie bei ihrem Sturz nicht verletzt worden ... War sie womöglich tot, zerdrückt zwischen den beiden Schiffen? Nein, das durfte nicht sein! Er mochte es sich nicht mal vorstellen. Wieso nur hatte der Kapitän der *Leandris* sich von Lesser den Befehl geben lassen, die Trossen zu kappen? Wahrscheinlich war es ganz einfach – wer zahlte, durfte bestimmen!

Jedes Mal, wenn der Zodiac auf eine Welle knallte, sprühte ihm Gischt entgegen, schon nach wenigen Minuten waren seine Haare und sein T-Shirt von Meerwasser durchtränkt. Das Salz brannte in seinen Augen.

Vor ihnen ragte der gewaltige, rostige Stahlrumpf der *Shayú* auf.

»Das Ding dreht ab!«, rief Danílo, damit Shana ihn über dem dröhnenden Motor hörte. Gott sei Dank! Hatten auch die Leute an Bord Kiras Sturz bemerkt? Oder vielleicht hauten sie ab, weil sie die *Leandris* leergeräumt hatten? Viel gab es ja dort nicht zu holen, weil sie erst seit ein paar Tagen fischten. Doch Danílo bemerkte mit Schrecken, dass der Koloss jetzt genau in ihre Richtung kam. Sollten sie ausweichen und warten, bis sich die *Shayú* entfernt hatte? Aber das würde ewig dauern und Kira brauchte ihre Hilfe *jetzt!*

»Schaffen wir noch«, sagte Shana und kniff die Lippen zusammen. Danílo blieb fast das Herz stehen, als sie das Zodiac vor den Bug des Frachters jagte. Es schoss über die Wellen wie ein flacher Stein, der immer wieder vom Wasser abprallt, und diesmal klammerte sich Danílo wirklich fest. O Mann, so was wie das hier hatte er zuletzt im Kino gesehen! Er drehte sich zu Shana um. »Kann es sein, dass du schon immer mal Bond-Girl werden wolltest?«

»Gute Idee – wirst du mein Manager?«, erwiderte sie, und ganz kurz grinsten sie sich an. Wow, diese Frau hatte Mut, wahrscheinlich mehr als er selbst. Irgendwie gefiel ihm das.

Danílo schaute wieder nach vorne. Er konnte den Blick nicht vom Bug des Frachters abwenden, an dessen Unterseite eine gewaltige Nase – größer als ihr eigenes Boot – ins Meer ragte und das Wasser wegdrückte. Nur ein paar Meter waren sie noch davon entfernt, über ihnen ragte eine Klippe aus rostigem Metall auf. Einen Moment lang waren sie direkt vor der *Shayú* und Danílo wagte nicht zu atmen – jeden Moment konnten sie untergepflügt werden! Dann schoss ihr Zodiac auf die andere Seite, sie waren ganz knapp vorbeigewitscht.

»Das gibt auf jeden Fall 'ne Predigt vom Käpt'n«, ächzte Danílo.

»Ach, die überleben wir schon.«

»Wieso *wir*? *Du* wolltest doch unbedingt steuern.«

Shana verdrehte die Augen. »Halt die Klappe, Matrose, und schau, ob du Kira siehst!«

»Mach ich, Chefin.« Danílo konzentrierte sich auf die Suche und war froh, dass die Aufregung seine Müdigkeit vertrieben hatte. Zum Glück trug die junge Forscherin eine orangefarbene, gut sichtbare Schwimmweste, der Seegang war nicht hoch und das Wasser halbwegs warm. Außerdem zeigte der Notsender an ihrer Rettungsweste ihre Position an, automatisch hatte er sich aktiviert, nachdem er mit Wasser in Berührung gekommen war. Sie mussten also nur auf den blinkenden Punkt zuhalten, der auf Danílos – zum Glück wasserfestem – Communicator angezeigt wurde.

Sie fuhren in die größer werdende Lücke zwischen den Schiffen und sahen, dass die *Leandris* eine Gangway herabgelassen hatte. Danílo entdeckte Kira ein ganzes Stück entfernt von der metallenen Treppe im Wasser, hin und wieder sah er ihren Kopf über den Wellen. Ein paar Meter weiter trieb eine Mann-über-Bord-Boje, die jemand auf der *Leandris* ihr zugeworfen hatte.

»Da ist sie!«, schrie er. Je näher sie kamen, desto mehr Einzelheiten nahm er wahr. Kira versuchte schwach, zum Schiff hinzupaddeln oder den in der Nähe dümpelnden Rettungsring zu erreichen, doch das gelang ihr nicht – war sie verletzt?

Shana drosselte den Außenborder und fuhr im Bogen an Kira heran. Immerhin konnte Kira noch den Arm heben und damit winken. Danílo beugte sich weit über den Rand und schaffte es, Kira an der Rettungsweste zu packen. Doch der rutschige Kunststoff glitt ihm wieder aus der Hand und im gleichen Moment spülte eine Welle über ihren Kopf hinweg. O Gott, womöglich ertrank sie jetzt vor seinen Augen!

Doch die Rettungsweste ließ sie nicht im Stich, hustend und spuckend kam Kira wieder an die Oberfläche.

»Gleich haben wir dich im Boot«, versprach ihr Danílo und hoffte, dass er stark genug war, sie an Bord zu ziehen. Beim nächsten Versuch bekam er sie besser in den Griff. Doch Kira und ihre vollgesogene Kleidung waren so schwer, dass Danílo und Shana gemeinsam anpacken mussten, um sie über den Gummiwulst ins Boot zu ziehen.

Shana kniete sich neben Kira, die blass und tropfend auf dem Holzboden des Zodiacs lag. Behutsam strich ihr Danílo die dunklen Haare aus dem Gesicht, die ihr strähnig ins Gesicht hingen. »Alles in Ordnung?«

»Geht schon«, stieß Kira hervor, versuchte, sich aufzurichten, und krümmte sich sofort wieder zusammen. »Au, verdammt! Es tut sauweh, wenn ich atme.«

»Wahrscheinlich hast du eine gebrochene Rippe«, meinte Danílo und war froh, dass die *Ariadne* ein so gut ausgestattetes Bordlazarett hatte. Es war nicht ganz das Wiedersehen, das er sich vorgestellt hatte – ein Dankeschön für die Rettung wäre nett gewesen. Noch hatte Kira ihn kein einziges Mal angesehen, sie tastete gerade ihre Rippen ab. Danílo fühlte sich dämlich. Hatte er sich eingebildet, sie würde ihm um den Hals fallen und »Mein Held!« hauchen?

Danílo verfluchte die *Shayú*, ohne die dieser Unfall gar nicht erst passiert wäre. Sollte sie doch das Plastik nehmen und sie dafür in Ruhe lassen! Diese Mission war es nicht wert, Menschenleben aufs Spiel zu setzen … Oder war das der Preis, den sie für ein sauberes Meer zahlen mussten?

Shana meldete die geglückte Bergung an die *Ariadne* und manövrierte gleichzeitig näher an die *Leandris* heran. »Wir schaffen sie jetzt hoch«, kündigte Shana über Funk an und legte den Kopf in den Nacken. »Los, Jungs, zeigt mal, dass eure Muskeln zu was nütze sind!«

Doch schon drang aus dem Funkgerät Kapitän Hensmanns Stimme: »Negativ, negativ! Bringen Sie Frau Heinze auf die *Ariadne,* dort können wir sie besser medizinisch versorgen. Beeilen Sie sich bitte! Wir haben einen Notruf aufgefangen, in ein paar Minuten wechselt unser ganzer Konvoi den Kurs.«

»Einen Notruf? Was für ein Notruf?« Danílo war verblüfft.

Doch Shana fragte nicht nach, sie funkte nur kurz »*Yes, Sir*« zurück, dann balancierte sie zum Heck des Zodiacs und warf den Außenborder wieder an. »Dieser Müllstrudel kostet mich noch den letzten Nerv«, brummte sie.

»Sei froh, dass er dich noch keine Rippe gekostet hat«, entgegnete Kira mit verzogenem Gesicht.

Daud hatte sich die Kopfhörer aufgesetzt und verfolgte den Funkverkehr der fremden Schiffe. »Gerade reden sie Deutsch«, meinte er ärgerlich. »Verdammt! Ich verstehe kein Wort. Arif! Komm her. Du wirst zuhören und sofort melden, wenn die irgendwas auf Englisch sagen, klar? In ein paar Stunden löst Salty dich ab.«

»Klar«, sagte Arif und nahm den Kopfhörer. Fasziniert hörte er den Stimmen zu, er mochte den klaren, fremdartigen Klang ihrer Sprache. Manchmal war es eine Frau, die redete – war *sie* das? –, manchmal waren es Männer. Ja, hin und wieder sprachen sie Englisch und pflichtbewusst gab Arif dann Daud Bescheid. Während er wartete, hörte er zu, worüber der Admiral und Jivan redeten.

»Die haben Ärger mit einem anderen Schiff, der *Shayú*«, berichtete Daud. »Gehört die nicht …?«

»Doch. Besser, wir hängen uns da nicht rein und halten

noch eine Weile Abstand.« Der Admiral knetete nachdenklich sein Kinn. »Aber es muss klar sein, dass die Beute uns gehört.«

»Ich glaube nicht, dass das ein Problem sein wird.«

Der Admiral wirkte nicht ganz überzeugt. »Wir müssen noch herausfinden, auf welchem der drei Schiffe sich der Millionär befindet. Außerdem ist es ungünstig, dass diese Schiffe aus Europa eine so große Besatzung haben. Ist vielleicht besser, wir schwächen sie erst mal mit einer Rakete, was meinst du, Jivan?«

Jivan passte mit seinen breiten Schultern kaum ins Cockpit, er schien mehr Platz darin einzunehmen als sie alle zusammen.

»*Buena idea*«, sagte er gut gelaunt. »Dann sind sie so mit Feuerlöschen beschäftigt, dass sie nicht dazu kommen, uns abzuwehren.«

Nein, dachte Arif hilflos. Nein, das durften sie nicht tun! Bei einem Raketenangriff wurde oft jemand getötet. Was war, wenn es das Mädchen traf?

Fahrt weg, drängte er die fremden Schiffe in Gedanken. *Los, macht schon, flieht, solange ihr noch könnt!*

Doch Hoffnung, dass es etwas half, machte er sich keine. Gedanken waren wie Schatten, unsichtbare noch dazu, sie hatten keine Macht über andere. Auch zu Allah zu beten hatte bisher nie wirklich geholfen. Was es jetzt brauchte, war eine ganz gewöhnliche Warnung per Funk. Doch das war viel zu riskant. Noch immer durfte er sich nicht allein im Cockpit aufhalten, sein Verrat wäre sofort bemerkt worden.

Er musste versuchen, dem Mädchen mit Worten zu helfen. Und zwar jetzt gleich.

»Wir brauchen bestimmt keine Rakete, ich glaube nicht, dass sie sich heftig verteidigen werden«, meldete er sich zu Wort und rechnete fast damit, dass der Admiral ihn für die dreiste Einmischung strafen würde.

Doch der Admiral und Daud blickten ihn nur an und in Dauds Blick sah Arif echtes Interesse. »Wieso glaubst du das?«, fragte er.

»Was haben sie denn getan, als die *Shayú* ihnen die Ernte abgenommen hat? Nur gezetert haben sie«, erklärte Arif. »Sie sind es nicht gewohnt, zu kämpfen.«

»Recht hast du«, meinte der Admiral nachdenklich. Doch dann warf er einen Blick auf den Radarschirm und schlagartig verdüsterte sich seine Miene. »Mir scheint, sie sind es eher gewohnt, wegzulaufen!«

Tatsächlich, die Schiffe aus Europa hatten den Kurs gewechselt und beschleunigten. Sie flohen! Arif war ebenso verblüfft wie Daud und der Admiral. Einen Funkspruch hatte es nicht gegeben. War es möglich, dass sie seine Gedanken gespürt hatten? Oder hatten sie irgendwie bemerken können, dass in der Nähe eine Gefahr lauerte? Hatte die Radarabschirmung der *Mata Tombak* versagt? Nein, das konnte nicht sein, das war nur möglich, wenn die Crew unbedacht etwas am Rumpf veränderte, etwa ein Geschütz anbrachte, das nicht von einer schrägen Metallplatte verdeckt wurde.

Gemeinsam lauschten sie den Stimmen im Funk und verstanden kein Wort, es wurde hauptsächlich Deutsch geredet. Immerhin, nichts davon klang wie ein Hilferuf.

»Vielleicht hat die *Shayú* sie verschreckt«, meinte der Admiral schließlich. »Kein Grund, aufzugeben. Wir folgen ihnen und warten ab.«

»Das kostet uns eine Menge Treibstoff«, murrte Jivan, doch als der Admiral ihm einen scharfen Blick zuwarf, verstummte er.

Es stand fest, der Angriff würde stattfinden, früher oder später. Arif überlegte, wie er das Mädchen schützen konnte, wenn es so weit war. Wegen Viper machte er sich kaum Sorgen – es machte ihm zwar nichts aus, einen Menschen zu töten, aber er tat es nicht ohne Grund. Doch Tomás konnte ihr gefährlich werden, er suchte immer nach einem Anlass, herumzuballern. Ich könnte mich beim Angriff in Tomás' Nähe halten, um ihn notfalls zu bremsen, überlegte Arif. Ja, das war vermutlich eine gute Idee. Oder sollte er in der Nähe des Mädchens bleiben, sobald er sie gefunden hatte, und sie dann abschirmen? Das ging vermutlich nicht, weil er beim Angriff den Befehlen des Admirals folgen musste …

Weil die Sonne jetzt über den Horizont stieg, durfte Arif sich in eine Ecke verziehen und in seine Decke wickeln. Der helle Tag war nicht mehr seine Welt.

Er mochte es nicht, wenn jemand sein Gesicht sah, während er schlief, deshalb drehte er sich mit dem Rücken zu den anderen. Regungslos und mit geschlossenen Augen lag er da und wehrte den Schlaf ab, er wollte noch an das Mädchen denken. Arbeitete sie auf dem Schiff, und als was? War sie Köchin, Wissenschaftlerin, Offizierin? Nein, dafür wirkte sie zu jung … viel eher war sie neu an Bord und musste springen, wenn andere das befahlen, so wie er selbst. Vielleicht hatte sie die ganze Nacht geschuftet und atmete einen Moment lang frische Seeluft, bevor sie in Schlaf und Traum versank. Oder war sie die Tochter des reichen Mannes, der angeblich mitreiste? Einsam in all dem Luxus und im Morgengrauen wach, weil die Traurigkeit sie auffraß?

Blödsinn. Wahrscheinlich war das alles Blödsinn, aber es war trotzdem schön, darüber nachzudenken.

Mit einem Lächeln auf den Lippen schlief Arif ein.

Mein Name ist …

Was für ein seltsamer Notruf konnte das sein? »Er war ganz schwach und kaum verständlich«, berichtete Louanne, die ihn von der Brücke aus aufgefangen hatte. »Aber eins habe ich gehört – er klang sehr, sehr verzweifelt.« Malika hätte sie gerne weiter ausgefragt, doch ihre Schicht begann gleich. Sie freute sich über jede Minute, die ihre Skimmer in Betrieb waren und Müll aus dem Meer holten. Hinter ihren drei Schiffen war der Pazifik so, wie er eigentlich sein sollte – blau, glasklar und sauber.

Doch jetzt mussten sie bald eine Zwangspause einlegen, es war wichtiger, dem fremden Schiff zu Hilfe zu eilen. *Ariadne*, *Cassandra* und *Leandris* hatten alle Segel gesetzt, computergesteuert fingen sie auch die letzte Brise ein. Zusätzlich ließ Kapitän Hensmann die Hauptmaschine auf voller Kraft laufen, in einem Notfall wie diesem war es gleichgültig, wie viel Treibstoff sie verbrauchten.

Malika stand an Deck und stocherte in einem Gewirr von Plastikresten, alten Nylonnetzen und Styropor herum, um darin verheddete Meerestiere zu bergen. Mike Armstrong stapfte mit seinen gelben Stahlkappen-Gummistiefeln mitten durch den Stapel. »Wahrscheinlich ist das der letzte Fang für heute, wir fahren schon acht Knoten, das ist zu schnell für den Skimmer und die Netze«, meinte er. »Verdammt, so kommen wir nicht richtig weiter!«

Malika nickte, sie hätte heulen können. Mike schien zu merken, wie ihr zumute war, denn er wechselte das Thema. »Hast du mitgekriegt, dass wir in der Nachtschicht einen alten Kühlschrank aus dem Meer geholt haben?«

Dankbar für die Ablenkung, blickte Malika den Bootsmann an. »Im Ernst?«

»O ja, der war luftdicht und schwamm prima«, berichtete Mike fröhlich. »Vielleicht ein Tsunami-Opfer. Gibt immer noch ein paar Trümmer aus Japan hier, die der Wirbel eingefangen und nicht hergegeben hat.«

Kurz darauf fuhren sie schon mit fünfzehn Knoten und damit zu schnell, um mit dem Müllfischen fortzufahren. Während Malika die letzten Treibgutreste hinunter zur Recyclinganlage beförderte, holten die koreanischen Seeleute unter Mikes Anleitung den Scherdrachen ein, der sonst immer vor dem Bug Müll hochwirbelte und in den Skimmer spülte. Malika half, die Netze zu verstauen. Mit einem metallischen Knirschen schlossen sich die Tore des Skimmers. Gleichzeitig klappten auch die übriggebliebenen Solarflügel der *Ariadne* ein, damit sie nicht beschädigt wurden. Es sah aus, als lege eine Libelle ihre Flügel zusammen.

Jetzt hatten Danílo und sie ein paar Stunden frei – und Malika wusste schon, was sie in dieser Zeit tun wollte. Nachforschen! *Damals wusste ich nur, dass es unsere Familie zerreißt...* Lessers Worte gingen ihr nicht aus dem Kopf. Als sie Danílo davon erzählte, war er überrascht. »Hm! Ja, irgendwas muss in seiner Jugend passiert sein. Schauen wir mal, ob wir etwas herauskriegen.«

Doch leicht war das nicht. Fast eine Stunde lang lasen sie sich Pressemitteilungen über Lesser senior und dessen Kunststoffunternehmen durch, ohne auch nur eine Zeile über seine Familie zu finden. Über Benjamin Lesser gab es noch weniger.

»Woah, schau mal, ich hab was gefunden«, sagte Malika schließlich. »Sein Vater ist mal auf Plastikmüll angesprochen worden und auf seinen Beitrag dazu, hör dir mal die Antwort an: *Was kann ich denn dafür, wenn die Leute das Zeug einfach in die Landschaft werfen? Dafür sind Mülleimer da!*«

»Könnte sein, dass sich Vater und Sohn nicht so gut verstanden haben«, meinte Danílo. Er scrollte in einem anderen Text nach unten und stutzte. »Hier steht noch etwas Interessantes – Jörg Lesser hatte zwei Kinder, einen Sohn und eine Tochter. Hat unser Chef mal was von einer Schwester erwähnt?«

»Nein, nie«, sagte Malika erstaunt. »Aber er musste ja Geschwister haben, sonst hätte er mir die beiden Plätze auf seinen Schiffen nicht versprochen, weißt du noch, er hat geschrieben, dass er so eine enge Verbundenheit kennt.«

»Stimmt.« Danílo runzelte die Stirn. »Wart mal, die Familie Lesser kommt aus Delmenhorst … da ist auch Tante Susanne aufgewachsen. Wieso fragen wir die nicht mal, ob sie irgendwas weiß?«

»Delmenhorst … wo zum Teufel ist das denn?«, sagte Malika etwas verwirrt. »Und seit wann bist du so gut über die Verwandtschaft informiert?«

Ihr Bruder grinste. »Also mal ehrlich, deine Geografiekenntnisse sind unter aller Sau. Das ist in der Nähe von Bremen. Und Susanne hat mir davon erzählt, als sie gehört hat, dass wir auf den Lesser-Schiffen mitfahren.« Danílo hatte begonnen zu tippen. Doch bis sie eine Antwort bekamen, würde es wegen der Zeitverschiebung noch dauern.

Dafür kamen sie der Quelle des Notrufs immer näher. Danílo und Malika standen am Bug und warteten gespannt darauf, dass das fremde Schiff in Sicht kommen würde – sie hatten schon fast seine gemeldete Position erreicht.

Mike Armstrong entdeckte es als Erster. »Da treibt was«, stellte er fest. »Position drei Uhr, seht ihr's?«

Danílo nickte, Malika brauchte etwas länger. »Sieht nach einem kleinen Fischerboot aus«, meinte sie. »Nicht viel größer als die *Skylark*, scheint mir.«

»Hm, komisch, es sieht fast unbeschädigt aus.« Danílo warf einen Blick durchs Fernglas. »Und es gab auch keinen Sturm ... keine Ahnung, was denen passiert ist ...«

Als sie näher kamen, sahen sie, dass sich eine Notantenne aus Draht den Mast hochschlängelte. Ein junger Mann mit einer Basecap und einer Wampe, die sich unter seinem T-Shirt spannte, stützte sich an der Reling ab und versuchte, ihnen mit anscheinend letzter Kraft etwas zuzurufen. Dann verschwand er aus ihrem Blickfeld.

Louanne Grégoire, Mike, einer der koreanischen Seeleute und Malika fuhren mit dem Zodiac die kurze Strecke hinüber. Eine Strickleiter gab es nicht, auch kein Seil. Egal. Malika war schon immer gerne geklettert und auf der *Skylark* für sämtliche Arbeiten am Mast zuständig gewesen. Geschickt hangelte sie sich am Bug hoch und zog sich über die Bordwand ...

Erschrocken starrte sie auf den Mann, der ausgestreckt auf dem Boden lag, offenbar ohnmächtig. »Hier ist ein Verletzter – kommt schnell!«, rief sie den anderen zu. Mit vereinter Kraft drehten sie und Louanne ihn auf den Rücken und überprüften, ob er atmete. Zum Glück hob und senkte sich sein Brustkorb, er lebte!

Louanne schüttete ihm etwas Wasser über die Stirn und der Fremde schlug die Augen auf. Sein Blick ging zuerst in die Ferne, dann fokussierte er sich. Zittrig streckte er die Hand aus und Malika fuhr instinktiv zurück – wollte er sie packen? Nein, nicht sie, sondern die metallene Wasserflasche. Er klammerte sich daran, als wolle er sie nie wieder hergeben. Louanne half ihm, sich aufzurichten, damit er trinken konnte.

»Was ist passiert?«, fragte sie ihn auf Englisch, doch der Mann schlürfte noch immer Wasser in sich hinein, so schnell er konnte. Schließlich verschluckte er sich und musste husten. Damit er nicht alles wieder ausspuckte, klopfte ihm Malika auf den Rücken, und nach einer Minute war er fähig, zu sprechen. »Piraten ... wir sind überfallen worden ... Photovoltaik abmontiert ... kein Wasser ... tagelang ...«

Beunruhigt blickten sich Louanne und Malika an. Es gab hier Piraten?

»Meinen Sie die anderen Müllfischer? Haben die Ihr Boot geplündert?«, versuchte Louanne herauszufinden, doch der Mann schüttelte den Kopf. »Piraten«, wiederholte er schwach. »Vorräte, Diesel, Elektronik – alles haben sie genommen, diese dreimal verfluchten Schweine!« Er befeuchtete seine Kehle. »Es waren fünfzehn Kerle, nein mehr, zwanzig mindestens ... wir haben versucht, uns zu wehren, aber wir hatten keine Chance ...«

Währenddessen hatte Mike im Inneren der *Ikaika* nach dem Rechten gesehen. Malika hörte seine schweren Schritte auf der Treppe, anscheinend schleifte er etwas mit sich. Nein, jemanden. Einen älteren Mann, dessen Gesicht grau und eingefallen wirkte, ein struppiger Bart bedeckte seine Wangen. Er war bei Bewusstsein, schien aber so schwach zu sein, dass er nicht mehr gehen konnte. »Gib dem auch Wasser, sonst verreckt er uns an Ort und Stelle«, empfahl Mike. »Diesen beiden hat jemand richtig übel mitgespielt.«

Malika machte sich daran, ihm vorsichtig etwas Wasser einzuflößen, und kramte aus der Tasche ihres Overalls ein paar Stücke Traubenzucker hervor, die sie ihm auf die Zunge legen konnte.

»Er sagt, es waren definitiv keine anderen Müllfischer, sondern Piraten«, sagte Louanne und meldete ihren Fund an die anderen Offiziere der *Ariadne* weiter. »Wenn das stimmt, müssen wir sofort unser eigenes Schiff sichern!«

»Sichern?« Mike blickte grimmig drein. »Wie denn? Wir haben ja nicht mehr Waffen an Bord als vorher.«

»Das besprechen wir später«, sagte Louanne entschieden. »Ich rufe Verstärkung, damit wir diese Leute rüberbringen können. Malika, du gehst durch diesen Kahn hier und schaust, ob dir irgendetwas auffällt.«

Malika war so durcheinander, dass sie zunächst planlos herumwanderte. Sie tappte über verwitterte Holzplanken, stieg über Netze und schaute unter Planen. Gerade hatte sie sich damit abgefunden, dass im Müllstrudel ein brutales Hauen und Stechen herrschte – und jetzt das! Als sie mit der *Skylark* in der Nähe der Seychellen unterwegs gewesen waren, hatten sie eine Piratengegend durchqueren müssen. Sie alle waren nervös gewesen, hatten Geld, Pässe, Laptop und die teuren Satellitenhandys versteckt, dann Tücher vor alle Fenster gehängt, damit nachts kein Lichtstrahl nach außen drang. Ihr Vater hatte darauf bestanden, dass sie komplett verdunkelt fuhren, auch ohne Positionslichter. Für den Notfall hatten sie eine E-Mail vorbereitet, in der sie einen Angriff und ihre Position meldeten; mit einem Knopfdruck hätten sie sie abschicken können. Doch das war nicht nötig gewesen, und wirkliche Sorgen hatten sie und Danílo sich damals nicht gemacht, die Angst war nur ein Kribbeln in der Magengegend gewesen. Schließlich hatten sie nie andere Yachties getroffen, die schon einmal von Piraten angegriffen worden waren.

Jetzt dagegen fühlte sich die Gefahr furchtbar real an.

Malika stieg den Niedergang hinab und schaute sich im Halbdunkel unter Deck um. Es roch nach ungewaschenen Klamotten, fauligen Kartoffeln und Diesel. Letzteren Geruch hasste sie besonders. Schnell alles hier drin abchecken und dann raus!

Vorsichtig bahnte sie sich einen Weg durch den Hauptgang, sah das Notradio, das die beiden Männer in der Navigationsecke gebastelt hatten, und schob sich vorbei an einer Wanne, in der sich dreckiges Geschirr stapelte. Kakerlaken huschten weg, manche davon so lang wie ihr kleiner Finger, und etwas knackte unter ihrem Fuß – sie hatte ein Insekt zertreten. Angewidert wich Malika zurück und stieß dabei einen Stapel altmodische, auf Papier gedruckte Seekarten um. Verlegen versuchte sie, die Dinger wieder zurückzustellen, und hob dabei ein Stück zerknülltes Papier auf. Malika wusste selbst nicht, warum sie es nicht einfach auf den Navigationstisch legte, sondern auseinanderfaltete. Doch als sie sah, was darauf stand, vergaß sie den Gestank und die Kakerlaken.

Mein Name ist Arif Nalapraya. Wenn Sie diese Nachricht finden, dann benachrichtigen Sie bitte die Polizei und meine Eltern ...

Fasziniert drehte Malika den Zettel zwischen den Fingern. Sie versuchte, sich vorzustellen, wie jemand diese sorgfältigen Druckbuchstaben aufs Papier gemalt hatte. Ein Mann? Nein, eher ein Junge, sonst hätte er nicht geschrieben, dass sie seinen Eltern Bescheid geben sollten, sondern hätte seine Frau und Kinder erwähnt. Die Piraten hatten sein Schiff versenkt und hielten ihn gefangen, Wahnsinn, so was kannte sie nur aus Büchern oder aus dem 3-D!

Sie konnte sich vorstellen, wie schlecht es ihm ging. Wenn sie ihm doch nur sagen könnte, dass sie seine Botschaft gefunden hatte und so bald wie möglich seinen Eltern davon erzählen würde. Außerdem hatten sie jetzt nähere Informationen über das Piratenschiff, das war sicher wertvoll. Aufgeregt kletterte Malika hoch an Deck, den Zettel sorgfältig im Griff, damit der Passatwind ihn ihr nicht aus der Hand reißen konnte.

Doch sie stellte fest, dass niemand auf der *Ikaika* Zeit für sie und ihre Entdeckung hatte. Gerade bugsierten Louanne Grégoire und ein Helfer die beiden Besatzungsmitglieder ins Zodiac, um sie auf die *Ariadne* zu bringen. »Jetzt langsam! Noch ein Stück ablassen!« Währenddessen besah sich Mike die technische Ausstattung des Fischerboots und besprach per Funk, wahrscheinlich mit Yun Shin, ob sie Ersatz für die Photovoltaik-Module bereitstellen konnten.

Malika stopfte den Zettel in ihre Tasche und beschloss, ihn Danílo und Kapitän Hensmann zu zeigen, sobald sie zurück war.

Nach der Abenddämmerung stand nur ein dünner Sichelmond am Himmel und die *Mata Tombak* konnte sich dichter an ihre Beute heranpirschen. Auf diesen Moment hatte

Arif schon den ganzen Tag gewartet. Nachdem alle anderen sich draußen die Füße vertreten und über die europäischen Schiffe diskutiert hatten, kletterten sie endlich wieder nach unten, weil Ishak das Essen fertig hatte. Es gab die beiden Hühner, die ihnen eine Weile auf der *Mata Tombak* Gesellschaft geleistet hatten und nun im Topf gelandet waren.

Nur Arif blieb auf dem Rumpf und hielt mit einem Nachtsichtgerät Ausschau. Die grünliche Silhouette der drei Schiffe zeichnete sich deutlich gegen den dunklen Himmel ab. Aha, sie hatten das Fischerboot ins Schlepp genommen und schon wieder begonnen, Müll zu fischen. Langsam und stetig bewegten die Kolosse sich voran, die Klappen an ihrem Bug geöffnet wie die Mäuler von fressenden Buckelwalen. War all dieser treibende Dreck wirklich so viel wert?

Mit klopfendem Herzen richtete Arif das Gerät auf das größte der drei Schiffe. Das Schiff, auf dem *sie* lebte. Er hoffte, dass sie wieder an der Reling stehen würde und er sie noch einmal sehen konnte. Doch obwohl er das Schiff geduldig im Blick behielt, tauchte sie nicht auf. Die Enttäuschung fühlte sich an, als hätte er Steine geschluckt. Vielleicht war er zu früh dran? Würde er sie später noch sehen? Ihr Bild in seinem Herzen war klar und deutlich, er hätte versuchen können, es zu zeichnen ... Aber er hatte weder Stift und Papier, noch durfte er riskieren, dass einer der anderen das Bild sah.

Arif hörte, wie jemand die Leiter von unten hochkam, dann hallten Schritte auf der Kunststoffoberfläche der *Mata Tombak*. Als derjenige sich streckte und lautstark rülpste, erkannte Arif, wer ihn da besuchte: Salty. Gleich darauf hörte er das Geräusch einer Bierflasche, die geöffnet wurde, der Kronkorken klackerte auf den Rumpf. Bei ihrem letzten

Überfall hatte Salty ein Sixpack *Singha*-Bier erbeutet, und jetzt versuchte er immer mal wieder, Bier zu trinken. »Und, schmeckt es dir diesmal?«, fragte ihn Arif.

»Hm.« Salty klang, als sei er noch nicht ganz überzeugt. »Etwas bitter, das Zeug. Aber sonst gar nicht übel.«

Arif musste lächeln. Also schmeckte es ihm immer noch nicht, aber er wollte nicht aufgeben. Verstohlen warf er einen Blick zu den Schiffen hinüber. Während er hinsah, schalteten sie die Bordbeleuchtung ab und begannen, verdunkelt zu fahren. Sie hatten also begriffen, dass sie in Gefahr schwebten – nur wussten sie nicht, wie hoch diese Gefahr war. Arif war nicht eingeweiht worden, aber er vermutete, dass der Angriff noch in dieser Nacht stattfinden würde. Sollte er versuchen, sie mit Lichtzeichen zu warnen? Vielleicht genügte sogar eine starke Taschenlampe ...

Doch seine Gedanken wanderten immer wieder ab, kehrten zurück zu dem Mädchen. Bald würde er ihr begegnen, er würde sie vor den anderen Kerlen schützen. Was würde er sagen, wenn er sie kennenlernte? Wie würde er mit ihr reden? »Sag mal, Salty, hast du schon mal eine Freundin gehabt?«, platzte er heraus.

»Ich?« Salty klang überrascht. »Na klar hab ich.«

»Wie habt ihr euch kennengelernt?«, fragte Arif interessiert.

»Im Internet-Café. Ich hab sie wohl beeindruckt ... Weiß ja nicht jeder so viel über Elektronik.«

»Und was habt ihr dann zusammen unternommen? Das macht man doch, oder? Man unternimmt was zusammen.« Arif konnte sich nicht erinnern, dass sein älterer Bruder Fajar je eine Freundin heimgebracht hätte. Dafür war er zu streng mit sich, womöglich hätte er sogar ihre Mutter gebeten, ihm eine Heiratskandidatin zu suchen. Dabei machte so was kaum noch jemand in ihrem Alter.

»Na ja …« Salty klang ein bisschen zögerlich. »Wir haben Sachen gespielt. Auf dem Computer eben. *Empire of the Zombies, Future Pirates,* manchmal auch *World of Warcraft,* aber das mochte sie nicht so.«

»Aha«, sagte Arif ein bisschen ratlos. Das klang nicht sehr spannend. Er konnte sich beim besten Willen nicht vorstellen, wie er mit dem Mädchen von dem fremden Schiff schnell mal einen Level spielte. »Hat sie erwartet, dass du sie einlädst? Auf einen Kaffee oder so?«

»Schon, ja. Meistens habe ich ihr eine Limonade spendiert, oder eher meine Tante, es war ja ihr Internet-Café, in dem wir uns getroffen haben.«

»Durftest du sie küssen?«

»Warum bist du eigentlich so verdammt neugierig?«, fuhr Salty auf und schleuderte seine halb volle Bierflasche ins Meer. »Ich weiß nicht, was dich das angeht!«

Also hatte er sie nicht geküsst.

Vielleicht sollte er besser noch Jivan fragen, ob er etwas über die Geheimnisse weiblicher Wesen wusste. Der war, soweit Arif herausgefunden hatte, schon mal verheiratet gewesen.

In diesem Moment bemerkte er aus dem Augenwinkel eine Bewegung an Bord des fremden Schiffes. Instinktiv wandte er sich um und hob das Nachtsichtgerät vor die Augen. Sein Puls jagte hoch. Sie war es! Wieder lehnte sie an der Reling und ihr Haar wehte im Wind. Eine warme Welle stieg in Arif auf. *Salam,* dachte er. *Wie schön, dass du da bist.*

Dass Salty ebenfalls auf dem Rumpf hockte, fiel ihm erst ein, als es schon zu spät war. »Was ist denn dort drüben?«, fragte er neugierig, reckte den Hals und griff nach dem Gerät.

Arif ertrug den Gedanken nicht, dass Salty jetzt gleich zu dem Mädchen hinüberstarren und womöglich anfangen würde zu sabbern. Als Salty an dem Nachtsichtgerät zerrte, ließ er einfach los – das Gerät polterte herunter und fiel durch die offene Luke. »*Awas!* Pass doch auf!« Salty klang nicht gerade begeistert. »Was hast du gemacht?«

Das fragte sich Arif auch. Nur weil er nicht teilen wollte, was er gesehen hatte, hatte er ein Stück wertvoller Ausrüstung zerstört. Ihm wurde beinahe schlecht, als er daran dachte, wie der Admiral ihn dafür büßen lassen konnte. Wenn er gute Laune hatte, konnte er sehr freundlich sein – doch wenn er in düsterer Stimmung war, ließ sich schwer vorhersehen, was er tun würde. Und weil die Jagd auf diese drei Schiffe schon so lange dauerte, war er sicher nicht gut aufgelegt.

»Du hättest nicht so an dem Ding ziehen sollen«, sagte Arif schwach.

»Was, jetzt ist es auch noch meine Schuld?«

»Nein, es war meine«, gab Arif erschöpft zu. »Los, sag es ihm.«

Und das war genau, was Salty tat.

Wie immer war Danílo der Erste, dem Malika ihre Neuigkeiten erzählte.

»Und den hast du auf dem Fischerboot gefunden?« Danílo drehte den Zettel in der Hand, betrachtete ihn von allen Seiten. »Ist ja ultra! Den muss sich sofort der Käpt'n anschauen.«

Malika nickte. Sie fanden Hensmann im Lazarett, wo er

sich mit den Piratenopfern unterhielt. Auch Kira war dort, sie sah schon wieder deutlich besser aus, hatte die Nase in einen Thriller gesteckt und tat so, als würde sie nicht zuhören, was am Krankenbett nebenan geredet wurde. Zwei Krücken, die Mike Armstrong in der Bordwerkstatt hergestellt hatte, lehnten an ihrem Bett, denn sie hatte sich bei ihrem Unfall nicht nur eine Rippe gebrochen, sondern auch eine Sehne gezerrt. Malika und Danílo lächelten Kira zu und unterhielten sich flüsternd mit ihr, bis Kapitän Hensmann Zeit für sie hatte.

»Wann können Sie unser Schiff nach Hawaii schleppen lassen?«, fragte der Grauhaarige ihn gerade.

»Ich glaube nicht, dass das möglich ist«, erklärte Hensmann, worauf der Grauhaarige rot anlief und nach Luft rang, als erleide er mindestens einen Herzanfall. »Was soll das denn heißen! Sie sind verpflichtet, uns zu helfen! Wir sind Schiffbrüchige.«

»Wir haben Ihnen bereits geholfen«, erwiderte Hensmann kühl. »Meine Leute sind schon dabei, Ihr Boot wieder funktionstüchtig zu machen, damit Sie aus eigener Kraft ...«

»Aber ...«, unterbrach ihn der Mann, und an der Art, wie Hensmanns Gesicht versteinerte, sah Malika, dass er längst genug hatte von ihren beiden unfreiwilligen Gästen. Ein guter Moment, um einzuhaken. »Kapitän, können wir Sie kurz sprechen?«, fragte sie, und Hensmann ging mit ihnen vor die Tür der Sanitätsstation. Dort betrachtete er den Zettel höchst interessiert.

»Sogar eine Telefonnummer ist angegeben ... mal schauen ...«

Auf der Brücke holte er eines der Satellitenhandys und wählte die auf dem Zettel angegebene Nummer. Eine weibliche Stimme antwortete auf Indonesisch. »*Can I speak with Mrs. Nalapraya?*«, bat Hensmann, aber von der ausführlichen Antwort verstanden sie kein Wort – seine Gesprächspartnerin konnte anscheinend kein Englisch.

»Wir haben eine Nachricht von Arif Nalapraya erhalten«, erklärte der Kapitän trotzdem und hoffte wahrscheinlich, dass die Familie den Namen erkennen würde. Es funktionierte, eigenartige Geräusche drangen aus dem Hörer, als fiele ein Gegenstand zu Boden, dann ein Schluchzen und Rufe. Kurz darauf hörten sie die Stimme eines jungen Mannes, mit ruhiger Würde sagte er: »Ich bin Fajar Nalapraya. Bitte Sie sprechen. Gibt es Neuigkeiten von mein Bruder?«

Ohne Umschweife drückte der Kapitän Malika das Satellitentelefon in die Hand. »Machen Sie das«, flüsterte er ihr zu. »Wir treffen uns in der Messe zur Einsatzbesprechung.«

Malika erklärte, dass sie von einem Schiff im Pazifik anrief, und las dem jungen Mann langsam und geduldig die ganze Nachricht vor. Die aufgeregten Diskussionen und Rufe im Hintergrund wurden so laut, dass sie seine Antworten kaum noch verstand. »Danke, wir danken vielmals – Allah hat unsere Gebete erhört«, sagte der junge Mann, und jetzt hätte Malika eigentlich auflegen können. Doch sie zögerte noch.

Sie wollte mehr wissen, viel mehr, und wusste nicht, wo sie anfangen sollte. »Wie alt ist Ihr Bruder, ist er älter als Sie?«, fragte sie zögernd.

»Jünger, erst sechzehn. Aber klug sehr viel«, erwiderte Fajar, er klang stolz. »Er sucht noch seine Weg, aber ist trotzdem guter Mensch.«

Das berührte Malika. »Ich hoffe, wir können ihm helfen.«

»Dafür bete ich«, sagte der Bruder. Malika sprach noch kurz mit Arifs Vater, der bat, Grüße an seinen Sohn auszurichten, falls sie ihn fanden. Dann legte Malika auf, um die Familie jetzt nicht weiter zu stören. Sie hatte jetzt sicher anderes zu tun, als mit ihr zu plaudern.

Sie hoffte, dass es diesem Arif gut ging. Es konnte auch sein, dass er inzwischen getötet worden war – es war fast zwei Wochen her, dass die *Ikaika* überfallen worden und der Zettel irgendwie an Bord gelangt war. In zwei Wochen konnte eine Menge passieren.

»Komm, wir müssen zur Einsatzbesprechung, sonst verpassen wir alles«, drängte Danílo, und sie hasteten die Treppen hinunter zur Messe.

Feigling

Es war eng, muffig und dunkel in der *Mata Tombak*, außerdem drückend warm, weil den ganzen Tag die Sonne auf die dunkelgraue Oberfläche knallte. Arif wünschte sich weg aus diesem Schiff, weit weg von diesem harten Blick, mit dem Admiral Zahir ihn musterte.

»Strafe muss sein«, sagte der Admiral. »Du hast wertvolle Ausrüstung zerstört. Deshalb ist es dir nicht erlaubt, beim nächsten Angriff dabei zu sein. Stattdessen wirst du Ishak in der Kombüse helfen, bis du bereut hast.«

Arifs ganzer Körper verkrampfte sich. Nicht nur, dass er vor der Besatzung gerade das Gesicht verlor … schlimmer war, dass er beim Angriff nicht dabei sein durfte! Aber das musste er, um das Mädchen schützen zu können! Er mochte sich nicht vorstellen, was Tomás und die anderen mit ihr …

»Also, was hast du zu sagen, Anak Rezeki?«

Vielleicht gab es noch eine Chance. Arif beugte den Kopf. »Bitte verzeiht mir. Ich bereue, was ich getan habe.«

Das stimmte sogar. Ohne das verdammte Nachtsichtgerät konnte er das Mädchen nicht mehr beobachten, und das war hart, sie fehlte ihm schon jetzt.

»Geht die Verbeugung auch tiefer?« Ein Gewehrlauf drückte sich ihm in die Seite. Tomás. Der genoss das natürlich.

Das *Nein* lag Arif schon auf der Zunge, doch er wusste,

dass der Admiral und die anderen ihn beobachteten. Wenn er den Büßer spielte, dann richtig. Also beugte er weiterhin den Kopf und verkniff sich mühsam eine Antwort.

»Hör auf, *cabrón!*« Das war Jivan. »Lass den Jungen in Ruhe. Er hat's garantiert nicht mit Absicht gemacht.«

Der gute Jivan. Er konnte natürlich nicht wissen, dass es sehr wohl Absicht gewesen war.

Arif wartete. Nur der Admiral konnte ihm jetzt verzeihen. Waren es Stunden, die vergingen, oder nur Sekunden? Dann hörte er feste Schritte, die sich entfernten, der Admiral war ohne ein weiteres Wort ins Cockpit zurückgegangen. Heute gab es kein Verzeihen für ihn.

Lautlos bat Arif Nyai Loro Kidul darum, dass dem Mädchen nichts geschah.

Bei der Einsatzbesprechung in der Messe herrschte Gewitterstimmung. Danílo blickte von einem Gesicht zum anderen und sah die Anspannung und Besorgnis in den Gesichtern der Besatzung. Nur ganz kurz begegnete Shana seinem Blick.

»Ab sofort werden die Brückenwachen verstärkt – wir halten zu dritt Ausschau nach verdächtigen Aktivitäten«, kündigte Wilbert Hensmann an. »Ich habe bereits die AIS-Anlage abgeschaltet, damit wir Angreifern nichts über uns verraten.«

Malika nickte, sie wusste, was ein AIS-System war. Es war dafür gedacht, Zusammenstöße zu verhindern, und sendete innerhalb von 50 Meilen Informationen über ihr Schiff, zum Beispiel seinen Namen, seine Position, Kurs und Geschwindigkeit.

»Alle drei Schiffe fahren bereits jetzt verdunkelt, bitte

achten Sie darauf, dass kein Lichtschein nach außen dringt«, fuhr Hensmann fort. »Wir werden heute Nacht und in den nächsten Tagen Übungen abhalten, damit jeder weiß, was er im Notfall zu tun hat …«

Eine Maßnahme nach der anderen zählte er auf. Danílo wusste nicht, was er davon halten sollte. Alles gut und schön, doch nichts davon klang wirklich effektiv. Und wie konnten sie unter diesen Bedingungen überhaupt weiterarbeiten?

»Gibt es an Bord einen sicheren Raum, in den wir uns im Notfall zurückziehen können?«, fragte Louanne Grégoire und streichelte abwesend ihren Kater. »Manche Schiffe haben das ja, um Geiselnahmen zu verhindern.«

»Wir leider nicht«, gab Hensmann zur Auskunft. »Weil in dieser Gegend noch nie Freibeuter gesichtet worden sind, haben wir nicht im Entferntesten mit dieser Möglichkeit gerechnet.«

Benjamin Lesser nickte stumm. Er hatte bisher kaum ein Wort gesagt. Danílo fragte sich, ob er geschockt war von den neusten Entwicklungen.

»Im Westen liegt Indonesien, dort hat die Piraterie eine lange Tradition«, wandte Yun Shin ein. »Aber dort gibt es zwischen den vielen Inseln eine Menge Verstecke und Möglichkeiten, sich zu versorgen. Hier nicht.«

»Wir wissen ja nicht einmal, ob es mehrere Piratenschiffe sind oder nur eins«, sagte Kapitän Hensmann.

»Das kommt aufs Gleiche raus«, brummte Mike und strich sich mit gespreizten Fingern durch das orangefarbene Haar. »Ein Leopard in deinem Vorgarten oder drei … Gefressen wirst du so oder so, wenn dir nicht ganz schnell was Gutes einfällt.«

»Wir könnten einen Zwischenstopp in Hawaii einlegen,

die Schiffbrüchigen abliefern und einen Vorrat an Klingendraht an Bord nehmen«, schlug Louanne vor.

»Das würde uns um Wochen zurückwerfen.« Shana runzelte die Stirn. »Außerdem können wir dann nicht unter Segeln zurück, der Passatwind würde uns entgegenblasen.«

Alle blickten Benjamin Lesser an. Es war schwer, zu sagen, was er dachte, und zum ersten Mal erlebte Malika, dass er nicht direkt antwortete – war er unsicher? »Das wäre eine Möglichkeit, darüber können wir nachdenken«, sagte er schließlich.

»Gibt es irgendwelche Hinweise darauf, woher die Kerle stammen?«, wollte Yun Shin wissen. »Haben die Hawaiianer, die wir gerettet haben, irgendetwas darüber gesagt?«

»Die Piraten haben anscheinend untereinander Englisch gesprochen. Keine Ahnung, was das zu bedeuten hat«, berichtete Kapitän Hensmann.

»Bitte entschuldigen Sie mich.« Benjamin Lesser stand auf und verließ den Raum, nachdem er wie üblich die Türklinke desinfiziert hatte. Verblüfft sahen sie ihm nach, auch Kapitän Hensmann wirkte irritiert.

»Wann fällt eigentlich eine Entscheidung, ob wir trotz all der Probleme weiterarbeiten oder die Mission abbrechen?«, fragte Danílo laut in die Stille hinein.

»Das muss Herr Lesser entscheiden«, erwiderte Wilbert Hensmann.

»Wieso abbrechen? Spinnst du?«, flüsterte ihm Malika ärgerlich ins Ohr, und Danílo runzelte die Stirn – seit wann war es verboten, kritische Fragen zu stellen?

Die Besprechung ging noch ein paar Momente weiter, dann blickte Kapitän Hensmann auf einmal Malika an. Danílo fühlte, wie sie sich neben ihm straffte. »Es gibt noch eine neue Entwicklung«, sagte Hensmann in die Runde. »Malika, lesen Sie bitte den Zettel vor, den Sie gefunden haben.«

Sie tat es und die Besatzung blickte neugierig drein. »Wir haben seine Familie schon benachrichtigt«, erklärte Malika, doch das schien kaum jemanden zu interessieren, es war etwas ganz anderes, das die Crew beschäftigte.

»*M-80 Stiletto?*« Mike gab etwas in seinen Communicator ein. »O Mann, das ist ein *Stealth*-Schiff – es hat eine verdammte Tarnkappe!«

»Auch das noch«, seufzte Shana.

»Das ist eine wertvolle Information – es bedeutet, dass wir unsere ganze Taktik überdenken müssen«, sagte Kapitän Hensmann und stützte nachdenklich die Fingerspitzen gegeneinander. »Wir müssen verhindern, dass sich das Piratenschiff uns unbemerkt nähern kann, das ist wichtiger als die Verdunkelung. Ab sofort werden wir nachts das Meer im Umkreis mit unserem Suchscheinwerfer ableuchten. Und zwar durchgehend.«

Nach der Besprechung, als jeder über die neue Wacheinteilung Bescheid wusste, gingen sie alle ihrer Wege.

Danílo war so durcheinander, dass er kaum wusste, wie spät es war, was jetzt geschah und was er tun sollte. In der letzten Nacht hatte er von einer Schlange geträumt, die sich um Malikas Hals wickelte und sie langsam erstickte, während er verzweifelt an der glatten Schuppenhaut zerrte. Den Rest der Freiwache hatte er auf die leuchtenden Ziffern seines Communicators gestarrt und darauf gewartet, dass seine Wache begann.

Als Malika ihn am Arm fasste, zuckte er zusammen. Die braunen Augen seiner Zwillingsschwester waren dunkel vor Zorn. »Sag mal, bist du wirklich dafür, dass wir die Mission abbrechen?«

Ihre Wut erschreckte Danílo, doch er war nicht bereit, klein beizugeben. »Du meinst also, das ist alles nicht weiter schlimm? Dass wir ständig von anderen Müllfischern angegriffen werden und jetzt auch noch unser Leben riskieren, weil es in der Gegend Piraten gibt?«

»Natürlich ist das schlimm, aber kein Grund, alles hinzuwerfen!«

»Klar ist das ein Grund«, schoss Danílo zurück. »Menschenleben sind mehr wert als ein Projekt, findest du nicht? Es hätte Kira heute beinahe erwischt, reicht dir das nicht?«

»Na ja, man könnte auch sagen, dass es ihre eigene Schuld war.« So leicht gab Malika nicht auf. »Wenn sie sich ordentlich gesichert hätte …«

»Das richte ich Kira aus, bestimmt freut sie sich darüber, wenn du sie daran erinnerst«, sagte Danílo. Wem machte Malika eigentlich etwas vor? Ihm? Sich selbst? »Du willst nur nicht, dass das Projekt aufgegeben wird, weil du so daran hängst!«

»Nicht nur ich«, erwiderte Malika böse. »Benjamin Lesser ist es auch wichtig, das Meer zu säubern, und er …«

Na, das war ja ein tolles Argument! »Das mit dem Müllfischen machen ja auch andere, wie wir gesehen haben.«

Malika verschränkte die Arme. »… und wenn du mich mal ausreden lassen könntest! Lesser hat so viel Geld in diese ganze Sache gesteckt, ich glaube, einen großen Teil seines Vermögens, möchtest du wirklich, dass er auf die Schnauze fällt und all das verliert?

»Nein, natürlich nicht«, sagte Danílo. Wofür hielt sie ihn, für den kompletten Egoisten? Wieso verstand sie ihn denn nicht so wie sonst? »Und das Meer ist mir genauso wichtig wie dir, aber die Sache ist hoffnungslos! Wenn man mir vorher gesagt hätte: Okay, das wird eine Art Krieg, meldest du dich freiwillig? Dann hätte ich vielleicht ...«

»Du meinst also, du bist nur feige, weil dich niemand vorher gewarnt hat? Willst du wirklich diesen Mistkerlen, die wer weiß was mit dem Müll anstellen, das Feld überlassen?« War das etwa Verachtung in Malikas Blick? Nein, das konnte nicht sein.

Danílo bekam kaum noch Luft vor Wut. Doch bevor er etwas sagen, etwas rufen konnte, hakte Malika schon ein: »Wir können Lesser doch jetzt nicht im Stich lassen. Er braucht unsere Unterstützung, damit es klappt, all dieses Plastik aus ...«

»Dein ach-so-toller Herr Lesser ist anscheinend nicht so sicher, ob es klappt, heute wirkte er wie ein Schaf, wenn's donnert«, höhnte Danílo. »Und vor sehr kurzer Zeit hat er durch eine blödsinnige Entscheidung Kiras Leben in Gefahr gebracht!« Er war so enttäuscht von ihr – wenn man ihr zuhörte, konnte man glauben, dass dieses Projekt und Lessers Geld ihr wichtiger waren als ihr Bruder! Kapierte Malika denn nicht, dass er nicht wollte, dass ihr etwas passierte?

Zum Glück hörten sie die Schritte im Gang, bevor Kapitän Hensmann um die Ecke bog. Danílo presste die Lippen zusammen und hoffte, dass Hensmann nicht gehört hatte, was sie gesagt hatten. Doch der Kapitän ließ sich nichts anmerken und wandte sich einfach an Malika, deren Gesicht noch immer rot und fleckig war. »Fast hätte ich es vergessen ... Würden Sie den Zettel bitte Herrn Lesser in die Kammer bringen, damit er ihn sich selbst ansehen kann? Er ist ja leider gegangen, bevor das Dokument zur Sprache kam ...«

»Natürlich, mache ich sofort«, antwortete Malika, warf Danílo noch einen Laserblick zu und marschierte los.

Eins war klar – die nächste Freiwache würden sie nicht zusammen verbringen!

Frustriert kletterte Danílo in seine Koje und checkte, ob neue Nachrichten von seinen Freunden da waren, er brauchte dringend Aufheiterung. Ja, es waren ein paar da und auch eine von seiner Tante. Neugierig öffnete er sie – ganz viele Fragen über ihr Leben an Bord, Klatsch und Tratsch aus der Nachbarschaft … aber zum Glück auch etwas über die Lessers!

Ich habe mal ein bisschen rumgefragt im guten alten Delmenhorst, und tatsächlich, ein Jugendfreund von mir ist in dieselbe Schule gegangen wie die beiden Lesser-Kinder. Anscheinend war die Tochter Carolin – sie war ordentlich jünger als Benjamin – ein ziemliches »Problem«. Sie hat mal ohne Begründung ein paar Monate gefehlt, es geht das Gerücht, dass sie nach einem Selbstmordversuch in Behandlung war. Später hat sie dann Drogen genommen, habe ich gehört, und ich bin nicht mal sicher, ob sie überhaupt noch lebt.

Interessant! Danílos Wut war schon halb verraucht. Er musste unbedingt Malika erzählen, was ihre Tante herausgefunden hatte.

Malika fühlte sich enttäuscht und verletzt. Sie hatte schon in Deutschland gemerkt, dass ihrem Bruder dieses Projekt nicht so viel bedeutete wie ihr, aber dass er jetzt aufgeben wollte, obwohl sie all ihre Kräfte bündeln mussten, hätte sie nie gedacht. Am liebsten hätte sie ihn gepackt und mit dem

Gesicht in einen Haufen Plastikmüll gestoßen – sie konnte sich kaum daran erinnern, wann er sie zuletzt so zur Weißglut gebracht hatte! Nein, sie würde ihren Traum nicht aufgeben, kam gar nicht infrage!

Natürlich hatte Benjamin Lesser heute bedrückt gewirkt, er hatte allen Grund dazu. Sie würde ihm sagen, dass sie noch immer hinter ihm stand, vielleicht tat ihm das gut.

Jetzt hatte sie Benjamin Lessers Kammer erreicht und lauschte einen Moment lang, sie wollte ihn nicht bei einem wichtigen Telefonat oder so etwas stören. Aus dem Inneren drangen seltsame Geräusche, keine Musik – doch, auch Musik, aber auch Schussgeräusche und Rufe, schaute er einen Film?

Malika hob die Hand und klopfte an. Die Tür ging auf und sie blickte in Benjamin Lessers blasses Gesicht. »Ja, was gibt's?«, fragte er.

»Ich soll Ihnen einen Zettel bringen, den ich auf der *Ikaika* gefunden habe«, erklärte Malika und kramte den Zettel aus der Tasche ihres Overalls hervor. »Er enthält einige wichtige ...«

Ihr Blick fiel auf den Laptop, vor dessen Bildschirm eine 3-D-Grafik im Raum zu schweben schien. Nein, Lesser schaute keinen Film. Er spielte ein Game. Da er auf Pause gedrückt hatte, schwebten die Figuren wie eingefroren in der Luft, unten war der Punktestand eingeblendet.

»... Informationen«, fuhr Malika lahm fort.

»Danke«, sagte Lesser kurz und nahm ihr den Zettel aus der Hand. Er nickte ihr noch einmal zu und schloss dann die Tür vor ihrem Gesicht.

Ernstfall

»Was soll das? Haben die etwa doch Verdacht geschöpft?«
Ärgerlich starrte Daud nach oben. Auf den Wolken war der Widerschein des Suchscheinwerfers zu sehen, der unablässig über das Meer strich wie ein tastender Finger aus Licht.

»Egal, wir sind außer Reichweite«, brummte der Admiral übel gelaunt. Arif wagte kurz aufzuatmen. Die waren gar nicht blöd auf den europäischen Schiffen. Doch würde ihnen das etwas nützen?

Alle waren aufgeregt, so wie immer vor einem Angriff, doch zugleich war die Langeweile nervtötend. Daud und der Admiral verbrachten fast all ihre Zeit im Cockpit und ließen die Tür zu. Arif, Jivan und Salty spielten Karten, doch Jivan verlor ständig. Es lag nicht mal daran, dass er getrunken hatte. War der Riese etwa nervös? Noch nie hatten sie einen Konvoi aus mehreren Schiffen angegriffen.

Mit halbem Ohr hörte Arif zu, was Ishak Viper erzählte. Er prahlte damit, was er mit dem erbeuteten Geld alles anfangen würde – er würde eine Frau betören, viele Kinder in die Welt setzen und eine eigene Flotte aus Fischerbooten aufbauen.

»Was willst du denn fischen?«, fragte Viper ohne großes Interesse. »Quallen vielleicht? Wenigstens von denen gibt's genug, weil denen Dreck und schlechtes Wasser nichts ausmachen.«

»Ja, genau, Quallen!«, triumphierte Ishak. »In Japan werden die gegessen.«

Jivan schaute herüber. »*Qué va!* Erzähl keinen Mist! Die Dinger bestehen doch nur aus Wasser.«

»Trotzdem – stimmt wirklich.«

Arif nickte, er hatte schon mal Quallen-Kochrezepte gesehen. Er fragte sich eher, welche Frau einen bösartigen Bastard mit schiefem Gesicht nehmen würde, der außer Geld nichts zu bieten hatte. Doch in den amerikanischen Zeitschriften hatte er hin und wieder solche Fotos gesehen – hutzeliger Kerl mit strahlender, hochgewachsener Schönheit an seiner Seite.

Irgendwann hatte Viper es anscheinend satt, zuzuhören, denn er holte seine Hulusi und begann zu spielen, ohne Ishak noch weiter zu beachten.

Dann begann die Jagd. Endlich. Admiral Zahir brüllte: »Alle Mann an Deck!«, sie packten ihre Waffen und kletterten nach oben. Arif blieb sitzen und sah ihnen zu: Ishak bleckte die Zähne wie ein wütendes Raubtier und fingerte an der Pistole herum, die ihm der Admiral aus dem Waffenlager gegeben hatte. Jivan zeigte Arif übermütig das Victory-Zeichen, während er hochkletterte – zum Glück ohne den Raketenwerfer, er hatte nur eine Machete dabei. Viper bewegte sich gelassen und geschickt, er hatte sich entschieden, ein Messer und eine Pistole mitzunehmen.

»Mehr nicht?«, zog Tomás ihn auf, er selbst tätschelte seine *AK-47* und hatte noch zwei Ersatzmagazine in die hinteren Taschen seiner Shorts gesteckt. Salty ging direkt hinter ihm, stolz trug er eine eigene *Kalaschnikow* – doch es überforderte ihn anscheinend, das Ding zu tragen und gleichzeitig auf den Rumpf zu klettern. Er verhedderte sich im Tragegurt, versuchte, die Waffe mit einer Hand zu packen ... und plötzlich löste sich ein Schuss. Er dröhnte durch den Hauptraum wie ein Donnerschlag und Arif klingelten die Ohren.

Gleich darauf wurde es noch lauter – Salty kreischte los wie eine Sirene. Er stolperte von der Leiter weg und Arif sah Blut auf dem Boden des Schiffs. Dieser Depp hatte sich in den Fuß geschossen!

»Idiot!«, brüllte Admiral Zahir. »Wie willst du so ein Schiff überfallen?«

Daud hatte aus der halb geöffneten Cockpittür beobachtet, was geschehen war, kopfschüttelnd ging er den Verbandskasten holen und trat dabei versehentlich auf Saltys Anti-*Google-Minds*-Metallkappe, die ihm vom Kopf geflogen war. Platt wie ein Rochen, blieb das Ding in einer Ecke liegen.

Halb mitleidig, halb verächtlich beobachteten Arif und die anderen, wie Daud seinen Cockpithelfer verarztete.

»Der mittlere Zeh ist glatt weggeschossen, ich muss versuchen, die Wunde zu nähen«, berichtete Daud, und der Admiral ließ einen Strom von Flüchen auf Salty niederprasseln. Mit einem Ruck riss er ihm die *AK-47* weg, die er immer noch trug, und warf sie Arif zu. Reflexartig fing er sie auf.

Ja, er war bereit, einzuspringen, mehr als bereit. Sein Kopf war klar und sein Körper fühlte sich hellwach an. Allah und Nyai Loro Kidul waren mit ihm, das spürte er, und würden ihm helfen, das Mädchen zu beschützen. Er rannte fast die Leiter hoch zu den anderen.

Armer Salty. Jetzt wurde gerade seine Wunde genäht, und zwar ohne Betäubung. Schreie hörte Arif allerdings keine mehr, entweder war der Junge in Ohnmacht gefallen oder

Daud hatte ihn geknebelt – Geräusche trugen weit über das Wasser.

Der Admiral selbst hatte das Steuer übernommen und jetzt gab er vollen Schub. Arif spürte, wie die *Mata Tombak* sich aufrichtete und den Bug aus dem Wasser hob. Weich glitt sie über die Oberfläche des Wassers, schwebte fast. Das Meer neben ihnen verschwamm zu einem dunklen Glitzern und Arif hätte am liebsten gejubelt. Jetzt konnte niemand sie mehr einholen, niemand ihnen entkommen. Arifs Haare, die er seit dem Untergang der *Kerapu* nicht mehr geschnitten hatte, flatterten im Fahrtwind. Selbst wenn der Suchscheinwerfer sie jetzt noch erfasste oder jemand ihren Motorenlärm hörte, würde ihnen das nichts mehr nützen. In einer Minute würden sie das größte Schiff des Konvois erreicht haben.

Shana, die den Suchscheinwerfer bediente, sah es als Erste. »*Holy shit,* da ist ein Schiff! Es ist dieses *M-80!*«

O nein! Verdammt! Malika schwenkte ihr Fernglas in die Richtung, in die Shana blickte. Unglaublich schnell brauste dort ein Boot heran, es schien fast über das Meer zu fliegen.

»Es ist also so weit.« Kapitän Hensmann wirkte völlig ruhig, als er die Sirene auslöste und das elektronische Alarmsystem aktivierte, das die Behörden von dem Überfall informierte. »Miss Sayer, hier ist der Schlüssel, holen Sie die Waffe aus dem Tresor.«

»Aye, aye, Sir.« Shana rannte los.

»Malika, Sie schließen sich bitte in Ihrer Kammer ein.« Nur kurz wandte Hensmann sich ihr zu. »Alles wie in der Übung. Ganz ruhig bleiben.«

Aber diesmal war es keine Übung. Malika brachte kein

Wort heraus, sie schaffte nur ein Nicken und hetzte zur Treppe, die nach unten führte. Als sie ein Zischen hörte, wandte sie sich kurz um – Kapitän Hensmann hatte eine der Notraketen gezündet. Die Leuchtkugel zog einen Bogen über den Himmel und tauchte das Meer um sie herum in ein unwirkliches rotes Licht.

Malika stolperte die Treppen zum C-Deck hinunter, fiel fast in ihre Kammer und knallte die Tür hinter sich zu. Ihr Herz versuchte, aus ihrer Brust zu fliehen, so fühlte es sich jedenfalls an. Sollte sie unters Bett kriechen? Nein, was für ein Blödsinn. Würden die Piraten versuchen, die Türen aufzubrechen? Und wie stabil waren die eigentlich?

Aber etwas fehlte – jemand fehlte. Wo war Danílo? Sie konnte doch hier nicht bleiben, ohne zu wissen, was mit Danílo los war! Malika horchte in sich hinein, versuchte zu spüren, wie es ihm ging, doch sie war zu aufgeregt. Es war drei Uhr früh, um diese Zeit hatte Danílo Dienst beim Skimmer, also vorne am Bug. Mit der Crew war abgesprochen, dass sich jeder, der dort arbeitete, im Notfall bei der Recyclinganlage verstecken sollte, im Gewirr von Anlagen, Tanks, Rohren und Kabeln. Kauerte Danílo jetzt irgendwo dort?

Unruhig versuchte Malika, durch das Fenster ihrer Kammer etwas zu erkennen, doch sie sah nur ein Stück Deck und eine Menge Wasser. Ganz schwach hörte sie Rufe, das Geräusch von rennenden Füßen und Ausrüstung, die über das Deck geschleift wurde. Sie wusste, was draußen geschah – Mike Armstrong und die anderen Seeleute rollten die dicken Wasserschläuche aus. Ob sie es schaffen würden, die Piraten einfach zurück ins Meer zu spülen, während sie versuchten, die Bordwände hochzukommen?

Malika war so nervös, dass sie nicht still sitzen konnte,

und die Gedanken irrten in ihrem Kopf umher wie aufgescheuchte Hornissen. Danílo! Wo war er? Und wie sollte sie ertragen, wenn ihm etwas passierte? Er hatte so recht gehabt, sie hätten umkehren müssen, bevor es zu spät war – und nun war es zu spät! Außer sie schafften es, die Angreifer zurückzuschlagen ... bestimmt wurde an Deck jetzt jede Hand gebraucht ...

Irgendwann hielt sie es nicht länger aus. Sie drehte den Schlüssel der Tür und schlüpfte hinaus. Im Gang war alles still. Malika schlich weiter, schob die Stahltür auf, die zum Hauptdeck führte, und stand draußen. Sofort sah sie, dass der Kampf um die *Ariadne* voll im Gange war. Zwei der Piraten, ein dunkelhäutiger Riese und ein anderer Mann, waren gerade dabei, über die Reling zu klettern. Mike Armstrong erwischte beide mit einem Wasserstrahl, sie taumelten zurück und fielen rücklings ins Meer.

Malika zuckte zusammen – neben ihr flog ein Enterhaken an Bord, kratzte kurz über die Stahlplatten und hakte sich mit einem metallischen Klicken in die frisch gestrichene Reling. Einen Moment lang konnte Malika nicht atmen und eine ungeheure Angst packte sie an der Kehle. Gleich würde sich jemand daran nach oben hangeln! Acht Meter hoch ragte die Bordwand aus dem Meer, ein paar Sekunden hatte sie noch Zeit ... aber hier war nirgendwo eine Waffe! Malika wünschte sich einen Baseballschläger, ein Metallrohr, irgendetwas, doch an Bord der *Ariadne* lag nichts herum, nicht mal ein Schräubchen – Mike Armstrong war ein sehr gewissenhafter Bootsmann.

Doch dann sah sie den Handfeuerlöscher, der an der Wand montiert war. Malika riss ihn aus der Halterung und verlor wertvolle Sekunden, bis sie herausgefunden hatte, wie das Ding bedient wurde. Ihre Finger fühlten sich kraftlos an und zitterten so stark, dass sie es kaum schaffte, den Sicherheitsring herauszureißen. Doch schließlich hatte sie es so weit, dass etwas herauskam, und raste zur Reling. Keine zwei Meter tiefer hangelte sich jemand hoch, ein junger Typ mit schulterlangem, schwarzem Haar, er hatte sich ein Maschinengewehr umgehängt. Ein verdammtes Gewehr!

Sie verpasste ihm eine volle Ladung weißes Löschpulver und hoffte, dass das richtig heftig in den Augen brannte. Der Pirat rief irgendetwas, was Malika nicht verstand – das Wort *enemy* kam darin vor –, kletterte aber weiter und schon nach einer Minute war der kleine Feuerlöscher leer. Verzweifelt pfefferte Malika den Metallzylinder nach unten, doch der Pirat konnte zur Seite ausweichen, jetzt griff er schon nach der Reling. Was war, wenn er jetzt sein Maschinengewehr nahm und sie einfach so erschoss?

»Mike! Hier!«, brüllte Malika, damit ihr Bootsmann den Typen über Bord fegte, doch über den Lärm an Bord hörte Mike Armstrong sie nicht und verteidigte weiter einen anderen Teil des Schiffs. Und Danílo? Den sah sie ganz kurz auf der Backbordseite, auch er wehrte mit einem Wasserschlauch Angreifer ab. Warum spürte er denn nicht, dass sie in Gefahr war?

Leichtfüßig kletterte der junge Mann über die Reling und Malika raste los, zurück ins Deckshaus. Sie verriegelte die Metalltür hinter sich und jagte durch den Gang, ihr Herz hämmerte und ihre Lungen brannten. Kapitän Hensmann hatte gesagt, dass der Kampf beendet war, wenn die Kerle an Bord gelangt waren – dann konnten sie Geiseln nehmen, dann durfte sich niemand mehr wehren. Verloren ... sie hatten das Schiff verloren!

Von unten ertönte ein gewaltiger Krach, dann hörte Malika, wie etwas gegen die Bordwand prasselte, waren das Kugeln?

Ziellos rannte sie weiter, suchte nach einem Ort, an dem sie sich verschanzen konnte ... und stand plötzlich vor dem Riesen mit dunkel olivfarbener Haut, den sie vorhin schon einmal gesehen hatte. Hier drinnen schien er den ganzen Gang auszufüllen. Er trug Shorts und ein ärmelloses T-Shirt, beides tropfnass, seine enormen Muskeln glänzten im Neonlicht. Um den Hals trug er eine Silberkette mit einer Perle. Er betrachtete Malika neugierig und hätte nicht sehr bedrohlich gewirkt, wäre die Machete in seiner Hand nicht gewesen. »*Money ... give me your money*«, forderte der Pirat sie auf, und mit zitternden Fingern durchwühlte Malika die Taschen ihres Overalls. Sie hatte einen Teil ihres Bargeldes lose eingesteckt, so wie Kapitän Hensmann es ihnen geraten hatte – der Rest ihrer Wertsachen mit Ausweis, Rückflugticket und Kreditkarte war im Badezimmer ihrer Kammer versteckt. Tränen strömten über ihr Gesicht, woher kamen die auf einmal? Sie hatte nicht einmal gemerkt, dass sie angefangen hatte zu weinen. Ihre Beine fühlten sich an wie aus Gummi, sie konnte sich kaum aufrecht halten.

Der Mann nahm das Geld an sich, aber zufrieden wirkte er noch nicht. »*Now give me your ...*«, der Riese suchte nach Worten, kratzte sich am Kopf.

Malikas Lippen wollten ihr nicht gehorchen. Es dauerte eine Ewigkeit, bis sie das Wort »*Watch?*« herausbekam.

»*Yes, watch!*« Jetzt strahlte der Pirat. Gehorsam händigte Malika auch ihre Armbanduhr aus. Es war sowieso ein billiges Ding aus dem recycelten Blech eines Autos, normalerweise las sie die Uhrzeit von ihrem Communicator ab.

Der Riese machte ihr mit Handzeichen klar, dass sie an Deck gehen sollte, und begann, die Kammern entlang des Ganges zu durchsuchen. Und zwar nicht sehr zartfühlend – verschlossene Türen öffnete er mit einem Fußtritt, anschließend riss er dem Geräusch nach Schubladen heraus und warf Bettzeug durch die Gegend. *Ich muss hier weg*, ging es Malika durch den Kopf. Sie war nicht sicher, ob ihre Beine sie noch tragen würden, aber sie taten es.

Sehr weit kam sie trotzdem nicht, schon sah sie einen zweiten bewaffneten Mann auf sich zukommen. Die aggressive, großspurige Art, wie er sich bewegte, jagte Malika einen Schauer über den Rücken.

Dieser da sah richtig gefährlich aus.

Arif nahm es ihr nicht übel. Wer sich Piraten kampflos auslieferte, der war krank im Kopf. Warum nur hatte er ihr zugerufen, dass er nicht ihr Feind sei? Vollkommen dämlich! Wo sie jetzt war? Bisher hatte sie es anscheinend geschafft, sich zu verstecken. Einen Großteil der Crew hielt Viper auf dem Hauptdeck unter Bewachung, aber sie hatten das Schiff lange genug beobachtet, um zu wissen, dass ein paar Leute fehlten. Und wo steckte dieser Millionär, der angeblich an Bord war? Der Admiral hatte dem Ersten, der ihn zu fassen bekam, fünftausend Dollar Belohnung versprochen. So viel verdienten seine Eltern mit der Garnelenzucht im Jahr.

Arif, Tomás und Jivan hatten den Auftrag bekommen, das Schiff gründlich zu durchsuchen. Gerade stöberte Arif auf dem C-Deck und warf alles Wertvolle, was er dabei fand, in einen Seesack. Seine Augen brannten von diesem verdammten Löschpulver, in der nächstbesten Kammer spülte er sich Gesicht und Haare in einem Waschbecken ab und fühlte sich danach etwas besser. Einen Moment lang blickte er sich um und stellte sich vor, wie es wäre, in einer so sauberen, großen Kammer mit Bett, fließend Wasser und eigener, unglaublich gut riechender Toilette zu wohnen. Wussten diese Matrosen, in welchem Luxus sie lebten? Doch dann hörte er Tomas' Stimme aus dem Gang und sein Nacken begann zu prickeln.

Mit schnellen Schritten verließ Arif die Kammer und sah, was er schon befürchtet hatte: Tomás hatte das Mädchen entdeckt! Er hielt sie mit dem Schnellfeuergewehr in Schach und brüllte auf sie ein. »Verrat mir, wo dieser verdammte Millionär steckt! Sag es mir! Sag es, sag es, sonst knall ich dich ab!«

Das Mädchen war so blass wie verdorbene Milch, ihre mahagonifarbenen Haare waren zerrauft und Tränenspuren zogen sich über ihre Wangen. »Ich weiß es nicht!«, wiederholte sie immer wieder. »Ich weiß nicht, wo er ist!«

Tomás holte zu einer Ohrfeige aus. Am liebsten wäre Arif dazwischengegangen und hätte Tomás weggerissen, doch er beherrschte sich. Wenn er sich anmerken ließ, was ihm das Mädchen bedeutete, würde Tomás sie quälen, nur um ihm eins auszuwischen.

»Na, den Millionär schon gefunden?«, fragte er Tomás beiläufig. »Wetten, dass ich es schaffe, mir die fünftausend Dollar zu verdienen?«

Statt niederzusausen, hielt Tomás' Hand inne. »He, was ist dir denn passiert, Anak Rezeki? Du siehst aus, als hättest du drei Tage lang geheult.«

»Pulver aus dem Feuerlöscher«, flüsterte das Mädchen, und am liebsten hätte Arif ihr zugelächelt. Wie mutig, dass sie überhaupt etwas zu sagen wagte. Doch es war besser, sie jetzt nicht zu beachten. Er fragte Tomás: »Weißt du, ob der Admiral den Kapitän schon gezwungen hat, den Bordtresor aufzumachen?«

»Ja, ich glaube, der ist auf«, sagte Tomás, und wie Arif gehofft hatte, wandten sich seine Gedanken anderen Dingen zu als dem Mädchen.

»Ich schaue mal im Maschinenraum nach, den hat noch keiner überprüft, vielleicht steckt der Millionär dort irgendwo«, meinte Arif und tat so, als wolle er gehen. Doch wie er gehofft hatte, riss ihn Tomás zurück. »Vergiss es. *Ich* war gerade auf dem Weg dorthin, das heißt, es ist *mein* Revier! Du hilfst Jivan mit den verdammten Kammern hier, klar?«

»Wenn's sein muss«, murrte Arif und hoffte, dass er es mit der Schauspielerei nicht übertrieb.

Dann waren sie endlich allein.

Er und das Mädchen.

Das Mädchen und er.

Angriff

Arif erinnerte sich, dass er noch immer die *AK-47* umgehängt hatte. Am liebsten hätte er das Ding weggelegt, bevor er auf sie zuging. Es gab so viel, was er ihr erzählen wollte. Wie er sie zum ersten Mal gesehen hatte, allein in der Morgendämmerung. Wie oft er an sie gedacht hatte. Wie er es geschafft hatte, herzukommen, weil ein Junge sich in den Fuß geschossen hatte. Wie ...

Das Mädchen drückte sich an die Wand und blickte ihn nicht an, als mache sie das für seine Augen unsichtbar. Arif konnte sehen, dass sie zitterte. Wahrscheinlich erwartete sie, dass er sie erschoss oder so etwas.

»Wie heißt du?«, fragte er, und ganz langsam hob sie den Blick und blickte ihn ungläubig an. Ja, wahrscheinlich war es eine seltsame Frage während eines Überfalls.

»Ich ... mein ...« Ihre Stimme klang brüchig.

»Hey«, sagte Arif und zeigte ihr die offenen Handflächen. »Sehe ich wirklich so gefährlich aus?«

Ein ganz leichtes Kopfschütteln. »Wieso ... habt ihr ausgerechnet *unser* Schiff überfallen?«

»Wir haben Gerüchte gehört, dass ein reicher Mann an Bord sein soll«, erklärte Arif. »Es tut mir leid.«

Wieder ein verwirrter Blick. Wahrscheinlich hatte sie vieles erwartet, aber keine Entschuldigung. »Und was habt ihr mit uns vor?«

»Ich weiß es nicht«, gestand Arif. »Nicht viel, hoffe ich.« Rasch sah er sich um – Tomás war nirgendwo in Sicht, schaute hoffentlich in jede Ecke des Maschinenraums. »Soweit ich weiß, hat es der Admiral nur auf den Millionär abgesehen.«

»Er ist nicht irgendein Millionär«, erwiderte das Mädchen. »Er heißt Benjamin Lesser und ist ein richtig …«

»Still.« Arif hob die Hand und lauschte einen Moment lang. Ja, er hatte richtig gehört, es war das Signal zum Sammeln – ein schriller Pfiff, der jede Wand durchdrang. Jetzt hatten sie nur noch Momente. »Weißt du ein gutes Versteck?«, fragte er hastig. »Eins, in dem dich keiner so schnell findet?«

Sie wischte sich fahrig über das verheulte Gesicht. »Wenn ich so ein Versteck wüsste, wäre ich nicht hier.«

»Aber du könntest …«

Arif verstummte. O nein, da kam Tomás wieder, auch er hatte den Pfiff gehört. Jetzt war die Gelegenheit zur Flucht verstrichen, er musste das Mädchen mitnehmen zum Sammelpunkt, ob er wollte oder nicht. Er wandte sich ihr zu, um sich ihr Gesicht einzuprägen. Sie hatte die Augen einer Leopardin und so viele kleine Punkte auf der Nase, dass er sie nicht zählen konnte. Obwohl ihre Lippen gerade zitterten, sah man ihnen an, dass sie gerne lächelten.

»Wie heißt du?«, fragte er schnell noch einmal, und diesmal bekam er zum Glück eine Antwort.

»Malika«, sagte sie rasch. »Und du … bist Anak Rezeki, oder? So hat dich der andere Typ genannt …«

Er öffnete den Mund, um zu sagen, dass das nur ein Spitzname war, doch nun war Tomás bei ihnen angekommen und winkte ihnen ungeduldig, sich in Bewegung zu setzen.

Der Admiral wartete schon.

Danílos Hände waren aufgeschürft und er hatte sich an irgendeiner scharfen Kante geschnitten, aber das war jetzt egal. Er konnte nur auf den Gewehrlauf starren, der auf ihn gerichtet war, auf ihn und Kapitän Hensmann, auf Shana, die eher wütend als ängstlich wirkte, Louanne, Mike Armstrong und Yun Shin. Auf den philippinischen Koch. Auf Kira mit ihren Krücken, bestimmt bedauerte sie sehr, dass sie nicht auf die *Leandris* zurückgebracht worden war. Auf die koreanischen Matrosen. Und auf zwei extrem schlecht gelaunte hawaiianische Müllfischer, die nun schon zum zweiten Mal ausgeraubt wurden.

Wo war Malika? War ihr etwas geschehen? Hätte er das gespürt, irgendwie? Vielleicht war es ihr gelungen, sich so zu verstecken, dass die Kerle sie nicht finden konnten. Die Angst um sie fühlte sich an wie eine Hand, die gerade seine Kehle zudrückte.

Auch Benjamin Lesser sah er nirgendwo, er schien verschwunden zu sein. Sämtliche Beiboote und auch das orangefarbene Freifall-Rettungsboot am Heck waren noch da, er konnte das Schiff also nicht verlassen haben. War er hinübergeschwommen zur *Leandris* und zur *Cassandra*, die sich vorsichtig in ein paar hundert Meter Entfernung hielten, aber nicht einzugreifen wagten?

»Habt ihr Diesel an Bord?«, fragte der Kapitän des Piratenschiffs, ein schlanker, dunkelhäutiger Mann mit gepflegtem Bart und gebrochener Nase.

»Unser Schiff fährt mit Flüssiggas«, erwiderte Wilbert Hensmann gepresst.

»Das habe ich nicht gefragt, ich habe gefragt, ob ihr Diesel an Bord habt.«

»Ja, Heizöl haben wir«, sagte Hensmann knapp und erklärte nicht, dass die *Ariadne* direkt an Bord Öl aus Plastikmüll herstellen konnte. Danílo konnte sich denken, warum. Sonst behielten die Piraten womöglich die ganze *Ariadne*, um sie als Versorgungsschiff zu missbrauchen.

»Wer ist euer Bordingenieur?«, unterbrach ihn der fremde Kapitän, und Yun Shin hob die Hand. Er hatte große, erschrockene Augen. Ein Mann mit Brille gab Yun Shin Zeichen, ihm zu folgen – wahrscheinlich sollte er beim Rüberpumpen des Diesels helfen.

»So, jetzt zu den wichtigeren Fragen.« Der Piratenkapitän verschränkte die Arme. »Wo ist der Millionär? Ich warte noch immer auf eine überzeugende Antwort.« Er stieß einen leisen Pfiff aus, und einer seiner Leute – ein älterer Kerl mit schiefem Gesicht – packte Kira und setzte ihr die Pistole an die Schläfe. Ihre Krücken fielen klappernd aufs Deck, und ihr Mund öffnete sich, doch sie wagte nicht, einen Laut von sich zu geben oder sich zu rühren. Im kalten, bläulichen Licht der Decksscheinwerfer wirkte sie wie eine Schaufensterpuppe.

Erstarrt vor Angst, beobachtete Danílo, was hier im Flutlicht geschah. Würden die Kira wirklich erschießen? Wilbert Hensmann schien es zu glauben, er war leichenblass geworden. Trotzdem antwortete er ruhig und besonnen. »Wir wissen es nicht. Er war hier an Bord, aber keiner von uns hat ihn gesehen, nachdem der Angriff begonnen hat.«

»Sind Sie ganz sicher?«

Hensmann nickte. Der Kapitän stieß einen Pfiff aus und im nächsten Moment krachte ein Schuss. Danílo fuhr zusammen, wartete voller Entsetzen darauf, dass Kira zu Boden sackte – doch sie stöhnte nur leise, anscheinend hatte der Typ neben ihrem Kopf in die Luft geschossen.

»Das ist Ihre letzte Chance«, sagte der fremde Kapitän zu Hensmann.

»Keiner von uns weiß, wo Herr Lesser ist«, wiederholte Wilbert Hensmann verzweifelt. »Bitte, lassen Sie Frau Heinze frei!«

»Dann sagen Sie mir endlich, wo ...«

Mike Armstrong hatte rechts von Kira und dem Grauhaarigen gestanden. Er bewegte sich schnell wie eine Katze, und bevor Danílo richtig begriffen hatte, was vorging, hatte er den Piraten von der jungen Wissenschaftlerin weggerissen. Die Pistole landete auf dem Boden und ging über Bord. Brüllend wie ein wütendes Raubtier, schlug der Bootsmann Kiras grauhaarigen Bewacher nieder und warf sich auf den Kapitän. Gleichzeitig zog Shana eine Pistole aus dem hinteren Hosenbund, packte sie mit ausgestreckten Armen und hielt den zweiten Mann in Schach, der sie bewachte – ein Mann mit ausdruckslosem Gesicht und Maschinengewehr.

»Shana, nein«, flüsterte Danílo, doch sie hörte ihn nicht, konnte ihn nicht hören. Fast im gleichen Moment fiel der erste Schuss. Danílo warf sich auf den Boden und schützte den Kopf mit den Armen. Salven aus einem Maschinengewehr hämmerten gegen die Stahlplatten des Schiffs, Querschläger jaulten über ihn hinweg.

Dann war auf einmal alles ruhig. Ganz vorsichtig wagte Danílo, aufzublicken. Mike Armstrong lag in einer Blutlache am Boden und bewegte sich nicht, war er tot? Shana hing gekrümmt im Griff des fremden Kapitäns, das lange, blonde Haar verdeckte ihr Gesicht, doch sie lebte, ebenso wie Kira, die mit starrem Blick auf dem Boden kauerte. Der Kämpfer mit dem Maschinengewehr blutete zwar, doch das schien ihn nicht weiter zu stören, unbeeindruckt hielt er den

Rest der Mannschaft in Schach. Danílo reimte sich zusammen, was geschehen sein musste: Der Mann mit dem Maschinengewehr hatte eiskalt in Kauf genommen, dass Shana mit der kleinen Pistole auf ihn schoss, und keine Zeit damit verloren, zurückzufeuern, sondern sofort Mike Armstrong erledigt. Währenddessen hatte der fremde Kapitän Shana entwaffnet.

Nun richtete sich der bärtige Kapitän auf, stieß Shana zu Boden und pfiff gellend auf zwei Fingern. Dann wandte er sich an Kapitän Hensmann und hob die Augenbrauen. »Diese Aktion hat Sie einen Mann gekostet. Wie viele können Sie noch entbehren?«

Hensmann war grau im Gesicht. »Das war eine Kurzschlussreaktion ... mein Bootsmann war schon immer ...« Er schaffte es nicht, den Satz zu beenden.

Danílo starrte auf Mike Armstrongs Körper hinab. Würden sie heute alle sterben? War dies der letzte Tag seines Lebens? Und was war dann mit Malika? Schweißtropfen brannten in seinen Augen.

Erst als er Schritte hörte, hob er den Kopf. Im Laufschritt näherten sich drei andere Piraten ... und ein Mädchen: Malika! Sie wirkte unverletzt, Gott sei Dank, ihr schien nichts passiert zu sein. Danílos Knie waren weich vor Erleichterung.

Malika sah ihm in die Augen und ging in seine Richtung, doch weit kam sie nicht, zwei Piraten hielten sie auf.

Danílo lebte. Malika konnte an nichts anderes denken. Noch lebten sie beide und mit etwas Glück würden sie davonkommen. Sie waren doch Glückskinder, alle beide, und der Pazifik war ihr Zuhause. Malika wandte den Blick nicht von ihrem Bruder ab, wollte all das Blut auf dem Deck der *Ariadne* nicht sehen.

Sie bemerkte, dass die Piraten Kisten mit Lebensmitteln, Elektronik und Kleidungsstücken von der *Ariadne* abtransportierten. Schließlich waren sie fertig, Yun Shin kehrte zur Gruppe zurück und einer der Piraten – der einzige mit einer Brille, dem Aussehen nach vielleicht ein Inder – nickte dem Kapitän der Piraten zu. Oder eher dem »Admiral«, so hatte Anak Rezeki den Typen genannt. Admiral, ha! Wahrscheinlich war er größenwahnsinnig.

»Rückzug«, kommandierte der Admiral auf Englisch, und durch die kleine Gruppe an Bord ging ein Aufatmen. Doch dann fiel Malika das kleine Lächeln auf dem Gesicht des Admirals auf.

»Wenn wir die Geisel nicht bekommen, die wir eigentlich haben wollten, nehmen wir eben ein paar andere mit«, sagte er. »Du da, du und du.«

Er deutete auf Louanne, Shana … und auf Malika.

Wer ist Arif?

Im ersten Moment war Malika eher verwirrt als geschockt. Dieser Typ konnte nicht sie meinen, oder? Doch, das tat er, er blickte ihr mitten ins Gesicht.

Nein. *Nein!*

Der Admiral wandte sich zum Gehen.

»Mich könnt ihr auch mitnehmen!«, rief Danílo, und Malika hörte das leichte Zittern in seiner Stimme.

Gleichgültig wandte sich der Admiral um. »Lohnt sich das?«, fragte er.

»Meine Eltern haben Geld, viel Geld«, behauptete Danílo, und Malika traten Tränen in die Augen. Das war so unfassbar mutig von ihm. In Wirklichkeit hatten ihre Eltern nur den Katamaran, den sie mit etwas Glück ein paarmal im Jahr an Touristen verchartern konnten.

»Nein, mach das nicht!«, brüllte Malika ihn an, sie ertrug den Gedanken nicht, dass er sich wegen ihr in Gefahr brachte. »Verdammt, *nein!*«

Es war zu spät. Schon packte einer der Männer Danílo am Arm und stieß ihm den Gewehrlauf in den Rücken.

Nein, ihr Bruder war nicht feige, und Malika schämte sich, dass sie ihm das vorgeworfen hatte.

Als Malika einen letzten Blick auf die Crew der *Ariadne* warf, war sie auf einmal froh, dass es nicht Kira getroffen hatte. Sie war bleich wie eine Wand, zitterte am ganzen Körper und starrte ins Nichts. Schwerer Schock. Hoffentlich kümmerte sich gleich jemand um sie, bevor sie kollabierte – so was konnte lebensgefährlich sein.

Auf dem Weg zur Reling kamen sie an Monsieur vorbei, der eingeschüchtert über das Deck schlich. Louanne kniff die Lippen zusammen, als der Piratenkapitän nach ihm trat. Fauchend flüchtete der Kater.

Sie mussten sich eine Strickleiter hinabhangeln, in der Dunkelheit sah Malika deren Holzsprossen kaum und tastete mit den Füßen danach. Dann standen sie und die anderen auf der dunkelgrauen Oberseite des fremden Schiffs, mussten sie im Gänsemarsch überqueren und durch eine Luke hinabsteigen. Malika spürte Danílo hinter sich; wie beruhigend das war.

Das Innere der *M-80* roch schlimmer als die Umkleide in ihrer letzten Schule. Aber Malika bemerkte es kaum, sie musste immer noch an Mike Armstrong denken ... was war überhaupt passiert, hatte er sich gewehrt? Wie saumäßig mutig, wie grandios dumm. Zum Mond würde er es niemals schaffen, es hatte nur zu einem Müllschiff im Pazifik gereicht. Mist, jetzt heulte sie schon wieder.

Einer der Piraten – derjenige, der sie im Gang vorhin beinahe geschlagen hätte – schubste sie voran. Obwohl sie sein Gesicht nicht sehen konnte, spürte sie, dass ihm das Spaß machte, wahrscheinlich grinste er dabei. Verstohlen blickte Malika sich um, musterte die grau gestrichenen Wände des Innenraums, in die Graffiti gekratzt waren, die Deckenbündel in den Ecken, die aufgestapelten Vorräte in jeder freien Nische.

Erst auf den zweiten Blick sah sie den Jungen, der zusammengekrümmt, mit einem blutigen Verband am Fuß in einer Ecke des Raumes lag. Er war vielleicht fünfzehn und Schmerz und Angst hatten sich in sein Gesicht eingegraben. Als er sie und die anderen sah, richtete er sich auf, und seine Augen folgten ihnen neugierig, aber ein wenig misstrauisch. Sofort war ihr klar, wer das sein musste: Arif Nalapraya! Ein Gefangener wie sie, nur schon sehr viel länger hier an Bord. Sein Hilferuf steckte noch immer in der Tasche ihrer Shorts. Sie wollte ihm zulächeln, ihm Mut machen, doch schon waren sie an ihm vorbei.

Die Piraten schoben sie in eine leere Kammer, die etwa drei mal drei Meter maß, und schlossen die Tür hinter ihnen. Fünf Minuten später wurde sie noch einmal aufgerissen und jemand stellte einen Eimer mit Deckel zu ihnen hinein, dann waren sie wieder allein. Es roch nach Schweiß und Angst. Danílo legte wortlos den Arm um Malikas Schultern und zog sie an sich. Malika ließ sich gegen ihn sinken und fühlte sich ein bisschen getröstet.

Shana wirkte apathisch, sie schüttelte immer wieder den Kopf. »Mike ... verdammt, Mike ... wieso musste er mal wieder voranpreschen ... meint ihr, er ist tot?«

»Wahrscheinlich«, sagte Louanne, die im Gegensatz zu Shana Uniform trug, ein weißes Hemd mit drei goldenen Streifen.

Shana senkte den Kopf auf die Knie, ihre Haare fielen nach vorne wie ein Vorhang. Danílo blickte sie lange an, versuchte aber nicht, sie zu trösten. Vielleicht hatte er nicht mehr die Kraft dazu. »Glaubst du, sie hätten Kira wirklich erschossen, wenn Mike nicht dazwischengegangen wäre?«, meinte Danílo zu Louanne, und so konnte sich Malika zusammenreimen, was geschehen war.

»*Bien sûr*«, meinte Louanne und blickte zur Tür. »Du

hast doch gesehen, was das für Kerle sind. Denen ist es egal, ob wir leben oder sterben. Hauptsache, sie werden alle reich und können sich schnelle Autos und anspruchsvolle Freundinnen zulegen.«

»Nein, nicht allen ist es egal«, widersprach Malika. »Der eine Pirat wollte mir helfen, ich habe nur nicht schnell genug reagiert, sonst hätte ich vielleicht fliehen können.«

»Ja, und?«, fragte Danílo. »Die haben das Schiff doch sowieso zweimal durchsucht, soweit ich das mitbekommen habe.« Er hob lauschend den Kopf, denn von draußen waren jetzt Stimmen zu hören, Schritte auf dem Deck, Kommandos. »Und ich glaube, jetzt sind sie dabei, auch noch die *Cassandra* und die *Leandris* abzuchecken.«

Shana nickte und lauschte ebenfalls einen Moment, doch dann wandte sie sich wieder Malika zu. »Echt, einer hat dir geholfen? Welcher von den Typen war das?«

»Ein ziemlich junger mit Maschinengewehr, könnte ein Inder oder Indonesier gewesen sein – mittelgroß, schwarze Haare ...«

Danílo zog die Augenbrauen hoch. »Die hatten doch alle schwarze Haare, bis auf diesen grauhaarigen Alten mit dem zerknautschten Gesicht.«

»Was weiß ich! Er heißt jedenfalls Anak Rezeki.« Malika hatte keine Lust, zu argumentieren, und die anderen fragten nicht weiter nach.

Sie spürte, dass das Piratenschiff wendete und beschleunigte, das Dröhnen großer Motoren vibrierte durch die Decksplatten. Die Fahrt ins Nirgendwo hatte begonnen. Ob ihre Eltern schon Bescheid wussten, hatte die Zentrale sie informiert? Auf einmal kam es Malika sehr grausam vor, dass Danílo entschieden hatte, sie zu begleiten. Es musste entsetzlich für ihre Eltern sein, dass nicht nur eines ihrer Kinder entführt worden war, sondern beide.

Louannes Stimme riss sie aus ihren Gedanken. »Wo könnte Herr Lesser abgeblieben sein?«, fragte sie in die Runde. »Ich habe ihn zuletzt nach dem Alarm gesehen, er rannte Richtung Bug.«

»War er in Panik? Vielleicht ist er über Bord gefallen.« Danílo runzelte die Stirn.

»Das wäre übel«, drang es hinter Shanas Vorhang aus Haaren hervor. Sie hob den Kopf wieder und starrte Danílo mit tränennassem Gesicht an. »Sportlich sieht der nicht aus. Wahrscheinlich schafft er nicht mal einen halben Kilometer im offenen Meer. Außerdem gibt's Weißspitzen-Hochseehaie hier in der Gegend, die sind neugierig und schauen nach, wenn sie mitkriegen, dass irgendwas ins Wasser fällt.«

»Eins der anderen Schiffe könnte ihn aufgefischt haben.«

»Das hätten wir aber gesehen«, wandte Shana ein. »Die *Cassandra* war höchstens ein paar hundert Meter entfernt.«

»Wieso haben die eigentlich nicht eingegriffen?«, fragte Malika. »Ich dachte, jeden Moment manövrieren sie ihr Schiff zu uns und helfen ...«

Danílo schüttelte den Kopf. »Die haben doch nur vier Leute Besatzung pro Schiff, alle unbewaffnet. Außerdem hätten die Piraten garantiert aus allen Rohren losgeballert, wenn sich ein anderes Schiff genähert hätte.«

Es war etwas anderes, über das Malika nachdachte. »Wenn Lesser irgendwo hingerannt ist, hatte er vielleicht ein Ziel ...«

»Hat er vorher noch was gesagt – überhaupt irgendwas zum Thema Piraten?«, fragte Danílo in die Runde.

Malika holte tief Luft. Es war Zeit, es den anderen zu erzählen. »Nein. Ich glaube, er wollte nicht wahrhaben, dass sein Projekt am Ende war. Jedenfalls habe ich ihn an diesem letzten Abend dabei gesehen, wie er am Computer gespielt hat.«

Louanne sog scharf die Luft ein. »Er hat sich ja oft zurückgezogen – meinst du, er hat in all dieser Zeit *gespielt*?«

»Kann sein.« Malika fühlte sich elend. Diesmal war ihr nicht danach, Lesser zu verteidigen. Er hätte in der Krise gemeinsam mit Hensmann die Führung übernehmen und Entscheidungen treffen müssen.

»Was für ein Game war es denn?«, wollte Danílo wissen, und Malika verdrehte die Augen. Typisch! Neben Wetterkarten interessierte sich Danílo auch für Multiplayer-Rollenspiele, bei schlechtem Wetter hatte er sich auf der *Skylark* kaum von seinem Pad trennen können.

»Ich weiß nicht genau«, meinte sie. »Sah aus wie *Swordfighters* oder *Future Pirates*.«

»Die hat er jedenfalls kostenlos bekommen, alle beide sind von seinen Unternehmen entwickelt worden«, ätzte Danílo.

Shana hörte kaum zu, sie wirkte nachdenklich. »Mir fällt gerade was ein … möglicherweise hat er auf der *Ariadne* einen privaten, versteckten Schutzraum einbauen lassen. Einen, von dem er niemandem etwas gesagt hat.«

»He, Moment mal.« Jetzt wurde es Malika zu viel. »Lesser ist doch kein Egoistenschwein!«

»Sie hat recht«, kam ihr Louanne zu Hilfe. »Das passt nicht zu dem Benjamin Lesser, den ich kennengelernt habe. Ich glaube eher, dass er *vraiement* Glück mit seinem Versteck hatte.«

»Sorry, aber wir haben ihn auch als ziemlich seltsamen Menschen kennengelernt«, wandte Shana ein. »Mir ist er ein bisschen unheimlich geworden nach dieser Aktion mit der *Leandris*, bei der Kira gestürzt ist.«

»Ach ja, jetzt fällt mir was ein, was ihr noch nicht wisst«, meinte Danílo und erzählte von der Nachricht, die ihre Tante Susanne ihm geschickt hatte.

In Malika regte sich die Neugier. »Vielleicht hat er immer irgendwie versucht, auf seine Schwester Carolin aufzupassen. Ältere Brüder machen das ja manchmal, oder?«

»Ja«, sagte Danílo und seufzte. Malika lehnte sich gegen ihn. »Glaubst du, sie ist tot?«, fragte sie ihn. »Lesser hat ein Bild von einer jungen Frau in seinem Büro, mit einer Kerze davor. Vielleicht war das diese Carolin.«

»Wer weiß?« Danílo klang müde. »Was mich viel mehr interessiert, ist, wo Lesser steckt. Wie gründlich haben die das Schiff durchsucht? Haben sie auch die Recyclinganlage überprüft?«

Das wusste keiner so genau, aber Malika erinnerte sich an das, was Anak Rezeki erzählt hatte. »Garantiert waren die gründlich. Der Admiral hat fünftausend Dollar Kopfprämie auf ihn ausgesetzt.«

»Wie viel Lösegeld sie wohl für uns verlangen werden?«, überlegte Shana.

»Kann uns eigentlich egal sein, das übernimmt die Reederei, also in dem Fall Lessers Unternehmen«, meinte Louanne.

»Außer bei mir«, meinte Danílo und verzog das Gesicht. »Weil ich behauptet habe, meine Eltern sind reich.«

Malika verzog das Gesicht. »Du hättest auch einfach die Wahrheit sagen können – dass ich deine Schwester bin und du bei mir bleiben willst.«

»Du meinst, das hätte die vielleicht zu Tränen gerührt?«

»Das ist doch jetzt egal«, sagte Louanne entschieden. »Jedenfalls haben wir ganz gute Chancen, freizukommen.« Anscheinend hatte sie, weil sie die ranghöchste Offizierin war, entschieden, das Kommando über ihre kleine Gruppe zu übernehmen. Malika war es recht, und sie entschied sich, an Louannes Worte zu glauben. Nur weil dieser Arif Nalapraya schon lange auf diesem Schiff war, musste es ihnen nicht auch so ergehen. Wahrscheinlich hatte er niemanden, der ihn freikaufte. »Erinnert ihr euch eigentlich an diesen Zettel mit dem Hilferuf?«, fragte sie die anderen und senkte unwillkürlich die Stimme. »Wahrscheinlich ist der von dem verletzten Jungen im Hauptraum.« Sobald es eine Gelegenheit gab, würde sie ihm den Zettel zeigen und ihm erzählen, wie sie ihn gefunden hatte.

»Der arme Kerl«, sagte Danílo. »Die haben sogar sein Schiff versenkt. Wir wissen wenigstens, dass der Rest unserer Crew in Sicherheit ist.«

»Oder tot«, ergänzte Shana bitter.

»Genau. Oder tot.«

Shana schlug vor, eine Totenwache für Mike zu halten, und das taten sie – erzählten sich, was sie mit ihm schon erlebt hatten, lachten über seine krassen Aktionen, weinten um ihn. »Erzähl doch noch mal, wie wir ihn zum ersten Mal gesehen haben«, sagte Malika zu Danílo.

Danílo verzog das Gesicht, bevor er schließlich nachgab. Malika sah, dass es ihm nicht leichtfiel, darüber zu sprechen. »Er machte Terror am vegetarischen Buffet, das wisst ihr noch, oder?«, begann er. »Ich bin rückwärts gestolpert und voll gegen Shana geknallt, worauf alle sauer auf mich waren ...«

Shana ließ ihn nicht aus den Augen. »Na klar war ich sauer auf dich, ich sah aus, als hätte ich mich in einem Futtertrog gewälzt! Wahrscheinlich habe ich dir furchtbare Tiernamen gegeben, oder?«

»So ähnlich«, sagte Danílo und musste lächeln. Malika freute sich für ihn. Endlich war er über diese Peinlichkeit hinweg, jetzt war sie nur noch eine lustige Anekdote.

Eine Kerze, die sie für Mike anzünden konnten, hatten sie nicht, sie waren schon froh, dass ihr Gefängnis nicht völlig in Dunkelheit getaucht war – es hatte zwar keine Fenster, dafür brannte an der Wand eine kleine Lampe.

Irgendwann waren sie so erschöpft, dass niemandem mehr etwas einfiel. Inzwischen musste es etwa vier Uhr morgens sein, genau konnte das keiner von ihnen sagen, da die Piraten ihnen Communicator und Uhren abgenommen hatten und sie die Sonne nicht sehen konnten.

Malika konnte kaum noch die Augen offen halten und Danílo gähnte. »Ich leg mich einen Moment aufs Ohr«, sagte er und streckte sich auf dem blanken Boden aus – Decken gab es keine. Malika spendete ihm ihr Sweatshirt als Kopfkissen.

»Ich halte die erste Wache«, kündigte sie an. Die anderen nickten und versuchten ebenfalls, es sich bequem zu machen.

Nachdem sie die Geiseln an Bord genommen hatten, legten sie an den beiden anderen fremden Schiffen an und durchsuchten auch sie. Keine Spur des reichen Mannes. Diesmal gab es keine Feier für die geglückte Jagd, die Stimmung war gedrückt. Arif konnte sich denken, warum: Inklusive Salty hatten sie drei Verletzte – und den Millionär hatte anscheinend ein Dschinn weggezaubert. Auch der Rest der

Beute war nichts, über das man in Jubelschreie ausbrechen konnte, ein paar tausend Dollar Bargeld sowie Diesel und Nahrungsmittel. Ein großer Coup sah anders aus. Was die Geiseln anging – die *Mata Tombak* war schon jetzt zu klein für eine so vielköpfige Besatzung, und mit vier zusätzlichen Menschen würde das Leben an Bord nicht einfacher werden.

Und als wäre das alles nicht genug, schmeckte das Essen scheußlich, weil diesmal Jivan gekocht und alles versalzen hatte. »Ich kann nichts dafür, der Deckel des Salzstreuers ist plötzlich abgefallen«, verteidigte er sich.

Ishak rollte die Augen und betastete seinen Kopfverband – er hatte eine Platzwunde davongetragen. »Hättest du den Deckel eben festgehalten. Mache ich immer.«

»Das hättest du mir vorher sagen müssen, *cabrón!*«

»Was habt ihr denn, es schmeckt doch gut«, fand Salty, und Jivan schenkte ihm einen wohlwollenden Blick.

»Schluss jetzt!«, befahl der Admiral übellaunig. »Was mich viel mehr interessiert, ist, wie diese Leute auf die Idee mit dem Suchscheinwerfer kommen konnten. Ich hätte erwartet, dass sie so wie alle anderen versuchen würden, ihre Schiffe zu verdunkeln. Haben wir etwa einen Verräter an Bord?«

Bloß nicht verkrampfen. Ganz entspannt wirken. Arif konzentrierte sich auf das Essen, irgendein Reisgericht mit süß-saurer Soße und aufgetautem Hühnerfleisch.

»Nicht unbedingt«, brummte Daud. »Es kann sein, dass einer der Leute von diesem Fischerboot ihnen weitererzählt hat, dass unser Schiff eine besondere Form hat. So was gab's schon mal in einem James-Bond-Film ... Welcher war das noch mal, Anak?«

»Keine Ahnung«, gab Arif zurück. Die Legende, dass er ein James-Bond-Experte war, hielt sich hartnäckig an Bord, seit er den kleinen Köder in der Kapitänskammer ausgelegt hatte.

»Echt schwach.« Jivan boxte ihn gegen die Schulter. »Und, was hast du erbeutet, *amigazo*? Etwa wieder ein paar tolle *Papierstapel*?«

»Diesmal nicht.« Arif war gar nicht dazu gekommen, in den Kammern nach Büchern zu schauen, er hatte aber auch keine bemerkt. »Ich habe gar nichts mitgenommen, es war keine Zeit.«

»Echt mies! Magst du die hier haben?« Jivan hielt ihm eine bunte Metalluhr hin. Nicht wirklich sein Fall, doch er nahm sie trotzdem, weil sie vielleicht Malika gehört hatte und er sie ihr zurückgeben konnte. Irgendwann.

Nach dem Essen half er Jivan beim Abspülen, danach ging er bei Salty vorbei. Der Junge kauerte in einer Ecke wie ein geprügelter Hund – Arif konnte sich vorstellen, dass er selbst so gewirkt hatte in seinen ersten Tagen an Bord.

Er ließ sich neben Salty auf dem Boden nieder. »Wie fühlst du dich? Tut's sehr weh?«

»*Pergi!* – Geh weg«, knurrte Salty und versuchte, seine völlig verbeulte Metallkappe mit der Hand wieder zurechtzubiegen.

»Gib her, ich versuch's mal mit Werkzeug«, bot Arif an, doch Salty drehte den Kopf weg, hielt seine Kappe fest und sah ihn nicht mehr an.

Dann eben nicht. Arif stand auf und kletterte auf den Rumpf, um frische Seeluft in die Lungen zu bekommen. Jetzt trennten ihn keine Meilen offenes Wasser mehr von dem Mädchen, nur noch ein paar Zentimeter Kunststoff.

Malika. Es war wie ein Geschenk, dass er jetzt wusste, wie sie hieß. Arif legte die Hand auf die Stelle des Decks, unter der sie sich wahrscheinlich befand, und fühlte sich albern dabei. Er konnte sich denken, wie furchtbar elend ihr jetzt zumute war, ihm war es ja ähnlich ergangen wie ihr. Hoffentlich fand er bald eine Möglichkeit, mit ihr zu sprechen!

Wie sich herausstellte, war es Saltys Aufgabe, den Toiletteneimer der Geiseln zu leeren. Doch vielleicht konnte Arif ihnen Essen bringen, er musste den Admiral nur davon überzeugen, dass er genau der Richtige dafür war. Wie hieß der Artikel noch mal, den er zu diesem Thema in der *Vogue* gelesen hatte? *Wie Sie Ihren Chef dazu bringen, dass er alles für Sie tut,* genau.

Es war einen Versuch wert.

Obwohl es unbequem war in der Kammer des Piratenschiffs, schlief Danílo tief. Er schreckte zwar manchmal hoch, wenn eine der anderen ihn beim Herumdrehen mit dem Fuß oder Ellenbogen anstieß, doch als er aufwachte, fühlte er sich erfrischt. Er hatte keinen Albtraum gehabt. Waren diese Träume an Bord der *Ariadne* Warnungen gewesen?

»Ich bin dran mit Wache halten«, flüsterte er Malika zu, und schon nach einer Minute hörte er an ihrem ruhigen Atem, dass seine Zwillingsschwester eingeschlafen war. Am liebsten hätte Danílo ihr einen Kuss auf die Stirn gegeben, ihr eine Haarsträhne aus dem Gesicht gestrichen, doch das hätte sie wahrscheinlich aufgeweckt. Was für ein Wunder, dass sie beide unverletzt geblieben waren.

Da auch die anderen noch schliefen, konnte er ungestört den Eimer mit Deckel benutzen. Dem Gestank und Inhalt nach hatten die anderen das schon hinter sich gebracht. Danílos Mund fühlte sich pappig an, er wünschte sich eine Zahnbürste oder wenigstens etwas zu trinken. Hoffentlich dachten ihre Entführer daran, sie irgendwann zu versorgen. Ohne Wasser würden sie es nicht lange aushalten.

Shana war ebenfalls wach geworden, sie richtete sich auf und streckte sich – ihr langer, schlanker Körper erinnerte ihn an eine siamesische Katze. Ihr so nah zu sein, fühlte sich seltsam an. Er sah zu, wie sie ein Gummiband herauskramte, um ihre sonnenhellen Haare in einen Pferdeschwanz zu zwingen. Sie lächelte ihn an und dieses Lächeln berührte Danílo auf eigenartige Weise. »Wie schaffst du das?«, flüsterte er.

»Was genau?«

»So fröhlich zu wirken.«

Ihr Lächeln wurde ein bisschen schief. »Ich bin eine furchtbare Optimistin«, wisperte sie zurück. »Das hat schon meine Eltern in den Wahnsinn getrieben. Wenn von unseren neugeborenen Lämmern zwanzig in einem Schneesturm erfroren sind, habe ich zufrieden aufgezählt, wie viele überlebt haben.«

»Und was sind die guten Seiten an dem hier?« Danílo deutete mit dem Kinn auf die grauen Wände.

»Die gute Gesellschaft.« Sie wirkte ein wenig verlegen, als sie es sagte, und sah ihn an dabei.

Ihr Lächeln wirkte so verletzlich, dass er sie am liebsten in den Arm genommen hätte. Nein, das ging nicht, sie war nicht irgendein Mädchen, sondern die Zweite Offizierin der *Ariadne!* Also sagte er einfach: »Stimmt«, und erwiderte ihren Blick. »Immerhin sind wir in nächster Zeit vierundzwanzig Stunden am Tag zusammen ...« Jetzt konnte er ihr nicht mehr aus dem Weg gehen wie auf dem alten Oil Skimmer.

»Vielleicht wollen wir uns danach nie wiedersehen«, sagte Shana. »Weil wir mehr übereinander wissen, als gut ist.«

»Vielleicht«, meinte Danílo und hoffte plötzlich, dass es nicht so sein würde. Und dass sie dann überhaupt noch am Leben waren.

Langsam öffnete sich die Tür und Malika fuhr erschrocken hoch. Im ersten Moment wusste sie nicht, wo sie war, aber es dauerte nur ein paar Sekunden, bevor sie es begriff. Louanne schlief weiter, doch Danílo und Shana blickten wachsam zur Tür und warteten ab, wer hereinkommen würde. Wie sich herausstellte, war es der schlaksige Junge mit dem Kindergesicht. Er brachte einen Eimer mit frischem Wasser, stellte ihn so grob ab, dass etwas überschwappte, und ergriff dafür den Toiletteneimer.

»Guten Morgen«, sagte Shana freundlich, und der Junge murmelte »*Salam.*« Aber sehr gesprächig wirkte er nicht, er machte sich gleich wieder auf den Weg nach draußen.

Malika hatte ihn nicht aus den Augen gelassen. Kurz bevor der Junge wieder durch das Schott verschwand, sagte sie leise zu ihm. »Ich weiß, wer du bist.«

Entsetzt, mit weit aufgerissenen Augen, starrte der Junge sie an und tastete nach seinem Kopf. Dann ergriff er die Flucht und knallte die Tür hinter sich zu. Jetzt war auch Louanne wieder wach.

»Dein Arif scheint ein bisschen schreckhaft zu sein«, meinte Shana zu Malika.

Malika hob ratlos die Schultern. »Er hat halt schon viel durchgemacht ...«

»Wir auch – kommt, schlafen wir noch eine Runde«, brummte Louanne Grégoire und drehte sich auf die andere Seite.

Haie

Der Admiral ließ einen neuen Kurs steuern, er führte sie nach Nordwesten. »Was hat das zu bedeuten?«, fragte Arif Jivan, als sie gemeinsam auf dem Rumpf hockten.

Ein breites Grinsen erschien auf Jivans Gesicht. »Das bedeutet Floater Town. *Fenomenal!* Wir waren schon eine ganze Weile nicht mehr da.«

Neugierig wandte Arif sich ihm zu. »Floater Town? Ist das eine Stadt?«

»So was Ähnliches.« Jivan verschränkte die Hände unter dem Nacken und blickte hoch zu den Sternen. »Floaters ... so nennen sich die armen Schweine, die versuchen, hier mit dem Müll so viel zu verdienen, dass es zum Leben reicht. Und Floater Town, tja, das ist ihr Hauptquartier. Unseres auch ein bisschen. Wir müssen dringend dorthin, um den ganzen Kram loszuwerden, den wir erbeutet haben. Und die Geiseln vielleicht auch.«

Die Geiseln. Arif hatte noch keinen guten Moment gefunden, um mit dem Admiral über sie zu sprechen. Doch jetzt sah er an einem schwachen Lichtschein am Bug, dass der Admiral und Daud im Cockpit waren. Als er hineinging, hing Daud gerade in einer Internet-Sprechverbindung.

»... sind alle bei bester Gesundheit, soweit mir bekannt. Ich kann natürlich nur das wiedergeben, was diese Geiselnehmer mir gesagt haben ...«

Mit einem kurzen Nicken erlaubte der Admiral, dass Arif noch eine Weile zuhörte. Daud trat als Unternehmer aus Djakarta auf, der als Mittelsmann agierte und behauptete, die Piraten selbst nicht persönlich zu kennen. Er übermittle nur ein Angebot.

»Glauben die das?«, wagte ihn Arif zu fragen, nachdem das Gespräch beendet war.

»Kann sein«, sagte Daud und polierte seine Brillengläser an seinem schwarzen T-Shirt. »Ich route die Anrufe so, dass sie uns nicht anpeilen können. Aber eigentlich ist es egal, ob sie es glauben oder nicht. Meine Stimme ist ihre einzige Chance, die Geiseln zurückzubekommen, sie können es sich gar nicht leisten, meine Worte anzuzweifeln.«

»Ach ja, die Geiseln ...«, meinte Arif, und beide blickten ihn an, der Admiral und Daud. »Ich glaube, wir riskieren eine Menge, wenn es ihnen nicht gut geht.«

Punkt eins in diesem *Vogue*-Artikel: *Weisen Sie auf bisher unerkannte Gefahren hin!*

Der Admiral lachte. »Natürlich geht es ihnen nicht gut. Hätte mich auch gewundert.«

»Aber wir müssen sie in einwandfreiem Zustand abgeben, oder?« Das war Punkt zwei auf der Liste. *Betonen Sie gemeinsame Ziele!*

»Der Zustand ist egal. Hauptsache, sie leben.«

Das lief nicht so, wie Arif erwartet hatte. Besser, er ging gleich zu Punkt drei über. *Weisen Sie darauf hin, wie Sie, und nur Sie, helfen können!* »Aber wenn sie zum Beispiel nicht ihr gewohntes Essen bekommen, dann werden sie krank und sind eben irgendwann zu schwach, um zu überleben. Ich kann helfen, ich weiß, was solche Leute aus Europa essen.«

Daud hatte schon wieder das Interesse verloren und sich seinem Terminal zugewandt. Der Admiral hingegen nahm sich die Zeit, die Stirn zu runzeln. »Junge, du redest gerade Ziegenmist!«

»Doch, das stimmt«, versicherte ihm Arif und begann, ein Rezept aus der *Home & Garden* für gebackene Süßkartoffeln mit Bohnen und Maisbrot herunterzuleiern. Es hatte sich ihm eingeprägt, weil er Süßkartoffeln selbst gerne aß, niemand kochte die so gut wie seine Großmutter.

Admiral Zahir krümmte sich vor Lachen und klatschte sich auf die Schenkel. »Das ist kein europäisches, sondern amerikanisches Essen. Aber egal. Jetzt sag endlich, was du wirklich willst!«

»Äh.« Arif fühlte, wie sein Gesicht heiß wurde. »Kann ich den Gefangenen das Essen bringen?«

»Warum?« Jetzt wandte sich Daud wieder zu ihm um, sein Blick war forschend. Arif war auf der Hut. Wenn ihn jemand durchschauen konnte, dann Daud – weil sie sich auf seltsame Weise ähnlich waren.

»Wahrscheinlich will er sein Englisch üben«, brummte der Admiral. »Das würde seiner Aussprache guttun.«

Ein Vorwand frei Haus! »Ja, genau«, sagte Arif sofort.

»Einverstanden. Du hast dich gut gehalten bei der letzten Jagd.« Der Admiral deutete mit dem Kinn nach draußen. Arif beeilte sich, das Cockpit zu verlassen. Manchmal kippte die Laune des Admirals von einem Moment zum anderen, es war besser, man nutzte das gute Wetter und vermied das schlechte.

Vipers, Tomás' und Saltys Augen folgten ihm, als er am gleichen Abend mit vier Tellern, die er auf ein Brettchen gestellt hatte, zur Kammer der Geiseln marschierte. Als er die Tür öffnete, rümpfte er die Nase. Puh, das roch ja noch schlimmer als im Hauptraum – kein Wunder, die Gefangenen konnten ihr Geschäft nicht einfach ins Meer erledigen.

Als er das Tablett abstellte, sahen alle ihn misstrauisch an. Doch Arif blickte nur in *ein* Gesicht, das von Malika.

»Danke«, sagte sie zu ihm. »Das sieht gar nicht so schlecht aus.« Es gab Chili con Carne. Weil Ishak noch immer behauptete, tödlich verletzt zu sein, hatte diesmal Tomás gekocht. Das »Kochen« hatte sich darauf beschränkt, dass er einige selbsterhitzende Dosen aufmachte.

»Wir essen das Gleiche«, erklärte Arif. Eigentlich hätte er jetzt gehen müssen, doch er zögerte, wollte den Moment noch etwas verlängern. Es war so schön, in Malikas Nähe zu sein. »Sagt mal, wollt ihr vielleicht baden? Ich könnte versuchen, den Admiral zu überreden.«

»Baden?«, sagte die große, blonde Frau und zog die Augenbrauen hoch. »Im Meer? Mit den Weißspitzenhaien?«

Arif zuckte die Schultern. »Kommt drauf an, wie schnell ihr seid. Sie kommen meist erst nach ein paar Minuten. Je nachdem, wie weit weg sie vorher waren.«

»Ich hasse Haie!«, knurrte der Junge.

Malika lächelte schwach. »Es sind wirklich schöne Tiere.«

»Ja, aber niemand zwingt mich dazu, sie zu mögen.«

»Es wird sowieso jemand mit einer *Kalaschnikow* Wache halten«, meinte Arif. »Damit ihr nicht abhaut.« Es hatte ein Witz sein sollen, aber keiner kapierte ihn, jedenfalls lachte niemand. Natürlich konnten sie nicht abhauen, um sie herum war der endlose Ozean.

Jetzt blickte Malika ihn wieder an. Sie war furchtbar blass. »Wenn du den Admiral mal fragen könntest ...«

»Mach ich.«

Als Einzige der Geiseln hatte sich Malika nicht gierig auf ihr Essen gestürzt, sie blickte ihn weiterhin an. »Weißt du, wie viel Lösegeld sie für uns verlangen?«

Ja, das wusste Arif – vier Millionen Dollar, eine Million pro Person. Aber er wollte sie nicht durch die Zahl entmutigen und so zuckte er nur die Schultern.

Im Hauptraum rief jemand nach ihm, er musste los. Sorgfältig schloss er das Schott hinter sich und verriegelte es.

»Anak Rezeki!«, dröhnte der Admiral und schlug ihm auf die Schulter. »Ich habe eine hervorragende Idee, komm her, ich erkläre sie dir.«

Arif zwang sich zu einem Lächeln. Er war nicht sicher, ob ihm diese Idee gefallen würde.

Und so war es. Sie gefiel ihm ganz und gar nicht.

Malika freute sich. Irgendwie hatte dieser Anak Rezeki es geschafft, den Admiral zu überreden – noch am selben Tag stoppte das Schiff, sie wurden aus ihrem Gefängnis geholt und durften sich, bewacht von Anak und einem anderen Kämpfer, durchzwängen zum Heck des Schiffs. Malika wunderte sich, warum Danílo vor dem zweiten Piraten zurückwich und ihn nur aus den Augenwinkeln musterte. »Der da hat Mike erschossen«, flüsterte er ihr zu, und ein Schauer überlief sie. Danach vermied auch sie, den Mann anzusehen.

Endlich wieder draußen! Malika blinzelte ins grelle Sonnenlicht, atmete tief den Seewind ein und blickte sich um. Das Heck des Piratenschiffs bestand aus einer Rampe, über die man ein Zodiac ins Wasser schieben konnte, und zwei kleinen Plattformen aus Stahlrohr, auf denen man stehen konnte. Leitern führten von den Plattformen auf die Oberseite des Schiffs. Dort war gerade eine improvisierte Wäscheleine aufgespannt, auf der T-Shirts, Shorts und der eine oder andere Sarong im Wind flatterten.

»Viel Spaß«, sagte Anak Rezeki, kletterte die Leiter hoch und setzte sich im Schneidersitz aufs Dach des Schiffs, die Waffe quer über die Knie gelegt.

Wie bitte? *Spaß?* Jedes Mal, wenn ihr Blick dieses Gewehr streifte, musste Malika an Mikes blutenden Körper auf der *Ariadne* denken, und ein Knoten der Angst bildete sich in ihrem Inneren.

Malika atmete tief durch. Sie, Louanne und Shana blickten sich an. Sollten sie sich jetzt und hier ausziehen, vor den Blicken all dieser Männer? Am Heck des Schiffs standen schon ein paar Piraten und gafften, Malika mochte sich gar nicht vorstellen, was die am liebsten mit ihnen gemacht hätten. Doch kurz darauf tauchte der Erste Offizier mit der Brille auf, verscheuchte die Gaffer mit ein paar scharfen Worten und verschwand wieder im Inneren der *Mata Tombak*.

Sehnsüchtig blickte Malika auf das tiefblaue Meer – sie musste da rein, jetzt sofort, ihre Haut juckte schon vor lauter Dreck. Sie streifte sich die verschwitzten Klamotten ab, behielt aber die Unterwäsche an. Shana und Danílo folgten ihrem Beispiel, dann etwas zögerlich auch Louanne.

Malika sprang in die Wellen und das Meer umgab sie, trug sie. Sie tauchte unter, schwamm ein paar Runden und rieb sich mit den Händen über den ganzen Körper, um Schweiß, Schmutz und Unglück von ihrer Haut zu schrubben. Hier und da trieb ein Stück Plastikmüll, doch sie stellte fest, dass ihr das gerade egal war.

Auf der *Skylark* waren sie nur im Notfall auf dem offenen Meer ins Wasser gegangen – zu gefährlich. Doch jetzt schaffte sie es hier im Wasser zum ersten Mal seit dem brutalen Überfall, sich ein wenig zu entspannen. Sie blickte nach unten in die klare, blaue Tiefe, durch die Lichtspeere tanzten, breitete mit angehaltenem Atem die Arme aus und ließ sich treiben. Ruhe erfüllte sie, fast konnte sie vergessen, wie schlimm gerade alles war ...

Dann landete jemand in einer Wolke von Luftblasen neben ihr im Meer. Malika wandte sich ihm zu, doch es war nicht Danílo, es war der grauhaarige Mann mit dem schiefen Mund, gekleidet in eine altmodische Badehose! Sie paddelte instinktiv zurück.

Ohne sie zu beachten, schwamm der Mann mit kräftigen Stößen eine Runde ums Boot, dann hievte er sich seufzend vor Behagen wieder auf die Heckplattform. Dorthin hatte sich auch Danílo zurückgezogen, er hielt nach verdächtigen Rückenflossen Ausschau. Der Alte stieß ein keckerndes Lachen aus. »Angst vor Haien, he? Musst du nicht.«

»Wieso? Gibt's hier keine?«, fragte Danílo zurück.

»Früher schon. Jetzt nicht mehr viele. Sind kaputtgefischt worden, wegen Flossen, du weißt?«

Malika hatte mit halbem Ohr zugehört, während sie hinter dem Heck im Kreis schwamm. Sie wusste, worum es ging – um den Handel mit Haiflossen, die in Asien sehr gefragt waren. 50 Millionen Haie starben jedes Jahr auf diese Weise, da war es zu verstehen, dass hin und wieder einer einen Menschen biss.

»Stimmt«, sagte Danílo. »In China gilt ein Pulver aus Haifischflossen als Potenzmittel, außerdem macht man Suppe aus den Flossen.«

»Schmeckt scheußlich!« Der Alte spuckte ins Wasser. »Nur Knorpel. *Jijik* – widerlich! Aber die denken, Suppe ist furchtbar vornehm. Keine Hochzeit ohne Haiflossensuppe.«

Danílo nickte. »Wie heißen Sie eigentlich?«, fragte er plötzlich, während er auf der Stelle schwamm.

»Ich bin Ishak«, sagte der Alte.

»Danílo«, stellte er sich vor und deutete auf die anderen. »Und das da sind Malika, Shana und Louanne.«

»Willkommen auf *Mata Tombak*.« Der Alte grinste, sodass sie seine schiefen, braunen Zähne sahen. Dann verschwand er tropfend wieder im Inneren des Schiffs.

Hatte er nur nett sein wollen? Oder hatte er sich über sie lustig gemacht?

Am liebsten wäre Malika den ganzen Tag im Wasser geblieben, bloß nicht zurück in diese dunkle, stinkende Kammer! Doch irgendwann richtete sich Anak Rezeki auf und hob das Gewehr. »Hai!«, rief er. Also waren doch noch ein paar übrig.

Shana kraulte zum Boot zurück, Malika zog sich hastig an den Metallstangen hoch und stellte sich neben Louanne, die sowieso schon zitternd vor Kälte auf der Plattform kauerte. Sie hatte so helle Haut, dass sie es geschafft hatte, sich durch die halbe Stunde Schwimmen einen Sonnenbrand einzufangen. Ihr rundlicher Körper wirkte fremdartig neben den sehnigen, braunen Männern an Bord. Wie eine Seekuh zwischen Robben, dachte Malika, und sofort tat ihr der Vergleich leid.

Neugierig standen sie auf der Badeplattform und beobachteten, wie der etwa drei Meter lange Hai unter ihnen vorbeizog, eine geschmeidige Gestalt, die von gestreiften Lotsenfischen begleitet wurde. Der zweite Pirat ließ ihn nicht aus den Augen, hob das Gewehr und legte an.

»Bitte nicht«, sagte Malika alarmiert. Der Pirat achtete nicht auf sie. Doch dann begann Anak Rezeki, schnell auf ihn einzureden, und schließlich ließ der Mann seine Waffe sinken. Der Hai zog ein paar Kreise unter dem Schiff, dann verlor er das Interesse und verschwand wieder.

»Habt ihr den gesehen?«, fragte Anak Rezeki, und sie alle nickten, bis sie merkten, dass er nicht den Hai meinte, sondern einen Albatros, der über das Meer hinwegglitt mit seinen fast drei Meter langen Schwingen. Während sie ihn beobachteten, schnappte er im Flug etwas aus dem Wasser, und Malika hoffte, dass es wirklich etwas Fressbares war.

Mit unbewegtem Gesicht machte der zweite Pirat ihnen Zeichen, wieder nach drinnen zu kommen, und Anak Rezeki nickte. »Viper hat recht, wir müssen weiter. Rein mit euch.«

Dieser Viper schien die Geiseln für nicht sehr gefährlich zu halten, denn er überließ ihre Bewachung seinem jungen Bordkameraden und verschwand im Inneren. Wie die anderen zog sich Malika T-Shirt und Shorts über ihre nasse Unterwäsche und arbeitete sich durch das vollgestellte Innere zu ihrer Kammer vor. Sie ging als Letzte, hinter ihr war nur Anak Rezeki. Sie musste ihn nicht ansehen, um zu spüren, dass er da war. Absichtlich ging sie langsam. Niemand hörte ihnen zu, sie waren fast so etwas wie allein. Wieso schlug ihr Herz auf einmal schneller?

»Danke für den Hai«, flüsterte sie ihm zu.

»Gern geschehen«, murmelte er in seinem leicht stockenden Englisch. »Ich mag Haie auch. Sie sind so stark und schnell. Niemand kann ihnen befehlen.«

Einen Moment standen sie im Halbdunkel des Flurs und blickten sich an, ohne ein Wort zu sagen. Wärme durchflutete Malika, eine Wärme, die sie lange nicht mehr gespürt hatte. Was passierte mit ihr? Am liebsten hätte sie sich abgewandt und wäre davongegangen, so rasch sie konnte. Doch ihre Füße bewegten sich nicht und ihre Blicke hielten sich noch immer fest.

Nein. Das durfte nicht sein. Sie durfte sich hier nicht verlieben, was sollte das, Schluss damit! Noch ein bisschen plaudern, dann zurück zu den anderen und bloß nicht zu oft an diesen Jungen denken und daran, wie er sie geschützt hatte beim Angriff auf die *Ariadne*.

»Wieso bist *du* nicht ins Wasser gegangen?«, fragte Malika und richtete den Blick auf die graue Schiffswand. »Wolltest du nicht oder kannst du nicht schwimmen?«

Er lachte spontan auf. »Doch. Ich bin am Meer aufgewachsen. Aber der Admiral hat befohlen, dass ich achte auf euch. Wenn euch etwas passiert, büße ich. Also halte ich lieber Ausschau und warne euch.«

Malika schaffte es nicht, auf seinen lockeren Ton einzugehen. Dafür hatte sie viel zu viel Angst – die Wärme war weg, stattdessen schien in ihrem Magen ein Eisklumpen zu stecken. »Wenn wir es schaffen würden, zu fliehen …«

Der junge Pirat zog wortlos einen Finger über seine Kehle.

»Nein, bestimmt nicht«, sagte Malika erschrocken, und beinahe hätte sie die Hand ausgestreckt und auf seinen Arm gelegt. Aber nur beinahe. »Du bist doch Teil der Besatzung, der Admiral braucht sicher jeden Mann …«

»Wenn er mehr Männer braucht, holt er sich welche«, sagte Anak Rezeki, seine Stimme war ausdruckslos. Rasch sah er sich um. »Geh jetzt, die anderen warten schon.«

Malika nickte.

»Und noch eins – bloß nicht Ishak vertrauen. Der tut nur nett, ist es aber nicht.«

»Danke für die Warnung«, flüsterte Malika zurück, dann folgte sie ihren Freunden in ihre dunkle Kammer.

»Wo warst du so lange?«, fragte Danílo, als Malika sich zu ihm setzte. Als er gemerkt hatte, dass sie hinter der Gruppe zurückgeblieben war, hatte er Angst um sie gehabt – hätte ja sein können, dass dieser Kerl sie in irgendeine dunkle Ecke gezerrt hatte!

Malika zuckte die Schultern. »Ich habe mich mit dem einen Piraten unterhalten. Du weißt schon, Anak Rezeki.«

»Ihr seid ja schon ganz dicke Freunde«, meinte Danílo mit gemischten Gefühlen. Gefiel ihr der Kerl? Anak Rezeki sah zwar nicht gerade aus wie ein Popstar, eher unauffällig, Durchschnitt. Aber hässlich war er auch nicht mit seinem dichten, schwarzen Haar, dem ebenmäßigen Gesicht und den wachen Augen. Wie die meisten Indonesier war er nicht sonderlich groß, aber sehnig, kein Gramm Fett zu viel. War er Malikas Typ? Danílo hatte keine Ahnung. Aber so blöd war sie bestimmt nicht, dass sie sich in irgendeinen Kriminellen verguckte, nur weil er schöne Augen hatte.

»Der ist aber auch wirklich nett«, meinte Shana. »Er sieht uns nicht als Lösegeld auf zwei Beinen, sondern als Menschen.«

»Wie fandet ihr diesen Ishak?«, fragte Danílo.

»Hat sich immerhin mit uns unterhalten, im Gegensatz zu *Monsieur le Capitaine*«, sagte Louanne mit hochgezogenen Augenbrauen.

»Anak hat gesagt, wir sollen ihm nicht vertrauen«, gab Malika weiter.

243

Shana nickte nachdenklich. »Ja, ich glaube, das ist ein guter Rat. Wenn ich den ansehe, muss ich daran denken, wie er Kira gepackt hielt ... wahrscheinlich ist sie immer noch taub auf einem Ohr, weil er seine Knarre daneben abgefeuert hat.«

»Das hat ihm der Admiral befohlen, es war sicher nicht seine Entscheidung.« Danílo trank einen Schluck aus einer der offensichtlich aus dem Meer gefischten und mit Süßwasser aufgefüllten Plastikflaschen, die der junge Typ ihnen gebracht hatte.

»Es ist ihm befohlen worden? Was ist das denn für eine Entschuldigung?«, fuhr Malika auf. »Befehlen darf man nicht folgen, wenn sie gegen das eigene Gewissen gehen!«

»Das sehen die Leute in vielen Kulturen anders«, meinte Louanne.

Malika schien keine Lust auf eine längere Diskussion zu haben. Sie kämmte ihre vom Salzwasser verklebten Haare mit den Fingern durch. »Ein Königreich für eine Bürste und eine Zahnbürste!«

»Das wären dann ja zwei Königreiche«, meinte Shana trocken. »Bisschen viel für etwas, das man im Supermarkt für drei Dollar bekommt.«

»Na ja, *unsere* letzten Zahnbürsten waren ein bisschen teurer, dafür aber auch aus Holz«, meinte Malika. »Wir wollten keine aus Plastik, denen wir womöglich im Müllstrudel wiederbegegnet wären.«

Verlegene Blicke – anscheinend waren sie die Einzigen, die versucht hatten, mit weniger Plastik auszukommen. Also wechselten sie das Thema, unterhielten sich über das Piratenschiff und sprachen wieder einmal über den Überfall auf die *Ariadne*, bis es darüber nichts mehr zu sagen gab.

Die Zeit dehnte sich endlos im Halbdunkel ihrer Kammer. Es gab nichts zu tun, nichts zu sehen. Aber sie konnten reden. Danílo war eigentlich egal, worüber sie sich unterhielten, Hauptsache, sie sprachen miteinander. Ohne diese Gespräche wäre er durchgedreht und hätte sich auf diese rund um die Uhr verschlossene Tür gestürzt, mit den Fäusten dagegen gehämmert, sich heiser gebrüllt.

»Ihr seid also nie richtig zur Schule gegangen?«, durchbrach Louanne die kurze Stille.

»Doch, bis wir elf Jahre alt waren und dann das ganze letzte Jahr, aber zwischendrin haben meist unsere Eltern uns unterrichtet«, erzählte Malika. »Sie hatten Unterrichtsmaterial mitgenommen und haben dann jeweils Wochenpläne aufgestellt, was wir lernen sollen. Jeden Vormittag drei Stunden, außer es war stürmisches Wetter oder wir hatten etwas Besonderes vor oder so was. Aber ich glaube, meinen Eltern stank das manchmal richtig, dass sie uns immer zum Lernen bringen mussten, auch wenn wir keine Lust hatten. Am meisten Spaß gemacht haben die größeren Projekte, zum Beispiel zum Thema Meeresschildkröten, Vulkane oder Panama-Kanal.«

Manchmal überließ Danílo ihr das Reden, doch heute hatte er Lust, selbst etwas beizusteuern. »Aber einmal mussten wir doch ein paar Monate in eine richtige High School – in Australien, bis wir nach Ende der Hurrikan-Saison weiterfahren konnten. Tja, wir waren neugierig, wie Schule so ist, mir hat's da ganz gut gefallen, aber Malika war nicht wirklich glücklich. Und das lag nicht an den dämlichen Schuluniformen.«

»Das kannst du laut sagen«, sagte Malika und seufzte. »Ich bin mit den anderen Mädchen nicht so gut klargekommen, irgendwie stand ich immer allein da ... ich weiß nicht, ob es wirklich Mobbing war, wir konnten einfach nichts miteinander anfangen ...«

Danílo erinnerte sich noch gut an diese Zeit. Als er gemerkt hatte, wie unglücklich Malika gewesen war, hatte er wieder mehr Zeit mit ihr verbracht und weniger mit den anderen Jungs. Es hatte ihn noch lange verfolgt, wie sie in dieser Schule gelitten hatte, ohne dass er es gemerkt hatte. Seither sorgte er dafür, dass nichts zwischen sie kam. Damals hatte er sie im Stich gelassen, das würde ihm kein zweites Mal passieren!

»Aber als ihr wieder zurückkamt in die richtige Schule ... hattet ihr dann nicht viel nachzuholen?«

»Nicht so viel, wie wir befürchtet hatten ... unser Englisch war zum Beispiel deutlich besser als das der anderen, außerdem hatte ich zum Spaß Spanisch gelernt«, berichtete Malika. »Nur in Physik war es hart, da haben unsere Eltern uns ein paar Sachen falsch beigebracht, weil sie es selbst nicht kapiert hatten. Aber wir haben beide ziemlich gute Abschlüsse geschafft.«

Gut, dass es so viel zu erzählen gab, dadurch verging die Zeit schneller. Shana berichtete, wie es auf der Schaffarm ihrer Eltern in Neuseeland und einem *Greenpeace*-Schiff zuging, Louanne erzählte davon, wie sie nach einer Lebenskrise ihre Doktorarbeit abgebrochen hatte und auf Containerfrachtern um die Welt gefahren war. Malika und Danílo kramten Anekdoten von ihren Reisen mit der *Skylark* heraus: Wie sie in Fidschi von einer einheimischen Familie »adoptiert« worden waren; wie sie beinahe mit einem Frachter zusammengestoßen wären, weil Danílo und Malika während ihrer Wache Karten gespielt hatten; wie ein Blitz auf Sumatra ihr Boot getroffen und sämtliche Elektronik gegrillt hatte; wie sie, weil die Familie durch das Unglück fast pleite war, einen schwunghaften Internethandel mit Marmeladen aus Tropenfrüchten aufgezogen hatten; wie ihre Mutter auf den Seychellen einen Knoten in ihrer Brust ertastet hatte und sie so schnell wie möglich über den Suez-Kanal zurückgefahren waren, damit sie behandelt werden konnte.

»Oh«, sagte Shana erschrocken. »War es Brustkrebs?«
»Ja«, erwiderte Malika still. »Sie hat es überlebt. Aber wegen der vielen Nachuntersuchungen konnten wir danach nur noch kurze Fahrten machen.«

Danílo dachte an seine Mutter, immer düsterer wurden seine Gedanken, während Malika sich mit Yoga-Übungen ablenkte. Danílo schlang die Arme um die Knie und legte die Stirn darauf.

Als die anderen sich zum Schlafen hinlegten, schlugen die Wellen der Verzweiflung endgültig über ihm zusammen. »Was ist, wenn wir noch monatelang hier drin bleiben müssen? Wie sollen wir das aushalten?«, flüsterte er Malika ins Ohr. »Womöglich verlieren wir Jahre unseres Lebens hier drin.«

»Jahre? Quatsch«, wisperte Malika zurück. »Wahrscheinlich sind wir in Deutschland schon auf allen Titelseiten, die werden alles versuchen, um uns freizubekommen. Ich schätze, es wird nur ein paar Wochen dauern oder höchstens Monate.«

Monate! Und er fühlte sich in diesem kleinen, fensterlosen Raum schon jetzt wie lebendig begraben. Es half nicht einmal, dass Shana ihn rührend besorgt anblickte.

Floater Town

Malika war noch nicht bereit, den jungen Schiffbrüchigen aufzugeben. Natürlich war dieser Arif eingeschüchtert und traumatisiert, doch vielleicht taute er auf, wenn sie ihm den von ihm geschriebenen Zettel mit dem Hilferuf zeigte.

Einmal am Tag wurde der Toiletteneimer geleert, nur eine halbe Minute lang sah sie den Jungen mit dem dünnen Schnurrbart und den großen Füßen – doch diesmal war Malika bereit. Als er hereinkam, lächelte sie ihn an, und als er hinaushuschen wollte, meinte sie: »Bleib doch noch einen Moment.«

»Wieso?«, fragte der Junge misstrauisch, ohne den Eimer abzusetzen.

»Es tut mir leid, dass ich dich neulich erschreckt habe«, sagte Malika. Wie abgesprochen, ignorierten die anderen das Gespräch, um den Jungen nicht zu überfordern.

»Macht nichts.« Sein Englisch war recht gut und diesmal klang er schon viel weniger panisch als beim letzten Mal.

»Du bist nicht freiwillig auf diesem Schiff, oder?«, fragte Malika vorsichtig.

Er zuckte die Schultern und blickte zu Boden.

»Ich soll dich von deinen Eltern grüßen«, fuhr sie fort, und diesmal hob er den Kopf und starrte sie an. Er sah etwas verblüfft aus, aber auch neugierig. »Sie meinen bestimmt, von meiner Mutter?«

»Von deiner ganzen Familie – dein Vater vermisst dich auch«, sagte Malika.

Der Junge blickte sie mit aufgerissenen Augen an. Malika hatte erwartet, dass Arif sich freuen würde, und war enttäuscht über seine Reaktion. In ihrer Hand war der Zettel, sein Hilferuf, sie wollte ihn gerade hervorholen, als jemand von draußen rief: »Salty, wo bleibst du denn so lange? Wir legen gleich an!«

Der Junge schrak zusammen und hätte um ein Haar den Fäkalieneimer umgestoßen. Malika sprang zurück. Blitzschnell griff Shana zu und verhinderte den Unfall, was ihr aber keinen Dank einbrachte – der Junge packte den Eimer und riss ihn ihr förmlich aus der Hand, dann hinkte er nach draußen.

»Vielleicht nennen sie ihn hier Salty, weil's ihm bei seinem Schiffbruch das Gehirn versalzen hat«, meinte Shana und zuckte die Achseln.

»Diese Geiseln sind völlig verrückt«, sagte Salty auf Indonesisch, als er an Arif vorbeihastete.

»Warum?«, hakte Arif neugierig nach – es war das erste Mal seit Tagen, dass Salty mit ihm sprach. Vielleicht war das eine Gelegenheit, ihre Freundschaft wieder ins Lot zu bringen, falls noch etwas davon übrig war.

»Sie behaupten, mein Vater lässt mich grüßen!«

»*Masak!*« Arif war verblüfft. Salty hatte ihm mal erzählt, dass seine Mutter als Oben-ohne-Tänzerin in einer Bar in Djakarta arbeitete und ihn ein amerikanischer Tourist gezeugt hatte, der sich seither nicht mehr hatte blicken lassen. »Vielleicht haben sie ihn in Amerika getroffen.«

»Haha, sehr witzig«, gab Salty zurück. »Wie sollen sie

denn seinen Namen rausgekriegt haben? Selbst meine *Ibu* weiß ja nur, dass er Jim hieß!«

»Amerikaner kriegen so was raus, die spionieren überall herum und hören alles ab.«

»Weiß ich längst, Klugscheißer«, knurrte Salty, öffnete eine Luke und kippte den Inhalt des Eimers schwungvoll über Bord. Leider hatte er vergessen, vorher die Windrichtung zu überprüfen.

»Macht nichts«, versuchte ihn Arif zu trösten. »Die haben in Floater Town bestimmt eine Waschmaschine, oder?«

Doch Salty war schon schimpfend abgezogen – die Duftschleppe, die er hinter sich herzog, war grandios.

Arif kletterte auf den Rumpf, um nicht zu verpassen, wie die *Mata Tombak* an Floater Town anlegte. Erstaunt sah er, dass diese »Stadt« ein Gebilde aus ehemals weiß gestrichenen Streben, Plattformen und Rohren war, etwa zwanzig Meter hoch ragte es vor ihnen aus dem Meer. An jeder freien Stelle waren bläulich schimmernde Solarflügel angebracht.

»Was um alles in der Welt ist das?«, fragte er Jivan, der neben ihm stand.

»Eine alte Bohrinsel, siehst du doch.«

»Klar, aber was macht das Ding hier?«

»Früher bohrte das Ding vor der Küste von Kalifornien, doch irgendwann ging dort das Öl aus, und so 'ne Bohrinsel zu verschrotten ist gar nicht so billig«, erklärte Jivan. »Deswegen haben sie einfach ihre Verankerung gekappt und sie sich selbst überlassen. Ein paar Leute haben sich dann überlegt, dass sie darauf wohnen könnten, und sie hierhergeschleppt.«

Arif nickte und schaute sich das Ding gründlich an. Ein paar kleine Schiffe, von denen einige zusammengestückelt aussahen wie ein Flickenteppich, waren an den vier Hauptstelzen der Bohrinsel vertäut und schwankten leicht in der Dünung. Außerdem war an einer Stelze eine Art vielfarbiges Floß befestigt, auf dem jemand hockte und ihnen zuwinkte. Als die *Mata Tombak* sich näher heranschob, erkannte Arif, dass diese Plattform aus Hunderten von zusammengebundenen Plastikkanistern bestand. Auch sonst war die Station ziemlich bunt: An einem weiß gestrichenen Gebäudekomplex unterhalb der Heli-Plattform hing ein riesiges, vielfarbiges Banner mit der Aufschrift *Free Ocean!* und überall klapperten meterlange bunte Ketten im Wind.

»Das Plakat da ist aus zusammengenähten Plastikplanen, die Ketten aus Flaschendeckeln«, erklärte Jivan. »Hier im Müllstrudel gibt's reichlich von beidem.«

Doch es war etwas ganz anderes, was Arif beschäftigte. »Sag mal ... habt ihr schon öfter Müllfischer überfallen, so wie neulich? Dann wäre es keine gute Idee, hier einfach so ...«

Jivan schüttelte den Kopf. »Nee, nee, keine Sorge. Der Admiral hat zwar früher ein paar Floaters ausgeraubt, bei denen es was zu holen gab. Aber inzwischen sind alle, die hier ihre Basis haben, für uns tabu.«

Tomás stoppte die *Mata Tombak*, dann setzte sich quietschend der Kran der Bohrinsel in Bewegung und eine Art Korb schwebte nach unten. Der Admiral, der breitbeinig mitten auf dem Rumpf stand, beobachtete es mit zusammengekniffenen Augen. »Anak Rezeki, Jivan, ihr kommt mit«, kommandierte er.

Vom Schiff in den Korb umzusteigen war etwas trickreich, doch sie schafften es alle, ohne ins Meer zu stürzen. Arif klammerte sich in die groben Maschen des Netzkorbs und beobachtete, wie das Meer unter ihnen zurückblieb. Es war ein unheimliches Gefühl und ihm wurde ein bisschen schwindelig dabei. Große Höhen mochte er nicht, im Gegensatz zu seinem Bruder, der auf jeden Felsen und Hügel kletterte, den er fand.

Dann standen sie auf dem Deck der Bohrinsel und Arif blickte sich um. Rechts neben ihnen war eine viereckige Helikopter-Landeplattform, doch im Moment konnte dort niemand landen, weil Stahlseile darübergespannt waren. Außerdem stand in der Mitte ein Liegestuhl, in dem sich eine tief gebräunte Frau sonnte. Obwohl sie nicht mehr jung war und nicht nur ihr Hals faltig, trug sie einen sehr knappen, pinkfarbenen Bikini. Dadurch sah man unglaublich viel von ihrer Haut, die die Farbe eines Grillhühnchens hatte. Ihr Haar war hellblond gefärbt und in Locken arrangiert, die ungefähr so echt wirkten wie die Zuckergussblumen auf einem Kuchen. Verlegen wandte Arif den Blick von ihrem halb nackten Körper ab, doch irgendetwas brachte ihn dazu, wieder hinzusehen. Die Frau winkte ihnen zu, verzog die rosa geschminkten Lippen und fletschte die Zähne ... oder sollte das ein Lächeln sein?

Arif war so fasziniert von diesem Anblick, dass er erst im letzten Moment mitbekam, dass ein zweiter Bewohner von Floater Town auf sie zugeschlendert kam. Ein hagerer, weißer Mann mit langen, graublonden Haaren und Augen, die blau waren wie das Meer. Er trug ein ausgeblichenes Hemd, das am Hals offen stand, weite, lockere Stoffhosen und die gleichen Flip-Flops wie die Frau, gelb mit rosa Blümchen. An seiner Hüfte hing ein großes, gezacktes Tauchermesser.

»Luke Open Waters«, stellte sich der Mann vor und gab ihnen höflich lächelnd die Hand. »Willkommen in Floater

Town!« Doch als er sich Admiral Zahir zuwandte, schwand sein Lächeln. »Admiral, das geht wirklich nicht! Bei Geiseln hört der Spaß auf. Wir können es nicht gebrauchen, dass sich irgendwelche Behörden für uns interessieren. Bisher lassen sie uns in Ruhe, aber ...«

»Keine Sorge, das wird auch so bleiben«, versicherte ihm der Admiral. »Und es wird nicht zu Ihrem Nachteil sein, wenn wir eine Weile hierbleiben dürfen, das kann ich Ihnen versichern.«

Jivan zog Arif außer Hörweite, doch er hatte gute Ohren und bekam mit, dass es um Bedingungen ging, um Waren und die Dienste der Mannschaft bei Reparaturarbeiten. »Die wollen mich als Mechaniker«, flüsterte ihm Jivan ins Ohr. »Ist immer was kaputt an diesem Haufen Schrott!«

»Meinst du, wir dürfen bleiben?«, fragte Arif zurück.

»*Sí, sí*. Es geht jetzt nur noch um das hier.« Jivan rieb Daumen und Zeigefinger gegeneinander.

Schließlich schüttelten sich der Admiral und Luke Open Waters die Hände und Jivan und Arif wagten wieder, näher zu kommen.

»Ihr könnt die Gäste jetzt hochholen«, sagte Luke Open Waters freundlich, und verwirrt blickten sich Arif und Jivan an. Was für Gäste? Arif begriff als Erster – Geiseln waren hier nicht erwünscht, Gäste schon. »Wo sollen wir sie hinbringen, Sir?«

»Roxanna wird euch die Zimmer zeigen«, meinte Luke Open Waters und lächelte ihm zu. »Und du musst mich nicht Sir nennen, Luke reicht völlig.«

»Okay ... Luke«, sagte Arif und blickte sich noch einmal um, genoss den grandiosen Blick vom Heli-Deck aus und atmete tief die Seeluft ein. Er fühlte sich stark und frei.

Gleich würde er Malika endlich herausholen können aus diesem kleinen, muffigen Raum. Und ihr Haar würde im Wind lebendig werden, so wie damals, als er sie zum ersten Mal gesehen hatte.

»Was ist denn das hier für eine Hippie-Veranstaltung?«, murmelte Malika, als sie an dem bunten *Free Ocean!*-Plakat und den klimpernden Plastikketten vorbeigehievt wurden.

»Ist mir egal, Hauptsache, raus aus diesem dunklen Loch!«, ächzte Danílo. Tief unter sich sahen sie, dass nicht alle Bewohner dieser seltsamen Bohrinsel in den Genuss eines Hebekorbes kamen … einige Gestalten kletterten eine lange Strickleiter mit Holzsprossen hoch.

Anak Rezeki, diesmal nur mit einer Pistole bewaffnet, half ihr, Louanne und Shana aus dem Hebekorb und auf die Plattform. Einen Moment lang berührten sich ihre Hände dabei, und wieder einmal wunderte sich Malika, warum ihr Herz auf einmal schneller schlug. Warum es sich so besonders anfühlte, die Wärme seiner Haut zu spüren und seine schmalen, kräftigen Finger. Einen Herzschlag lang trafen sich ihre Blicke – wie warm Arifs Augen sie ansahen! Hastig schauten sie beide weg. Selten hatte sich Malika so eigenartig gefühlt. Verwirrt und glücklich zugleich.

Danílo kletterte als Letzter heraus. Er, die anderen Frauen und Malika folgten der blond gefärbten, etwa fünfzigjährigen Frau zu ihren neuen Behausungen. Dabei kamen sie an vielen Männern vorbei, die sie anstarrten – einige, die Piraten von der *Mata Tombak*, erkannte sie wieder, andere hatte sie noch nie gesehen, zum Beispiel einen grazil gebauten Mann mit Giraffenaugen, der um den Hals gleich fünf Hanfketten mit hineingeknotetem Treibgut trug. Anak Rezeki rief ihm etwas zu, er antwortete mit einem breiten Lächeln und die beiden Männer unterhielten sich einen Moment lang in einer fremden Sprache, wahrscheinlich Indonesisch. Dann wandte Anak sich ihnen wieder zu. »Er sagt, dass er Kim heißt und aus Sumatra stammt. Er ist ein Floater und nur ab und zu hier. Das neben ihm ist sein Freund Johnny.«

Johnny hatte ein von Akne verunstaltetes Gesicht und wirkte schüchtern, lächelte ihnen aber trotzdem zu.

Unglaublich, sie hatten richtige Zimmer mit Doppelstockbetten und Waschräumen, durch das Fenster konnte man über das glitzernde Meer blicken! Danílo bekam ein eigenes Zimmer, ebenso Louanne, vielleicht weil sie Erste Offizierin war. Shana und Malika sollten zusammen wohnen. Malika drückte Danílo zum Abschied, dann ließ sie sich auf ihre Koje sinken, vor Erleichterung wären ihr beinahe die Tränen gekommen.

»Ihr wollt wahrscheinlich erst mal duschen, Girls«, sagte Roxana, die blonde Frau, mitfühlend. »Danach treffen wir uns in meinem Laden, der ist hier gleich um die Ecke, ja?«

»Was?« Shana starrte sie an. »Was meinst du damit? Können wir uns hier frei bewegen?«

»Ja, natürlich.« Roxana hob die perfekt gezupften Augenbrauen. »Ihr seid doch Gäste hier. Aber, äh, ich glaube, für euch gelten ein paar spezielle Regeln, die sagt euch Luke nachher noch. So, hier sind ein paar frische Klamotten.« Sie reichte ihnen zwei bunte Bündel Kleidung.

»Danke.« Shana streckte sich mit einem Seufzen auf dem oberen Doppelstockbett aus. »Du bist ein Engel, Roxana.«

Roxana lachte. »Oh, danke, bin ich gern. Bis nachher! Wir sind die einzigen weiblichen Wesen hier auf der Station, da muss man zusammenhalten.«

Im Waschraum stand noch eine halb leere Flasche Schampoo, was für ein Geschenk des Himmels! Sie duschten beide so lange, bis ihre Haut schrumpelig war, dann inspizierten sie ihre neuen Sachen. »Hui«, sagte Malika, als sie die Unterwäsche aus pfirsichfarbener Spitze sah. »So schicke Sachen hatte ich noch nie.«

Shana hielt ein Paar roter Strapse hoch. »Ich hoffe, die bedeuten nicht, dass wir hier anschaffen gehen sollen.«

Erschrocken blickte Malika sie an, doch Shana winkte ab. »Sorry, ich wollte dir keinen Schreck einjagen. Du hast es gehört – wir sind Gäste hier.«

Malika hatte ein mit winzigen Blumen bedecktes, helles Sommerkleid bekommen, Shana knappe Shorts und ein orangefarbenes T-Shirt mit der Aufschrift *Malibu Beach,* das ein paar Nummern zu groß war. »Dafür fehlt mir ganz klar die Oberweite«, seufzte Shana. »Vielleicht frage ich Roxana, ob sie 'nen Wonderbra für mich hat. Von Körbchengröße A auf Größe C in nur einer Minute!«

»Wen genau willst du damit beeindrucken?«, fragte Malika und lachte. »Meinen Bruder? Der würde schön blöd gucken, weil er schon weiß, wie du wirklich aussiehst. Außerdem bist du genau richtig, so wie du bist.«

Während sie sich anzogen, schaute Malika, was sie durchs Fenster erkennen konnte. Als Erstes sah sie, dass der Kran der Bohrinsel wieder in Betrieb war, diesmal zog er große Pakete mit Material hoch. »Aha, die entladen gerade die *Mata Tombak*.«

»Diese Schweine – das sind unsere Solarflügel!« Wütend starrte Shana nach draußen.

»Schau nicht hin«, sagte Malika und zog sie weg.

Zögernd verließen sie ihre Kammer, konnten noch nicht

ganz glauben, dass sie wirklich hingehen durften, wohin sie wollten. Es sah hier aus wie in einem x-beliebigen billigen Hotel, ein mit Filmpostern dekorierter Flur, von dem rechts und links Türen abgingen.

»Kannst du uns sagen, wo es zu Roxanas Laden geht?«, fragte Malika einen jungen Mann mit breitem, freundlichem Gesicht und einem weichen Mopp schwarzer Haare. Er zog einen Müllsack hinter sich her und fegte hier und dort Staub aus dem Gang in eine Ecke. Ein Perserkater mit völlig verfilztem, rötlich braunem Fell folgte ihm.

»Hi«, sagte der junge Mann zu Malika. »Bo.«

»Wie bitte?«, fragte Malika verwirrt nach.

»Bo«, wiederholte der junge Mann und deutete auf sich selbst.

Ach so, er hatte sich vorgestellt. Malika und Shana nannten ihre Namen, und es stellte sich heraus, dass der junge Mann doch ein wenig Englisch sprach und ihnen einen Tipp geben konnte, wie sie Roxanas Laden fanden.

Staunend blickte Malika sich um. In einer Ecke stapelten sich mehrere hundert Flip-Flops, alle mit dem gleichen gelb-rosa Blumenmuster. Wer die nicht mochte, fand in der gleichen Ecke Sneaker, alle von derselben Marke. Außerdem gab es jeweils ein paar hundert MP4-Player und Actionfiguren, T-Shirts und Caps – alle mit dem gleichen *Malibu Beach*-Aufdruck – Frisbees, Klarsichthüllen aus Plastik und Büro-Ordner. In einer anderen Ecke des Ladens lagerten Nahrungsmittel und andere Dinge des täglichen Bedarfs – Suppendosen, Nudelpackungen, kleine Kartons mit Waschmittel, Werkzeug. Daneben ein Riesenkarton mit Medikamenten – es gab nur wenige Sorten, davon aber richtig viele.

In einer dritten Nische gab es Dinge, die Malika von ihrer Arbeit auf der *Ariadne* bekannt vorkamen: Ein alter Basketball, Plastikbecher und -besteck, ein ausgeblichener, blauer Wasserkanister … Das waren alles Dinge aus dem Meer. Über ihren Köpfen hing ebenfalls Ware direkt aus dem Müllstrudel – Nylonseile unterschiedlicher Länge und Farbe, Netze, Fender, Bojen und vieles mehr.

»Hallo allerseits!«, begrüßte Roxana sie fröhlich. »Stehen euch toll, die Sachen. Egal, in was für einer Situation man steckt, man möchte ja trotzdem gut aussehen, nicht wahr?«

»Wie viel kosten die Flip-Flops?«, fragte Shana, die noch immer die festen Bordschuhe trug, mit denen sie entführt worden war. Malika selbst hatte sich schon am ersten Tag entschieden, barfuß herumzulaufen.

Roxana lachte. »Ihr habt doch sowieso kein Geld. Aber ich nehme auch Tauschware.« Doch ihr war anscheinend klar, dass die Geiseln im Moment auch nichts zum Tauschen hatten, denn eine Minute später waren Shana und Malika im Besitz je eines kostenlosen Flip-Flop-Paares. »Wo habt ihr die alle her?«, erkundigte sich Malika. »Habt ihr die im Tausend billiger bekommen?«

Roxana lächelte verschmitzt. »Ach, die sind gar nicht gekauft, sondern von einem Containerfrachter aus Fernost gefallen und haben ganz zufällig den Weg hierhergefunden.« Sie schnappte sich ein paar Plastikflaschen Duschgel und reichte sie ihnen. »Hier ist noch was, ich wette, das könnt ihr gebrauchen.«

Malika wollte zugreifen, doch dann sah sie, was die Flasche enthielt, und zögerte – was Roxana natürlich auffiel. Sie zog die Augenbrauen hoch. »Was ist? Wollt ihr hier etwa nicht duschen?«

»Doch, doch«, versicherte Malika schnell. »Es ist nur ... dieses Zeug ist in Deutschland schon seit Jahren verboten. Anscheinend wird es in anderen Ländern noch hergestellt.«

»Verboten? Wieso?« Roxana betrachtete das grüne Duschgel, in dem kleine Kügelchen schwebten, verblüfft. »Ist es giftig?«

»Für uns nicht, aber für das Meer«, erklärte Malika. »Bis 2022 war es üblich, dass in Duschgels, Cremes und sogar Zahnpasta kleine Plastikkügelchen waren. Merkt und sieht man meist gar nicht. Das Zeug diente als eine Art Schleifmittel, du weißt schon, Peeling-Effekt und so ...«

»Auch in Zahnpasta?« Roxana sah nicht begeistert aus. »Dann habe ich garantiert schon was davon runtergeschluckt.«

»Genau. Das größere Problem ist aber, dass Kläranlagen diese winzigen Plastikteilchen nicht rausfiltern können ... Sie landen in den Flüssen und anschließend im Meer.«

»Und dort gelangen sie in die Nahrungskette«, ergänzte Shana. »Sodass die Schadstoffe wieder auf deinem Teller landen, wenn du Fisch isst.«

Danílo und Louanne trafen ein, und Malika umarmte ihren Bruder, froh, dass er schon viel ausgeglichener wirkte. Doch er war noch immer ziemlich still.

Wie sich herausstellte, betrieb Roxana nicht nur den Laden von Floater Town, sondern auch eine Garküche in der ehemaligen Kantine der Bohrinsel und organisierte im früheren Gemeinschaftsraum Kinoabende, da sie auch über den Fernseher und die Blu-Ray-Sammlung herrschte. »So, jetzt aber genug geplaudert, ihr sollt zu Luke kommen«, sagte sie, hängte ein *Ich bin gleich zurück*-Schild an ihren Laden, ohne die Tür abzuschließen, und führte sie über verwinkelte Metalltreppen bis zur ehemaligen Funkzentrale.

Dort hockte Luke Open Waters auf einem bequemen Stuhl, hatte die Füße hochgelegt und verschaffte sich gerade mit einem bunt bemalten Fernglas einen Überblick über die Umgebung. Durch eine offene Tür konnte Malika in den Wohnraum direkt daneben schauen, der durch eine Hängematte mitten im Zimmer und herunterrankende Grünpflanzen punktete.

»Grüßt euch, liebe Gäste«, sagte Luke Open Waters und zündete sich unter einem alten *No Smoking*-Schild eine *Lucky Strike* an. »Schön, dass ihr da seid, und wenn ihr euch an ein paar einfache Regeln haltet, werden wir viel Spaß zusammen haben.« Er klappte einen Finger hoch. »Erstens, ich hasse Sabotage. Wer an meiner Insel herumfuscht, der fliegt über Bord.« Ein zweiter Finger. »Für euch gibt's leider keine Kommunikation nach außen. Um diese Regel hat mein lieber Freund, unserer tapferer Freibeuter der Meere, gebeten. Wer dagegen verstößt, fliegt über Bord.« Ein dritter Finger. »Drittens, wer anderer Meinung ist als ich, der kann diese Meinung gerne anderswo vertreten. Willigt er nicht ein, fliegt er über Bord.«

»Ihr geschätzter Freund, der tapfere Freibeuter, ist ein Verbrecher«, meldete sich Louanne mit fester Stimme zu Wort. Sie hatte ihr Uniformhemd nicht mehr an und trug stattdessen eine saubere, bunte Bluse, doch in ihrer Stimme schwang Autorität mit. »Wenn Sie uns nicht freilassen, machen Sie sich mitschuldig, *vous comprenez?*«

»Mitschuldig?« Luke Open Waters breitete mit verletztem Blick die Hände aus. »Welche Gesetze gelten denn hier? Dieses Territorium gehört keinem Staat, Floater Town ist

Niemandsland. Es gelten also nur die Gesetze, die wir Bewohner gemeinsam aufgestellt haben.«

»Und dazu gehören nicht Frieden, Freude und Brüderlichkeit?«, hakte Malika ironisch ein.

»Doch, natürlich!«

»Aber Gefangene sind wir trotzdem?« Shana zog die Augenbrauen hoch.

Die Diskussion wurde durch die Ankunft von Admiral Zahir abgekürzt, der sich mit langen Schritten der Funkzentrale näherte. Einer der anderen Piraten – Malika war ziemlich sicher, dass er Tomás hieß – war bei ihm, er hatte wie üblich ein Maschinengewehr über der Schulter. Unwillkürlich suchten ihre Augen nach Anak Rezeki, doch er war nirgends in Sicht. Sie musste wirklich aufhören, an ihn zu denken.

»Entschuldigen Sie mich«, sagte der Admiral zum Chef der Station und bedeutete Malika und den anderen mit einer Kopfbewegung, ihm zu folgen.

Als sie alle auf der Hubschrauberplattform standen, wo ihnen der Wind durch die Haare pfiff, baute er sich vor ihnen auf. »Ich bin für klare Verhältnisse«, sagte der Admiral, und seine dunklen Augen waren hart. »Sie können sich hier frei bewegen, doch jeder Fluchtversuch wird bestraft. Tomás hat Befehl, auf Flüchtende zu feuern. Gelingt es einem von Ihnen, die Bohrinsel ohne Erlaubnis zu verlassen, dann stirbt dafür eine der anderen Geiseln. Noch Fragen?«

Es überlief Malika kalt. Nein, dazu hatte sie keine Fragen.

Wieder ergriff Louanne das Wort. »Dürfen wir unseren Familien ein Lebenszeichen geben?«

»Nein.« Nicht mehr als das, dann gingen Zahir und sein Helfer ohne Abschied.

Es wurde langsam dunkel und ein kühler Wind war aufgekommen. Fröstelnd stand Malika auf der Plattform und griff nach Danílos Hand.

Von unten hörte sie ein leises Klappern, die Strickleiter wurde für die Nacht nach oben gezogen.

Nacht der Scherben

Jivan war bester Laune. Irgendwie hatte er sich eine Flasche *Lapen* organisiert und jetzt saß er gegen das Gewirr von Rohrleitungen gelehnt und nahm einen tiefen Schluck. »Selbstgebrannt! Das schmeckt man«, sagte er und schnickte gegen die mit einem Wackelkontakt kämpfende LED-Laterne. »Auch 'nen Schluck, *amigazo?*«

Arif schenkte der Göttin einen Schluck und nahm dann selbst einen, doch er hatte keine Lust, sich zu betrinken. In ihm nagte die Sehnsucht. Vorhin hatte er Daud im Cockpit helfen müssen, doch zum ersten Mal war es ihm schwergefallen – all seine Gedanken waren bei Malika. Kein Wunder, dass er sich eine Rüge von Daud eingefangen hatte. Egal. Er musste sie einfach sehen. Wenn das Gerücht stimmte, dass die Geiseln sich in Floater Town frei bewegen konnten … konnten sie sich jetzt treffen und unterhalten, einfach so. Das war schwer zu glauben.

»Großartige Leute hier.« Jivan rülpste. »Dieser Kim, der ist 'ne Marke. Hat sein Boot komplett selbst gebaut, aus lauter Schrott. Er hat versprochen, dass er mich morgen mal 'ne Runde fahren lässt, bevor er wieder loszieht zum Müllfischen.«

»Ich komm mit«, sagte Arif. Es war Jahre her, dass er einfach zum Spaß mit einem Boot herumgedüst war.

»Guter Junge.« Jivan ließ eine schwere Hand auf seine

Schulter fallen, und Arif verzog das Gesicht. Irgendwann würde sein Freund ihm mal einen Knochen brechen, ganz aus Versehen.

Arif hielt es nicht mehr aus, er musste zu Malika. »Ich schaue mich noch ein bisschen um«, meinte er, und es traf sich gut, dass gerade zwei weitere Floaters eintrafen, die mitfeiern wollten. Dadurch war sein Freund beschäftigt.

In ihrer Kammer war Malika nicht, darauf wettete Arif. Nach der langen Zeit, die sie auf der *Mata Tombak* eingepfercht gewesen war, brauchte sie es garantiert, sich frei zu fühlen – hier draußen musste er sie suchen.

Er hatte sich von Ishak eine Taschenlampe geliehen; leider waren die Batterien schon fast leer, der Lichtkegel war blass wie ein Mondstrahl. Arif ging die metallenen Gitterwege entlang, kam an riesigen Druckmessern und Ventilen vorbei, an verschlungenen Rohrleitungen, dem Stahlskelett eines Turmes – diese ganze Insel war eine eckige Kreatur aus Metall und dem Meer so fremd wie ein treibendes Stück Plastik. Nach Rost, Öl und Brackwasser roch es hier.

Weil Arif sich nicht auskannte, hatte er sich nach kürzester Zeit verirrt, fünf Minuten später machte die Taschenlampe schlapp. Arif wurde klar, dass er Malika heute nicht mehr sehen würde. Niedergeschlagen suchte er nach den erleuchteten Fenstern des Wohntrakts, um wenigstens zu seiner Kammer zurückzufinden … und in diesem Moment hörte er ihre Stimme. Keine zehn Meter entfernt, sie sprach Englisch. Sein Herz machte einen Sprung.

»Wie dieser Tomás mich heute angeschaut hatte … das hat mir Angst gemacht«, flüsterte Malika gerade. »Ich glaube, wir Frauen sollten uns nur zu zweit auf dieser Bohrinsel bewegen und nachts die Türen verriegeln.«

»Ja, das machen wir«, sagte eine andere weibliche Stimme. Shana. »Weißt du, was ich über Roxana gehört habe? Sie ist eine ehemalige Pornodarstellerin aus Kalifornien. Hier an Bord macht sie es ab und zu gegen Geld, aber das reicht den Typen natürlich nicht.«

»Echt? Roxana?« Malika klang ein bisschen geschockt, aber auch amüsiert.

Arif lauschte mit gemischten Gefühlen. Die Neuigkeiten über Roxana interessierten ihn nicht weiter, doch dass Tomás Malika gierig angeschaut hatte, machte ihm große Sorgen. Er hatte keine Ahnung, wie er Tomás unschädlich machen könnte – der Kerl war stärker als er und besser bewaffnet sowieso. Im Moment herrschte ein Waffenstillstand zwischen ihnen, aber der würde genau so lange anhalten, bis es hart auf hart kam.

»Was ist mit den anderen Leuten hier?«, fragte eine männliche Stimme. »Hast du da ein gutes Gefühl?« Das war der Junge, den sie ebenfalls auf der *Ariadne* gefangen genommen hatten – Danílo. Waren Malika und er zusammen? Hin und wieder berührte er sie, ganz beiläufig, als sei nichts dabei. Andererseits trug Malika keinen Ring, das heißt, sie waren wohl nicht verlobt oder verheiratet. Es konnte also nichts Ernstes sein zwischen den beiden.

Fast hoffte Arif, dass sie über ihn reden würden. Aber er hatte auch Angst davor – allein beim Gedanken, dass Malika etwas Schlechtes über ihn sagen könnte, verknoteten sich seine Eingeweide. Vielleicht ist es besser, wenn ich mich davonmache, dachte er halbherzig und blieb doch, wo er war.

Wieder Malikas Stimme, Arif hätte ihr stundenlang zuhören können. »Luke finde ich eigentlich ganz in Ordnung, trotz seiner Sprüche. Roxana hat mir erzählt, er war früher

Entwickler im Silicon Valley und dann sogar Professor in Stanford.«

»Ich glaube, er findet Piraten irgendwie cool«, meinte Danílo. »So nach dem Motto: Sie sind frei und wild und sorgen für eine längst fällige Umverteilung der Wirtschaftsgüter …«

»Hör auf, ich muss gleich kotzen!«, ächzte Malika. »Piraten sind das Letzte!«

Es traf Arif wie ein linker Haken in den Magen – doch er wusste, dass sie recht hatte, das war das Schlimmste. Wie hatte es mit ihm nur so weit kommen können? Was machte er eigentlich hier, mit diesen Kerlen von der *Mata Tombak*, die entweder Killer waren oder nichts im Kopf hatten, außer möglichst schnell reich zu werden?

Weg. Nichts wie weg hier. Arif stand auf und ging lautlos davon.

Shana verabschiedete sich, sie wollte Louanne dabei helfen, mit Luke Open Waters zu diskutieren – hoffentlich warf der sie nicht umgehend aus seinem Büro. Malika flüsterte ihr zu: »Ist es okay, wenn ich und Danílo noch hierbleiben?« Sie hatten zwar gerade beschlossen, sich nur zu zweit auf der Bohrinsel zu bewegen, aber vielleicht mussten sie nicht unbedingt jetzt damit anfangen. Zum Glück schien Shana das zu verstehen. »Kein Problem, ihr habt wahrscheinlich viel Geschwisterkram zu bequatschen, was?«

»So in etwa.« Trotz allem musste Malika grinsen.

»Gute Nacht, und sei vorsichtig!«, raunte Danílo ihr zu, seine Stimme war ganz weich und tief, wenn er mit Shana sprach. Es merkte doch ein Blinder, dass er sie mochte – wann würde er selbst sich das eingestehen?

»Mach ich«, sagte Shana und schlappte in ihren neuen Flip-Flops davon, ihre Schritte echoten auf den metallenen Gitterrosten.

Danílo schwieg eine Weile, dann sagte er auf Deutsch: »Noch mal zu den Piraten ... viele machen es sicher nicht zum Spaß, sondern weil sie in ihrer Heimat keine andere Möglichkeit sehen, sich und ihre Familie zu ernähren.«

Malika nickte, obwohl sie wusste, dass er es in der Dunkelheit nicht sehen konnte. »Ja, wahrscheinlich. Außerdem gibt es ja auch Piraten, die keine skrupellosen Halsabschneider sind. Anak Rezeki zum Beispiel, den mag ich wirklich.« Wenn sie seinen Namen aussprach, zog Wärme durch ihren ganzen Körper.

Doch Danílos Worte waren wie ein Guss Eiswasser. »O Mann, Malika! Weißt du, was das Stockholm-Syndrom ist?«

Davon hatte Malika schon einmal gehört: Wenn man jemandem völlig ausgeliefert war, dann neigte man dazu, sich in ihn zu verlieben. Sie schluckte. Wie immer, wenn sie sich ertappt fühlte, schoss sie zurück. »So ein Blödsinn! Ich weiß, das gab es in Stockholm bei einem Banküberfall, als die Geiseln mehr Angst vor der Polizei hatten als vor ihren Geiselnehmern, und vielleicht bei dieser Millionärstochter Patty Hearst, die freiwillig mit ihren Kidnappern einen Banküberfall begangen hat. Aber sonst ...«

»Aber sonst? Das reicht doch!«, durchdrang seine Stimme die Dunkelheit. »Denk immer daran, die Piraten sind unsere Feinde, sie sind es, die uns entführt haben und gefangen halten. Daran ist nichts gut, auch wenn jemand von denen hin und wieder etwas Gutes tut oder wir verstehen können, warum sie das alles tun.«

Malika spürte, wie ihr Gesicht heiß wurde, und sie war

froh über die Dunkelheit. Wie peinlich das war und wie demütigend. Wieso hatte sie überhaupt mit Danílo über ihre Gefühle gesprochen? Aus Gewohnheit wahrscheinlich, sie erzählten sich immer alles. Doch diesmal wäre es vielleicht besser, sie hätte es Shana unter vier Augen gebeichtet. Aber was genau fühlte sie eigentlich?

»Die gute Nachricht ist: Ich bin nicht verliebt«, sagte sie. Schließlich konnte sie die Gelegenheiten, bei denen sie mit Anak Rezeki gesprochen hatte, an einer Hand abzählen. Dieses Kribbeln im Bauch, wenn sie an ihn dachte, und die Freude, wenn sie ihn sah … wahrscheinlich hatte Danílo recht. Es lag daran, dass die anderen Piraten entweder nicht mit ihr sprachen, sich wie brutale Machos aufführten oder sich eigenartig verhielten, so wie dieser Arif alias Salty. Man klammerte sich an das Positive.

»Vielleicht liegt es daran, dass wir auf der *Ariadne* Unterschiedliches erlebt haben.« Jetzt klang Danílos Stimme dünn und brüchig. »Du warst im Wohntrakt, als sie Mike erschossen haben … aber ich war dabei, weißt du. Ich habe es gesehen, und ich werde es nicht vergessen, solange ich lebe.«

Wortlos tastete Malika nach ihrem Bruder, zog ihn an sich und hielt ihn fest. Ja, er war durch die Hölle gegangen, was waren dagegen ihre Minuten der Panik im Inneren des Schiffs?

Ein paar Minuten später hörten sie die Schreie.

Malika und Danílo fuhren hoch und lauschten angespannt. Es war eine Frau, die schrie – Shana? Plötzlich hatte Malika Angst, dass sie vorhin einen furchtbaren Fehler gemacht hatten.

Sie schaltete die geliehene Taschenlampe an und rannte

los. Danílo polterte hinter ihr her, Treppen hoch, Treppen hinab. Als sie den Schreien folgten, entdeckten sie schließlich bei einem Gewirr von Rohrleitungen nicht weit vom Wohnbereich entfernt, was los war: Der riesenhafte Pirat hielt Louanne Grégoire im eisernen Griff – dass sie schimpfte und schrie, beachtete er gar nicht. Louanne, deren bunte Bluse zur Hälfte aufgeknöpft war, versuchte, sich zu wehren, doch er hielt ihr linkes Handgelenk fest und ließ nicht los. In seiner anderen Hand hing eine zur Hälfte geleerte Flasche.

»Willst du mehr Geld?«, hörte Malika den Piraten sagen, er klang ein wenig verwirrt, fast beleidigt. »Aber ich habe dir doch schon Geld gegeben, wollen wir nicht anfangen?«

Malika fühlte sich hilflos. Dieser Typ war so stark wie ein Nashorn und sie hatten keine Waffen – wie sollten sie Louanne helfen? Wahrscheinlich reichte nicht mal eine Kugel aus, um diesen Muskelberg zu stoppen! »Lass sie in Ruhe!«, schrie sie ihn an, doch er reagierte nicht.

Ein Floater schaute mit einem dümmlichen Grinsen bei der ganzen Sache zu, eine unbeschriftete Flasche in der Hand. »Sag Luke Open Waters und Roxana Bescheid!«, brüllte Danílo ihn an. »Und am besten noch diesem Admiral und Anak Rezeki und …«

In diesem Moment stolperte Louanne über irgendeine Metallstrebe und ging zu Boden. Der Pirat ließ ihr Handgelenk los, nickte zufrieden und blickte auf Louanne herab, als sei nun alles klar. Er ließ die Flasche fallen und beachtete nicht, dass sie gegen ein Eisenrohr prallte und zersplitterte. Mit glasigem Blick begann er, seine Hose aufzuknöpfen, während Louanne mit weit aufgerissenen Augen nach hinten kroch.

Shana kam angerannt und dann war plötzlich auch Anak Rezeki neben ihnen und blickte genauso entsetzt drein wie sie. »Jivan! *Kiri!* Was machst du da, hör auf damit!« Er packte den Riesen am Arm und versuchte, ihn von Louanne wegzuziehen. Das brachte ungefähr so viel, wie einen Felsblock mit dem Finger anzutippen.

»*Porqué* – warum? Ich hab doch schon bezahlt«, murmelte der Riese und wirkte fast empört. Hielt er Louanne für eine Nutte? Malika entdeckte nicht weit von ihr auf dem Boden einen zerknüllten Fünfzig-Dollar-Schein.

»Der ist hackedicht«, stellte Anak Rezeki fest. »Schnell, helft mir – wir müssen ihm klarmachen, dass er einen Fehler begeht!«

Malikas Herz raste, als sie, Danílo, Shana und Anak den Piraten umringten und versuchten, ihn sanft von Louanne wegzudrängen. »Sie ist verheiratet, du kannst sie nicht kaufen«, wiederholte Malika immer wieder, obwohl sie keine Ahnung hatte, ob Louanne mit irgendwem liiert war. »Sie ist verheiratet, du darfst sie nicht anfassen, sie will dein Geld nicht …«

Verwirrt blickte Jivan auf Malika hinunter, doch nach und nach schienen sie und die anderen mit ihren Worten zu ihm durchzudringen. Während sie ihn wegzogen, konnte Louanne in den Wohntrakt flüchten. Weil inzwischen andere Helfer vor Ort waren, eilte Shana ihr nach. Roxana, die ebenfalls eingetroffen war, verabreichte Jivan eine Ohrfeige, die übers ganze Deck schallte, und folgte Shana. Beleidigt wirkend rieb Jivan seine Wange. »Was ist los hier? Sind jetzt alle *loco* geworden, he?«, brabbelte er. »*Loco!* Verrückt wie Heuschrecken!«

»Es tut mir schrecklich leid«, wiederholte Anak Rezeki

immer wieder in Malikas Richtung, dann zerrte er Jivan mit sich. »Komm, du hast genug angerichtet!« Die beiden waren weg, bevor Malika mit Anak ein Wort wechseln konnte.

Als Luke Open Waters und der Admiral auftauchten, war von dem Chaos eben schon nichts mehr zu erkennen, die Bohrinsel wirkte wieder ruhig und friedlich. Nur ein paar Scherben glänzten noch im Licht, die großen zumindest – die kleineren waren durch das Metallgitter hindurch ins Meer gefallen.

»Was war hier los?«, fragte Luke und stemmte die Fäuste in die Hüften.

»Einer der Piraten hat versucht, Louanne Grégoire zu vergewaltigen«, schleuderte Malika ihm und dem Admiral entgegen.

Der Admiral wirkte unbeeindruckt. »Was bitte kann ich dafür, wenn Ihre Madame Grégoire mit meinem Bordingenieur anbändelt? Sie hätte merken müssen, dass er betrunken ist – es ist unmöglich, die Männer hier in Floater Town vom Alkohol wegzuhalten.«

»Sie meinen also, dass es ihre eigene Schuld war?« Malika war fassungslos.

Luke Open Waters hatte wenigstens den Anstand, betroffen dreinzublicken. »Fest steht, dass Sie alle bitte vorsichtiger sein sollten«, meinte er in beruhigendem Ton. »Dann können wir solche Zwischenfälle in Zukunft sicher vermeiden. Ich werde den Leuten natürlich ins Gewissen reden, aber sie sind nun mal nicht so wohlerzogen wie meine Studenten in Stanford.«

Im Grunde war es die gleiche gequirlte Kacke wie die, die der Admiral von sich gegeben hatte. Malikas Meinung vom Chef der Bohrinsel sank.

»Das bringt doch nichts«, meinte Danílo wütend. »Komm, sehen wir nach Louanne.«

Ohne ein weiteres Wort ließen sie die beiden Männer stehen und marschierten davon.

Die Farbe der Göttin

Um vier Uhr nachts war Jivan wieder halbwegs ansprechbar und Arif konnte ihn zur Rede stellen. »Hast du nicht gehört, dass die Frau Nein gesagt und geschrien hat?«

»Eigentlich nicht, das ist irgendwie an mir vorbeigegangen«, gab Jivan zu, er blickte ein bisschen belämmert drein. Dann verzog er das Gesicht, knetete sich die Stirn und betastete seine Wange. »Dieser Fusel. Trink den bloß nicht, ich habe höllische Kopfschmerzen, schlimmer, mein ganzes Gesicht tut weh.«

Woran das mit dem Gesicht lag, hatte er anscheinend verdrängt. Am liebsten hätte Arif ihn jetzt auch geschlagen. Dachte dieser Idiot, dass Besoffenheit alles entschuldigte? Er war furchtbar enttäuscht von seinem Freund. »Wusstest du nicht, dass diese Frau die Erste Offizierin der *Ariadne* ist? Oder dachtest du, mit Geiseln kann man machen, was man will?«

»Nein, nein, dachte ich nicht.« Jetzt wirkte Jivan leicht genervt. »Hör auf, ich kann's nicht erklären. Das ist bei mir einfach so.«

»Wie war das denn, als du verheiratet warst?« Arif dachte gar nicht daran, locker zu lassen.

»Nicht so einfach.« Jivan blickte sich um. »Sag mal, ist noch was von dem Schnaps übrig?«

»Den hast du fallen lassen.«

»*Coño!* Na ja, was ich sagen wollte ... Ich hatte eine wunderbare Frau, schön wie der helle Tag, eine tolle Tänzerin, und sie hatte die gleichen langen Locken wie meine Mutter. Aber das Problem war ... Sobald ich mit ihr verheiratet war, lief nichts mehr, wenn du weißt, was ich meine ...«

»Wieso?«, fragte Arif vorsichtig nach, er war nicht sicher, ob er richtig verstanden hatte. »Wolltet ihr keine Kinder?« Wenn in Arifs Heimatort jemand geheiratet hatte, dann war klar, dass möglichst viele Kinder erwünscht waren – was machte es sonst für einen Sinn, überhaupt zu heiraten?

»Doch, sie wollte mehrere, aber wie gesagt, irgendwie konnte ich Arietta nicht mehr anrühren – darüber war sie nicht glücklich, im Gegenteil, sie war wütend wie eine nasse Katze.« Jivan seufzte tief. »Wenn ich Frauen dafür bezahlt habe, ging es, nur leider hat Arietta das irgendwann rausbekommen.«

»Pech.« Arif wurde klar, dass Jivan ein grundsätzliches Problem mit Frauen hatte – aber was bedeutete das für die Geiseln in Floater Town, für Malika? Es bedeutete, dass es wieder passieren konnte, wenn Jivan noch mehr Alkohol auftreiben konnte. Roxana würde ihm sicher keinen mehr ausschenken; aber auch die Flasche, mit der er sich in der letzten Nacht besoffen hatte, stammte nicht aus ihrem Laden, die hatte er den Müllfischern abgehandelt.

Er mochte Jivan noch immer, aber er vertraute ihm nicht mehr.

Ratlos verabschiedete er sich von Jivan und kehrte in seine Kammer zurück, die er mit Salty teilte. Zum Glück war Salty nicht da, er streifte sicher auf der Bohrinsel herum.

Arif stellte sich unter die Dusche, schon zum zweiten Mal an diesem Tag – er bekam einfach nicht genug von diesem herrlichen Badezimmer. Mit geschlossenen Augen ließ er sich das kühle Süßwasser aufs Gesicht prasseln und versuchte, zur Ruhe zu kommen, seine jagenden Gedanken zu beherrschen. Sinnlos, es klappte nicht. Malika hielt ihn für Abschaum ... Jedes Mal, wenn er daran dachte, krampfte sich sein Herz zusammen. Die amerikanischen Zeitschriften waren voll gewesen mit Geschichten von Trennungen, doch zumindest waren diese Leute einmal verliebt und zusammen gewesen. Zwischen Malika und ihm war nichts, schlimmer noch – ein Abgrund. Sie hatten nicht die gleiche Hautfarbe, nicht die gleiche Religion, nicht den gleichen Stand in der Gesellschaft. Und am schlimmsten, er gehörte zum feindlichen Lager. Es war lächerlich, überhaupt von ihr zu träumen.

Nie durfte jemand davon erfahren, was sie ihm bedeutete, sonst verlor er das Gesicht ... vor allen anderen und vor sich selbst. Wenn ihm nicht einmal seine Würde blieb, hatte er nichts mehr in dieser Welt. *Lächle, lächle, lass dir nichts anmerken,* das sagte seine Mutter immer. Doch das hatte er nie richtig hinbekommen, er war kein guter Javaner. Außerdem war er ein schlechter Muslim und wahrscheinlich sogar ein mieser Pirat. Malika hatte recht damit, ihn zu verachten.

Arif legte sich in seine Koje und döste weg. Doch viel Schlaf bekam er nicht, schon gegen sieben Uhr morgens schreckte er hoch. Schnell merkte Arif, was ihn geweckt hatte: Jemand sang. Nein, es waren sogar mehrere Menschen. Eine Stimme, klar und kräftig, trug eine Strophe vor, dann fielen andere in den Refrain ein. Arif lauschte einen Moment lang und merkte freudig überrascht, dass er dieses Lied kannte – es stammte aus seiner Heimat, von der Südküste Javas! Es war ein Loblied auf Nyai Loro Kidul!

Das, was letzte Nacht passiert war, kam ihm vor wie ein böser Traum, gesandt von Dämonen. Vorsichtig stieg Arif aus der oberen Koje, um Salty nicht zu wecken – na, der hatte offensichtlich auch gebechert, er schlief in seinen dreckigen Klamotten –, zog sich an und folgte den Stimmen. Es war ungewohnt, tagsüber wach zu sein, wahrscheinlich würde es ein paar Tage dauern, bis er sich daran gewöhnt hatte.

Arif fand gut ein Dutzend Menschen auf der Hubschrauberplattform, die mit grünen Flaggen geschmückt war. Feierlich ernst blickten sie aufs Meer hinaus, reichten sich einen Becher weiter, tranken jeder einen Schluck und sprachen »Kidul, beschütze uns!« auf *Bahasa Indonesia*. Sogar die Westler sprachen Indonesisch oder versuchten es jedenfalls – Luke Open Waters betonte den Satz völlig falsch, sodass er eigentlich »Mich küsst eine Kuh« sagte. Nur mit Mühe konnte sich Arif das Lachen verkneifen.

Neugierig blieb Arif hinter der Versammlung stehen und beobachtete, was geschah. Auch Jivan war offenbar durch die Gesänge aus dem Tiefschlaf gerissen worden und tauchte gähnend neben ihm auf. Über sein Gesicht ging ein Leuchten, als er die Dekorationen sah und die Gesänge hörte. »Mir scheint, hier gibt's noch mehr Leute, die unsere Königin lieben«, brummte er, senkte ehrfürchtig den Kopf und sprach die Beschwörung mit.

Arif hatte eine Erleuchtung. Auf einen Schlag wusste er, wie er Malika gleichzeitig vor Jivan *und* Tomás schützen konnte.

Er brauchte nur ein bisschen Glück – und ziemlich viele grüne Tücher.

Alles war anders nach dieser Nacht. Der erste Rausch der Quasi-Freiheit war verflogen, jetzt wirkte Floater Town wie eine trügerische Idylle – tagsüber harmlos, bei Dunkelheit ein Ort des Grauens. Vergeblich versuchte Malika, sich einzureden, dass Louanne, Shana und ihr so etwas auch jederzeit in einer beliebigen Stadt auf einem beliebigen Kontinent hätte passieren können. Doch es wirkte nicht, sie fühlte sich furchtbar schutzlos. Was hätte sie dafür gegeben, zurückkehren zu können in die kleine, abgeschlossene Welt der *Skylark!* Aber diese Welt gab es nicht mehr und jetzt musste sie hier irgendwie zurechtkommen. Bis hoffentlich irgendjemand Lösegeld für sie zahlte.

Malika war entschlossen, in der Zwischenzeit so normal zu leben wie irgend möglich. »Ich versuche noch ein letztes Mal, mit diesem Arif alias Salty zu reden«, sagte sie zu Danílo und passte den Jungen ab, als er gegen Mittag zu Roxanas Garküche, der ehemaligen Kantine, humpelte. Dass er alarmiert dreinblickte, als er sie sah, war ihr egal, sie wollte wissen, woran sie war. Bevor er sich an ihr vorbeidrücken konnte, hielt sie ihm kurzerhand den Zettel mit dem Hilferuf vor die Nase. »Den hast du geschrieben, oder?«

Neugierig nahm Salty das fleckige, zerknitterte Papier und las sich den Text durch. Dann begann er zu grinsen. Doch es war kein freudiges Grinsen, sondern ein schadenfrohes.

In diesem Moment wurde Malika klar, dass sie einen Fehler gemacht hatte. Dieser Kerl war nicht Arif, sie hatte sich die ganze Zeit getäuscht! Sie wollte Salty den Zettel aus der Hand reißen, doch der Junge war schneller. Noch immer grinsend, steckte er die Notiz ein. »Danke sehr«, sagte er und hinkte davon.

Malikas Gedanken polterten durcheinander. Jetzt gab es nicht mehr viele Möglichkeiten, von wem dieser Notruf stammen konnte. Sie war so aufgewühlt, dass sie sich in ihre Kammer zurückzog, um in Ruhe nachdenken zu können. Doch mit dem Nachdenken wurde es nichts, schon eine Minute später klopfte es an ihre Zimmertür.

»Ja, bitte?«, sagte Malika, und etwas verlegen dreinblickend, kam Anak Rezeki herein, den Arm voller grüner Kleidung, eine Pistole im Hosenbund. Die Tür ließ er offen. »Ich weiß, es kommt ein bisschen unerwartet, aber ich glaube, du solltest das anziehen ...«

Malika antwortete nicht sofort, nachdenklich ruhte ihr Blick auf ihm. Wenn sie ihn hier und jetzt fragte, ob *er* dieser geheimnisvolle Arif war, während jeden Moment Louanne oder Shana hereinkommen konnten, würde er wahrscheinlich nicht offen mit ihr sprechen. Besser, sie trafen sich anderswo. Er bemerkte ihren Blick nicht, wühlte im Kleiderstapel herum und zog etwas hervor, ein langärmeliges Shirt. »Fang vielleicht mal damit an, dann ...«, begann er.

Doch Malika unterbrach ihn. »Können wir uns treffen?«, fragte sie und beobachtete ihn dabei genau. »Ich muss dich was fragen.«

Ganz langsam richtete Anak Rezeki sich auf und einen Moment lang blickten sie sich an. Sein Blick war ruhig, vorsichtig. Schließlich, nach einer langen Pause, sagte er: »Ja.« Einfach nur dieses Wort.

Malika fuhr fort: »Heute Nacht um zehn an der großen Gasfackel, die an diesem langen Metallarm über die Bohrinsel hinausragt? Ich weiß nicht, wie das Ding richtig heißt.«

Ihr drehte sich der Magen herum bei dem Gedanken,

nachts allein auf der Bohrinsel herumzulaufen, doch dieses Risiko musste sie eingehen!

Nur einen Moment lang dachte er nach, dann nickte er und wechselte gleich darauf das Thema. »Sagt dir der Name Nyai Loro Kidul etwas? Sie ist eine unserer Göttinnen ...«

Als Malika nickte, sah er überrascht aus – er konnte nicht wissen, dass sie eine ganze Weile in Indonesien geankert hatten. Malika meinte: »Sie ist eine Nixe, stimmt's? Ich habe Bilder von ihr gesehen, als wir in Java waren.«

Wieder nickte der junge Pirat. »Jivan glaubt an sie«, erklärte er hastig. »Auch die meisten Floaters verehren sie. Wenn sie denken, dass du unter dem Schutz der Göttin stehst, dann bist du wahrscheinlich in Sicherheit. Jivan ist der stärkste Mann hier, wenn er dich akzeptiert, dann bist du auch vor Tomás und den anderen bewahrt.«

Jetzt begriff Malika. Loro Kiduls Farbe war Grün und als ihre Abgesandte musste sie natürlich Grün tragen. Rasch sortierte sie den Stapel, den er mitgebracht hatte, und zog ein paar Sachen heraus, die ihr vielleicht passen würden. Es waren auch viele Männersachen dabei, anscheinend hatte Anak jedem in Floater Town sämtliche grünen Kleidungsstücke abgeschwatzt. Wie süß von ihm. Doch Malika zögerte noch. »Warum ich ... warum nicht eine der anderen Frauen?«

Ihr Herz schlug schneller, als sie das fragte. Wie so oft, wenn sie mit ihm sprach oder an ihn dachte. Bildete sie sich nur ein, dass er sie mochte? Würde er es jetzt sagen?

Er blickte sie nicht an. »Die anderen passen vom Aussehen her nicht. Kidul hat dunkle Locken. Ihre Abgesandten und Tänzerinnen, die sie verkörpern, müssen ihr ähnlich sehen.«

Malika nickte ernüchtert. Konnte sie dieses Geschenk überhaupt annehmen? War das nicht furchtbar egoistisch, wenn nur sie geschützt war?

»Außerdem weißt du mehr über die See als die anderen«, fuhr Anak Rezeki fort. »Du bist ihr verbunden.«

»Ja, aber woher weißt du das?«

Ein kurzes Lächeln huschte über sein Gesicht. »Ich spüre es. Und die anderen werden es auch an dir spüren. Sie leben auf dem Meer, weißt du?«

Damit ließ er sie allein, noch bevor sie fragen konnte, ob sie als Abgesandte der göttlichen Nixe irgendetwas Besonderes sagen oder tun sollte. Malika betrachtete den Stapel Klamotten und bemerkte, dass er etwas Glänzendes ganz obendrauf gelegt hatte – ach, das war ja ihre Armbanduhr, die ihr Jivan auf dem Schiff abgenommen hatte! Irgendwie hatte Anak Rezeki es geschafft, sie zurückzuholen. Malika kamen beinahe die Tränen. Endlich hatte sie wieder etwas aus ihrem alten Leben vor dem Überfall.

Malika zog ein smaragdgrünes Damen-Shirt an, dessen Ärmel über ihren Handgelenken endeten. Das Einzige, was dazu passte, war ein grün-schwarz-beige gemusterter Sarong, den sie um ihre Taille wickelte. Wahrscheinlich sah sie einem Frosch jetzt ähnlicher als einer Nixe. Egal. Hauptsache, es funktionierte.

Würde er das Gerücht sofort streuen? Vor Anbruch der Dämmerung musste es sich herumgesprochen haben. Malika war nicht sicher, ob sie sich vor der Nacht fürchten sollte oder ob sie es kaum noch erwarten konnte, weil sie sich dann mit Anak Rezeki treffen würde. Ein bisschen von beidem.

Den ganzen Tag über bemerkte Malika, dass die Floaters

sie häufiger anblickten als sonst. Doch es waren keine unangenehmen, sondern respektvolle Blicke, und Malika ging mit erhobenem Kopf und federnden Schritten. So hätte die Göttin es gewollt, und ihre Farbe zu tragen fühlte sich nicht mehr seltsam an, sondern wie eine Ehre.

Sie aß eine Kleinigkeit mit Danílo, Shana und Louanne in Roxanas Garküche, ertrug kommentarlos ein paar Bemerkungen über ihren neuesten Ich-bin-eine-Pflanze-Look und wanderte dann rastlos über die Bohrinsel. Auf der Hubschrauberplattform saß jemand – Bo, der junge Hausmeister von Floater Town. Er angelte vom Rand der Plattform aus und ließ dabei die Beine über den Rand baumeln – dass es dort zwanzig Meter in die Tiefe ging, schien ihn nicht zu interessieren. Neben ihm stand eine Plastikbadewanne, die mit Meerwasser und einer Goldmakrele gefüllt war. Eine solche Goldmakrele war vor einigen Jahren der *Skylark* über Hunderte von Meilen gefolgt wie ein Hund – bis sie einer anderen Yacht begegnet waren und ihr »Blinkie« getauftes Haustier sich treulos für das andere Schiff entschieden hatte.

Diese Goldmakrele hier war deutlich kleiner als Blinkie, nur knapp einen Meter lang. Wahrscheinlich hatte sie unter der Bohrinsel gejagt, zwischen solchen großen Objekten fanden sich oft viele Fische ein, als wäre es ein künstliches Riff. Die Makrele blickte Malika mit starren Augen an und wand sich, ihr kraftvoller, goldschimmernder Körper war gespannt wie eine Sprungfeder.

»Sie ist sehr wütend auf uns«, stellte Malika fest.

Bo lächelte. »Ja. Dort unten ist sie gefürchtet. Hier oben ist sie Abendessen. *Mahi-Mahi* schmeckt gut.«

»Eine Chance hat sie nicht?«

»Nur wenn Kidul einen Ersatz für sie schickt.« Wie aufs

Stichwort ruckte etwas an Bos Angelschnur und nach kurzem Kampf zog er eine Meerbrasse hoch. Bo lächelte breit. Gemeinsam warfen sie den *Mahi-Mahi* zurück ins Meer. Ein kurzes Aufblitzen seiner Flanke, dann verschwand er in der Tiefe.

Als Malika über den Rand der Plattform spähte, sah sie noch etwas. Etwas bewegte sich dort unten direkt unter der Wasseroberfläche, ein großes, dunkles Tier anscheinend. Es schien in Schwierigkeiten zu sein, denn es schlug um sich und eine längliche Flosse klatschte spritzend auf die Wasseroberfläche. Was war das denn? Die Makrele jedenfalls nicht, die hatte schon das Weite gesucht. Nach einem Hai sah es auch nicht aus, obwohl die Größe ungefähr gepasst hätte.

»Schau mal«, meinte sie zu Bo, und Bo runzelte die Stirn, als er nach unten blickte.

»Ich glaube, da braucht jemand Hilfe«, sagte er.

Gemeinsam rannten sie zu einer Strickleiter und hangelten sich hinunter zum Wasser. Malika balancierte mit bloßen Füßen auf dem kalten Plastik der Kanister, das bunte Floß hob und senkte sich sanft unter ihr. Inzwischen war auch Danílo darauf aufmerksam geworden, dass etwas vorging, auf einmal war er neben ihr und blickte ebenfalls interessiert ins Meer. »Was ist? Irgendwas entdeckt?«

»Da!« Malika deutete aufgeregt auf den dunklen Körper, der jetzt an den Kanistern ein paar Meter weiter entlangschrammte. Diesmal sahen sie ein dunkelgraues Rückenschild mit mehreren klingenartigen Kielen, und Danílo meinte erfreut: »Eine Lederschildkröte. Toll! Hab lang keine mehr gesehen. Stehen ja auch hoch oben auf der Roten Liste.«

Es war ein ausgewachsenes Tier, vom Kopf bis zur hinteren Flossenspitze fast so groß wie Bo. Doch irgendetwas stimmte mit ihm nicht.

»Die hat irgendwelche Probleme.« Malika starrte ins Wasser. Es war schwer, Einzelheiten zu erkennen, die Wellen verwandelten die Wasseroberfläche in ein wildes, dunkelblaues Mosaik, durch das zu blicken schwerfiel. Soweit sie erkennen konnte, bewegte sich die Schildkröte ungewöhnlich langsam und ziellos.

Bo nickte besorgt. »Sie kann nicht richtig schwimmen, glaube ich.«

Besser, sie schauten sich das mal aus der Nähe an. Malika zögerte kurz – ausziehen konnte sie sich nicht, sie hatte nichts drunter. Also streifte sie nur ihre Flip-Flops ab, stieß sich von der Plattform ab und sprang mit sämtlichen Klamotten ins Meer. Gleich darauf hörte sie einen zweiten Platsch, Danílo war neben ihr eingetaucht. Gemeinsam schwammen sie hinüber zur Schildkröte, dann tauchte Danílo, um sie näher in Augenschein zu nehmen. Als er wieder zum Vorschein kam, keuchte er: »Schnell! Sie hat eine Plastiktüte über dem Kopf und kann jeden Moment ersticken! Außerdem hat sie sich in irgendwas verwickelt.«

»Shit!«, stieß Malika hervor. »Ich halte sie fest, du ziehst ihr das Ding runter, okay?«

»Schaffst du das?« Wassertretend blickte Danílo sie an. »Solche Viecher sind stark, und wahrscheinlich gerät sie in Panik, wenn wir sie packen.«

»Bo!«, rief Malika. »Bo, könntest du …?«

Mit einem eleganten Kopfsprung tauchte Bo ins Meer und kraulte zu ihnen herüber. Er begriff schnell, worum es ging, und packte die Schildkröte an der einen Seite, während Malika sie an der anderen Flosse festhielt. Hart und

283

hornig fühlte sie sich an, und Malika spürte die Kraft, die darin steckte. Völlig verängstigt versuchte die Schildkröte, um sich zu schlagen, ihr Kopf bewegte sich von einer Seite zur anderen und der hornige Schnabel öffnete und schloss sich krampfhaft.

»Beeil dich«, drängte Malika ihren Bruder. Sie wusste, dass Meeresschildkröten länger als eine Stunde den Atem anhalten konnten, aber es sah aus, als würde dieser hier gerade die Luft ausgehen.

Rasch ergriff Danílo die Plastiktüte und zog sie dem Tier vom Kopf, dann nahm Malika das Taschenmesser, das Bo ihr reichte, und zerschnitt die Plastikbänder, in denen Vorder- und Hinterflosse sich verheddert hatten.

»Okay, loslassen!«, rief sie, und sie und Bo lösten gleichzeitig ihren Griff. Die Schildkröte schoss davon. Unter Wasser sah Malika ihr noch einen Moment lang nach – kraftvoll bewegte sie die Brustflossen auf und ab, als flöge sie durchs Wasser.

Angewidert hielt Danílo die dünne, durchsichtige Tüte hoch. Vielleicht hatte einmal jemand Obst darin verpackt und sie ein paar Stunden oder Tage später weggeworfen. »Wetten, die Schildkröte hat schon ein paar davon im Magen, weil sie sie für leckere Quallen gehalten hat?«

Malika nickte mit zusammengekniffenen Lippen. Danílo, Bo und sie kraulten zurück zu den Kanistern am Fuße der Bohrinsel und hockten sich in die Sonne, um sich trocknen zu lassen. Schon jetzt fröstelte Malika in ihren nassen Sachen, sie musste gleich hochklettern und sich umziehen. Doch erst einmal inspizierte sie das zähe, ringförmige Plastik, in das sich die Meeresschildkröte verfangen hatte. »Ich glaube, ich weiß, was das ist. Damit werden in manchen

Ländern Getränke-Sixpacks befestigt. Wegen diesem Mist sind schon Tausende von Tieren gestorben.«

Bo sah betroffen aus. »Dann werfen wir das besser nicht wieder rein, oder?«

»Ja, genau«, sagte Malika und lächelte ihn an.

Es schien unendlich lange zu dauern bis zur Dämmerung. Malika saß mit Danílo, Shana und Louanne zusammen, sie hatte sich entschieden, ihnen zu sagen, was es mit der grünen Kleidung auf sich hatte. Zum Glück waren die anderen angetan von der Idee. »Mach das auf jeden Fall weiter«, meinte Louanne. »Ich drücke dir die Daumen, dass es hilft.«

»... und wir sind auch gar nicht neidisch«, sagte Shana und zog eine traurige Clowns-Grimasse. Doch Malika konnte sich nicht wirklich vorstellen, dass jemand versuchen würde, Shana Gewalt anzutun. Sie strahlte Energie und Selbstbewusstsein aus – jedem Angreifer musste klar sein, dass er bei ihr mit Quetschungen seiner empfindlichsten Körperteile rechnen musste. Bei Louanne war das anders ... Sie hatte zwar eine natürliche Autorität, war aber auch irgendwie ... niedlich. Und niedlich zu sein war gefährlich.

»Vielleicht könnten wir das Gerücht streuen, dass Louanne eine Krankheit hat, ihr wisst schon, Aids oder so was«, schlug Danílo vor.

Vor Schreck warf Louanne ihr fast leeres Glas Wasser um. »*Mon Dieu!* Das ist widerlich und geschmacklos!«

»Aber wenn es die Kerle daran hindert ...«, meinte Shana, ohne den Satz zu vollenden.

»Na gut. Wenn es wirklich ...« Louannes Stimme erstarb.

Beruhigend sprach Shana auf Französisch auf sie ein, bis sie nickte und ein verzerrtes Lächeln schaffte.

Immer wieder blickte Malika aus dem Fenster, endlich sah sie die ersten Sterne aufblitzen. Als die Zeiger der Stationsuhr auf zehn Uhr zumarschierten, gähnte sie demonstrativ und stand auf. »Ich geh dann mal ins Bett.«

»Tür abschließen nicht vergessen«, empfahl ihr Louanne bitter, und Malika nickte. Ein paar Stunden hatte sie jetzt Zeit, denn Shana brauchte phänomenal wenig Schlaf und würde kaum vor Mitternacht nachkommen.

Leise tappte Malika über eine Außentreppe abwärts, durch das Gitter der Stufen konnte sie tief unter sich das Meer glänzen sehen. Sobald sie weit genug vom Wohntrakt entfernt war, schaltete sie ihre Taschenlampe an. Mit klopfendem Herzen arbeitete sie sich vor bis zur anderen Seite von Floater Town, zu der Verankerung des metallenen Auslegers. Auf einer Bohrinsel, die in Betrieb war, wurde an der Spitze des Auslegers überschüssiges Gas abgefackelt, sie hatte das schon auf Fotos gesehen. Jetzt war es still hier und ein kühler Wind fegte durch das Stahlgerüst der Bohrinsel. Fröstelnd legte sie die Arme um den Körper, wartete in der Dunkelheit und hoffte, dass kein Irrer oder Besoffener sie hier entdeckte.

Würde er überhaupt kommen? Er hatte sie so seltsam angesehen heute ...

Doch dann spürte Malika, dass jemand in der Nähe war, obwohl sie keinen Lichtschein einer Lampe gesehen hatte. Einen Moment später war sie ganz sicher: Sie hörte jemanden atmen. Ihr Herz machte einen Sprung. Er war hier, ganz nah bei ihr! Einen Moment lang lauschte sie einfach nur und keiner von ihnen sagte etwas. Wie seltsam, selbst das fühlte sich gut an – einfach zu wissen, dass er in der Nähe war. Sie fühlte sich ausgeglichen, fast schon geborgen.

Schließlich ein Wispern in der Dunkelheit. »Hast du Angst?«

»Nein«, flüsterte Malika.

»Würdest du es mir sagen, wenn du welche hättest?«

»Ich glaube schon. Und du?«

»Ja. Komisch, oder?«

»Es ist schön«, sagte Malika und fühlte ihr Herz klopfen.

»Alle wissen jetzt, dass du eine Abgesandte bist«, sagte Anak Rezeki leise. »Und du machst alles richtig bisher. Bo hat vielen Leuten erzählt, dass die Göttin nach deinem Wunsch dem *Mahi-Mahi* Gnade erwiesen hat.«

»Vielleicht war das ja wirklich so. Wer weiß?«

»So ist es. Außerdem hast du diese Meeresschildkröte gerettet, Bo war etwas erstaunt, dass ihr sie nicht einfangen wolltet, um Suppe aus ihr zu machen.«

»Irgendwie hatte ich keine Lust auf Schildkrötensuppe.« Malika holte tief Luft. Es war Zeit, das Thema zu wechseln und anzusprechen, was sie seit Stunden beschäftigte. »Ich wollte dich fragen ... was Anak Rezeki bedeutet.«

»Es heißt ›Glückskind‹.«

»Aber das ist nicht dein richtiger Name, oder?«

»Nein, nur ein Spitzname, den sie mir gegeben haben.«

»Und dein wirklicher Name ist ...«

»Arif ...« Er sagte es langsam und sorgfältig.

Spontan übernahm es Malika, weiterzusprechen. »... Nalapraya.«

»Ja. Das bin ich«, klang es aus der Dunkelheit zurück.

Sie hatte seinen Hilferuf gefunden. Ausgerechnet sie. Malika. Das konnte kein Zufall sein, hier hatte die Göttin selbst ihre Hand im Spiel.

»Wo lag der Zettel?«, fragte er bewegt. »Auf der *Ikaika*?«

»Ja«, flüsterte sie zurück. »Wir haben sofort deine Familie kontaktiert. Übers Satellitentelefon habe ich mit deinem Bruder gesprochen.«

Arif musste ein paarmal tief durchatmen, erst dann hatte er seine Fassung wiedergefunden und traute sich das Sprechen zu. »Mit Fajar hast du geredet? Was hat er gesagt?«

»Dass du deinen Weg suchst, aber ein guter Mensch bist. Er betet für dich.«

Es gab keine Worte, ihr dafür zu danken. Seine Familie wusste, dass er am Leben war! Erst jetzt fühlte Arif, wie es die ganze Zeit auf ihm gelastet hatte, dass er ihnen das nicht hatte sagen können. Ein gewaltiger Druck, wie von einer Eisenplatte auf seinem Genick, wich von ihm.

Wieder ihre Stimme. »Dein Bruder hat gesagt, dass du sechzehn bist ... Aber du wirkst älter, deshalb habe ich nicht gleich begriffen, dass du es bist ...«

Arif nickte. Wenn man um sein Leben kämpfen musste, wurde man schnell erwachsen. »Was für ein Datum haben wir heute?«

»Den 23. August, glaube ich«, flüsterte sie zurück. »Warum?«

»Noch zwei Tage, dann bin ich siebzehn.«

»Also nicht mehr wirklich ein Kindersoldat.«

Arif musste lachen. »Ein Kindersoldat?«

»Na ja, ich habe darüber nachgedacht, was du eigentlich hier machst. Bist du inzwischen ein Pirat? Oder tust du nur so, als wärst du einer?«

»Ich weiß es nicht genau«, gestand Arif. *Mach dir doch nichts vor, du hast mit der Waffe in der Hand bei zwei Überfällen mitgemacht*, verhöhnte ihn seine innere Stimme.

Du bist ein verdammter Pirat geworden, ob du willst oder nicht. Sonst hättest du dich gar nicht getroffen gefühlt, als Malika neulich diesen Spruch über Piraten gebracht hat ...

Mühsam versuchte Arif eine Antwort. »Manchmal halte ich es kaum aus auf der *Mata Tombak*. Und manchmal fühlt es sich gut an, dort zu sein.«

»Du musst dich also entscheiden, ob du gerettet werden willst oder nicht.«

»So in etwa.« Ewig konnte er diese Entscheidung nicht mehr hinauszögern und der Gedanke daran war ein dumpfer Druck in seinem Magen.

Er wollte nicht mehr über sich reden, sondern über sie. Malika. »Was machst du eigentlich hier auf dem Pazifik? Erst dachte ich, Leute, die Müll fischen, sind verrückt.«

Diesmal war sie es, die lachte. »Vielleicht stimmt das. Wir interessieren uns nicht besonders für den Müll, wir wollen ihn nur aus dem Meer holen. Er gehört dort nicht hinein.«

»Da hast du recht«, sagte Arif traurig. »All dieses Plastik, es gefällt mir auch nicht. Daheim bei uns wird Müll oft irgendwo hingeworfen, verbrannt oder ins Meer gekippt, niemand macht sich darüber Gedanken. Aber eigentlich sieht das hässlich aus.«

»Es ist nicht nur hässlich, es ist tödlich. Erinnerst du dich an den Albatros?«

Arif nickte. Er hatte sich darüber gefreut, dass sie auf der *Mata Tombak* zusammen einen dieser herrlichen Vögel gesehen hatten, das brachte Glück.

»Albatrosse können nicht unterscheiden, ob sie einen kleinen Tintenfisch oder einen Flaschendeckel aus dem Meer gefischt haben. Sie verfüttern ein Plastikteil nach dem anderen an ihre Jungen und wissen nicht, dass sie ihre Küken dadurch töten. Die verhungern mit einem Magen voller Müll.«

Arif wurde beinahe schlecht.

»Eines Tages werden die Ozeane wieder klar und sauber sein«, flüsterte Malika. »Das ist mein Traum.«

Es gefiel ihm, dass sie einen anderen Traum hatte als die meisten Leute, die er kannte – die wollten gute Jobs, schöne Frauen oder einen reichen Mann, schicke Kleidung und möglichst viel Geld. Die meisten Leute dachten nur an sich oder ihre Familie. Es war ein seltsamer Gedanke, dass das nicht sein musste. Dass es auch andere Ziele gab.

Arif wollte noch so viel über Malika wissen, am besten alles und jetzt sofort, doch dann fiel ihm etwas ein. »Der Zettel mit meiner Botschaft … Hast du den eigentlich noch? Oder ist er auf der *Ariadne*?«

»Leider nein.« Malika zögerte, und er hörte an ihrer Stimme, dass es schlechte Nachrichten gab. »Ich … dachte zuerst, dass Salty den Zettel geschrieben hat. Deshalb habe ich mit ihm darüber geredet … und heute Mittag hat er …«

Arif schloss die Augen.

»Er hat mir den Zettel aus der Hand gerissen. Wahrscheinlich hat er ihn jetzt noch. Es tut mir so leid, Arif.«

Ein eisiges Kribbeln lief durch seinen ganzen Körper.

Arif war gespannt, ob er seinen siebzehnten Geburtstag erleben würde.

Lebenszeichen

Danílo beobachtete, wie seine grün gekleidete Zwillingsschwester zwischen den Bewohnern von Floater Town auf der Heli-Plattform stand. Ganz selbstverständlich war sie einbezogen worden in die Morgenzeremonie zu Ehren von Nyai Loro Kidul. Gerade nahm der Mann neben ihr, Kim, den Becher und trank daraus. Man sah sofort, dass er zu den Floaters gehörte – um seinen Hals hingen drei oder vier Ketten aus Hanfseil, in die er bunte Treibgutstücke hineingeknotet hatte.

Jetzt war Malika dran, sie trank, sagte den Spruch und gab den Becher an den jungen Piraten weiter, Anak Rezeki. Gereizt betrachtete ihn Danílo. Das mit der Göttin und der grünen Kleidung war eine gute Idee von ihm gewesen, aber musste er den Kerl deswegen mögen? Nein! Er hatte den Verdacht, dass sie sich gestern mit ihm verabredet hatte. Als er Malika nachts nicht gefunden und überall auf der Bohrinsel nach ihr gerufen hatte, war sie schließlich unversehrt und ärgerlich wieder aufgetaucht. Anscheinend hatte er ein Treffen gestört. Leid tat ihm das nicht.

Als der Pirat den Becher weiterreichen wollte, kamen der Admiral, sein Erster Offizier und zwei Männer mit Maschinengewehren – Tomás und Viper, inzwischen kannte er ihre Namen – auf die Plattform und gingen mit langen Schritten auf sie zu. Danílos ganzer Körper verkrampfte sich. Was war los? Waren die Lösegeld-Verhandlungen gescheitert, sollten sie erschossen werden?

»Mitkommen!« Der Admiral zog Malika am Arm aus dem Menschenkreis heraus, was bei den Floaters unwilliges Gemurmel hervorrief. O nein, was hatte das zu bedeuten? Dann kamen die Bewaffneten auf Danílo zu und bedeuteten ihm, zur ehemaligen Funkzentrale zu gehen. Danílo hatte sich noch längst nicht daran gewöhnt, eine Gewehrmündung auf sich gerichtet zu sehen. Er konnte keinen klaren Gedanken fassen, als er der kleinen Gruppe voranging.

Auf halbem Weg kamen ihnen Shana und Louanne entgegen, ihre Haare waren zerzaust und ihre Augen klein, wahrscheinlich waren sie aus dem Schlaf gerissen worden. Ishak bewachte sie. Danílo tauschte einen Blick mit Shana, versuchte, ihr eine wortlose Botschaft zu schicken, wie er es so oft mit Malika getan hatte. *Alles okay mit dir?* Shana nickte leicht und schaffte ein verzerrtes Lächeln. Danílo staunte – sie hatte ihn verstanden. Und Malika? Sie war ihm zurzeit so fern, dass er hätte heulen können.

Luke war ihnen gefolgt und beobachtete ungehalten, was in seinem kleinen Internet-Café geschah. Dort machte sich der Erste Offizier gerade an den Computern zu schaffen. »Was genau soll das, Admiral?«, protestierte Luke.

Der Admiral beachtete ihn nicht, er schob Shana auf einen der uralten Bürostühle und wies auf den Monitor vor ihr. »Sie verlangen ein Lebenszeichen von euch, bevor sie das Lösegeld zahlen. Lies den Text hier vor. Dann darfst du ein oder zwei Fragen beantworten. Hinweise darauf, wo wir sind, sind nicht erlaubt. Wer etwas Falsches sagt, wird erschossen.« Er deutete auf die anderen Geiseln. »Ihr anderen bleibt im Hintergrund.«

Danílo stellte sich neben Malika und versuchte, die *Kalaschnikows* zu ignorieren. Noch waren sie am Leben. Er hoffte, dass Shana diesmal keine spontanen Heldentaten versuchen würde, zum Beispiel einen versteckten Hinweis auf die Bohrinsel in ihrer Botschaft unterzubringen. Er wusste ja längst, was für eine Draufgängerin sie sein konnte.

Der Erste Offizier, ein ruhiger Mann mit Brille, der wie eine erwachsene, indische Version von Harry Potter aussah, öffnete ein *Skype*-Fenster und trat zurück, damit er nicht im Bild war. Im *Skype*-Fenster erschien ein besorgt dreinblickender Mann im Anzug, vielleicht der Unterhändler. Danílo schluckte einen Kloß der Enttäuschung herunter. Er hatte gehofft, dass sie mit ihren Eltern würden sprechen können. Immerhin waren er und Malika im Hintergrund des Bildes zu erkennen. Wenigstens würden ihre Eltern sie sehen können!

Shana räusperte sich, nahm den Zettel und begann zu lesen. »Uns vier Geiseln geht es gut. Niemand ist verletzt. Doch wenn das Lösegeld nicht sehr bald gezahlt wird, dann werden wir büßen. In jeder Woche, in der nicht gezahlt wird, wird in Zukunft eine Geisel erschossen. Bitte gebt ihnen das Geld so schnell wie möglich und holt uns hier heraus!«

Jede Woche ... eine Geisel ...? Danílos Mund war so trocken, dass er nicht mehr schlucken konnte.

Shana ließ den Zettel sinken und starrte auf den Monitor. Der Unterhändler räusperte sich. »Nur um sicherzugehen, dass dies hier keine Aufzeichnung ist ... Welches Datum haben wir heute?«

»Keine Ahnung«, sagte Shana hilflos. Der Erste Offizier schob ihr wortlos ein Kalenderblatt zu. »Äh. Den 24. August.«

»Wollen Sie uns eine Botschaft für Ihre Angehörigen übermitteln?«

»Ja ... will ich. Mom, Dad, ich hoffe, ihr habt keinen zu harten Winter. Ich ... wäre jetzt gerne bei euch.« Shana senkte den Kopf und ein, zwei Tränen fielen auf den Zettel. Es war das erste Mal während der ganzen Zeit, dass sie weinte. Sogar Shana, die taffe, optimistische Shana, hatten sie also zermürbt.

»Letzte Frage«, knurrte der Admiral.

»Werdet ihr wirklich gut behandelt?«, fragte der Unterhändler.

»Ja, aber wir ...«, begann Shana, doch nun schob der Admiral Danílo nach vorne. »Jetzt der Millionärssohn!«

Sie hatten also noch nicht herausgefunden, dass das nur eine Schutzbehauptung gewesen war. Danílo war erleichtert. Eine so wertvolle Geisel würden sie wohl kaum umbringen – wenn sie allerdings herausfanden, dass seine Eltern kaum einen Cent hatten, war er vermutlich als Erster dran.

Danílo setzte sich vor den Monitor und stammelte irgendetwas. Er war froh, als der Erste Offizier das *Skype*-Fenster wegklickte. Überstanden!

In ein paar Minuten würde sicher auch Kira diesen kurzen Filmclip zu sehen bekommen. Erstaunt stellte er fest, wie lange er schon nicht mehr an sie gedacht hatte.

Sie wurden wieder hinausgeschubst aus der ehemaligen Funkzentrale und sich selbst überlassen. »Glaubst du, sie meinen das ernst – du weißt schon, dass sie jede Woche einen von uns umbringen?«, fragte Malika ihn leise.

»Kann sein«, meinte Danílo. »Falls wir nicht vorher befreit werden. All diese Floaters, die hier ein- und ausgehen ...

Viele von denen haben bestimmt über Satellit Internetverbindung auf ihrem Boot, und alle haben mitbekommen, dass wir hier sind. Irgendwann wird einer von denen schwatzen.«

»Befreit? Wie denn?«, gab Malika bitter zurück. »Selbst wenn sie wissen, wo wir sind, und riskieren, dass wir bei der Befreiung draufgehen … Diese verdammte Bohrinsel ist eine Festung! Hubschrauber können durch die Stahlseile auf der Plattform nicht landen, die Strickleiter kann man hochziehen. Dann kommt hier keiner mehr drauf.«

»Stimmt.« Er nahm sie in die Arme, um sie zu trösten, doch es fühlte sich anders an als sonst, und er merkte, dass Malika sich nicht wirklich entspannte, sondern sich insgeheim umblickte – er konnte sich schon denken, nach wem. Danílo ließ sie los, Malika schien es kaum zu merken.

Und da war er auch schon: Anak Rezeki. Er beachtete Malika nicht, ging aber so, dass er nah an ihr vorbeikommen würde. Danílo wettete, dass er vorhatte, ihr einen Zettel in die Hand zu drücken.

Beiläufig bewegte er sich auf Malikas andere Seite, sodass er zwischen ihr und dem jungen Piraten blieb. Keine Chance für irgendwelche geheimen Botschaften. Nach ein paar Minuten, als einer der anderen Piraten ihm etwas zurief und zu ihm hinhinkte, gab der Typ endlich auf und entfernte sich.

»Was ist, Salty?«, fragte Arif, obwohl er schon wusste, worum es ging. Erstaunlich, dass Salty so lange damit gewartet hatte, ihn anzusprechen – schließlich hatte er den Zettel mit seinem Hilferuf schon seit gestern. Vielleicht hatte er so lange gebraucht, um sich eine Strategie zu überlegen.

»Wir müssen reden«, sagte Salty gut gelaunt.

»Ja, das stimmt.« Arif ließ sich nicht anmerken, was er fühlte.

Sie gingen in eines der unbenutzten Zimmer auf der Bohrinsel – die meisten Floaters wohnten auf ihren Schiffen und kamen nur ab und zu in Floater Town vorbei. Es roch ein bisschen muffig hier drinnen, nach Bettwäsche, die dringend gelüftet werden musste. Sorgfältig verriegelte Salty die Tür, dann setzte er sich aufs Bett. Arif blieb mit verschränkten Armen stehen und lehnte sich gegen den Kleiderschrank.

Salty holte den Zettel aus seiner Hosentasche und warf ihn auf die Bettdecke. »Warum hast du so einen Mist geschrieben? Wir alle dachten, du fühlst dich wohl bei uns, dabei würgst du uns hintenrum eine rein!«

»Mach dich nicht lächerlich«, sagte Arif nüchtern. »Jeder auf der *Mata Tombak* weiß, dass ich nicht freiwillig an Bord bin. Ihr habt die Besatzung meines Schiffs umgebracht, soll ich euch dafür die Füße küssen?«

»Also, eins steht fest ... Wenn der Admiral das liest, wird er nicht begeistert sein.«

»Ach wirklich«, sagte Arif. Eigentlich war dies der geeignete Moment, um in Panik zu geraten. Doch die Angst lag in seinem Inneren wie eine zusammengerollte Schlange, noch behielt sie ihr Gift für sich. »Was wirst du tun? Zeigst du es dem Admiral?«

»Macht dir das nichts aus?« So langsam wirkte Salty etwas verblüfft. Arif schien nicht so zu reagieren, wie er erwartet hatte. Doch wenn Salty damit gerechnet hatte, dass er jetzt bat und bettelte, kannte er Arif schlecht.

»Du verrätst darin unseren Schiffstyp«, legte Salty nach. »*Deswegen* haben diese europäischen Schiffe nicht verdunkelt, sondern den Suchscheinwerfer angeschaltet.«

»*Tidak ada masalah*. War offenbar nicht so schlimm. Es hat ja trotzdem geklappt.«

Saltys Gesicht rötete sich vor Wut, und Arif wusste, dass er es gerade übertrieben hatte. Eigentlich hatte er nicht vorgehabt, den Jungen zu reizen, es hatte sich eher so ergeben. »Na gut, es war eine miese Idee«, gab er zu. »Und die ganze Sache tut mir wirklich leid. Was ist, gibst du mir noch eine Chance?«

Das war mehr nach Saltys Geschmack. Arif spürte, wie der Junge schwankte – sollte er sich großmütig zeigen oder die Situation gnadenlos ausnutzen? Wie Arif befürchtet hatte, entschied er sich für die zweite Möglichkeit.

»Ich habe einen Vorschlag«, sagte Salty, und jetzt war auch sein Grinsen zurück. »Sag dem Admiral, dass du nicht mehr im Cockpit arbeiten möchtest.«

»Das ist alles?«, fragte Arif, und Salty nickte. Es war klar, was er damit bezweckte – Daud brauchte einen Helfer, der für ihn Routinetätigkeiten übernahm, zum Beispiel im Internet nach Informationen über Schiffe zu suchen, die gerade im Pazifik unterwegs waren und eine mögliche Beute darstellten.

Es hatte Arif gefallen, dass der Erste Offizier ihn anlernte; geduldig hatte er ihm vieles erklärt und gezeigt. Was er in dieser kurzen Zeit über Computer, Satellitennavigation und Schifffahrt gelernt hatte, würde ihm auch später noch nützen. Es würde ihm schwerfallen, das wieder aufzugeben, aber ihm war auch klar, dass er keine Wahl hatte. Der Admiral war kein Mann, der leicht verzieh.

Der Admiral und Daud blieben die meiste Zeit auf der *Mata Tombak,* deswegen musste Arif über die Strickleiter in die Tiefe klettern. Breitbeinig stand er auf dem flachen Dach des Tarnschiffs, das in der Dünung schwankte – irgendwo war schlechtes Wetter, die hohen Wellen kündeten davon. Als er ins Innere kletterte und zum Cockpit ging – er hörte schon die Stimme des Admirals –, biss die Angst doch noch zu, und Arif spürte, wie sich das Gift durch seinen Körper fraß. Seine Füße zögerten auf der Schwelle des Cockpits, er musste sich hinüberzwingen.

Vielleicht konnte er bei der Gelegenheit noch ein anderes Anliegen loswerden. Dieser Junge, der verwöhnte Millionärssohn … er störte. Ständig funkte er bei Arifs ohnehin seltenen und kostbaren Gesprächen mit Malika dazwischen, obwohl die beiden anscheinend weder verlobt noch verheiratet waren. Wenn er dem Admiral meldete, dass der Junge aufsässig war, bekam Danílo möglicherweise eine Weile Einzelhaft und war aus dem Weg.

»*Salam!* Kann ich eine Minute mit Ihnen sprechen?«, fragte er, doch der Admiral wandte sich ihm nicht zu, er diskutierte per Satellitentelefon mit irgendjemandem.

Auch Daud wirkte beschäftigt, lächelte Arif jedoch zu, als er ihn bemerkte. »Was gibt's?«

Raus damit, dachte Arif schweren Herzens. »Ich möchte nicht länger im Cockpit arbeiten.«

Daud blickte ihn betroffen an. »Aber warum das?«

Er hätte sich eine überzeugende Geschichte bereitlegen sollen. Jetzt war es dafür zu spät, er musste sich rasch etwas einfallen lassen. »Die Mannschaft hat das Gefühl, ich halte mich für etwas Besseres. Deswegen ist es mir lieber, ich helfe Ishak wieder in der Küche, und …«

»Blödsinn! Ich brauche dich hier. Wenn du willst, spreche ich mit den anderen und erkläre ihnen, dass in dieser Mannschaft jeder seine Aufgabe hat.«

Dieses ganze Gespräch war unerträglich! »Bitte ... es geht einfach nicht mehr. Nehmen Sie lieber Salty, der kennt sich viel besser aus.«

»Du bleibst im Cockpit, und damit basta. Ich weiß zwar nicht genau, was dahintersteckt ...«

Arifs Blick fiel auf das Funkgerät, und plötzlich wusste er, was ihn tief im Inneren davon abgehalten hatte, sich voll und ganz auf die *Mata Tombak* und sein neues Leben einzulassen. Nicht ein einziges Mal hatten sie ihn an dieses Funkgerät oder an ein Satellitentelefon herangelassen. Sie nutzten ihn, aber sie vertrauten ihm nicht ... oder doch?

Ein wagemutiger Gedanke formte sich in Arif. Wenn sie jetzt endlich erlaubten, dass er seine Eltern anrief, dann würde er reinen Tisch machen. Sollte Salty doch zur Hölle fahren! Arif würde dem Admiral seinen Hilferuf gestehen, für diesen Fehler bezahlen und – wenn er das überlebte – versuchen, ein vollwertiges Mitglied dieser Mannschaft zu werden. Er würde seinem alten Leben abschwören und dazu stehen, dass er jetzt ein Pirat war.

Daud blickte ihn fragend an, als spürte er, dass Arif noch etwas auf dem Herzen hatte. »Ich habe eine Frage an den Admiral«, sagte Arif bescheiden. »Es ist wichtig.«

Inzwischen hatte der Admiral aufgelegt, ungeduldig wandte er sich ihm zu. »Geht es um die Geiseln?«

Arif überlegte, entschied dann aber, den Millionärssohn jetzt noch nicht anzusprechen – etwas anderes war ihm noch wichtiger. Er atmete tief durch, dann fragte er: »Sir ... darf ich meinen Eltern Bescheid geben, dass es mir gut geht?« Seit dem Gespräch mit Malika, seit sie von seiner Familie gesprochen hatte, war das Bedürfnis, bei ihnen zu sein oder mit ihnen zu sprechen, fast übermächtig.

Ärgerlich runzelte der Admiral die Brauen. »Nein, das ist gerade kein guter Zeitpunkt. Du könntest versehentlich etwas verraten, was die Geiseln betrifft.«

»Ihr könntet das Gespräch überwachen und sofort abbrechen, wenn euch etwas daran nicht gefällt«, schlug Arif verzweifelt vor.

Der Admiral winkte ab. »Ich habe Nein gesagt, dabei bleibt es.«

Richtig glücklich wirkte Daud mit dieser Entscheidung nicht, doch wie es seine Art war, akzeptierte er sie mit einem Achselzucken. Offiziell waren die beiden Männer, wie Arif mitbekommen hatte, gleichrangige Geschäftspartner, doch in Wirklichkeit hatte der Admiral das letzte Wort.

Arif konnte es nicht fassen. Er hatte geglaubt, ein Teil dieser Crew zu sein, doch anscheinend war er nur ein besserer Fußabstreifer. Ein Helfer ohne eigene Persönlichkeit, ohne Gefühle, ohne Hoffnung.

Wortlos verbeugte sich Arif, und zu seinem eigenen Erstaunen stellte er fest, dass er lächelte, das höfliche Lächeln eines gut erzogenen Javaners, das wie geschaffen dafür war, den Tumult in seinem Inneren zu überdecken.

Jetzt wusste er, woran er war.

Ob Daud das passte oder nicht, er würde nie wieder in diesem Cockpit arbeiten, und das war seine eigene Entscheidung.

Die Geiseln durften in Roxanas Garküche mitessen, der Admiral hatte anscheinend »Vollpension« für sie gebucht. Doch seit ihrem Lebenszeichen per *Skype* hatte Malika keinen Appetit mehr. Lessers Unternehmen würde doch sicher bald zahlen! Aber auch, wenn Benjamin Lesser verschollen oder tot war? Was war, wenn die Geldübergabe sich irgendwie verzögerte? Musste Danílo dann ansehen, wie seine Schwester vor seinen Augen erschossen wurde? Oder mussten sie ertragen, dass Shana, Danílo oder Louanne getötet wurden?

Sie sehnte sich nach Arif, danach, ihm die schrecklichen Neuigkeiten zu erzählen, doch das ging nicht, erst in der Nacht konnten sie sich treffen – und selbst dann bestand die Gefahr, dass Danílo dazwischenfunkte. Sollte sie mit Danílo reden, noch mal versuchen, ihm zu erklären, was sie fühlte?

Unglücklich und verwirrt wanderte Malika schließlich in Roxanas Laden, wo sie mit einem breiten, knallrosa Lächeln begrüßt wurde. »Malika! Wie schön, dass du mich beehrst!«, rief Roxana, die gerade die unzähligen Flip-Flops neu sortierte. »Was brauchst du?«

Die Freiheit – oder ein paar zusätzliche Leben, ging es Malika durch den Kopf. Kraftlos ließ sie sich auf einen Stapel Nylon-Fischernetze sinken. Geisternetze aus dem Müllstrudel – wer wusste, wie viele Tiere sie auf ihrem ziellosen Weg durch den Ozean getötet hatten! Gut, dass wenigstens diese Netze nicht mehr im Wasser waren und noch jahrhundertelang sinnlos Fische und andere Meeresbewohner fingen. Ihre ehemaligen Besitzer hatten sich längst neue Ausrüstungen gekauft und verschwendeten keinen Gedanken an die, die sie irgendwann mal verloren hatten.

»Noch ein paar grüne Sachen zum Anziehen?«, schlug Roxana vor. »Diese Bluse, die du anhast, ist übrigens von mir. Aber als ich sie mal selber angezogen habe, hat mich Jivan über den Rand der Hubschrauberplattform gehalten und zappeln lassen. Er mag es nicht, wenn jemand die Farben der Göttin trägt.«

Ups! »Aber bei mir macht ihm das nichts aus?«

Roxana lachte laut. »Offenbar nicht, sonst hättest du es schon gemerkt. Also, womit kann ich dienen – wie wäre es mit einem Sonnenhut?«

»Ich kann doch sowieso nichts bei dir kaufen, die Piraten haben uns keinen Cent gelassen.«

»Oh, stimmt, das tut mir leid. Aber komm nicht auf die Idee, dir was dazuzuverdienen – du bist zwar hübsch genug dafür, aber das Revier gehört mir.« Roxana zwinkerte ihr zu, um klarzumachen, dass es ein Scherz war. Doch Malika war trotzdem kurzfristig sprachlos.

Dann fiel ihr ein, dass sie tatsächlich etwas kaufen wollte … Schließlich hatte Arif schon morgen Geburtstag! »Ich brauche ein Geschenk für jemanden, den ich mag … Vielleicht könnte ich dir in der Garküche helfen oder so was und mir dafür etwas im Laden aussuchen?«, schlug sie vor, und Roxana nickte sofort.

»Ja, absolut, gerne! Kannst du Fische ausnehmen? Bo hat einen guten Fang gemacht heute früh.«

Fische auszunehmen hatte sie auf der *Skylark* gelernt. Und so schlenderte Malika zum ersten Mal mit Käuferblick an Roxanas Waren vorbei und versuchte, sich vorzustellen, was Arif gefallen könnte, womit sie ihm eine Freude machen könnte. Einfach war es nicht, sie wusste so wenig über ihn.

»Wenn ich dir einen Tipp geben darf – er liest gerne, gestern hat er schon mal mein Angebot durchstöbert«, meinte Roxana beiläufig, ohne beim Sortieren innezuhalten.

Erschrocken blickte Malika sie an. »Woher …«

»Das war nicht schwer zu erraten.« Roxana freute sich wie ein Kind über ihren gelungenen Coup. »Er ist ja auch wirklich zum Anbeißen.«

»Äh, das stimmt.« Malika fühlte, wie sie rot wurde. »Aber das ist mir nicht so wichtig, ich finde einfach, dass er ein ganz besonderer Mensch ist.«

Jetzt durchstöberten sie den Laden zusammen. Bei den Büchern war nichts dabei, was Malika mit gutem Gewissen hätte verschenken können. Roxana hielt einen Gegenstand nach dem anderen hoch – ein Taschenmesser mit Plastikgriff, einen Korb voller aus dem Pazifik gefischter Bälle, eine rot-blau gemusterte Badehose, gut erhalten – , doch Malika schüttelte immer wieder instinktiv den Kopf. Schließlich seufzte Roxana und meinte: »Am besten, du versuchst es mal bei Bo, der hat im Laufe der Zeit eine tolle Sammlung aufgebaut.« Sie beschrieb ihr den Weg zu Bos Kammer.

»Ich werd mal bei ihm vorbeischauen.« Malika setzte sich, sie wollte noch nicht gehen. Roxana schaute sie von der Seite an. »Nicht allen ist es recht, dass ihr euch mögt, oder?«

Malika seufzte tief und nickte.

»Jemanden zu mögen bedeutet auch manchmal, loslassen zu müssen«, verkündete Roxana. »Frag mich mal! Ich habe schon zwei Ex-Männer ziehen lassen, was habe ich von einem Mann, der mich nicht mehr will? Natürlich gilt das mit dem Loslassen auch für die Männer. Wenn die das nicht hinkriegen, wird es anstrengend.«

»Stimmt absolut.« So richtig durchschaut hatte Roxana die Situation nicht, aber das war auch besser so, Danílo musste weiterhin als Millionärssohn gelten, niemand durfte wissen, dass er ihr Bruder war und genauso wenig Geld hatte wie sie.

Ihr ging eine Menge durch den Kopf, als sie zu Bos Kammer wanderte. Ihr Zwillingsbruder war ihr so nah wie kein anderer Mensch, er bedeutete ihr alles – aber vielleicht war es besser, wenn sie ein bisschen mehr Abstand zwischen sich brachten. In letzter Zeit fühlte sie sich eingeengt von seiner Sorge. Wie sollte sie jemals eine normale Beziehung haben, wenn sie fast jede wache Minute mit Danílo zusammen war? Außerdem hätte er ihr nicht vorschreiben dürfen, wie sie zu leben hatte. Dass sie Arif mochte, war ganz allein ihre Sache. Vielleicht glaubte Danílo selbst nicht, dass er vor allem ein Stockholm-Syndrom bei seiner Schwester verhindern wollte, vielleicht konnte er sich nicht eingestehen, dass er eifersüchtig war und es nicht ertragen hätte, sie an jemand anderen zu verlieren.

Das mit Arif ist mehr, dachte Malika trotzig. Er ist nicht mein höchstpersönliches Stockholm-Syndrom! Und wenn doch, dann werde ich ihm jetzt trotzdem verdammt noch mal ein Geschenk aussuchen.

Bos Kammer war wirklich eine Schatzkammer – so wie Roxanas Laden völlig vollgestopft, aber nur mit ausgesuchten Dingen, die er aus dem Meer gefischt hatte. Unter anderem hatte er einen Brieföffner aus dunklem Holz, eine Albatrosfeder, eine Hockeyausrüstung, die Bos Erklärungen nach aus einem 1994 über Bord gefallenen Container stammte, und gleich eine ganze Sammlung verschiedener Bowlingkugeln.

»Wieso findet man hier denn so viele Bowlingkugeln?«, fragte Malika.

Bo schien sich über ihre Neugier zu freuen. »Manche Leute bauen Kanonen selbst, zum Spaß. Die schießen dann aber nicht Eisen-, sondern Bowlingkugeln ab. Manche Kugeln stammen auch von Flugzeugträgern. Haben große – wie sagt man? – Katapulte an Bord, für die Kampfjets. Leute an Bord machen sich damit Spaß mit Bowlingkugeln.«

Stolz, mit einem schüchternen Lächeln, zeigte er ihr einen anderen Höhepunkt seiner Sammlung – eine Limonadenflasche mit einer Botschaft darin. »Die stammt aus Alaska: Ein Mädchen sucht eine Brieffreundin.« Er zog den Zettel heraus, damit sie ihn lesen konnte. Dann holte er eine andere Flasche aus seinem Regal. »Die habe ich gefunden letztes Jahr. Helfen soll man dem, schreibt er – aber ich fürchte, dem kann keiner helfen. Is' schon dreißig Jahre her, dass er sie in Yokohama abgeschickt hat.«

Fasziniert drehte Malika die Flasche in der Hand, stellte sie dann ins Regal zurück und betrachtete, was sonst noch darin stand. In einer Ecke entdeckte sie ein Schraubglas mit messingfarbenem Deckel und gelblichem Inhalt, das Etikett hatte das Meerwasser schon längst abgelöst. »Was ist denn das?«

»Hab ich keine Ahnung.« Bo zuckte die Schultern. »Vielleicht Marmelade. Ich hab es in einer Holzkiste gefunden, die Kim und Johnny mal aufgefischt haben.«

Ganz spontan entschloss sich Malika, Arif dieses Überraschungsglas zu schenken. Wahrscheinlich hatte er schon ewig nichts mehr genascht. Hoffentlich war das Zeug noch gut. Sie konnten es heute Nacht gemeinsam testen. Nur wie sollte sie Bo das Ding abkaufen? Ihr fiel ein, dass sie ja wieder etwas besaß – ihre Armbanduhr –, und tatsächlich war Bo bereit, das Glas gegen die Uhr zu tauschen.

»Hast du eigentlich schon gehört?«, fragte Bo und senkte seine Stimme zu einem Flüstern. Er wirkte halb ängstlich, halb erwartungsfroh. »Diamond Sam kommt nach Floater Town!«

»Wer ist denn Diamond Sam?« Verwirrt blickte Malika ihn an.

»Kennst du nicht?«, fragte Bo erstaunt.
»Nein«, versicherte ihm Malika.
»Das ist ja komisch. Denn er kennt euch.«

Diamond Sam

Am Abend half Malika in Roxanas Garküche beim Servieren. Ein gutes Dutzend Floaters befand sich auf der Bohrinsel, um auszuruhen, neuen Proviant zu kaufen oder Fundstücke einzutauschen. Malika lächelte ihnen zu und probierte ihre paar Brocken Indonesisch an ihnen aus.

Zum Glück waren Danílo, Shana und Louanne schon satt und wieder verschwunden, als die Piraten heranschlenderten. Rasch, ohne ihn anzusehen, klatschte Malika Viper seine Portion gegrillten Fisch und Reis auf den Teller. *Mörder!*, schoss es ihr durch den Kopf.

Jivan, der dunkelhäutige Riese, lächelte sie verlegen an und wirkte keineswegs mehr gefährlich. Sie hatte ihn schon oft dabei gesehen, wie er neue Solarpanels auf der Station installierte. Dafür verkrampfte Malika sich wieder etwas, als sie Daud, dem Admiral, Ishak und Tomás das Essen servierte. Salty versuchte, ihrem Blick zu begegnen, doch sie vermied, ihn anzusehen. Ganz zum Schluss ... Arif. Ihre Finger berührten sich, als sie ihm den Teller reichte, und Malika wagte nicht, ihm in die Augen zu blicken, weil sonst alle gemerkt hätten, was mit ihr los war.

Roxana stelzte umher und schmetterte ein »Schmeckt's?« durch die ehemalige Kantine, worauf gemurmelte Zustimmung von den Tischen erklang. Bo lächelte stolz, denn schließlich war es seine Beute, die sie heute aßen. Ihm hatte

Roxana die allererste Portion serviert, und jetzt schleifte er schon wieder einen Müllsack hinter sich her, stellte einen Reste-Eimer von einer Ecke in die andere und wischte mit einem Lappen an einem Fenster herum. Danach sah man den Pazifik kaum noch durch die verschmierte Scheibe.

Als nur noch wenig Fisch übrig war, flogen die Türen auf, und zwei Fremde, ein Mann und eine Frau, marschierten in Begleitung von Luke Open Waters herein. Der Mann, der an der Spitze ging, war eine vierschrötige Gestalt mit zurückgekämmten Haaren, einem Pokergesicht und schmalen Augen. Malika tippte darauf, dass er Chinese war. Sie hatte diesen Mann noch nie gesehen, wusste aber sofort, wen sie vor sich hatte. In seinem linken Ohr glänzte ein Diamant, der so groß war, dass er das Ohrläppchen schon ein bisschen gedehnt und nach unten gezogen hatte. Die Frau schien sein Bodyguard zu sein – sie wog mindestens hundert Kilo, trug eine praktische Kurzhaarfrisur, mehrere Schusswaffen und einen Taser. Gegen ihr Arsenal wirkte Lukes Tauchermesser wie ein Spielzeug.

Wachsam blickte Malika sich um und beobachtete, wie der Admiral kühl in Richtung von Diamond Sam grüßte. Die anderen Piraten starrten die Neuankömmlinge einfach nur an.

Luke Open Waters blickte undurchdringlich drein, glücklich schien er über den neuen Gast nicht zu sein. »Zwei Portionen bitte«, sagte Luke Open Waters zu Malika, und instinktiv beeilten sie und Roxana sich. Leider sahen die beiden Portionen eher jämmerlich aus, sie hatte sämtliche Reste aus den Pfannen herauskratzen müssen.

Verächtlich sah Diamond Sam auf seinen Teller hinunter, dann bedeutete er seiner Leibwächterin, zu probieren.

Da sie sich an der Kostprobe offensichtlich nicht vergiftete, pickte er selbst das eine oder andere Stück Fisch mit der Gabel auf. Dann schob er seinen Teller von sich. »Zum Glück habe ich eine hervorragende Bordköchin«, bemerkte er. »Sie beherrscht die asiatische, europäische und afrikanische Küche, ein echter Glücksfang.«

»Schön«, sagte Luke Open Waters nickend, er rührte sein Essen ebenfalls kaum an.

Mit ruckartigen Bewegungen begann Roxana, Teller abzuspülen. Wortlos half Malika beim Abtrocknen.

»Zwanzig Container jetzt, der Rest später«, sagte Luke Open Waters gerade. »Bald können wir und die *Mata Tombak* wieder etwas liefern – aber das Wetter muss stimmen, das weißt du ja.«

Diamond Sam blickte ihn einfach nur an und sagte nichts. Diese Strategie ging voll auf, Malika konnte förmlich sehen, wie Luke nervös wurde. Mit einem gezwungenen Lächeln winkte er zu den Piraten hinüber und steif und förmlich begaben sich der Admiral und Daud hinüber zu Diamond Sam. Es wurde etwas besprochen, aber sehr leise, Malika verstand kein Wort.

Die Atmosphäre war so angespannt, dass Malika ständig damit rechnete, in Deckung abtauchen zu müssen, weil Kugeln durch die Gegend pfiffen. Schweigend hockten die Piraten an ihrem Tisch. Ganz kurz trafen sich Arifs und Malikas Blicke, dann schaute Arif weg.

Als die Männer endlich abzogen, atmeten Roxana und Malika auf. »Heftiger Typ«, meinte Malika.

»Ja, und darauf legt er größten Wert«, sagte Roxana und verzog den Mund. »Dabei ist er bei sich daheim in Kapstadt nur ein jüngerer Sohn, der in den großen Geschäften nicht mitmischen darf. Seine Familie hängt dort im Handel mit Haifischflossen drin, ich habe gehört, sie haben ein geheimes Kühlhaus, in dem jeden Tag mehr als zehntausend Flossen darauf warten, außer Landes geschafft zu werden.«

So viele tote Haie pro Tag! Es tat Malika weh, daran zu denken. Dabei waren manche Haiarten schon jetzt vom Aussterben bedroht. »Ist dieser Sam denn auch wirklich gefährlich?«

»O ja.« Roxana senkte die Stimme zu einem Flüstern. »Du kennst doch Kim und seinen Freund Johnny, oder? Kim ist der mit dem selbst gebauten Boot und den vielen Treibgutketten, Johnny ist so ein ruhiger Typ mit Akne, der immer mit Kim zusammen herumzieht.«

Malika nickte und kam näher, bis Roxanas Mund fast ihr Ohr berührte. Ihr Atem roch nach Zigaretten und Fisch. »Also, der Johnny hatte einen Bruder, von dem er lange nichts gehört hatte, aber ich habe ihn bei *Facebook* entdeckt, und wir haben ihn überredet, herzukommen, weil's ihm an Land dreckig ging. Zu viele Drogen.« Sie seufzte. »Dieser Bruder fand es hier toll, hat sich richtig erholt und ist eines Tages selber zum Müllfischen rausgefahren, als Johnny krank war. Aber dort war er leider einem von Diamond Sams Schiffen im Weg.« Roxanas Stimme veränderte sich, wurde rau. »Sam ist einfach über das Boot drübergefahren, angeblich nicht gesehen, haha. Johnnys Bruder war hin.«

»Aber es kommt immer mal wieder vor, dass einer dieser Riesenpötte eine Yacht unterpflügt und es nicht mal merkt«, wandte Malika ein.

Roxana richtete sich auf und schnaubte. »Ja, klar, Tanker und Frachter, die dreihundert Meter lang sind oder so und unter Zeitdruck auf irgendeiner festen Route fahren, kriegen so was nicht mit, denen musst du ausweichen, wenn dir dein Leben lieb ist. Aber wenn man Müll fischt so wie Sam, schaut man sich an, wo man hinfährt!«

Malika nickte nachdenklich. Sie ahnte inzwischen, woher Diamond Sam sie und die Lesser-Schiffe kannte. »Wie viele Schiffe hat Diamond Sam eigentlich? Es gab da ein paar, die uns gerammt und uns die Ladung gestohlen haben ...«

»Genau, die gehören ihm. Sam war nicht begeistert, als ihr einfach so angedampft kamt, und hatte viel Spaß dabei, euch das Leben sauer zu machen, weißt du?«

»Aber wir tun doch etwas Gutes, kann er das nicht akzeptieren?«, entfuhr es Malika. Sobald sie es ausgesprochen hatte, ahnte sie, wie naiv das für die Leute hier klingen musste.

»Etwas Gutes?« Roxana stemmte die Fäuste gegen die Hüften. »Das finde ich ehrlich gesagt nicht! Ohne dieses ganze Zeug, das hier herumtreibt, wäre das Meer doch langweilig, und außerdem, wovon sollten wir dann leben?«

Ein sauberes Meer langweilig? Wieder einmal starrte Malika ihre neue Freundin verblüfft an. »Wir machen auf jeden Fall weiter«, sagte sie schließlich fest. »Vielleicht könntet ihr von irgendetwas anderem ...«

Roxana hob die Schultern, sodass ihr Busen wogte, und richtete den Blick zum Himmel. »Na, dann macht halt, ich wollte das nur gesagt haben.«

Zum ersten Mal seit längerer Zeit wandten sich Malikas Gedanken wieder der auf *Ariadne*, *Cassandra* und *Leandris* zurückgebliebenen Besatzung zu. Kapitän Hensmann. Kira. Yun Shin und die anderen. Sie würden wohl kaum herumsitzen und Trübsal blasen ... Hatten sie die Skimmer schon wieder in Betrieb genommen, um das Meer zu säubern? Ob

Benjamin Lesser inzwischen wieder aufgetaucht war? Und vor allem: Hatten Lessers Mitarbeiter an Land es inzwischen geschafft, das Lösegeld aufzutreiben?

So viele Fragen – und keine einzige Antwort. An Deck traf Malika auf Danílo, gemeinsam beobachteten sie, wie der Kran zwanzig auf der Bohrinsel gelagerte Blechcontainer auf einen Frachter hievte. »Wahrscheinlich ist das ein Schiff von Diamond Sam«, meinte Malika zu ihrem Bruder und erzählte von ihrer Begegnung in Roxanas Garküche.

Danílo wirkte nachdenklich. »So, so, es gibt einen neuen Player in diesem Spiel. Vielleicht ist das eine Chance für uns.«

»Eine Chance? Wie meinst du das?«, fragte Malika, doch Danílo wollte es ihr nicht sagen. Und auch sie hatte ihm manches nicht erzählt, zum Beispiel dass sie bei Roxana und Bo nach einem Geschenk für Arif gesucht hatte. Früher hatten sie einander nie etwas verschwiegen …

Kurz vor Mitternacht machte sich Malika mit klopfendem Herzen auf den Weg zum Treffpunkt, den sie mit Arif verabredet hatte. Zum Glück war Danílo früh schlafen gegangen und konnte ihnen nicht dazwischenfunken. Am Treffpunkt ließ Malika kurz ihre Taschenlampe aufblitzen, im fahlen Licht sah sie Arif, der im Schneidersitz auf dem Metallgitter saß und ihr entgegenblickte. Sie tastete sich zu ihm und setzte sich neben ihn, so nah, dass sie die Wärme seines Körpers spürte. Ein Gefühl durchströmte sie, das so stark war, dass sie einen Moment lang nicht sprechen konnte. Schließlich sagte sie einfach: »Du bist da.«

Seine Stimme, weich und leise in der Dunkelheit: »Natürlich. Zum Glück gibt es hier nicht viele Uhren, ich hätte ständig darauf gestarrt.«

»Ging mir auch so«, gestand Malika. »Was ist mit dem Zettel, deinem Hilferuf? Versucht Salty, ihn gegen dich zu verwenden?«

»Er versucht es. Aber keine Sorge, ich schaffe das schon.« Jetzt machte sich Malika erst recht Sorgen. »Du bekommst also Ärger wegen mir?«

»Nein«, sagte er entschieden. »Geschrieben habe ich den Zettel ja selbst. Wenn ich Ärger bekomme, dann wegen Dummheit.« Er wechselte das Thema, sie hörte es schon am Klang seiner Stimme. »Weißt du, wie ich dich das erste Mal gesehen habe? Da standest du an der Reling der *Ariadne* und blicktest über das Meer hinaus. Ich habe sogar ein Nachtsichtgerät fallen lassen, damit ich dich nicht mit den anderen teilen musste.«

»Wie lange habt ihr uns denn nachts beobachtet?« Das war ein unheimlicher Gedanke. Also hatten die Piraten sie schon lange vor dem Angriff im Visier gehabt und sie hatten es nicht geahnt!

»Ein paar Tage«, sagte Arif, und Malika versuchte, sich zu erinnern, was sie damals getan hatte. Damals, als Arif sie schon kannte, aber sie ihn nicht.

Malika fiel ein, wie sie ihn beim Angriff mit dem Feuerlöscher eingeschäumt hatte. »Tun deine Augen noch weh? Von dem Schaum, du weißt schon. Tut mir echt leid.«

»Es war nicht so schlimm.« In seiner Stimme war ein Lächeln. »Ich sah bestimmt lustig aus.«

»Aber hallo. Nur war mir nicht so zum Lachen zumute.«
»Ich weiß.«

Sie schwiegen einen Moment lang. Wie schade, dass es so finster war, sie blickte ihn gerne an. Vor ihrem inneren Auge sah Malika die weich geschwungene Linie seines Nackens vor sich, seine Haut, die in der Sonne die Farbe von Honig hatte, seine wachen, dunklen Augen ...

Wieder Arifs Stimme. »Ich habe gehört, dass Daud jetzt einen Preis von zwei Millionen für euch vier akzeptiert hat. Und das ist gut, in zwei Tagen läuft nämlich ein Ultimatum des Admirals ab.«

Malika war geschockt. »Ein Ultimatum, das in zwei Tagen abläuft? Davon wusste ich nichts!«

»Ich auch nicht. Aber keine Sorge, zwei Millionen sollten die Firma des reichen Mannes und eure Eltern auftreiben können. Der Admiral hat erzählt, dass das ungefähr die Preise in Somalia und Nigeria waren, bevor dort zu viele Militärschiffe aufgetaucht sind und das Geschäft kaputtgemacht haben.«

»Glaubst du, dass der Admiral wirklich einen von uns erschießen lässt, wenn das Lösegeld in zwei Tagen noch nicht da ist?« Malika schlang die Arme um die Knie, um ihr Zittern zu unterdrücken.

Sie hörte, wie Arif zögerte. Dann sagte er: »Der Admiral kann freundlich sein, aber wenn es ums Geschäft geht, ist er hart.«

Wie ehrlich er war. Leider. Anscheinend spürte er, wie seine Worte sie mitgenommen hatten, denn er schob rasch nach: »Aber ich bin auf eurer Seite. Und ich glaube nicht, dass sie klug genug sein werden, mir rechtzeitig die Waffe abzunehmen.«

»Lass uns von etwas anderem reden«, sagte Malika und blickte hoch zu den Sternen. Tausend kleine Leuchtfeuer, die ihnen keinen Fluchtweg wiesen. Malika spürte, wie ihre innere Ruhe allmählich zurückkehrte, während sie in den Lichtpunkten die altvertrauten Sternbilder erkannte. Pegasus. Adler. Leier. Cassiopeia. Schwan. An Bord der *Skylark* hatte sie tausendmal so hochgeschaut, den Communicator mit der Stern-Erkennungs-App fest in der Hand.

»Also, den Sternen nach ist es jetzt etwa Mitternacht«, bemerkte Arif.

»So was kannst du?« Malika war beeindruckt.

»Klar. Meine Vorfahren waren Fischer, bis meine Eltern mit der Garnelenzucht angefangen haben. Sich an den Sternen zu orientieren ist zwar nicht so … hm, wie sagt man – präzise?«

»Genau, präzise.« Sie sprach es ihm vor, damit er die Betonung richtig hinbekam.

»Nicht so präzise wie nach Kompass oder GPS zu fahren, aber wer kann sich schon so ein GPS-Teil leisten?«

Mitternacht! Malika fiel ein, dass Arif jetzt Geburtstag hatte. »Hey, herzlichen Glückwunsch! Ich wünsche dir, dass du deinen Weg findest, bald deine Familie wiedersiehst und glücklich wirst.« Sie tastete nach ihm und fuhr mit den Fingern wagemutig seinen Arm hoch, bis sie sein Gesicht fand. Dann küsste sie ihn leicht auf die Wange.

Wow, sie hatte es getan, ihr wurde fast schwindelig davon. Wie würde er reagieren?

Die Spur von Malikas Fingerspitzen zog eine Gänsehaut über Arifs Arm, und ihr federleichter Kuss war das schönste Geschenk, das er je bekommen hatte. Beinahe ehrfürchtig berührte er seine Wange. Wie lange war es her, dass ihn jemand zärtlich berührt hatte? Monate. Erst jetzt wurde ihm klar, wie sehr ihm das gefehlt hatte. Bei ihm daheim umarmten sich alle bei jeder Gelegenheit und nachts kuschelte sich die ganze Familie im Schlafraum zusammen.

Arif atmete tief durch, um seine Gefühle in den Griff zu bekommen, dann lächelte er in die Dunkelheit hinein. »Geburtstage in Indonesien sind sehr witzig. Einmal bin ich ausgerutscht auf einem großen Fleck Seife und sah ziemlich dämlich aus, alle haben sich kaputtgelacht. Letztes Jahr gab es eine Kuchenschlacht und im Jahr davor hat mein Bruder Eier zerhauen auf meinem Kopf.«

Malika lachte leise. »Diesmal fällt die Schlacht leider aus, ich habe nicht mal *einen* Kuchen. Aber dafür ein anderes Geschenk.« Sie ließ die Taschenlampe aufblitzen und überreichte ihm ein Glas, in dem etwas Gelbes war.

Arif musste ebenfalls lachen. »Was ist das?«

»Wahrscheinlich Marmelade. Vielleicht noch gut, vielleicht nicht. Am besten, wir probieren gleich mal.«

Arif begann das Wasser im Mund zusammenzulaufen. Er schraubte das Glas auf und überprüfte den Inhalt auf Schimmel, dann schaltete Malika ihre Lampe wieder ab. Arif tauchte seinen Zeigefinger ins Glas, leckte ihn ab und seufzte genüsslich. »Es ist Mango-Chutney!«

»Ich liebe Mango-Chutney!«, jubelte Malika so leise, wie man überhaupt jubeln kann. Abwechselnd gruben sie ihre Finger in das Glas und schmatzten genüsslich, bis nicht mal mehr ein kleiner Rest übrig war und ihre Gesichter und Kleider ziemlich klebrig waren.

»Uuuh, das war ganz schön scharf«, sagte Malika, sie klang kleinlaut.

»Genau richtig«, schwärmte Arif. »Cooles Geschenk. *Terima kasih* – danke!« Er war noch immer hin und weg davon, dass sie ihm etwas geschenkt hatte. Ob es sie viel Zeit gekostet hatte, das Richtige auszuwählen? Zeit, in der sie nur an ihn gedacht hatte?

»Hast du zufällig einen Schluck Wasser da?«

»Nein. Ich hole dir einen, wenn du willst, aber gegen die Schärfe hilft Brot besser.« Es hatte sich so schön und vertraut angefühlt, in der Dunkelheit mit ihr zu essen, dass Arif fast völlig vergessen hatte, dass sie eine *bule* war, eine Weiße, die scharfes Essen meist nicht gut vertrugen. Wo bekam er jetzt Wasser oder Brot her? Am besten, er ging kurz in eine der Kammern.

Arif stand auf ... und bemerkte plötzlich, dass sie nicht alleine waren. Seine Ohren hatten ein winziges, fremdes Geräusch aufgefangen. Mit einem Schlag fiel die übermütige Stimmung von ihm ab, wachsam lauschte er in die Dunkelheit. *Ya Allah,* hatte sie jemand beobachtet?

»Gib mir die Taschenlampe«, sagte er kurz zu Malika, und am Klang seiner Stimme schien sie zu hören, dass es dringend war. Sie reichte sie ihm.

Rasch ließ Arif den Strahl aufblitzen und drehte sich um sich selbst, um die ganze Umgebung auszuleuchten.

Auf dem falschen Kurs

Im Lichtkegel sah Arif nur ein paar Metallstreben und Rohre. Doch er hatte sich nicht getäuscht: Ein Geräusch rennender Füße ertönte, der Spion machte sich davon!

Arif raste los, dem Geräusch nach. Der Schein der Taschenlampe tanzte wild vor seinen Füßen. Ab und zu leuchtete er hoch, um einen Blick auf die fliehende Gestalt zu erhaschen. Nichts – der Fremde schien mit der Nacht zu verschmelzen. Arif verfing sich in einem herunterhängenden Kabel, klatschte durch eine Regenpfütze, trat auf ein herumliegendes rostiges Rohr. Er war einfach zu langsam auf diesem fremden Terrain! Irgendwann fiel ihm auf, dass er nur noch seine eigenen Geräusche hörte, keine mehr von demjenigen, den er verfolgt hatte. Verdammt, er hatte ihn … oder sie … verloren!

Keuchend blieb Arif stehen, hin- und hergerissen zwischen Wut und Angst. Wer konnte das gewesen sein? Eine der anderen Geiseln? Ein Floater, der hoffte, anderen bei der Liebe zuzusehen? Jemand von der *Mata Tombak*, der den Auftrag hatte, sie zu überwachen? Alles schlecht! Jetzt kannten schon zwei ihm nicht wohlgesonnene Menschen Geheimnisse, durch die sie Macht über ihn hatten!

Arif biss die Zähne zusammen. Es war nicht zu ändern. Besser, er ging zu Malika zurück, bevor sie begann, in der Dunkelheit herumzuirren …

Auf dem Rückweg benutzte er die Taschenlampe sparsam, um Verfolgern möglichst wenig Anhaltspunkte zu geben und ließ er sie nur hin und wieder aufblitzen. Er fand Malika an derselben Stelle, an der er sie zurückgelassen hatte, und war erleichtert. Allzu leicht konnte es passieren, dass man über eine Kante in die Tiefe stürzte und ins Meer fiel. Nur manche Bereiche der Bohrinsel hatten ein Geländer, viele nicht.

»Konntest du sehen, wer es war?«, fragte Malika unruhig.

»Leider nein. Vielleicht merken wir es in den nächsten Tagen.« Arif fühlte sich niedergeschlagen. Sein Geburtstag hatte so schön begonnen ... und jetzt das.

Doch dann spürte er wieder eine Berührung – Malika tastete nach seiner Hand! Ihre Finger verschränkten sich mit seinen, und Arif schloss die Augen einen Moment lang, kostete das Gefühl aus, das ihn durchströmte. Noch ein Geschenk, womit hatte er das verdient?

Viel zu schnell löste Malika ihre Finger wieder aus seinen.

»Ich muss jetzt gehen«, flüsterte sie. »Sei vorsichtig, ja?«

»Du auch. Ich danke dir.«

Dieses Mädchen wollte er nie wieder verlieren.

Danílo war aufgeregt, zum ersten Mal hatte er wieder Hoffnung. Er konnte kaum erwarten, Malika den Plan zu erklären. Wenn sie einverstanden war, würde er die anderen einweihen.

Nach dem Frühstück kletterten sie die Strickleiter hinunter und setzten sich auf den schwankenden Ponton aus zusammengebundenen Wasserkanistern und Kunststofftonnen am Fuß der Bohrinsel. Viele Floaters waren unterwegs und die anderen im Wohntrakt, niemand war in Sicht. Ein

Stück entfernt erkannte Danílo die *Mata Tombak,* sie lag flach im Wasser, als ducke sich der graue Rumpf zwischen die Wellen. Sämtliche Luken waren geschlossen, niemand würde sie hören, wenn sie hier redeten. Doch Danílo fiel auf, dass auf der Bohrinsel einer der Piraten patrouillierte – Tomás, wie üblich mit dem Gewehr in der Hand. Er schaute zu ihnen hinunter, ging dann weiter, behielt sie aber im Blick.

»Ich glaube, wir werden jetzt strenger bewacht«, flüsterte Malika ihm zu und hängte ihre bloßen Füße ins Wasser.

»Wahrscheinlich wegen Diamond Sam«, erwiderte Danílo ebenso leise. »Und damit hat auch mein Plan zu tun. Dieser Sam hat genug Schiffe, er kann uns bei der Flucht helfen und uns hier herausholen …«

»Flucht? Bist du wahnsinnig?« Auf Malikas Gesicht bildeten sich hektische rote Flecken. »Wir müssen nur hier warten, bis das mit dem Lösegeld geklärt ist, und es sieht so aus, als sei es bald so weit.«

»Woher weißt du das?« Danílo blickte sie an und ihr trotziger Blick gab ihm die Antwort. Immerhin, manchmal war ihr guter Kontakt zu den Piraten ein Vorteil. »Okay, du weißt es eben. Aber was ist, wenn sie bis dahin Ernst machen und schon mal einen von uns erschießen? Wenn der Admiral einen schlechten Tag hat … Kurz, wir müssen hier weg, und jetzt gerade haben wir die Chance zur Flucht! Wer weiß, ob wir so eine Gelegenheit nochmal bekommen!«

»Aber was sollen wir bei Diamond Sam?«, wandte Malika ein. »Der Typ scheint doch genauso brutal zu sein wie Admiral und Co.«

»Zumindest hat er noch niemanden umgebracht, und die Sache mit Johnnys Bruder war bestimmt ein Unfall – im

Zweifel für den Angeklagten.« Bevor Malika widersprechen konnte, fuhr Danílo schnell fort: »Diamond Sam kann uns hier rausholen und dann ehrenvoll eine Belohnung dafür kassieren, dass er uns zurückgebracht hat. Ein guter Deal für beide Seiten.«

Eine ziemlich große Welle hob ihr buntes Kanisterfloß an und brach sich an einem Stelzenbein der Bohrinsel. Sie wurden durchnässt, doch keiner von ihnen achtete darauf. Malika runzelte die Stirn. »Diamond Sam gegen den Admiral – das gibt Krieg, und in dem werden schnell mal Unbeteiligte getroffen. Außerdem ... hast du eine Ahnung, wie schnell so ein *M-80 Stiletto* ist? Die holen die popeligen Frachter von Diamond Sam locker ein.«

»Stimmt, das ist ein Problem«, gab Danílo zu. »Aber ich habe nicht behauptet, dass mein Plan perfekt ist. Ich habe nur gesagt, wir müssen hier weg.«

Erschöpft sah er den kleinen Fischchen zu, die Algen von den Kanistern knabberten und in den Zwischenräumen Schutz vor Raubfischen suchten. Als er aufblickte, sah er gerade noch, wie ein Ruck durch Malika ging, irgendetwas war ihr eingefallen. Ihre braunen Augen wurden ganz groß. »Wir dürfen nicht fliehen«, sagte sie.

»Wieso?« Danílo konnte sich einen höhnischen Ton nicht verkneifen. »Weil die Piraten sonst ihr Lösegeld nicht bekommen, das sie zum Leben brauchen?«

»Nein«, sagte Malika scharf. »Weil Arif sonst büßen muss.«

»Was?!« Danílo kapierte gar nichts mehr. »Woher weißt du das denn? Ich denke, Arif will nicht mit dir sprechen?«

»Nein, doch ... Ich meine, der richtige Arif ist der, den die anderen Anak Rezeki nennen. Jedenfalls musste er dem

Admiral schwören, dass er auf uns achtgibt, und wenn wir fliehen, stirbt er.«

»Wieso hast du uns das mit diesem Arif nicht schon früher erzählt?« Danílo war ernsthaft gekränkt. Noch bis vor Kurzem wäre er der Erste gewesen, der solche Neuigkeiten von Malika erfahren hätte. »Bisher dachten wir doch alle, dass es Salty …«

»Ja, ja, schon gut, ich weiß es selbst auch erst seit gestern. Wichtig ist jedenfalls, dass wir nicht fliehen dürfen!«

»Die würden ihn nicht töten, höchstens verprügeln oder so etwas.« Danílo wusste selbst, dass er nicht sehr überzeugend klang.

Jetzt war seine Schwester so blass geworden, dass ihre Sommersprossen sich deutlich von der Haut abhoben. »Sorry, das Risiko ist mir zu groß. Ich will nicht, dass ihm etwas passiert.«

»Malika, er ist ein Pirat, ein Verbrecher! Er ist mit dafür verantwortlich, dass wir jetzt hier sind! Und wer sich so einen Beruf aussucht, der muss damit rechnen, verletzt zu werden.«

Entsetzt blickte Malika ihn an. »Du willst also ernsthaft einen anderen Menschen – und uns noch dazu – für deinen bescheuerten Fluchtplan in Lebensgefahr bringen? Vergiss das alles möglichst schnell wieder!«

Danílo tat es leid, dass er seiner Schwester überhaupt von seinem Plan erzählt hatte. Ja, sie hatte ein paar wertvolle Einwände geliefert, die er noch durchdenken musste, aber alles andere war pure Verblendung. Wichtig war jetzt, mit Diamond Sam Kontakt aufzunehmen, um herauszufinden, ob er überhaupt daran interessiert war, ihnen zu helfen. Und von dieser Kontaktaufnahme durfte niemand etwas mitbekommen. Danílo hatte schon so eine Ahnung, wie er das anstellen konnte.

Als er eine Windböe spürte, hob er den Kopf, blickte zum Himmel und studierte die Wolken. Oh, das da hinten sah gar nicht gut aus. Am Horizont hatte sich eine dicke, schwarze Wolkenbank gebildet – vor einer halben Stunde war die noch nicht da gewesen. Das waren keine gewöhnlichen Gewitterwolken, sondern ein reinrassiges Sturmtief! Ihm wurde mulmig zumute. »Ich mache mich auf den Weg zu Luke, um mir die Wetterkarten anzuschauen – ich glaube, der Luftdruck geht gerade in den Keller«, sagte Danílo, drehte sich um und kletterte die Strickleiter nach oben.

Ganz kurz wandte er sich noch einmal um, schaute nach, was seine Schwester machte. Sie saß noch immer genauso da wie zuvor und starrte aufs Meer hinaus, als wolle sie den Sturm, der sich dort bildete, mit purer Willenskraft vertreiben.

Nach einer Weile gab sich Malika einen Ruck.

Die Wellen wurden immer größer, und es wurde schwierig, sich auf dem Kanisterfloß auf den Beinen zu halten. Außerdem trieften ihre wertvollen grünen Klamotten. Nichts wie weg hier. Malika ergriff die Strickleiter und hangelte sich nach oben. Hoffentlich hatte Danílo nicht ernst gemeint, was er vorhin gesagt hatte ...

Oben wartete schon Tomás auf sie und beobachtete alles, was sie tat. Er verzog hämisch den Mund, als er ihre tropfenden Sachen sah. »Na, versucht, wegzuschwimmen?«

Einfach ignorieren, sagte sich Malika, aber das war gar nicht so einfach – sonderlich breit waren die Gehwege aus Metallgittern nicht. Sie musste sich nah an ihm vorbeidrü-

323

cken und spürte die ganze Zeit über seinen Blick auf sich. Tomás glaubte nicht an Nyai Loro Kidul, Arif hatte sie vor ihm gewarnt.

»Bleib doch noch einen Moment, schöne Frau!«, rief er hinter ihr her, und Malika war froh, als sie endlich außer Sicht- und Hörweite war.

Der Wind war inzwischen so stark, dass Malika immer eine Hand an einem Geländer oder einer Strebe behielt, um nicht ins Meer geweht zu werden. Sie irrte durch das Rohrgewirr des unteren Decks, warf einen Blick ins Führerhaus des Krans, schaute sich auf der Hubschrauberplattform um, über die der Wind am heftigsten fegte. Schließlich rettete sie sich in die Gänge des Wohntrakts und kämpfte mit der Tür, die eine Böe ihr fast aus der Hand gerissen hätte.

Malika hätte selbst nicht sagen können, wonach sie suchte ... Nach Shana und Louanne? Nach Arif? Aber was hätte sie ihm sagen sollen – dass der angebliche Millionärssohn unter dem Druck durchdrehte? Dass Arif sich in Acht nehmen sollte?

Nein, nein, wahrscheinlich hatte sich Danílo seine verrückten Pläne längst aus dem Kopf geschlagen.

Hin und wieder warf Malika einen Blick auf den Himmel, aus dem die schwarzen Wolken gerade das letzte Blau verdrängten, und Furcht kroch in ihr hoch. Sie musste an den ersten Sturm denken, den sie und Danílo auf der *Skylark* erlebt hatten. Ihre Eltern setzten normalerweise alles daran, die örtliche Hurrikansaison zu vermeiden, doch in der Karibik hatte ein Motorschaden ihnen den Zeitplan verdorben. Diese finsteren Wolken, die aufgeregten Warnungen im Radio, das nervöse Gesicht ihrer Mutter, die sonst nie aus der Ruhe zu bringen war!

Weil sie noch zu klein waren, um mitzuhelfen, legten Malika und Danílo sich in Danílos Koje und klammerten sich aneinander. Im ganzen Schiff flogen Bücher, Kochtöpfe, Seekarten herum, alles war ein riesiges Durcheinander, und oben kämpften ihre Eltern mit Steuer und Segeln. Am schlimmsten war das Geräusch – der Wind flüsterte und dröhnte nicht mehr, er kreischte, und das die ganze Zeit über. Danílo stopfte sich Watte in die Ohren, weil er das nicht mehr aushielt. Doch irgendwann war Malikas Neugier zu stark. »Wollen wir ganz kurz hochgehen und schauen?«, flüsterte Malika, und aus irgendeinem Grund nickte Danílo.

Auf allen vieren krochen sie hoch an Deck und betrachteten die gigantischen Wellen, die sie umgaben. Tapfer kletterte die *Skylark* ihre Flanken hoch, schwebte einen Moment auf dem Kamm und glitt dann, gebremst von einem Treibanker, ins Tal. Schon baute sich vor ihnen die nächste Welle auf, eine grüne, schaumgekrönte Wand, die bis zum Himmel reichte. Malika war wie erstarrt, sie konnte sich nicht vorstellen, wie die *Skylark* über diese da drüberkommen sollte. Doch wieder schaffte sie es.

Danílo konnte kaum die Augen von diesen Wellen lösen. »Wie Riesen, die uns auf ihre Schultern nehmen«, flüsterte er. Kurz darauf entdeckte ihr Vater sie und scheuchte sie zurück nach unten, in Sicherheit. Sie krochen zurück in die Koje, doch die war nicht mehr gemütlich, weil ein Bullauge undicht und das Bettzeug nass geworden war …

In den Jahren danach hatten Danílo und sie gelernt, bei einem Sturm an Deck mit anzupacken, auf einer Yacht wussten sie genau, was zu tun war. Aber hier, auf einer Bohrinsel? Alles war anders hier. Würden die Wellen einfach unter ihr hindurchrollen, ohne Schaden anzurichten?

Aber sie hatte gelesen, dass in einem Hurrikan im Golf von Mexiko über ein Dutzend Bohrinseln gekentert waren …

In der Garküche traf sie Bo, der gerade den Herd schrubbte und dabei ein fröhliches Lied sang. Es dauerte einen Moment, bis Malika den Text verstand. »*Es kommt ein Sturm, es kommt ein Sturm*«, sang der Hausmeister von Floater Town. Ach nee, dachte Malika und ging weiter. Roxana lehnte sich gerade aus einem Fenster des Wohntrakts und war dabei, das große, aus Plastiktüten zusammengenähte Banner und die bunten Flaschendeckelketten abzunehmen. Auch sie war bester Laune. »Ein Sturm!«, sagte sie und strahlte Malika an. »Hilfst du mir schnell?«

Die Kunstwerke klapperten schon wie wild und schlugen gegen die Außenwand des Wohntrakts, dabei riss eine der Ketten und rote Flaschendeckel verteilten sich auf den Wellen. Es sah aus wie eine Invasion von Marienkäfern.

»*Fuck!*«, murmelte Roxana. »Für die habe ich eine Woche gebraucht!«

Malika half dabei, das flappende *Free Ocean!*-Banner zu bändigen und ordentlich einzurollen. Beim Blick durch das offene Fenster überlief es sie kalt. Jetzt war schon fast der ganze Himmel schwarz, die herannahenden Wolken sahen aus wie gigantische Panzer auf Rammkurs. Die Wellen wuchsen stetig weiter an. »Und, wie hoch schätzt du die?«, fragte Roxana.

»Sechs, sieben Meter«, sagte Malika, und eine Gänsehaut überlief sie.

»Könnte stimmen – yeah!«, sagte Roxana, und Malika starrte sie an. Wieso benahmen sich hier alle so, als wäre der Sturm eine Art Jackpot, auf den sie schon sehnlichst gewartet hatten? Dabei prasselte bei einzelnen, besonders hohen

Wellen schon Gischt gegen die Fenster ... oder war das Regen? Ja, es hatte auch begonnen, zu schütten. Hastig knallte Roxana das Fenster zu.

»Bin gespannt, was die Jungs heimbringen – es ist wie shoppen gehen, nur mit mehr Überraschungen«, meinte Roxana.

»Shoppen?«, fragte Malika verständnislos, doch Roxana eilte schon anderswohin, wahrscheinlich gab es noch eine Menge zu tun.

Rastlos irrte Malika weiter. Wo war Arif, und vor allem, wo war Danílo? Sie klopfte an seiner Kammer, doch dort war niemand.

So langsam bekam sie ein richtig schlechtes Gefühl.

Arif ärgerte sich zwar darüber, konnte es aber nicht ändern, dass Saltys Plan aufgegangen war. Da Arif sich weigerte, das Cockpit der *Mata Tombak* zu betreten, durfte Salty wieder mithelfen, und in der letzten Nacht hatte er sich dort auch zum Schlafen zusammengerollt. Es war fast alles wie zu Anfang, nur dass diesmal Salty der Verletzte war. Das hielt ihn nicht davon ab, mit wichtiger Miene durchs Schiff zu hinken. Als die *Mata Tombak* immer stärker in den Wellen rollte, musste er sich dabei an den Wänden entlangtasten, und einmal fiel er nur deswegen nicht hin, weil Ishak ihn rechtzeitig packte.

Doch das Übelste war, dass sich Salty geweigert hatte, ihm wie vereinbart das Stück Papier mit seinem Hilferuf auszuhändigen. Und wie genau sollte er ihn dazu zwingen – ihn verprügeln, bis er das Ding rausrückte? Das war nicht seine Art. Vielleicht wusste Salty das, denn er hatte nur frech gegrinst, als Arif ihm Vorwürfe machte, und gesagt: »Keine

Sorge, ich werde die Nachricht dem Admiral nicht geben … solange du dich gut benimmst.«

Diese kleine Ratte!

»Das ist unser Meisterstück, da musst du zuschauen«, sagte jemand zu Arif, und als er sich umwandte, sah er Daud neben sich. Einen lächelnden Daud, der fast aufgekratzt wirkte, seine dunklen Augen hinter der Brille leuchteten vor Energie. Es gab Arif einen Stich, denn eigentlich mochte er Daud, und er vermisste die Arbeit mit ihm. Er schüttelte den Kopf, doch Daud zog ihn einfach am Ärmel mit ins Cockpit. Arifs Neugier war stärker als seine Bedenken, er blieb.

Der Admiral und Salty standen schon gespannt um die Monitore herum. Daud setzte sich und begann, in Windeseile auf die Tastatur einzutippen. Als Salty bemerkte, dass Arif im Cockpit war, warf er ihm einen bitterbösen Blick zu. Arif entschied sich, ihn nicht zu beachten.

Daud ging auf eine Website, die er schon oft aufgerufen hatte, und meldete sich mit einem gehackten Passwort an. *Weather Routing Service* stand dort, Arif hatte nie begriffen, was das eigentlich war, und Daud hatte es nie erklärt. Doch jetzt tat er es. »Für große Containerfrachter ist Zeit Geld, die lassen sich je nach Wetter immer die optimale Route berechnen – tja, diesen automatisierten Service haben wir vor längerer Zeit geknackt, wir können uns in die Kommunikation zwischen Land und Schiff einklinken.« Eine Karte mit sich bewegenden Punkten erschien, Kolonnen von Daten, Listen mit Kursen und Geschwindigkeiten. »Ich habe ein Programm geschrieben, das für Schiffe in der Nähe des Sturms neue Kurse berechnet … Kurse, die für *uns* optimal sind.«

»Wieso?«, hakte Arif neugierig nach. »Lenkt ihr sie erst richtig in den Sturm hinein?«

Daud schüttelte den Kopf. »Nicht nötig. Containerschiffe sind anfällig. Wenn sie bei miesem Wetter einen falschen Kurs mit der falschen Geschwindigkeit fahren, dann fangen sie manchmal an zu rollen wie verrückt. Das hängt natürlich auch von der Ladung ab, je weniger Container an Bord, desto heftiger das Rollen. Und ab dreißig Grad Querneigung …«

Auf einen Schlag begriff Arif. »… geben die Befestigungen der Container nach?«

»Ganz genau.« Dauds Stimme war nüchtern. »So ein Schiff mit 14 000 Containern verliert dann schon mal ein paar hundert Stück. Die schwimmen im Meer herum und warten nur darauf, abgeholt zu werden.«

»*Masak!*« Das konnte sich Arif kaum vorstellen.

»Unser größter Coup war bisher ein Container mit ein paar tausend Netbooks«, brummte der Admiral. »Aber Diamond Sam hat auch ganz gut Kasse gemacht, der hat schon mal einen ganzen Container voll brandneuer Communicators erbeutet. Alle in Plastik eingepackt, sodass sie nicht nass geworden sind.«

Arif war hin- und hergerissen. Einerseits war er entsetzt: Was war auf einem Containerschiff los, das so heftig rollte? Wahrscheinlich wurde die Besatzung förmlich über die Brücke geschleudert und verletzt. Doch andererseits war der Plan auch genial. »Und Diamond Sam … Weiß der auch, wie das geht mit dem Weather Routing?«

»Nein. Eben nicht.« Daud grinste breit, ohne den Blick vom Monitor abzuwenden. »Der und Luke Open Waters profitieren nur von unserer Arbeit und helfen mit, Container aufzufischen. Deshalb müssen sie immer schön brav machen, was wir sagen, und uns einen Anteil an ihrer Beute zahlen.«

Arif sah zu, wie Daud das erste von drei Schiffen, die ihrer Position am nächsten waren, mit den falschen Kursen fütterte. Die *Tabea III* auf einer Route von Hongkong nach Seattle. Welcher Kapitän auch immer dieses Schiff führte ... würde er merken, dass etwas nicht stimmte? Vielleicht erst, wenn es zu spät war. Es war schwer, Mitleid mit einem sich bewegenden Punkt auf der Karte zu empfinden, doch Arif versuchte es zumindest.

»Aber dieser Deal bedeutet nicht, dass Diamond Sam nicht ab und zu Mist baut«, sagte der Admiral. »Deshalb müssen ein paar Leute hier in Floater Town bleiben, um die Geiseln zu bewachen – nicht dass Sam auf dumme Ideen kommt.«

Arif wagte kaum, zu atmen. Einer dieser Männer musste er selbst sein. Nur solange er hier war, konnte er Malika beschützen – die grüne Kleidung wirkte, reichte aber längst nicht aus. Er wollte sie nicht allein lassen an diesem Ort.

»Arif, Viper, das übernehmt ihr«, entschied der Admiral. »Legt nie eure Waffen ab, verstanden?«

»Verstanden«, sagte Arif erleichtert, holte sich eine der *Kalaschnikows* aus der Waffenkammer und steckte sich ein Messer in den Gürtel.

Unberechenbar

Danílo hatte gehört, dass Diamond Sam nur noch ein paar Stunden in Floater Town bleiben wollte. Sein Containerschiff, das über einen eigenen Ladekran verfügte, war schon bereit zur Weiterfahrt – Danílo sah, wie es sich ein paar hundert Meter entfernt durch die Wellen kämpfte, geduldig wartend wie ein riesiger Hund, dessen Herrchen gerade beschäftigt ist. War dieses Schiff ihr Weg in die Freiheit? Wenn ja, dann musste er sich beeilen!

Danílos Herz klopfte wild. Er hatte Sam bisher nur einmal kurz gesehen, von hinten. Ein etwas kurz geratener, aber breitschultriger Mann mit akkurater Frisur. Nach all dem, was Danílo über ihn gehört hatte, war Diamond Sam kein besonders angenehmer Mensch … Aber er war auf jeden Fall besser als der Admiral und dessen Killer!

Rasch zog Danílo sich in seiner Kammer trockene Sachen an, die ihm Luke Open Waters gespendet hatte, und überlegte, wie er Kontakt aufnehmen sollte. Per Netz ging es nicht, also schrieb er auf ganz altmodische Art einen Zettel, so wie es dieser Arif getan hatte. Dann war die Übergabe ebenjenes Zettels fällig. Doch die zu organisieren war nicht leicht, denn in letzter Zeit wurden sie strenger bewacht. Als er zu Roxanas Garküche schlenderte, folgte ihm Tomás, die Waffe im Anschlag.

»Hi«, sagte Danílo zu ihm.

Tomás betrachtete ihn nur abschätzend. »Na, wo sind deine Huren, *Gringo?*«

Einfach nicht beachten, dachte Danílo, doch in seinem Magen wühlte der Ärger. Scheißpiraten! Die würden sich noch wundern, wenn ihre Geiseln auf einmal die Flatter machten!

Bo bereitete ihm einen Kaffee zu, und Danílo saß am großen hinteren Tisch, bis es Tomás zu langweilig wurde, ihn zu beobachten, und er begann, mit einem alten Lappen an seiner Waffe herumzupolieren. Danílo fühlte, wie die Bohrinsel unter der Wucht des Sturmes bebte. Auch wenn er seinen Kaffeebecher festhielt, schwappte die Flüssigkeit darin. Sonderlich beeindruckt war Danílo nicht – das hier war harmlos im Vergleich dazu, wie sich so ein Wetter auf einem kleinen Katamaran anfühlte. Solange Luke Open Waters den Ballast im unteren Teil der Bohrinsel richtig getrimmt hielt, konnte nicht viel passieren. Er schätzte, dass es erst bei einer Wellenhöhe von zwanzig Metern oder mehr brenzlig werden würde.

Danílo blieb so lange sitzen, bis er die Leute von Diamond Sam in die ehemalige Kantine marschieren sah. Sofort stand er auf und strebte zur Tür hin. Aufmerksam geworden, folgte ihm Tomás nach draußen. Bingo – er merkte nicht, dass Danílo einen Zettel auf dem Tisch hatte liegen lassen. Aus dem Augenwinkel sah Danílo, dass die Leute von Diamond Sam sich an den großen hinteren Tisch setzten – seine Annahme war aufgegangen. Jetzt musste nur noch einer von denen seine Nachricht lesen und weitergeben.

In seiner Nachricht hatte Danílo einen »toten Briefkasten« vorgeschlagen, das Kästchen der Wetterstation, das sich aufklappen ließ. Eine halbe Stunde später schaute er nach. Es war eine Tortur, nach draußen zu gehen, der Sturm war in vollem Gange, und der übers Deck peitschende Regen fühlte sich an, als schleuderte ihm jemand Eisnadeln ins Gesicht. Zum Glück stand die Wetterstation nur zwei Meter entfernt. Ja, da war eine Nachricht, geschrieben auf die Rückseite seines Zettels!

Wir können helfen. Kommt zum Ladekran, sobald die »Mata Tombak« abgefahren ist. Dann nehmen wir euch an Bord. Mit den Bewachern werden wir schon fertig. S.

Knapp, klar, hilfsbereit – schon der Ton gefiel ihm, der Inhalt noch viel mehr. Wilde Freude quoll in Danílo hoch. Vielleicht waren sie schon bald in Sicherheit! Seine Augen suchten die *Mata Tombak* – Tomás stand am Rand der Bohrinsel und sah zu, wie zwei andere Männer über die Strickleiter hinaufkamen. Wer sie waren, konnte er durch die gischterfüllte Luft nicht erkennen. Eigentlich war es egal, Hauptsache, sie waren gerade abgelenkt und er hatte ein paar Minuten Zeit, den anderen Bescheid zu sagen. Währenddessen begann die *Mata Tombak*, sich langsam von der frei driftenden Bohrinsel zu entfernen. Gleich war sie weg! Er und die anderen mussten zum Treffpunkt – jetzt! Danílo rannte los.

Shana und Malika saßen in ihrer Kammer auf dem Boden, Louanne Grégoire hatte sich auf einer Koje ausgestreckt, alle drei unterhielten sich. Malika fuhr erschrocken hoch, als er hineingestürmt kam.

»Wir müssen jetzt los«, sagte Danílo atemlos. »Es ist unsere einzige Chance, hier wegzukommen!«

»Los? Wohin?«, fragte Shana und dachte gar nicht daran, ihren langen Körper vom Boden hochzufalten.

Danílo zwang sich zur Geduld. Er hätte ihnen vorher Bescheid geben sollen, aber dafür war keine Zeit gewesen. »Diamond Sam ist bereit, uns hier wegzuschaffen und dafür eine Belohnung zu kassieren«, erklärte er hastig. »Wir sollen zu einem Treffpunkt kommen, sobald die *Mata Tombak* abgelegt hat, und das macht sie gerade.«

»Dann müssen wir erst mal unsere Wächter abschütteln, sonst können wir nirgendwohin.« Shana runzelte die Stirn. »Außerdem – wer genau ist denn dieser Diamond Sam?«

»Genau so ein Halsabschneider wie der Admiral«, mischte sich Malika ein. »Habe ich euch doch erzählt – es ist der, der die *Ariadne* gerammt hat.«

»Wir sollten trotzdem darüber nachdenken, ob wir das machen«, meinte Shana. »Schließlich steht die Drohung im Raum, uns einen nach dem anderen zu erschießen, wenn das Lösegeld ausbleibt!«

»Ich wüsste nicht, warum das Lösegeld ausbleiben sollte«, erwiderte Malika.

Shana blickte skeptisch drein. »Bei Übergaben kann immer mal was schiefgehen. Meist gibt's drei oder vier Versuche, bevor es schließlich klappt, habe ich gelesen …«

»*Oui, bien sûr,* aber dann hätten die Unterhändler doch schon ihren guten Willen demonstriert«, sagte Louanne. »Erschießen steht dann nicht mehr auf dem Plan.«

»Bist du sicher?«, antwortete Shana. »Diese Typen sind unberechenbar!«

Danílo wurde immer ungeduldiger. »Kommt ihr jetzt oder nicht? Wir haben nicht die Zeit, das auszudiskutieren!«

»Müssen wir aber«, sagte Louanne. »Wir können nicht einfach etwas überstürzen, was einige von uns den Kopf kosten könnte, wenn es schief…«

»Was ist mir dir, Malika? Brauchst du auch noch Zeit, das alles auszudiskutieren?« Verzweifelt blickte Danílo seine Schwester an.

»Du weißt, dass ich es für keine gute Idee halte«, meinte Malika gepresst. »Außerdem wäre es sowieso ein Himmelfahrtskommando, bei diesem Wetter auf ein Schiff umzusteigen – was ist, wenn dabei jemand über Bord geht? Der ist kaum noch zu retten.«

Scheiße! Danílo drehte sich um, marschierte raus und warf die Tür hinter sich zu. Er musste Diamond Sam Bescheid geben, dass es noch etwas dauern würde und sie noch mehr Zeit für die Entscheidung brauchten. Hoffentlich verstand er das und fand trotzdem einen Weg, sie auf sein Schiff zu bringen!

»Ich fasse es echt nicht!«, stieß Malika aus – vor lauter Verwirrung auf Deutsch. Wohin wollte Danílo? Doch nicht etwa alleine bei Diamond Sam mitfahren? Nein, garantiert nicht – schließlich war er nur wegen ihr hier! Aber was hatte er dann vor? Sie eilte zur Tür, um ihren Bruder aufzuhalten oder wenigstens rauszukriegen, wo er hinrannte.

Louanne sah ihr verdutzt zu, doch Shana sprang ebenfalls auf, sie bewegte sich geschmeidig wie eine Gepardin. Knapp hintereinander stürmten sie auf den Gang und blickten sich um. »Was hat er vor?«, fragte Shana, doch genau auf diese Frage hatte Malika keine Antwort. »Keine Ahnung. Ich weiß nur, dass wir nicht auf dieses Schiff von Diamond Sam dürfen ... Sonst töten sie Arif!«

Da Malika ihr und Louanne gerade erst berichtet hatte, was es mit dem wahren Arif auf sich hatte und was er ihr bedeutete, verschwendete Shana keine Zeit mit Fragen, wer das denn war. »Danílo ist eifersüchtig, stimmt's? Vielleicht wäre es ihm ganz recht, wenn Arif ...«

»Nein! Garantiert nicht«, schoss Malika empört zurück – so ein Mensch war ihr Zwillingsbruder nicht! Ja, okay, er hatte Blödsinn dahergeredet über Piraten, die ihr Schicksal selbst verdient hatten, doch er würde nicht kaltblütig einen Jungen, in den Malika sich verliebt hatte, ins Messer laufen lassen!

»Sorry – blöde Bemerkung«, sagte Shana, während sie neben Malika herhetzte. »Du weißt ja, ich mag ihn verdammt gerne, deinen Bruder.«

»Er dich auch, er kann es nur noch nicht an sich ranlassen.«

Jetzt waren sie an einer Tür angelangt und drückten sich dagegen, weil sie nach außen aufging. Mit einem Schlag gab die Tür nach, wurde von einer Bö gepackt und knallte gegen die gegenüberliegende Wand. Draußen zerrte der Wind mit tausend Fingern an ihren Haaren und Kleidern und Regen prasselte ihnen ins Gesicht. Trotzdem erkannte Malika eine Gestalt, die in Richtung Kran davoneilte – Danílo!

Shana fluchte, das nasse Haar hing ihr ins Gesicht wie einer Schiffbrüchigen. Auch Malika war schon klatschnass, doch es war ihr egal. Ihr Bruder hatte gut zwanzig Meter Vorsprung. Sie sah, wie drei Männer – alle in schweres Ölzeug gekleidet – hinter dem Kran hervortraten und ihn begrüßten. Obwohl sie kein Wort des Gesprächs hören konnte, sah sie sofort, dass Danílo zu argumentieren begann ... Wenn er aufgeregt war und jemanden zu überzeugen versuchte, gestikulierte er viel mehr als sonst.

Doch die Unterhaltung dauerte nicht lange. Die drei Männer blickten sich an – und dann packten sie Danílo und schleiften ihn zum Hebekorb des Kranes. Überrascht begann Danílo, sich zu wehren.

»*Holy shit!*«, brüllte Shana gegen den Wind an. »Die entführen ihn! Wahrscheinlich haben die gehört, dass er ein Millionärssohn sein soll.«

Malika versuchte zu rennen, doch der Wind trieb sie zurück, sie musste sich dagegenlehnen, um überhaupt ein paar Schritte voranzukommen.

Aus einer anderen Richtung, schräg zum Wind, kamen Tomás, Arif und Viper angestürmt, alle mit Maschinengewehren und Pistolen bewaffnet. Arif brüllte ihnen etwas zu, von dem Malika kein Wort verstand, doch sie wusste auch so, worum es ging. Sie sah selbst, dass die Männer von Diamond Sam zu ihnen hinüberblickten und ihre Waffen hoben. Shana ging in Deckung und riss Malika mit sich, sie schrammten sich Hände und Knie am Stahlgitter des Decks auf. Die Schüsse waren kaum zu hören über den Lärm des Sturmes, doch Malika kam es so vor, als treffe sie jeder einzelne ins Herz.

Malika war aus der Schlusslinie, erst jetzt konnte er unbesorgt kämpfen. Arif rannte weiter. Soweit er durch den grauen Vorhang von Gischt und Regen erkennen konnte, waren die Leute von Diamond Sam nicht sonderlich gut bewaffnet – der eine trug nur eine Machete. Doch sie wirkten sehr entschlossen, wussten wahrscheinlich, dass sie gute Chancen hatten, die Geisel an Bord dieses Kahns zu schleppen. Neben Arif hob Tomás das Gewehr und begann zu schießen. War es ihm egal, ob er den Jungen traf?

»Hör auf, jetzt noch nicht!«, brüllte Arif ihn an, doch Tomás tat, als habe er nichts gehört.

Die Leute von Diamond Sam schossen zurück und benutzten den Jungen gleichzeitig als Schutzschild, während der Kran automatisch gesteuert um seine eigene Achse schwang. Arif richtete den Lauf nach oben und feuerte eine Salve ab, um das Kabel zu durchtrennen, an dem der Transportkorb hing, oder den Korb selbst zu demolieren. Ohne diese Fluchtmöglichkeit mussten die Kerle aufgeben. Doch es passierte nicht viel, die Kugeln sausten vermutlich rechts und links vorbei. Er war immer noch ein lausiger Schütze.

Viper verschwendete keine Kugeln. Leichtfüßig rannte er über das nasse, rutschige Stahldeck und zog erst seine Pistole, als er nahe genug war, um sicher zu treffen. Einer der Männer in Ölzeug brach zusammen, versuchte wegzukriechen und lag dann still. Zwischen den anderen beiden Leuten und dem sich wehrenden Jungen gab es ein Handgemenge, der eine Kerl schwang seine Machete und der Junge wurde nach hinten geschleudert. Obwohl Arif den Jungen nicht mochte, zuckte er zusammen, als wäre er selbst erwischt worden. Das sah schlecht aus, ganz schlecht!

Viper, Tomás und er kamen immer näher, und die Leute von Diamond Sam begriffen anscheinend, dass sie jetzt ziemlich viel zu verlieren hatten, deutlich mehr als nur einen guten Fang. Da der in den Wellen stampfende Frachter schon ganz nah bei der Bohrinsel war, sprangen die Männer in den Transportkorb und verschwanden nach unten. Irgendwie brachten sie es fertig, auf dem Bug zu landen, während dieser gerade auf einer Welle meterweit nach oben ritt. Sie klammerten sich fest, damit sie nicht in die kochende See geschleudert wurden. Schon ließ sich der Frachter wieder zurückfallen und drehte ab. Zurück blieben zwei Körper – ein Mann, der an Deck von Floater Town lag wie ein kaputtes Spielzeug, und eine Geisel, die nicht viel besser aussah.

Arif schickte ein kurzes Gebet an Allah. Dann rannte er hin, um nachzusehen, ob der Junge noch lebte.

Blut und Salzwasser

Arif stürzte auf den Jungen zu, doch zwei andere Menschen überholten ihn – Malika und eine der anderen Geiseln, im ganzen Durcheinander hatte er ihren Namen vergessen. Sie warfen sich neben Danílo auf die Knie, riefen seinen Namen und versuchten, die Blutung zu stoppen. Es sah aus, als hätten die Leute von Diamond Sam ihn mit der Machete quer über der Brust erwischt.

Malika zitterte am ganzen Körper, Arif beobachtete es erschrocken. Er blieb mit Tomás und Viper ein Stück entfernt stehen und beobachtete, was geschah. Viper sprach ruhig in ein Handfunkgerät, erstattete wahrscheinlich Bericht.

»Hol uns Verbandszeug!«, schrie Malika Arif an. »Er verliert eine Menge Blut, das müssen wir stoppen, schnell! Und irgendwas, um die Wunde zu desinfizieren – habt ihr nicht was auf der *Mata Tombak*?«

Gerade kam Luke Open Waters herbeigeeilt, er hörte ihre Worte. »Ein paar Sachen haben wir«, stammelte er betroffen. »Ich hole sie sofort! Aber die reichen nicht – Anak Rezeki, könntest du …?«

»Ich schaue bei uns an Bord nach«, sagte Arif und lief los. Was würde passieren, wenn der Junge starb? Dann war er einen Konkurrenten los, aber gleichzeitig war es auch um ihn selbst geschehen, wenn der Admiral seine Drohung wahr machte! Wut auf den Jungen brodelte in ihm hoch, sein Mitleid mit ihm hielt sich in Grenzen. Schließlich hatten Geiseln, die zu fliehen versuchten, es sich selbst eingebrockt, wenn sie verletzt wurden.

Am Rand der Station angekommen, sah er, dass die *Mata Tombak*, die schon abgelegt hatte, in weitem Bogen zurückkehrte. Warum fuhren sie überhaupt bei so miesem Wetter los und warteten nicht das Ende des Sturms ab? Vielleicht galt die Vereinbarung, dass derjenige, der einen Container zuerst fand, ihn behalten durfte, dadurch hatten alle Jäger und Sammler es eilig.

So rasch er konnte, kletterte Arif die Strickleiter hinunter, während das Piratenschiff an dem selbstgemachten Ponton anlegte und dabei einige der Plastikkanister zerquetschte. Eine Luke an der Seite des Schiffs flog auf, und Arif sah zu, dass er an Bord kam. Finstere Mienen begrüßten ihn. »Was für ein Ziegenmist ist das da oben?«, fragte der Admiral gereizt.

»Ich brauche Verbandsmaterial und Desinfektionsmittel«, drängte Arif.

Doch der Admiral rührte sich nicht. »Brauchen wir für unsere eigenen Leute. In Floater Town gibt es genug von solchem Zeug. Also, was ist passiert?«

Wie? Was? Hatte der Admiral das tatsächlich gesagt? Arif war so durcheinander, dass es einen Moment dauerte, bis er eine Antwort zusammenbrachte. »Keine Ahnung – Diamond Sam muss irgendwie geschafft haben, äh, Kontakt aufzunehmen. Mit den Geiseln. In Floater Town.«

»Aber er hat den Jungen nicht an Bord nehmen können?«

»Nein. Der liegt jetzt verletzt auf dem Hauptdeck.«

»Gut. Wir können es uns nicht leisten, eine Geisel an Diamond Sam zu verlieren, und am allerwenigsten den Jungen.«

Arif nickte ... und wunderte sich, wieso alle ihn so seltsam anblickten. Weil er für die Geiseln verantwortlich war und die Schuld für den Zwischenfall auf sich nehmen musste? Nein, da war noch irgendetwas anderes, irgendwas stimmte hier nicht. Selbst Jivans Gesicht wirkte verschlossen, seine Augen verrieten nichts. Saltys Augen hatten einen fast fiebrigen Glanz.

Der Admiral gab ein Zeichen und Hände packten Arif von beiden Seiten, rissen ihm die Waffe weg. Ishaks Hände, Jivans Hände.

»Es gibt da eine Kleinigkeit, über die wir reden sollten«, sagte der Admiral und streckte ihm ein dreckiges, zerknülltes Stück Papier hin. Arif wusste sofort, was das war.

Er begann zu schwitzen.

»Wir müssen ihn nach drinnen bringen, hier können wir ihn nicht verarzten!«, schrie Malika. Shana und sie packten Danílo, so vorsichtig es ging, sogar Viper und Tomás halfen mit, ihn in die Station und aus dem Regen zu schaffen. Malika liefen die Tränen über das Gesicht, aber sie hatte keine Zeit, sie wegzuwischen. Zwar waren Danílos Augen offen, er versuchte, etwas zu sagen, doch er war so furchtbar blass und es war so viel Blut überall, auch auf ihrem Sarong verteilte es sich gerade.

Sie legten ihn auf einer Decke ab, schon kamen Luke Open Waters und Roxana mit beiden Händen voll Verbandszeug, Sprays und Tuben angerannt. Eine Bandage, die sich abgerollt hatte, wehte hinter Roxana her wie eine weiße Flagge.

Shana packte eine Bandage aus, warf die Verpackung hinter sich und presste das sterile Material auf Danílos Brust, um die Blutung zu stoppen. Roxana drückte Malika eine

Schere in die Hand, verständnislos blickte Malika sie an, dann begriff sie, dass sie damit Danílos Hemd wegschneiden sollte. So kamen sie tatsächlich besser an seine Verletzung heran, doch Malika wurde fast ohnmächtig, als sie sah, wie schlimm es war. Die Machete hatte ihn quer über der Brust getroffen und dabei einige Muskeln durchtrennt. Wundkleber. Sie brauchten Wundkleber, wie ihre Mutter ihn im Krankenhaus verwendete! Aber den gab es hier nicht.

Verdammt, wie hatte das alles nur passieren können? Eben hatten sie doch noch ganz gemütlich in ihrem Zimmer gesessen und sich unterhalten!

»Wir müssen etwas gegen den Schock tun«, sagte Shana verzweifelt. »Sein Puls ist fadendünn! Habt ihr eine Infusion hier oder so was?«

Mit erschrockenen Augen schüttelten Luke Open Waters und Roxana den Kopf. Wo blieb eigentlich Arif? Er hatte doch versprochen, Medikamente zu holen, vielleicht waren sogar Wundkleber oder eine Infusion dabei! Doch er tauchte nicht auf, und als Malika Viper bat, sie das Handfunkgerät benutzen und nachfragen zu lassen, erntete sie nur einen steinernen Blick. Schließlich einigten sich Shana und Malika darauf, Danílos Beine hochzulegen – dass so etwas gegen Schock half, hatten sie beide aus Erste-Hilfe-Kursen im Hinterkopf behalten.

Mühsam schluckte Danílo die stärkste Schmerztablette, die Floater Town zu bieten hatte. Dann gab es nichts mehr, was ihnen noch einfiel. Roxana holte eine Decke, sie wickelten Danílo hinein und trugen ihn vorsichtig aus dem Gang in das nächstbeste Zimmer.

Malika nahm seine Hand, die sich kalt und schwitzig anfühlte. Dann hockten sie und Shana sich neben ihn.

»Du schaffst es, ganz bestimmt«, flüsterte sie ihm auf Deutsch zu und gab ihm einen Kuss auf die Wange. Danílo drehte den Kopf und blickte sie an. »Ich ... war ein echter ... Idiot, was?«

»Aber hallo. Total dämlich.« Noch immer liefen Malika Tränen über die Wangen, sie konnte sie einfach nicht stoppen.

Shana legte eine Hand auf Danílos Stirn und streichelte dann ganz vorsichtig seine Wange. Sein Blick wanderte zu ihr, ruhte lange auf ihr. Dann bewegte er mühsam einen Arm, streckte die Hand aus. Ihre Finger verschränkten sich. In Shanas Augen sammelten sich Tränen, doch sie lächelte. Keiner von beiden sagte etwas und es war auch nicht nötig. Malika schaute diskret weg – dieser Moment gehörte den beiden, und nur ihnen.

Ausgeknockt von der Schmerztablette, dämmerte Danílo irgendwann weg, doch seine Haut war nicht mehr ganz so blass und sein Puls etwas kräftiger geworden. Malika entspannte sich etwas. Ihr Zwillingsbruder würde durchkommen, mehr als das konnte niemand sagen. Gäbe es nur ein Arzt in dieser verdammten Hippie-Kolonie! Und solange sie hier gefangen waren, konnten sie ihn auch nicht nach Hawaii oder sonst wohin schaffen, wo er behandelt werden konnte. Vorsichtig stand sie auf, um sich das Blut, sein Blut, von den Händen zu waschen.

Jemand klopfte an, Luke Open Waters. »Alles in Ordnung?«, fragte er. Hinter ihm im Gang stand Tomás, auch er wirkte ungewohnt bedrückt und warf ihr einen fragenden Blick zu.

Malika nickte. »Geht so.«

»Gut, gut.« Luke wirkte etwas in Eile. »Ich muss mich

dringend wieder um die Ballast-Trimmung von Floater Town kümmern. Bei so hohem Seegang merken wir, dass die alte Dame schon ein paar Jährchen auf dem Buckel hat. Als sie gebaut wurde, habe ich noch studiert!« Er eilte davon.

Zu gerne hätte Malika Tomás gefragt, was mit Arif los war, wieso er nicht wiedergekommen war. Allmählich machte sie sich Sorgen. Hatte der Admiral ihn bestraft, weil den Geiseln etwas geschehen war? War Arif womöglich ebenfalls verletzt oder sogar … Nein, daran wollte sie jetzt nicht denken, das konnte nicht sein! Schließlich war Danílo nur verletzt und noch am Leben, es machte keinen Sinn, Arif deswegen zu töten!

Louanne kam zu Besuch und blieb eine Weile, bevor sie mit sorgenvollem Blick losging, um ihnen etwas zu essen zu besorgen. Als Nächstes schaute Roxana vorbei, die Hände voll mit Döschen und Pülverchen. »Hier sind noch ein Stärkungstrank und ein paar Kräftigungsmittel aus selbst geernteten Algen, habe ich euch eigentlich erzählt, dass ich schon seit fünf Semestern einen Online-Studiengang Gesundheitswirtschaft mache?«

Erschöpft schüttelte Malika den Kopf, sie hatte nicht mehr die Kraft, interessiert dreinzuschauen. Shana bedankte sich an ihrer Stelle, dann verfielen sie in Schweigen. Es machte keinen Sinn, über Diamond Sam zu schimpfen – er war nur ein Teil dieser ganzen Katastrophe.

Versehentlich stieß Malika eins der Algenextrakt-Döschen um, es rollte rasch davon und stieß mit einem *Tock* gegen die Tür aus Holzimitat. Moment mal! Sie warf ein zweites Döschen um, diesmal mit Absicht. Auch dieses knallte gegen die Tür.

»Bilde ich mir das nur ein oder hat die Bohrinsel Schlagseite?«, fragte sie Shana. Vorsichtig ließ Shana Danílos Hand los und ging zum Fenster.

»Schwer zu sagen, man sieht gerade keinen Horizont – ich kann nur ein paar Zentimeter weit schauen. Ups, war das gerade Gischt hier auf dem Fenster?«

Malika stieß einen dritten Behälter um. Dieser rollte noch schneller.

»Ich fürchte, du bildest dir das nicht nur ein«, sagte Shana. »Floater Town kippt.«

»Scheiße!«, sagte Malika.

»Wollte ich auch gerade sagen«, meinte Shana und marschierte zur Tür.

Wahrscheinlich war Salty gekränkt gewesen, weil Arif neulich im Cockpit aufgetaucht war, und hatte ihn deswegen auffliegen lassen. Dieser Bastard!

»Mit deiner miesen kleinen Botschaft hast du uns an den Feind verraten, Arif, ist dir das klar?« Der Ton des Admirals war eisig.

»Das war nicht meine Absicht. Es ging mir nur darum, ein Lebenszeichen zu schicken.« Arif senkte den Blick – es war schwer erträglich, dass er jetzt vor der gesamten Besatzung sein Gesicht verlor. »Haben Sie keine Familie, Sir, können Sie mich nicht verstehen?«

Er überwand sich und sah den Admiral an. Doch von Verständnis keine Spur, in dessen Augen brannte auf einmal eine irre Wut, eine Wut, die nichts mehr mit ihm zu tun hatte. Arif sah den Schlag kommen, doch er wich ihm nicht aus. Die Strafe hinzunehmen gehörte dazu, selbst wenn er nichts von dem bedauerte, was er getan hatte.

Er ging nicht zu Boden, als die Faust des Admirals ihn

traf und Schmerzen in seinem Gesicht aufblühten wie Gewächse voller Dornen unter seiner Haut. Ishak und Salty schauten neugierig zu, Jivan hatte sich abgewandt.

Der Admiral blickte Arif noch einmal verächtlich an, dann wandte er sich um und ging.

»Bleib hier im Hauptraum«, sagte Daud zu Arif, sein Blick war nicht wütend, eher enttäuscht. Dann verschwand er wieder im Cockpit.

Das war es schon gewesen? Arif lehnte sich gegen die Schiffswand, atmete tief durch und wischte sich das Blut aus dem Gesicht. Dann ging ihm auf, warum die Bestrafung nicht schlimmer ausgefallen war – noch brauchte ihn die Besatzung der *Mata Tombak*. Zwei Leute hatten zur Bewachung der Geiseln zurückbleiben müssen, und wahrscheinlich brauchten sie mindestens vier Leute, um ihre Container-Beute zu bergen. Und Salty zählte nur halb.

Außerdem war es keine gute Idee, während eines Sturmes an Bord weitere Unruhe zu schaffen. Zwar schnitten die fünf Rümpfe glatt durch die Wogen und durch seine flache Form bot dieses eigenartige Schiff dem Wind kaum Widerstand, doch durchgeschüttelt wurden sie trotzdem. Zum ersten Mal wirkte Daud ein bisschen grün um die Nase und auch Jivan schien sich nicht wohlzufühlen. Salty dagegen widmete sich unbeeindruckt einem Game, und Ishak schien der Seegang egal zu sein. Der hat nicht nur ein Herz aus Stein, sondern auch den passenden Magen dazu, ging es Arif durch den Kopf.

Sämtliche Piraten ignorierten ihn. Jetzt war er für sie Abschaum. So wie noch vor Kurzem für Malika … Doch irgendwann musste sie ihre Meinung geändert haben, denn nie hatte sie ihn verächtlich behandelt.

Um sich zu trösten, holte Arif alle guten Erinnerungen an sie hervor wie Schmuckstücke aus einem Tresor: Wie es ihn verzaubert hatte, sie an der Reling stehen zu sehen; wie schön es gewesen war, mit ihr das Mango-Chutney zu teilen; wie es sich angefühlt hatte, als sie ihn auf die Wange geküsst hatte. Hoffentlich hatte der Junge aus ihrer Gruppe überlebt, er wollte nicht, dass sie traurig war.

Nachdem sie alle eine kleine Portion Reis mit Sardinen vertilgt hatten, versuchten Ishak und Salty zu schlafen, um Kraft zu sammeln für die Container-Bergung. Als sie aus dem Weg waren, winkte Jivan Arif verstohlen zu, mitzukommen. Sie kletterten zum Heck, wo das Schlauchboot auf seiner Rampe lagerte und auf Einsätze wartete. »Was machst du nur für einen Unsinn, Anak Rezeki?«, sagte Jivan und schüttelte den Kopf. »*Coño!* Ich musste auf den Admiral einreden wie auf ein krankes Pferd, damit er dich am Leben lässt – hab gesagt, du wärst krank gewesen vor Heimweh, nicht mehr Herr deiner Sinne und so weiter und so fort.«

Arif nickte verlegen. Er zweifelte nicht daran, dass der Admiral ihn erschossen hätte, wenn er nicht nur den Schiffstyp, sondern auch noch den Trick mit dem Weather Routing verraten hätte. Doch den hatte er ja noch nicht gekannt, als er den Hilferuf geschrieben hatte.

»Jetzt sag mal, musste das wirklich sein? Hast du dich denn gar nicht wohlgefühlt bei uns?«

»Bisschen weniger Prügel wäre nett gewesen«, gab Arif traurig zurück. »Außerdem … meine Eltern …«

»Mit dieser Bemerkung über die Familie vom Admiral hast du dich ja fein auf den Kaktus gesetzt«, raunte Jivan. »Wusstest du nicht, dass er ein Straßenkind in Ägypten war, tot die Mutter, im Stich gelassen von seinem Vater?«

»Oh. Nein, das wusste ich nicht.« Wider Willen war Arif beeindruckt, wie der Admiral sich hochgearbeitet hatte.

»Egal jetzt. Duck dich 'ne Zeit lang weg, klar? *Cuidate*. Ich halt dir den Rücken frei, so gut es geht.«

»Danke«, flüsterte Arif. Wie schön es war, dass er wenigstens einen echten Freund gewonnen hatte an Bord! »Du hast was gut bei mir, Jivan.«

»Stimmt nicht, wir sind quitt«, gab Jivan zu seiner Überraschung zurück. »War gut, dass du mich neulich davon abgehalten hast, Blödsinn in Floater Town zu machen, als ich zu viel gebechert hatte.«

Blödsinn war nicht ganz der Ausdruck, der Arif dafür eingefallen wäre, doch er wusste es zu schätzen, dass sich Jivan überhaupt daran erinnerte.

»Noch eine letzte Frage«, sagte sein Freund. »Steckt da vielleicht eine Frau dahinter? Hinter dem, was in letzter Zeit alles schiefgegangen ist bei dir?«

Riet Jivan nur ins Blaue hinein, oder wusste er mehr, als er zugab? Nach der ersten Schrecksekunde sagte Arif: »Nicht wirklich«, denn Malika war nicht sein Verhängnis, sondern sein Glück. Er war froh, dass Jivan nicht nachbohrte.

Malika. Jetzt kamen auch die schlimmen Erinnerungen hoch, die Schuldgefühle. Er hatte sich nicht mal von ihr verabschieden können. Dachte sie, er hätte sie im Stich gelassen? War Danílo, der Junge aus ihrer Gruppe, verblutet, weil Arif nicht mit zusätzlichem Verbandsmaterial zurückgekehrt war? Der Gedanke war so furchtbar, dass sich Arif in eine Ecke verzog und tat, als schliefe er – doch in Wirklichkeit krümmte er sich zusammen, versuchte, sich vor diesen Gedanken zu schützen, die sich in seine Seele bohrten wie die glasharten Stacheln eines Seeigels.

Irgendwann musste er tatsächlich eingeschlafen sein, denn ein paar Stunden später weckte ihn ein Fußtritt des Admirals. Alle anderen wurden etwas feinfühliger geweckt – anscheinend gab es gute Nachrichten.

»Ihr werdet es nicht glauben«, rief Admiral Zahir so laut, dass seine Stimme durch den Raum dröhnte. »Aber was wir diesmal gefunden haben, schlägt wirklich alles!«

Auf dem Geisterschiff

Malika steckte den Kopf in den Flur und schaute nach, ob sie irgendwelche zu Rettungsbooten hastenden Leute sah. Fehlanzeige. Sie kehrte zu Danílo zurück, fühlte seinen Puls und musterte ihn besorgt, als er sich unruhig regte und stöhnte. Vielleicht konnte sie die Piraten irgendwie bewegen, ihn freizulassen, damit er behandelt werden konnte? Ihr graute davor, dass seine Wunde sich womöglich entzündete.

»Hörst du das?«, fragte Shana, sie lauschte unruhig.

Malika konzentrierte sich auf das, was ihre Ohren ihr meldeten. Draußen kreischte der Sturm, aber im Gang erklang noch ein zweites Geräusch. Eine Art Knistern und Rascheln. Shana öffnete die Tür, schaute nach draußen und sah nicht sehr begeistert aus. »Da ist gerade eine Ratte vorbeigetrappelt.«

»Eine echte? Bist du sicher?«

»Ziemlich. Für eine Maus war das Vieh ein bisschen groß.«

Wie war das noch mal mit den Ratten und dem sinkenden Schiff?, kam es Malika in den Sinn. Aber war das, was Shana gehört hatte, wirklich eine Ratte? Konnten Ratten in einem leeren Gang rascheln, und wenn ja, womit machten sie das?

Nein, konnten sie nicht. Als Malika kurz darauf selbst hinausschaute, sah sie Bo, den Hausmeister der Station. Er sah nicht mehr aus, als hielte er den Sturm für einen Jackpot. »Sag es Nyai Loro Kidul!«, jammerte er, als er sie sah. »Sag ihr, dass ich es nicht so gemeint habe!«

»Was gemeint?«, fragte Malika, doch Bo war schon vorbeigeschlurft und murmelte immer wieder vor sich hin: »Sag es ihr! Bitte, sag es ihr!«

Wie gruselig. Garantiert hatte Bo schon einige Stürme hier an Bord erlebt, dieser hier war anscheinend anders als die anderen.

Drinnen in der Kammer fühlte sich Malika zurzeit sicher. Doch Shana schien es hier nicht sonderlich zu gefallen und Geduld war nicht ihre Stärke. Sie wippte mit dem Fuß, ging wieder und wieder zum Fenster, knibbelte nervös an ihren Fingern herum. »Ich gehe jetzt zur Funkzentrale und frage bei Luke Open Waters nach, was los ist«, sagte sie schließlich entschlossen.

»Shana, geh nicht«, flüsterte Danílo, doch nur Malika hörte ihn. Auch sie fand, dass sie besser zusammenbleiben sollten nach all dem, was passiert war, doch es war schon zu spät, die Tür klappte zu. Bockmist! Jetzt war sie allein mit Danílo, den sie selbst nirgendwohin bewegen konnte. Außerdem war sie nicht sicher, ob der Chef der Bohrinsel überhaupt in der Funkzentrale war. Schließlich beschäftigte er sich gerade mit der Trimmung, und Roxana hatte ihr mal nebenbei erzählt, dass der »Ballast Man« seine Kammer in einer der hohlen Stelzen der Bohrinsel hatte.

Sie hatte den Gedanken kaum fertig gedacht, da erwachte die uralte Lautsprecheranlage von Floater Town zum Leben. »Hallo? Hallo?« Das war Lukes Stimme. Knistern, jemand klopfte auf ein Mikrofon. »Keine Ahnung, ob das Ding funktioniert. Also, ich hätte hier mal 'ne Durchsage.

Ein Ventil klemmt und ich kann einen der Ballasttanks nicht mehr fluten. Seid so nett und bleibt in der Nähe der Rettungsboote, bis ich das Problem gelöst habe ...« Weiteres Geknister, unverständliches Fluchen, dann Stille. Na wunderbar. Malika hätte am liebsten geheult. Aber die Tränen wollten nicht kommen.

Sanft rüttelte sie Danílo an der Schulter und mit glasigem Blick sah er sie an. »Wo ist Shana?«, fragte er verwirrt, und Malika konnte einen Moment lang verstehen, wie er sich gefühlt haben musste, wenn sie von Arif erzählte. »Shana ist gerade nicht da, nur deine blöde alte Schwester«, gab sie zurück. »Wir müssen zu den Rettungsbooten, nur für alle Fälle, sagt Luke.«

Warum nur war Shana nicht hiergeblieben! Irgendwie schaffte Malika es, Danílo hochzuziehen und sich seinen Arm auf seiner unverletzten Seite über den Nacken zu legen, sodass sie ihn stützte. Er konnte gehen, war aber sehr schwach – schwer lastete sein Körper auf ihr. Sie merkte, wie er sich vor Schmerz auf die Lippen biss.

Dann geschahen zwei Dinge auf einmal. Etwas krachte gegen das Fenster der Kammer, so heftig, dass es zersplitterte und Wasser in den Raum flutete. Ein Metallteil an einem Stahlseil schwang zurück nach draußen und dann wieder gegen die Reste des Fensters. Wohl losgerissen von irgendeinem Teil der Bohrinsel. Malika und Danílo taumelten zurück und kämpften darum, das Gleichgewicht zu halten. Ein paar Sekunden später ging die Tür zum Gang auf und eine völlig verdutzte Louanne stand dort mit drei Sandwiches in der Hand. Alle drei landeten auf dem Boden, als Louanne sah, was in der Kammer los war. Sie half ihnen nach draußen, wo schon zwei beunruhigte Piraten auf sie warteten.

Malika rutschte auf einer Tofu-Scheibe aus und trampelte versehentlich über ein Stück selbstgebackenes Brot.

»Hier entlang«, sagte Tomás und deutete mit dem Gewehr. Viper half Malika mit Danílo und packte auf dessen anderer Seite mit an. Es war unheimlich, diesem Mann, der Mike Armstrong und einen von Diamond Sams Leuten erschossen hatte, so nah zu sein – er roch nach Kardamom, Kreuzkümmel und rostigem Metall.

Inzwischen hatte der Gang schon eine deutliche Neigung und sie mussten sich aufwärtsbewegen. »Bis wie viel Grad Neigung kann das Rettungsboot noch zu Wasser gelassen werden?«, schnaufte Malika in Louannes Richtung.

»*Je ne sais pas* – ich wette, das finden wir gleich raus«, gab Louanne zurück und ging voraus.

Arif hatte den Eindruck, dass der Sturm schon etwas nachgelassen hatte, aber genau wusste er es nicht. Jivan, der Admiral, Ishak, Salty und er sicherten sich mit Seil und Karabinerhaken und kletterten auf den Rumpf der *Mata Tombak*, um sich ihren Fund anzuschauen. Es war nicht ganz leicht, sich hier aufrecht zu halten, der Rumpf neigte sich die meiste Zeit stark in die eine oder andere Richtung. Aber in den letzten Monaten war Arifs Balance ziemlich gut geworden, weil er so viel Zeit hier oben verbracht hatte.

»Da vorne!« Der Admiral deutete ins graue Nichts. »Seht ihr das?« Er sprach in sein Handfunkgerät. »Daud, bring uns näher ran! Und ruf die mal per Funk.«

Sie sahen das Schiff als Silhouette durch den Nebel der Gischt, je näher sie kamen, desto deutlicher wurden seine Umrisse.

»Aha«, sagte Ishak. »Es ist eins dieser Müll fischenden

Fabrikschiffe – die erkennt man schon von Weitem an der stinkenden Rauchfahne!«

Doch jetzt kam kein Rauch aus den Schornsteinen und das Schiff machte keine Fahrt voraus. Nirgendwo an Bord war Licht, auch auf der Brücke nicht. Es sah völlig verlassen aus.

»Sieht wirklich aus, als sei es von der Mannschaft aufgegeben worden«, meinte Jivan verblüfft. »Fragt sich nur, warum. Es schwimmt schließlich noch.«

»Vielleicht hatten die ein Feuer an Bord, einen Stromausfall oder so was.« Arif versuchte, durchs Fernglas irgendetwas zu erkennen. Soweit er sah, regte sich an Bord nichts. »Jedenfalls sind die Rettungsboote alle weg.«

»Feige Hunde«, sagte Salty zufrieden. »Geschieht ihnen recht. Jetzt gehört ihr Schiff uns.«

»Keine Antwort per Funk«, meldete Daud aus dem Cockpit.

Eine Welle spülte über die *Mata Tombak* und Arif stand bis zu den Knien im Wasser. Er spürte, wie sich das Schiff unter ihm tapfer wieder aufrichtete – kentern konnte der Pentamaran sowieso nicht, höchstens auf den Rücken fallen wie eine Schildkröte.

Schweigend beobachteten sie das fremde Schiff, das Arif auf fünfzig Meter Länge schätzte. Nach einer Weile nickte der Admiral zufrieden. »So einen Fang macht man nicht oft – wir können das ganze Schiff abschleppen und vor Ort in Floater Town ausschlachten.«

Arif hatte kein wirklich gutes Gefühl bei der ganzen Sache. »Aber was ist, wenn noch jemand an Bord ist?«

»Das sollten wir vorher überprüfen«, sagte der Admiral und deutete auf Jivan und Arif. »Ihr beide. Ishak, du steuerst das Schlauchboot.« Ishak schien nicht begeistert zu sein – er hatte in den letzten Tagen ab und zu über sein Rheuma geklagt – und Salty blickte gekränkt drein. Recht geschah es ihm.

»Wir sind ein Team, *amigazo*«, sagte Jivan und schlug Arif auf die Schulter. »Los, mach dich bereit.«

Bereit machen bedeutete, sich einen orangeroten Überlebensanzug überzuziehen, den die Piraten bei irgendeiner früheren Jagd erbeutet hatten. Arifs Anzug passte nicht gerade gut.

»Mann, siehst du mies aus«, sagte Jivan. »Wie ein Sack auf Beinen.«

»Du auch«, gab Arif trocken zurück. »Wie eine Wurst, die nicht in die Pelle passt.«

»Pass auf, was du sagst!« Jivan ballte die riesige Faust und grinste. Dann zog er sich die Kapuze des Anzugs über den Kopf. »Alles klar. *Vamos.*«

Daud brachte sie so nah an das fremde Schiff heran, wie er wagte, dann schoben Arif und Jivan das Schlauchboot ins Wasser, und die verbliebene Besatzung schloss die Heckklappe schnell wieder, bevor ihnen eine Welle ins Boot stieg.

Der wilde Ritt begann. Wellen hoben sie schwindelerregend schnell in die Höhe, sodass Arifs Magen in die Tiefe sackte. Sekunden später rutschten sie ins Wellental und konnten das fremde Schiff nicht einmal mehr sehen. Wenn Arif nach Luft rang, atmete er manchmal mehr Wasser als Luft ein – der Sturmwind zerriss alle Wellenkämme zu wehender Gischt. Eiskaltes Meerwasser peitschte sein Gesicht, bis es gefühllos wurde.

Ein paarmal wäre das Schlauchboot beinahe umgeschlagen, weil eine Windböe oder besonders große Welle es packte, doch Ishak brachte es jedes Mal wieder unter Kontrolle. Arif klammerte sich an den Wülsten des Schlauchboots fest, sein Magen protestierte. Hätte diese ganze Aktion nicht Zeit gehabt bis nach dem Sturm? Anscheinend nicht, Admiral Zahir hatte immer Angst, jemand könne ihnen zuvorkommen. Und was interessierte ihn, wie schwierig diese Fahrt für seine Mannschaft war?

Ishak manövrierte sie neben die Bordwand des Fabrikschiffs – gerade so nah, dass das Schlauchboot nicht zerquetscht wurde, wenn das fremde Schiff durch die aufgewühlte See taumelte. Jetzt erkannten sie auch seinen Namen: *Singapore Princess*. Jivan war ein Meister darin, den Enterhaken zu werfen, schon beim ersten Versuch verhakte sich das gebogene Metall in der Reling und saß fest. Als Arif versuchte, es ihm nachzumachen, warf er immer zu kurz, oder der Wind blies Haken und Seil zur Seite.

»Kräftiger!«, brüllte Jivan ihm ins Ohr, Arif nickte mit zusammengepressten Lippen und zwei Würfe später klappte es.

Als er schließlich keuchend an Deck stand, schmerzten Arifs Muskeln, als hätte ein Dämon versucht, ihn der Länge nach zu zerreißen. »Wir sind jetzt an Bord«, meldete Jivan per Handfunkgerät. Mühsam, immer eine Hand um die Reling geklammert, arbeiteten Jivan und er sich nach hinten zum Deckshaus vor. Zum Glück waren die Türen nicht verriegelt. Jivan und er warfen sich ins Innere und ließen sich auf den Boden fallen, um zu verschnaufen. Wasser strömte von ihren orangeroten Anzügen, bis große Pfützen sie umgaben.

»Völlig verrückt, das alles«, stöhnte Arif, er war sicher, dass er tausend neue blaue Flecken hatte.

»Ach komm.« Jivan grinste schon wieder. »Das gehört dazu, *amigazo*. Sind wir Piraten oder Sesselfurzer?«

Arif verzog das Gesicht. Er hätte jetzt nichts gegen einen langweiligen Job in irgendeinem Büro gehabt. Doch seine Lebensgeister kehrten schnell zurück, als sie sich im Deckshaus nach oben vorarbeiteten. Jede Kammer überprüften sie – alle leer, die meisten schienen hastig verlassen worden zu sein. Aber einen Grund dafür fanden sie nicht, keine Spuren eines Feuers oder chemischen Unfalls. Jivan steckte schnell noch einen herumliegenden MP4-Player und eine Dose *MoonWater* ein.

Dann standen sie auf der Brücke der *Singapore Princess*. Sie waren ganz allein in diesem riesigen Raum voller Bildschirme und Geräte – kein Mensch war in Sicht. Durch die Brückenfenster konnten sie nichts erkennen, erst als Jivan den Knopf fand, durch den die Scheibenwischer bedient wurden, sahen sie die graue, aufgewühlte See. Die *Mata Tombak* war darin so gut getarnt, dass sie sie nicht entdeckten. »Jetzt gehört dieser Kahn uns«, grölte Jivan übermütig und fläzte sich im Kapitänsstuhl. »Ich bin Kapitän und du mein Erster Offizier.«

»Wieso nicht umgekehrt?«, frotzelte Arif und hielt sich an einer Konsole fest, um nicht durch die wilden Bewegungen des Schiffs zu Boden geschleudert zu werden.

»Vergiss es, du bist schließlich erst siebzehn.« Jivan fummelte an einem Gerät herum. »*Mírale* – sieh an, die automatische Steuerung ist eingeschaltet. Wieso haben sie das gemacht, bevor sie das Schiff verlassen haben?«

Doch Arif hörte ihm nicht zu, er starrte seinen Freund an. Niemand hier wusste, dass er gerade erst siebzehn geworden war! Außer Malika hatte er es keiner Menschenseele gesagt.

Es konnte nur jemand wissen, der sie in der Dunkelheit belauscht hatte.

Am liebsten wäre Malika weitergehetzt, doch mit Danílo ging es nur Schritt für Schritt vorwärts. Viel schlimmer war, seine Schmerzen zu spüren in jedem Zusammenzucken und der Art, wie er sich bewegte, sie zu sehen in seinem bleichen, verkniffenen Gesicht. Er blutete immer noch, eigentlich hätte er liegen müssen – doch eine Trage gab es nicht und sie mussten zum Rettungsboot!

Dann endlich waren sie da. Erleichtert sah Malika, dass Floater Town über ein halbwegs modernes Freifall-Rettungsboot verfügte. Es sah einem orangeroten U-Boot ähnlich, das schräg nach unten zeigend angebracht worden war. Sobald alle Insassen hineingekrochen waren und sich angeschnallt hatten, konnte man den Mechanismus auslösen und es nach unten ins Wasser schießen lassen. Das ging viel, viel schneller, als erst ein Boot abfieren zu müssen und dabei zu riskieren, dass sich eine Winde verklemmte. Aber wer in alles in der Welt hatte das Rettungsboot mit blauen und weißen Blümchen bemalt und mit Fähnchen aus verblichenen Plastikstreifen verziert?

»Hübsch, nicht?« Roxana klopfte dem Rettungsboot auf die Flanke wie einem Pferd. »Kann schon ein bisschen langweilig werden hier, da sucht man sich halt was zu tun.« Sie versuchte zu lächeln, aber es sah nicht sehr echt aus. Ihr Lippenstift war verschmiert, ihre Wimperntusche hing überall, aber nicht an ihren Wimpern, und ihre Frisur sah aus wie ein Vogelnest. Dieser Jackpot war eindeutig zu viel für sie. Wohin sie wohl gehen würde, wenn Floater Town kenterte und sank? Eine andere Heimat hatte sie sicher nicht. Ebenso wie

Bo, der mit verlorenem Ausdruck auf dem Boden saß, eine große, ausgebleichte Sporttasche – vermutlich ebenfalls aus dem Müllstrudel gefischt – neben sich. Sicher waren seine ganzen Besitztümer darin, auch die Flaschenpost.

Malika blickte hinaus in den Sturm. Wo Arif jetzt war – in dieser tosenden Hölle dort draußen? Wenn sie die Augen schloss, sah sie sein scheues Lächeln vor sich …

Unschlüssig standen die Floaters und sie vor dem Rettungsboot und wussten nicht, ob sie hineinklettern sollten. Wann kam endlich eine neue Durchsage?

»Wir müssen auf Luke warten«, wiederholte Roxana immer wieder. »Wir können nicht ohne ihn los!«

»Natürlich nicht«, versicherte ihr Malika nervös, denn auch Shana fehlte noch. Wenn sie an Bord des Rettungsboots gingen und den Freifall-Mechanismus auslösten, dann war alles zu spät. Ein Zurück gab es dann nicht mehr, und wer hierblieb, hatte keine Chance. Wo war Luke? Versuchte er immer noch, das Ventil zu reparieren? Und wo in aller Welt blieb Shana?

»Aber bevor die Querneigung so stark wird, dass wir selbst nicht mehr loskommen, *müssen* wir es tun«, wandte Louanne ein.

»Ja, ich weiß«, flüsterte Roxana.

Vipers Gesicht war unbewegt wie üblich, doch etwas hatte sich verändert. Hinter seiner teilnahmslosen Miene schien es zu arbeiten. Plötzlich warf er einen Blick auf die am Rettungsboot versammelten Menschen, drehte auf dem Absatz um und ging davon. Tomás blickte ihm verblüfft nach, und Malika war kurz davor, hinter Viper herzurufen. Was war hier eigentlich los?

»Luke! Luke Open Waters!« Shana brüllte es durch den Funkraum, doch sie sah selbst, dass er verlassen war. Durch ein undichtes Fenster tropfte Wasser auf einen Computermonitor. In seinen Privaträumen direkt daneben schaukelte die leere Hängematte, eine Pflanze mitsamt Porzellantopf war vom Regal gefallen und auf dem Boden zerschmettert. Bücher lagen auf dem Boden wie erlegte Vögel, die Buchdeckel ausgebreitet wie Schwingen.

Wo konnte er sein? Hastig ließ sie den Blick durch den Raum schweifen … und entdeckte ein verblichenes Diagramm der Bohrinsel, das mit Magneten an eine Wand geheftet war. Dort war auch ein Ballast-Kontrollraum eingezeichnet. Shana riss das Diagramm von der Wand und nahm es mit.

Sie fand den Ballast-Kontrollraum ohne Probleme, doch auch er war verlassen. Rasch verschaffte sie sich einen Überblick, begriff aber nur, dass Luke Open Waters sein schwimmendes Heim bei Beginn des Sturms tiefer ins Wasser gesenkt hatte, damit es unter dem Anprall der Wellen weniger schwankte.

Auf den zweiten Blick entdeckte sie die Warnmeldung auf einer Schalttafel – ein Ventil funktionierte nicht.

»Erzähl mir was Neues«, murmelte Shana und warf wieder einen Blick auf den Plan der Bohrinsel. Um ans eigentliche Ballastsystem heranzukommen, musste sie anscheinend in eine der Stelzen hinein. Eine Wendeltreppe führte in die Tiefe. Es war so dunkel hier! Dunkelheit hatte Shana noch nie gemocht und erst recht nicht diese Finsternis ohne einen einzigen Stern. Nur die rötlichen Funzeln der Notbeleuchtung erleuchteten die Treppe.

In der Ferne hörte sie das Geräusch von Hammerschlägen. Shana folgte dem Krach und ein paar Minuten später hatte sie Luke Open Waters gefunden. Verschwitzt, mit wildem Blick, einen am Rand mit Muscheln bewachsenen Schutzhelm auf dem Kopf und eine riesige Rohrzange in der Hand, blickte er ihr entgegen. »Was machst du hier? Ich habe doch gesagt, alle sollen zu den Rettungsbooten gehen!«

Unruhig blickte Shana sich um. Das Ballastsystem bestand aus einem verschachtelten Gewirr aus Rohrleitungen, Tanks, Ventilen und den dazugehörigen Stellmotoren. Und all das musste einwandfrei funktionieren, um diese Bohrinsel vom Typ eines Halbtauchers im Gleichgewicht zu halten!

»Ich wünschte, ich hätte etwas anderes studiert als ausgerechnet Informatik«, wütete Luke Open Waters und hieb mit dem Schraubenschlüssel auf eine Pumpe ein, die ihm nichts getan hatte. »Maschinenbau vielleicht! Elektrotechnik! Und warum bin ich nicht Klempner geworden? Seit drei Jahren lebe ich jetzt auf diesem verdammten Ding und kapiere immer noch nicht genau, wie es funktioniert!«

»Na ja, wenigstens bist du kein Betriebswirt«, murmelte Shana, während sie die Maschinerie um sich herum musterte und versuchte, sie zu verstehen. »Damit könntest du höchstens berechnen, wie viel Geld du verlierst, wenn das Ding jetzt untergeht.«

»Geld! Was ist schon Geld! In Floater Town stecken Leidenschaft, Geduld, Idealismus, viele Stunden Arbeit ...«

»Ja, ja, schon gut. Irgendwas hast du technisch anscheinend richtig gemacht in den letzten Jahren, sonst hättet ihr längst eine Unterwassersiedlung.« Shana ließ sich das kaputte Ventil zeigen. Sie konnte schließlich mehr, als nur in zwei Minuten ein Schaf zu scheren – bevor sie zur Zweiten

Offizierin aufgestiegen war, hatte sie eine Ausbildung zur Schiffsmechanikerin absolviert. Rasch versuchte sie herauszufinden, was mit dem Ventil nicht stimmte, ihre Hoffnung, dass nur eine Sicherung rausgeflogen war, bestätigte sich leider nicht. »Der Stellmotor des Ventils ist kaputt«, teilte sie dem Chef von Floater Town mit.

Luke Open Water starrte sie verwirrt und etwas hilflos an, seine langen, grauen Haare hingen ihm verschwitzt ins Gesicht. Er holte eine *Lucky Strike* aus seiner Tasche, doch die Zigarette fiel ihm aus den Händen, und er bückte sich nicht, um sie aufzuheben. Er schien völlig erschöpft zu sein, wahrscheinlich hatte ihn überfordert, was in der letzten Woche in seiner kleinen Kolonie geschehen war. Geiseln, Tote, Verletzte, Schießereien. Shana hoffte, dass er jetzt nicht mit einem Herzinfarkt umkippte. »Könnten wir das Ventil auch mit der Hand bedienen?«, fragte er.

»Theoretisch schon, praktisch schwierig. Habt ihr irgendwo Ersatzteile für diese Motoren?«

»Ersatzteile …«

»Ja, du weißt schon, Sachen, die man austauschen kann.«

»Um Himmels willen, ich weiß, was ein Ersatzteil ist! Ich überlege nur, ob wir noch einen Stellmotor haben.«

»Dann überleg bitte schneller, bevor wir den Fischen Guten Tag sagen können!«

»Ich glaube, wir haben im Werkzeugraum …« Luke stockte und seine aufgerissenen Augen blickten auf etwas hinter ihrem Rücken. Seine Hand kroch zu dem Tauchermesser an seinem Gürtel. Shana drehte sich um, ganz langsam und vorsichtig.

Vor ihr stand der schmale, ruhige Mann aus Borneo, den sie Viper nannten, und hielt eine Pistole auf sie gerichtet.

Singapore Princess

»Wie hast du das herausgefunden? Dass ich siebzehn bin?«, fragte Arif.

»Das weiß doch jeder an Bord«, behauptete Jivan.

Sein Freund log ihn an! Am liebsten hätte Arif die ganze Sache vergessen und Jivan sein Gesicht wahren lassen, doch das ging nicht. Er wollte alles wissen. Und hier waren sie anscheinend allein, niemand würde etwas davon erfahren, was sie redeten.

»Du hast mich und Malika belauscht«, sagte Arif schlicht. »Bist du mir gefolgt? Oder war es ein Zufall?«

Der Bug der *Singapore Princess* hob sich aus einer Welle, und durch die großen Brückenfenster sah Arif, dass Meerwasser kaskadenartig über den Bug strömte. Arif klammerte sich fest, doch er ließ Jivan nicht aus den Augen. Jivan wandte sich ruckartig um. »Du solltest Frauen nicht vertrauen«, stieß er hervor. »Erst schöntun und dir dann den Dolch in den Rücken stoßen, so sind die. Ich wollte auf dich aufpassen, Kleiner, du bist noch so jung ...«

»Du darfst nicht alle an deiner Ex-Frau messen«, widersprach Arif. Weder Malika noch seine ältere Schwester Majang waren hinterlistig, das konnte und wollte er nicht glauben! »Frauen sind höchstens ... wie Eiscreme.« Den Spruch hatte er mal in einer der amerikanischen Zeitschriften gelesen und irgendwie hatte der ihm gefallen.

Jivan brüllte vor Lachen. »Wie Eiscreme! *Sí*, so ist es, sie sind manchmal kalt, aber auch süß und unter deinen Händen schmelzen sie dahin! Aber manche tun eben nur so, als würden sie schmelzen.«

»Wahrscheinlich gibt es gute und schlechte Frauen, ist das nicht bei allem so, dass man einfach Glück haben muss, was oder wen man erwischt?«, gab Arif trotzig zurück.

»Das Problem ist, das ahnst du nicht vorher«, wandte Jivan ein. »Aber bei dem Mädchen von dem europäischen Schiff musst du dich das nicht fragen, die ist ja eine Abgesandte der Göttin.«

»Ja, und?«

»Das heißt, für Männer tabu. Auch für dich!«

Oh. Dieser Plan war ja wunderbar nach hinten losgegangen.

Ob es an Jivans Argumenten lag oder an den wilden Bewegungen der *Singapore Princess* – Arif spürte, wie ihm endgültig schlecht wurde. In seinem Mund sammelte sich Speichel, und er merkte, wie das Essen von gestern in ihm hochstieg. Nach draußen schaffte er es nicht mehr, würdelos erbrach er sich in eine Ecke der Kommandobrücke.

»Na, na, so tragisch ist es doch auch nicht«, sagte Jivan. »Ich weiß, wie das ist. Man will's nicht wahrhaben. Komm, wir durchsuchen die anderen Räume, das lenkt dich ab. Und wenn wir nichts finden, dann nichts wie an die Schlepptrosse mit dem Kahn!«

In der riesigen Halle des Maschinenraums sahen sie nur viele reibungslos funktionierende Maschinen, die Recyclinganlagen waren abgeschaltet, wirkten aber keineswegs kaputt. Nirgendwo ein Mensch. »Sieht auch hier nicht nach einem Chemieunfall aus«, meinte Arif und blickte sich um.

»Vielleicht ist irgendwas mit radioaktivem Zeug passiert und danach sind sie schnellstens abgehauen?« Auch Jivan schien sich unwohl zu fühlen.

»Radioaktives Zeug?« Arif tippte sich an die Stirn. »Du meinst, das hat in Kalifornien jemand im Klo runtergespült und jetzt kreist es hier im Müllstrudel?«

»Oder …« Jivan senkte die Stimme. »Es kann auch sein, dass an Bord eine tödliche Krankheit ausgebrochen ist! So was hab ich mal in einem Film gesehen. Angesteckt und, zack, tot!«

»Aber dann müssten wir doch Leichen finden.« Arif spähte in eine Ecke der Galley, wo noch ein paar Lebensmittel herumlagen, bereit, verarbeitet zu werden. Als Arif das frische Gemüse sah, bekam er Appetit. Er schnappte sich eine rohe Karotte und begann, daran herumzukauen, doch Jivan schlug sie ihm aus der Hand. »Nicht! Was, wenn die verseucht ist?«

»Womit denn?«, brummte Arif, doch er versuchte nicht, die Karotte aufzuheben.

Nach einer gründlichen Durchsuchung kehrten Arif und Jivan auf die Brücke zurück und nahmen Kontakt mit der *Mata Tombak* auf. »Zum Abschleppen ist der Kahn zu groß, zumal bei diesem Wetter«, informierte sie Daud über das Handfunkgerät. »Ihr müsst ihn nach Floater Town fahren.«

»Wenn's sonst nichts ist«, murrte Jivan und machte sich daran, die automatische Steuerung der *Singapore Princess* neu einzustellen. »Wenn's nach mir ginge, ich würde das Ding ja hierlassen, aber Befehl ist Befehl!«

»So ist es«, gab Daud spitz zurück, und damit war es entschieden.

»Was wollen Sie von uns?«, fragte Shana den Mann und versuchte dabei, ruhig und vernünftig zu klingen.

»Machen Sie alles wieder, wie es vorher war«, sagte Viper.

»Wie bitte?«, fuhr Luke auf und ließ die Rohrzange fallen, grell echote das Geräusch durch den Raum. »Wie es vorher war?«

»Ja. Genau.« Das Englisch des Mannes war holprig und nicht leicht zu verstehen. »Sie haben eben versucht, zu beschädigen eine Pumpe. Das reicht jetzt. Kommen Sie hoch an Deck.«

»Aber wir müssen einen Stellmotor reparieren, damit das Ventil wieder funktioniert«, wandte Shana verzweifelt ein. Es war schwer, festzustellen, wie groß die Querneigung von Floater Town schon war, doch viel größer durfte sie nicht werden, bevor alles auf ihrer Oberfläche ins Meer rutschte. Sie wünschte sich sehnlichst nach oben, ins Rettungsboot.

»Ihr Plan war zu einfach«, sagte der Mann mit der Pistole.

Luke und Shana sahen sich an. Was für ein Plan? War ihnen da etwas entgangen?

»Sie dachten, wenn alle Menschen fortmüssen von Floater Town, dann leichter ist, die Geiseln zu befreien«, fuhr Viper fort.

Shana drückte die Hände gegen das Gesicht. Das hatte ihnen ja gerade noch gefehlt. Sie schätzte ihre Chancen, hier rauszukommen, als nicht viel höher als fünfzig Prozent. Lukes Tauchermesser half dabei nicht wirklich, es war viel zu unhandlich. »Hören Sie, Viper – das hier ist keine Übung. Das ist alles ernst. Bitte lassen Sie uns diesen Stellmotor reparieren!«

Unschlüssig blickte Viper von einem zum anderen. »Sie geben mir Ihr Wort?«

»Ich schwöre!« Luke klatschte die Hand aufs Herz. »Nyai Loro Kidul soll bezeugen, dass ich die Wahrheit sage.«

Viper seufzte, vielleicht hatte er längst die Nase voll von der Lieblingsgöttin der Floaters.

Jetzt bloß kein falscher Spruch. Schon oft hatte ihre große Klappe ihr das Leben schwer gemacht. Shana versuchte, irgendwie feierlich zu klingen. »Mein Wort haben Sie auch, wir versuchen nur, die Bohrinsel zu retten.«

Es wirkte.

»Was ist denn nun wirklich kaputt?« Viper steckte die Pistole weg. »Ich war früher Mechaniker.«

»Mechaniker?« Luke Open Water strahlte. »Dann haben wir ja schon zwei, zusammen schafft ihr es vielleicht, den Stellmotor auszutauschen.«

»Mechaniker für Autos«, fügte Viper hinzu.

»Oh. Aber probieren können wir es ja mal zusammen.«

Luke und Viper gingen im Laufschritt los, auf der Suche nach einem Ersatzmotor. Shana konnte sie in den angrenzenden Räumen rumoren und diskutieren hören.

»Wir haben einen gefunden!«, hörte sie Lukes erleichterte Stimme.

Shana fing ihre rasenden Gedanken ein, verdrängte das Bild des blutenden Danílo, das sich in ihr Hirn eingebrannt hatte, und konzentrierte sich darauf, Verbindungen zu lösen und den alten Stellmotor aus seiner Halterung zu ziehen. Inzwischen schleppten Luke und Viper den Ersatzmotor heran, den sie glücklicherweise in einem Lagerraum aufgespürt hatten. Gemeinsam hoben sie den Motor so an, dass Shana ihn mit dem Ventil verbinden und in die Halterung setzen konnte.

»Puh.« Es war kühl und feucht hier unten, Kondenswas-

ser tropfte auf sie herab. Oder schwitzte sie einfach nur?
»Luke, jetzt probier mal aus, ob das Ventil wieder funktioniert.«

Mit wenigen Schritten war Luke an einem Bedienpult, dann erfüllte ein elektrisches Summen den Raum. Ja, das Ventil arbeitete wieder. Eine furchtbare Last fiel von Shana ab und selbst Viper sah erleichtert aus. Nun würde sich Floater Town ganz langsam wieder aufrichten und hoffentlich dem Sturm besser trotzen als zuvor. Jetzt schnell zurück zu Danílo!

Vielleicht würde doch noch alles gut werden.

Die Bohrinsel wiederzufinden war nicht so einfach, wie es sich Arif vorgestellt hatte – sie war nicht verankert und trieb, von Wind und Wellen vorangeschoben, frei im Meer. Doch einmal in der Stunde sandte sie mit einem codierten Signal ihre Position, und Daud und Jivan gelang es, sie anzupeilen. Auf dem Rückweg von ihrer Suche nach Beute sammelte die *Mata Tombak* fünf Container ein und schleppte sie hinter sich her. Hoffentlich hatten sie nicht nur eine Mega-Ladung Badeentchen oder Strandspielzeug erbeutet.

Als sie am Abend des nächsten Tages zurückkehrten, hatte sich der Sturm gelegt und ein blauer Himmel spannte sich über der friedlich dahindümpelnden Bohrinsel. »Na, die haben sich hier 'ne gemütliche Zeit gemacht«, meinte Jivan. Er nahm die Füße vom Fahrpult der *Singapore Princess*, weil gleich der Admiral übersteigen würde, um sich die Beute selbst anzusehen. »Gutes Essen, ab und zu ein Film, nette Gesellschaft …«

»Tomás und Viper sind keine nette Gesellschaft«, wandte Arif ein.

»Das stimmt«, gab Jivan zu und richtete sich auf, weil sie schon Schritte hörten. Zufrieden musterte Admiral Zahir die Bord-Elektronik. »Alles in gutem Zustand. Vielleicht verkaufen wir das Schiff auch als Ganzes, kommt drauf an, was mehr bringt«, meinte er, und Arif nickte müde. Ihm war alles egal und die innere Unruhe fraß ihn beinahe auf. Bald würde er Malika wiedersehen, endlich! Er musste wissen, wie es ihr und dem Jungen ging, nichts anderes war jetzt wichtig.

»Sobald wir das Zeug abgeladen haben, fahren wir wieder los«, kommandierte der Admiral. »Hat gerade noch gefehlt, dass Diamond Sam oder Luke Open Waters mehr Container abbekommen als wir. Anak Rezeki, du bleibst hier und passt auf die *Singapore Princess* auf.«

Arif konnte kaum glauben, was er hörte. »Aber ...«

»Keine Sorge, du musst nicht viel machen. Die Automatik hält die Position.« Beiläufig bohrte der Admiral einen Schraubenzieher ins Funkgerät und riss ein paar Kabel heraus. »Jivan, du kommst mit uns zum Containerfischen.«

Arif schloss den Mund wieder. In ihm breitete sich dumpfe Verzweiflung aus. Mitleidig schlug ihm Jivan auf die Schulter und machte sich auf den Weg zurück auf die *Mata Tombak*.

Der Admiral beachtete Arif schon nicht mehr, ins Gespräch mit Daud vertieft, verließ er die Brücke. Arif erwachte aus seiner Erstarrung, setzte sich in Bewegung und folgte ihm, um ihn irgendwie zu überzeugen, ihm wenigstens einen Besuch in Floater Town zu erlauben ...

»... Überweisung auf das Überseekonto hat nicht geklappt, ich fürchte, wir müssen jetzt ein Zeichen unserer Entschlossenheit ...«

Es überlief Arif kalt, seine Schritte stockten. Die redeten über das Lösegeld, das anscheinend noch nicht gezahlt worden war. Leider sprachen sie so leise, dass er nicht alles verstand.

»… letztes Ultimatum, ich würde vier Stunden vorschlagen, dann gebe ich Viper den Befehl, eine der Geiseln …«

»… ja, gute Idee, so machen wir's …«

Nein, dachte Arif. *Nein!*

Er starrte hinüber zu der Bohrinsel, die unendlich weit entfernt zu sein schien. Wen würde es wohl treffen? Louanne? Shana? Malika? Danílo? Nein, das ging nicht, er kannte diese Menschen, die meisten von ihnen mochte er, wie konnten der Admiral und Daud kaltblütig darüber reden, einen von ihnen zu ermorden? Und je mehr Tote es gab, desto tiefer wurde der Graben zwischen ihm und Malika.

Jetzt war ihm klar, warum der Admiral ihn als Babysitter der *Singapore Princess* einsetzte, und das ohne Waffe. Er traute Arif nicht mehr, er brauchte ihn zwar noch, befürchtete aber, dass er in Floater Town Ärger machen könnte, wenn Geiseln sterben mussten.

Verdammt richtig! Er würde so viel Ärger machen, wie er konnte. Jetzt hatte er sogar ein Schiff, das ihm vielleicht dabei helfen würde. Dass er damit nicht umgehen konnte, war allerdings ein Problem. Jivan hatte ihm noch nicht einmal gezeigt, wie man die Steuerautomatik ausschaltete.

Draußen vergoldete sich die eintönige Landschaft des Meeres im Schein der sinkenden Sonne, doch Arif hatte keinen Blick dafür, er durchwühlte sämtliche Schubladen und Fächer der Brücke auf der Suche nach irgendeinem Hinweis oder nach Bedienhandbüchern. Er fand einige – nur waren sie leider auf Chinesisch.

Voll hilfloser Wut sah Arif zu, wie die *Mata Tombak* ablegte und zu einem winzigen Punkt wurde, der am Horizont verschwand. Auch die anderen Floaters-Schiffe waren abgedampft, die Leute waren wohl alle scharf darauf, das zu bergen, was der Sturm ihnen in den Geldbeutel spülen würde. Sogar der kleine Frachter, der Luke Open Waters gehörte, war weg. Der pure Goldrausch.

Verzweifelt betrachtete Arif die Steuerautomatik. Wofür waren die ganzen grünen und roten Knöpfe da? Er las die Aufschrift auf jedem einzelnen Schalter und verzweifelte an den vielen Abkürzungen. Aber so kompliziert konnte dieses Ding nicht sein! Natürlich konnte er es einfach ausschalten, doch was dann? Sollte er Floater Town rammen? Das konnte das Leben der Geiseln erst recht in Gefahr bringen. Am besten wäre, die Geiseln bekämen es irgendwie hin, ihre Bewacher abzuschütteln und an Bord zu kommen … Schließlich waren zwei der Frauen Offizierinnen, die wussten, wie man ein solches Schiff steuerte … aber an Viper kam man nicht einfach so vorbei. Jedenfalls nicht lebend.

Noch drei Stunden. Sollte er rüberschwimmen zur Bohrinsel? Schaffen konnte er das, keine Frage, doch es war mehr als fraglich, ob er ohne Enterhaken und andere Hilfsmittel wieder an Bord der *Singapore Princess* gelangen würde. Besser, er nutzte dieses Schiff, diese einmalige Chance. Nur wie?

Arif war todmüde und hellwach zugleich. Am liebsten hätte er einfach eine größere Anzahl von Knöpfen gedrückt und geschaut, was passierte. Mühsam beherrschte er sich, um keinen Schaden anzurichten. Hartnäckig und mit viel Geduld schaffte er es, die Hilfe-Funktion des Geräts in Gang zu setzen, und las sich die Anweisungen auf dem

Bildschirm durch, die in einem unglaublich gestelzten Englisch geschrieben waren.

Dass sich Schritte näherten, hörte er erst im letzten Moment.

Mit dem Gesicht im Staub

Malika wollte nicht glauben, was sie sah. Aus dem Fenster hatte sie beobachtet, dass sich die *Mata Tombak* der Bohrinsel genähert hatte – aber sie hatte nur ein paar Container abgeliefert. Nun war sie wieder hinter dem Horizont verschwunden und Dunkelheit senkte sich über Floater Town.

In Malikas Kehle war ein dicker Kloß. Wann würde sie Arif endlich wiedersehen ... Oder war dieser kurze Moment mitten im Sturm, als sie selbst halb irre vor Sorge um Danílo war, ihre letzte Begegnung gewesen? Das durfte nicht sein!

»Was ist das da für ein komisches Schiff, das sich in unserer Nähe hält?« Shana spähte alarmiert aus dem kleinen Fenster, es dauerte eine Weile, bis sie den Namen entziffert hatte. »*Singapore Princess*.«

Auch Louanne wurde nicht schlau daraus. »Ziemlich großer Kahn, aber an Bord rührt sich nichts.«

Malika zuckte die Schultern. Vorsichtig fühlte Shana Danílo den Puls. Sie hatten ihm vor einer Stunde noch ein Schmerzmittel verabreicht, er schlief gerade. Malika strich ihm über die Stirn und fragte sich, wie lange er noch durchhalten würde ohne Arzt, ohne Operation, ohne die richtigen Medikamente.

»Ich schaue mal, ob wir gerade bewacht werden«, sagte Shana, kroch zur Tür, öffnete sie einen Spalt weit und spähte hindurch. »*Shit*, ja! Es ist dieser Mistkerl Tomás.«

»Schließ die Tür ab, schnell«, drängte Louanna sie nervös, doch Malika wusste, dass ihnen das im Ernstfall nicht viel nützen würde. Die Türen waren aus dünnem Sperrholz und das Schloss war ein Witz. Trotzdem fühlte es sich gut an, zu viert in dieser kleinen Kammer zu hocken – es war eine tolle Idee von Louanne gewesen, sich nicht wieder auf verschiedene Zimmer zu verteilen, sondern vorerst zusammenzubleiben.

Wortlos schloss Shana ab und dann wechselte sie ganz plötzlich das Thema. Vielleicht wollte sie sie und Louanne ablenken. »Denkst du oft an deine Eltern?«

Malika nickte. »Aber garantiert nicht so oft wie sie an mich.«

»Wahrscheinlich macht es sie wahnsinnig, dass sie uns hier nicht helfen können.« Shanas Stimme klang gepresst, und Malika wurde klar, dass sie furchtbares Heimweh hatte.

»Klar«, sagte Malika. »Es macht mich auch wahnsinnig, dass wir uns nicht selbst helfen können. Wenn wir ein Boot hätten …«

»Denk nicht mal dran. Wir sind hier viel zu weit draußen.«

Sie zuckten alle drei zusammen, als sie das heftige Klopfen hörten. Jemand hämmerte mit einem Gegenstand gegen die Tür.

Es klang nach einem Gewehrlauf.

Arif sah, wie mehrere Männer am Eingang der Brücke auftauchten, Männer, die er noch nicht gesehen hatte, die Overalls trugen und Arbeitshelme. Bevor er einen halbwegs klaren Gedanken fassen konnte, hatten sie ihn schon überwältigt und drückten sein Gesicht gegen den staubigen

Boden der Brücke. Jemand kniete auf seinen Schulterblättern, während ein anderer Mann seine Hände und Füße mit irgendeinem harten Zeug – wahrscheinlich Kabelbinder – fesselte.

Wer bei Allahs Gnade waren diese Leute? Waren sie unbemerkt an Bord gekommen, während er versucht hatte, die Elektronik zu verstehen?

Die Fremden zogen Arif hoch, ließen ihn auf einen Stuhl fallen und betrachteten ihn ausgiebig. Arif starrte zurück. Sagen konnte er nichts, sie hatten ihn geknebelt, klumpig presste ein Stück Stoff seine Zunge nach unten. Still zählte er. Zehn Männer in Bord-Overalls waren es, die meisten kräftig, mit breiten Händen. Gewohnt, hart zu arbeiten. Wahrscheinlich Seeleute aus Asien, von den Philippinen – nein, nicht alle!

Einer war ein *bule,* ein weißer Mann. Er war nicht gerade dünn, trug eine Brille und war in T-Shirt und Jeans gekleidet, auf seinem Kopf thronte eine blaue Basecap. »Na, wenigstens einen haben wir erwischt«, sagte er und musterte Arif. »Noch ziemlich jung, vermutlich ein Handlanger, er hatte nicht mal eine Waffe. Vielleicht sind die anderen auf der Bohrinsel. Es war klar, dass sie irgendwo eine Versorgungsbasis haben mussten.«

»Und Ihre Vermutung war anscheinend auch richtig, dass sie die Geiseln nicht längere Zeit auf ihrem Schiff behalten können«, sagte einer der Asiaten, er hatte fein geschnittene Gesichtszüge und hielt sich sehr gerade. »Aber wo ist dieses Piratenschiff?«

»Auf Raubzug unterwegs, schätze ich – wir haben ein unglaubliches Glück, dass gerade niemand sonst hier zu sein scheint«, meinte der dickliche Mann, er sprach ein sehr gepflegtes Englisch. »So eine Chance kommt so schnell nicht wieder, die müssen wir nutzen.«

Arif blickte ihn an ... und plötzlich ging ihm auf, wer das war. Konnte das sein? War das der Millionär, nach dem sie die ganze Zeit über gesucht hatten? Jetzt fiel ihm auch sein Name wieder ein. Benjamin Lesser. Wie hatte er es geschafft, auf den europäischen Schiffen spurlos zu verschwinden, und warum tauchte er jetzt und hier auf?

Dann begriff er auch das. Diese Seeleute mussten sich tief im Inneren des Schiffs versteckt haben, wo er und Jivan sie nicht gefunden hatten. Es war ein Köder gewesen und der Admiral hatte ihn geschluckt! Auf diese Weise hatten sie herausgefunden, wo sich Floater Town befand. Arif schöpfte Hoffnung. Womöglich konnten diese Leute ihm helfen, gemeinsam würden sie weit mehr ausrichten. Ihm war zwar nicht klar, wie gut bewaffnet sie waren, doch auf den ersten Blick sah er vier oder fünf Pistolen. Gut! Außerdem wussten sie garantiert alle, wie man so ein verdammtes Schiff steuerte, sie brauchten die *Singapore Princess* vermutlich zur Flucht mit den Geiseln ...

»Diese Bohrinsel ist der Hammer«, meinte einer der Männer zu einem anderen. »Ein Halbtaucher, oder? Wieso war der auf den Satellitenbildern nicht zu sehen?«

»Keine Ahnung. Zu klein?«

»Er wäre sicher zu sehen gewesen, wenn die Amerikaner die Aufnahmen ihrer Satelliten herausgerückt hätten«, mischte sich der weiße Mann mit der Brille ein. »Also, Yun Shin, was schlagen Sie vor? Gleich angreifen oder später?«

»Am besten, wir machen es so gegen zwei Uhr nachts, zu diesem Zeitpunkt werden nicht mehr viele wach sein«, sagte der Asiate.

Der Schock lief durch Arifs ganzen Körper. Zwei Uhr nachts? Das war zu spät, viel zu spät! Bis dahin war das neue, kurzfristige Ultimatum, das der Admiral stellen wollte, abgelaufen! Und er konnte ihnen nichts sagen, solange er diesen Knebel im Mund hatte.

Außerdem ... selbst zehn Leute waren für Tomás und Viper kein Problem, mit der *Kalaschnikow* konnten sie die innerhalb von Sekunden abknallen. Wieso hatte der reiche Mann kein Sondereinsatzkommando aus Hawaii einfliegen lassen oder aus Kalifornien? Was war mit dem Militär? In einem Hollywood-Film wären längst fünfzig schwer bewaffnete Gestalten in Tarnanzügen hier herumgekrochen!

Der Asiate namens Yun Shin war dabei, verschiedene Geräte auf die Bohrinsel zu richten und mit einer seltsamen Kamera Bilder von Floater Town zu schießen. Alle anderen scharten sich um ihn. »Drei Leute in einem Zimmer, nein, vier, einer liegt«, meinte der Mann. »Das müssen sie sein. Nicht sehr klug von den Piraten, sie hätten die Geiseln verteilen sollen. Das hätte uns die Befreiung sehr viel schwerer gemacht.«

»Sind Bewaffnete zu sehen?«

»Schwer zu sagen. Ich sehe noch drei andere Menschen, vermutlich Erwachsene, verteilt über die Bohrinsel. Nur einer in der Nähe der Geiseln. Sie fühlen sich ziemlich sicher, scheint mir. Kann auch sein, dass die meisten dieser Leute zur normalen Besatzung des Halbtauchers gehören.«

Das durfte doch einfach nicht wahr sein! Wieso befragten sie ihn nicht? Die elende Warterei konnte eine der Geiseln das Leben kosten, nein, viel schlimmer, es konnte *Malika* das Leben kosten! Jetzt gleich mussten sie drüben eingreifen, *jetzt sofort!*

Zwei Seeleute zogen Arif vom Stuhl hoch, doch er wehrte sich und versuchte, den Knebel auszuspucken. Er wollte ihnen ins Gesicht brüllen, was für einen Fehler sie machten ... und bekam doch keinen Ton heraus. »Kommt, gehen wir – den Kerl sperrt ihr in eine der Kammern«, kommandierte Yun Shin. »Früher hat man Piraten einfach gehängt, schade, dass das außer Mode gekommen ist!«

Verächtliche Blicke trafen Arif, doch das war ihm egal, es war ihm längst klar, dass er für die meisten Westler nicht mehr war als eine Kakerlake. Aber er konnte jetzt nicht aufgeben, es ging um Malika! Er trat und wand sich, riss an seinen Fesseln, versuchte, ihnen mit Blicken zu signalisieren, dass sie ihn sprechen lassen sollten. Doch je heftiger er auf sich aufmerksam zu machen versuchte, desto mehr straften sie ihn mit Missachtung. Arif hätte heulen können vor Verzweiflung.

»Wollen wir nicht lieber warten, bis die Spezialtruppen eingetroffen sind?«, wagte einer der Männer einzuwenden.

»Denen hat der Sturm heftig zugesetzt«, gab der dickliche Weiße mit der Brille zurück. »Bis die hier sein können, vergeht mindestens noch ein Tag. Bis dahin sind vermutlich die Piraten und weitere Bewohner der Bohrinsel zurück. Nein, ich fürchte, es muss heute Nacht sein.«

Ohne Arif noch einen Blick zu schenken, gingen die meisten der Männer hinaus. Zwei von ihnen schleiften Arif mit sich.

»Nicht aufmachen«, flüsterte Louanne mit schreckgeweiteten Augen. »Bloß nicht aufmachen. Das ist garantiert dieser Tomás!«

Malika erstarrte vor Angst. Ja, es war vermutlich Tomás.

Er wusste, dass er bis auf Viper allein mit den Geiseln war ... Und wie sie schon befürchtet hatten, hatte er etwas zu viel Zeit zum Nachdenken gehabt und begriffen, dass er jetzt, nach Abfahrt der *Mata Tombak*, mehr Macht über sie hatte als jemals zuvor.

»Wenn wir nicht aufmachen, tritt er uns die Tür ein – oder er schießt einfach durch«, wisperte Shana zurück. Sie breitete eine weitere Decke über den schlafenden Danílo, damit er es warm hatte. Dann kam sie lautlos auf die Füße und ließ die Hand zwischen Matratze und Rahmen ihrer Koje gleiten. Nach ein paar Sekunden hatte sie gefunden, was sie gesucht hatte – eine Blechgabel, die sie heimlich aus der Garküche mitgenommen hatte.

Auch Malika durchwühlte hektisch ihr Bettzeug. Sie hatte eine ähnliche Idee gehabt und bei ihrem letzten »Küchendienst« den Pfefferstreuer eingesteckt. Jetzt versuchte sie mit zitternden Fingern, ihn zu öffnen – schließlich gelang es ihr. Sie schüttete sich einen Teil des Pfeffers in die Hand und ballte sie zur Faust, den halb leeren Streuer schob sie in den Bund ihres Sarongs.

Wieder hämmerte jemand gegen die Tür ihrer Kammer.

»Was ist?«, rief Malika laut. Konnte ja auch sein, dass es ein Notfall war, dass sie alle die falschen Schlüsse aus der Situation gezogen hatten.

»Kontrolle«, antwortete eine Männerstimme – Tomás' Stimme.

Shana zog die Augenbrauen hoch und ging zur Tür.

»Mach nicht auf«, bettelte Louanne.

Doch Shana reagierte nicht. Sie riss die Tür so plötzlich auf, dass Tomás erschrocken einen Schritt zurückwich. »Ist Ihnen klar, dass Sie uns aufgeweckt haben?«, blaffte sie ihn an. »Wie wäre Ihnen denn zumute, wenn jemand Sie um diese Uhrzeit aus dem Schlaf reißt? Wiedersehen!« Dann knallte sie ihm die Tür vor der Nase zu und lehnte sich von innen dagegen. Malika sah die kleinen Schweißperlen an ihren Schläfen – Shana wusste genau, was sie eben riskiert hatte.

»Komm da weg«, drängte Malika sie flüsternd. »Sonst erwischt er dich voll, wenn er durch die Tür schießt.«

Doch Shana bewegte sich nicht und sie hielt nur den Finger vor die Lippen. Keine von ihnen bewegte sich, während sie warteten. Draußen blieb es still.

Aber nur einen Moment lang.

Der dickliche Weiße folgte ihnen. Sie wählten eine Kammer aus und wollten ihn hineinschieben … doch Arif verkeilte Arme und Beine in der Tür, drehte sich um, so gut es ging.

»Willst du wohl da rein!«, schimpfte einer der Männer.

Der *bule* stand hinter ihm, nachdenklich beobachtete er, was geschah. Und einen Moment, einen kurzen, flüchtigen Moment lang schaffte es Arif, seinem Blick zu begegnen. Dann bekam er einen kräftigen Stoß in den Rücken und stürzte der Länge nach in die Kammer.

»Moment«, sagte der Mann mit der Brille. Seine Stimme klang anders als zuvor. »Ich glaube, wir machen einen Fehler.«

Arif nickte einmal kurz, dann atmete er aus und ließ den Kopf auf den Boden sinken. Er versuchte nicht mehr, sich aufzurichten. Sein ganzer Körper fühlte sich zerschlagen an nach der Tortur im Sturm gestern, er konnte einfach nicht mehr.

»Wir können es uns nicht leisten, auf Informationen zu verzichten. Yun Shin, holen Sie den Jungen wieder da raus.«

Fünf Minuten später saß Arif in der Sitzgruppe der geräumigen Eignerkammer, ihm gegenüber der Weiße, der ihn genau beobachtete; zwei kräftige Seeleute hielten am Eingang Wache.

Arif massierte seine schmerzenden Handgelenke und wartete ungeduldig darauf, dass er sprechen durfte. Sein Mund war trocken, er hatte furchtbaren Durst – aber das war jetzt egal. Er musste es schaffen, diesen Mann zu überzeugen.

Der Mann mit der Brille streckte die Hand aus. »Benjamin Lesser.«

Ungläubig nahm Arif die Hand, die ihm angeboten wurde. Er konnte sich nicht erinnern, wann ihm jemand zuletzt so viel Respekt erwiesen hatte. »Arif Nalapraya.«

»Ah. Kannst du uns sagen, wohin das Piratenschiff verschwunden ist, Arif?«

»Es ist wieder zum Containerfischen gefahren«, erklärte Arif. »Aber das ist jetzt unwichtig. Wir müssen schnell handeln, um Malika, Shana und die anderen zu befreien!«

Er sah, dass ein Ruck durch Benjamin Lesser ging, als er die Namen seiner Gefährten hörte. Doch er ließ sich nicht aus dem Konzept bringen.

»*Wir?*«, sagte er und hob die Augenbrauen.

»Ja. Wir. Ich bin nicht freiwillig bei den Piraten, sie haben mich vor ein paar Monaten selbst gefangen genommen.« Arif befeuchtete seine Lippen. »Es ist geplant, ein kurzfristiges Ultimatum zu stellen und noch in dieser Nacht eine der Geiseln zu erschießen.«

»Ich verstehe«, sagte Lesser, er war blass geworden. Rasch stand er auf und sprach mit den anderen Männern, so schnell, dass Arif nicht viel verstand. Doch bevor er mit ihnen aus der Kammer ging, wandte er sich noch einmal um. »Du hast nicht zufällig einen Plan?«

Er sah nicht so aus, als erwarte er eine Antwort. Doch Arif hatte während seiner Wache auf der *Singapore Princess* reichlich Zeit zum Nachdenken gehabt.

»Doch«, sagte Arif und sah dem Mann namens Benjamin Lesser fest in die Augen. »Rein zufällig habe ich einen Plan.«

»Was brauchst du dafür?«

»Einen Metallhaken und ein langes Seil, fünf Flaschen Cola und zwei Pfund Erbsen.«

Verblüfft starrten ihn die anderen Männer an, doch Lesser nickte nur. »Bekommst du.«

Abrechnung

Es kostete Arif einige Überredungskunst, Lesser davon zu überzeugen, ihn allein losziehen zu lassen, sobald sie in Floater Town waren. Seine Leute sollten an einer vorher verabredeten Stelle warten. Schließlich stimmte Lesser zu. Er selbst blieb auf der *Singapore Princess,* Arif und die anderen ruderten mit einem Beiboot hinüber zur Bohrinsel – den Außenborder konnten sie nicht verwenden, das Geräusch hätte sie verraten.

Endlich war es so weit. Arif hatte die Schuhe ausgezogen, auf bloßen Füßen war er leiser. Bis auf ein Messer im Gürtel war er unbewaffnet, doch er hatte sich das Seil mit dem selbst gebastelten, mit einem Handtuch umwickelten Enterhaken um die Hüften geschlungen. Die Sachen, die er sich von Lesser erbeten hatte, trug er in einem Rucksack aus Segeltuch bei sich.

Die Bewohner von Floater Town hatten wie in jeder Nacht die Strickleiter hochgezogen, doch damit hatte Arif gerechnet. Er ließ das Seil mit dem Haken daran in der Hand pendeln und schaute hoch zur schwach beleuchteten Bohrinsel – ein Gewirr von Streben, mehr war in der Dunkelheit nicht zu erkennen. In einem Anlauf würde er nicht bis ganz nach oben kommen, doch das war auch gar nicht nötig.

Beim dritten Versuch krallte sich sein Enterhaken mit einem hörbaren *Klonk!* in eine Strebe in etwa zehn Metern

Höhe. Arif erstarrte. Das mit der Polsterung hatte nicht gut funktioniert. Hatte jemand etwas gehört? Doch nirgendwo ging ein weiteres Licht an in der Station, nur einige Positionslichter leuchteten durch die Nacht.

Es kostete ihn viel Kraft, sich an den Stelzen von Floater Town hochzuhangeln, und nach unten zu schauen ließ er lieber bleiben. Keuchend ruhte er auf halber Höhe einen Moment aus, seine Arme fühlten sich kraftlos und tot an. Doch der Gedanke an Malika trieb ihn an und irgendwie schaffte er die letzten Meter bis zur Hauptplattform. Als Erstes ließ er die Strickleiter hinunter, damit die Leute der *Singapore Princess* nachkommen konnten. Dann schlich er den Männern voran und zeigte ihnen den Platz hinter dem Kran, wo sie im Schatten verborgen warten sollten.

Noch ein zweites Mal musste Arif klettern – diesmal an einer Seitenwand des Wohntrakts. Er hangelte sich über Verstrebungen hinauf, gesichert nur durch das viel zu dünne Seil. Weit, weit unter ihm die Wellen. Nicht dran denken! Schließlich gelangte er zu der Stelle, hinter der sich laut Lessers Spezialkamera die Geiseln befanden. Durch das Fenster der Kammer drang ein schwacher Lichtschein und Arif hörte wütende Stimmen. Dann einen Schrei, eine knallende Tür, noch mehr Rufe. Was war denn hier los?

Vorsichtig lugte Arif durchs Fenster – und sah Malika. Mit wirrem Haar und wilden Augen, aber anscheinend unverletzt. Grenzenlose Freude und Erleichterung durchfluteten Arif. Als hätte Malika seinen Blick gespürt, schaute sie auf … und sah ihn. Auf ihrem Gesicht ging die Sonne auf, sie stürzte zum Fenster. Arif legte seine Hand gegen das Glas und sie tat von der anderen Seite das Gleiche.

»Wir versuchen, euch zu befreien«, flüsterte Arif, doch

Malika zuckte die Schultern und blickte ihn ratlos an, seine Stimme durchdrang das Fenster nicht. Also näherte er seinen Mund der Scheibe, hauchte das Glas an und malte mühsam Buchstabe für Buchstabe in Spiegelschrift.

Wir versuchen, euch zu befreien.
Bleibt, wo ihr seid!
Verbarrikadiert euch!

Nach jedem Satz musste er das Geschriebene auswischen, sonst hätte der Platz nicht gereicht. Inzwischen waren auch Shana und Louanne zum Fenster gekommen – warum in aller Welt hatte Shana eine Gabel mit rot gefärbten Zinken in der Hand? Im Hintergrund konnte Arif erkennen, dass der Junge, der zur Gruppe gehörte, in der Kammer auf dem Boden lag. Ein Glück, er schien noch zu leben.

Nach jedem Satz nickte Malika heftig und machte ihm Zeichen, die er nicht verstand. Schließlich schrieb Arif eine Frage: *Wo ist Tomás?* Und Malikas Zeigefinger deutete zur Tür. *Draußen im Gang!*, kritzelte sie fahrig aufs Fenster. So langsam reimte sich Arif zusammen, was passiert war und was es mit der Gabel auf sich hatte. Trotz seines Maschinengewehrs hatten die drei Frauen es offenbar geschafft, Tomás von seinen fiesen Ideen abzubringen. Allah sei gepriesen!

Arif hob die Hand zum Abschied und hangelte sich wieder nach unten. Nachdem er seine Ausrüstung aus dem Rucksack geholt hatte, versteckte er das Ding in der Nähe. Mit unendlicher Vorsicht öffnete er die Tür des Wohntrakts, schlüpfte hindurch und schloss sie wieder, ohne dass ein Klicken ihn verriet. Es machte ihm Sorgen, dass er nicht wusste, wo Viper sich befand, doch das war nicht zu ändern. Erst war Tomás dran.

Der Gang machte einen Knick, dahinter hielt sich sein

ehemaliger Bordkamerad vermutlich auf; Arif konnte ihn schlecht gelaunt vor sich hin schimpfen hören.

Die Packungen mit den Erbsen hatte Arif schon an Bord der *Singapore Princess* geöffnet. Vorsichtig ließ er die grünen Kugeln aus der Packung gleiten, mit einem leisen Rascheln verteilten sie sich im Gang. Jetzt kam der unangenehmste Teil der ganzen Aktion. Lesser hatte vorgeschlagen, dass er dafür Ketchup nehmen sollte, aber Arif hatte abgelehnt – wenn jemand wusste, wie echtes Blut aussah, dann Tomás. Außerdem roch man die Tomaten aus der Nähe.

Arif zog sein Messer und ritzte sich damit in die Kopfhaut über der Schläfe. Kopfwunden bluteten stark und dieses Blut brauchte er jetzt. Ein kurzer, brennender Schmerz, dann fühlte er die warme Flüssigkeit über seine Schläfe und Wange rinnen. Er schmierte sie über sein T-Shirt und seine Jeans, damit es aussah, als sei er schwer verletzt.

Dann war es so weit. Jetzt hing alles, auch sein Leben, von seinen schauspielerischen Fähigkeiten ab.

Er ließ die Eingangstür laut einschnappen, dann kroch er auf allen vieren und mit gesenktem Kopf um die Biegung des Ganges, stöhnte und tat so, als müsse er sich mit letzter Kraft voranschleppen. Wie erwartet sprang Tomás – der seine Hand notdürftig verbunden hatte – verblüfft auf, doch er griff nicht nach seiner *Kalaschnikow,* ein Junge in Arifs Haltung hatte nichts Bedrohliches an sich. »Was machst *du* denn hier?«, rief er stattdessen verblüfft aus.

»Die *Singapore Princess* …«, stöhnte Arif und tat so, als breche er endgültig zusammen. Sein Blut tropfte vor ihm auf den Boden und fühlte sich glitschig an unter seinen Händen.

Wie erwartet ging Tomás auf ihn zu. »Was ist mit dem Schiff? Haben die Floaters …«

Jetzt hatte Tomás ihn erreicht, und Arif ächzte: »Bitte hilf mir!«

Wie er es sich gedacht hatte, war Tomás nicht misstrauisch, sondern bester Laune. Schließlich hatte er seinen Lieblingsfeind endlich da, wo er ihn sich die ganze Zeit gewünscht hätte: blutend, zu seinen Füßen. Arif bekam einen Fußtritt in die Rippen. Er lag jetzt auf dem Bauch – die Haltung, aus der er am schnellsten hochfedern konnte. Tomás beugte sich zu ihm hinunter, weil er trotz allem gespannt war und zu verstehen versuchte, was Arif sagte.

Großer Fehler!

Arif sprang hoch, packte Tomás und rang ihn zu Boden, mit einem dumpfen Laut traf dessen Körper auf dem Boden auf. Im ersten Moment war Tomás so überrascht, dass er überhaupt nicht reagierte. Doch als Arif ihn mit dem Knie am Boden hielt und gleichzeitig versuchte, ihm das Maschinengewehr wegzureißen, das Tomás sich über die Schulter gehängt hatte, griff der andere reflexartig nach dem Gurt und klammerte sich daran wie eine Schnappschildkröte an ihre Beute. Das Gerangel dauerte einige Sekunden, dann war Tomás wieder auf den Beinen und wütend wie eine gereizte Hornisse. Mit brutaler Kraft riss er Arif die *Kalaschnikow* weg. *Shetan!* Jetzt wurde es gefährlich.

Zeit für Plan B. Arif rannte los, hinter ihm dröhnten schon die ersten Schüsse. Er flitzte um die Biegung des Ganges und hielt sich dabei am Rand, den er für sich »erbsenfrei« gehalten hatte. Ein Krachen und Flüche hinter ihm – Tomás hatte sich einwandfrei auf die Nase gelegt. Jetzt hatte Arif den Vorsprung, den er brauchte.

Er schlug die Tür hinter sich zu und rannte in Richtung des Krans, wo die Männer von Benjamin Lesser warteten.

Oder er versuchte es wenigstens. Er hatte nur Mondlicht, um sich zu orientieren – eine Taschenlampe durfte er nicht benutzen, sie bot ein Ziel, auf das man schießen konnte. Doch das Licht im Wohntrakt hatte seine Augen der Nacht entwöhnt, außerdem kannte er Floater Town noch nicht gut genug. Wieso war er den Weg nicht ein paarmal abgeschritten, diese Eile konnte ihn jetzt den Kopf kosten!

Arif stolperte über ein herumliegendes Kabel und wäre beinahe zu Boden gegangen. Eisige Furcht schoss durch ihn hindurch, als er Tomás näher kommen spürte, seine Stiefel brachten das Metallgitter unter Arifs bloßen Füßen zum Vibrieren.

Sein eigener keuchender Atem dröhnte Arif in den Ohren. Eine Kugel jagte zischend an ihm vorbei, traf ein Metallrohr und pfiff als Querschläger durch die Gegend. Kein Schmerz. Er war nicht getroffen. Noch nicht.

Noch zehn Meter bis zum Kran mit dem Hinterhalt, noch fünf, noch zwei …

Und angekommen! Arif ließ sich fallen und rollte aus dem Weg. Kaltblütig warteten die Männer der *Singapore Princess* ab, bis Tomás auf gleicher Höhe war, dann strömten sie aus ihrem Versteck. Es gab ein wildes Gerangel, dann blitzte eine starke Taschenlampe auf, und Arif sah, dass Tomás entwaffnet und mit Kabelbinder gefesselt auf dem Boden lag. In dieser Verpackungsmethode waren die Kerle richtig gut. Es war kaum zwei Stunden her, dass Arif in der gleichen Haltung das Deck der *Singapore Princess* näher kennengelernt hatte.

»Verräter!«, spuckte Tomás mit einem wütenden Blick auf Arif aus, bevor die Männer ihn knebelten.

Arif beachtete weder ihn noch die Männer, die ihm beglückwünschend auf die Schulter schlugen. Noch waren die Geiseln nicht frei!

»Hervorragend!«, sagte Yun Shin, er strahlte. »Jetzt haben wir es so gut wie geschafft, was? Es ist nur noch ein einziger Bewacher übrig, mit dem werden wir ja wohl fertig.«

Unruhig blickte Arif sich um, die Haut zwischen seinen Schulterblättern kribbelte. »Nehmen Sie das nicht so leicht. Dieser eine ist der gefährlichste von allen.« Leider wusste er nicht, wie Viper bewaffnet war, vermutete aber, dass er eine Machete und möglicherweise eine Schusswaffe trug.

Sie besprachen, was jetzt zu tun war – Arif würde sich auf die Suche nach Viper machen, der sicher mitbekommen hatte, dass eine fremde Truppe dabei war, Floater Town zu erobern. Wahrscheinlich hatte er sich zunächst zurückgezogen und würde bald versuchen, aus dem Hinterhalt zuzuschlagen. Die anderen Seeleute mussten so schnell wie möglich die Geiseln schützen und die Funkzentrale besetzen. Es hätte gerade noch gefehlt, dass jemand den Piraten auf der *Mata Tombak* Bescheid gab, was hier passierte.

Arif machte sich wieder auf den Weg, auch diesmal allein. Es gab noch einiges zu erledigen.

In Roxanas Laden wühlte sich Arif durch die Grabbelkiste mit den Medikamenten und fand, wie er in Erinnerung hatte, ganz unten eine einzelne Schachtel, auf der *Valium (Diazepam)* stand. Es war ein Name, der ihm etwas sagte: Die »Wahre Geschichte« einer medikamentenabhängigen Frau in einer amerikanischen Zeitschrift hatte ihn einmal schwer beeindruckt. Vor allem, weil eine solche Sucht für jeden, den er kannte, unerschwinglich gewesen wäre. Außerdem bekam man in seiner Gegend kaum richtige Medikamente, sondern nur gefälschten Mist aus China.

Die Schachtel war zwar abgenutzt und dreckig, doch die kleinen, blauen Tabletten im Inneren sahen echt aus. Er zerkleinerte sie und löste sie in der Cola auf, fünf Tabletten pro Flasche. Reichte das? Gute Frage. Hoffentlich schmeckte man das Zeug nicht heraus.

Anschließend reparierte er den Plastikring am Verschluss der Flaschen mit Sekundenkleber, sodass sie beim Öffnen knacken würden wie frisch aus dem Laden. Er und Fajar hatten so was als Kinder mal mit Mineralwasser gemacht – in die Originalflaschen Leitungswasser gefüllt und es an die wenigen Touristen in ihrer Gegend verkauft. Doch nachdem er gemerkt hatte, dass einer der Käufer davon schweren Durchfall bekommen hatte, hatten sie es mit schlechtem Gewissen sein lassen. Inzwischen gab es in ihrem Ort sowieso neben einer Stromtankstelle auch einen Wasserkiosk und niemand kaufte mehr Wasser in Flaschen.

Arif verteilte die präparierte Cola an verschiedenen Orten in Floater Town – eine ließ er in Roxanas Laden nahe des Eingangs, eine stellte er in der Kantine auf, natürlich nicht mitten auf den Tisch, sondern auf die Theke neben ein paar andere Flaschen. Die anderen platzierte er dort, wo er Viper in der letzten Woche manchmal gesehen hatte.

Dann konnte er sich endlich ein paar Minuten Zeit nehmen. Wie von selbst lenkten seine Schritte ihn zu Malika.

Malika hätte nicht gedacht, dass sie Yun Shin einmal umarmen würde, doch jetzt tat sie es – die Freude, ein vertrautes Gesicht zu sehen, trieb ihr die Tränen in die Augen. Yun Shin drückte sie so vorsichtig zurück, als wäre sie eine Porzellanpuppe. Dann kniete er neben Danílo nieder und untersuchte ihn. »Das ist furchtbar, was ist passiert?«

Shana erzählte es ihm, während Malika die fremden Männer nach Arif ausfragte. »Geht es ihm gut? Ist er verletzt worden? Wo ist er jetzt?«

»Nein, nicht verletzt, der ist nicht so leicht umzubringen«, gab ihr ein philippinischer Seemann in gutem Englisch und mit einem breiten Grinsen zur Auskunft.

Nicht so leicht umzubringen?! Malika war entsetzt, als sie erfuhr, wie Arif sich selbst als Köder benutzt hatte, um Tomás in einen Hinterhalt zu locken. Und jetzt … jetzt war er Viper auf der Spur. Sie ahnte, dass ihm das niemand abnehmen konnte, dass Arif der Einzige war, der dem Mann aus Borneo auch nur im Entferntesten gewachsen war. Und dass er es vielleicht sogar brauchte, nach der harten Zeit auf der *Mata Tombak* jetzt quitt zu werden mit seinen ehemaligen Bordkameraden. Trotzdem hatte sie Angst um ihn.

Und dann stand er plötzlich da, fast lautlos war er aufgetaucht und lehnte ein wenig verlegen im Türrahmen. Schlimm sah er aus, seine Wange und sein T-Shirt waren blutverschmiert, seine Jeans zerrissen, die dunklen Haare klebten ihm in der Stirn … Doch seine Augen waren ruhig und sicher. Sie suchten Malika … fanden sie.

Als Malika auf ihn zuging, einen Schritt und noch einen und noch einen, waren seine Augen das Einzige, was sie wahrnahm. Schließlich hatte sie ihn erreicht, und es fühlte sich so natürlich an, ihn zu umarmen. Ob er das seltsam fand, weil es in seiner Heimat nicht üblich war? Doch Arif zögerte nur einen Atemzug lang, dann zog er sie an sich, ganz fest. Malika spürte seinen warmen Atem an ihrer Wange, dann seine Lippen auf den ihren. Sein Kuss war scheu, ein bisschen unsicher, aber unendlich zärtlich. »Ist es gut so?«, fragte er, als sie wieder Luft bekamen.

»O ja, das ist gut, sehr gut!«, versicherte ihm Malika.

Sie hielten sich lange, waren nicht bereit, sich wieder loszulassen. Es war Malika völlig egal, wer zusah und wer was über sie beide dachte ... Das einzig Wichtige war, dass Arif hier war und dass ihm nichts geschehen war.

»Ich konnte nicht zurückkommen, um deinem Freund zu helfen – sie haben mich gleich dabehalten auf der *Mata Tombak*«, sagte er ihr ins Ohr und strich zärtlich durch ihre verschwitzten Locken. »Gut, dass er überlebt hat ...«

»Er ist nicht mein Freund«, flüsterte Malika zurück. »Danílo ist mein Zwillingsbruder.« Endlich durfte sie ehrlich sein, er musste nicht mehr als Millionärssohn gelten.

Jetzt ließ Arif sie ganz abrupt los, er wirkte entsetzt. »Dein Bruder?!«

Erstaunt nickte Malika. »Findest du, dass es falsch von mir war, das geheim zu halten? Wir durften es niemandem sagen, um uns zu schützen ... Danílo hat ja behauptet, er sei das Kind reicher Eltern ...«

Arif wirkte noch immer, als hätte sie ihn geschlagen. »Nein, es ist nicht wegen dir«, brachte er heraus. »Es ist wegen etwas, was ich beinahe getan hätte.«

Doch er weigerte sich, zu erklären, was er damit meinte. Erst nach und nach beruhigte er sich wieder und zum Abschied küssten sie sich noch einmal. Diesmal klappte es noch besser, er hatte den Bogen raus.

Als ihre Hände schließlich auseinanderglitten und er sich wieder auf den Weg machte, fiel Malikas Blick auf Shanas verschmitztes Lächeln.

»Wow«, sagte Shana, »mir scheint, du bist die Einzige, die aus dieser ganzen Sache etwas Gutes mitnehmen wird.«

Zum ersten Mal seit langer Zeit musste Malika lachen.

»Ich glaube nicht, dass Arif sich so einfach mitnehmen lässt – aber ansonsten hast du absolut recht!«

»Wo geht es zur Funkzentrale?«, mischte sich Yun Shin taktvoll ein. »Wir brauchen Kontrolle über die Verbindungen.«

Fragend blickte er Louanne an, die Erste Offizierin der *Ariadne*. Doch Louanne hatte schwer gelitten unter der Gefangenschaft, sie war nicht in der Verfassung, jetzt das Kommando zu übernehmen. Noch immer sah sie aus, als würde sie jeden Moment in Tränen ausbrechen.

Malika riss sich zusammen. Noch waren sie nicht in Sicherheit. »Ich zeige es dir. Besser, wir beeilen uns. Es befindet sich noch eine Frau in Floater Town, wir müssen sie daran hindern, Alarm zu schlagen.«

»Sonst noch Leute hier?«

»Nein, alle weg – selbst der Hausmeister ist mitgefahren auf die Suche nach treibenden Containern.«

Sie gab Danílo noch einen Kuss auf die Stirn, dann ließ sie ihn in der Obhut von Shana zurück und machte sich mit den bewaffneten Seeleuten auf den Weg. Zum Reich von Luke Open Waters, der gerade ahnungslos irgendwo Container fischte.

Ihr Bruder. Und um ein Haar hätte Arif ihn in Einzelhaft schicken lassen, weil er seine Treffen mit Malika störte! Es war reiner Zufall, dass er Danílo doch nicht beim Admiral angeschwärzt hatte. Arif gruselte es vor sich selbst. Zum Glück hatten Allah und Nyai Loro Kidul verhindert, dass er Malika dieses unverzeihliche Unrecht angetan hatte. Wieso hatte er überhaupt so etwas tun wollen? Hatte er sich bei den Piraten an mehr Macht gewöhnt, als gut für ihn war?

Mühsam wandte er seine Gedanken zurück zu dem, was ihn erwartete. Nichts durfte ihn jetzt ablenken, er brauchte jedes Quäntchen seiner Konzentration.

Arif schlich sich durch die Gänge und über die vielen Metalltreppen der Bohrinsel, die Pistole im Anschlag und das Messer griffbereit im Gürtel. Seine Augen hatten sich längst wieder an die Dunkelheit gewöhnt und er lauschte mit allen Sinnen auf seine Umgebung. Witterte wie ein Tier in die Nacht, die nach Öl und Rost und Meersalz roch.

Er war nicht ganz sicher, was er war – Jäger oder Gejagter. Aber das würde er sicher merken, noch ehe der Morgen dämmerte.

Take a drink

Irgendeiner der Seeleute hatte die Flutlichter der Bohrinsel angeschaltet. Arif war nicht sicher, ob das eine gute Idee war, doch immerhin würden es die vielen Lichter Viper schwerer machen, sich zu verstecken.

Auf dem nun hell erleuchteten Helideck von Floater Town machten sich zwei Männer daran, die kreuz und quer gespannten Stahlkabel zu entfernen, damit es wieder ein brauchbarer Hubschrauberlandeplatz wurde. Konnte das nicht warten? Es gefiel Arif gar nicht, dass sie hier mitten im Licht arbeiteten – dadurch waren sie leichte Beute für einen Heckenschützen. Doch als er die Männer warnte, zuckten sie nur die Schultern. Sie kannten Viper nicht.

Rasch suchte Arif das ehemalige Arbeitsdeck der Bohrinsel ab und spähte mit der Pistole im Anschlag in jede Ecke. Dann wurde es schwierig, er überprüfte das untere, kaum beleuchtete Stockwerk der Bohrinsel, das mit seinen vielen Rohren, Streben und Treppen sehr unübersichtlich war. Angespannt wand er sich durch eine schwierige Stelle … und erstarrte. Seine Ohren hatten ein winziges Geräusch aufgefangen, es klang wie Kleidung, die einen Gegenstand streifte. Er lauschte. Nichts. Vielleicht hatte er sich geirrt, es konnte ja auch der Wind sein … Nur gut, dass Roxana diese nervigen Flaschendeckelketten vor dem Sturm abgehängt hatte …

Da war es wieder. Er hatte sich nicht getäuscht. Jemand

bewegte sich fast lautlos in der Nähe, vielleicht versteckt hinter einem der großen Rohre oder Tanks.

Arif drehte sich um die eigene Achse, sein Atem ging mühsam. Er wusste, dass er nur eine Chance hatte. Viper schoss immer gezielt. Wenn der ihn erwischte, würde er es vermutlich nie erfahren.

Vorsichtig glitt er von einem Schatten zum anderen, nutzte jede Deckung. Sein Bedürfnis, eine Taschenlampe einzuschalten und einfach umherzuleuchten, wurde fast übermächtig. Doch stattdessen blieb er stehen und wartete ab. Ein Jäger musste geduldig sein. Solange er sich nicht bewegte, war er in der Dunkelheit unsichtbar.

Da war das Geräusch wieder. Arif hob die Pistole. Sollte er einfach schießen? Garantiert trieb sich hier keiner der Seeleute herum, und wo Malika, Shana und die anderen waren, wusste er. Ansonsten hielt sich nur Roxana in Floater Town auf. Wenn hier unten jemand war, dann musste es Viper sein.

Er versuchte, die leisen Geräusche anzupeilen … und zuckte zusammen, als plötzlich etwas sein Hosenbein berührte. Etwas schmiegte sich an ihn. Ach so, es war nur die Katze. Das verfilzte Vieh, das Bo immer durch die Gänge folgte. Wahrscheinlich vermisste es seinen Herrn, der gerade mit Luke Open Waters Container fischte. Arif beugte sich hinunter, um die Katze zu streicheln – und im gleichen Moment peitschte ein Schuss auf.

Arif ließ sich fallen und drückte sich gegen das Metallgitter des Bodens. Sein Herz klopfte heftig. Wenn er die Katze nicht gestreichelt hätte …

Er hörte, wie die Arbeiter auf der Hubschrauberplattform erschrocken ihre Werkzeuge fallen ließen und zurück in den Wohntrakt rannten, eine Minute später gingen die Flutlichter aus.

Es war zu spät, in Richtung des Mündungsfeuers zu schießen. Doch immerhin hatte er es gesehen und wusste, in welcher Richtung er Viper suchen musste.

Ihm fielen tausend Dinge ein, auf die er gerade mehr Lust gehabt hätte, inklusive einer Grundreinigung der Toilettenanlagen.

Arif machte sich auf den Weg.

Sie kamen keinen Moment zu früh. Roxana war von den Schüssen in den Wohnquartieren aufgewacht und gerade dabei, in die Funkzentrale zu marschieren. Sekunden später hing sie im Griff zweier kräftiger Matrosen und sah empört aus. »Lassen Sie mich sofort los, sehen Sie nicht, dass ich noch nicht einmal angezogen bin!«

Malika musste sich das Lachen verbeißen. Roxana hatte sich in einen braunen, mit goldenen Drachen bedruckten Kimono gewickelt und trug die unvermeidlichen Flip-Flops. Ihre Locken standen wild zu Berge und ohne ihr sonst so dickes Make-up sah ihr Gesicht nackt und schutzlos aus. »Roxana, ich fürchte, wir können dich nicht ans Funkgerät lassen«, sagte Malika entschuldigend.

Roxana hob trotzig das Kinn und musterte die Seeleute der *Singapore Princess*. »Wer sind diese Leute überhaupt? Es hat sie keiner nach Floater Town eingeladen!«

»Ich fürchte, sie bestehen darauf, uns zu befreien«, erklärte Malika.

»Das geht in Ordnung«, meinte Roxana und tätschelte ihr die Wange. »Nein, nicht in Ordnung, ich freue mich für euch, wirklich! Aber ich muss Luke Bescheid geben, das versteht ihr doch. Auch wenn er unterwegs ist, will er natürlich wissen, was in Floater Town passiert.«

»Verstehe ich«, gab Malika sanft zurück. »Und es ist wirklich lieb, was du alles für uns getan hast. Aber Luke ... leider nein, das geht nicht.« Luke Open Waters war zwar von Anfang an gegen die Geiselnahme gewesen, doch er hatte sich nie gegen den Admiral und seine Leute durchsetzen können. Wahrscheinlich würde er der *Mata Tombak* Bescheid geben, und dann ... ja, was dann? Die Piraten waren besser bewaffnet und hatten das schnellere Schiff.

»Aha.« Roxana verschränkte die Arme. »Na gut, ist wohl nicht zu ändern. Aber was geschieht jetzt mit mir, wenn ich fragen darf?«

»Sie verbringen am besten ein paar gemütliche Stunden in Ihrer Kammer«, erklärte Yun Shin leicht verlegen. »Dort sind Sie auch sicher, wenn es weitere Schießereien gibt.«

»Ihr wollt mich einsperren? Das hier ist mein Zuhause! Ihr wollt mich in meinem eigenen ...«

Malika seufzte. »Es ist nur vorübergehend, Roxana. Wirklich.«

Roxana bedachte sie mit einem vernichtenden Blick, zog ihren Kimono zurecht und schlappte voran in Richtung ihres Quartiers. Zwei Seeleute begleiteten sie, die anderen folgten Malika und Yun Shin in die Funkzentrale. Verlockend hing Lukes Hängematte zwischen den verbliebenen Grünpflanzen – doch obwohl Malika noch keine Sekunde geschlafen hatte in dieser Nacht, wollte sie jetzt nur eins, Funkverbindung mit ihren Eltern. Ihnen sagen, dass sie noch am Leben waren, obwohl Danílo verletzt war. Dass sie so gut wie frei waren. Dass sie sich vielleicht bald wiedersehen würden.

Erst sprach Yun Shin über eine verschlüsselte Verbindung mit Benjamin Lesser und berichtete von den ersten Erfolgen der Geiselbefreiung, dann nahm er Kontakt mit den hawaiianischen Truppen auf, die etwa gegen Mittag des nächsten Tages ankommen würden. Ungeduldig wartete Malika, bis sie dran war. Nicht ihre Mutter meldete sich unter ihrer Nummer in Deutschland, sondern ihre Großmutter. »Ihr seid frei? Gott sei Dank, Malika, ich bin so froh, mein Schatz!« Sie berichtete, dass ihre Eltern nach Hawaii geflogen waren, um möglichst in ihrer Nähe zu sein. Rasch tippte Malika ihre Handynummer ein.

»Teichmann«, meldete sich ihre Mutter.

»Hier auch«, sagte Malika, und dann lachten und weinten sie gleichzeitig, während sie erzählte, was geschehen war. »Noch ist es nicht ganz überstanden, aber fast«, berichtete Malika und musste ihnen sagen, was Danílo passiert war. »Aber morgen wird er ins Krankenhaus gebracht, dann geht es garantiert aufwärts.«

Malika bat zwei Seeleute, sie zu begleiten, damit sie Shana und Louanne das Satellitentelefon bringen konnte. Garantiert wollten auch sie dringend mit den Menschen sprechen, die sie liebten.

Ein einzelner Schuss!

Dann wieder Stille.

Die Seeleute blieben stehen und blickten sich an. Malika verkrampfte sich, eine furchtbare Vorahnung erfüllte sie. Nein, sie konnte jetzt kein Telefon durch die Gegend tragen.

Sie musste herausfinden, ob Arif noch lebte!

Ganz lautlos bewegte sich Viper nicht, Arif hörte ihn – und er sah, wie der Mann hinter einen großen Tank glitt, in dem vielleicht einmal Erdöl gelagert worden war. Der Rohstoff, aus dem Plastik gemacht wurde.

Arif presste sich auf die andere Seite des Tanks, Rost rieselte zu Boden. Er bekam kaum Luft vor Angst, sein Atem ging stoßweise und er konnte nichts dagegen tun.

Jetzt waren er und Viper kaum drei Meter voneinander entfernt. Und der Pirat wusste sehr gut, wo Arif war, dafür sorgte schon sein viel zu lauter Atem. Etwas musste geschehen, einer von ihnen musste handeln. Die Pistole lag glatt und schwer in seiner Hand, doch Arif wusste, dass sie ihm nicht viel helfen würde – Viper war schnell wie eine angreifende Kobra, weitaus schneller als er selbst. Doch vielleicht konnte er versuchen, mit ihm zu reden.

»Du kannst nicht mehr gewinnen«, sagte Arif. Er sprach leise, und doch kam es ihm sehr laut vor, weil Wellen und Wind nur flüsterten in dieser Nacht. »Es ist aus, Viper.«

»Ach wirklich?« Vipers Stimme, sie klang ungerührt.

Arif holte tief Luft. »Du willst also so viele Leute wie möglich umbringen … und mich auch? Obwohl es sinnlos geworden ist?«

»Ich hatte ursprünglich nicht vor, dich umzubringen. Man gewöhnt sich ja an manche Leute.«

»Ja, ich weiß.« Arif lehnte den Kopf an das feuchte, krümelige Metall des Tanks. »Wir sind weit gereist zusammen. Und ich weiß noch nicht mal, wie du wirklich heißt.«

»Ist das wichtig?«

»Vielleicht.«

Viper lachte leise. »Na gut, um der alten Zeiten willen. Du darfst mir eine einzige Frage stellen. Ich werde sie beantworten. Wetten, du wirst nicht nach meinem Namen fragen?«

Arif dachte nach, was er Viper fragen konnte. Unter welchen Umständen er aufgeben würde? Was er plante? Welches seine Schwachstelle war? Doch dann entfuhr es ihm einfach: »Wie fühlt es sich für dich an, jemanden zu töten?«

Diesmal lachte Viper nicht. Es war lange still in der Dunkelheit. »Das ist eine komische Frage, Anak Rezeki.«

»Kann sein. Aber versprochen ist versprochen.«

»Na gut.« Viper dachte nach, dann sprach er wieder. »In dem Moment, wo ich es tue, fühle ich nicht besonders viel. Es ist, wie einen Stein mit dem Fuß beiseitezuschieben. Ich schaffe etwas aus dem Weg und denke nicht weiter darüber nach. Und mit jedem Mal wird es leichter, man gewöhnt sich daran.«

»Aber Menschen sind keine Steine. Sie haben alle Mütter, Väter, Schwestern, Brüder, die um sie weinen ...«

»Was kümmert mich das?«

Arif bemerkte, dass er inzwischen am ganzen Körper zitterte. Es war die schlimmstmögliche Antwort, die ihm Viper hätte geben können. »Und wenn du jemanden kennst, so wie mich?«

»Dann ist es nicht ganz so einfach. Trotzdem, es geht.«

»Aber warum überhaupt?«, fragte Arif verzweifelt. »Was schuldest du dem Admiral?«

»Wir sind uns in einem Cybercenter in Djakarta begegnet, weißt du? Ich suchte einen Job. Jeden Job hätte ich genommen, weil ich mir nicht mal mehr eine Schale Reis leisten konnte. Und die Gebühren für die Virtual-Reality-Ausrüstung auch nicht.« Vipers Stimme war tief und langsam, es war fast so etwas wie Gefühl darin. »Niemand hat mir geholfen – nur der Admiral. Ohne eine einzige Frage, einfach so.«

»Diese Schuld hast du längst abgetragen. Ohne dich hätte er es nie geschafft, so viele Schiffe auszuräumen.«

In diesem Moment hörte Arif ein Geräusch, das ihm Hoffnung machte. Ein kurzes, scharfes Knacken. Keine Waffe, die entsichert wurde – eine Softdrink-Flasche, die geöffnet wurde. Konnte es sein, dass Viper schon unbemerkt die Gebäude durchstreift hatte? Dass er sich dabei eine der präparierten Cola-Flaschen genommen hatte? Jeder bekam mal Durst. Wenn er so darüber nachdachte, hatte er selbst auch welchen. Sein Mund fühlte sich staubtrocken an.

Viper trank, Arif konnte es deutlich hören. Würde das Valium wirken? Fünf Tabletten auf einen Liter, war das nicht zu wenig? Oder zu viel? Würde Viper die Cola gleich ausspucken, weil sie anders schmeckte als gewohnt?

»Und, was machen wir jetzt?«, fragte Arif. »Erschießen wir uns gegenseitig? Dann ist jedenfalls Ruhe.«

»Weißt du, was dein Problem ist?« Noch klang Viper keineswegs müde. »Gute Piraten reden nicht so viel wie du.«

»Na ja, das viele Reden kann ich mir abgewöhnen, oder?«

»Dazu wirst du nicht mehr viel Gelegenheit haben, fürchte ich. Du hättest eine klügere Frage stellen sollen.«

Eine klügere Frage?

Arif dachte nach – und ihm wurde klar, dass er einen furchtbaren Fehler gemacht hatte. Warum nur hatte er vorhin nicht nach Vipers richtigem Namen gefragt? Dumm war das gewesen, dumm! Wer diesen Namen kannte, der war kein lästiges Hindernis mehr, sondern ein Vertrauter, er würde nicht einfach so getötet werden. Viper hatte ihm wegen der gemeinsamen Zeit auf der *Mata Tombak* eine Chance angeboten, zu überleben, und er hatte es nicht kapiert!

Jetzt war seine einzige Hoffnung die präparierte Cola. Viper schien sie nicht ausgespuckt zu haben, das hätte er gehört. Wie lange dauerte es, bis das Zeug wirkte? Eine Viertelstunde bestimmt, so lange musste er ihn irgendwie hinhalten. Und wie konnte er überhaupt merken, ob sein Trick funktioniert hatte? Wahrscheinlich würde Viper irgendwann nicht mehr antworten ...

In diesem Moment hörte Arif eine Stimme, die nach ihm rief. Malikas Stimme.

»Arif? Alles in Ordnung? Arif! Bitte sprich mit mir!«

Gleichzeitig hörte er Schritte auf einer der metallenen Treppen von Floater Town. Schritte, die näher kamen.

Bloß das nicht! Arifs ganzer Körper spannte sich an, die Angst jagte durch jede Faser seines Körpers. Vielleicht war Malika schon in ein paar Sekunden in der Schusslinie. Viper hatte keinen Grund, sie zu verschonen, die Geiselnahme war bereits gescheitert.

Stille auf der anderen Seite des Öltanks. Auch Arif sagte nichts, jedes Wort hätte den Bann gebrochen, diesen eigenartigen Waffenstillstand beendet.

Jetzt hatte er selbst nur zwei Möglichkeiten – entweder, er ergab sich Viper und bat ihn, Malika nichts zu tun. Oder er wettete sein Leben und ihres darauf, dass die präparierte Cola wirkte. Selbst wenn Viper sich dadurch noch nicht schläfrig fühlte, waren seine Reaktionen wahrscheinlich langsamer als sonst. Langsam genug?

»Arif! Bist du verletzt?«

Arif entschied sich. Er bewegte sich so rasch wie nie zuvor in seinem Leben. Drei, vier Schritte, fast unhörbar auf bloßen Füßen. Schon war er um den Öltank herum. Eine Sekunde später hielt er dem verblüfften Viper die Pistole an die Schläfe, und seltsam, jetzt zitterten seine Hände nicht mehr.

Geschafft. Er hatte es tatsächlich geschafft! Erst jetzt kam er dazu, auszuatmen.

»Nein, ich bin nicht verletzt«, rief er zu Malika hoch. »Ich habe Viper. Sag den anderen, sie sollen kommen, um ihn zu fesseln.«

»Gar nicht schlecht, Kleiner«, sagte Viper leise. »Diesmal warst du ein guter Pirat. Hast nicht nur geredet.«

»Stimmt.« Arif wagte nicht, den Blick von Viper abzuwenden, wagte nicht, sich zu bewegen. Sonst schaffte es Viper womöglich im letzten Moment, sich gegen ihn durchzusetzen, auf welche Weise auch immer. Erst als ein halbes Dutzend Seeleute zu ihnen heruntergepoltert waren und sich des Gefangenen angenommen hatten, kam Arif dazu, sich umzusehen.

Vor seinen Füßen rollte eine leere Getränkeflasche herum.

Es war keine Cola, sondern Mineralwasser.

Im Lazarett

Silbergraue Cumuluswolken hasteten über den blitzblanken Himmel. Eine Kaltfront, sein Lieblingswetter. Danílo starrte nach oben, er spürte den kühlen, böigen Wind in seinen Haaren und Malikas Hände, die ihn festhielten, während sie und die anderen ihn auf einer Bahre über die Bordwand der *Singapore Princess* hievten. Zwar hatte die *Ariadne* das bessere Lazarett, doch sie und ihre Schwesterschiffe waren noch zu weit entfernt – Lesser hatte sie nicht zu nah heranbringen wollen an die Bohrinsel, in der er das Hauptquartier der Piraten vermutete.

»Geht es? Kannst du es aushalten?«, fragte Malika.

»Ja«, presste Danílo hervor, obwohl die ganze Aktion scheußlich wehtat. Er hatte nicht vor, sich zu beklagen – schließlich hatte er sich diese ganze Sache selbst eingebrockt.

»Die haben eine gute medizinische Ausrüstung an Bord, dort können sie was für dich tun, bevor du nach Hawaii ins Krankenhaus gebracht wirst«, versuchte Malika ihn zu beruhigen. Danílo nickte und schloss die Augen.

Im Lazarett war es kühl, es roch nach Metall und Desinfektionsmittel. Wie sich herausstellte, verstand Yun Shin nicht nur etwas von Maschinen, sondern auch erstaunlich viel von Medizin. »Die Wunde sieht nicht so gut aus, ich verpasse dir jetzt was gegen die Entzündung«, erklärte er, und mühsam schluckte Danílo die Tablette hinunter.

Immerhin erlaubte ihm Yun Shin, dass er das Kopfteil des Betts ein Stück kippte, sodass er mehr von der kleinen Versammlung mitbekam, die seinetwegen nicht in der Messe, sondern im engen Lazarett stattfand. Sieben Personen waren dabei: Malika, er selbst, Shana, Louanne, Yun Shin, Benjamin Lesser ... und Arif. Danílo starrte ihn fassungslos an. Wieso war dieser Pirat bei ihnen, wieso war er nicht in Fesseln?

Aber es kam noch schlimmer. Malika setzte sich neben den Kerl auf die zweite Liege des Lazaretts ... und nahm seine Hand! Niemand schien etwas dabei zu finden. Zum ersten Mal dämmerte Danílo, dass er in letzter Zeit einiges verpasst hatte.

»Ich glaube, wir haben alle eine Menge zu erzählen«, sagte Benjamin Lesser mit einem schwachen Lächeln. »Am besten, ihr fangt an.«

Malika, Shana und Louanne berichteten abwechselnd, hin und wieder warf auch Danílo ein paar Worte ein, doch das strengte ihn ziemlich an und zum Schluss hörte er nur noch zu. So wie Benjamin Lesser, der grimmig ernst lauschte, was sie zu sagen hatten. Auch ihre Vorwürfe hörte er sich an, besonders Shana wurde deutlich: »Wieso hat das mit dem Lösegeld nicht geklappt? Sie wollten doch nicht ausgerechnet an uns sparen, oder?«

»Nein, nur der Transfer des Geldes war ziemlich kompliziert – es lag nicht an uns, das könnt ihr mir glauben«, sagte Lesser ruhig. »Wir wollten euch unbedingt gesund und munter zurückhaben. Es tut mir furchtbar leid, dass ihr so viel durchmachen musstet.«

Tränen liefen Louanne über das Gesicht, und Danílo konnte sich denken, was ihr durch den Kopf ging. Äußerlich mochten die meisten von ihnen unverletzt sein ... Doch wer half ihnen, zu vergessen?

Malika ergriff das Wort. »Jetzt interessiert mich aber eins – wo zum Teufel waren *Sie*?«

»Ich – tja, ich.« Lesser wirkte verlegen und knetete seine Hände, wahrscheinlich vermisste er sein Gummiband. »Zu meiner Schande muss ich gestehen, dass ich nicht geholfen habe, das Schiff zu verteidigen. Ich musste schnell handeln, um den Plan umzusetzen, den ich ausgearbeitet hatte ...«

»Plan? Was für einen Plan?«, mischte sich Shana ein.

»Es hat mich etliche Stunden gekostet, den Ernstfall in allen Varianten durchzuspielen«, erklärte Benjamin Lesser. »Dafür war mir übrigens mein Spiel *Future Pirates* sehr nützlich. Mir wurde dabei klar, dass ich mich vorübergehend unsichtbar machen musste.«

Danílo ging ein Licht auf. Ja, er hatte viel Zeit mit Computerspielen verbracht ... doch offenbar nicht immer nur, um sich von den Problemen der Mission abzulenken.

Louanne hatte sich wieder beruhigt, sie zog die Augenbrauen hoch. »Sie haben sich also versteckt? Aber wo? Die Piraten haben das Schiff durchsucht!«

»Ich bin in den Moon Pool gesprungen und habe meinen Kopf unter Plastikteilen versteckt.«

»In den Moon Pool.« Shana verzog das Gesicht. »Mitten zwischen den Dreck.«

»Richtig. Angenehm war es nicht. Aber das war in diesem Moment nicht weiter wichtig.« Benjamin Lesser seufzte. »Noch weniger schön war, dass ich tauchen musste, um an die Notausstiegsluke heranzukommen – sie liegt unter Wasser. So ein oder zwei Minuten habe ich dafür bestimmt gebraucht.«

»Zwei Minuten?« Arif blickte ungläubig drein.

Ein schiefes Lächeln. »Ich weiß, ich sehe nicht sehr sportlich aus … Aber bis zum Abitur war ich in der Schwimm-Mannschaft meiner Schule, und daheim in Hamburg gehe ich dreimal die Woche ins Schwimmbad, frühmorgens, noch vor der Arbeit.«

Danílo sah Malika an und sie erwiderte seinen Blick. Eines war klar – sie hatten Benjamin Lesser, den reichen Nerd, unterschätzt!

»Danach habe ich mich in einer Verarbeitungskammer der Recyclinganlage versteckt, bis die Kerle weg waren. War ziemlich eng da drin. Zum Glück hat Kapitän Hensmann die Anlage gleich nach dem Alarm ausgeschaltet. Sonst wäre es ein sehr ungesundes Versteck gewesen.«

Es war so still im Lazarett, dass Danílo Malikas Atem hören konnte. Sie alle lauschten fasziniert.

»Alles Weitere war nicht sehr kompliziert«, fuhr Lesser fort. »Herr Hensmann hat mit der *Ariadne* eines der fremden Fabrikschiffe angesteuert, die uns durch ihre dreckigen Verarbeitungsmethoden aufgefallen sind – die *Singapore Princess*. Per Funk habe ich der Reederei ein Angebot unterbreitet und das Ding kurzerhand gekauft. War nicht mal sonderlich teuer.«

»Nicht teuer? Was heißt das genau – unter zehn Millionen Dollar?«, ächzte Shana.

»Ja, genau. Es war noch nicht mal ein Fehlkauf. Ich werde das Schiff in Südkorea umbauen lassen, damit es uns beim sauberen Müllfischen unterstützen kann.«

Was Malika interessierte, war etwas ganz anderes. »Und die Seeleute, waren die gleich bereit, sich mit den Piraten anzulegen?«

Benjamin Lesser lächelte. »Nicht sofort. Aber ich habe den Besatzungsmitgliedern eine Gefahrenzulage angeboten, die ihr normales Gehalt deutlich überstieg. Alle haben akzeptiert, sogar der Kapitän.«

Fasziniert schüttelte Danílo den Kopf und ließ es dann gleich wieder bleiben, weil die Schmerzen den Nebel der Medikamente durchdrangen. »Und so haben Sie es geschafft, uns zu befreien ...«

»Nicht wirklich«, sagte Benjamin Lesser und blickte jemand ganz Bestimmtes an. »Eigentlich hat das Arif geschafft.«

Arif lächelte verlegen und sagte nichts. Skeptisch sah Danílo ihn an. Konnte das stimmen? Ganz kurz trafen sich ihre Blicke. »Es ging nur, weil die *Mata Tombak* ausgelaufen ist, um Container zu fischen«, erklärte der junge Indonesier. »Der Admiral hatte nur zwei Leute dagelassen, weißt du noch?«

Richtig, Danílo erinnerte sich dunkel – Viper und Tomás waren dageblieben, die Frauen hatten es ihm in seinen wenigen klaren Momenten erzählt. Wie bitte, Arif hatte Viper und Tomás unschädlich gemacht?! Malika erzählte ihm rasch, was abgelaufen war, und Danílo spürte, wie seine Kinnlade nach unten sackte.

»Das Problem ist, dass die *Mata Tombak* noch irgendwo da draußen ist«, sagte Arif. »Sie wird wiederkommen, und zwar bald, weil ja in der Nacht die Funkverbindung mit Floater Town abgerissen ist. Es sind fünf Leute an Bord, mit denen müssen wir fertig werden.«

»Die Verstärkung aus Hawaii trifft frühestens gegen Mittag ein«, sagte Yun Shin. »Bis dahin müssen wir uns selbst durchschlagen.«

Diese Vorstellung machte ihnen allen Angst. Danílo konnte spüren, wie die Stimmung im Raum kippte – Obwohl die Besatzung der *Singapore Princess* dem Admiral und seinen Leuten zahlenmäßig überlegen war, waren die Piraten kampferprobt und besser bewaffnet. »Selbst wenn wir uns mit dem Schiff aus dem Staub machen würden ...«

»... könnten sie uns ohne Probleme einfangen und noch einmal überfallen«, ergänzte Shana.

Keiner von ihnen sagte etwas. Allen war klar, dass es über ihre Kräfte ginge, eine solche Gefangenschaft noch einmal durchzumachen.

Danílo schloss die Augen und lehnte sich zurück. Er hörte, wie Benjamin Lesser wieder das Wort ergriff. »Arif? Was sagst du dazu?«

Die alte Abneigung stieg in Danílo hoch, doch er unterdrückte sie, so gut es ging. Ohne Arif wären sie noch immer in Floater Town, und ja, er war dankbar. Saumäßig dankbar sogar. Trotzdem gefiel es ihm nicht, dass der Kerl Malikas Hand hielt.

»Ich würde vorschlagen, wir machen reinen Tisch«, sagte Arif schlicht.

»Was meinst du damit?«

»Wir holen uns die *Mata Tombak*.«

Danílo öffnete die Augen wieder. Sechs Augenpaare starrten den jungen Indonesier an.

»Wie genau könnte das ablaufen?«, fragte Yun Shin vorsichtig.

Arif erklärte es ihnen.

Danílo lehnte sich zurück und schloss die Augen. Das war ein ganz schön wilder Plan – konnte der wirklich funktionieren?

Noch während er darüber nachdachte, schlief er ein. Oder hatte einen Filmriss. Das kam aufs Gleiche hinaus. Als er aufwachte, spürte er, dass jemand über seine Wange strich. Danílo blickte in Shanas strahlend blaue Augen und fühlte sich wie gebannt.

Shana lächelte. »Du schaust mich an, als wäre ich Kaa, die Schlange.«

Er konnte einfach nicht aufhören, sie anzusehen. »Dabei bist du in Wirklichkeit Balu, der Bär?«

»Vergiss es. Wenn schon, dann Baghira, nur in Blond.« Sie grinste und Danílo tastete wieder nach ihrer Hand. Es fühlte sich so gut an, sie zu berühren.

»Weißt du, was toll ist?«, fragte Shana.

»Was – außer dass wir jetzt bald in Hawaii sind, wo du schon immer mal hinwolltest?«

Doch diesmal frotzelte sie nicht mit, ihre Augen blickten ernst. »Dass wir uns jetzt nie mehr vormachen müssen, etwas zu sein, was wir nicht sind. Wir haben uns völlig dreckig, völlig hilflos und völlig fertig gesehen. Wir haben uns in den schlimmsten Zeiten erlebt.«

»Ja«, sagte Danílo ruhig. »Das stimmt. Ich bin nicht unbedingt stolz darauf, was dabei bei mir zum Vorschein gekommen ist.«

Sie nickte und atmete tief durch. »Sei nicht so streng mit dir. Wir waren alle am Limit. Aber ...«

»Aber ...?«

»Gönn es den beiden. Sie sind glücklich.«

Danílo musste nicht fragen, wen sie meinte. »Immerhin, anscheinend ist er kein Pirat mehr.«

»Vielleicht war er nie einer. So, wie wir im Grunde keine Müllfischer sind.«

»Sind wir nicht? Was denn sonst?« Danílo lächelte.

Shana lächelte zurück. »Naturschützer. Und in dieser Funktion ziehen wir vorübergehend Plastik aus dem Wasser.«

»Ah. Ich verstehe, was du meinst.«

»So, und jetzt reden wir über was anderes.«

»Gute Idee«, sagte Danílo, und Shana beugte sich über ihn, um ihn zu küssen. Mit etwas Mühe gelang es ihm, den einen Arm um sie zu legen und sie an sich zu ziehen. Näher, noch näher. Wie grenzenlos egal es ihm war, dass sie Zweite Offizierin der *Ariadne* war und ein paar Jahre älter als er.

Eins war jedenfalls klar: Sie küsste verdammt gut.

Qualm

»Ich will nicht, dass du dich in Gefahr bringst! Bleib auf der *Singapore Princess*, bitte!« Arif wirkte sehr aufgeregt, fast wütend.

Malika verschränkte die Arme. »Nein. Wenn du hier bist, bleibe ich auch. Diesmal bringe ich dich auch nicht durcheinander bei dem, was du tun musst.«

Arif verstummte, und sein Blick veränderte sich, war plötzlich fast nachdenklich. »Wenn du mich nicht durcheinandergebracht hättest, wäre ich jetzt tot«, sagte er schließlich. »Dann hätte ich nicht gewagt, Viper zu stellen. Ich hätte so lange geredet, bis er mich erschossen hätte.«

»Hätte er das wirklich getan?«

»Ja. Aber das ist nicht mehr wichtig. Er wird in Hawaii vor Gericht kommen und bleibt erst mal im Knast.«

Es war fünf Uhr morgens und Malika hatte noch immer keine Minute geschlafen. Dafür war jetzt keine Zeit. Wenn die *Mata Tombak* zurückkam, musste alles fertig sein.

Hastig bereiteten sie das Feuer vor, das sie für Arifs Plan brauchten. In einem Metallbehälter häuften sie brennbares Material auf. In der Garküche fanden sich eine Flasche altes Bratöl, im Waschraum ein paar feuchte Putzlumpen.

»Und du willst das Ganze wirklich in einer der Kammern zünden?«, fragte Malika. »Was ist, wenn die Bude dabei in Brand gerät?«

»Wird sie schon nicht, wir halten genug Löschwasser bereit«, erwiderte Arif und arbeitete konzentriert weiter. »Wenn wir das Feuer draußen machen, bringt es gar nichts. Der Admiral kann mit dem Fernglas genau erkennen, wo es brennt.«

»Und wenn die anderen Floaters vor den Piraten zurückkommen?«

»Das werden sie nicht, die *Mata Tombak* ist viel schneller. Außerdem rascher fertig mit der Arbeit, weil sie nicht viele Container schleppen wird, schätze ich.«

Es war kurz nach zehn Uhr morgens, als der Ausguck schrie: »Sie kommen! Ich sehe sie!«

Malika zuckte zusammen, ihr Herz machte einen schmerzhaften Satz. Sie hörte das Geräusch von rennenden Füßen überall in Floater Town, als sich die Seeleute auf die besprochenen Positionen begaben. Es war so weit.

»Na also«, sagte Arif grimmig. »Zünden wir das Zeug an!«

Genau beobachtet von Yun Shin, hielt er ein Streichholz an den brennbaren Stapel, der zum Glück schnell Feuer fing.

»Bisschen Luft brauchen wir noch.« Arif hatte sich einen Hammer bereitgelegt, jetzt holte er damit aus und zertrümmerte das Fenster der Kammer. Frische Seeluft flutete herein und die Flammen leckten gierig danach. An der Decke bildete sich ein Rußfleck, der immer weiterwuchs.

»Wenn alles vorbei ist, müssen wir uns bei Luke, Roxana und Bo entschuldigen«, sagte Malika mit schlechtem Gewissen.

»Machen wir. Später.« Yun Shin tränkte Papier mit dem Bratöl und warf es mit spitzen Fingern auf die Flammen. Als das Feuer kräftig flackerte, schleuderte Malika die alten

Putzlumpen darauf – einen nach dem anderen. Dichter, beißender Qualm wallte hoch und sie wichen alle zurück. Arif warf noch einen kritischen Blick auf die Flammen, zu hoch durften sie nicht werden.

»Das reicht – raus hier!«, kommandierte er.

Im Gang küssten sie sich zum Abschied. Wahrscheinlich war das ungewohnt für Arif – schließlich waren Paare in Indonesien sehr zurückhaltend in der Öffentlichkeit –, doch er hatte nur ganz kurz gezögert. Malika sog Arifs Duft nach Rauch und Meerwasser ein und wünschte sich, er würde sie in den Arm nehmen. Aber dafür war jetzt keine Zeit.

Arif schenkte ihr ein schnelles Lächeln. »Bis später. Nyai Loro Kidul wird dich beschützen.«

Malika lächelte zittrig zurück. Hoffentlich wusste die Göttin, dass sie jetzt gefordert war. »Dich auch. *Selamat!*« Es war lange her, dass sie in Indonesien geankert hatten, aber der Ausdruck für »Viel Glück!« war ihr letzte Nacht wieder eingefallen.

Dann rannte sie los zum vereinbarten Versteck.

Arif lief nach draußen, zog mit der kleinen Seilwinde einen Eimer Meerwasser hoch und kippte ihn hinter der Deckung des Krans über sich, bis seine Kleidung und Haare trieften. Es sollte so aussehen, als wäre er von der *Singapore Princess* rübergeschwommen. Als Nächstes steckte er sich Vipers Pistole in den Bund seiner Jeans und zog das T-Shirt darüber. Wahrscheinlich würde seinen ehemaligen Bordkameraden gar nicht auffallen, dass er bewaffnet war – für sie war das völlig normal.

Die *Mata Tombak* war nur noch wenige Seemeilen entfernt, deshalb machte sich Arif auf den Weg und kletterte behände die Strickleiter hinunter, die zur Plastikkanister-Plattform auf Meereshöhe führte. Es kostete Arif keine Mühe, aufgeregt zu wirken. Hektisch mit den Armen winkend und »*Kebakaran!* Feuer!« rufend, stand er da. Feuer an Bord war für jeden Seefahrer ein Albtraum – garantiert würden seine ehemaligen Bordkameraden anlegen, um bei den Löscharbeiten zu helfen. Dann würde es leicht sein, sie zu überwältigen. Doch jetzt mussten der Admiral und seine Leute erst einmal nahe genug herankommen, damit er seine vorbereitete Geschichte hervorsprudeln konnte: Dass Roxana mit brennender Zigarette auf ihrem Bett eingeschlafen sei und nun mit einer Rauchvergiftung flach liege. Und weil niemand außer ihr richtig die Funkanlage bedienen könne, sei die Verbindung zum Schiff zusammengebrochen.

Doch die *Mata Tombak* legte nicht an. Sie wurde immer langsamer und dann kam sie ganz zum Stillstand, etwa eine viertel Seemeile von Floater Town entfernt. Was sollte das? Arif winkte noch verzweifelter, doch das flache, graue Schiff rührte sich nicht. Es war so nah, dass er das leise Grollen seiner Dieselmotoren hören konnte. Wie abwartend kauerte es auf den Wellen und hinter den spiegelnden Cockpitscheiben konnte er nichts erkennen.

Anscheinend hatten die Piraten Verdacht geschöpft … So leicht, wie er es gehofft hatte, waren sie nicht zu überlisten. Der Admiral und Daud waren mindestens ebenso gefährliche Gegner wie Viper und Tomás – auf andere Art eben.

Ein splitterndes Geräusch ließ Arif zusammenzucken und Glasstücke regneten ein paar Meter von ihm entfernt herab. Wahrscheinlich war ein Fenster durch die Hitze geborsten. Arif blickte hoch und sah, dass meterhohe Flammen aus dem Wohntrakt schlugen, hässliche dunkle Rußwolken stiegen in den Sommerhimmel. Er konnte den Gestank bis hierher riechen und im gleichen Moment tropfte von oben etwas auf seinen Arm herunter, irgendetwas glühend Heißes! Mit einem Aufschrei versuchte er, es abzuschütteln, doch es gelang ihm erst, als er den Arm ins Wasser tauchte und das graue Zeug darauf abkühlte. Geschmolzener Kunststoff.

Das Feuer gerät außer Kontrolle, dachte Arif beklommen. Was in aller Welt hatte er sich dabei gedacht, mitten im Pazifik, weit von jeder Siedlung entfernt, seine einzige Zuflucht in Brand zu stecken? Vielleicht war er nicht ganz bei Sinnen gewesen. Doch, schon, aber der Plan hatte eben nicht funktioniert.

Hastig begann er, die Strickleiter hochzuklettern, um oben bei den Löscharbeiten zu helfen. Während er sich von einer Holzsprosse zur nächsten hangelte, bemerkte er, dass die *Mata Tombak* sich wieder in Bewegung gesetzt hatte. Mit langsamer Fahrt voraus bewegte sie sich um die ehemalige Bohrinsel herum, vielleicht hatte der Admiral vor, sich die Sache erst mal von allen Seiten anzusehen. Arif biss die Zähne zusammen. Bis der Admiral mit seiner Inspektion fertig war, waren sie hier oben alle geröstet worden.

Malika stand am Rand des Heli-Decks und versuchte, sowohl die *Mata Tombak* als auch die brennenden Bereiche von Floater Town im Blick zu behalten.

Die Flammen machten ihr Angst und sie fühlte sich furchtbar hilflos. Was geschah gerade, warum bewegte sich dieses verdammte Schiff nicht mehr? Funktionierte Arifs Plan oder lief da gerade etwas schief? Jedes Mal, wenn sie an die Piraten dachte, wurden ihre Knie weich vor Angst. Nie wieder, *nie wieder* wollte sie diesen Kerlen begegnen, aber das lag jetzt nicht mehr in ihrer Hand. Wenn sie es irgendwie schafften, Floater Town zurückzuerobern, würden sie sich dann rächen?

Als der Rauch in ihre Richtung wehte, drehte Malika den Kopf weg und atmete flach, um möglichst wenig davon einzuatmen. Der einzige Lappen, den sie fand, war ölverschmiert, aber egal, besser als nichts – sie tunkte ihn in einen Eimer mit Seewasser und band ihn sich über Mund und Nase, den Rest des Wassers schüttete sie über ihre Kleidung. Eins war klar, sie mussten bald mit den Löscharbeiten beginnen, wenn sie keine Katastrophe riskieren wollten! Waren eigentlich in den Tanks der Bohrinsel noch irgendwelche Reste von Öl oder Gas? Konnte das Ding explodieren? O Mann, wieso hatten sie das alles nicht gründlicher durchdacht?

Wie vereinbart hielten sich Lessers Seeleute im Hintergrund, um nicht von der *Mata Tombak* entdeckt zu werden, doch von ihrem Standort aus konnte Malika sie sehen. Sie wirkten besorgt, aber unschlüssig – sollten sie nun beim Löschen helfen oder nicht? Wahrscheinlich warteten sie auf Befehle von Yun Shin, der mit zusammengekniffenen Augen zu den Flammen hinüberstarrte.

»Wir müssen löschen!«, brüllte Malika zu ihnen hinunter. Doch nichts passierte, die Männer blickten sie nur fragend an, wahrscheinlich übertönte das Brausen der Flammen ihre Worte. Verzweifelt versuchte Malika, ihnen mit Handbewegungen begreiflich zu machen, was geschah.

Endlich nickte Yun Shin. Er deutete auf zwei seiner Leute, schickte sie zu ihr und rief hoch: »Ihr fangt mit dem Löschen an! Wir prüfen währenddessen, was wir im Zwischendeck sichern müssen!«

Malika nickte und lief los – es war gut, irgendetwas tun zu können und nicht einfach nur herumzustehen. Das Zwischendeck war das mittlere, rein technische Stockwerk der Bohrinsel, hier verliefen Kabel und Rohre, hier standen alte Tanks und Pumpen. Gut, dass Yun Shin als Bordingenieur all das im Blick behalten würde.

Da war ja auch Shana, sie hatte entdeckt, wo auf der oberen Plattform die Pumpen und Schläuche angebracht waren, und begann gerade, sie auszurollen. Malika hastete zu ihr hinüber, um ihr zu helfen.

»Inzwischen stehen schon drei Kammern in Brand«, keuchte Shana. »Wenn wir Pech haben, fackelt der halbe Wohntrakt ab. Die Sprinkleranlage funktioniert nämlich nicht.« Fluchend versuchte sie, den Schlauch mit dem Hydranten zu verbinden. »Shit, das ist alles total verrostet! Darf echt nicht wahr sein!«

Erst als Malika und einer der philippinischen Seeleute mit anpackten, schafften sie es, den Schlauch anzuschließen. Rasch rollten sie ihn aus und setzten die Pumpe in Gang, die zwischen den Stelzen von Floater Town Seewasser ansaugen sollte. Endlich spritzte Wasser aus dem Löschschlauch. Malika atmete flach – vor Aufregung und weil der Lappen vor ihrem Gesicht widerlich nach Öl und altem Stoff roch. Der Rauch schien überall zu sein, war das Zeug nicht giftig?

Vom Gang des Wohntrakts aus versuchte der Seemann, der ein Atemschutzgerät gefunden und aufgesetzt hatte, den Brand unter Kontrolle zu bringen. Shana und Malika halfen ihm mit zwei Feuerlöschern, die Yun Shin ausfindig gemacht hatte, und sprühten Schaum auf die Flammen, die auf andere Kabinen übergreifen wollten. Es war unglaublich heiß und Malikas Haut rötete sich schon wie durch einen Sonnenbrand. Wie lange konnte sie das noch aushalten? Wieder und wieder musste Malika husten, ihr war schwindelig. Über dem Brüllen des Feuers konnten sie sich nicht mehr verständigen, Shana rief irgendwelche Anweisungen, doch Malika verstand kaum ein Wort davon. Die Flammen schienen nur Momente lang kleiner zu werden, kaum hatten sie das Feuer an einer Stelle gelöscht, loderte es an einer anderen umso höher. Hatten sie überhaupt noch eine Chance? Und jetzt kam nicht mal mehr Schaum aus ihrem Feuerlöscher, verdammt! Nichts wie raus hier, vielleicht fand sie draußen einen vollen! Malika wankte nach draußen.

Erleichtert riss sie sich den nassen Lappen aus dem Gesicht und sog die frische Seeluft auf der Plattform ein. Wie ruhig es hier war im Vergleich zu dieser Hölle da drinnen. Doch als sie sich nach einem neuen Feuerlöscher umsah, hörte sie aus dem Zwischendeck einen heiseren Ruf: »He, was ...« Danach erklang ein Schrei.

Was um Himmels willen ging da vor? Erschrocken sah Malika sich um, und als sie niemanden sah, rannte sie eine der metallenen Treppen zum Zwischendeck hinunter. Etwa gleichzeitig mit Arif, der die Strickleiter hochkletterte, traf sie auf dem Zwischendeck ein. Dort keuchte jemand voller Angst etwas, in einer Sprache, die Malika nicht verstand – die Stimme klang nach Yun Shin!

Sie tauschte einen schnellen Blick mit Arif, dann rasten sie zwischen den Rohrleitungen entlang ... und fanden Yun Shin auf dem Boden liegend. In seiner Brust steckte ein Dolch mit edel geschnitztem Holzgriff und das Metallgitter um ihn herum war rot vor Blut. *Nein!*

»Der Dolch gehört Ishak!« Arif sah sich nervös um. »Die verdammten Mistkerle haben ihn heimlich abgesetzt, damit er herausfindet, was hier los ist! Er muss hochgeklettert sein, ohne dass wir es gemerkt haben.«

Malika fühlte keine Furcht mehr, nur reine, pure Verzweiflung. Vor ihr starb gerade ein Mensch, und sie hatte keine Ahnung, was sie tun sollte. Sie kniete neben Yun Shin nieder, der gerade mühsam Atem holte, und nahm seine Hand. »Sag ihr ...«, röchelte Yun Shin, doch er brachte den Satz nicht zu Ende. Ein, zwei Atemzüge noch, dann zuckte sein Körper und seine Augen wurden starr wie Glas.

Sie würde nie erfahren, wem sie was sagen sollte. Noch während sie seine Hand gehalten hatte, war er fortgegangen an einen fernen Ort ... Der Dolch musste ihn fast direkt ins Herz getroffen haben. Malika blickte auf sein stilles Gesicht, und ihre Gedanken gerannen zu etwas, das nicht mehr in ihren Kopf zu passen schien. Sie zuckte zusammen, als neben ihr etwas zu explodieren schien – nein, das war ein Schuss gewesen!

Malika hörte, wie Arif ausatmete. »Ich glaube, ich habe Ishak erwischt«, sagte er, und gleich darauf hörten sie das Platschen, als ein Körper ins Meer tief unter der Station fiel. »Aber ich fürchte, er hatte ein Handfunkgerät dabei. Wahrscheinlich weiß der Admiral jetzt ...«

Malika hörte nicht zu, sie brauchte alle Kraft, um den Schrei in sich zu unterdrücken. Wenn sie jetzt anfing zu schreien, würde sie nicht wieder aufhören können. Wie hypnotisiert blickte sie Yun Shins Blutstropfen nach, die durch das Gitter ins Meer fielen. Sie merkte kaum, dass sich um sie Menschen versammelt hatten, die auf Yun Shins Leiche hinabblickten und wild untereinander diskutierten. *Zu gefährlich! Nicht genug Geld für so viel Risiko! Niemand gesagt! Todesgefahr! Keine Ausrüstung, zu wenig Waffen!*

Die Seeleute von der *Singapore Princess* hatten gemerkt, dass es ein schlechter Deal gewesen war, Lesser bei der Befreiung der Geiseln zu helfen. Ja. Sie konnte gut verstehen, dass diese Männer keine Lust mehr hatten, die Sache durchzuziehen. Wieso diskutierte Arif gerade mit ihnen, wieso versprach er ihnen mehr Geld? Sie hatten doch recht. Es gab keinen Grund für sie, hier ihr Leben aufs Spiel zu setzen!

Als Malika nach unten starrte, fiel ihr Blick auf das flache, graue Schiff, und das riss sie aus ihren düsteren Überlegungen heraus – was machte die *Mata Tombak* da eigentlich?

»Arif, ich glaube, sie legt an«, flüsterte Malika. »Die kommen jetzt alle hoch.«

Arif wusste, dass sie endgültig verloren hatten. Das Feuer war außer Kontrolle, Lessers Offizier war tot und die Seeleute streikten. Sie mussten sich alle ergeben, eine andere Chance gab es nicht mehr, mit dem Leben davonzukommen. Alles vergeblich, was er gewagt hatte! Und konnte das sein, dass er eben einen Menschen getötet hatte? Oder lebte Ishak noch? Wahrscheinlich nicht, er hatte eben instinktiv auf die Brust des Alten gezielt, zum Nachdenken war keine Zeit gewesen.

Wie betäubt sah Arif zu, wie Daud, Jivan und Salty die Leiter hochkamen, zwei von ihnen trugen eine *AK-47* und alle drei hatten noch weitere Ausrüstung umgehängt. Am liebsten hätte Arif jetzt Malikas Hand genommen, sich von ihr verabschiedet. Würden sie ihn, den Verräter, gleich erschießen oder erst später?

Daud kam als Erster hoch und funkelte Arif wütend an. »Was steht ihr hier herum?«, brüllte er ihn und die anderen Männer an. »Los, setzt euren Arsch in Bewegung und löscht dieses Feuer! Wollt ihr, dass die ganze beschissene Bohrinsel abfackelt? Wir brauchen das Ding noch!«

Bevor Arif richtig begriffen hatte, dass niemand mit dem Maschinengewehr auf ihn zielte, drückte ihm Jivan schon eine Atemschutzmaske in die Hand und schubste ihn auf eine der Metalltreppen zu.

»Ziemlich viele Leute hier«, sagte Daud grimmig in sein Handfunkgerät. »Wir müssen jetzt erst mal löschen – melde mich später wieder.« Er steckte das Gerät in eine Hosentasche.

Mit einem letzten Blick auf Malika stolperte Arif los und half Jivan, noch vier weitere Löschschläuche auszurollen und anzuschließen. Nur drei der Pumpen funktionierten, doch das reichte, und aus den Schläuchen kam ein so starker Strahl Seewasser, dass Arif das Ding kaum allein halten konnte.

»Du kühlst das Heli-Deck, damit wir das nicht verlieren«, schnauzte Daud ihn an, und Arif nickte gehorsam. Währenddessen machten sich Daud und Jivan rasch und ohne Aufhebens daran, den Wohntrakt zu löschen, es sah aus, als wüssten sie, was sie taten. Salty kam aus dem Zwischendeck hochgehumpelt, er hatte sich vier uralt aussehende Pulver-Feuerlöscher unter die Arme geklemmt und verteilte sie jetzt an alle, die irgendwie nach Helfern aussahen.

Zögernd beteiligten sich die Seeleute der *Singapore Princess* an der Aktion, auch wenn sie den Piraten misstrauische Blicke zuwarfen.

Ich träume, dachte Arif, während sein Körper sich wie ferngesteuert bewegte, seine Hände halfen, ohne dass er ihnen den Befehl dazu gegeben hatte. Schon war zu sehen, dass die Flammen kleiner geworden waren, der Rauch hatte die Farbe gewechselt und war nun nicht mehr schmutziggrau, sondern weiß. Bald war Floater Town gerettet ... und was dann? Kein Zweifel, dann würden sich die Mündungen von zwei Maschinengewehren auf sie richten. Auf der *Mata Tombak* mussten sie mitbekommen haben, was mit Ishak passiert war, Daud hatte eben die Leiche von Yun Shin gesehen – alles Weitere hatten sich seine ehemaligen Bordkameraden sicher zusammengereimt.

Rasch nahm Arif den Bootsmann der *Singapore Princess* beiseite und winkte Shana dazu. »Noch ist nicht alles verloren«, sagte er leise. »Meint ihr, es ist einen Versuch wert?« Er warf einen schnellen Blick hinüber zu den Leuten der *Mata Tombak*.

Shana nickte mit blitzenden Augen und mit einem Seufzen folgte der Bootsmann ihrem Beispiel.

»Daud, der mit der Brille, ist kein Kämpfer, und Salty, der dünne Junge, ist ein Trottel«, flüsterte Arif ihnen zu. »Aber Jivan, den großen Kerl, müsst ihr mindestens zu fünft packen.«

»Was heißt *ihr*?« Shana zog die Augenbrauen hoch. »Hilfst du nicht mit?«

»Gegen Jivan werde ich nicht kämpfen, er ist mein Freund«, sagte Arif schlicht und zog Vipers ehemalige Waffe. »So, legen wir los, solange sie noch am Löschen sind und schlecht an ihre Gewehre herankommen!«

Er sandte ein kurzes Gebet an Nyai Loro Kidul.

Es dauerte eine Weile, bis Malika es über sich brachte, Yun Shins stillen Körper allein zu lassen. Doch sie musste einfach wissen, wo Shana und Arif waren! Auf dem oberen Deck sah sie auf den ersten Blick, dass das Feuer fast aus war – Gott sei Dank! Aber was war das? Gerade flog ein Maschinengewehr über den Rand der Bohrinsel ins Meer, und kurz darauf stürzte jemand hinterher, einer der *Singapore-Princess*-Seeleute. Malika rannte die letzten Stufen der Treppe hoch und sah, dass Daud und Salty gefesselt auf dem Deck lagen, bewacht von Arif mit einer *Kalaschnikow*. Fünf Seeleute versuchten, den dunkelhäutigen Riesen niederzuringen. Gerade schleuderte Jivan mit einem gereizten Brüllen zwei von ihnen zu Boden, den dritten nahm er in den Schwitzkasten, sodass die anderen beiden nicht mehr anzugreifen wagten. Erbittert bäumte Jivan sich auf, sein Gesicht war verzerrt, als habe er Schmerzen. »Anak Rezeki!«, donnerte er. »Was hast du getan? *Amigazo!*«

Arif wandte den Blick ab.

In diesem Moment erspähte der Riese Malika, vielleicht war ihm ihre grüne Kleidung aufgefallen, obwohl die jetzt ziemlich rußverschmiert und angesengt war. »Du!«, schrie er. »Du, *chica!*«

Wie erstarrt blieb Malika, wo sie war. Der meinte wirklich sie. O Gott. Plötzlich musste sie wieder an die Nacht denken, in der Jivan beinahe Louanne in die Finger bekommen hätte.

Mit langen Schritten, die Augen flammend vor Zorn, marschierte Jivan auf sie zu. »Es ist alles deine Schuld! Du hast Anak verdorben! Du!«

»Nein«, sagte Malika hilflos. Sie hatte so weiche Knie, dass jeder Fluchtversuch zwecklos war. Argumente zählten jetzt sicher auch nicht. Anscheinend war der Riese überzeugt davon, dass sie Arif wie eine böse Fee verräterische Gedanken eingeflüstert hatte.

»Jivan, lass sie in Ruhe!«, schrie Arif und hob das Gewehr – aber langsam, zögernd. Würde er wirklich auf seinen Freund feuern, wenn der sie angriff? Malikas Mund war so trocken, dass sie nicht mehr schlucken konnte. Konnte man mit einem Maschinengewehr überhaupt so genau zielen oder würden sie und Jivan beide getroffen werden?

Als der Riese nur noch drei Meter entfernt war, stürzten sich sechs Seeleute gleichzeitig auf ihn ... Und diesmal wurden sie mit ihm fertig. Schwach vor Erleichterung, beobachtete Malika, wie sie Kabelbinder um Jivans Handgelenke festzurrten. »Es tut mir leid, wie alles gekommen ist«, sagte sie, doch Jivan schenkte ihr nur einen finsteren Blick und knurrte noch einmal: »Dein Fehler!«

Na prima. Danílo dachte, dass Arif einen schlechten Einfluss auf sie hatte, und für Jivan war alles genau umgekehrt. Recht hatte keiner dieser beiden Idioten.

Jetzt war nur noch Admiral Zahir auf der *Mata Tombak* und dort wollte er anscheinend bleiben. Er war nicht einmal hinausgeklettert auf das Oberdeck. Vorsichtig schob sich Arif durch die Luke und rief: »Admiral?«

»Was geht in diesem verdammten Floater Town eigentlich vor?«, antwortete eine Stimme aus dem Cockpit, übellaunig spähte der Admiral aus der Kommandozentrale des Schiffs. »Wo ist Daud? Sind die Geiseln wohlauf? Du weißt, dass du es sonst zu büßen hast!«

Er kam wohl gar nicht auf die Idee, dass ihm jemand nicht gehorchen könnte. Deshalb wirkte er auch völlig fassungslos, als er in die Mündung von Vipers ehemaliger Waffe blickte. Einen Moment lang herrschte Stille in der muffigen Dunkelheit unter Deck, keiner von ihnen rührte einen Muskel.

»Anak Rezeki!« Der Admiral sagte es in seiner scharfen Kommandostimme, der sich sogar Tomás immer gebeugt hatte. »Leg das Ding weg, Junge! Du bist nicht Herr deiner Sinne!«

»O doch«, sagte Arif ruhig. »Heben Sie jetzt bitte beide Hände. Lassen Sie die Finger vom Alarmknopf und vom Funk.«

Zum ersten Mal waren sie allein an Bord, nur er und der Admiral. Es gab keine Zeugen. Wenn er diesen Mann erschoss, würde kein Gericht ihn verurteilen, weil er sich auf Notwehr berufen konnte. Doch allein der Gedanke daran, noch einmal Menschen zu töten, verursachte Arif Übelkeit. Es war höchste Zeit, dass er diese Welt verließ, in der Gewalt so normal war wie das Morgengebet.

»Es war ein Fehler, dich an Bord zu nehmen«, schnauzte ihn der Admiral an. »Wir hätten dich verrecken lassen sollen. Ohne unsere Hilfe wärst du Haifutter gewesen!«

Arif spürte, wie die alte Wut wieder in ihm hochkam. »Ihr hättet es einfach bleiben lassen können, mein Schiff zu versenken. So, jetzt gehen Sie bitte durch den Hauptraum, Sir … Genau, da vorne entlang …«

Das Gesicht des Admirals versteinerte. Er wusste, wohin die Reise ging – schließlich hatten die Gefangenen lange in ebendiesem Raum an Bord gelebt. Was sehr praktisch war, vermutlich stand darin noch der Toiletteneimer. »Was willst du, Junge? Geld? Einen höheren Anteil an der Beute?«

»Nein, danke«, erwiderte Arif höflich.

Überrascht blickte der Admiral ihn an, sah ihm zum ersten Mal wirklich in die Augen. Die Wut wich aus seinem Blick. »Wir haben einen Fehler gemacht bei dir, nicht wahr? Hm, ich glaube, ich weiß sogar, welchen.«

Arif schwieg und wartete misstrauisch ab, was jetzt kommen würde.

»Wir haben dir nicht erlaubt, deine Familie anzurufen. Ich weiß von Daud, wie wichtig Familie für euch Indonesier ist ...«

Noch immer sagte Arif nichts. Es brachte ihn durcheinander, dass der Admiral es geschafft hatte, die Wahrheit zu erkennen.

»Nun, du musst verstehen ... Ich selbst kenne dieses Gefühl kaum.« Die Stimme des Admirals war sanft, und seine nussbraunen Augen blickten nicht mehr auf die Waffe, sondern nachdenklich in die Ferne. Er strich sich über den kurzen, gepflegten Bart. »Meine Eltern haben mich im Stich gelassen. Und ich hatte zwar einmal eine Ehefrau, doch sie hat mich bitter enttäuscht, ich musste sie verstoßen.«

Sein Instinkt warnte Arif davor, sich auf ein Gespräch einzulassen. Der Admiral war klug, und er hatte Erfahrung damit, Menschen seinem Willen zu beugen. Doch Arif konnte der Versuchung nicht widerstehen.

»Haben Sie Kinder?«

»Zwei Töchter«, erwiderte der Admiral, und jetzt klang er ein klein wenig gerührt. »Wunderbare Mädchen. Sie leben bei meiner Frau in Alexandria.«

Arif musste gestehen, dass er nicht wusste, in welchem Land das lag.

»Ägypten. Ich stamme aus Ägypten.«

Nie hatte der Admiral über sich gesprochen, und Arif fühlte Neugier in sich aufsteigen. »Jivan hat erzählt, Sie waren ein Straßenkind ... Aber wie haben Sie es dann zu einem eigenen Schiff gebracht? Und sind Sie weiter zur Schule gegangen?«

Es hatte ihn immer beeindruckt, wie gepflegt der Admiral sprach, und das auf Englisch und Indonesisch gleichermaßen, obwohl beides nicht seine eigene Sprache war. Er wirkte gebildet und irgendwoher musste diese Bildung ja gekommen sein.

»Ich hatte viel Glück – ich habe damals einen Mentor gefunden, einen Journalisten, der sich für Gerechtigkeit einsetzte«, erklärte Zahir. »Er holte mich von der Straße, nahm mir die Steine aus der Hand, damit ich sie nicht mehr auf Polizisten werfen konnte, und beschaffte mir einen Platz in einer Privatschule. Natürlich brachte er mir auch selbst vieles bei.« Zahir wirkte tief in Erinnerungen versunken. Es war, als gebe es die Pistole gar nicht mehr, die Arif noch immer auf ihn gerichtet hielt.

»Er liebte das Meer und hatte ein eigenes Boot – nach seinem Tod übernahm ich es. Da es sich nicht zum Fischfang eignete, versuchte ich gar nicht erst, Netze auszuwerfen. Aber ein Boot kann ja auch auf andere Art nützlich sein.«

»Haben Sie schon damals ... äh ...«

»Du meinst, ob ich schon andere Schiffe überfallen habe. Nein, ich habe geschmuggelt. Manchmal Waren, manchmal Menschen.« Ein Lächeln schwebte um Admiral Zahirs Lippen. »Dadurch hatte ich immer Geld, die Menschen haben mich respektiert. Das willst du auch, oder, dass die Menschen dich respektieren? Natürlich willst du das.« Zahirs Blick sondierte Arif. »Und zu Recht, du bist ein intelligenter Bursche, der es noch weit bringen kann. Deshalb mache ich dir ein Angebot, Junge – ich könnte dein Mentor sein und dich fördern, wie du es verdienst. Aber du musst dich jetzt entscheiden, dieses Angebot gilt nur heute.«

Hätte Zahir ihm dieses Angebot nur zwei Wochen früher

gemacht! Ja, natürlich wollte er respektiert werden. Benjamin Lessers Lob, sein anerkennender Blick hatten ihm unendlich gutgetan …

»Ab jetzt darfst du natürlich mit deinen Eltern sprechen, wann immer du willst. Auch einen Besuch in deiner Heimat werde ich dir erlauben.«

Arif gab sich einen Ruck. Erstens hatte er nicht vor, Malika und Benjamin Lesser im Stich zu lassen und jetzt, kurz vor Ende des Kampfes, noch einmal die Seiten zu wechseln. Zweitens war es ohnehin zu spät, um noch mit Admiral Zahir zu verhandeln. Dass er eine Waffe auf seinen Befehlshaber gerichtet hatte, würde der Admiral ihm niemals verzeihen. Außerdem fiel ihm auf, dass der Admiral ihn während des ganzen Gesprächs nicht mehr beim Namen genannt hatte. Sofort musste er an Viper denken und die harte Lektion, die er bei ihrer letzten Begegnung gelernt hatte. Kein Name, das hieß wahrscheinlich, dass er – Arif – für den Admiral nur noch ein Hindernis war. Wenn er das Angebot annahm, dann war ihm nichts sicher außer einer Kugel in den Kopf.

»Sie brauchen mir nichts mehr zu erlauben.« Selten hatte sich Arif so frei gefühlt. Zum ersten Mal seit langer Zeit, vielleicht zum ersten Mal in seinem Leben überhaupt, musste er sich von niemandem befehlen lassen. Nie würde er vergessen, wie sich das anfühlte. Hoffentlich fand er dieses Gefühl eines Tages auch ohne Waffe wieder.

»Gehen wir«, sagte Arif. Als er die Tür des kleinen Lagerraumes hinter dem Admiral schloss und von außen verriegelte, verlor sein ehemaliger Vorgesetzter die Beherrschung. »Du unverschämter kleiner …« Seine Stimme kippte über und schleuderte arabische Flüche, die Arif nicht verstand, in die stickige Luft.

Es fühlte sich an, als habe er einen Tiger hinter Gitter gebracht – einen Tiger, der ihn um ein Haar gefressen hätte. Arif eilte ins Cockpit, ließ sich im linken Sitz nieder und konzentrierte sich auf die Steuerung der *Mata Tombak* – obwohl er sie noch nie hatte berühren dürfen, hatte er dem Admiral und Daud zahllose Male zugesehen. Es fühlte sich neu und vertraut zugleich an, dieses Schiff zu führen. Es überraschte ihn nur, wie willig es ihm gehorchte. Es war längst nicht so träge, wie die *Kerapu* es gewesen war, und reagierte auf den leisesten Fingerdruck. Ein Rennpferd, kein Ackergaul.

Er parkte das Tarnkappenschiff in zweihundert Metern Entfernung von der Bohrinsel – hier war er, wenn er den Radarschirm im Auge behielt, vor Überraschungen sicher. »Floater Town, hier ist Arif auf der *Mata Tombak*«, funkte er wie abgemacht. »Alles klargegangen.«

Kaum zu glauben. Sie hatten das Schiff. Fast, wie er es sich erhofft hatte – nur, dass zwei Menschen ihr Leben verloren hatten, weil sein Plan nicht gut gewesen war.

Diese Schuld würde er tragen müssen.

Der Bootsmann der *Singapore Princess* beaufsichtigte den Abtransport der drei neuen Gefangenen in einen gut verschließbaren Lagerraum, dann begleitete er Malika zur Funkzentrale. Endlich konnten sie Benjamin Lesser berichten, was geschehen war, und mit Arif Kontakt aufnehmen. Sie war erleichtert, dass bei ihm alles glattgegangen war.

»Kommst du wieder rüber zu uns?«, fragte ihn Malika. Eine kurze Stille, dann kam zur Antwort: »Später. Ich glaube, ich bleibe noch eine Weile hier. *Permisi* – Entschuldige. Over.«

Einen Moment lang war Malika gekränkt, dass er jetzt nicht bei ihr sein wollte, doch dann verstand sie. Es war besser für ihn, wenn er in Ruhe Abschied nehmen konnte von diesem Teil seines Lebens.

Und für sie und Danílo? Konnten sie einfach weitermachen wie zuvor, als Freiwillige auf der *Ariadne*? So, als sei nichts geschehen? Wohl kaum. Mike Armstrong und Yun Shin tot, Danílo schwer verletzt ... Nie hätte sie gedacht, dass diese Mission so furchtbar außer Kontrolle geraten würde. Dennoch wandten sich Malikas Gedanken wieder dem Ozean zu, dem Plastikmüll, der darin endlos kreiste, und der fast unmöglichen Aufgabe, mit drei Schiffen das Meer zu säubern.

Und plötzlich hatte sie eine Idee.

Sie waren die ganze Sache falsch angegangen! Dabei gab es einen viel besseren Weg. Hastig griff sie zum Funkgerät, um noch einmal mit Benjamin Lesser auf der *Singapore Princess* zu sprechen.

Es fühlte sich seltsam an, ganz allein im Cockpit der *Mata Tombak* zu sitzen. Wie still es war. Arif ließ den Blick noch ein paar Minuten lang über die Instrumente und Monitore schweifen, dann wandte er sich dem Satellitentelefon zu. Seine Finger bebten, als er die Nummer seiner Eltern wählte.

Es schien endlos zu dauern, bis sich jemand meldete, und es war kein Mitglied seiner Familie, sondern irgendeine fremde Frau. Sie teilte ihm mit, dass seine Familie umgezogen war, und wusste zum Glück die neue Nummer. Umgezogen? Warum das? Beunruhigt tippte Arif die neue Zahlenkombination.

Sein Bruder meldete sich und einen Moment lang konnte Arif nicht sprechen, seine Kehle war zu eng. »Wer ist da?«, fragte Fajar irritiert.

»Arif«, presste er hervor.

»ARIF! Wo bist du? Bist du gesund?« Wie tief Fajars Stimme geworden war im letzten halben Jahr!

»Auf einem Schiff ganz weit draußen im Pazifik. Ja, ich bin gesund.« Kurz berichtete Arif, was geschehen war und wieso er sich jetzt erst melden konnte. Am liebsten hätte er die ganze lange Geschichte erzählt, doch das musste warten. Nun musste er erst einmal das nagende Gefühl, dass etwas nicht stimmte, loswerden. »Ist mit *Ibu* und dem neuen Baby alles okay? Wieso seid ihr umgezogen?«

»Du hast eine prachtvolle kleine Schwester«, teilte Fajar ihm mit, und erleichtert sandte Arif seine Glückwünsche.

Dann kamen die schlechten Nachrichten. Fajar versuchte, es ihm schonend beizubringen, doch es fühlte sich trotzdem an wie ein Schlag mit einem Holzhammer. Die Familie hatte die Garnelenzucht verloren, weil das Wasser den Boden verseucht hatte.

Arif nickte – er ahnte, woran das lag. Während die Garnelen wuchsen, bekamen sie zwar ständig Frischwasser, doch durch die Exkremente der Tiere, faulende Futterreste und Algen rochen die Zuchtteiche trotzdem nicht gut. Außerdem hatte sein Vater immer viele Eimer mit von Händlern gekauften »Vitaminen« ins Wasser gekippt, durch die die Garnelen schneller wuchsen und größer wurden. Als Kind hatte Arif mit den bunt bedruckten Behältern gespielt, erst später, als die amerikanische Aufkäuferin sie gefunden und ein ernstes Wort mit seinem Vater gesprochen hatte, war ihm der Inhalt unheimlich geworden. Und nun, zehn Jahre später, waren die Zuchtteiche so von Dreck und Chemie verseucht, dass sie zu gar nichts mehr nutze waren.

»Können wir denn nicht wenigstens Reis anbauen auf unserem Land?«, fragte Arif verzweifelt.

»Geht nicht, es ist zu viel Salz im Boden. Wir mussten alles für wenig Geld verkaufen. Jetzt soll dort ein Wellenkraftwerk gebaut werden.«

Fajar berichtete, dass die Familie mit Näharbeiten und Aushilfsjobs mehr schlecht als recht überlebte. »Komm zurück, Arif«, sagte er schließlich. »Wir brauchen dich!«

»Bald«, sagte Arif. »Bald komme ich zurück.«

Als Arif auf den Aus-Knopf drückte, fühlte er sich wie betäubt. Das Elend seiner Familie raubte ihm alle Kraft. Ja, er musste zurück, es gab keinen anderen Weg. Doch was konnte er schon tun? Wenn er weiterhin zur See fuhr, konnte er sich selbst ernähren, aber sicher nicht seine Eltern und Geschwister.

Das alles hieß, dass er Abschied von Malika nehmen musste. Vielleicht schon bald.

Er stützte sich auf die Kommandokonsole der *Mata Tombak* und vergrub den Kopf in den Armen.

Gemeinsam

Ein Floaters-Boot nach dem anderen kehrte mit reicher Beute aus dem Sturm zurück, hoch beladen mit Containern oder die bunten Blechboxen hinter sich herziehend. Doch dann stellten die Besatzungen fest, dass sie bei ihrem Hauptquartier leider vor verschlossener Tür standen. Sozusagen. Bei hochgezogener Strickleiter war es fast unmöglich, Floater Town zu betreten.

Malika grinste, als sie von hoch oben auf die heftig diskutierenden, schimpfenden Menschen herabblickte. »Jetzt wundern sich alle, was hier los ist«, sagte sie zu Shana. »Aber das werden sie schnell genug erfahren.«

»Lassen wir sie noch einen Moment lang schmoren«, meinte Shana und ließ sich im Schneidersitz am Rand der Bohrinsel nieder, dort, wo sie den besten Blick hatten. Sie streckte sich und schaute hoch zu dem frisch gemalten Banner, das sie am beschädigten Wohntrakt befestigt hatten. Statt *Free Ocean!*, das während ihrer Gefangenschaft sowieso eine bittere Ironie gewesen war, stand dort jetzt *Clean Ocean!*. Mit Roxanas Hilfe hatten sie die Ketten aus bunten Flaschendeckeln wieder befestigt, diese Deko passte perfekt zu ihrem Plan. Außerdem hatten sie den Wohntrakt gereinigt, so gut es ging, und von außen schwere Kunststoffplanen über die ausgebrannten Kammern gezogen, damit es nicht hineinregnete.

Malika winkte Arif zu, der auf dem flachen, grauen Rumpf der *Mata Tombak* balancierte und beobachtete, was ringsherum geschah. Einige der Floaters wandten sich an ihn, fragten wohl, was passiert war, und Malika sah ihn geduldig erklären, dass die Herrschaft der Piraten Vergangenheit war und nun etwas Neues begann. Was, das verriet er natürlich nicht.

Sie warteten ab, bis der kleine Frachter von Luke Open Waters und Bo aufgetaucht war und der Chef der Bohrinsel mit den anderen verdutzt dreinblickend zu seinem besetzten, verrußten Heim hochstarrte. Dann holte sich Benjamin Lesser ein Megafon und stellte es auf höchste Lautstärke ein. Er, Malika, Shana und die Seeleute der *Singapore Princess* beobachteten gespannt, was geschah.

»*Salam*. Entschuldigen Sie die Unannehmlichkeiten.« Lessers sanfte, tiefe Stimme hallte weit über das Meer hinaus. Das Stimmengewirr unter ihnen verstummte und zwanzig Gesichter wandten sich nach oben. »Wir heißen Sie gerne in Floater Town willkommen, wenn Sie in friedlicher Absicht kommen und bereit sind, sich anzuhören, was wir zu sagen haben. Wir wollen Ihnen ein Angebot machen – eins, das zu unserem Vorteil ist, aber auch zu Ihrem.«

Unten hatte sich die Aufregung etwas gelegt, stattdessen wirkten manche der Floaters neugierig ... Vielleicht witterten sie ein Geschäft. Einer nach dem anderen wurde nun im Transportkorb nach oben gekrant, wurde von den Seeleuten höflich, aber bestimmt nach Waffen durchsucht und durfte weitergehen in die Kantine – dort sollte die Versammlung stattfinden.

»Was hat das alles zu bedeuten?!« Inzwischen war auch Luke Open Waters an Bord. Er hatte sich einen Sonnenbrand im Gesicht geholt und offenbar keine Zeit gehabt, sich zu rasieren – graue Bartstoppeln bedeckten sein Kinn und seine Wangen. »Wessen Idee war es, *mich* von *meiner* Bohrinsel auszusperren?«

»Meine«, meldete sich Malika höflich zu Wort. »Übrigens haben wir Ihnen den Gefallen getan und die Piraten von Ihrer Bohrinsel entfernt – dafür wollten Sie uns sicher noch danken, oder?«

»Äh«, sagte Luke und räusperte sich. »Ja. In der Tat. Danke. Das mit den Geiseln war von Anfang an eine vollkommen verfehlte Idee. Und jetzt erklären Sie mir bitte mal …«

»Das erfahren Sie gleich bei der Versammlung in der Kantine«, mischte sich Shana ein, und Benjamin Lesser nickte.

Bo, der junge Hausmeister, hielt sich neben Luke und hörte zu, was gesprochen wurde. Er drückte seine völlig verfilzte Perserkatze an sich, die herangetappt war, um ihn zu begrüßen. Malika schenkte den beiden ein Extralächeln und Bo lächelte schüchtern zurück. Eine Flaschenpost, die er anscheinend gerade erst aus dem Wasser gefischt hatte, ragte aus seinem Rucksack.

Dann sah Malika Kim und seinen Freund Johnny aus dem Transportkorb klettern. Als Kim sie bemerkte, verbeugte er sich leicht vor ihr, die vielen Treibgutketten um seinen Hals klapperten. »Nyai Loro Kidul war mit dir – dir ist nichts geschehen«, sagte er, obwohl sie heute nicht mal grüne Kleidung trug.

»Ja, das war sie wohl«, sagte Malika so würdevoll, wie sie es schaffte, und eilte zu ihrer Kammer, um sich wieder in ihr Frosch-Outfit zu werfen. Sie würde heute jedes Quäntchen ihrer Überzeugungskraft brauchen, da kam die Hilfe einer Göttin genau recht.

Als sie zurückkehrte, fiel ihr auf, dass die Arbeit an Deck ruhte und alle Menschen aufs Meer hinausstarrten.

»Was ist?«, fragte Malika beunruhigt.

»Da kommt Diamond Sam«, sagte Shana.

Es waren mehrere Schiffe, und eines davon erkannte Malika, es war die *Shayú,* die vor scheinbar unendlich langer Zeit die *Ariadne* gerammt hatte. Malika verkrampfte sich. Wegen diesem miesen kleinen Mafioso war Danílo verletzt worden ... Sie wollte ihn nicht bei dieser Versammlung dabeihaben, am liebsten hätte sie ihn an den Südpol teleportiert. Doch sie wusste, dass die meisten Floaters sich nach Sam richten würden – und sei es auch nur, um keinen Ärger zu bekommen. Wenn es Lesser und ihr nicht gelang, ihn auf ihre Seite zu ziehen, dann hatten sie verloren.

Schweigend beobachteten sie und die anderen, wie der rostige Frachter an der Bohrinsel längsseits ging und Diamond Sam an Deck darauf wartete, abgeholt zu werden. Besonders elegant sah es nicht aus, wenn man in einem Frachtkorb an Bord gehievt wurde, aber der vierschrötige Chinese schaffte es irgendwie, die Prozedur gemeinsam mit drei seiner Leute würdevoll über sich ergehen zu lassen. Sie schwebten auf Floater Town zu und Malika ballte die Fäuste; am liebsten hätte sie Roxana, die den Kran bediente, zugerufen, den Korb ganz abzulassen und diese Kerle ins Meer zu tunken.

Mit von der Partie war auch die schwergewichtige Leibwächterin, sie schoss misstrauische Blicke in alle Richtungen und sah aus, als hätte sie den Mann, der sie nach Waffen durchsuchte, am liebsten niedergeschlagen. Aus ihren Taschen und Holstern kamen eine Pistole, ein Butterfly-Messer und mehrere Wurfsterne zum Vorschein. »Die müssen leider hierbleiben, Sie bekommen die Sachen zurück, wenn Sie von Bord gehen«, teilte ihr einer von Lessers Leuten mit.

Die Leibwächterin bedachte ihn mit einem drohenden Blick, dann drehte sie sich um und marschierte ihrem Chef nach. Der hatte die Begrüßung durch Benjamin Lesser nur mit dem Spruch »Ich hoffe, Sie verschwenden nicht meine Zeit« quittiert und hatte sich schon auf den Weg zur Kantine gemacht. Dorthin kam man zurzeit am besten über die Außentreppe, der Flur des Wohntrakts war nicht im besten Zustand. Richtig gemütlich war es in der Kantine auch noch nicht, über den Kaffeeduft hinweg roch man den Rauchgestank. Zumindest war es kaum noch feucht, mit ein paar starken Heizlüftern hatten sie es geschafft, einen großen Teil des Löschwassers verdunsten zu lassen.

Eine halbe Stunde später waren alle Floaters in der Kantine versammelt, ein buntes Grüppchen murrender, tuschelnder Männer in zusammengestoppelter Kleidung. Malika ließ den Blick über sie schweifen. Viele Länder waren vertreten – Bo, Kim und Johnny waren Indonesier wie die meisten Floaters, das wusste sie schon. Außerdem waren sicher einige Filipinos, Chinesen und der eine oder andere Thai mit von der Partie.

Es war so weit. Shana startete den Camcorder und aktivierte den Livestream, durch den Arif auf der *Mata Tombak* und Danílo auf der *Singapore Princess* verfolgen konnten, was hier geschah.

Malika und Benjamin Lesser traten vor.

»Herzlich willkommen«, sagte Lesser freundlich. »Schön, dass Sie hier sind. Wahrscheinlich haben Sie schon mitbekommen, dass in Floater Town Piraten nicht mehr willkommen sind.«

Er sprach Englisch. Wer verstand, was gesagt wurde, übersetzte für seinen Nachbarn. Ein kurzes Gemurmel folgte Lessers Neuigkeiten, doch die Floaters wirkten angetan von dem, was er sagte.

»Sie können also wieder in Ruhe Ihrer Arbeit nachgehen«, fuhr Lesser fort. »Doch leicht ist es nicht, seinen Lebensunterhalt mit Müllfischen zu verdienen, oder? Deshalb haben wir einen Vorschlag für Sie, den Ihnen diese junge Frau hier, Malika Teichmann, erklären wird.«

Malikas Herzschlag legte einen Sprint ein. »*Salam!* Auch von mir ein herzliches Willkommen«, sagte sie. »Wir und meine Freunde sind hergekommen, um dem Ozean zu helfen. Das Plastik, das darin schwimmt, gehört nicht ins Meer, es schadet Fischen, Vögeln, Walen und Delfinen.« Kurz erklärte sie, dass Tiere das Plastik versehentlich fraßen oder sich darin verhedderten. Ein paar der Floaters blickten ernst drein oder nickten, das hatten sie schon einmal gesehen. Manche wirkten aber auch gleichgültig. Erst als Malika das Bild eines Laysan-Albatros hochhielt, das vorher in der Funkzentrale der Bohrinsel gehangen hatte, und erklärte, wie die Albatros-Küken mit Plastik im Magen verhungerten, wurde es völlig still im Saal. Bo und Kim wirkten ebenso erschüttert, wie Arif es gewesen war; wahrscheinlich verehrten auch sie den Albatros als Glücksbringer.

»Unser Ziel ist es, den Ozean zu säubern, deswegen fischen wir den Müll auf«, fuhr Malika fort. »Doch das bringen wir nicht alleine fertig, bisher haben wir nur drei Schiffe. Wir könnten es sehr viel besser und schneller schaffen, wenn Sie alle mithelfen.«

Keinerlei Begeisterung in Sicht. Aber damit hatte sie gerechnet. Das Angebot kam ja erst.

»Um Sie zu unterstützen, werden wir Ihnen sämtlichen Müll, den Sie auffischen können, zu einem guten Preis abkaufen«, fuhr Malika fort. »Wir sorgen dann dafür, dass das Plastik auf saubere Weise abtransportiert und recycelt wird.«

Jetzt kam Leben ins Publikum. Malika sah neugierige Blicke, hier und da ein Lächeln, überall unterhielten sich Floaters im Flüsterton. Das Stimmengewirr aus vielen verschiedenen Sprachen verstummte, als Benjamin Lesser wieder das Wort ergriff. »Umschlagplatz könnte, wenn Luke Open Waters einverstanden ist, Floater Town sein. Hier übernehmen gecharterte Frachter das Plastik und bringen es nach Asien oder in die USA, je nachdem, wo der Preis an den Rohstoffbörsen gerade besser ist. Aber damit müssen Sie sich nicht belasten, dafür sorgen wir.«

»Ach ja, und wer weitere Schiffe und Besatzungen dafür gewinnt, mitzumachen, bekommt eine Prämie«, ergänzte Malika. »Je mehr Leute sich beteiligen, desto besser.« Das Wort *Schneeballsystem* ließ sie gleich weg, erstens hatte das einen negativen Beigeschmack und außerdem hatten die meisten dieser Menschen sicher noch nie Schnee gesehen.

»Ein guter Plan«, verkündete Luke Open Waters laut, er sah zufrieden aus. »Wir werden alle besser leben als vorher, Jungs.«

Die wenigen Frauen in der Menge verzogen das Gesicht.

»So, jetzt können Sie Fragen stellen, wenn Sie möchten«, kündigte Malika an.

Stille herrschte. Eine Stille, die Malika ganz kribbelig machte. War denn keiner an ihrem Angebot interessiert? Wollte niemand ihnen helfen? Je länger die Stille andauerte, desto mehr Hoffnung verlor sie.

Ihr fiel auf, dass einige Floaters aus dem Augenwinkel beobachteten, was Diamond Sam zu der ganzen Sache sagte. Sam hatte die Arme verschränkt, er holte Luft und lächelte. Der Diamant in seinem Ohrläppchen funkelte im Licht. »Reines Gutmenschentum«, sagte er verächtlich. »Edel, aber ohne Sinn.«

Verdammt. Malika blickte schnell zu Benjamin Lesser hinüber, um zu sehen, wie er reagierte. Zu ihrer Überraschung sah sie, dass er ebenfalls lächelte. »Darf ich Sie kurz unter vier Augen sprechen, Mr. Chan?«, sagte er. Moment mal – er kannte Diamond Sams Nachnamen! Hatte er das seiner Detektei zu verdanken?

Diamond Sams Gesichtsausdruck veränderte sich nicht, doch er nickte und stand dann ganz langsam auf. Flankiert von zwei Leibwächtern, bewegte die Gruppe sich in einen Nebenraum; die Bodyguards blieben vor der Tür stehen und schickten drohende Blicke in die Runde.

Eingeschüchtert und schweigend saßen die Floaters an ihren Tischen und hielten sich an den Getränken fest, die Lesser von der *Singapore Princess* hatte herüberschaffen lassen. Es dauerte nur zehn Minuten, bis Lesser und Diamond Sam wieder zum Vorschein kamen. Der vierschrötige Chinese ließ sich wieder in seinem Sitz nieder, nervös beobachtet von zahlreichen Augenpaaren.

»Ziehen wir's durch«, knurrte Sam. »Vielleicht funktioniert das Ganze ja wirklich.«

Ein kollektives Aufatmen schien durch den Raum zu gehen. Jetzt traute sich Kim, eine Frage zu stellen. »Wie viel bietet ihr denn pro Tonne?«

Benjamin Lesser nannte eine Zahl. Beifälliges Nicken in der Runde, es war mehr, als sie bisher bekommen hatten.

Malika hatte die längst wieder freigelassene Roxana ausgefragt über alles, was mit dem Müllfischen zu tun hatte – sie kannte die üblichen Preise.

»Können Kisten wir fischen weiter?«, erkundigte sich ein anderer Floater in gebrochenem Englisch.

»Was für Kisten?«, sagte Malika unschuldig und warf einen Blick aus dem Fenster, wo zahlreiche Container mit noch unbekanntem Inhalt auf den Wellen schaukelten. »Ich sehe keine Kisten.«

Lachen brandete auf.

»Was ist, wenn mir jemand das Zeug stiehlt, das ich gefischt habe?«, fragte eine ältere Frau, eine der wenigen weiblichen Floaters. Sie hatte kurz geschorene, rot gefärbte Haare; ihre sonnengebräunte Haut wirkte zäh wie Leder.

Benjamin Lesser zuckte die Achseln. »Wir haben auch nicht auf alles eine Antwort. Vielleicht könntet ihr solche Probleme untereinander regeln. Kann einer von euch besonders gut Streit schlichten?«

Niemand hob die Hand. Trotzdem wurde die Stimmung in der Kantine immer besser. Shana teilte noch eine Runde Getränke aus, natürlich auf Kosten des Hauses.

Malika war gerade dabei, mit Kim und Johnny anzustoßen, als sie den Ruf des Ausgucks hörte. »Fremde Schiffe!«, brüllte er von der Helikopter-Plattform aus. Die meisten Floaters stürzten zu den Fenstern, ein paar rannten nach draußen. Auch Malika, Shana und Lesser schauten nach, wer da ankam, und stellten fest, dass es die *Ariadne* und mehrere grau gestrichene Militärschiffe waren. Das Timing war alles andere als perfekt! Erschrocken diskutierten die Floaters miteinander und ein paar böse Blicke trafen Malika und Lesser.

»Was soll das, war das hier eine Falle?«, rief Kim aufgebracht.

»Nein, natürlich nicht.« Jetzt war Lesser vermutlich froh, dass er das Megafon mit in die Kantine genommen hatte, sonst hätte ihn über dem Lärm niemand verstanden. »Das sind Truppen, die uns eigentlich gegen die Piraten helfen sollten. Aber die Piraten haben wir schon unschädlich gemacht – nur die Ruhe, die Soldaten werden Sie nicht behelligen!«

Niemand saß mehr auf seinem Stuhl und Malika sah viele misstrauische und ängstliche Blicke. Aus einer umgeworfenen Limonadenflasche tropfte es auf den Boden.

Hastig reichte Shana Benjamin Lesser ein Funkgerät – das sie persönlich mit einem Desinfektionstuch abgewischt hatte –, und jeder konnte mithören, wie er Kontakt zu den Militärschiffen aufnahm: »Kommen Sie auf keinen Fall jetzt auf die Bohrinsel. Ich wiederhole, jetzt nicht. Wie schon per Funk mitgeteilt, sind die Piraten bereits unter Kontrolle. Bitte bestätigen Sie. Over.«

Ohne Begeisterung akzeptierte der Kommandant der amerikanischen Truppen, dass er erst an Bord kommen sollte, wenn er grünes Licht bekam. Nach und nach kehrte wieder Ruhe ein in der Kantine von Floater Town.

»Sie sehen, Piraten machen Ärger, selbst wenn sie schon erledigt sind«, bemerkte Benjamin Lesser beiläufig. »Es ist in Ihrem Interesse, dass sich in Zukunft keine mehr in Floater Town einnisten und Ihnen das Geschäft verderben.«

Er und Malika beantworteten noch ein paar Fragen, dann war die Versammlung offiziell beendet und die Floaters kehrten über den Transportkorb und die Strickleiter auf ihre Boote und Schiffe zurück.

Und dann waren sie und Benjamin Lesser auf einmal allein. Lesser atmete tief durch, er wirkte erschöpft – wahrscheinlich war er wie sie alle noch immer erschüttert von Yun Shins Tod. Auf der Trauerfeier, die sie an Bord abgehalten hatten, hatte auch er Tränen in den Augen gehabt. Niemand hatte damit gerechnet, dass diese Fahrt einen so hohen Blutzoll fordern würde.

Vielleicht merkte Lesser, dass Malika ihn beobachtete, denn er wandte sich zu ihr um. »Wir sind einen weiten Weg gekommen seit diesem Fischbrötchen damals, was?«, sagte er und lächelte zum ersten Mal seit Tagen.

»O ja«, meinte Malika und lächelte zurück. Ihre Gedanken wanderten zurück zum Treffen damals in seinem Büro, und plötzlich fiel ihr die Frage ein, die sie ihm schon so lange stellen wollte. »Dieses Bild in Ihrem Büro ... diese junge Frau ... Ist das Ihre Schwester Carolin? Lebt sie noch?«

Benjamin Lesser nahm seine Brille ab und putzte sie an seinem T-Shirt, das inzwischen nicht mehr allzu sauber war. Ohne die Brille sah sein Gesicht schutzlos und nackt aus. »Als das Bild aufgenommen wurde, war meine Schwester Carolin neunzehn Jahre alt«, erwiderte er schließlich und blickte aus dem Fenster. »Ein Jahr später war sie tot. Überdosis. Ich habe sie in ihrer Wohnung gefunden.«

Erschrocken holte Malika Luft. Wie schlimm das gewesen sein musste. Allein die Vorstellung, Danílo so zu finden ... das war noch schlimmer, als während des Sturms zusehen zu müssen, wie er verletzt wurde. Verzweifelt suchte Malika nach etwas, das sie sagen konnte. »Das tut mir leid«, meinte sie schließlich lahm.

Lesser nickte dankend. »Überrascht hat es damals keinen von uns«, erklärte er. »Carolin war einer dieser Menschen, die sich selbst zerstören, und niemand kann sie dabei aufhalten. Aber es hat auch nicht geholfen, dass sie immer Schuldgefühle wegen der Kunststofffabriken unserer Familie hatte. Das hat mein Vater nie eingesehen, er hat nicht mal verstanden, warum wir ihm Vorwürfe machten. Auch er und meine Mutter haben ständig gestritten, die Atmosphäre in meinem Elternhaus war unschön, um es mal so auszudrücken.«

Jetzt wusste Malika also, warum Lesser auch Danílo einen Platz auf der *Ariadne* verschafft hatte ... Und beinahe hätte Danílo diese Reise nicht überlebt. Was für eine böse Ironie des Schicksals wäre das gewesen. »Sie haben Carolin sehr geliebt, oder?«

»Ja«, antwortete Benjamin Lesser schlicht, und mehr gab es dazu nicht zu sagen.

Wie schön, dass er so offen mit ihr gesprochen hatte. Malika spürte, dass sie jetzt bereit war, ihm zu verzeihen, dass sie ihm vielleicht schon verziehen hatte. Seine Fehlentscheidungen, seine Schwäche in manchen Momenten, seine Macken ... Alles nicht toll, doch sie konnte ihn verstehen. Und noch immer waren seine Ziele auch die ihren.

Wenige Minuten später kamen die ersten Soldaten auf der Bohrinsel an, und für Malika, Shana und die anderen wurde es Zeit, sich von Floater Town und seinen Bewohnern zu verabschieden. Sie würden nur noch kurz auf der *Ariadne* ihre Sachen holen, dann war es Zeit, an Bord eines Militärschiffs zu gehen und sich nach Hawaii bringen zu lassen.

»Hier ist eine Kleinigkeit zum Abschied«, sagte Roxana und hängte ihnen feierlich je eine Kette aus bunten Flaschendeckeln um. »Ist zwar nicht so hübsch wie ein Blumenkranz, aber immerhin ...«

»Vielen Dank für alles«, meinte Malika und umarmte Roxana, danach war Shana an der Reihe. Sie selbst hatten noch immer nichts, was sie selbst verschenken konnten, und Roxana wollte für die Kleidung, die sie ihnen gegeben hatte, kein Geld annehmen. Doch Shana hatte eine glänzende Idee – sie kauften mit ein paar hundert Dollar, die sie von Benjamin Lesser bekommen hatten, eine ganze Palette von selbst gemachten Algencremes und Meersalz-Zubereitungen, die Roxana in ihrem Laden anbot. Roxana strahlte über das ganze Gesicht. »Na, *ihr* werdet vielleicht gesund sein in nächster Zeit!«

»Du hoffentlich auch – viel Erfolg bei deinem Fernstudium«, wünschte ihr Malika und schüttelte Bo, der neugierig im Hintergrund gestanden hatte, die Hand. »Ich schick euch eine Flaschenpost!«

Als sie auf dem schwankenden Teppich bunter Kanister stand, suchten ihre Augen nach Arif. Sie sehnte sich schon jetzt nach ihm, wann waren sie endlich wieder zusammen? Doch er war ebenso beschäftigt wie sie – er hatte die *Mata Tombak* wieder an der Bohrinsel anlegen lassen und Marinesoldaten mit Gewehren stiefelten über den grauen Rumpf der *M-80* wie Ameisen auf dem Kadaver eines größeren Insekts. Mehrere der Männer unterhielten sich mit Arif, fragten ihn wahrscheinlich über das Tarnkappenschiff aus. Malika beobachtete, wie der Admiral gefesselt weggebracht wurde.

Als Arif sie sah, kletterte er von dem Schiff hinab, das für kurze Zeit ganz ihm gehört hatte, und kam auf sie zu. Sein Lächeln wärmte ihr Herz und Malika konnte nicht anders, sie musste ihn einfach küssen.

»Fährst du mit nach Hawaii?«, fragte sie ihn und wagte

kaum zu atmen, bis er sagte: »Erst mal ja. Dann sehe ich weiter. Jetzt muss ich noch was erledigen ... Bis später!«

Er hangelte sich die Strickleiter hoch und verschwand in Floater Town.

Jivan sah elend aus, seine Haut wirkte grau im schwachen Licht. Misstrauisch beobachtete der Wachmann, wie Arif auf ihn zuging, ließ ihn aber gewähren. Arif hockte sich neben ihn, doch sein Freund ignorierte ihn.

»Es ging nicht anders«, sagte Arif leise. »Eine der Geiseln sollte erschossen werden, das weißt du.«

Noch immer gab Jivan durch nichts zu erkennen, dass er ihn überhaupt bemerkt hatte. Niedergeschlagen schwieg Arif einen Moment lang. Was konnte er seinem Freund sagen? Dass es ihm nicht leichtgefallen war, seine ehemaligen Gefährten zu verraten? Dass das Gefängnis sicher nicht so schlimm werden würde? Dass ein Mann wie er sicher Fuß fassen konnte in einem anderen Beruf? Flach wie Papier waren all diese Worte.

Doch dann hob Jivan plötzlich ein Stück weit den Kopf. Seine Stimme klang rau. »Weißt du, was mit dem Schiff geschehen wird?«

Noch war Leben in seinem Freund! Arif schöpfte Hoffnung. »Ich habe gehört, Ecuador hat kein großes Interesse daran, es zurückzubekommen. Dort hat es auch vorher nur im Hafen gelegen.«

»Ecuador«, echote Jivan. »Ich war lange nicht mehr da.«

Arif nickte schweigend. Vielleicht wollte auch Jivan nach Hause. So wie er selbst.

»Wenn Ecuador es nicht will, dann kann es vielleicht in Hawaii bleiben«, murmelte Jivan. »Wir haben es so umgebaut, dass es wenig Sprit braucht. Und schnell ist es, das weißt du ja. Vielleicht könnte es irgendwelche Touristen zwischen den Inseln transportieren.«

»Vielleicht«, sagte Arif, und dann schwiegen sie zusammen eine Weile, saßen einfach nur nebeneinander wie so oft auf der *Mata Tombak*. »War lustig mit dir an Bord«, meinte Jivan plötzlich. »Du hast dich gut geschlagen, *amigazo*, warst der Netteste von all den Pfeifen.«

»Nee, der warst du doch schon«, behauptete Arif. »Bis auf deine, äh, kleinen Aussetzer …«

Jivan verzog das Gesicht, dann grinste er plötzlich. »Erzähl mal, wie du Tomás erwischt hast.«

Arif berichtete von seinem Trick mit dem Blut, der beinahe schiefgegangen war.

»*No me digas!* Nee, wirklich, er hat dir sogar noch 'nen Fußtritt gegeben?« Jivans Lachen dröhnte durch den Raum. »Und jetzt mal ehrlich, wie in aller Welt bist du mit Viper fertig geworden?«

Also erzählte er von dem Valium, der Cola, ihrem Gespräch hinter dem Öltank und der Mineralwasserflasche. Jivan lachte noch mehr.

Über Ishak sprachen sie nicht.

Bei den Soldaten tat sich etwas, noch ein paar kamen hinzu, es wurde salutiert. Schließlich näherten sich ihnen mehrere Männer. »Wir bringen die Gefangenen jetzt an Bord«, sagte einer der Männer zu Arif, und Arif kam auf die Füße. Er ging noch ein paar Schritte neben Jivan her, während sie ihn nach draußen brachten. Dann mussten sie sich verabschieden.

»Viel Glück«, sagte Arif, und ihm war plötzlich zum Heulen zumute.

»Dir auch – aber du hast sowieso welches, glaub ich.« Jivan knuffte ihn mit den gefesselten Händen gegen die Schulter, dann ließ er zu, dass sie ihn wegführten.

Schon wieder ein Abschied. Doch dieser würde nur vorübergehend sein – Malika holte auf der *Ariadne* ihre und Danílos Sachen, doch sie hatte vor, zurückzukehren, sobald Danílo wieder gesund war. Shana war ebenfalls entschlossen, weiterzumachen. Louanne hatte sich noch nicht entschieden, doch sie wollte darüber nachdenken.

Sie wurden empfangen wie Popstars. Alle klatschten, als Malika, Shana und Louanne an Bord kamen, verlegen grüßte Malika nach rechts und links.

»Wir haben alle für Sie und die anderen gebetet«, sagte Kapitän Hensmann feierlich.

»Ich bin so froh, dass du noch lebst, Malika«, sagte Kira Heinze und drückte sie lange. »Wir haben zwar weiter Müll gefischt, aber es ist uns irrsinnig schwergefallen, wir mussten ständig an euch denken und wie Lesser es schaffen könnte, euch da rauszuholen. Und Yun Shin ... Es ist entsetzlich.«

Malika nickte schweigend. Es würde eine Weile dauern, bis sie überhaupt darüber sprechen konnte. Noch immer sah sie manchmal Yun Shins starre Augen vor sich und fühlte seine Hand in ihrer.

Kira reichte Louanne ihren sich windenden Kater Monsieur, der seine Herrin sofort erkannte und es sich in ihrem Arm gemütlich machte.

»Ach ja, es gibt übrigens jemanden, der euch auch gerne begrüßen möchte«, sagte Kapitän Hensmann mit geheimnisvoller Miene und winkte ihnen, ihm zu folgen. Er führte sie ins Lazarett der *Ariadne* – und dort lag in einem der zwei

Betten eine Gestalt, im ersten Moment kaum zu erkennen durch all die Schläuche und Apparaturen. Doch dann sah Malika die orangefarbenen Haare.

Shana hatte noch schneller begriffen, wer hier lag. »Mike!«, jubelte sie, ging mit schnellen Schritten auf ihn zu, nahm sein Gesicht in beide Hände und gab ihm einen Kuss auf die Stirn.

»Hi, Baby«, krächzte Mike Armstrong, hob mühsam die Hand und brachte so etwas wie ein Winken zustande. »Nur kein Gedränge, Fans, stellt euch einfach in die Schlange, ihr kommt alle dran …«

Malika musste lachen. »Bekommen wir auch Autogramme?«, frotzelte sie erleichtert. Nein, verändert hatte sich Mike nicht, und sie war unglaublich froh darüber, dass wenigstens er es geschafft hatte. Er musste sich mit beiden Händen ans Leben geklammert haben, wild und entschlossen, wie es seine Art war.

»Das mit den Autogrammen muss noch etwas warten, fürchte ich«, sagte Mike. »Aber sobald es mir ein kleines bisschen besser geht, bekommt ihr alle welche, versprochen.« Und ein Lächeln bekam Malika schon jetzt.

»Wir haben viele schöne Dinge über dich gesagt bei deiner Totenfeier drüben auf dem Piratenschiff«, erzählte ihm Shana.

»Musst du mir bei Gelegenheit mal berichten«, murmelte Mike, sie konnten sehen, dass ihm das Sprechen noch schwerfiel.

»Danke für deinen Mut«, sagte Louanne, sie hatte Tränen in den Augen. »Wenn du bei diesem Überfall nicht eingegriffen hättest … dann wäre Kira von diesen Kerlen erschossen worden.«

»Fürchte schon«, brummte der Bootsmann verlegen und winkte ab. Weil sie merkten, dass er durch das kurze Gespräch erschöpft war, fragten sie stattdessen Kapitän Hensmann aus. Wie sich herausstellte, hatte Mike zwei Kugeln abbekommen, doch das frisch modernisierte Lazarett war seine Rettung gewesen – ein Chirurg in Los Angeles hatte die Operation durchgeführt, die ferngesteuerten Roboterarme auf der *Ariadne* hatten jede seiner Bewegungen ausgeführt. Yun Shin hatte vor Ort assistiert und die weitere Betreuung übernommen.

»Aber es war knapp, sehr knapp«, verriet ihnen Hensmann leise. »Und es ist gut, dass er jetzt nach Hawaii in ein richtiges Krankenhaus gebracht werden kann. Mit etwas Glück wird er wieder ganz gesund.«

»Wird er wieder zur See fahren können?«, fragte Louanne beklommen.

»Da bin ich ganz sicher«, erwiderte Kapitän Hensmann fest. »Womöglich schon nächstes Jahr. Wenn Mike sich etwas in den Kopf gesetzt hat … Ihr kennt ihn ja.«

Dann ging es für Malika und Shana auch schon wieder ins Zodiac und rüber zur *Singapore Princess,* zu Danílo. Shana konnte es kaum erwarten, ihm die guten Neuigkeiten zu erzählen. Yun Shin war tot, aber Mike lebte! Und Danílo würde bald in ein richtiges Krankenhaus kommen – bis dahin würden er und Mike im Lazarett eines Militärschiffs gut versorgt werden.

Auf der *Singapore Princess* schaute sich ein Arzt, der mit den Soldaten gekommen war, gerade Danílos Verletzung an. Malika hielt es kaum aus, still im Hintergrund zu bleiben, bis die Untersuchung beendet war, dann stürmte sie zu seinem Bett. »Stell dir vor, Mike ist durchgekommen!«

Danílo strahlte. »Dieser zähe Hund. Unglaublich.

Malika setzte sich auf die Kante seines Bettes und nahm seine Hand. »Ihr werdet beide in nächster Zeit viel Gelegenheit haben, faul im Bett herumzuliegen.«

»Ja, sonst müsste ich richtig was arbeiten«, sagte Danílo und lächelte. »Die hawaiianischen Strände rufen schon.«

Malika zog die Augenbrauen hoch. »Ach, dort können wir gut in Übung bleiben. Es gibt auf Hawaii am Kamilo Point einen Strand, den sie ›Junk Beach‹ getauft haben. Dort wird durch eine Meeresströmung ständig Zeug aus dem Großen Pazifischen Müllstrudel angeschwemmt.«

»Prima. Und nebenbei kannst du dort ganz in Ruhe dein Stockholm-Syndrom pflegen.«

Einen Moment lang wusste Malika nicht, ob Danílo das ernst gemeint hatte, doch dann merkte sie an seinem übertriebenen Pokerface, dass er sie nur aufzog. »Ja, gute Idee«, gab sie zurück. »Aber wenn man keine Geisel mehr ist, heißt das anders, glaube ich. Vielleicht einfach Liebe.«

Sie grinsten beide, dann küsste Malika ihn auf die Wange. »Trotzdem bist du mir immer noch genauso wichtig wie vorher, das weißt du, oder, du Blödmann?«

Danílo blickte sie an. »Ja, das weiß ich«, sagte er schlicht. »Und dein Arif … der ist eigentlich ganz in Ordnung. Ich werde mein Bestes tun, um mich an ihn zu gewöhnen. Deal?«

Malika drückte seine Hand. »Deal.«

Was wollte Benjamin Lesser mit ihm besprechen? Er hatte nicht viel durchblicken lassen, nur, dass es nicht lange dauern würde.

Eingeschüchtert blieb Arif im Türrahmen der Eignerkammer stehen. Es war noch nicht lange her, dass seine Bordkameraden diese Kammer auf der *Ariadne* geplündert hatten. Das Chaos war längst beseitigt, doch trotzdem war es ein eigenartiges Gefühl, hier zu sein. Arif war froh, dass er selbst beim Überfall auf dieses Schiff nicht bis hierher vorgedrungen war.

»Setz dich«, sagte Benjamin Lesser und deutete auf die mit dunkelgrünem Stoff bezogene Sitzgruppe aus einem rötlichen Holz. Diese Eignerkammer war deutlich schicker als die der *Singapore Princess*. Vorsichtig, um nichts dreckig zu machen, ließ sich Arif auf dem Sofa nieder. Freundlich sprach Lesser weiter, noch immer auf Englisch: »Magst du etwas trinken? Wasser, Limonade, Mangosaft? Ich nehme immer ein paar Kästen Mangosaft an Bord, wenn ich in See steche.«

Mangosaft war gut, der erinnerte ihn an daheim.

»Und, hättest du das gedacht? Dass wir einmal gemeinsam hier sitzen würden, ganz friedlich?« Lesser lächelte schief.

Arif schüttelte den Kopf und lächelte ebenfalls, um seine Verlegenheit zu überspielen. Er hatte höchstens gedacht, diesen Millionär gefesselt auf der *Mata Tombak* zu sehen. Aber jetzt war er nicht mehr irgendein Millionär, und Arif war sehr, sehr froh, dass es nicht so weit gekommen war.

»Ich habe den Livestream gesehen ... Was haben Sie eigentlich zu Diamond Sam gesagt?«

»Ach, nicht viel.« Ein vergnügter Funke tanzte in Lessers Augen. »Eine kleine Drohung hat genügt. Wenn seine Familie in Südafrika mitbekommen hätte, was für eine Pleite seine Zusammenarbeit mit den Piraten hier war, dann hätte er vor seinen eigenen Leuten das Gesicht verloren. Das wollte er wohl nicht riskieren, jedenfalls hat er versprochen, unsere Schiffe fortan in Ruhe zu lassen.«

»Sie sollten ihm in Zukunft nicht den Rücken zudrehen«, sagte Arif besorgt.

»Werde ich nicht, keine Sorge.« Benjamin Lesser nahm einen Schluck aus seinem Mineralwasserglas. »Machen wir es kurz, du weißt ja, dass die Soldaten zum Aufbruch drängen. Also, Arif, jetzt mal zu dir. Du hast mich beeindruckt. Sehr sogar. Du hast klug, entschlossen und mutig gehandelt, als eine Menge auf dem Spiel stand.«

»*Terima kasih*«, sagte Arif und spürte, wie seine Ohren heiß wurden. Er nippte an seinem Mangosaft, so wusste er wenigstens, was er mit seinen Händen anfangen sollte.

»Was willst du später machen, hast du berufliche Pläne?«

»Meine Familie will, dass ich zurückkehre und ihr helfe – ich muss so schnell wie möglich Geld verdienen.« Es hatte keinen Sinn, es zu verschweigen.

»Aber du brauchst eine Ausbildung. Du könntest sogar studieren, den Grips dafür hast du. Würde dich das reizen?«

»Ja«, sagte Arif und holte tief Luft. Er blickte Benjamin Lesser in die Augen. »Wenn ich das tun könnte, würde ich keine Sekunde zögern.«

»Würdest du in Indonesien bleiben wollen? Oder ins Ausland gehen? Dein Englisch ist recht gut.«

»Wahrscheinlich ins Ausland«, sagte Arif. Er wollte mit Malika zusammen sein – in welchem Land auch immer. Indonesien, USA, Europa, Australien, es war ihm gleich. Das würde er mit ihr besprechen, sobald sie sich wiedersahen.

Er konnte kaum glauben, was gerade geschah. Noch hat er dir nichts versprochen, bremste er sich. Er hat dir nur Fragen gestellt, mach dir nicht zu viele Hoffnungen.

»Irgendein bestimmtes Studienfach?«

Hilflos blickte Arif ihn an. Er wusste nicht einmal, was für Fächer es gab – niemand aus seiner Familie war je in die Nähe einer Universität gekommen. Zum Glück schien Benjamin Lesser seine Verwirrung zu spüren, denn er winkte ab. »Egal, das Fach kannst du später auswählen. Jetzt ist erst mal wichtig, dass dich das Studium keinen Cent kosten wird. Du weißt ja, durch dich habe ich ein paar Millionen Dollar Lösegeld gespart … Ich habe vor, einen Teil dieser Summe in dich zu investieren.«

Arif hatte mit einem Dank gerechnet, vielleicht auch mit einer kleinen Belohnung – aber nicht mit so etwas. »*Masak!* Sie meinen das ernst, oder?«

»Absolut.« Benjamin Lesser lächelte, er schien sich über Arifs Verblüffung zu freuen. »Du wirst feststellen, man kann mit einer erstklassigen Ausbildung mehr verdienen als durch Piraterie. Außerdem ist das Leben so weniger gefährlich, und man muss nicht mit Kerlen, die man kaum erträgt, auf einer Nussschale zusammenwohnen.«

»Klingt gut«, sagte Arif nachdenklich. »Aber wenn man Geld investiert, will man dafür mehr zurückbekommen, als man vorher hatte, oder? Was soll ich Ihnen für eine … wie sagt man?«

»Rendite? Gegenleistung?«

»Genau. Was kann ich Ihnen für eine Gegenleistung bieten?«

Lesser schüttelte den Kopf. »Du musst mir gar nichts bieten, ich habe das falsch ausgedrückt. Es ist ein Geschenk – schließlich hast du für uns dein Leben riskiert. Ich würde mich natürlich freuen, wenn du irgendwann für eine meiner Firmen arbeiten würdest, aber das ist keine Bedingung.«

»Ich danke Ihnen«, sagte Arif, ihm war schwindelig vor Freude. Es sah fast so aus, als habe er jetzt wieder eine Zukunft! Doch dann musste er an das Gespräch mit Fajar denken. »Aber bis ich fertig habe meine Ausbildung, weiß ich nicht, wie sich meine Familie über Wasser halten soll.«

»Auch da habe ich einen Vorschlag für dich. Ich finanziere über eine Stiftung Projekte in Asien, durch die ehemalige Fischer Mangrovenküsten wieder aufforsten und Riffen durch Auspflanzen von Korallensetzlingen beim Nachwachsen helfen. Wenn deine Familie bereit wäre, dorthin zu ziehen, könnte ich deinen Eltern und Geschwistern Jobs in diesem Projekt anbieten.«

Arif lächelte so breit, dass er sich fast die Mundwinkel ausrenkte. Noch konnte er nicht endgültig zusagen, erst musste er seine Familie fragen. Doch dieses Angebot gefiel ihm, es würde seinen Eltern gefallen, und sogar Malika würde es gut finden, denn diese Projekte nutzten dem Meer. Und das Meer liebten sie beide.

»Was ist, bist du dabei?« Benjamin Lesser streckte die Hand aus.

Und Arif ergriff sie.

Als Arif ins Freie trat, wartete Malika schon auf ihn. Sie stellten sich an die Reling und blickten übers Meer hinaus, das an diesem Tag glitzerte wie der Leib eines springenden Fisches.

»Alles in Ordnung?«, fragte Malika mit besorgtem Blick.

»Nein«, sagte Arif, atmete tief durch und legte ihr den Arm um die Hüfte. »Besser. *Viel* besser.«

Epilog

Pazifik, Juli 2031

Der Bug der *Carolin* glitt geschmeidig durch die See und Malika genoss die weichen Bewegungen von Lessers Segelyacht. Noch nie zuvor hatte er ihnen erlaubt, sie auszuleihen und damit ein paar Tage zu segeln. Doch diesmal hatte er eine Ausnahme gemacht, denn es war auf den Tag genau ein Jahr her, seit sie an Bord der *Ariadne* gegangen waren – sie hatten sich einen Urlaub mehr als verdient. Vor allem Arif: Er hatte im letzten Dreivierteljahr mit Hilfe von Online-Kursen in Rekordzeit einen höheren Schulabschluss nachgeholt. Jetzt musste er dringend neue Kraft tanken – und das ging am besten, wenn er und sie zusammen waren.

Kühl lag das stählerne Steuerrad in ihren Händen. Malika warf einen Blick auf den Kompass und korrigierte den Kurs. Der Wind hatte aufgefrischt, bald würden sie die Segel neu trimmen müssen.

Shana lehnte am Bug wie eine Galionsfigur, sie trug einen bunt gestreiften Bikini, den sie sich in Hawaii gekauft hatte. »Das Wasser sieht schon deutlich besser aus als vor einem Jahr«, meldete sie. »Hab schon seit einer Viertelstunde keinen Müll mehr gesehen!«

»Und du hast wirklich deine Kontaktlinsen drin?«

Shana tippte sich an die Stirn. »Kontaktlinsen? Spinnst du? Meine Augen sind naturscharf!«

Malika musste grinsen. Ja, auch ihr war aufgefallen, dass das Meer sauberer wirkte. Lessers und ihr Plan schien sich tatsächlich zu bewähren – immerhin arbeiteten rund sechzig Boote und Schiffe mit. Viele von ihnen fischten rund um die Uhr Müll, um mit den Rohstoffen möglichst viel zu verdienen.

Arif und Danílo hockten barfuß und ebenfalls in Badeklamotten auf dem sonnenwarmen Teakdeck der *Carolin*. »Na, an dieses Leben könnte ich mich gewöhnen«, seufzte Arif und blinzelte ins Licht. »Wo bleibt der eisgekühlte Cocktail?«

»Gewöhn dich lieber nicht zu sehr an das hier«, empfahl ihm Danílo grinsend. »Ab Herbst wirst du tagsüber in frostig klimatisierten Hörsälen sitzen und dir in der Nacht irgendwelche Online-Vorlesungen reinziehen, um deinen Punktestand zu halten.«

»Ach, halb so wild«, gab Arif gelassen zurück. »Ich werde an dich denken, während du in irgendeinem Astronavigationstutorium schwitzt.«

»Astronavigation? Wer braucht die denn noch? Wart nur ab, wenn ich erst mal mein Kapitänspatent habe …«, begann Danílo, und Malika verdrehte die Augen. Die beiden kabbelten sich immer noch bei jeder Gelegenheit. Doch zum Glück nicht ernsthaft, außer darum, wer an diesem Tag mit dem Kochen dran war. Arif kochte nicht gerade gerne und versuchte regelmäßig, sich davor zu drücken.

»He, Matrosen! Schluss mit dem Gequatsche, jetzt erst mal Segel reffen!«, unterbrach sie Malika. »Sonst pustet uns der Wind sonst wohin.«

Immerhin, die Besatzung sprang sofort, wenn sie pfiff. Sonst wäre aber auch was passiert!

Arifs und ihre Blicke trafen sich, und sie sandten sich ein Lächeln, das sich anfühlte wie eine Berührung. Er schlenderte zu ihr hinüber. »Ist es erlaubt, die Steuerfrau zu küssen?«

»O ja, es ist!« Malika schaltete die Selbststeueranlage ein, dann wandte sie sich ihm zu. Seine braune Haut fühlte sich an wie mit Sonne getränkt, warm und wunderbar.

Malikas Haare flatterten im kühlen Seewind, die Sonne stach auf sie herab und sie hätte einfach nur glücklich sein können. Doch ihr war auch wehmütig zumute – es war für längere Zeit das letzte Mal, dass sie alle zusammen sein konnten. Ob es Arif gefallen würde, in Singapur Meeresökonomie zu studieren? Dort würde er unter anderem lernen, wie Schutzgebiete und Fischbestände so verwaltet werden konnten, dass sie sich von der Überfischung erholten.

Sie selbst hatte gemerkt, dass Kiras Arbeit sie immer stärker interessierte, und sich – ebenfalls in Singapur – für Biologiemanagement eingeschrieben. Per Internet hatten sie schon ein winziges Apartment in der Innenstadt angemietet, obwohl Arif noch immer leichte Bauchschmerzen hatte, weil sie dort als unverheiratetes Paar zusammenleben würden. Seiner Meinung nach gehörte sich das nicht. Doch zum Heiraten fühlte sich Malika noch deutlich zu jung!

Sie sah, dass Danílo und Shana eng beieinander am Bug standen und auf das Meer hinausblickten. Sie nutzten jede Minute, die sie noch zusammen hatten. Oft würden sie sich nicht mehr sehen können, wenn Danílo Nautik studierte …

Plötzlich straffte sich Shanas Körper, sie deutete auf etwas. »Delfine auf elf Uhr voraus!«

Malika turnte vor zum Bug, so schnell sie konnte. Ja, da waren sie! Ostpazifische Delfine, Hunderte von ihnen. Vielleicht war es sogar die gleiche Schule, die sie damals als Kind mit ihren Eltern gesucht hatte ... damals, als sie aus Versehen in den Müllstrudel hineingefahren waren ...

Geschmeidige, graugestreifte Körper glitten rings um sie durchs Wasser, mit wenigen, kraftvollen Schwanzschlägen hielten sich die Delfine vor dem Bug. Einige von ihnen sprangen und drehten sich im Sprung um sich selbst, übermütig sahen sie aus, voller Lebensfreude. Immer wieder katapultierten sie sich aus dem Wasser und glitzernde Wassertropfen strömten von ihren Flanken.

So schön war das, dass Malika Tränen in die Augen traten.

»Wir haben sie doch noch gefunden«, sagte Danílo leise.

Und auf einmal war sie ganz sicher: Es würde ihnen gelingen, das zu heilen, was der Mensch den Ozeanen angetan hatte. Es mochte ein Jahrhundert dauern, bis sich das Meer wieder erholt hatte.

Hundert Jahre oder sogar länger.

Aber ein Anfang war gemacht.

Nachwort

Hundert Jahre? Vielleicht. Noch wissen wir zu wenig darüber, wie sich der Plastikmüll im Meer ansammelt und was dort mit ihm geschieht. Doch immerhin spricht es sich langsam herum, dass es dieses Problem überhaupt gibt.

Zahlreiche Fans von *Ruf der Tiefe* haben mir geschrieben – und auffallend viele meinten besorgt: »Diesen Großen Pazifischen Müllstrudel, der im Roman erwähnt wird, habt ihr euch nur ausgedacht, oder?«

»Nein, leider nicht«, musste ich jedes Mal zurückmailen. »Und er ist wirklich schon so groß wie Mitteleuropa.«

Dass eine solche Ansammlung von Müll im Pazifik existiert, entdeckte im Jahr 1997 Charles Moore, als er von Kalifornien nach Hawaii segelte und dabei eine andere Route nahm als sonst. Er war so schockiert von diesem Anblick, dass er beschloss, sein Leben dem Kampf gegen den Plastikmüll im Meer zu widmen. Da lag es nahe, dass es meinen Hauptfiguren ähnlich ergehen könnte.

Experten schätzen, dass heute etwa 100 Millionen Tonnen Abfall im Großen Pazifischen Müllstrudel treiben – zum Teil erkennbar an der Oberfläche treibend, zum Teil in tieferen Wasserschichten schwebend oder schon zersetzt. Forscher haben dort pro Quadratkilometer rund 400 000 reiskorngroße Plastikteilchen entdeckt. Das ist jedoch nicht alles, was die Ozeane zu verkraften haben. Experten schätzen, dass etwa 70 Prozent des gesamten Plastiks im Meer auf dem Grund liegt, 15 Prozent ist auf den Stränden gelandet und nur 15 Prozent schwimmt an der Oberfläche.

Wird der Müllstrudel im Jahr 2030 noch genauso groß sein wie heute oder wächst er? Erstaunlicherweise scheint er nicht größer zu werden, obwohl immer mehr Plastik ins Meer gelangt. Liegt es an Bakterien, die das Plastik zerfressen? Es gibt tatsächlich »Müllmikroben«, die möglicherweise Kunststoffe zersetzen – allerdings schaffen das nur wenige Arten. Wir sollten nicht darauf hoffen, dass sie das Plastikproblem für uns lösen. »Wahrscheinlich liegt das Verschwinden des Mülls daran, dass Seepocken, Muscheln und Algen die Objekte besiedeln, sie dadurch schwerer werden und absinken«, hat mir Dr. Mark Lenz erklärt, der am GEOMAR, dem *Helmholtz-Zentrum für Ozeanforschung Kiel* zum Thema »Plastik im Meer« forscht.

In der Tiefsee liegt also ebenfalls Müll herum – was das für das Ökosystem bedeutet, weiß man noch nicht. Fest steht: Solange das Plastik sich an der Oberfläche befindet oder im Wasser schwebt, richtet es den größten Schaden an, weil es hier von Tieren aufgenommen wird oder sie sich darin verfangen. Hat ein Tier den Kunststoff erst einmal gefressen, verhungert es oft bei »vollem Magen«, und selbst wenn das nicht geschieht, können Schadstoffe aus dem Plastik in seinen Organismus gelangen. Das passiert nicht nur im Pazifik, sondern genauso bei uns vor der Haustür, in der Nord- und Ostsee.

Als ich mich entschieden hatte, dem Müllstrudel einen eigenen Roman zu widmen, begann wie immer zu Beginn eines neuen Buchprojekts die intensive Recherche. Je mehr ich über Plastik im Meer erfuhr, desto entsetzter und trauriger war ich. An Plastikfolien erstickte Pottwale*, Meeresschildkröten und Albatrosse, die versehentlich Kunststoffteile fressen, Mikroplastik, das die Nahrungskette im Meer vergiftet. Das alles wollte ich nicht mit verantworten, und das hieß für mich, selbst weniger Plastik zu verwenden. Doch das ist alles andere als leicht, denn Kunststoffe sind überall – obwohl die Menschen vorher auch gut ohne sie ausgekommen sind. Besonders ärgerlich: 80 Prozent allen Plastiks dient nur der Verpackung, es wird nur einmal benutzt und dann weggeworfen. In den Industrieländern wird das meiste davon bislang verbrannt; selbst bei uns in den deutschsprachigen Ländern, die in Sachen Umweltschutz weltweit an der Spitze liegen, werden nur etwa 40 Prozent des Plastikmülls recycelt. Über Kanalisation und Flüsse gelangt so manches Teil ins Meer. Und in vielen ärmeren Ländern ist von Recycling gar nicht die Rede.

Besonders fies: Wie im Roman geschildert, werden Duschgels, Peelingcremes und Zahnpasten von den Herstellern tatsächlich mit Mikroplastik angereichert, um eine abschleifende Wirkung zu erzielen. Hersteller und Gesetzgeber sollten diese Plastikzusätze möglichst schnell abschaffen beziehungsweise verbieten! Eine Liste, welche Kosmetikprodukte Mikroplastik enthalten, kann man beispielsweise auf der Homepage des BUND abrufen (www.bund.net).

Ebenso bedenklich sind leider Fleece-Produkte: Bei jeder Wäsche geben sie Tausende von winzigen Kunststofffasern

---

* Der im ersten Kapitel dieses Buchs erwähnte Vorfall hat sich im März 2013 ereignet.

ab, die in Kläranlagen nicht herausgefiltert werden können, ins Meer gelangen und dort Schaden anrichten.

In unserem Haushalt wird, seit ich *Floaters* geschrieben habe, deutlich weniger Plastik verwendet – Gemüse bekommen wir jede Woche ohne Verpackung in der Biokiste, die wir abonniert haben, Getränke kaufen wir nur noch in Pfandflaschen, und ja, es gibt tatsächlich Zahnbürsten aus Holz. Wenn sie abgenutzt sind, verbrennen wir sie einfach im Kaminofen. Viele meiner Fleece-Sachen habe ich schweren Herzens ausrangiert und achte bei Kleidungskäufen jetzt stärker auf bessere Materialien.

Wenn ihr selbst etwas tun wollt, um den Ozeanen zu helfen, dann findet ihr eine Liste mit zehn Tipps auf meiner Homepage www.katja-brandis.de. Jede Menge Infos und Denkanstöße gibt es im Film *Plastic Planet* von Werner Boote. Bootes Großvater war Geschäftsführer eines Unternehmens, das Plastik produzierte – sein Enkel zeigt in seinem Dokumentarfilm, was Plastik anrichtet. Dieser Film wiederum inspirierte eine Familie in Österreich, komplett plastikfrei zu leben. Daraus wurde das unterhaltsame Buch *Plastikfreie Zone* von Sandra Krautwaschl.

Doch was ist, wenn wir zwar fleißig Kunststoff vermeiden und Recycling betreiben, aber der Rest der Welt unbekümmert weitermüllt? Experten erwarten, dass besonders in Asien in Zukunft eher mehr als weniger Plastik verbraucht wird. Und in vielen Ländern, zum Beispiel in Arifs Heimat Indonesien, gibt es keine so tolle Müllabfuhr wie bei uns – stattdessen ist es üblich, Müll hinter dem Haus zu verbrennen, in den Fluss zu werfen (der bringt das Zeug ja auch weg ...) oder auf wilden Deponien anzuhäufen. Selbst »richtige« Deponien sind oft schlecht gesichert, sodass von dort aus Plastik ins Meer geweht oder geschwemmt wird. Doch es gibt Hoffnung, Bangladesh beispielsweise hat Plastiktüten bereits verboten, weil sie Abwasserkanäle verstopfen.

Die Industrieländer bekommen nur auf den ersten Blick bessere Noten. Geschockt waren wir von einem Hotelfrühstück in Idaho Falls, USA, während unseres Urlaubs im Jahr 2013. Plastikgeschirr, Kunststoffbesteck, kleine Döschen und Becherchen aus Plastik für alles und jedes ... Am Ende türmte sich auf unserem Frühstückstisch der Müll. Besonders umweltfreundliche Hotels trumpften mit biologisch abbaubarem Einweggeschirr auf – äh, wie wäre es stattdessen mit Tellern aus Porzellan plus einem Geschirrspüler? Denn, so Dr. Mark Lenz: »Die heute verwendeten ›biologisch abbaubaren‹ Produkte sind meist eine Mischung aus Maisstärke und Plastik. Sie zerfallen im Meer einfach nur schneller, doch die Teilchen bleiben im Wasser.«

Zum Glück gibt es überall auf der Welt Menschen, die das Problem des Plastikmülls in den Weltmeeren erforschen und sich Gedanken über mögliche Lösungen machen. Neben Müllstrudel-Entdecker Charles Moore, dessen Vorträgen man auf *YouTube* lauschen kann, ist das zum Beispiel der Meeresforscher Marcus Eriksen. Nach einer Floßfahrt auf dem Mississippi im Jahr 2003 war er so angewidert davon, dass rechts und links vom Floß Plastikmüll vorbeitrieb, dass er beschloss, nicht einfach weiterzuleben wie zuvor, sondern etwas zu tun. Er gründete in Los Angeles das *5 Gyres Institute* (»5-Strömungswirbel-Institut«), das sich für saubere Ozeane einsetzt und Forschungen zum Thema durchführt. Er hat entdeckt, dass es nicht nur einen Müllstrudel gibt, sondern mehrere – in jedem großen ozeanischen Strömungswirbel einen, wobei der im Pazifik der bisher größte zu sein scheint. »Der Nordpazifik ist am stärksten verschmutzt, gefolgt vom Nordatlantik, gefolgt vom Indischen Ozean«, hat er mir im Interview berichtet.

Eriksen organisiert regelmäßig Segel-Expeditionen zu den verschiedenen Müllstrudeln, um dort Proben zu nehmen und Messungen durchzuführen. »Wir finden dabei viele Flaschendeckel, Zahnbürsten und Teile von Plastikeimern, Kisten oder Netzen, manchmal auch medizinische Spritzen«, berichtet er. »Das seltsamste Objekt, das wir bisher herausgefischt haben, war ein Koffer – nicht voll Geld, aber voller Krebse. Und einmal ist uns ein Plastikgorilla ins Netz gegangen.«

Damit die Öffentlichkeit auf das Müllproblem aufmerksam wird, ist er schon mit einem Floß aus 15 000 Plastikflaschen und dem Rumpf eines Kleinflugzeugs die 2600 Meilen von Kalifornien nach Hawaii geschippert. »Mein Ziel ist, dass die Menschen korrekte Informationen über das Problem bekommen, damit wir kluge Entscheidungen treffen können«, hat mir Eriksen geschrieben. »Aber ich kämpfe auch gegen die Unternehmen, die weiterhin umweltschädliche Wegwerfprodukte herstellen. Dazu fühle ich mich moralisch verpflichtet.«

Auch an konkreten Lösungen wird gleich an mehreren Orten gearbeitet. Günther Bonin, ein IT-Berater und begeisterter Segler, hat den Verein *One Earth – One Ocean* gegründet (www.oneearth-oneocean.com) und will mit speziell entwickelten Schiffen Müll aus dem Meer fischen. Der von ihm entwickelte »Seehamster« ist eine Art Katamaran aus zwei aufblasbaren Rümpfen, an den ein röhrenförmiges Gestell angebaut ist – während der Katamaran sich voranbewegt, wird der Müll in die Röhre gespült. Bei Tests in der Ostsee sammelte der »Seehamster« in vier Stunden immerhin hundert Kilo! Zurzeit arbeitet Günther Bonin mit Unterstützung von Fachleuten an einem größeren Schiffstyp, den er »Seekuh« getauft hat, und an einer schwimmenden Recyclingzentrale namens »Seeelefant«. Der Seeelefant soll später einmal Kunststoffmüll an Bord nehmen und (wie die *Ariadne* in meinem Roman) in Heizöl umwandeln. Damit kann es wie eine »schwimmende Tankstelle« andere Schiffe versorgen.*

Andere Projekte setzen darauf, den Müll mit speziellen Netzen einzusammeln. Bernhard Merx, der die Stiftung *Waste Free Oceans* (WFO) mit gegründet hat, hat Netze entwickelt, die zwei bis acht Tonnen Plastikmüll fassen und in Frankreich bereits eingesetzt werden. Mehrmals im Jahr stechen dort Fischerboote in See, um in Gegenden, wo sich besonders viel Abfall ansammelt, das Meer zu säubern. Gefördert wird das Projekt von der Regierung.

Für meinen Roman habe ich auf eine etwas andere Lösung gesetzt. Bei einem sehr spaßigen Brainstorming in Hamburg haben mir Prof. Dr.-Ing. Stefan Krüger und Dr.-Ing. Wilfried Abels von der Technischen Universität Hamburg-Harburg (Institut für Entwerfen von Schiffen und Schiffssicherheit) Tipps gegeben, wie ein Müllsammelschiff für den Pazifik aussehen könnte. Ihren Vorschlag, dafür abgewan-

---

* Quelle: *brandeins* 7/2013

delte Oil-Skimmer-Schiffe mit Scherdrachen einzusetzen, wird sich vielleicht in Zukunft in der Praxis bewähren.

Für eine ganz andere Lösung setzt sich der junge Niederländer Boyan Slat ein, der beim Tauchen in Griechenland im Meer mehr Plastiktüten als Fische sah und seitdem mit seinem Projekt »The Ocean Cleanup« Furore macht. Er will den Plastikmüll mit Hilfe von fest aufgespannten Hochseenetzen einfangen – die Strömung bewegt sich durch sie hindurch, der Dreck bleibt hängen und kann von einer Plattform aus leicht eingesammelt werden. Experten sehen sein Konzept kritisch. Doch mich beeindrucken dennoch die Energie und Zielstrebigkeit dieses Mannes, der nur wenige Jahre älter ist als Malika und Danílo und es auch ohne Hilfe eines Millionärs (sondern nur mit Hilfe von Crowdfunding) schaffen könnte, seinen Plan zu verwirklichen.

Sehr erfolgreich ist schon jetzt das Projekt »Fishing for Litter« der Umweltschutzorganisation NABU. In vielen europäischen Häfen können Fischer den Müll, der beim Fang in ihren Netzen gelandet ist, kostenlos abgeben, er wird fachgerecht recycelt.

Auf wenig Gegenliebe bei Umweltschützern ist dagegen eine Initiative der EU-Kommission gestoßen, die vorsieht, Fischer dafür zu bezahlen, dass sie nur noch Müll fischen. Denn das sorgt nur dafür, so Kritiker des Vorhabens, dass die Zahl der Fischerboote künstlich hochgehalten wird und nicht, wie es viel sinnvoller wäre, schrumpft. Überfischung ist eins der heftigsten Probleme der Weltmeere.

Andere Vorhaben sollen dafür sorgen, dass der Abfall gar nicht erst im Meer landet. Damit arme Küstenbewohner ihren Müll nicht mehr ins Meer entsorgen, will Dirk

Lindenau, der ehemalige geschäftsführende Gesellschafter der Lindenau-Werft in Kiel, »Recycling-Schiffe« losschicken, die die Häfen von Inselstaaten wie den Kapverden anlaufen, dort Müll an Bord nehmen und sortierten. Ein Teil wird gleich an Bord recycelt, ein anderer Teil der Rohstoffe an Land entsorgt oder verkauft.

Nach Meinung von Markus Eriksen ist der beste Weg nicht, Müll mit Hilfe von Maschinen aus dem Meer zu fischen, sondern ihn gar nicht erst entstehen zu lassen. Er selbst gibt zwar zu, dass er das Interview auf einem Computer aus Plastik getippt hat, gerade Schuhe aus Kunststoff trägt und ein Auto fährt, in dem jede Menge Kunststoff verarbeitet ist ... aber er benutzt keine Wegwerfprodukte aus Plastik mehr. »Wir müssen unser ganzes Ingenieurswissen in die Aufgabe stecken, bessere Produkte zu entwickeln, die solche ersetzen, die unsere Ozeane zerstören«, erklärt er. »Wenn wir uns darauf konzentrieren, dass nicht noch mehr Müll ins Wasser gelangt, wird das Meer den Dreck nach und nach ausspucken.«

Dabei können und sollten wir es jedoch unterstützen. Vielleicht klappt es sogar noch vor dem Jahr 2030, dass das Aufräumen im großen Stil beginnt. Ich wünsche all diesen Unternehmern Glück und mindestens so viel Erfolg wie dem fiktiven Team rund um Benjamin Lesser, Malika und Danílo!

Dank

Ein großes Dankeschön an die Forscher und Experten, die ihr Wissen großzügig mit mir geteilt haben:

Dr.-Ing. Wilfried Abels und Prof. Dr.-Ing. Stefan Krüger von der *Technischen Universität Hamburg-Harburg, Institut für Entwerfen von Schiffen und Schiffssicherheit*
- Jürgen Oltmann, Segler und Schiffsmodellbauer
- Marcus Jünger, Kapitän und Hafenlotse in Hamburg
- Bernd Räke, Segler
- Marcus Eriksen, *5 Gyres Institute*
- Eigel Wiese, Journalist/Buchautor, Experte für Piraterie
- Dr. Andreas Villwock, Dr. Mark Lenz (Marine Ökologie) und Prof. Martin Visbeck (Leiter der Forschungseinheit Physikalische Ozeanographie) vom GEOMAR, dem *Helmholtz-Zentrum für Ozeanforschung Kiel*
- Prof. Dr. rer. nat. Anton Jungbauer, Experte für Kunststoff-Recycling

Aber auch meine Testleser waren wieder eine große Hilfe:
Isabel Abedi, Christian Münker, Nina Kunze, Ulla Scheler, Sonja Englert, Daniel Flossbach, Lennart Schäfer, Jesse Zacharo, Filomena Behrendt, Marion Hübinger, Daniel Westermayr, Wiebke Assenmacher, Jürgen Oltmann und Wilfried Abels.

Fleißig unterstützt haben mich meine Praktikantinnen Caroline de Boor und Pia Schöpf.

Vielen Dank auch an meinen Lektor Frank Griesheimer, der das Projekt kompetent und gelassen wie immer begleitete, an Julia Röhlig, die sich von Anfang an für die Idee begeisterte, und an Christian Walther, der mich bei Beltz & Gelberg betreute.

Katja Brandis

Katja Brandis, geboren 1970, studierte Amerikanistik, Anglistik und Germanistik und arbeitete als Journalistin. Sie schreibt seit ihrer Kindheit und hat inzwischen zahlreiche Romane für Jugendliche veröffentlicht. Sie lebt mit Mann, Sohn und drei Katzen in der Nähe von München. Bei Beltz & Gelberg erschienen von ihr bereits die Romane *Freestyler, Und keiner wird dich kennen* sowie zusammen mit Hans-Peter Ziemek die Romane *Ruf der Tiefe* und *Schatten des Dschungels*.
www.katja-brandis.de

Katja Brandis
Freestyler
Roman, 438 Seiten (ab 14), Beltz & Gelberg 82101
Ebenfalls als E-Book erhältlich (74711)

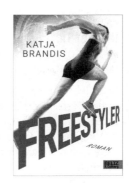

Was zählt, ist nur der Sieg: Für ihren Traum vom Olympischen Gold optimieren »Freestyler« ihre Körper ganz legal mit High-Tech-Prothesen und Implantaten. Die junge Sprinterin Jola ist nicht sicher, ob sie sich operieren lassen will. Der Druck ist hoch: Mit einem modifizierten Körper hätte sie vielleicht eine Chance auf eine Medaille bei den Olympischen Spielen 2032 – so wie Ryan, der beinamputierte Sprinter, in den sie sich verliebt hat. Aber die neue Technik birgt Gefahren. Und bald geht es nicht mehr nur um den Sieg, sondern um Leben und Tod …

Katja Brandis
Und keiner wird dich kennen
Roman, 400 Seiten (ab 14), Gulliver TB 74493
Ebenfalls als E-Book erhältlich (74373)

Gute Freunde, ein schönes Zuhause und den tollsten Jungen der Welt zum Freund: Nach Jahren der Angst ist Maja endlich glücklich. Bis zu dem Tag, als der Mann aus dem Gefängnis entlassen wird, der Majas Familie einst brutal terrorisiert hatte. Die Familie muss untertauchen: neue Stadt, neue Identität, alles auf Null. Ein Albtraum beginnt: Wie soll sie Freunde finden, wenn sie nur Lügen erzählen darf? Und wie könnte sie Lorenzo je vergessen? Einsam, voller Wut und Sehnsucht trifft Maja eine verhängnisvolle Entscheidung …

   www.beltz.de
Beltz & Gelberg, Postfach 10 01 54, 69441 Weinheim

Brandis & Ziemek
Ruf der Tiefe
Roman, 424 Seiten (ab 13), Gulliver TB 74336
Ebenfalls als E-Book erhältlich (74267)

Leon lebt am geheimnisvollsten Ort der Erde: in der Tiefsee. Zusammen mit Lucy, einem intelligenten Krakenweibchen, durchstreift er den Pazifischen Ozean auf der Suche nach Rohstoffen. Doch plötzlich scheint das Meer verrücktzuspielen: Am Grund breiten sich »Todeszonen« aus, die Wesen der Tiefe ergreifen massenhaft die Flucht. Und dann machen Leon und Lucy eine gefährliche Entdeckung …

Brandis & Ziemek
Schatten des Dschungels
Roman, 424 Seiten (ab 13), Gulliver TB 74383
Ebenfalls als E-Book erhältlich (74338)

Die Welt im Jahr 2025. Cat darf mit ihrer großen Liebe Falk an einem Artenschutzprojekt im Regenwald teilnehmen. In den Wäldern Guyanas erwartet sie einer der letzten unberührten Lebensräume der Erde, eine faszinierende Wildnis. Aber auch hier planen Konzerne die rücksichtslose Zerstörung. Als Falk Cat gesteht warum er wirklich hier ist, muss sie sich entscheiden: Soll sie bei Falks gefährlichen Plänen den Wald zu schützen mitmachen oder muss sie ihn aufhalten?

GULLIVER www.beltz.de
Beltz & Gelberg, Postfach 10 01 54, 69441 Weinheim

S. A. Bodeen
Nichts als überleben
Aus dem Amerikanischen von Friederike Levin
Roman, 221 Seiten (ab 13), Gulliver 74581
Ebenfalls als E-Book erhältlich (74582)

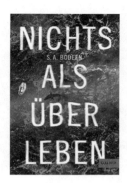

Robie stürzt mit einem Flugzeug über dem Pazifik ab. Max, der Co-Pilot, rettet sie in ein aufblasbares Rettungsfloß – dann stirbt er. Robie muss ihn über Bord werfen und treibt tagelang auf dem Meer. Allein. Gnadenlos den Naturgewalten ausgeliefert. Sie hat Angst. Hunger. Durst. Panik. Hoffnung? Nur ein Gedanke lässt sie nicht aufgeben: Sie will nichts als überleben …

Antje Wagner
Vakuum
Roman, 379 Seiten (ab 14), Gulliver 74494
Leipziger Lesekompass
Mannheimer Feuergriffel

Kora. Tamara. Alissa. Leon. Hannes.
Sie alle erleben am 17. August um 15:07 Uhr das Undenkbare: Die Zeit bleibt stehen und sämtliche Menschen sind verschwunden. In diesem beängstigenden Vakuum finden die fünf Jugendlichen nach und nach heraus, dass sie auf geheimnisvolle Weise miteinander verbunden sind …

  www.beltz.de
Beltz & Gelberg, Postfach 10 01 54, 69441 Weinheim